国家社科基金项目（02BZW023）成果之一

河南大学文学院学术出版基金资助

国家社会科学基金项目（02BZW023）

《文选》研究书系

《文选》版本注释综合研究

王立群 著

中原出版传媒集团
大地传媒
大象出版社
·郑州·

图书在版编目(CIP)数据

《文选》版本注释综合研究 / 王立群著.— 郑州 :
大象出版社, 2014. 8
(《文选》研究书系)
ISBN 978-7-5347-8176-6

Ⅰ. ①文… Ⅱ. ①王… Ⅲ. ①《文选》—版本—研究
②《文选》—注释—研究 Ⅳ. ①I206. 2 ②G256. 22

中国版本图书馆 CIP 数据核字(2014)第 202244 号

《文选》研究书系

《文选》版本注释综合研究

王立群 著

出 版 人 王刘纯
特约编辑 谢景和
责任编辑 卢海山
责任校对 钟 骄
书籍设计 王莉娟

出版发行 大象出版社(郑州市开元路 16 号 邮政编码 450044)
发行科 0371-63863551 总编室 0371-65597936
网 址 www.daxiang.cn
印 刷 河南省瑞光印务股份有限公司
经 销 各地新华书店经销
开 本 787mm×1092mm 1/16
印 张 28.75
字 数 423 千字
版 次 2014 年 8 月第 1 版 2014 年 8 月第 1 次印刷
定 价 68.00 元
若发现印、装质量问题,影响阅读,请与承印厂联系调换。
印厂地址 郑州市二环支路 35 号
邮政编码 450012 电话 0371-63956290

目　录

上编　《文选》李善注研究

中编 《文选》五臣注的演化

下编　《文选》重要版本补充研究

上编

《文选》李善注研究

绪　言

《文选》是在魏晋六朝总集编纂兴盛的氛围中，由梁代昭明太子萧统编选的一部梁前文学总集。由于其后出转精、卷帙合理、分量适中、此前优秀诗文大多入选诸种因素，加之隋唐以来开科取士的影响，成书后就得到广泛传播，由此成为对中国文学发展产生重大影响的一部总集。

《文选》收入上自周秦、下迄萧梁一百三十馀位文人七百馀篇作品。由于时空的差异，即使在萧梁时代，对《文选》全部作品进行透彻的理解与接受，不借助其他著作与工具书几乎已经不可能。因此，在《文选》成书后不久，先有萧统的族侄萧该进行音注，继有隋唐大儒曹宪作音义的注释，并以《文选》教授弟子，众弟子也多有《文选》注释之作问世。李善在曹宪众多弟子中成就最突出，他以一部《文选注》出入四部、上钩下联，构建了一部唐前的中国文化史，且承其师业，教授《文选》，正式宣告了"文选学"的诞生。从此以降，"文选学"成为中国古代的一门显学。

李善注旁征博引，内容宏赡，使《文选》的文本内容大大增值，成为《文选》注本中最主要也最重要的本子。从某种程度而言，一千多年的"文选学"，其实就是《文选》李善注的学问在历代被不断广泛传播的历史。抄写、编纂、刊刻、合并诸种社会需要使得李善注产生了内容不尽一致的本子。对这些李善注不同的版本,如何厘清其来龙去脉,不仅是“文选学”研究的基础,也是当下“文选学”研究能否有所突破的关键。

版本研究是“文选学”研究的基础。由于李善注本身的成书经历了一个过程,显庆三年的上表之本可能并不代表李善注的最终面貌,在讲学过程中的不断修订又使得即使他世时即已存在名为李善注的不同本子。这种状况经过历代的传抄、编纂、合并等改动,进而愈加复杂。于是,就有了永隆本的李善注、集注本的李善注、北宋国子监本的李善注、秀州本的李善注、明州本的李善注、赣州本的李善注、尤刻本的李善注、胡刻本的李善注,等等。到底哪一种更接近李善注的真实,在对李善的注释成就进行诠释时该依据哪个版本,这是“文选学”首先必须确立的前提。否则,动辄言李善注如何,或者多以胡刻本为例而言李善注如何,总给人隔靴搔痒之感,甚至会“差之毫厘,失之千里”。

现代“文选学”能否有所突破,能否建立在扎实的根基之上,亦必须从版本研究入手。诚然,在目前的文献基础上,完全恢复李善注的原貌肯定是一件不可能的事情。然而,可以做到的是,对目前所能看到的诸种版本进行梳理,对之进行有序排列,弄清其版本源流,就有可能进行比较切实的《文选》研究,否则,很容易构建空中楼阁。脱离版本的《文选》研究,要么在前人的成说笼罩下转圈,进行重复的言说;要么局限于“文选学”的某一分支,难以突破。

所幸的是,《文选》版本在“文选学”研究中的根基功能与重要性,已经引起研究者的重视,并且做了一些卓有建树的研究。日本学者斯波六郎,中国学者傅刚、范志新等都对《文选》版本作了集中的研究。

日本学者斯波六郎在《对〈文选〉各种版本的研究》①一文中,通过详细的文字比对,清理了33种《文选》的版本,其中李善单注本15种,均为明清时期的刊本;六家本6种,宋本只有明州本,明抄本3种,日本刊本2种;六家本12种,宋本有赣州本、建州本2种,日本刊本2种,其馀均为明代本。除此之外,斯波氏还对抄本的敦煌本与集注本进行了清理,总共梳理版本35种。斯波六郎作

① 〔日〕斯波六郎:《对〈文选〉各种版本的研究》,原为《文选索引》的序言,日本京都大学人文科学研究所1959年版,后收入俞绍初、许逸民主编的《中外学者“文选学”论集》中,中华书局1998年版,第849~961页。

的工作相当细致,结论也大致允当。然而,对宋代的《文选》版本,他仅提及3种:明州本、赣州本、建州本。对在《文选》版本史上地位非常重要的北宋国子监本、秀州本(可以奎章阁本代替)、尤刻本均未及经眼。众所周知,宋代是古籍版本的重要时期,《文选》的许多祖本即来源于此。就此而言,尽管斯波氏清理了35种《文选》版本,结论也基本允当,却因其主要集中于明清时期,是“流”而非“源”,在一定程度上削弱了其版本研究的根本价值。

傅刚先生的《〈文选〉版本研究》[①]是在其博士后研究报告基础上修订而成的,是目前为止对《文选》版本研究最全面也最翔实的著作。此书叙录了16种写本、5种抄本、8种刊本。在其下编“《文选》版本考论”部分,有对《文选》李善注的集中论述。该文在检讨四库馆臣、胡克家以及斯波六郎研究的基础上,对北宋国子监本、尤刻本以及合并本进行了详细的比对后认为:“尤刻本不能代表李善单注本,它与北宋国子监本不同。对尤刻本的结论,是不能作为对李善注的结论的”;“尤刻本并非从六臣本摘出,而是以李善本为底本,又参据了五臣、六臣等版本而成”;“李善注本的刊刻最早为北宋国子监本,是单以李善注写本为底本的”;“最早的六家合并本是北宋元祐九年的秀州州学本”,其后诸本皆从秀州本而出。[②] 这些结论都发前人之未发,切中肯綮。另外,傅刚先生对敦煌写本、集注本也进行了详细的研究,提出了一些新颖的观点,如,“永隆本《西京赋》非尽出于李善本”[③],等等。与斯波六郎相比,傅刚的《文选》版本研究更看重“源”,涉及了现在所知的所有宋刊本,并对每种版本都作了相当细致的考察,提出了许多新颖独到的观点。然而,由于侧重点不同,其对李善注的版本系统并没有作进一步的深入探索。

范志新的《文选版本论稿》[④]是由单篇论文构成。范氏对广都本的刊刻、赣州本与明州本以及建州本、尤刻本的来源与传承、敦煌本的底本等问题都有自己的看法与考证,体现了《文选》研究中一种探究的精神。这种学术探索促使我们进一步发掘《文选》版本的诸种问题。

---

① 傅刚:《〈文选〉版本研究》,北京大学出版社2000年版。

② 傅刚:《〈文选〉版本研究》,北京大学出版社2000年版,第209页。

③ 傅刚:《〈文选〉版本研究》,北京大学出版社2000年版,第241~251页。

④ 范志新:《文选版本论稿》,江西人民出版社2003年版。

此外,也有一些《文选》李善注版本研究的单篇论文,影响较大的如程毅中、白化文的《略谈李善注〈文选〉的尤刻本》①,此文主要通过国家图书馆所藏的淳熙本与清代胡克家刻本进行了部分对校,从而说明尤袤刻本的价值,也部分修正了斯波六郎的错误,但其对此本为初刊本的看法也值得商榷。台湾学者张月云的《宋刊〈文选〉李善单注本考》②,主要研究北宋国子监刻本、南宋淳熙本的刊刻时间、刊行渊源、印次诸问题。其他有关《文选》李善注版本研究的文章与相关的问题将在本书正文中提出。

上述诸作虽然都涉及《文选》的李善注本,都从不同层面对李善注作了切实的探索,但到目前为止,对李善注本《文选》的来龙去脉、文字变迁进行详细、集中研究的尚不多见。只有厘清李善注本的发展演变,才能对李善注进行恰如其分的评骘,才不至于动辄以非李善注的内容来褒扬甚或指责李善,才能对李善注的成就作出较为客观的评价。

一般而言,版本的研究可以借助两种途径进行。一是前人的记载,主要是目录学著作与读书笔记;二是从版本本身的文字内容入手进行对校。前者较为省事,但亦可能以讹传讹;后者甚为琐碎,但研究较为切实。本文即综合两种途径,相互印证,而在具体的操作过程中,更倾向于版本、注释的综合研究。

本编围绕一个中心、两个基本点进行:一个中心是《文选》李善注的发展演变,两个基本点是前人的目录记载与《文选》的文本文字。在具体的操作中,间或涉及一些《文选》研究中有较大争议的问题,并提出我们的看法,此可视为《文选》李善注发展演变研究的基础。

本书对《文选》的研究分为三大块,一是研判《文选》李善注,所占篇幅最大,用力最多。二是对《文选》五臣注进行了研究,我的学生刘九伟博士做了一些基础工作。三是对几个重要传世版本做了重点研究。毕竟,此项目申报、立项的题目是《〈文选〉版本注释综合研究》。因此,研究的重点除了《文选》的注释,还兼顾了《文选》的版本。

---

① 程毅中、白化文:《略谈李善注〈文选〉的尤刻本》,《文物》1976 年第 11 期,后收入《中外学者"文选学"论集》,第 225~232 页。

② 张月云:《宋刊〈文选〉李善单注本考》,原载 1985 年《故宫学术季刊》第二卷第四期,后收入《中外学者"文选学"论集》,第 764~813 页。

限于时间、篇幅、工作量等诸多因素，在本项目中全面梳理《文选》各种版本是不可能的。其中，清人胡克家本《文选》在传世版本中影响最大，故在此选题中对该本进行了专题研究。此项研究由郭宝军博士完成，成果《胡克家本〈文选〉研究》并由河南大学出版社2014年单独出版。

此课题获批国家社科基金项目是2002年，规定的结项时间是2006年。但是，实际展开后才发现其中的问题极多，非短期可成。加之，其他事情占用了大量时间，致使此项目的完成前后历时十年。其间，得到国家社科规划办的充分理解与支持，延期结项；我的学生郭宝军博士、刘九伟博士协助做了不少基础性工作，在此一并致谢。

王立群

2014年6月于北京

第一章
李善生平行事与《文选》李善注的成书

第一节 李善生平行事考

一般认为,"文选学"的成立肇始于曹宪,甚至可以上溯至更早的萧该,实际上其真正成立当在李善。李善生平行事见于《旧唐书》《新唐书》《大唐新语》诸种文献,然而文献记载有前后相舛之处,致使李善生平行事比较混乱,暗昧不彰,故有必要先对其生平仕宦作一番辨证考索,这也是进一步考察《文选》李善注成书的背景。

有关李善生平行事的文献记载主要有以下五则:

《旧唐书》卷一八九《儒学传上·曹宪传》中附李善的小传:

李善者,扬州江都人。方雅清劲,有士君子之风。明庆中,累补太子内率府录事参军、崇贤馆直学士,兼沛王侍读。尝注解《文选》,分为六十卷,表上之,赐绢一百二十匹,诏藏于秘阁。除潞王府记室参军,转秘书郎。乾封中,出为经城令。坐与贺兰敏之周密,配流姚州。后遇赦得还,以教授为业,诸生多自远方而至。又撰《汉书辩惑》三十卷。载初元年卒。子邕,亦知名。①

《旧唐书》卷一九〇《文苑传》李善行事附于其子《李邕传》中：

李邕，广陵江都人。父善，尝受《文选》于同郡人曹宪。后为左侍极贺兰敏之所荐引，为崇贤馆学士，转兰台郎。敏之败，善坐配流岭外。会赦还，因寓居汴、郑之间，以讲《文选》为业。年老疾卒。所注《文选》六十卷，大行于时。②

唐代刘肃元和中撰写的《大唐新语》卷九《著述》中有云：

江淮间为《文选》学者，起自江都曹宪。贞观初，扬州长史李袭誉荐之，征为弘文馆学士。宪以年老不起，遣使就拜朝散大夫，赐帛三百匹。宪以仕隋为秘书，学徒数百人，公卿亦多从之学，撰《文选音义》十卷，年百馀岁乃卒。其后句容许淹、江夏李善、公孙罗相继以《文选》教授。③

《新唐书》卷一九八《儒学传》上《曹宪传》中记载：

宪始以梁昭明太子《文选》授诸生，而同郡魏模公孙罗、江夏李善相继传授，于是其学大兴。句容许淹者，自浮屠还为儒，多识广闻，精故训，与罗等并名家。④

《新唐书》卷一九九《儒学传·马怀素传》中云：

马怀素字惟白，润州丹徒人。客江都，师事李善……⑤

① （后晋）刘昫等：《旧唐书》卷一八九，中华书局1975年版，第4946页。
② （后晋）刘昫等：《旧唐书》卷一九十，中华书局1975年版，第5039页。
③ （唐）刘肃撰，徐德楠等点校：《大唐新语》卷九，中华书局1984年版，第133～134页。
④ （宋）欧阳修、宋祁等：《新唐书》卷一九八，中华书局2003年版，第5640页。
⑤ （宋）欧阳修、宋祁等：《新唐书》卷一九九，中华书局2003年版，第5680页。

结合以上材料，从几个方面对李善的生平行事诸方面一一辨察。

一　李善籍里

上引诸材料中对李善籍里问题有三种说法：一云“扬州江都人”，一云“广陵江都人”，一云“江夏李善”。前两种说法差别不大，扬州与广陵容易解释，《旧唐书·地理志三》说：“江都，汉县，属广陵国。隋为江都郡。武德三年，改为兖州，七年改为邗州，九年改为扬州都督府，皆以江都为治所。”[①]由此可见，称“广陵”侧重的是历史称谓，“扬州”则是唐时之名，以此而言，李善为江都人应该没有问题。但是，《新唐书·儒学传》中《曹宪传》述及李善时称“江夏李善”，李善之子李邕撰写并亲书的几乎所有碑刻都题江夏李邕。杜甫《八哀诗》中悼念李邕的诗《赠秘书监江夏李公邕》中亦云：“呜呼江夏姿，竟掩宣尼袂。”[②]元和初年任江都主簿的刘肃，在《大唐新语·著述》中说：“江淮间为《文选》学者起自江都曹宪……其后句容许淹，江夏李善、公孙罗相继以《文选》教授。”而据《旧唐书》记载“公孙罗，江都人也”[③]，《大唐新语》中把江夏李善与江都公孙罗并列，而没说江都李善、公孙罗。这些与两《唐书》不尽相同的证据尤其是刘肃的观点似乎都直接否定了李善为江都人的看法。

其实，这两种说法在于着眼点不同，是可以解释的。《新唐书·宰相世系表》云：“元哲，徙居广陵。”[④]“赵郡李氏定著六房：其一曰南祖，二曰东祖，三曰西祖，四曰辽东，五曰江夏，六曰汉中。宰相十七人。”由此可知李氏先世是赵郡的望族，所以《唐代墓志汇编》大历〇〇九《唐故北海郡守赠秘书监江夏李公墓志铭并序》中说李善子邕“本赵人也”，李氏后人分为各有定著的六房，江夏李氏是第五房。李邕祖李元哲徙居广陵，史书上记载的李氏遂有江都与江夏之分。江夏实乃其郡望。自称郡望或期望别人称己之郡望，反映了唐代依然保存着根深蒂固的门第观念。身份未免于贫贱，但骨子里还是有一种名门大姓的虚

① （后晋）刘昫等：《旧唐书》卷四十，中华书局 1975 年版，第 1572 页。
② （唐）杜甫著，（清）仇兆鳌注：《杜诗详注》卷十六，中华书局 1979 年版，第 1397 页。
③ （后晋）刘昫等：《旧唐书》卷一八九上，中华书局 1975 年版，第 4946 页。
④ （宋）欧阳修、宋祁等：《新唐书》，中华书局 2003 年版，第 2596 页。

荣感，这种观念亦可以从唐代有名的韩愈总是称昌黎中得到反映。

由此梳理一下，李氏本赵人，后来李善这一支祖上徙居江夏，到李元哲时又徙居广陵。对李善、李邕比较正确的说法当属扬州（广陵），自称或他称江夏则是以郡望言。以此而言，如《湖广通志》卷五十六所言的“善本江夏而邕侨居江都欤”①，是对以上文献混乱表述作出的折中处理，自然是不恰当的。

二　李善家族世系

《新唐书》卷七二《宰相世系表上》：

> 江夏李氏：汉酒泉太守护次子昭，昭少子就，后汉会稽太守、高阳侯，徙居江夏平春。六世孙式，字景则，东晋侍中。生嶷，嶷生尚，字茂仲。生矩，字茂约，江州刺史。生充，字弘度，中书侍郎。生颙，郡举孝廉，七世孙元哲。②

此段记载颇有舛误，陈尚君《新唐书·宰相世系表订正二则》称“自李就以上，事迹不见前后《汉书》，无从订其是非”，于“李式以下”，据《三国志·魏书》卷一八《李通传》及裴注，《晋书》卷四六《李重传》、卷九二《文苑·李充传》，《世说新语·言语》注引《中兴书》等文献，订正江夏李氏世系如下③：

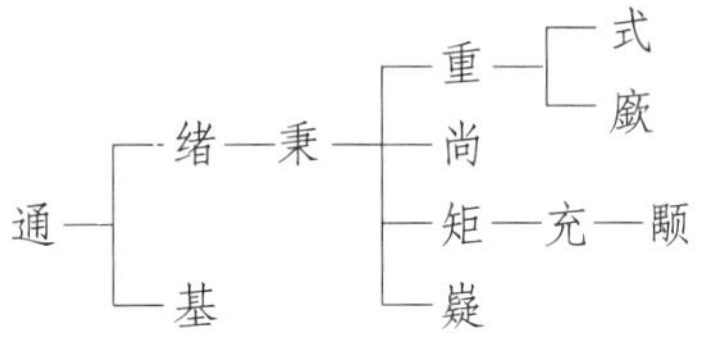

《新唐书·宰相世系表》以李善父元哲为李颙七世孙，而《唐代墓志汇编》

---

① 《湖广通志》卷五十七，文渊阁四库全书本。

② （宋）欧阳修、宋祁等：《新唐书》，中华书局2003年版，第2596页。

③ 陈尚君文见《中华文史论丛》1986年第4期，又见汪习波《隋唐“文选学”研究》第60页，表格略有改动。

"大历〇〇九"《唐故北海郡守赠秘书监江夏李公墓志铭并序》[①]云:"公讳邕,字太和,本赵人也。烈祖恪,随晋南迁,食邑于江,数百年矣。其出未大,及公前人讳善,显而不荣,宜公兴之。"此墓志题"族子著作郎昂撰",汪习波考证李昂即德宗相李泌弟,李泌在开元时即受张九龄、张庭珪器重,李邕与张庭珪善,故李昂于李善家世当有直接资料,故此墓志较为可信。以此而言,李善的家世可作如此排列:烈祖李恪——天祖——高祖——曾祖——祖父——父亲李善——李邕——族子李昂。汪习波君的猜测是正确的,并有《唐故郓州司户参军李府君墓志并序》作证,下文有详引。汪君又以李充在东晋显赫,而李邕"其出未大",猜测李善一门未必真出于李充,或为江夏李氏家族李充之外的另一支,并以"恪"字论,似与李充父辈立名之意相近,或即李秉之别一子。[②] 此猜测似颇有道理,然目前尚未有文献可证。

李恪为李善一门渡江之祖,自当无疑。《唐代墓志汇编》"贞元〇三三"收《唐故江夏李府君墓志》,题"姪将仕郎前殿中侍御史内供奉鄘述",《墓志》云"公讳岐,字伯道……高祖赎,隋连州司马;曾祖元哲,皇朝沂州别驾;祖善(有脱文)北海郡太守,赠秘书监……公即北海之第二子也"[③],脱文当为李善官职,后当继以"父邕,皇朝"字样。《全唐文补遗》第一辑收有"承奉郎前守江陵府松滋县令、赐绯鱼袋"李正卿撰《唐故大理评事赠左赞善大夫江夏李府君墓铭并序》云"曾祖元哲,皇括州括苍令。祖善,皇秘书郎、崇贤弘文馆学士。父邕,皇北海太守,赠秘书监。公即北海第三子"[④],二文与李元哲官职记载不同,汪习波以李正卿为墓主之子,较远房侄李鄘记载更为可信,是。前面提到《唐故郓州司户参军李府君墓志并序》[⑤]可证,此墓志题"河南府功曹参军姜琬撰",墓志云:

公讳睦,字瑛,其先赵人也。远祖恪,永嘉之末,避世南徙,封江夏王,

---

① 周绍良、赵超编:《唐代墓志汇编》,上海古籍出版社 1992 年版,第 1766 页。
② 汪习波:《隋唐"文选学"研究》,上海古籍出版社 2005 年版,第 61 页。
③ 周绍良、赵超编:《唐代墓志汇编》,上海古籍出版社 1992 年版,第 1860~1861 页。
④ 《全唐文补遗》第四辑,三秦出版社 1997 年版,第 265~266 页。
⑤ 周绍良、赵超编:《唐代墓志汇编》"大历〇〇八",上海古籍出版社 1992 年版,第 1765 页。

后因为郡人焉。曾祖赠，隋云安郡丞；祖哲，括州括苍县令；父昉，魏州魏县主簿。……以天宝十三年四月廿五日，终于官舍，春秋八十一。夫人南阳张氏，须昌县令嘉礼之女。……以宝应二年十一月十四日终于海陵官舍，享年八十三。以大历三年十一月十二日合祔于洛城西原，礼也。孟子暄……仲子昢……叔子曙……季子焉……幼子於……

《汇编》据国家图书馆藏拓本移录，“祖哲”句“祖”后分行，疑脱“元”字。考李善一门，名多单字，或许名为哲，元哲为其字，亦未可知。由此墓志亦可知，李昉与李善为兄弟。“赠(贈)”与“赎(贖)”形近而误，今故作“赠”。现依据以上推测考证，列李善世系如下：

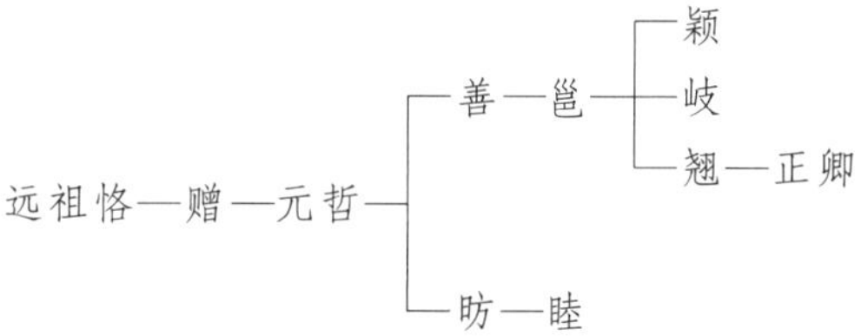

《新唐书》卷七十二上《宰相世系表》“江夏李氏”条下，云邕有二子：岐，颍。误。“颍”当作“颖”，翘误为正叔子，正叔当为翘子。翘有五子，上表仅列文中提到者一。邕三子依据为《唐故北海郡守赠秘书监江夏李公墓志铭并序》云：“公之胤：曰颖，曰岐，曰翘。”[①]岐早卒，邕于天宝六年被杖杀，次年岐卒，年三十。李善之家族世系所能考知的大致如此。

三　李善生卒年

上引《旧唐书·儒学传》对李善卒年有明确记载：“载初元年卒。”载初元年为689年。其生年则不详。高步瀛《文选李注义疏》云：“善卒在载初元年，即永昌元年。上推至贞观元年，凡六十三年。《旧唐书·儒学传》言曹宪百五岁卒。《新唐书·文艺传》言曹宪百馀岁卒。使贞观元年宪七八十岁，尚有三二

① 周绍良、赵超：《唐代墓志汇编》，上海古籍出版社1992年版，第1766页。

十年以外之岁月。善弱冠受业,当在唐初,不在隋末也。由此言之,假使善生贞观初年,则贞观、咸亨间亦仅四十馀岁,安得谓七十馀岁始生邕哉。"①高氏是针对四库馆臣的观点而作的反驳,其假定李善生于贞观初年。汪习波对高氏之言有所修正,其云:"高步瀛《文选李注义疏》也推测李善生于贞观初年,但是他认为李善弱冠受学曹宪,则未必然。一则李善、曹宪居止一地,非比远游求学者的艰难;再则六朝隋唐人读书治学在二十多岁以前的,所在甚多"②,其言外之意似是对李善年龄不应估计过高。对李善的具体生年难以确知,但可以作勉强的推测。据《唐故北海郡守赠秘书监江夏李公墓志铭并序》知,李善子李邕于天宝六载被杖杀,时年七十三,以此推知,其生年当在唐高宗上元二年,李善卒时,李邕方十四周岁。而李邕出生之前,李善已经经过了南方的流放。准之李邕四十四岁时生此子岐,尚有三子翘。假定李善大赦归来,喜极有子,在五十岁左右,其生年则在贞观末期,与李善从曹宪学习及显庆三年上《文选表》一事不谐,以此推测李善生年或当贞观初年。

至于李善卒后葬地,或在河南县金谷乡之北原。其孙李岐于天宝七载年三十而卒,"以贞元六年十一月二十八日护葬河南县金谷乡之北原附先君之茔,礼也"③,由此知李邕葬地亦在此。河南县金谷乡之北原大约在洛阳北一带,《李邕墓志》云:"夫人太原郡温氏,以大历三年十一月廿日,同窆于洛阳之北原,从兆顺也"④,两者记载一致;又认为附其先君之茔,是为遵礼,由此可以推测李善葬地或亦在此。

四　李善师承与著述

李善师隋唐宿儒曹宪,史有明文记载。曹宪是隋唐之际重要的《文选》传播教授大家,《文选》之学在江淮一带的盛行,与其教授弟子密切相关。其讲述《文选》的信息,前引《大唐新语》当是最早的记载,《旧唐书·儒学传》上《曹宪传》比之增添了一些信息:

---

① 高步瀛:《文选李注义疏》,中华书局1985年版,第35页。
② 汪习波:《隋唐"文选学"研究》,上海古籍出版社2005年版,第62页。
③ 周绍良、赵超编:《唐代墓志汇编》,上海古籍出版社1992年版,第1861页。
④ 周绍良、赵超编:《唐代墓志汇编》,上海古籍出版社1992年版,第1766页。

曹宪，扬州江都人也。仕隋为秘书学士。每聚徒教授，诸生数百人。当时公卿已下，亦多从之受业。宪又精诸家文字之书，自汉代杜林、卫宏之后，古文泯绝，由宪此学复兴。大业中，炀帝令与诸学者撰《桂苑珠丛》一百卷，时人称其该博。宪又训注张揖所撰《博雅》，分为十卷，炀帝令藏于秘阁。贞观中，扬州长史李袭誉表荐之，太宗征为弘文馆学士，以年老不仕，乃遣使就家拜朝散大夫，学者荣之。太宗又尝读书有难字，字书所阙者，录以问宪，宪皆为之音训及引证明白，太宗甚奇之。年一百五岁卒。所撰《文选音义》，甚为当时所重。初，江、淮间为《文选》学者，本之于宪，又有许淹、李善、公孙罗复相继以《文选》教授，由是其学大兴于代。①

到《新唐书·儒学传》中又增添了一部分内容：

曹宪，扬州江都人。仕隋为秘书学士，聚徒教授凡数百人，公卿多从之游。于小学家尤邃，自汉杜林、卫宏以后，古文亡绝，至宪复兴。炀帝令与诸儒撰《桂苑珠丛》，规正文字。又注《广雅》，学者推其该，藏于秘书。

贞观中，扬州长史李袭誉荐之，以弘文馆学士召，不至，即家拜朝散大夫，当世荣之。太宗尝读书，有奇难字，辄遣使者问宪，宪具为音注，援验详复，帝咨尚之。卒，年百馀岁。

宪始以梁昭明太子《文选》授诸生，而同郡魏模、公孙罗，江夏李善相继传授，于是其学大兴。句容许淹者，自浮屠还为儒，多识广闻，精故训，与罗等并名家。罗官沛王府参军事、无锡丞。模，武后时为左拾遗，子景倩亦世其学，以拾遗召，后历度支员外郎。善，见子邕传。②

贞观初，曹宪已经年老，以其百馀岁计，时约八十岁。其仕隋约在隋文帝、炀帝时期，约四十至六十岁之间。《隋书·经籍志》仅载其《博雅音》《古今图学

① （后晋）刘昫等：《旧唐书》，中华书局1975年版，第4945~4946页。

② （宋）欧阳修、宋祁等：《新唐书》，中华书局2003年版，第5640~5641页。

杂录》,由此推测其《文选音义》等著作或是入唐后完成的。

大业前期,曹宪就以授业名著京师;末期,因不堪战乱归居乡里。至唐武德年间江淮平定,始著书讲学,故有贞观中扬州长史表荐一事。李善授业于曹宪,自是贞观年间。曹宪此期的讲学,亦有卢照邻十馀岁"就曹宪、王义方授《苍》《雅》及《经史》"为证。据李云逸《卢照邻集校注》[①]附录年谱知,卢照邻生于贞观九年,十馀岁当贞观十九年以后。宪以"赅博"称,尤精小学。考之卢氏求学科目,推测宪也多以小学经史教人,《文选音义》亦属小学音注训诂之书,李善的《文选》小学功底自当得益于曹宪。曹宪同门有许淹、公孙罗、魏模诸人。藤原佐世《日本国见在书目》[②]著录公孙罗著《文选钞》与《文选音决》二书;《旧唐书·儒学传》记载许淹有《文选音义》十卷。其少时出家,于其师外另著《文选音义》之书,自当有所不同,六朝以来僧释多精音义训诂之学,淹或染此学,非独师曹宪一门。魏模在武后时期曾官左拾遗。曹宪诸弟子于《文选》之学虽皆有成就,然真正发扬广大《文选》学且影响深远者,无疑当推李善。

李善的著述《旧唐书·经籍志》载:《汉书辨惑》三十卷,《文选》六十卷;《新唐书·艺文志》除上述二书外,增《文选辨惑》十卷。又日本藤原佐世《日本国见在书目》载有李善《文选音义》十卷,然此书两《唐志》及中土其他文献均未著录,估计此书可能很早就亡佚了,而亡佚的主要因素应该是此书内容不断渗入李善注《文选》注中,丧失了本身存在的价值。

李善不以诗文名世,诗文流传至今者几乎没有。其《进文选表》勉强算是唯一可存的文字,《全唐文》卷一八七收录。高步瀛云:"善文不多见,即以此表观之,闳括瑰丽,较之四杰、崔、李诸家,殊无愧色。"[③]此文语音浏亮,用典颇繁,虽无奇特之处,然可证《传》记所云"不能属辞"者,亦非中允之论;同时可知"书麓"之号也非空穴来风,要之,李善之成就在于学术而非文章。

五　李善仕宦考

史料记载的李善仕宦经历,皆始于显庆中上《文选注表》时的官职,而此前

---

① (唐)卢照邻著,李云逸校:《卢照邻集校注》,中华书局 1998 年版。
② 〔日〕藤原佐世:《影旧钞日本国见在书目》,古逸丛书本。
③ 高步瀛:《文选李注义疏》,中华书局 1985 年版,第 34 页。

之仕宦无资料可考。显庆三年(658)李善上《文选》注表时署“文林郎守太子右内率府录事参军崇贤馆直学士臣李善”,《旧唐书·儒学传》云:“明庆中,累补太子内率府录事参军、崇贤馆直学士,兼沛王侍读。”明庆乃避中宗讳“显”字改。文林郎,属散官,隋文帝置,在八郎中位第八;唐为文官第二十八阶,从九品上,官职由卑拟高曰守,反之曰行,太子右内率府录事参军属正九品上。崇贤馆为太宗贞观十三年(639)设,置于东宫,初名崇贤馆,是太子府中的重要文化机构;上元二年(675)避太子李贤讳,改称崇文馆,多以在职官员兼充学士,五品以上称学士,六品以下称直学士,王府侍读无定员,也就是个兼职。李善官阶一直不高,故《李邕墓志》记载其“显而不荣”。

《旧唐书》卷八六《章怀太子贤传》载:

> 章怀太子贤,字明允,高宗第六子也。永徽六年,封潞王。显庆元年,迁授岐州刺史。……龙朔元年,徙封沛王,加扬州都督,兼左武卫大将军,雍州牧如故。二年,加扬州大都督。麟德二年,加右卫大将军。咸亨三年,改名德,徙封雍王,授凉州大都督,雍州牧、右卫大将军如故,食实封一千户。上元元年,又依旧名贤。①

《旧唐书·高宗纪》记载亦同,李贤于永徽六年(655)封潞王,龙朔元年(661)徙沛王。但史料记载先言李善兼沛王侍读,后言除潞王记室参军,故高步瀛等均认为沛王、潞王颠倒互换方通,因沛王、潞王皆为李贤。以此而言,李善于沛王府期间的显庆三年(658)《文选》注成上表,《唐会要》卷三六载:“(显庆)六年正月二十七日,右内率府录事参军崇贤馆直学士李善上注《文选》六十卷,藏于秘府。”②《唐会要》一书的编纂过程是:唐德宗时,苏冕撰成《会要》四十卷,记唐初至代宗时典故。宣宗时,崔铉等人撰《续会要》四十卷,记德宗至武宗时故事。王溥采择唐宣宗以后故事加以续补,撰成《唐会要》,于宋太祖建隆二年(961)正月进呈。虽然此书最后成于宋,但记载的相关部分确为德宗朝

---

① (后晋)刘昫等:《旧唐书》卷八六,中华书局1975年版,第2831页。

② 文渊阁四库全书本《唐会要》卷三十六作“六年正月二十七日右内率府录士参军崇贤马真学士李善上注文选六十卷藏于秘府”,显误。

时编纂,可信度比较高,这就与李善注署的显庆三年不符。屈守元《文选导读》解释为李善上书三年后正式诏藏秘府。如果推测不错,李善《文选》注成两年零三月后的忽然诏藏秘府,一定是有人上书推荐,并以为其业绩,继以王府记室参军,从六品官,亦当与此相关。《旧唐书·文苑传·李邕传》附《李善传》云:"后为左侍极贺兰敏之所荐引,为崇贤馆学士,转兰台郎。"秘书省改兰台在龙朔二年(662)。武敏之官拜左侍极是乾封(666~668)间事,乾封共两年又二月,或武敏之官拜后即荐李善,甚或在任左侍极之前即已荐善,后者可能性大。《旧唐书·外戚传》云贺兰敏之袭爵周国公,武曌命他"鸠集学士李嗣真、吴兢之徒,于兰台刊正经史并著撰传记"①,可见此时的贺兰敏之早已炙手可热。崇贤馆学士为五品以上官员充任,秘书郎又为清显之职,李善似乎春风得意,然而史料记载:乾封中李善却突然外任,出任经城令。经城属贝州,河北道南部,今河北山东交界之处。经城令正六品,李善官阶似降。个中原因史书无载,可略作推测,《新唐书》卷九十一《李嗣真传》云:

> 李嗣真字承胄,赵州柏人。多蓺数,举明经,中之,累调许州司功参军。贺兰敏之修撰东台,表嗣真直弘文馆,与学士刘献臣、徐昭皆少有名,号"三少"。高宗东封还,诏赠孔子太师,命有司为祝,司文郎中雷少颖文不称旨,更命嗣真,成不淹顷,帝览称善,诏加两阶。敏之等倚恩自如,嗣真不喜,求补义乌令。敏之败,学士多连坐,嗣真独免。②

李善可能已经意识到外戚的将来命运,与贺兰敏之周密,恐遭不测,乃自求外任以求保身,也就是说李善转兰台郎不久即出任经城令。

咸亨二年(671)"六月戊寅,左散骑常侍兼检校秘书、太子宾客、周国公武敏之以罪复本姓贺兰氏,除名,流雷州"③。李善此时虽已远任经城,仍受牵连,流配姚州。准之上引李嗣真事,可以推测李善与贺兰敏之关系非常"周密",即使远任,亦不能幸免。李善的仕宦生涯至此终结。

---

① (后晋)刘煦等:《旧唐书》卷一八三,中华书局 1975 年版,第 4728 页。
② (宋)欧阳修、宋祁等:《新唐书》卷九十一,中华书局 2003 年版,第 3796 页。
③ (后晋)刘煦等:《旧唐书》卷五《高宗纪》,中华书局 1975 年版,第 96 页。

《旧唐书·高宗纪》载上元元年"秋八月壬辰……改咸亨五年为上元元年，大赦"①。屈守元、饶宗颐均认为李善大赦在此年，罗国威在此之上继引"（上元二年）六月戊寅，以雍王贤为皇太子，大赦"推测"李善遇赦得还，当在此二次大赦之中，即是说，不在上元元年八月，就在上元二年六月"②。上元二年（675）非，按之前引《李邕墓志》知李邕生于上元二年，李善流配姚州蛮荒烟瘴之地，携家眷同往之可能性不大，上元元年（674）八月大赦，消息传至姚州，李善当年即归扬州，故方有二年邕生之事。

六　李善讲学考

李善上元元年大赦归扬州，次年李邕生。大赦，得子，虽双喜临门，但子幼家贫，未泯仕宦之心的李善不可能当即进京，故于扬州设帐以维持生计。事见《旧唐书·马怀素传》：

> 马怀素，润州丹徒人也。寓居江都，少师事李善。家贫无灯烛，昼采薪苏，夜燃读书，遂博览经史，善属文。举进士，又应制举，登文学优赡科，拜鄠尉，四迁左台监察御史。……会怀素病卒，年六十，上特为之举哀，废朝一日，赠润州刺史，谥曰文。③

而《旧唐书·玄宗记》载"（开元六年）秋七月己未，秘书监马怀素卒"④，马怀素卒年六十，则其生于显庆四年（659），至上元二年（675）李邕生时，马怀素年十七，此前李善流放姚州，马怀素少师事李善，当在此年以后。

李善在扬州设帐授徒始于上元二年，不得晚于调露二年（680），前后不到五年。上元二年，李贤被立为太子，此时之李善尚存仕宦之心，欲以曾为李贤王府属僚的关系重新谋职。但时值子李邕初生，不可能立即携眷进京，故暂时在扬州设帐，马怀素就在这时从之学。李善晚年讲学地点史书记载是在汴、郑间。

---

① （后晋）刘昫等：《旧唐书》卷五，中华书局 1975 年版，第 99 页。
② 罗国威：《李善生平事迹考辨》，《文献》1999 年第 3 期，第 49～50 页。
③ （后晋）刘昫等：《旧唐书》卷一百二，中华书局 1975 年版，第 3163～3164 页。
④ （后晋）刘昫等：《旧唐书》卷八，中华书局 1975 年版，第 179 页。

可能李邕稍大,李善即携眷北上京城,没想到太子李贤重蹈其兄之覆辙,于调露二年(680)的政治斗争中失败,而李善已经离扬州北上,失去凭借希望后,最终选择在汴、郑间讲学,彻底放弃了仕宦之心。以讲学为业,诸生四至,名播一方,《文选》之学最终成立。

学界对李善在汴、郑间讲学之地点多有争论,其实有一条较为可靠的资料可以推测。李褒撰《唐故绵州刺史江夏李公墓志铭》云李邕孙李正卿"即罢归荥阳墅,修复秘书公讲习遗址,偃仰自遂"[1],秘书公指李善无疑,由此推测,李善于汴、郑间讲学可能初无固定之地,荥阳为他最终固定讲学之地,其隶属郑州,距洛阳亦近,士子云集,又稍离喧闹的政治中心洛阳,是合适的讲习之所。

《文选》之学肇始于曹宪,成立于李善。但李善讲学绝非单《文选》一目,他四部贯通,尤精小学、《汉书》《文选》;再者,讲习之内容还要以科举时代的指向为目标,关于此点,第三章有相关论述。

现依据上述诸点对李善生平行事列一简表梳理如下[2]。

约贞观初年(627),李善生。李善,远祖恪,父元哲,扬州江都人,郡望江夏。

贞观年间(627~649),受业于同郡大儒曹宪。

永徽六年(655)正月,以李弘为代王,封李贤为潞王。

显庆元年(656),李弘立为皇太子。

显庆三年(658)九月,李善注《文选》成,上表,诏赐绢一百二十匹。注署文林郎守太子右内率府录事参军崇贤馆直学士。

显庆六年(661),诏《文选》李善注藏于秘府。贺兰敏之荐,为崇文馆学士,转兰台郎。

龙朔元年(661)九月,徙潞王为沛王。善兼沛王侍读,同学公孙罗为沛王府参军。

乾封中(666~668.2),善出为经城令。贺兰敏之官拜左侍极,赐姓武。

咸亨二年(671),武敏之以罪流雷州,善以与敏之周密,连坐流姚州。

---

① 周绍良、赵超编:《唐代墓志汇编》会昌〇四〇,上海古籍出版社 1992 年版,第 2240 页。

② 参阅饶宗颐:《敦煌吐鲁番本文选》前言相关部分,饶氏对唐代《文选》学有精辟论述,并对李善仕宦作了一简表,此处与其内容略有不同。中华书局 2000 年版,第 11 页。

咸亨五年(674.8),改元上元,大赦。善归扬州。

上元二年(675),李贤立为太子。李善子邕生,善设帐扬州,马怀素师之。

调露二年(680)后,善寓居汴郑间荥阳,讲学为业,诸生四至,以《文选》教,号"文选学"。

永隆二年(681)二月十九日,弘济寺抄写善注文选《西京赋》。[①]

载初元年(689),邕十四岁。善卒,葬洛阳北原。

第二节　《文选》李善注的成书

《文选》李善注的出现有许多方面的因素,比如李善所受的教育、时代的学术风气,等等。因此,李善注的出现不是空穴来风。一方面是经史注疏之学向集部渗透的表现。从南北朝时期就开始兴起的经部注疏之学、史部集解等风气,经过隋代,到唐初呈现出南北学风融合的景象并进一步兴盛,《五经正义》的问世以及《史记》《汉书》类史书的注释即为明显的表征,其范围也开始扩展到集部。另一方面,从汉代以来开始的单篇文章注释发展到唐代,呼唤着集成而又具备开创性的发展。李善在前代注释的基础上,继承而又创造性地奠基了集部注释的体例,从而使得《文选》李善注成为古代"四大名注"之一,成为集部注释的典范。

李善注吸收旧注的来源不外两种:一是关于《文选》的注释之作。在李善注成书之前,已知的《文选》注释主要集中在音义方面,他师从曹宪学习《文选》亦当从音义入手。他学习《文选》的切入点以及由此奠定的知识结构、同门诸人的多种《文选》音义之作应该首先成为李善注成书的基础。谨慎一点而言,这些早期的《文选》音义注释之作,可以视为李善注成书的背景:即在对《文选》进行音义注释的舞台背景中,李善注凸显出来,走向了前台。二是李善注之前的单篇注释。可以肯定,单篇传播是古代作品,尤其是文集出现之前最重要的传播方式。在传播过程中对作品的笺证注释等是不可或缺的重要形式,这甚至使作品作者本人亦从事自己作品的注释(如谢灵运《山居赋》自注、张渊《观象

---

① 具体内容见第二章。

赋》自注），并且成为魏晋南北朝时期的重要传播现象。因此，在李善注《文选》之前，《文选》所收之作品已经有不少以单篇注释的形式存在并传播的现象。

《文选》李善注之前的单篇注释，至少在两个方面直接影响了李善：一是单篇注释的方式、体例等形式因素，二是有些单篇注释之文直接被《文选》选入，李善对此类注释作了选择与保留。

一 《文选》李善注之前的单篇注释

《文选·西京赋》题目下有薛综注，李善注云："旧注是者因而留之，并于其篇首题其姓名；其有乖谬，臣乃具释，并称臣善以别之。他皆类此。"此为李善注采纳旧注的体例。他对旧有的篇章之注，尽量吸纳，认为不正确的方释之。这一方面表明，李善注《文选》不是突兀而起，而是历史上此类注释发展累积的结果；另一方面，通过考察李善注之前的单篇注释，不仅可以发现李善对前人的注释如何作了吸取，而且也可明了李善对前人的旧注作了哪些改进，同时，亦可清楚李善注在整个《文选》学史上、进而在整个诠释学史上的卓越贡献，这些都是考察《文选》李善注成书不可或缺的部分。[①]

对篇章典籍的注释经过了一个历史的发展过程。成型的单篇之注应该是兴于两汉时期。两汉经学发达，今文经学与古文经学的确立影响了整个经学史、中国学术史。每个时代都体现着不同的时代特征与学术水平。汉代篇籍的单篇之注从本质上讲是汉代经学的渗透与扩展。

约略考察李善引用的汉代单篇之注有：王逸的《楚辞章句》、曹大家的《幽通赋注》、蔡邕的《典引》注等。《旧唐书》卷四十七《经籍志》下著录"《幽通赋》一卷班固撰，曹大家注"，可见，此文至唐仍有单行本流传。一般认为，此为李善引单篇之注中最早的注释。今举几例了解一下曹大家注的特征，以胡刻本为

---

① 依据《文选》李善注，其所征引之旧注大致有以下数种：《二京赋》薛综注，《蜀都赋》刘逵注（注内或称张载），《魏都赋》张载注（标题亦称刘逵）、曹毗注，《南都赋》皇甫谧注，《子虚赋》张揖注、司马彪注、晋灼注、郭璞注，《上林赋》张揖注、司马彪注、韦昭注、郭璞注，《甘泉赋》服虔注、晋灼注、张晏注、孟康注，《射雉赋》徐爰注，《鲁灵光殿赋》张载注，《幽通赋》曹大家注、项岱注，《思玄赋》旧注，《咏怀诗》颜延之、沈约等注，《楚辞》王逸注，《答宾戏》旧注，《典引》蔡邕注，《演连珠》刘峻注，等等。详情可参阅汪师韩：《文选理学权舆》卷二，《续修四库全书》第1581册，影印读画斋丛书本。

例,并参以秀州本,以分清曹大家注与李善注,俱见《文选》卷十四志上班孟坚《幽通赋》注第一段。

1.系高顼之玄胄兮。

曹大家曰:系,连也。胄,绪也。高,高阳氏也。顼,帝颛顼也。言已与楚同祖,俱帝颛顼之子孙也。水北方黑行故称玄也。《家语》孔子曰:颛顼者,黄帝之孙,昌意之子也。曰高阳,配水也。

秀州本注:曹大家曰:系,连。胄,绪也。高,高阳氏也。顼,帝颛顼也。言已与楚同祖,俱帝颛顼之子孙也。水北方黑行故称玄也。善曰:《家语》孔子曰:颛顼者,黄帝之孙,昌意之子也。又曰高阳,配水也。

按:胡刻本因去掉“善曰”或“臣善曰”,遂使曹大家注与李善注混同,秀州本保存得非常清楚,但又将曹大家注与五臣注放在一起,使人不免误会此为五臣注的内容。

2.飒颻风而蝉蜕兮,雄朔野以飏声。

曹大家曰:飒,飘飒也。南风曰颻风。朔,北方也。言已先人自楚徙北至朔方也,如蝉蜕之剖,后为雄桀扬其声。《淮南子》曰:蝉饮而不食,三十日而蜕。《汉书》曰:始皇之末,班懿避地于楼烦,当孝惠、高后时,以财雄北边。

秀州本注:曹大家曰:飒,飘飒也。南风曰颻风。朔,北方也。言已先人自楚徙北至朔方也,如蝉蜕之剖,后为雄桀扬其声。善曰:《淮南子》曰:蝉饮而不食,三十日而蜕。《汉书》曰:始皇之末,班懿避地于楼烦,当孝惠、高后时,以财雄北边也。

按:依秀州本,引典部分实为善注,非曹大家注。

3.懿前烈之纯淑兮,穷与达其必济。

曹大家曰:懿,美也。前烈,先祖也。言已先祖,穷遭王莽,达则必富贵,济渡民人,惠利之风,有令名于后世也。《孟子》曰:穷则独善其身,达则兼善天下。《吕氏春秋》曰:古之得道者,穷亦乐,达亦乐。非穷达而异也,道德于此,穷达一也。

秀州本注:曹大家曰:懿,美也。前烈,先祖也。言已先祖,穷遭王莽,达则必富贵,济渡民人,惠利之风,有令名于后世也。善曰:《孟子》曰:穷则独善其身,达则兼善天下。《吕氏春秋》曰:古之得道者,穷亦乐,达亦乐。非穷达异也,道得于此,穷达一也。

4.咨孤蒙之眇眇兮,将圮皮义绝而罔阶。

曹大家曰:蒙,童蒙也。眇,微也。圮,毁也。言己孤生童,微陋鄙薄,将毁绝先祖之迹,无阶路以自成也。

按:秀州本曹大家注与此同,善注为:圮,皮义切。

5.靖潜处以永思兮,经日月而弥远。

曹大家曰:言己安静长思,不欲毁绝先人之功迹,日月不居,忽复大远。

按:秀州本此句善无注。

6.匪党人之敢拾兮,庶斯言之不玷。

曹大家曰:庶此异行不玷先人之道也。《毛诗》曰:斯言之玷,不可为也。

秀州本注:曹大家曰:庶此异行不玷先人之道也。善曰:《毛诗》曰:斯言之玷,不可为也。

若单就胡刻本看,已难以分清曹大家注与李善注的界限,参照秀州本,二家之注才能理清,由此可以寻找曹氏的注释特征。仅此而言,曹大家的注释特征亦非常明显。先对字词进行训释,训释的方式是直训;次进行解说,即概括大意,概括的方式用“言……也”句式。可以与汉代的经书注释作一下比较,如《孟子·公孙丑》:“以力假仁者,霸霸必有大国。以德行仁者王,王不待大。汤以七十里,文王以百里。”汉代赵岐注:“言霸者以大国之力,假仁义之道,然后能霸,若齐桓、晋文等是也。以己之德,行仁政于民,小国则可以致王,若汤、文王是也。”进行的是章句注释,多以“言”概括大意,若有疑难字词,则一一作释。再如《尚书·尧典》“曰若稽古,帝尧”句注:“若,顺。稽,考也。能顺考古道而行之者帝尧”,先训释字词,继以言说大意。总体而言,曹大家的此篇注不出汉代经注的体式,直训、串释,这也正是汉魏通行的注释体式。

这种注解方式在其他几篇中是否亦如此,不妨再看王逸的《楚辞章句》部分例子。《文选》胡刻本卷三十二骚上《离骚经》第一段王逸注:

1.帝高阳之苗裔兮。

苗,胤也。裔,末也。高阳,颛顼有天下之号也。《帝系》曰:颛顼娶于滕隍氏女而生老僮,是楚先。其后熊绎事周成王,封为楚子,居于丹阳。其孙武王,求尊爵于周,周不与,遂僭号称王,始都于郢。是时生子瑕,受屈为客卿,因胤末之子孙,恩深而义厚也。

2.朕皇考曰伯庸。

朕,我也。皇,美也。父死称考。《诗》曰:既右烈考。伯庸,字也。屈原言:我父伯庸,体有美德,以忠辅楚,世有令名,以及于己。

3.摄提贞于孟陬兮。

太岁在寅曰摄提。孟,始也。贞,正也。于,於也。正月为陬。

4.惟庚寅吾以降。

惟,辞也。庚寅日降下也。寅为阳正,庚为阴正。言己以太岁在寅,正月始春,庚寅之日,下母之体。

按:《集注》本后继以“而生得阴阳之正中也”。《楚辞补注》有此句。

5.皇览揆馀于初度兮。

皇,皇考也。览,睹也。揆,度也。

按:《集注》本仅有“皇,皇考也”。

6.肇锡余以嘉名。

肇,始也。锡,赐也。嘉,善也。言己美父伯庸,观我始生年时,度其日月皆合天地正中,故始锡我以美善之名。

7.名余曰正则兮。

正,平也。则,法也。

8.字余曰灵均。

灵,神也。均,调也。言平正可法则者,莫过于天;养物均调者,莫神于地。高平曰原,故伯庸名我为平以法天,字我曰原以法地。夫人非名不荣,非字不彰。故子生,父思善应而名字之,以表其德,观其志也。

毋庸仔细审视,就可发现,王逸注释方式、体例与曹大家注释惊人地相似:直训词义,“言××也”讲解句义,偶尔再加引证。

总而言之,汉代的单篇之注,是汉代经传注释影响之产物,注释体例紧跟经注,直训串讲,以明意为本,偶有的引用亦仅是对注释的借鉴,与李善注整体的语源学的追溯还相差甚远。并且,像《楚辞》这样的文学篇籍,在汉代还是打着经学的幌子才最终确立其经典地位的,仅从这一点就很能说明汉代的学术氛围与风格对经学之外篇籍的深刻渗透与影响作用。以此而言,汉代的单篇注释无疑是经学注释的附庸，在整体的汉代诠释体系中尚处于边缘化的地位，在文学尚不够自觉的时期，仅仅是经学诠释对单篇作品的渗透而已。

魏晋时期，四部分类之法渐趋成型，对集部的作品之认识与前有所不同，至少在分类上意识到其不同于经史等类的特征，这时的单篇注释，自有异于两汉的类似章句之学的训解，但这个过程并不是一蹴而就的，而体现着承袭与新变的某些特征。《文选》李善注采用此期旧注最多者当属薛综的《二京赋注》以及张载、刘逵的《三都赋注》，张载的《鲁灵光殿赋注》等。

《三国志·吴书》卷五十三《薛综传》云："（赤乌）六年春，卒。凡所著诗赋难论数万言，名曰《私载》，又定《五宗图述》《二京解》，皆传于世。"①此所云《二京解》当即李善所引的《二京赋注》。今从现存最早的永隆本《西京赋》中随便几例，略看薛综注之特征。

1.浸石菌于重涯，濯灵芝以朱柯。

石菌、灵芝，北海中神山所有神草名，仙之所食者。浸，濯也。重涯，池边也。朱柯，芝草茎赤色也。

2.上林禁苑，跨谷弥阜。

跨，越也。弥，犹掩也。大陵曰阜。上林，苑名。禁人妄入也。

3.于是众变尽，心酲醉。般乐极，怅怀萃。

酲，饱也。萃，犹至也。于是游戏毕，心饱于悦乐，怅然思念所当复至也。

4.独俭啬以龌龊，忘蟋蟀之谓何。

俭啬，节爱也。蟋蟀，唐诗刺俭也。言独为此节爱，不念唐诗所刺邪？

李善引旧注多有节删，以此不可能完全清楚薛综旧注之貌。但以李善注所引看，薛注仍不废直训，还特别注重名物训诂，与汉代经学之注尚无多少不同。尽管所释名物定有出处，但不标所本，与善注尚有较大差异，此外，亦有串讲阐释语，"言××也"之外，亦多用"谓××也"阐释，又特别注意在具体语境下的解说，间有引典，引用典籍不完整说明书名，而以说明情境为本，如上引第四条实引《毛传》。此种引用乃经史常用之方法，后来的李善注本亦多有此种情形，疑为授课记录之迹，非善注本原。

---

① （晋）陈寿撰：《三国志》，中华书局1982年版，第1254页。

张载、刘逵《三都赋注》之特色，大致同于薛综《二京赋注》，串释文字亦复不少，引典时溯语源，已近善注。

《文选集注》中保存了东晋綦毋邃的几条注释，尤为可贵。

1.然相如赋上林而引卢橘夏熟，杨雄赋甘泉而陈玉树青葱，班固赋西都而叹以出比目，张衡赋西京而述以游海若。

綦毋邃注曰：凡此四者，皆非西京之所有也。

2.考之果木则生非其壤，校之神物则出非其所，于辞则易为藻，于义则虚而无征。

綦毋邃注曰：盖是韩非所谓画鬼魅易为好，画狗马难为工之类也。

3.且夫玉卮无当，虽宝非用。

綦毋邃注曰：卮，一名觯，酒器也。当，底也。

4.积习生常，有自来矣。

綦毋邃注曰：《左传》曰：习实生常。

5.且夫任土作贡，《虞书》所著，辨物居方，《周易》所慎。

綦毋邃注曰：《虞书》曰：禹别九州，任土作贡。定其肥饶之所生而著九州贡赋之法也。《周易》曰：君子以慎辨物居方。

仔细研读这几条文字，第一条属于串释，第二条亦是讲解，但是通过引用进行的，不直接标《韩非子》而以作者名之，第三、第四两条直接引旧籍以追溯语源，间有进一步阐释之语。以此而言，其与两汉章句之学已明显不同，引典亦多，与李善注颇类。惜綦毋邃注所存仅此，未知其全貌是否均如此。

南北朝时期文学发达，五言诗创作兴盛，骈文的兴起凸显着士人炫才的知识与热情，篇章之注是时人竞赛知识的绝好文本，注家沉溺的正是语言与意象的典故，注释与正文有多人所为者，二者互相补充，成为文学史上罕有的现象，注释渐繁。

《文选》李善注引用的此期之注主要有谢灵运《山居赋》自注，张渊《观象赋》自注，刘孝标《演连珠》注，郭景纯《子虚上林赋》注，沈约《咏怀诗》注等等。

对于郭璞之注《子虚》《上林》，李善大致多引其字义、字音之训，此正是景纯所擅；偶引讲解之文，大致类于其《山海经注》，类于章句之学。谢灵运自注《山居赋》，释语颇繁，然正中其心灵之处，自作自注，引典阐释之准，远比他注为确。《文选》阮籍《咏怀诗十七首》引颜延年、沈约等注。看沈约注之特征，以胡刻本引文为例。

1.如何金石交，一旦更离伤？

沈约曰：婉娈则千载不忘，金石之交，一旦轻绝，未见好德如好色。

2.一身不自保，何况恋妻子？

沈约曰：荣悴去就，此人本无保身之术，况复妻子者乎！

3.凝霜被野草，岁暮亦云已。

沈约曰：岁暮风霜之时，徒然而已耳。

4.春秋非有托，富贵焉常保？

沈约曰：春秋相代，若环之无端，天道常也。譬如天马本出西北，忽由东道；况富之与贫，贵之与贱，易至乎？

5.良辰在何许？凝霜霑衣襟。寒风振山冈，玄云起重阴。

沈约曰：良辰何许，言世路险薄，非良辰也。风霜交至，凋殒非一；玄云重阴，多所拥蔽；是以寄言夷、齐，望首阳而叹息。

6.素质游商声，凄怆伤我心。

沈约曰：致此雕素之质，由于商声用事秋时也。游字应作由，古人字类无定也。

7.宁与燕雀翔，不随黄鹄飞。黄鹄游四海，中路将安归？

沈约曰：若斯人者，不念己之短翮，不随燕雀为侣，而欲与黄鹄比游。黄鹄一举冲天，翱翔四海，短翮追而不逮，将安归乎？为其计者，宜与燕雀相随，不宜与黄鹄齐举。

沈约此注，整体而言，率多浅显，多发议论，又有游离文本之迹；然考索文心，寻觅作者之意，是其特色，其所长仍为串讲。偶有校雠，以一己之身历，叹人生之感，不仅仅就文释文，而且开始关注文词背后之深意。

两汉至六朝的单篇注释，大致如此。其发展趋势虽渐离章句，追索语源，但始终沉溺于串讲之中，不能自拔，一直没有达到像李善注的语源学的考索与追寻境界。但是，假若没有此类注释出现，李善注成书亦绝非易事。其对旧有的此类注释,多所涉猎,亦多有剔除,最终成就了引典翔实的《文选》注①。

李善对旧注的处理原则反映在两条注释条例中。一是张衡《西京赋》旧有的薛综注,李善保存了不少,并发凡起例云:“旧注是者,因而留之,并于篇首题其姓名。其右乖谬,臣乃具释,并称臣善以别之。他皆类此。”在扬雄《甘泉赋》对《汉书》旧注的引用时亦言:“然旧有集注者,并篇内具列其姓名,亦称臣善以相别,他皆类此。”此种对旧注的处理,是因袭之中有订正,有补充,并通过“臣善”的方式加以区别。李善对旧注的第二种处理情形是虽有旧注,但摒而不用。在《藉田赋》注中,李善云:“然《藉田》《西征》咸有旧注,以其释文肤浅,引证疏略,故并不取焉。”可见,李善对旧有的单篇注释是择善而从,对比较好的单篇注释征引时,也有取舍,纠补缺漏,并以“臣善曰”断之。所以说,李善注不是单纯的集注性质,而是在旧注之上的进一步开创之作。

篇章单篇注释是李善注的重要来源,另外,此前的众多注释之作,亦成为李善注《文选》引征的来源,它涉及经史子集四部,清代汪师韩曾对李善注中的征引书目作了详细的排列,其中很大一部分是旧有的注释之作②。这些众多的旧注与李善所引他书,共同构建了李善注本宏赡的特征。

二　李善注之前的音义之学

严格来讲,依附于某部作品的音义之学,亦当属注释之学范畴。曹宪精通文字音义训诂,李善师从曹宪,故李善学习《文选》也是从此切入的,有鉴于此,对李善之前的音义之学单独作一描述。

在魏晋南北朝单篇注释渐繁的同时,在小学领域秉承两汉之绪,复有印度释教之影响,诞生了一门新的学问——音义之学。它与传统小学中的诂训杂糅,渗透四部,至南朝时颇为兴盛。据《隋书·经籍志》载,此期集部的音义著作主要有:《楚辞》部分有《楚辞音》一卷,徐邈撰;《楚辞音》一卷,宋处士诸葛氏撰;《楚辞音》一卷,孟奥撰;《楚辞音》一卷;《楚辞音》一卷,释道骞撰。《文选》方面有《文选音》三卷,萧该撰。赋类的有:《二京赋音》二卷,李轨、綦毋邃

---

① 对李善注之前的单篇注释,汪习波《隋唐“文选学”研究》一书(上海古籍出版社 2005 年版)中有较详细的阐述,可以参阅,第 89~107 页。

② 详情可参阅(清)汪师韩:《文选理学权舆》卷二上、卷二下。

撰;《齐都赋》二卷并音,左思撰;《二都赋音》一卷,李轨撰。《百赋音》十卷,宋御史褚诠之撰。梁有《赋音》二卷,郭征之撰。《七林》十卷梁十二卷,录二卷,卞景撰。梁又有《七林》三十卷,音一卷。除此之外,史部中与《文选》关系密切的《汉书》尚有数部《汉书音义》。

虽然《文选》李善注以引典为特征,但作为注释,不可避免地要释义、注音,而六朝以来兴起的音义之学无疑是作为这一宏大的学术背景来呈现的,加上曹宪亦以小学著称,具备此种学术积淀与背景的李善,音义之学无疑对其有深刻的影响,尽管今本李善注中似乎有尽力避免引用其师承之著作的趋向,但其教育背景的影响无疑是根深蒂固的。

撇开众多的单篇音义之书不言,仅就《文选》而论,萧该当是为《文选》作音义的第一人。其书似于宋代以后佚亡。今《文选》尤刻本中存一条,《文选集注》中存两条。

1.尤刻本《文选》卷一五《思玄赋》注:萧该音本作陂,布义切。

2.《文选集注》卷八《蜀都赋》注:《音决》:诸萧等咸以为许奇反。云鬼谷先生书有抵巇篇。本作戏字者,传写误。

3.《文选集注》卷九《吴都赋》注:《音决》:唰,萧音所劣反。

以有限之残存看,萧该之书主于音注,当然应该也有字义的训释,以今存《经典释文》《一切经音义》等书推知,其当时音、义具释,然后之引者多引其音而略其意而已。

曹宪《文选音义》史书虽有记载,然最早著录于《新唐书·艺文志》,且云"卷亡"。据汪习波《隋唐"文选学"研究》云,日存《文选集注》中引用曹音,屈守元先生《文选导读》抄录四条。汪氏注云:"另据张伯伟老师提醒,日本学者富永一登的《文选李善注研究》中录有曹音十几条。"①然未见其书,对曹音亦难下结论。曹氏尚有《汉书音义》。李善师之,受其影响自然颇深。曹宪弟子李善、许淹等皆撰有《文选音义》之书,其师承亦显。

李善既师承曹宪,时音义学盛,李善复有《文选音义》一书,此书自是对《文选》进行全面注释的先声。早期的李善注本对音释及词义似多不重视,其实李

---

① 汪习波:《隋唐"文选学"研究》,上海古籍出版社2005年版,第56页。

善早有专书于此，然此书不传，恐怕其大部分内容渐趋渗入选注而自亡了。

音义之学可以视为李善注《文选》广阔的学术背景，而其引经据典的阐释则是其超越音义之学的创造与大规模实践。

三　李善注的成书

如前所述，李善师从曹宪学习《文选》约于贞观年间，大约与卢照邻学习时间相当，至高宗显庆三年（658），以太子右内率府录事参军崇贤馆直学士身份上表，已十年有馀，《文选》李善注的初步成书就在这期间。李善注的原始形态肯定没有今天我们看到的注本详细，其最初的构想很大程度上包含了汲汲求仕的意图，然而并未取得意料的结果，《唐会要》记载三年后方诏藏秘书，赐绢而已。相反，又因与贺兰敏之周密，卷入唐代宫廷的政治争斗，以致流放。

经历了官场的动荡与流放的李善，幸遇大赦，先在扬州设帐，终居汴、郑间讲学为业，这是上元二年（675）以后的事情。此后，李善对《文选》注释不断补充修订，以之授徒，生徒四至，传抄亦多，最终导致了李善注本纷繁不一的面貌。从时间上看，永隆二年（681）的本子也并不一定代表李善注的最初形态，亦有可能是李善讲学早期的一个记录传抄本。文献记载晚唐时期李善注的多种本子并存的局面，从李善讲学与传播角度而言，很可能是事实。从李善注的最初传播开始，《文选注》就注定是一个开放的系统，是李善与众多的读者以及后来众多的校勘者、刊刻者共同对其注释不断加工的过程。李善的《文选》注释显庆三年的上表之本与以后其讲学之本、修订之本、传抄之本面目非一，整体上体现出李善注由简至繁的大体趋向。关于这一点，将在以下的章节中逐步展开。

附录

李邕生平仕宦著述考略

李邕历经高宗、武后、中宗、睿宗、玄宗数朝，亲历了大唐盛世，也由于直言进谏与名声甚巨且不护细行备受嫉妒与诬陷，而仕途坎坷。李邕与当时郗士美、崔颢、高适、李白、杜甫等文人都有交往或对其有知遇之恩，在这些人的诗文中也有与李邕交游或唱和、怀思的篇章。与这些文人的研究比较，李邕研究则显得太寂寥了。而且，正是由于对李邕研究的忽视，导致了对李白、杜甫、高适等人的诗文研究中出现偏差，如对二李交往的诗篇系年与地点之确定，因为对李邕仕宦经历的模糊，而聚讼不已。即使是一些影响较著的研究著作，在考察李、杜等作品的创作年代与地点时，对李邕的认识也只限于两《唐书》，而两《唐书》对李邕的记载表面看比较翔实，其实多有缺漏和讹误。依之为坐标进行的考证往往也就难以成立。在阅读其父李善《文选注》时，《新唐书》中记载李邕对其父注补益以“附事见义”，因疑其真实性，遂爬罗剔梳，细考李邕经历，对其仕宦与著述以系年的方式进行了初步的比排，现略加整理，作为此章之附录。

李邕，江都人。

《旧唐书》传曰（下简称旧传）：“李邕，广陵江都人。”《新唐书》卷二百二《李邕传》（下简称新传）则云：“扬州江都人。”《旧唐书・地理志三》说：“江都，汉属广陵国，隋为江都郡，武德三年，改为兖州，七年改为邗州，九年改为扬州都督府，皆以江都为治所。”李邕为江都人似乎没有问题。但《新唐书・儒学传》

中《曹宪传》述及其父李善时称“江夏李善”。李邕撰并书的几乎所有碑刻都题江夏李邕。杜甫《八哀诗》中悼念李邕的诗《赠秘书监江夏李公邕》中有云:“呜呼江夏姿,竟掩宣尼袂。”元和初年任江都主簿的刘肃,在《大唐新语·著述》中说:“江淮间为《文选》学者起自江都曹宪,其后句容许淹、江夏李善、江都公孙罗相继以《文选》教授。”这条材料把江夏李善与江都公孙罗并列,而没说江都李善、公孙罗。这些与两《唐书》不同的证据都直接否定了李邕为江都人的说法。其实这两种说法只是着眼点不同,是可以解释的。《新唐书·宰相世系表》云:“元哲徙居广陵。”“赵郡李氏定著六房:其一曰南朝,二曰东祖,三曰西祖,四曰辽东,五曰江夏,六曰汉中。宰相十七人:……江夏有……”由此可知李氏先世是赵郡的望族,故《唐代墓志汇编》大历〇〇九《唐故北海郡守赠秘书监江夏李公墓志铭并序》中说邕“本赵人也”,李氏后人分为各有定著(即祖籍、定居地)的六房,江夏李氏是第五房。李邕祖李远哲徙居广陵,史书上记载李氏遂有江都与江夏之分。江夏实乃其郡望。阮元、高步瀛亦均作如是释。姑从之。

父善。

李邕父李善事迹,附邕传行。旧传:“父善,尝受《文选》于同郡人曹宪。后为左侍极贺兰敏之所荐引,为崇贤馆学士,转兰台郎。敏之败,善坐配流岭外。会赦还,因寓居汴、郑之间,以讲《文选》为业。年老疾卒。所注《文选》六十卷,大行于时。”新传:“父善,有雅行,淹贯古今,不能属辞,故人号‘书簏’。显庆中,累擢崇贤馆直学士兼沛王侍读。为《文选注》,敷析渊洽,表上之,赐赉颇渥。除潞王府记室参军,为泾城令,坐与贺兰敏之善,流姚州,遇赦还。居汴、郑间讲授,诸生四远至,传其业,号‘《文选》学’。”李善事迹,笔者拟撰专文考辨,此不赘。

唐高宗上元二年(675),邕生。

李邕的出生时间,史无明文。旧传载:“邕于开元六年被杖杀,时年七十馀。”新传则肯定地说:“时年七十。”《全唐文》等总集多沿《新唐书》。《辞海》亦同,定邕生年为仪凤三年(678)。以后出版的《中国历史人物生卒年表》(黑龙江人民出版社1981年版)、《中国文学家辞典》(四川人民出版社1983年版)、《中国历史人物辞典》(黑龙江人民出版社1983年版)皆与《辞海》同,其均依据新传。《唐代墓志汇编》大历○○九《唐故北海郡守赠秘书监江夏李公墓志铭并序》则云:“年七十三,卒于强死,哀哉!”此墓志为邕族子著作郎李昂撰,因此可信度最高。以此逆推,则知李邕当生于高宗上元二年(675)。

邕,字太和。

旧传没有记载李邕的字,新传则云“字泰和”。《全唐文》等沿之。《唐故北海郡守赠秘书监江夏李公墓志铭并序》则云“字太和”。“泰”与“太”古多通用。如《文选李善注》左思条云“字太冲”,而《唐钞文选集注》则写作“泰冲”。

少知名。

邕少知名的事迹旧传未载,新书记载两则。第一则:“始善注《文选》,释事而忘意。书成以问邕,邕不敢对。善诘之,邕意欲有所更。善曰:‘试为我补益之。’邕附事见义,善以其不可夺,故两书并行。”《宣和书谱》对李邕的介绍亦如之。按这段话理解,李邕也有一部《文选注》。李善的《文选注》重在释事,即解释典故名物;与其父不同的是,李邕的《文选注》重在揭示阐发文章的含义,并且两书同时流行。细考之,这段话的真实性颇值得推敲。遍查旧书《经籍志》与新书《艺文志》,都看不到李邕的《文选注》,旧传中说李善“尝注解《文选》,分为六十卷,表上之,赐绢一百二十匹,诏藏于秘阁”。李善生年不详,但卒年史书有明确记载,为武后载初元年(689),邕时年仅十四周岁。而高宗显庆三年(658)李善《文选注》已成,见其《上〈文选注〉表》。时邕尚未在人世。即以李善卒年考虑,十四岁的李邕补益《文选注》的可能性也不大。不过《文选》乃邕之家学,后来对其父《文选注》进行补充也不是没有可能,但目前还没有足够的文献证明。新传多沿旧传,递增部分不可尽信,多小说家者语。第二则:“既冠,见特进李峤,自言:‘读书未遍,愿一见秘书。’峤曰:‘秘阁万卷,岂时日能习邪?’邕固请,乃假直秘书。未几辞去,峤惊,试问奥篇隐帙,了辩如响。峤叹曰:‘子且名家!’”此记载亦有矛盾。旧书《李峤传》:“景龙三年,罢中书令,以特进守兵部尚书,同中书门下三品。”新书《宰相表》:“景龙三年己酉,八月中旬，峤守兵部尚书、同中枢门下三品。”景龙三年为709年，时邕已三十四周岁，何言“既冠”？故知此条记载亦不可信。若以邕既冠年龄推算，按旧书《李峤传》来看，时峤可能为麟台少卿。

则天皇帝长安四年（704），召拜左拾遗。

旧传云：“长安初，内史李峤及监察御史张廷珪，并荐邕词高行直，堪为谏诤之官，由是召拜左拾遗。”新传记载同。

长安为武后年号，从701年10月至704年12月，凡三年两月。长安初当701~702年，最迟不过703年。然按之李峤事迹则不合。旧书《李峤传》：“长安三年，峤复以本官平章事，寻知纳言事。明年，迁内史。峤后固辞烦剧，复拜成均祭酒，平章事如故。”则李峤任内史在长安四年。新书《宰相表上》亦云：“长安四年四月壬戌，峤知内史事。六月丁丑，峤为成均祭酒，同凤阁鸾台三品。”则李峤任内史时间极短，从四月至六月。又两书张廷珪本传说：“长安中，迁为监察御史。”则李邕任左拾遗实非从长安初起。按之两书李峤及张廷珪传可知，邕任左拾遗当在长安四年。

从此条记载也可以推测：李邕似乎非由科举而仕。新书《选举志下》：“初，试选人皆糊名，令学士考判，武后以为非委任之方，罢之。而其务收人心，士无贤不肖，多所进奖。长安二年举人授拾遗、补阙、御史、著作佐郎、大理评事、卫佐凡百馀人。明年，引见风俗使，举人悉授试官，高者至凤阁舍人、给事中，次员外郎、御史、补阙、拾遗、校书郎。试官之起，自此始。时李峤为尚书，又置员外郎二千馀员，悉用世家亲戚，给俸禄，使厘务，至与正官争事相殴者。”邕当是则天革命后未试而与官者。张鷟《朝野佥载》卷四载：“则天革命，举人不试皆与官，起家至御史、评事、拾遗、补阙者，不可胜数。张鷟为谣曰：‘补阙连车载，拾遗平斗量。杷推侍御史，碗脱校书郎。’”邕当是这些试举者中的佼佼者。

又《南部新书》丁、《唐诗纪事》十、《朝野佥载》四均载中书令李峤有三戾：“性好荣迁，憎人升进；性好文学，憎人才华；性好贪浊，憎人受赂。”按之两《唐书》，知此亦不可尽信。

张廷珪亦与邕善，旧书列传第五十一《张廷珪传》：“廷珪素与陈州刺史李邕亲善，屡上表荐之，邕所撰碑碣之文，必请廷珪八分书之。廷珪既善楷隶，甚为时人所重。”新书列传第四十三《张廷珪传》:“廷珪伟姿仪,善八分书,与李邕友善,及邕踬于仕,屡表荐之,人尚其方介云。”

《唐六典》:左拾遗,门下省属官,二人,从八品上。言国家有遗事,拾而论之,故以名官焉。左补阙、拾遗掌供奉讽谏,扈从乘舆。凡发令奉事有不便于时,不合于道,大则廷议,小则上封。若贤良之遗滞于下,忠孝之不闻于上,则条其事状而荐言之。

邕进谏,请付法推断张昌宗兄弟。

旧传:“俄而御史中丞宋璟奏侍臣张昌宗兄弟有不顺之言,请付法推断。则天初不应,邕在阶下进曰:‘臣观宋璟之言,事关社稷,望陛下可其奏。’则天色稍解,始允宋璟所请。既出,或谓邕曰:‘吾子名位尚卑,若不称旨,祸将不测,何为造次如是?’邕曰:‘不愿不狂,其名不彰。若不如此,后代何以称也?’”新传记载基本同。《资治通鉴·唐纪》长安四年甲辰条有详细记载。《通鉴》将此事系于本年,刚好应旧书“俄而”之意。

唐中宗神龙元年(705)四月,邕上书进谏郑普思以方技得幸。

旧传:“及中宗即位,以妖人郑普思为秘书监,邕上书谏。”《通鉴》:“唐中宗神龙元年三月,术士郑普思、尚衣奉御叶静能皆以妖妄为上所信重。夏,四月,墨敕以普思为秘书监,静能为国子祭酒。”邕上书进谏。《全唐文》载此文,名为《谏郑普思以方技得幸疏》。疏奏不纳。

神龙二年(706),出为南和令。

旧传、新传记载同。神龙二年,秋,武三思诛敬晖、桓彦范、张柬之、袁恕己、崔玄。邕以与张柬之善,出为南和令。

南和,河北道邢州境内,今邢台南和附近。

贬富州司户。

新传:“五王诛,坐善张柬之,出为南和令,贬富州司户参军事。”旧传云“贬富州司户”,时司户并参军事,故新书记载如此。《全唐文》卷二六一邕《谢恩慰谕表》:“顷岁昌宗执柄,三思弄权,臣与宋璟同论,桓敬俱奏。贬臣为富(一作常)州司户。”

富州,岭南道东部,今湖北境内。

唐隆元年(710),召拜左台殿中侍御史。

旧传:“唐隆元年,玄宗清内难,韦氏平,召拜左台殿中侍御史。弹劾任职,人颇惮之。”新传同。唐隆是唐少帝李重茂的年号,时间从710年6月至7月,7月起,为睿宗景云元年。时李隆基尚未为太子,是以临淄王的身份平定内难。

《唐六典》:御史台属官,殿中侍御史六人,从七品上。若京师忌斋,监察御史则与殿中侍御史分察寺、观。七品已上清官皆预行香,不到,则牒送法司。

自文林郎拜朝散大夫,除户部员外郎。

新传:“谯王重福谋反,邕与洛州司马崔日知捕支党,迁户部员外郎。”又见旧书列传第三十六《高宗中宗诸子·庶人重福》、新书列传第六《三宗诸子》。《资治通鉴·唐纪》二十六:“睿宗景云元年庚戌,庚寅,往巽第按问。重福奄至,县官驰出,白留守;群官皆逃匿,洛州长史崔日知独帅众讨之。”《全唐文》卷二六一载邕《谢恩慰谕表》云:“顷岁谯王重福谋立东都,臣当留台,与洛州司户(一作马)崔日知挫其逆彤,收其馀孽,东都底定。职臣之功,自文林郎拜朝散大夫,除户部员外郎。”文林郎一职不知何时授予,无考。

《唐六典》:文林郎,散官,从九品。员外郎二人,从六品上;郎中、员外郎掌领天下州县户口之事。凡天下十道,任土所出而为贡赋之差。

任户部期间,邕驳太常博士李处直议巨源谥曰“昭”。

旧书列传第四十二《韦巨源传》、新书列传第四十八同传具载。《全唐文》卷二六一载此文,名为《又驳韦巨源谥议》,《唐文拾遗》卷十六《驳韦巨源谥议》,共二文。

景云二年(711),贬崖州舍城县丞。

新传:“岑羲、崔湜恶日用,而邕与之交。玄宗在东宫,邕及崔隐甫、倪若水同被礼遇，羲等忌之，贬邕舍城丞。”

旧书本纪第八《玄宗上》：“先天二年七月三日，尚书左仆射窦怀贞、侍中岑羲、中书令萧至忠崔湜、雍州长史李晋、左羽林大将军常元楷、右羽林将军李慈等与太平公主同谋，期以其月四日以羽林军作乱。上密知之……执萧至忠、岑羲于朝，皆斩之。”邕被贬当在此前。又李隆基被立为皇太子在景龙四年(710)六月，先天元年(712)八月登基，期间李隆基在东宫。邕于景云元年(710)八月以后因讨谯王重福有功，被擢为户部郎中。故邕被贬时间当在711年前后，实为李隆基与太平公主斗争的牺牲品。

《全唐文》卷二六一《谢恩慰谕表》：“岑曦、崔湜之辈以臣再用往还，并忌崔隐甫、倪若水等，恐为陛下之助，与臣同制各贬官，仍联翩左迁，为崖州舍城县丞。”

崖州，岭南道东部，今海南境内。

开元二年(714)，随姚崇北伐，任行军判官。

从景云二年(711)到开元三年(715)，史书对李邕行事毫无记载。《全唐文》卷二五三载《命姚崇北伐制》文云：“兵部尚书兼紫微令监修国史上柱国梁国公姚崇，天假其才……江州别驾李邕等，或特达珪璋，所谓登坛之宝；或翩翩书记，曾闻及溜之词。可以光赞出车，宏宣入幕。并可行军判官。”姚崇任兵部尚书兼紫微令是开元元年(713)。新书《宰相表》：“开元元年十月甲辰，元崇为中书令兼兵部尚书。十二月壬寅兼紫微令。开元四年，罢为开府仪同三司。”开元三年邕已擢为户部郎中，而此文未言及此职。由此可推此文当作于开元二年，并可知开元三年邕擢为户部郎中前曾以江州别驾身份，随姚崇北伐且任行军判官。至于江州别驾何时授予，不得而知。很可能是邕于景云元年(710)平叛有功，授朝散大夫时并授。

开元三年(715)，擢为户部郎中。

旧传记载此事于开元三年，新传则云“玄宗即位，召为户部郎中”。旧传为是。《全唐文》卷二五一载苏颋《授李邕户部郎中制》文云：“黄门：朝散大夫守江州(江南西道，今江西九江附近)别驾李邕，探学精奥，为文沉郁，謇谔之心。

动必无挠，弥纶之用，行则有恒。故以高才逸群，懿声满听，宜膺版图之任，允光兰握之选。可守尚书户部郎中，散官如故，主者施行。”由此制文亦知，邕被贬时，散官未去。《全唐文》卷二六一邕《谢恩慰谕表》：“及陛下正位紫宸，臣又自岭南九品远恶官除朝散大夫户部郎中。”

《唐六典》卷二：凡任官阶卑而拟高，则约“守”。郎中，从五品上。

任户部郎中间，有事迹可考者一。

新书列传一二九《方技》：“初，谯王重福徙均州，过汝，善思为刺史。及谋反，伪除礼部尚书。重福败，坐关通论死，吏部尚书宋璟、户部郎中李邕薄其罪，给事中韩思复固请，乃流静州。”

附：《少林寺戒坛铭》

《金石萃编》卷七十载《少林寺戒坛铭》题“括州刺史李邕书，开元三年正月十五日建”，考之邕之仕宦，殊不合，疑是伪作。《萃编》亦有详细考证，不赘。

开元四年（716），左迁括州司马。

旧传：“邕素与黄门侍郎张廷珪友善。时姜皎用事，与廷珪谋引邕为宪官。事泄，中书令姚崇嫉邕险躁，因而构成其罪，左迁括州司马。”新传记载为“共援邕为御史中丞”，大致同。

《通鉴·唐纪二七》：“初，上微时，与太常卿姜皎亲善。及诛窦怀贞等，皎预有功。由是宠遇群臣莫及，常出入卧内，与后妃连榻宴饮，赏赐不可胜纪。……下制曰：‘西汉诸将，以权贵不全；南阳故人，以优闲自保。皎宜放归田园，散官、勋、封皆如故。’”姜皎诛窦怀贞等在开元元年（713）秋，归田园为开元五年（717）。又旧书列传第五十一《张廷珪传》：“开元初，入为礼部侍郎……再迁黄门侍郎。”由此知姜、张二人合谋不当晚于开元五年秋，三年邕尚在户部任上，故邕左迁可能在四年或五年，姜归园田或许这也是一因。

括州，江南东道，今浙江丽水附近。

开元五年（717）三月，撰并书《叶有道碑》。

《金石萃编》卷七十一题“开元五年岁在丁巳三月七日”，“括州刺史李邕文并书”。时邕为司马，非刺史。《萃编》有考证。《金石录》卷六题为“开元五年二月”，不知何据。

七月，撰《赠歙州刺史叶慧明碑》。

《金石续录》卷二：“此道士叶法善之父慧明神道碑也，开元五年七月建。首行剥落，但存江夏李邕（下缺三字）国子（缺）太学（下缺）。”疑李邕下缺“撰并书”或“文并书”三字。《全唐文》卷二六四名为《大唐赠歙州刺史叶公神道碑》。《金石存》十三卷亦收此文题“江夏李□□，国子□太学生□□□八分书”，以此推测，此碑又非邕书。

开元六年（718），除渝州刺史。

旧传于“左迁括州司马”后，言“后征陈州刺史”，而对两者之间的仕宦记载了无。据《资治通鉴·唐纪二十八》：“开元六年戊午……十一月，辛卯，车驾至西京。宋璟奏：‘括州员外司马李邕、仪州司马郑勉，并有才略文词，但性多异端，好是非改变。若全引进，则咎悔必至；若长弃捐，则才用可惜，请除渝、硖二州刺史。’……从之。”由此知邕在开元六年年底被擢为渝州刺史。新书则直云“起于陈州刺史”，不确。

开元七年（719）十月，撰《修孔子庙碑》文。

《金石萃编》卷七十二载，碑文末署曰：“朝散大夫使持节渝州诸军事守渝州刺史江夏李邕文，正义大夫使持节宋州诸军事守宋州刺史上柱国范阳张廷珪书”，年代为“大唐开元七年岁在己未十月乙酉朔十五日己亥”。《金石存》卷十三同。《旧唐书·张廷珪传》云：“廷珪素与陈州刺史李邕亲善，屡上表荐之，邕所撰碑偈之文，必请廷珪八分书之。廷珪既善楷隶，甚为时人所重。”此碑正是李邕撰文，张廷珪隶书。碑既立于开元七年十月，则此碑文必写于开元七年十月以前，而写碑文时李邕已身为渝州刺史。

渝州，山南西道，今重庆境内。

开元十年(722),撰《赠安州都督王仁忠神道碑》。

文见《全唐文》卷二六四。碑云:“以开元十年三月癸酉朔,捐馆宇于京兆与宁里之私第。……即以其年八月壬寅朔,安厝左翊太原旧茔,礼也。”据此推测,此碑撰于开元十年八月前后。

十一月,撰《唐狄梁公生祠记》。

见《金石录》卷五,张廷珪八分书。

附:开元中,邕撰《梁公别传》。

旧书列传第三十九《狄仁杰族曾孙兼谟》:“初,中宗在房陵,而吉项、李昭德皆有匡复谠言,则天无复辟意。唯仁杰每从容奏对,无不以子母恩情为言,则天亦渐省悟,竟召还中宗,复为储贰。初,中宗自房陵还宫,则天匿之帐中,召仁杰以庐陵为言。仁杰慷慨敷奏,言发涕流,遽出中宗谓仁杰曰:‘还卿储君。’仁杰降阶泣贺,既已,奏曰:‘太子还宫,人无知者,物议安审是非?’则天以为然,乃复置中宗于龙门,具礼迎归,人情感悦。仁杰前后匡复奏对,凡数万言,开元中,北海太守李邕撰为《梁公别传》,备载其辞。”邕为北海太守在天宝初。新书《艺文志二》:李邕《狄仁杰传》三卷,宋史《艺文志二》:李邕《狄梁公家传》一卷,可能此文宋时已残缺。

开元十一年(723)四月,撰并书《唐大云寺禅院碑》,撰《唐六公咏》。

具见《金石录》卷五。《全唐文》卷二六四名为《海州大云寺禅院碑》,文中云“邕来守是邦”,知邕确在此任职,而考邕之仕宦,时在渝州任上。海州在今江苏连云港附近,渝州在重庆附近。而邕《楚州淮阴县娑萝树碑》,结衔也为“海州刺史李邕文并书”。有两种可能,一是邕在开元十一年前曾从渝州刺史转海州刺史,然文献一无记载;二是“海”与“渝”字形相近而讹,有确切文献能证明邕曾任渝州刺史,“海”当是“渝”之误?后者可能性较大。

《金石录》卷二十六:“《唐六公咏》,李邕撰,胡履虚书。”“《唐大云寺禅院碑》,李邕撰并书。初武后时有僧上大云经,陈述符命,遂于天下立大云寺,至开元二十六年诏改为开元寺。此碑十一年建,故犹称大云也。”

撰《唐赠太子少保刘知柔神道碑》《长安县尉赠陇州刺史王府君神道碑》。

具见《全唐文》卷二六四。前碑文云“以开元十一年六月十五日,遇疾薨于东都康俗里之私第”,“以某年月日,葬于河南府缑氏县景文山原,礼也”,“奉祠子某官某等,追惟先志,临穴长号,谨以焚之,殆无遗者”,后碑文有“开元十一年九月八日制曰”云云。综合考虑,此两碑很可能撰于陈州刺史任上。

撰《桂府长史程府君神道碑》。

文见《全唐文》卷二六五。碑云:“以开元十一年十月五日,奄徂化于官舍,以某年月日,反葬于某原旧茔,礼也。”又云:“公讳某,字某,广平新安人也。”广平,剑南道北部。由下葬时间及籍贯等考虑,此文当作于邕征陈州刺史前,即渝州刺史任上。

征为陈州刺史。

《金石萃编》卷七十三有《楚州淮阴县娑萝树碑》,结衔为“海州刺史李邕文并书,开元十一年十月二日建”。按旧传:“……后征为陈州刺史。十三年,玄宗车驾东封回,邕于汴州谒见,累献词赋,甚称上旨。”玄宗封泰山事在开元十三年(725)十一月。由此知,李邕于开元十一年(723)十月后至十三年十一月间确在陈州刺史任上。《萃编》卷七十三考辨云:“按李邕各碑数题衔皆有可疑者……此碑立于开元十一年十月,以邕传稽之当时由括州司马起为陈州刺史时以下文。帝封太山还,邕见帝汴州事在开元十三年,则十一年当守陈州也,而碑乃云海州刺史。此碑系重刻本,不能信其无误,假使不误则邕碑之署衔与史不合者多矣。”《萃编》考证是依据旧书本传,不了解邕从括州司马到陈州刺史间尚有渝州刺史一职。“海”当为“渝”之误。此碑当成为任陈州刺史前。文亦载《全唐文》卷二六三。

陈州,河南道,今河南宛丘附近。

(补:近重读此文,发现李邕在此期间撰述碑文一为《孔子庙碑》,一为《娑萝树碑》,而两处之地理位置离海州较近,又疑渝州为海州之误,然尚不能解释

此间所撰《桂府长史程府君神道碑》，姑记之，存疑）

书《唐老子孔子颜子赞》。

《金石录》卷五："《唐老子孔子颜子赞》，睿宗撰，李邕行书。开元十一年十二月。"

开元十三年（725），玄宗车驾东封回，邕于汴州谒见，累献词赋，甚称上旨。

两书记载同。邕"由是颇自矜炫，自云当居相位"。新传："帝封泰山还，邕见帝汴州，诏献辞赋，帝悦。张说为中书令，甚恶之。"时邕为陈州刺史，则有意于汴州谒见东封泰山而还的玄宗，中书令张说以大驾东巡。

汴州，河南道，今开封附近。

陈州赃污事发，下狱鞫讯，罪当死。

两书均载许州人孔璋上书救邕，愿代邕死。《大唐故北海太守赠秘书监江夏李公墓志铭》亦云："故遵化之放也，布衣孔彰请以身赎。"《全唐文》卷三七五载孔璋文，名《理李邕疏》。文中云："斯人所能者，拯孤恤穷，救乏赈惠，积而便散，家无私聚。"《全唐文》卷九四五载邕妻温氏《为夫谢罪表》中说"贷人蚕种，以为枉法；市罗贡奉，指为奸赃"，知邕可能受人诬陷。新传亦曰："会仇人告邕赃贷枉法。"《全唐文》卷二六一《谢恩慰谕表》有"朝议恐陛下用臣，薛自勤与外生库狄履温罗织臣至死"云云。

开元十四年（726），贬为钦州遵化县尉。

新传说："疏奏，邕得减死，贬遵化尉，流璋岭南。"邕妻温氏，复为邕请戍边自赎，《全唐文》载其文，见上条。文中云邕"频谪远郡，削迹朝端，不啻十载"。从开元五年离京至本年，刚好十年。又李邕被贬，与张说有关。按之两书张说本传，张说于开元十四年罢相，由此亦知邕被贬至岭南必在开元十四年四月前。开元十五年（727）正月邕撰《端州石室记》，端州属岭南道，可知开元十五年已在岭南。孔璋亦流岭南而死。

遵化，岭南道东部，今广西南宾附近。

开元十五年(727)正月，撰《端州石室记》《崧台石室记》。

两文又载《全唐文》卷二六二。前文，《金石萃编》卷七十七收，题衔为“开元十五年正月廿五日李邕记”。《欧阳文忠公文集·集古录跋尾》卷第六云：“《端州石室记》，唐李邕撰。不著书人名氏。考其笔迹似张廷珪，疑廷珪所书也。”

《八琼室金石补正》卷五十三载《王化清游石室新记》，所游之地与邕同，并因邕文刻于壁上，王遂全文录之。《全唐文》不注出处，不知从何录邕此文。然王所录与《全唐文》有异，可以订补之。今全录于此。

> 高要郡北十五里有石室(《全唐文》无“十”字)，诡怪万状，崆峒其中，发挥灵踪，盘薄厚地：皆神仙之窟宅，为区宇之胜概。或有巨石，皆似蹲兽(《全唐文》后有“之类”，缺下“反顾”二字。“之类”与“反顾”形近，不知谁误)，反顾迭花仰空，的砾琼脂。色如截肪，傍引危(“危”，《全唐文》作“穴”)窍，疑为洞门，横耸石床，方(“方”，《全唐文》作“出”)次仙座。西(“西”，《全唐文》作“东”)厢峭壁下有涵泉，涨澄镜色，味轻瑶(“瑶”，《全唐文》作“琼”)浆。东西倚山之阳二十馀里，西通武林，东抵岭羊峡。开元十五年正月二十五日左迁陈州刺史北海李邕述石室记，列于苔壁，懿乎！

“左迁陈州刺史北海李邕述石室记，列于苔壁，懿乎！”为王化清语，时邕已离陈州刺史任，贬岭南。王文撰于宝历元年(825)秋九月二十日，故有“北海”云云。

端州，岭南道东，今广东肇庆附近。高要，岭南道东，与端州邻。

于岭南从中官杨思勖讨贼有功，徙澧州司马加朝散大夫，兼州牧。

旧书《玄宗本纪》：“二月庚戌朔，邕州(岭南道西部，今广西境内南宁附近)獠首领梁大海、周光等据宾、横等州叛，遣骠骑大将军兼内侍杨思勖讨之。”又列传一三四《宦官杨思勖传》：“十四年，邕州贼帅梁大海拥宾、横等数州反叛。

思勖又统兵讨之,生擒梁大海等三千馀人,斩馀党二万馀级,复积尸为京观。”“十六年,泷州(岭南道东部,今广东西)首领陈行范、何游鲁、冯璘等聚徒作乱,陷四十馀城。行范自称帝,游鲁称定国大将军,璘称南越王,割据岭表。诏思勖率永、连、道等兵及淮南弩手十万人进讨。兵至泷州,临阵擒游鲁、冯璘,斩之。行范潜窜深州,投云际、盘辽二洞。思勖悉众攻之,生擒行范,斩之。斩其党六万级,获口马金玉巨万计。”从此记来看,邕除澧州司马当在开元十六年(728)后。《全唐文》卷二六一《谢恩慰谕表》:“臣出入岭南,自经一纪,自沣州司马加朝散大夫,兼此州牧,解青绶,垂彤襜,去瘴毒之艰,遂江山之性。”

开元十七年(729),撰《唐龙兴观碑》。

《金石录》卷六:“《唐龙兴观碑》,李邕撰,行书无姓名。开元十七年。”

开元十八年(730),撰并书《麓山寺碑》。

碑文款署“前陈州刺史李邕文并书,大唐开元十八年岁次庚午九月”。见《金石萃编》卷七十八,又见《全唐文》卷二六三。《金石萃编》未录碑阴,《筠清馆金石记》认为碑阴亦邕书。《八琼室金石补正》卷五十四载碑阴。

十月,撰并行书《唐冠军大将军臧怀亮碑》。

《金石录》卷二十六:“《唐臧怀亮碑》,李邕撰并书。臧氏世墓在耀州三原有数碑,馀尽得之。”文见《全唐文》卷二六五,名为《羽林大将军臧公墓志铭》《左羽林大将军臧公神道碑》两篇,前文有云:“以开元十七年八月二十二日,薨于平康里之私第,时春秋六十有八。亲友挥泪,朝廷叹息,逝川归海,长城复隍。悲夫!以明年七月,卜地于白鹿原,礼也。”

开元十九年(731),撰《唐杨历碑》序,撰并书《东林寺碑记》。

《金石录》卷六:“《唐杨历碑》,李邕撰序,钟绍京撰铭并行书,开元十九年五月。”

《东林寺碑记》,《金石萃编》卷七十八题衔“前陈州刺史□夏李邕文并书”,“大唐开元十九年七月十五日建”。缺字为“江”无疑。

开元二十三年(735),起为括州刺史。

两书具载。新传有具体时间:"开元二十三年,起为括州刺史,喜兴利除害。"

十二月,撰并书《秦望山法华寺碑》。

《金石续编》卷七题衔:"括州刺史李邕撰并书","唐开元廿三年十二月八日建"。《金石萃编补略》卷二亦收,较完整,题衔同,后题唐开元十三年(725)二月廿八日建。考之邕于开元十三年尚在陈州刺史任上,与题衔不合。后者当为翻刻时文字漫漶而致。《金石录》《舆地纪胜》皆作开元二十三年十二月。

开元二十五年(737),复坐诬枉,且得罪,天子识其名,诏勿劾。

邕上表谢恩。文见《全唐文》卷二六一,名为《谢恩慰谕表》。表中叙述自己仕宦经历,止澧州司马加朝散大夫。云:"伏奉今年某月日恩旨,恕臣重责,护臣小才。月日之明,早曜丝发;雷雨之施,振起昆虫。臣某中谢。臣二十馀年,数从远谪,流离辛苦,契阔死生。"又云"臣出入岭南,自经一纪",邕于开元十四年(726)流配岭南,贬遵化县尉,至本年刚好一纪。由此知此文成于本年。

撰并书《李思训碑》《唐怀道律师碑》。

《金石萃编》卷七十二题为"开元八年六月","族子□□□□□撰并书"。《金石录》同。《全唐文》卷二百六十五题为《唐故云麾将军右武卫大将军赠秦州都督彭国公谥曰昭公李府君神道碑(并序)》。《萃编》考云:"然则北海制文当在廿四年已后,而《金石录》《书刻类编》诸书皆题为开元八年,盖因碑文有八年六月廿八日合祔之文,而不知祔葬之与立碑非一时也。""李邕书碑若在开元八年,是左迁括州司马时;若在开元二十八年,是官北海太守日。惜其署衔又泐,不能确定其何时也。"碑铭称"侄吏部尚书兼中书令集贤院修国史国公林甫",开元八年(720)李林甫位卑名微,尚未任中书令。旧书《宰相表》载:"二十三年五月戊子黄门侍郎李林甫为礼部尚书,同中书门下三品,十一月兼中书令。""二十五年为户、吏二尚书,七月封晋国公。"可见,碑铭记载李林甫任吏部尚书兼中书令，当为开元二十五年之事。又据王仲谋称："发现碑阳西边缘中部向下尚有文一行，其中最上部一字为'丁'，笔势酷似邕书，惜以下文字残缺，恨不能读，此行碑铭当为记叙立碑时间。"（《人文杂志》1993 年第 2 期，第 100 页）而唐玄宗开元二十五年为丁丑年。如是，《云麾将军李思训碑》当为开元二十五年七月以后方撰文立。

《金石录》卷六："《唐怀道律师碑》，邕撰并行书。开元二十五年七月。"

开元二十六年（738），撰《唐许王素节碑》《唐张嘉贞后碑》《唐益州大千秋观碑》。

具见《金石录》卷六。"《唐许王素节碑》，李邕撰，孙夔国公随行书，开元二十六年四月"，"《唐张嘉贞后碑》上，李邕撰，蔡有邻八分书，开元二十六年四月"，"《唐益州大千秋观碑》，李邕撰，管卿行书，开元二十六年七月"。《欧阳文忠公文集·集古录跋尾》卷六作《唐张嘉正碑》，当是避仁宗讳"祯"而改。

开元二十七年（739），转淄州刺史。

新旧传具载此事，但具体时间无考。张读《宣室志》唐玄宗龙马条载：海岱之间出玄黄石，或云茹之可以长生。玄宗皇帝尝命临淄守每岁采而贡焉。开元二十七年，江夏李邕为临淄守。是岁秋，因入山采玄黄石，忽遇一翁，质甚妙，而丰度明秀，髭髯极丰，衣褐衣，自道左出，叩李邕马，且告曰："君侯躬自采药，岂不为延圣主之寿乎？"曰："然。"翁曰："圣主当获龙马，则享国万岁，无劳采药耳。"邕曰："龙马安在？"答曰："当在齐鲁之郊。若获之，即是太平之符。虽麟凤龟龙，不足以并其瑞。"邕方命驾以后乘，遽亡见矣。邕大异之，顾谓从事曰："得非神人乎？"即命其吏王乾贞者，求龙马于齐鲁之间。至开元二十九年（741）夏五月，乾贞果得马于北海郡民马会恩之家。其色骓毛，两胁有鳞甲，鬃尾若龙之鬐鬣，嘶鸣真虡笛之音，日驰三百里。乾贞讯其所自，会恩曰："吾独有牝马，常浴于淄水，遂有胎而产。因以龙子呼之。"乾贞即白于邕。邕甚喜，以表其事献之。上大悦，诏内闲厩，异其当豢。命画工图其状，用颁示中外。《宣室志》虽多小说家语，然所载纪年，考之新书《五行志》，"开元二十九年，滑州刺史李邕献马"一事记载与之合，又开元二十七年，江夏李邕为临淄守记载亦当符合。其他文献无载,姑依之。又《宝刻丛编》卷一载有《唐开元寺碑》,结衔为:“唐淄州刺史李邕撰并书,开元二十八年立。”知开元二十八年(740),邕已为淄州刺史。又,同书卷五载《唐淄川令裴大智碑》,结衔为“唐滑州刺史李邕撰”,并有考语:“大智河东人,官至淄川县令。碑以开元二十九年十一月立。”据此可证,开元二十九年,李邕确在滑州刺史任上。《唐诗纪事》卷十七:“李邕开元末历淄、滑二州刺史。”

淄州,河南道东,今山东淄川。

撰《嵩岳寺碑》。

《集古录跋尾》卷六唐李邕《嵩岳寺碑》(开元二十七年)条:“右《嵩岳寺碑》,唐淄州刺史李邕撰,胡英书。英之书,世所重也。”

开元二十八年(740),上贺章仇兼琼克捷表。

新书《玄宗本纪》:“二十八年正月癸巳,幸温泉宫。庚子,至自温泉宫。三月丁亥朔,日有食之。壬子,益州司马章仇兼琼败吐蕃,克安戎城。五月癸卯,吐蕃寇安戎城,兼琼又败之。”旧书:“壬子,权判益州长史章仇兼琼拔吐蕃安戎城,分兵镇守之。”文见《全唐文》卷二六一,名为《贺章仇兼琼克捷表》。

撰并书《唐淄州开元寺碑》。

见上条。又见《金石录》卷六:“《唐淄州开元寺碑》,李邕撰并行书,开元二十八年七月。”

上《淄州刺史谢上表》,上《谢敕书及彩绫表》两篇。

文见《全唐文》卷二六一。其中《谢敕书及彩绫表》有两篇。篇二云:“天门下诏,横笔阵于长山;御府赐衣,列锦川于淄水。”可知成于淄州刺史任上。

附:《五台山清凉寺碑》。

文见《全唐文》卷二六四,其著录首见于《文苑英华》卷八五九。历代金石著录均无。《山西通志》卷九二载:“五台山清凉寺碑,开元二十八年李邕撰,旧在五台县。《志略》:寺在中台南,即佛书所谓文殊现象之地。寺南有清凉石,碑不知亡于何时,文见《文苑英华》,记帝长女永穆公主造像及贵妃兄杨铦写经事。"关于杨铦写经一事,碑文中说:"天宝七载,贵妃兄银青光禄大夫宏农县开国男上柱国鸿胪卿杨铦奉为圣主写一切经"云云。邕于天宝六载正月已被杖杀,怎么能知道天宝七载的事情并撰碑文呢?这与邕生前撰而卒后刻的碑文是不同的,此碑为伪作明矣。

开元二十九年(741),上《辞官(当作辞上)归滑州表》,转滑州刺史。

《文苑英华》卷五八〇有李邕《辞官归滑州表》,卷六〇一有《辞上滑州刺史陈情表》。两表文字相同,唯前表题下有"开元中"三字。《全唐文》卷二六一亦收此表,题作《辞官归滑州表》。观表中文意,当为邕刚任滑州刺史时作,且文末尚有"今日归州,不任违远涕恋之极"云云。按新书天宝元年(742)载,二月,改州为郡,刺史为太守。《表》中既称"滑州刺史",亦称"归州",当为开元中时事,与题下"开元中作"相合。至于表题一作"辞上",一作"辞官",滑州既非邕祖籍,亦非故居,辞官何以归滑州,当以"辞上"为是,"官"乃"上"之误。文又见《全唐文》卷二六一。中有言"况臣今兹,六十有七,光阴荏苒,行止欹危:就木之时,不知几日?悬车之岁,仅有三年。即以今日归州,不任违远涕恋之极,谨奉表以闻",知当作于是年。《全唐诗》卷三有唐玄宗《送李邕至滑台》诗。诗云:"汉家重东郡,宛彼白马津。黎庶既蕃殖,临之劳近臣。远别初首路,今行方及春。课成应第一,良牧尔当仁。"可知邕赴滑州时是春天。

滑州,河南道西,今河南滑县附近。

作《滑州大厅铭》。

文见《全唐文》卷二六二。

三月,献马并上表。

新书《志》第二十六《五行三》:"二十五年,濮州有马生驹,肉角。二十九年三月,滑州刺史李邕献马,肉鬃鳞臆,嘶不类马,日行三百里。"文见全唐文卷二六一,名为《上文马表》。

十一月，撰《唐裴大智碑》。

见《金石录》卷六。又《集古录跋尾》卷六："《唐裴大智碑》，开元二十九年，李邕撰，萧诚书。"

附：《唐龙兴寺净土院碑》。

《金石录》卷六。撰《唐龙兴寺净土院碑》，李邕撰，韦同八分书，开元中立。

上计京师，上《谢入朝表》。

上计京师的具体时间无考。按之两书记载，当在开元末，天宝初。《谢入朝表》见《全唐文》卷二六一。

旧传云："邕素负美名，频被贬斥，皆以邕能文养士，贾生、信陵之流，执事忌胜，剥落在外。人间素有声称，后进不识，京、洛阡陌聚观，以为古人。或将眉目有异，衣冠望风，寻访门巷。又中使临问，索其新文，复为人阴中，竟不得进。"新传："始，邕蚤有名，重义爱士，久斥外，不与士大夫接。既入朝，人间传其眉目瑰异，至阡陌聚观，后生望风内谒，门巷填隘。中人临问，索所为文章，且进上。"邕进京阡陌聚观的记载其真实性有多大，很难确定，不过也可以看出邕当时名声之著。

天宝元年(742)，正月，撰并书《李秀碑》。

考证见《萃编》卷八十五。

上表贺加天宝尊号。

旧书《玄宗本纪》："天宝元年春正月丁未朔，大赦天下，改元。"《全唐文》卷二六一具载其文，名曰《贺加天宝尊号》。

二月，撰并书《卢府君碑》，撰《唐大照禅师塔铭》。

《萃编》卷八十五题衔"括州□□□□撰并书""□□□□□□年岁次壬□二月丁丑朔八日甲申□"碑多缺。考证见《萃编》。《全唐文》卷二六五名为

《中大夫上柱国鄂州刺史卢府君神道碑》。

《金石录》卷六:《唐大照禅师碑》上,李邕撰并行书,天宝元年二月。

十一月,撰《唐灵岩寺碑》。

《八琼室金石补正》卷五十七题"灵昌郡太宀"下缺。"大唐天宝元年岁次壬午□□月壬寅朔十五日景辰建"。首句云"邕以法有因"。全文卷二六三作《灵岩寺碑(并序)》。灵昌,河南道滑州境内。《金石录》作《灵岩寺颂》。《地理志》云:"滑州灵昌郡本东郡,天宝元年更名。"《百官志》云:"上州刺史一人,天宝元年改刺史为太守。"碑云"灵昌郡太守",传云"滑州刺史",一也。纪年"壬寅朔",按《通鉴》目录十年十月壬申朔,则壬寅朔当为十一月。新书《玄宗纪》十年十一月己巳至温泉宫,以此逆推,壬寅是十一月朔,己巳是二十八日月。上所缺乃"十一"两字。

天宝二载(743)四月,撰《唐监察御史李希倩碑》。

《金石录》卷七:"唐监察御史李希倩碑,李邕撰,梁升卿八分书,徐浩篆额。天宝二年四月。"

天宝三载(744)前后,转汲郡太守。

《国秀集》卷上载邕《咏云》一首,题灵昌郡太守。灵昌郡即滑州,天宝元年(742)改刺史为太守。此书所收作品最晚到天宝三载。故天宝三载前后,邕转汲郡太守。新旧传具载其事。

汲郡,河北道南部,今河南卫县附近。

天宝四载(745),撰并书《任令则碑》。

《金石续编》卷八。题衔:"(上缺)□史□□□李邕文并书""天宝四载十二月廿八日建"。《金石补正》卷五十七亦载,题《陇关游弈使任令则碑》。

天宝五载(746),转北海太守。

邕转北海太守的具体时间难考。据下条可知,天宝五载邕确已在北海太守任上,故推测邕转北海当在天宝四载或天宝五载。世称李北海,当由此来。

北海,河南道,今山东潍坊附近。

天宝五载,与左骁卫兵曹柳绩交。

《通鉴·唐纪三十一》:"天宝五年丙戌,赞善大夫杜有邻,女为太子良娣,良娣之姊为左骁卫兵曹柳绩妻。绩性狂疏,好功名,喜交结豪俊。淄川太守裴敦复荐于北海太守李邕,邕与之定交。绩至京师,与著作郎王曾等为友,皆当时名士也。"

八月,撰《唐陈留郡太守徐恽碑》。

《金石录》卷七:"《唐陈留郡太守徐恽碑》,李邕撰,徐浩行书,天宝五载八月。"

天宝六载(747)二月,撰《窦居士碑》。

见《金石萃编》卷八十七。题衔为:"北海郡太守李邕撰。天宝六载岁次丁亥二月……"《金石补正》卷五十七亦载,题"天宝六载二月八日"。

天宝六载(747)正月,杖杀。

旧传:"邕性豪侈,不拘细行,所在纵求财货,驰猎自恣。五载,奸赃事发。"旧书本纪第九《玄宗下》:"(天宝)六载正月辛巳朔,北海太守李邕、淄川太守裴敦复并以事连王曾、柳绩,遣使就杀之。"新传:"天宝中,左骁卫兵曹参军柳绩有罪下狱,邕尝遗绩马,故吉温使引邕尝以休咎相语,阴赂遗。宰相李林甫素忌邕,因傅以罪。诏刑部员外郎祁顺之、监察御史罗希奭就郡杖杀之。""又尝与左骁卫兵曹柳绩马一匹,及绩下狱,吉温令绩引邕议及休咎,厚相赂遗,词状连引,敕刑部员外郎祁顺之、监察御史罗希奭驰往就郡决杀之,时年七十馀。"旧书《李林甫传》《李适之传》《罗希奭传》,新书《睿宗玄宗纪》皆有记载。又《通鉴·唐纪三十一》:"天宝六年丁亥……春,正月,辛巳。李邕、裴敦复皆杖死。邕才艺出众,卢藏用常语之曰:'君如干将、莫邪,难与争锋,然终虞缺折耳。'邕不能用。"

附:《金石录》卷七尚载《唐徐峤之碑》,署李邕撰,季子浩正书,天宝八载(749)十月;《唐内常侍陈文叔碑》,署李邕撰,刘秦行书,天宝九载(750)十一月,碑在京兆府;卷八《唐桂州都督程元英碑》,署李邕撰,张庭珪八分书,大历七年(772)五月;卷九《唐汉阳王张柬之碑》,署李邕撰,瞿令问八分书,贞元十二年(796)十一月;卷十《唐普光王寺碑》,署李邕撰,柳公权正书。以上诸碑均建于邕卒后,都署李邕撰。有两种可能,一是文确为邕撰,其卒后被书刻于碑,因为书者均他人,非邕本人;二是可能为伪作。不过两种交互的可能性更大些。因文多不存,难以详考。考之史书记载的《李邕集》七十卷,我们能见到的和能知道的作品十不至一。

代宗时,因恩例,赠秘书监。

见新、旧传。

第二章
敦煌本《文选》李善注研究①

第一节　敦煌《文选》李善注写本概况

藏经洞(第17窟)是中国道士王圆箓于1900年(一说1899年)清理窟前积沙时发现的,于是他将藏经洞的遗书、遗画取出送人。此后外国的探险家闻讯而来。英籍匈牙利人斯坦因(1907)、法国伯希和(1908)、俄国鄂登堡(1914~1915)、日本橘瑞超和美国华尔纳陆续抵达莫高窟,贿赂骗取和窃探敦煌遗书、遗画,将精品洗劫一空。② 这些被盗劫的敦煌文献分藏各国的博物馆和图书馆,很好地保存了下来;而残留国内的部分,历经天灾人祸,却有大量散佚。个中因缘,令人叹惋。敦煌文献中的《文选》部分,除几页残片外,饶宗颐悉数收入《敦煌吐鲁番本文选》一书,并一一作有叙录。其中可以证明是李善注的至少有三件。

1.张平子《西京赋》(法藏P.2528)。

饶氏叙录为:李善注。起"井幹叠而百增"句及李注,"井"字已漶,讫篇终,尾题"文选卷第二"。共三百五十三行,行约十八字,注均双行,书法工整。丝

① 本章内容曾发表于《文学遗产》2013年第4期,收入本书时部分文字有改动。

② 详情参阅卢秀文:《敦煌学编年》(1900~1987),原载《敦煌研究》1988年第4期,1989年第1~4期,后收入《中国敦煌学百年文库·综述卷》(三),甘肃文化出版社1999年版,第214~237页。

栏,末尾有“永隆年二月十九日弘济寺写”一行。侧又有西藏文音译“文选”二字。弘济寺在长安,书于高宗永隆时,去李善于显庆三年(658)九月上《文选注表》,仅二十二年,为李善注最早写本。《西京赋》先有薛综注及音,见《隋志》及《唐志》。是本先引薛注,继称“臣善曰”,今本删去“臣”字。同属永隆写本者又有英藏 S.1835《论谏》[①]一文,字体相近。

2.张景阳《七命》(俄藏 Дx.1551、德藏吐鲁番本 Ch.3164)

俄藏 Дx.1551 纸残缺[②],仅得“虞人数兽,林衡计鲜;论最犒勤,息马韬弦;希驷连镳。酒驾方轩”句中八字而已。小字注引张晏《汉书注》,知为李善注。德藏吐鲁番出土 Ch.3164 亦为《七命》残文,与上文应衔接,夺去“千锺电釂”至“我而为之乎”若干句,以下为“[大夫曰楚之阳剑欧冶所]营,耶溪之铤,赤山之精,销踰羊头,鍱越锻成”。且有李善注。“鍱”字,尤褒[③]本作“镤”,善注云“镤或谓之鍱”,是两字通。

3.东方曼倩《答客难》、扬子云《解嘲》一首。(法藏 P.2527)

起《答客难》“不可胜数”句至《解嘲》“释褐而传”止。伯希和目二五二七,共一百二十二行,李善注本之第四十五卷也,已影入罗氏《石室丛残》。刘师培提要云:“每行字数由十七字至十四字,注均夹行,书法至工,前六行均漫其半,‘世’字‘治’字‘虎’字各缺末笔,此亦李注未经窜乱之本也。故文与各本多殊……足证后世所传李本,均与唐本乖违。试更即注文言之,此卷之例,李氏自注均冠‘臣善曰’三字,所引汉书旧注,则各冠姓名在李注前,以之互勘各本,或彼有而此无,或此省而彼弗省,或此分而彼合,或此有而彼无,或文字不同,均治选学者所当考及也。”[④]

---

① 英藏敦煌文献著录为失名书《劝纳谏》,《英藏敦煌文献》(汉译佛经以外部分)第 3 册,四川人民出版社 1990 年版,第 160~161 页。

② 饶宗颐辑录《敦煌吐鲁番本文选》著录为 Dx1551,然似当以 Дx.1551 为是,Дx 为敦煌俄译的缩写,见《俄罗斯东方研究所圣彼得堡分所藏敦煌文献》第一册的《编例》,上海古籍出版社等 1992 年版,第 1 页。

③ “褒”当为“袤”之讹。

④ 饶宗颐:《敦煌本文选校正二》,原载《东亚学报》1958 年 2 月第三卷第二期,收入《中国敦煌学百年文库·文学卷》(二),甘肃文化出版社 1999 版,第 52 页。

另外,饶氏失收的尚有俄藏 Дx.18292–18300[①],为郭景纯《江赋》残片。此篇残裂破碎,共九件碎片。比较容易辨识者有五半行。

(注)"曰南游江浔许慎"下缺,接"寻杨榳亦二木名也"下缺;(正文)"繁有蓁"(注)"刘渊"下缺,"杖又吴"下缺;"丈也"。正文"葭蒲云蔓"下缺;(注)"一争反兰泽兰也尔雅曰红龙舌";(正文)"杨"下缺;(注)"也秏□列反"下漫漶,正文"荫"下缺。

Дx.18292 虽破碎,然与今存明州本、尤刻本等校,除去异体字外,亦有不同,此处的两处音注,在今本李善注中无,这可能会促使我们重新考虑李善注的音注问题。

第二节 对已有研究的检讨

蒋斧认为(法藏 P.2527):"疑亦高宗时内库本也。""二本皆善注,惟与今本详略不同。……今以二卷与今本相较,凡今本释意之处,此皆从略。知此为崇贤初次上表之本,而今本北海补益之本也。庐山真面,隐晦千年,一日见之,能无狂喜?其馀传写之异同,足资订正者甚多。如……至于字句间增损,尤非更促可数,馀别有校勘记详之。"[②]

罗振玉云:"善注世无善本,今宋刊善注本乃从善注及五臣注合并本选录出之,非善注单行之旧……此善注二卷,可证今本之失,其可贵不待言。"[③]

刘师培《敦煌新出唐写本提要》[④]前有小序:"法人伯希和于敦煌所得唐写本其数至多近阅其印片若干种各为提要一首以寓目后先为次依类编集俟诸异

① 《俄罗斯科学院东方研究所圣彼得堡分所藏敦煌文献》第 17 册,上海古籍出版社、俄罗斯科学出版社东方文学部 2001 年版,第 186 页。

② 《1910 年石室古籍丛残影印本题记》,见王重民原编、黄永武新编:《敦煌古籍叙录新编》第 16 册集部,台湾新文丰出版公司 1986 年版,第 28~30 页。校勘记未见。

③ 1917 年闰月晦《雪堂校刊群书叙录》卷下,第 49 页,《敦煌古籍叙录新编》第 16 册集部,第 28 页。

④ 《国粹学报》1911 年第 7 卷第 1 期,收入《中国敦煌学百年文库 · 文献卷》(一),甘肃文化出版社 1999 年版,第 20~36 页。

日庚戌十二月师培记。”[①]其中“文选李注卷第二残卷”提要中对《西京赋》残卷与胡刻本进行了比勘后总结说：“窃以此卷所无薛注。均他注窜入之词。所无之李注。或李所增。或亦他注所窜入。若字句有损益。则由后儒所点窜。或传写说讹。由此卷而推。则凡薛注之采及魏晋诸书。以及李注依本文敷绎者。半非薛李固有之文。惜乎何陈胡三家之未睹此也。”[②]对 P.2528 亦认为是“李注未经窜乱之本也”[③]，并对此卷体例略作总结，继以之与当时版本比勘。“证以此卷，足证后世所传李本，均与唐本乖违”，“以之互勘各本，或彼有而此无……或此省而彼弗省……或此分而彼合……或此有而彼无……或文字不同……均治选学者所当考及也”[④]。

饶宗颐《敦煌本文选校正》(一)(二)[⑤]主要以胡刻本与四部丛刊景宋六臣本进行详细的异同比勘，但较少下断语，(一)有校后语，总结了如“永隆本有可证今本古籍之疑误者”“永隆本有与《古文苑·蜀都赋》相同者”等 15 条要点。

罗国威《敦煌本〈昭明文选〉研究》对敦煌本《文选》进行了全面校理，其《敦煌石室〈文选〉李善注本残卷考》[⑥]鉴于“用传世的各种善本《文选》与之比勘并作深入细致的研究者，迄今尚付阙如”的状况，以存世的国家图书馆藏南宋淳熙八年(1181)贵池尤袤刊本、台湾中央图书馆藏并影印南宋绍兴三十一年(1161)建刊五臣注本，日本足利学校藏汲古书院影印的宋明州州学刊五臣李善注本《文选》、四部丛刊初编影南宋建刊本李善五臣注本《文选》，结合胡克家《文选考异》、高步瀛《文选李注义疏》之说，与之比勘，既以敦煌本纠正传世刻本的错讹，又以传世刻本订敦煌本之误失。

---

① 原文此段未加标点，此处标点为：法人伯希和于敦煌所得唐写本其数至多，近阅其印片若干种，各为提要一首。以寓目后先为次，依类编集，俟诸异日。庚戌十二月，师培记。

② 刘师培：《敦煌新出唐写本提要》，收入《中国敦煌学百年文库·文献卷》(一)，甘肃文化出版社 1999 年版，第 35 页。

③ 刘师培：《敦煌新出唐写本提要》，甘肃文化出版社 1999 年版，第 35 页。

④ 刘师培：《敦煌新出唐写本提要》，甘肃文化出版社 1999 年版，第 36 页。

⑤ 《新亚学报》1957 年第 3 卷第 1 期，1958 年 2 月第 3 卷第 2 期，又见《中国敦煌学百年文库·文学卷》(二)，甘肃文化出版社 1999 年版，第 1~52 页。

⑥ 见《西南民族大学学报》(社科版)2007 年第 1 期，第 104~111 页。

伏俊琏《敦煌唐写本〈西京赋〉残卷校诂》①以敦煌本缩微胶片为底本，同中华书局影印胡克家刊刻李善注《文选》《四部丛刊》仿上海涵芬楼宋刻本相校，择其要者整理成文，凡89处，并加按断，以述己见。《从敦煌唐写本残卷看李善〈文选注〉的体例》②一文以敦煌李善注本与今本对校，从李善引用旧注之体例、李善自注之体例两个方面详细考究了李善注的体例。

以上诸家对敦煌本《文选》李善注的研究从历时性层面看，由单纯的影印出版、撰写提要，到具体的文本粗略比勘、比勘参校本范围逐渐的扩展，对文字也从单纯的明异同到辨是非，使残卷的研究范围渐趋细致，这是对其研究深入使然。从最初对敦煌写本的全然信服到对其讹误进行辨识体现了客观科学的研究态度，并进而开始对其是否为《文选》李善注本产生怀疑，傅刚先生的研究历程就明显体现了这种演变。

傅刚在《国学研究》第五卷发表长文《文选版本叙录》③，将敦煌残卷《文选》视为李善的初注本与原本，其后在《〈文选〉版本研究》一书中基于"判断永隆本是不是李善注本，一个最基本的依据是该本的正文和注文必须一致"的逻辑前提，通过文本的十三个例字的内证，发现李善注文常常和正文相左，从而认为寺僧所依底本为薛综本和李善两种底本，得出永隆本《西京赋》非尽出李善本说。④ 这种说法的提出在《文选》学史上的意义可能要远远大于其研究本身，即此文唤起了学者对永隆本《西京赋》的重新认定。

第三节　对敦煌本《文选》残卷李善注抄写时间、地点的推测

在敦煌本《文选》李善注三件残卷中，有明确时间记载的是法藏P.2528，即

① 原载《敦煌研究》1994年第1期，后收入《中国敦煌学百年文库·文选卷》(三)，甘肃文化出版社1999年版，第292~299页，又收入《敦煌文学文献丛稿》，中华书局2004年版，第205~232页。

② 《敦煌文学文献丛稿》，中华书局2004年版，第20~31页。

③ 《国学研究》第五卷，北京大学出版社1998年版，第28~30页。

④ 傅刚：《永隆本西京赋非尽出李善本说》，见《〈文选〉版本研究》，北京大学出版社2000年版，第241~249页。

张平子《西京赋》残卷。卷尾书有"永隆年二月十九日弘济寺写",伏俊琏在有关此卷的几篇论文中均言"永隆年二月十九日弘济寺写勘了",多"勘了"两字,伏称系用胶片进行的比勘,岂能影本不全?饶氏影本在此行旁尚有几字,据其称乃藏文"文选",或许伏氏将此误为"勘了"两字?永隆是唐高宗李治年号,调露二年(680)八月二十三日改元永隆,永隆二年(681)九月改元开耀,永隆年二月十九日当指永隆二年(681)二月十九日。这个普通的时间对《文选》李善注研究有着特殊的意义,因为它距李善上《文选注表》的显庆三年(658)仅过了二十三年,距李善离世的高宗永昌元年(689)尚有八年,即这个残卷抄写于李善在世时,与李善注原貌的可能性更大,格外受到研究者的重视,堪称是研究李善注《文选》的一个起点。

饶氏对永隆本的叙录中说"同属永隆写本者又有英藏 S.1835《论谏》一文",与《英藏敦煌文献(汉文佛经以外部分)》第三卷失名书《劝纳谏》[①]比较,发现字迹非常相似,疑出于一人之手。

关于弘济寺。弘济寺的位置,饶宗颐《唐代"文选学"略述(代前言)》[②]云"惜弘济寺所在未能考出其地点",然叙录"张平子《西京赋》"却云"弘济寺在长安"[③],不知何据?范志新以为其说盖出自王重民《敦煌古籍叙录》[④],然王氏亦未给出证据。范氏案:"弘济寺确在长安,在外郭城昭国坊。清徐松《唐两京城坊考》有考证,只是因为此寺先易地、后改名,遂不易知也。"范氏接着引《唐两京城坊考》卷三"西京外郭城"的两段文字后云:"合两条参之,即可明白:宏济寺本在长安外郭成业坊,贞观二十三年(649),奉敕与昭国坊的修慈尼寺换所居。神龙中(705~706)改名崇济寺。"后加案语:"宏济寺当即崇济寺,神龙中改弘作崇,此盖避高宗太子弘追谥孝敬皇帝讳。《旧唐书·王方庆传》弘教门改崇教门,正与此同。至于'弘'为何作'宏',与唐人无关,唐制不讳嫌名,故

---

① 《英藏敦煌文献(汉文佛经以外部分)》第三卷,中国社会科学院历史研究所、英国国家图书馆等合编,四川人民出版社 1990 年版,第 183~184 页。

② 《敦煌吐鲁番本文选》,中华书局 2000 年版,第 17 页。

③ 《敦煌吐鲁番本文选》,中华书局 2000 年版,第 1 页。

④ 王重民云:"永隆为高宗年号,弘济寺在长安,或此卷出自寺僧也",《敦煌古籍叙录》,商务印书馆 1958 年 6 月版,第 312 页。

或系宋人、清人径改。"①

依范氏考证,弘济寺又作宏济寺、崇济寺。其考证资料来源《唐两京城坊考》是清嘉庆间徐松的著作,徐氏引用大量资料考察长安、洛阳的宫殿遗址、建筑布局、城坊制度等,而范氏所引的徐氏这段文字,出自宋代宋敏求的《长安志》,当引该书为是,且文字与《唐两京城坊考》略异,《长安志》卷八云:

次南昭国坊。西南隅崇济寺。(注:本隋慈恩寺,开皇三年鲁郡夫人孙氏立。贞观二十二年以尼寺与慈恩僧寺相近,而腾业坊甘露尼寺又比于崇济僧寺,敕换所居焉。本牛弘宅,神龙中改。)

次南胜业坊。西南隅胜业寺……街北之西修慈尼寺。(注:本宏济僧寺,隋开皇七年立,贞观二十年以与甘露尼寺相近,初自昭国坊换居之。)寺西,甘露尼寺。(注:隋开皇五年立。)②

《四库全书》收此书,文字前后相舛,可疑处甚多,字亦有讹误。此虽以光绪十七年(891)思贤讲舍据灵岩山馆本重雕本,然亦非善本,如"胜"讹为"腾"等,在这一方面,它远远不及徐松的著作。但从史料角度而言,至少比徐松利用这些资料再次编纂的文献要好些,可以结合使用。"弘"改作"宏",或是清人所为。《续高僧传》卷二十六释智揆(隋京师弘济寺)传记载其"住弘济寺闭门习业",当是同一寺院。

然而,目前仍没有证据证明敦煌残卷抄写的地点就是长安的弘济寺。据文献记载,唐初另有一弘济寺。《全唐文》卷五太宗(二)收其《为战阵处立寺诏》:

门下:至人虚己,忘彼我于胸怀;释教慈心,均异同于平等。是知上圣恻隐,无隔万方;大悲宏济,义犹一子。有隋失道,九服沸腾。朕亲总元戎,致兹明罚,誓牧登陑,曾无宁岁。老弱被其桀犬。愚惑婴此汤罗。衔须义愤,捐躯抗节,各徇所奉,咸有可嘉。日往月来,逝川斯远。虽复项籍方命,

① 范志新:《文选版本论稿》,江西人民出版社2003年版,第266页。

② (宋)宋敏求:《长安志》卷八,光绪十七年思贤讲舍据灵岩山馆本重雕本。

封树纪于邱坟；纪信捐生，丹青著于图史。犹恐九泉之下，尚沦鼎镬；八难之间，永缠冰炭。愀然疚怀，用忘兴寝，思所以树其福田，济其营魄。可于建义以来交兵之处，为义士凶徒陨身戎阵者，各建寺刹，招延胜侣。望法鼓所震，变炎火于青莲；清梵所闻，易苦海于甘露。所司宜量定处所，并立寺名，支配僧徒，及修造院宇，具为事条以闻，称朕矜愍之意。[①]

此诏书作于贞观三年(629)，《旧唐书》卷二考证"十二月癸丑诏为义士勇夫殒身戎阵者各立一寺"条下，臣宗万按："史不言立寺之处，其可考证者，于汾州破刘武周则立弘济寺；于吕州破宋老生则立普济寺。"[②]又《金石录》载《弘济寺碑》云"李百药撰正书无姓名贞观十四年七月"，"右唐弘济寺碑。在今汾州。据《唐会要》，此碑李百药撰。唐太宗初即位，下诏：于建义以来交兵之处，为义士凶徒殒身戎阵者，各建寺刹，分命儒臣为铭，凡七碑。余所得者：汜水等慈、吕州普济、豳州昭仁与此碑，凡四，而虞世南、褚遂良所撰今皆亡矣"[③]，又《山西通志》卷一百六十八[④]、一百六十九，《曝书亭集》卷四十六《咸宁县唐冶金五佛像铭赞跋》[⑤]等文献均记载此事，可见《西京赋》残卷抄写于此亦有可能。

P.2527号残卷抄写书法甚工，书写笔迹与P.2528异，非一人所为，卷末未署抄写时间与地点。"世""治""虎"皆缺末笔，"旦"字不缺，蒋斧疑其为高宗时内库本。内库本倒未必是，但以高宗时的李善注抄本为底本是可以肯定的。从避讳来看，至少不会晚于文明元年，因"旦"字不讳，唐睿宗讳"旦"，两次称帝，第一次始文明元年(684)二月，距永隆年(681)二月近，以此推测两份残卷的抄写时间不会相差很远。可以基本定位在显庆三年(658)至文明元年的某个时间。从此卷注释的整体面目看，多遵"已见"例，此残卷共有十处"已见"例，而胡刻本仅有三处；与《西京赋》残卷相较，体例似更谨严，引典也明显较刻本为少，几乎没有任何串讲性的文字，似乎更接近李善注的早期面貌。

残卷张景阳《七命》所存文字极少，与胡刻本差别亦不大，故无法确定其抄

---

① (清)董诰等编:《全唐文》卷五，中华书局1983年影印版，第59~60页。
② 《旧唐书》卷二考证，文渊阁四库全书本。
③ 《金石录》卷二十三，四部丛刊续编本。
④ 《山西通志》卷一百六十八，文渊阁四库全书本。
⑤ 《曝书亭集》，四部丛刊初编本。

写时间。

第四节 “永隆本《西京赋》非尽出于李善本说”辨

上文言及,傅刚先生从最初认为永隆本是以李善注的底本抄写而成到认定其非尽出李善说的转变,使我们有必要重新考辨此卷。永隆本《西京赋》是否以李善原本为底本,对《文选》李善注本演变的考察意义重大,这相当于在根本上确立了李善注本发展演变的一个起点。如果对起点的认定有误,其考证意义将大打折扣。

范志新《文选版本论稿》下编,题为“敦煌永隆本《西京赋》是李善《文选》残卷”。范氏针对傅刚依据的一张表和四个字一一作了反驳,“要之,李注引书所致与写本正文的歧异,不能因此说李注与正文为两本。另一个问题是:十三条李注与写本正文之歧异,不外乎四类:通假字、古今字、异体字和连绵词,其共同特征是义同、音同而形异,同音通假于义无乖,也就是说两者区别只在字形上,这与古籍校勘中形与音义并异的异文是完全不同的,后者大抵可据异文而判为异本,而前者却不能执此一端以论版本”①。对于傅刚先生所举的四个字“连岛集戈”,范氏也一一作了反证,“总而言之,(四字)不能是写本底本出于薛注本之据,殆可决也”②,同时范氏又从避讳角度,以为“延”盖避萧统父梁武帝“衍”讳,“承”字的缺笔亦是避家讳,“今写本既讳延、讳承,皆萧统家讳,此绝非三国薛综之事,故而写本之底本出诸李善注所据之萧《选》,而绝不可能依据薛综注《西京赋》,此事可决,毋庸之辩矣”③。

笔者认为:

第一,永隆本卷末明确标明“文选卷第二”,可以确定抄写的是《文选》无疑。傅刚先生认为:“很明显,如果目的是抄写李善本《文选》的话,抄写者不会使用两个不同的底本,而只能按照李善本的面貌抄写。”问题是李善注本的面貌难以确知,无法证明永隆本就不完全是李善注。在卷末明确标署“文选卷第

---

① 范志新:《文选版本论稿》,江西人民出版社2003年版,第236页。
② 范志新:《文选版本论稿》,江西人民出版社2003年版,第241页。
③ 范志新:《文选版本论稿》,江西人民出版社2003年版,第243页。

二”的情况下，文中又有“善曰”，鉴于它与今本所见大致相当的情况下，称之李善注应更妥帖。

第二，永隆本卷末书抄写年月的意图。傅刚先生认为：“在《文选版本叙录》中，我曾根据永隆本卷末署名的方式，推测它不是寺僧抄写李善六十卷本《文选》所佚存的残卷，因为如果全本抄写，不应该在第二卷标出抄写年月，而应该在全本抄写完毕以后再落款。”按照傅刚先生的推理：1.大前提：如果全本抄写，不应该在第二卷标出抄写年月，而应该在全本抄写完毕以后再落款。2.小前提：永隆本卷末标出了抄写年月。3.结论：永隆本底本不尽出于《文选》李善注。通过这两个前提我们只能得出不是全本抄写的结论，而与底本无涉。实际上，卷末署抄写年月与是否为全本没有必然关系，至于永隆抄写本是不是《文选》全本无法判断。与永隆本抄写笔迹非常相似的敦煌卷子 S.1835 失名书卷末云：“其书未劳记写年月，要以预备防前脱……以兹虑……以十二月之中永隆元祀之始抄……”看来，抄写完一部分后的记写年月的目的是为了防止顺序的脱漏，实际起到一个类似页码的作用。因此，永隆本卷末书写年月完全可以得到合理解释。敦煌卷子 S.1835 失名书相关文字见右图。

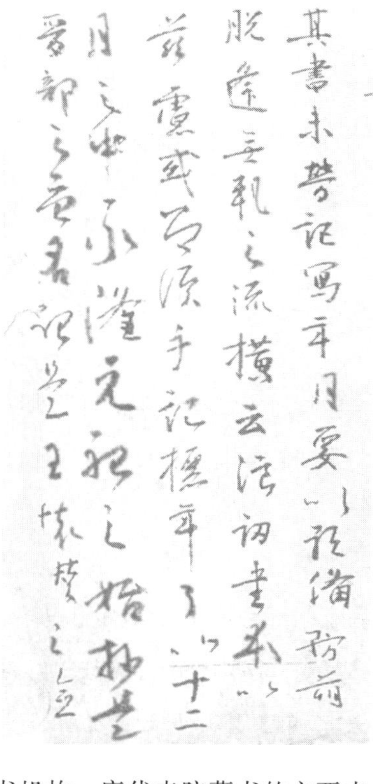

第三，写本时代的典籍抄写与传播问题。一是写手问题，二是抄写意图问题。寺院藏书的写手基本是寺僧，但亦不排除普通民众与士人。文献记载不乏普通民众抄写佛经的资料。寺院的功能不仅仅是宗教场所，在唐代，更是一个文化场所和藏书机构。唐代寺院藏书的主要来源有自译、自著、自抄、请赠、佛徒施经等。藏书的结构主要是内典，但亦不乏宗教以外的典籍。前者占90%以上,后者则不到10%。[①] 所以,从中古时起,寺院成为士子潜心学习的一个场所。与抄写主体相联系的是抄写意图问题。若是为藏书而抄写,基于此种意图之上的抄写必然要尽量保存原貌,但不排除使用当时的俗字、异体字,就像今天我们抄写古籍时很多就是以今日通行之字进行的一样;若只是为学习而抄写,则会因学习者本身学习素质及起点的不同而导致抄写过程中的文本变异,对于烂熟于心的典故语词有可能径而删去,对于个人比较陌生的部分也可能出现增补,这些都是有可能导致文本变异的因素。这种因实用观念下个体者的行为而导致的传播方式增加了李善注《文选》的文本变异。但以永隆本而言,似乎在很大程度上保存了原貌,其写手或为寺僧,或为寓居寺院的士子。

第四,抄写的底本是李善亲笔之本还是传抄之本。当然,不管是李善亲笔,还是传抄之本,都应该称为李善注。但是,书经三写,乌焉成马、"己亥"讹作"三豕"的现象比比皆是。所以,对永隆本《文选》,在没有其他证据证伪,而其已经明确标署为《文选》的情况下,暂不应该对其抄写来自李善注表示怀疑。

第五节 敦煌本《文选》李善注的特征

探讨敦煌本李善注的特征包含两个层面:一是残卷写本本身的抄写特征,二是残卷文本自身的注释特征。

先看第一个层面的特征。永隆本《西京赋》残卷,存三百五十五行,行字数十五至二十七不等。注文双行,偶有单行者,单行出现原因主要是行格不一、抄写空间不足所致,这实际上也多少体现出抄写者带有随意的性质,残卷前七行多残缺。字体介于行、楷之间。前贤诸家研究者多云书不甚工。然仔细审其书法,亦颇中规矩,可知前贤所言不甚工,或许指非"正书"之意,后多不查,亦人云亦云。P.2527卷,两篇凡一百二十行,前四行残缺,行格严整,正文行十五字,注文双行行十八字,书写至工。德藏与俄藏张景阳《七命》残卷残存颇少,

① 参阅徐建华:《中国佛教寺院藏书的构成及其成因》,《聊城师范学院学报》(哲社版)1999年第1期,第67页。

书法不甚工。这几卷李善注的残卷，在书写上有一个共同的特征，就是大量地使用俗字，在永隆本中尤其明显，这是研究敦煌本《文选》时必须要考虑的，其实这也是写本时代文献抄写的共同特征。试举几例①：

序号	正字	写本俗字	序号	正字	写本俗字
1	師	師	16	京	京②
2	能	能	17	夷	夷
3	正	正	18	土	土③
4	將	将	19	蕃	蕃④
5	升	升	20	惡	恶
6	流	流	21	聯	聯⑤
7	扃	扃	22	庄	庄
8	氏	氏	23	坐	坐
9	蔓	蔓	24	功	功
10	篇	篇⑥	25	恩	恩
11	備	備	26	茂	茂
12	珍	珎⑦	27	於	扵⑧
13	瑰	瑰⑨	28	怪	怪
14	洫	洫	29	聰	聦
15	本	夲	30	席	席

① 正字、俗字以《干禄字书》《五经文字》《九经字样》为准，商务印书馆《丛书集成初编》本1936年版。

② 它如“鲸”“就”相应部分均如此写。

③ 凡有“土”字或“士”的如“墓”“庄”“壮”“吐”“壘”“塗”“睚”“塞”“杜”“壑”“堂”等均带饰笔。

④ 凡含“番”字的如“磻”等相应部分均写作“畓”。

⑤ 凡带“耳”旁的下多加一斜横。

⑥ 凡“⺮”多作“艹”。

⑦ 凡有“彡”字者如“参”“惨”“殄”等多如此写，且“小”右下再加“丶”。

⑧ “方”“木”“扌”“礻”“衤”“牜”等部首多不分。

⑨ 凡含“鬼”的如“魂”等都如是写。

上面举的这些例字，当然不能算是错字，因为在同时代许多石刻文字中，也有类似的很多俗字出现。俗字的大量运用是敦煌写本的显著特征。实际上，这些俗字可以作为写本性质来源的参考。尽管俗字的产生历代皆有，俗字的使用更是随处可见，然而来源不同的写本，其抄写时使用的文字，“正、俗、通、讹”的严谨、宽松程度迥然不同，易言之，写本俗字的使用，因其阶层性与正式性的不同而有差别。藤支晃《敦煌出土の长安宫廷写经》一文归纳抄手为“经生”“书手”“群书手”“门下省书手”“秘书省楷书”“弘文馆楷书”等①。在诸抄写者之中，书手抄写工整严谨，在俗字使用上大体符合当时字样之书的规范；经生是官府或寺庙雇用来抄写书卷之人，多照本抄写，有手无心，俗字使用每多承袭。比较敦煌 P.2528 与 P.2527，发现前者俗字数量明显多于后者，后者可能为专业经手所为，前者则可能为寓居寺院书生学习所抄，或许并非一般研究者常说的均为“寺僧”所为。

再看第二个层面的特征，即李善注所显示的注释特征。

这方面的文章已有不少。大要言之，即认为敦煌残卷保留了诸多原貌，这是不错的。保留李善注原貌最为明显的表层特征是冠以“臣善曰”，李善于《西京赋》“薛综注”下发凡起例：“旧注是者，因而留之，并于篇首题其姓名，其有乖谬，臣乃具释，并称臣善以别之，他皆类此。”又于《甘泉赋》“扬子云”下注称：“旧有集注者，并篇内并列其姓名，亦称臣善以相别，他皆类此。”而后世传本皆无“臣”字，而李善的凡例却都保存于中，睹永隆本，方知旧貌。此原貌的存在也证明此卷是以李善上表之书为底本抄写或转抄自李善上表之书，因李善注暗含的第一读者是当时圣上，故有“臣善曰”。与此相关的问题是永隆本中有两处出现“臣君曰”，一处是“鸟不暇及，兽不得发”句下“举，飞也。发，骇走也。臣君曰：高唐赋曰：飞鸟未及起，走兽未及发”；另一处是“迁延邪睨，集乎长杨之宫”句下“迁延，退还也。臣君曰：高唐赋曰：迁延引身”。“臣君曰”他本均作“善曰”。两处注文均注出自《高唐赋》，然查检《高唐赋》无“迁延引身”句，此句见于《神女赋》。胡刻本《文选》注引此句者尚有两处，一是卷十四鲍明远《舞

① 〔日〕藤支晃：《敦煌出土の长安宫廷写经》，见《塚本博士颂寿记念佛教史学论文集》，京都塚本博士颂寿记念编辑会 1961 年版，第 647 页。

鹤赋》"迁延迟暮"句下"高唐赋曰:迁延引身",一是卷十七傅武仲《舞赋》"迁延微笑"句下"好色赋曰:迁延引身"。黄侃《文选平点》于《高唐赋》篇首云"高唐神女实为一篇,犹子虚上林也。枚马皆祖祢斯篇。高唐不得在云蒙山,当在巫山之旁,文可证也"[①],《神女赋》篇首又云"赵曦明说此篇与上篇王将欲相见,上下紧相承接"[②],或许这两篇实为一篇,称《高唐赋神女赋》或《高唐赋》或《神女赋》,至于引《好色赋》当为宋玉《登徒子好色赋》,或同署名宋玉而误引。引文混乱讹误的原因虽不能明,但至少永隆本的这两处"臣君曰"能证明《文选》学史上一个重要的问题。黄侃在校日本古钞无注三十卷《文选》残帙时于卷六有跋云:"且崇贤书在,北海解亡,此编原校引书,独有臣君之说,是则兹避父讳,其为北海之作,焯尔无疑。"[③]黄侃认为"臣君"是李善子李邕补益《文选》避其父讳所致,屈守元不同意黄先生之说[④],后范志新又撰文反驳屈氏之言,证成黄说[⑤]。现在以永隆本看,黄侃和范志新二位学者的看法都有问题。永隆本写于永隆二年(681)二月十九日,此时李邕仅六七岁[⑥],不可能完成这些工作。否定"臣君"是李邕避其父讳,只是证明"臣君"说不能证明李邕补益《文选》注之事,这与李邕是否补益过《文选》没有联系,这个问题还需进一步研究。其实,笔者尚有另外一猜测:或许"臣君"与"臣善"只是书写笔误而已,"君"与"善"字形比较接近,再说"臣君"更是常语,随笔而误的可能是存在的。

下面考察残卷具体的注释特征。先看 P.2527 残卷。

第一,此卷多遵"已见"例。

此卷遵"已见"例似较严格,"已见"例较之胡刻本要多出不少,胡刻本重复出注者多。详列于下:

1.《答客难》忠合子胥。敦煌本注:臣善曰:……子胥已见上。胡刻本无,亦未释子胥。

---

① 黄侃:《文选平点》,黄延祖重辑本,中华书局 2006 年版。

② 黄侃:《文选平点》,黄延祖重辑本,中华书局 2006 年版,第 179 页。

③ 屈守元:《跋日本古钞无注三十卷本〈文选〉》,载《中外学者"文选学"论集》,第 433 页。

④ 黄侃:《文选平点》,黄延祖重辑本,中华书局 2006 年版,第 435~436 页。

⑤ 范志新:《释"臣君"》,见《文选版本论稿》,江西人民出版社 2003 年版,第 257~262 页。

⑥ 参见第一章附录《李邕生平仕宦著述考略》。

2.《答客难》秦之任李斯，郦食其之下秦。敦煌本注：臣善曰：……李斯已见上。胡刻本注：又曰：秦卒用李斯计谋，竟并天下，以斯为相。

3.《解嘲》离为十二，合为六七。敦煌本注：臣善曰：十二，已见东方朔《答客难》。胡刻本注：十二国，已见上文。

4.《解嘲》而谈者皆拟于阿衡。敦煌本注：臣善曰……阿衡已见上。胡刻本：诗曰：实惟阿衡，左右商王。毛苌曰：阿衡，伊尹也。

5.《解嘲》五尺童子，羞比晏婴与夷吾。敦煌本注：臣善曰：五尺童子，已见李令伯《表》。[①] 胡刻本注：孙卿子曰：仲尼之门，五尺竖子羞言五伯。

6.《解嘲》昔三仁去而殷虚，二老归而周炽。敦煌本注：臣善曰：三仁，已见上。胡刻本注：三仁，微子，箕子，比干。

7.《解嘲》五羖入而秦喜，乐毅出而燕惧。敦煌本注：臣善曰：五羖已见李斯上书。胡刻本注：《史记》曰：百里奚亡秦走宛，秦穆公闻百里奚，欲重赎之，恐楚不与，请以五羖皮赎之，楚人许与之。缪公与语国事，缪公大悦。

8.《解嘲》范雎以折摺而危穰侯。敦煌本注：臣善曰：危穰侯已见李斯上书。折摺已见邹阳上书。胡刻本注同。

9.《解嘲》世治则庸夫高枕而有馀。敦煌本注：臣善曰：高枕已见上。胡刻本注：《汉书》贾谊曰：陛下高枕，终无山东之忧。《楚辞》曰：尧舜皆有举任兮，故高枕而自适。

在敦煌本九处已见例中，与今胡刻本完全相同者仅两处，见上8，略同者一处，见上3，胡刻本无释者一处，见上1，有六处重复出注。有一处同于明州本。由此可见，后之刻本李善注窜乱之复杂。汪习波云："又残卷《解嘲》'丁傅董贤用事'，注仅引《汉书》释'丁傅'二字，而董贤无注，刻本多同。然依善注'已见'例，当有'董贤已见《西京赋》'，则此本未必皆与李善表上本同，凡此皆可见残卷注文的简略。"[②]此卷注文确实简略，抄写亦有讹误、衍脱，传抄一次，增加讹误的可能性就大一次，未必皆与李善上表本同是可能的。但到目前为止，它

---

① 明州本同。

② 汪习波：《隋唐"文选学"研究》，上海古籍出版社2005年版，第85页。

应该是与李善上表本较为接近的。

第二,此卷注文标“臣善曰”以别于他家之注,今胡刻本无,亦无“善曰”,遂使服虔、如淳、应劭等注与李善注杂糅不清。后世之六家本虽明标李善注,但其注所引前人之注却又混入五臣之中,即如奎章阁本亦不免,如“故士或自盛以橐或凿坏以遁”,奎章阁本就把本属李善注引的“服虔曰”云云归之“向曰”。

第三,正文之中皆无加音注者,注文中音注亦稀。关于这一点,下文尚要详谈,此略。

第四,此残卷几乎没有今存刻本中的解说性文字,字书与旧注也较刻本为少。例如:

1.支叶扶踈,独说数十馀万言。胡刻本:正文:“支”作“枝”,“踈”作“疎”。注文:以树喻文也。《说文》曰:扶踈,四布也。敦煌本无注。

2.何为官之柘落也。胡刻本:正文:“柘”作“拓”。注文:拓落,犹辽落不谐偶也。敦煌本无注。按:正文作“拓”为是,敦煌本“方”“木”“扌”“礻”“衤”“牜”等部首多不分,已见上述。

3.不知跌将赤吾之族也。胡刻本:正文“跌”前有“一”字。注文:《广雅》曰,跌,差也。赤,谓诛灭也。敦煌本无“赤,谓诛灭也”。

4.是故騶衍以颉颃而取世资。胡刻本:正文“騶”作“邹”。注文:……邹衍著书虽奇怪,尚取世以为资,而已为之师也。言资,以避下文也。敦煌本无上引部分。

胡刻本中常有的以“言……也”解释性的文字,此卷中无。在引典方面,残卷也较胡刻本少得多。

第五,残卷注文引旧注之例。一则先引正文,续引旧注,则仅称著者名;一则仅引旧注,未引正文,引人名时则兼列书名。① 倘若旧注是集注,李善引用时于篇内列其姓名;他补充的注解,则标“臣善曰”以相别。此卷先引用如淳、苏林、张晏、应劭、服虔、文颖的《汉书》注,李善注则标以“臣善曰”。

① 汪习波:《隋唐“文选学”研究》,上海古籍出版社2005年版,第84页。

再看 P.2528 残卷。

第一，不遵“已见”例的情况比较常见。与胡刻本比较，胡刻本中八处“已见”的注释，此卷均不遵循。另外亦有一例，此卷遵循“已见”例，而胡刻本却否。“虹旃蜺旄”句下，敦煌本：虹旄，已见上注。胡刻本：楚辞曰：建雄虹之采旄。

第二，引用旧注之例与 P.2527 卷同。伏俊琏总结李善引薛综注例为：先析言字词，后冠以“言”字总结句意；直接训释，不引经据典、蔓延引申；没有音注。[①]

第三，李善自注之例。伏俊琏归纳为八条：先释义后注音例；释字词皆征引经史传注为据例；陈述自己的观点常冠以“然”字例；释字词典故而不释句意例；引用字书、注书以时间先后为序；引《诗经》称《毛诗》例；引书只称书名不加篇名例；引书多节引例；省略他见无定则例。[②] 就李善注自身引书体例而言，还可作进一步的分解：

1.凡引旧籍中人语，皆书名人名并称，甚或列言语对象或语境。如“旗亭五重，俯察百隧”下注：“《史记》，褚先生曰：臣为郎时，与方士会旗亭下”；“乃使中黄育获之俦”下注“《战国策》范雎说秦王曰”；“许赵氏以无上，思致董于有虞”下注“《汉书》曰：成帝谓赵昭仪曰”云云。

2.凡引旧籍记旧籍有注本者，后皆称人名，不复出书名。如“上春催来，季秋就温”下注“周礼曰：……郑玄曰……”郑玄曰，指郑玄《周礼注》，不复出书名。

3.凡连引一书，以“又曰”连之，不复再出书名。如“前开唐中，弥望广潒”句下注“《汉书》曰：建章宫其西则唐中数十里，又曰：五侯大治第室”；再如“海若游于玄渚，鲸鱼失流而蹉跎”句下注“令海若舞冯夷”，又曰“流沅湘之玄渊”。

4.凡引已入《文选》者之篇章，皆仅称篇名，不称作者。不同作者的同

---

① 伏俊琏：《从敦煌唐写本残卷看李善〈文选注〉的体例》，载《敦煌文学文献丛稿》，第 22 页。
② 同上，第 24~26 页。

名之文例外。而引集部未入《文选》者之文，皆称作者篇名。

比较 P.2527 和 P.2528 两件敦煌《文选》李善注，发现即使同为敦煌写本的李善注，在整体注释上还是有比较大的差异。P.2527 注释相当简略，体例相对严谨，一般不作多余的解说，以引典为主；而 P.2528《西京赋》已多有自乱体例之处，不遵已见的例子较常见，注释较之前者已经走向繁富，并有不少解说性文字出现。以此而言，似乎敦煌本的两件李善注亦反映出它在传播与增补过程中的变迁，P.2527 应该是李善注早期的面貌，P.2528 卷或为士子学习抄写的增订之本，从明显的对已见例的不遵可以察觉，它至少说明 P.2528 卷的李善注注释体例已经自相矛盾，不够规整，可见这种面貌改变的责任者应该是学习《文选》之人，而非注释者。

虽然二文本已经体现出前后的演进痕迹，但就总体而言，敦煌本《文选》残卷还是具备大体一致的写本特征；即便是已有变迁的《西京赋》抄写年代，据李善上表时间尚近，且李善尚在世，所以距离李善注原貌可能不会很大。分言之，若要对敦煌写本进行个案研究，对以上两件残卷是不能作为同时或同版（抄写）来看待的，而应区分对待；但放诸整个李善注的变迁史中，两件残卷的共同特征还是可以作为李善注的起点来使用的。而作为共同起点的特征也就是二残卷所反映的注释体例，已有文章进行了详细的梳理，故不再赘。

第六节　敦煌本《文选》李善注价值再估

敦煌本《文选》李善注作为现存最早的李善注，意义相当重大。以往的研究文章都涉及这一点，但对这种价值的全面性还缺乏综合的论说，故从几个方面进一步阐释。

一　敦煌本残卷正文可正今本《文选》文字之讹

1.《西京赋》：反宇业业。

六臣、六家本“反”作“及”，并曰善作“反”。按：作“反”是。薛综注云：“凡屋宇皆垂下向，而好大屋扉边头瓦皆更微使反上，其形业业然”，按之此释，敦煌本作“反”不误。

2.《西京赋》:散似惊波,聚似京沶。薛综注:水中有土曰(敦煌本讹作“田”)沶。胡刻本“沶”作“峙”。

按:《尔雅·释水》“小陼曰沚”,《经典释文》卷二九云“沚”本或作“沶,音同”。与薛综注合,“峙”则无此义,知作“峙”讹。

3.《西京赋》:乃使中黄育获之俦。各本“中黄”下有“之士”二字。

按:有者误。刘勰《文心雕龙·指瑕》篇云“西京称中黄育获之俦”正与此合。

4.《西京赋》:丽靡奢乎许史。胡刻本“靡”作“美”。

按:《广雅》卷五上释言“靡,丽也”,王念孙《广雅疏证》云“《说文》丽尔,犹靡丽也”。又《文选》司马相如《上林赋》云“所以娱耳目乐心意者,丽靡烂漫于前,靡曼美色于后”,可见“丽靡”为当时成语。敦煌本是。各本皆讹。

不徼自遇,“徼”作“邀”。

5.《西京赋》:膳夫骑驰,察贰廉空。胡刻本“骑驰”倒。

按:薛综注为“骑马行视”,敦煌本意为长。

6.《西京赋》:昭藐流眄。胡刻本“昭”作“眳”。

按:《玉篇·目部》:“昭,目弄人也。”又“眳,情不悦貌”,作“昭”与正文原意合,是。

7.《西京赋》:乌获舡鼎。胡刻本“舡”作“扛”。

按:善注:《说文》曰:扛,横开对举也。扛与舡同。则作“舡”为是。胡克家《考异》亦作如是说,按之敦煌本,合,可作定论。

8.《西京赋》:故奢泰肆情,声(聲)烈弥楙。胡刻本“聲”作“馨”。

按:敦煌本薛综注:言土地险固,故得放心极意而夸泰之,聲列益以茂盛。胡刻本薛综注“聲”亦作“馨”。《说文》:“馨,香之远闻者也”,“馨烈”意为“芳香浓烈”,与句意不合。“声烈”亦成语,《文选》卷十八嵇叔夜《琴赋》云“声烈遐布”。

9.《答客难》:得明信厥说。胡刻本无“明”字。

按:有“明”意为长。

10.《答客难》:此士所以日孳孳,修学敏行而不敢殆也。胡刻本:“日”下有

“夜”字,误。

按:注云:臣善曰:孟子曰:鸡鸣而起,孳孳为善,舜之徒也。无“夜”意为长。

11.《解嘲》:客徒欲朱丹吾毂,不知跌将赤吾之族也。胡刻本无“欲”字,“跌”前有“一”字,敦煌本意为长。

12.《解嘲》:昔三仁去而殷虚,二老归而周炽。各本“虚”均作“墟”。

按:作“虚”意为长。

二　敦煌残卷可以正今注文之讹

1.《西京赋》注:既出去地下之垢秽。今本“垢”作“埃”。

按:当以“垢秽”为是。“垢秽”为成语。《文选》卷十八潘安仁《笙赋》注“谓先温暖去其垢秽”,卷五十范蔚宗《逸民传论》注“言或垢秽时俗以动其衷”。

2.《西京赋》注:上为阳,清又为阳,故曰重阳。胡刻本作“上为清,阳又为阳”。

按:胡刻本误。《文选考异》云:“袁本、茶陵本清阳作阳清,是也。”

3.《西京赋》注:“方言曰:怂,悚也。”今本“悚”作“慄”。

按:今本误。查《方言》正作“怂,悚也”,与敦煌本合。

4.《西京赋》注:凡屋宇皆垂下向,而好大屋扉边头瓦皆更微使反上,其形业业然。今本“扉”作“飞”。

按:今本误。“屋扉”连语,谓屋舍,作“屋飞”,则不辞矣。

5.《西京赋》注:熊虎为旗。今本前有《尔雅》曰。

按:今本误。今《尔雅》亦无此条。善注引薛注,皆直接训释,未有引据者。

6.《西京赋》注:小说医巫厌劾之术。今本“劾”作“祝”。

按:今本误。“厌劾”为成语。《晋书·武悼杨皇后传》:“贾后又信妖巫,谓太后必诉冤先帝,乃覆而殡之,施诸厌劾符书药物。”《艺术传·幸灵传》:“时高悝家有鬼怪,言语诃叱,投掷内外,不见人形,或器物自行,再三发火,巫祝厌劾而不能绝。”《旧唐书·方伎传·叶法善传》:“法善少传符箓,尤能厌劾鬼神。”

7.《说文》曰:较,车輢上曲铜也。今本“铜”作“钩”。

按:今本误。今《说文》与敦煌本合。

8.《西京赋》注:《说文》曰:鋋,小矛也。今本“矛”作“戈”。

按:今本误。今本《说文》与敦煌本合。又《文选·东都赋》引此条亦作“矛”。

三 保留了薛综注的部分原貌

李善注《西京赋》时引用了三国时期薛综的旧注:“旧注是者因而留之,并于篇首题其姓名。其有乖谬者,臣乃具释,并称臣善以别之。他皆类此。”可见,李善引旧注是有所选择的。即使这样,他对前人旧注的保留还是在一定程度上保存了旧注原貌。

1.廓,大也。阛,市营也。阓,中格门也。胡刻本于此后尚有:崔豹《古今注》曰:市墙曰阛,市门曰阓。

按:胡刻本误。查《古今注》都邑第二则云:“阛,市垣也;阓,市门也。”且崔豹为晋人,薛综为三国时吴人。《三国志·吴书》薛综本传:“(赤乌)六年(243)春卒。凡所著诗赋难论数万言……《二京解》,皆传于世。”早于崔豹的薛综是不可能引用其书的,此为后人妄加或他注窜入无疑。敦煌残卷则保存了薛注原貌。

2.旗亭,市楼也。隧,列肆道也。今本无“隧,列肆道也”五字。

按:今本误。《文选》卷一《西都赋》注引:“薛综《西京赋》注曰:隧,列肆道也,音遂。”由此可知,有此五字者是。

3.徽霍,跃(躍)丸剑之形也。今本“徽”作“挥”,“躍”作“谓”。

按:“徽霍”与“挥霍”同为连绵词,古之连绵词多无定字。“躍”即“跳”意,与正文“跳丸剑之徽霍”意正相合,是。

4.言不顺时节,常误之也。胡刻本“误”作“设”。

按:作“设”误。考之正文文意“泽虞是滥,何有春秋”,当作“误”。

因为敦煌本残卷很好地保存了薛综的原貌,伏俊琏将之概括为三条:先析言字词,后冠以“言”字总括句意;直接训释,不引经据典、蔓延引申;没有音注。

四　敦煌本残卷保留了李善注原貌，可正今本之讹

关于这一点，已有太多的文章，拟换个角度，从《文选》正文夹音注层面说明敦煌本对李善注原貌的保存意义。

现存的敦煌本残卷在正文之中无一处夹有音注，而后来的刊本中却多有此类，现以中华书局1977年影印胡刻本为例，在与敦煌本相同的篇幅中有音注处，按出现顺序详细列表如下：

页码	正文	音注	页码	正文	音注	页码	正文	音注
四一	閈	汗	四一	延	移贱切	四四	漭	马党切
四四	罝	音嗟	四五	儵	音叔	四五	陁	雉
四六	轹	音历	四六	碛	七亦切	四六	狝	思衍切
四六	鞲	溝	四八	延	去声	四九	祝	音呪
四九	豸	音雉	六三〇	连	去声			

敦煌本无一处正文中夹有音注，而相同篇幅的胡刻本中却有十四处音注。再考察《文选集注》钞本，其正文当据李善注本，亦无此类现象。要想证明正文中没有音注是《文选》李善注的原貌，就必须弄清现存刊本中正文音注的来源。查台湾陈八郎本五臣注《文选》相关部分音注，列表如下：

正文	音注	正文	音注	正文	音注
閈	音吁	延	移贱	漭	马党
罝	音嗟	儵	音叔	陁	雉
轹	音历	碛	七亦	狝	思衍
鞲	溝	延	去	祝	音呪
豸	音雉	连	去		

除去音注的方式，如后面去掉“切”字、“声”字，在十四处音注中有十三处相同，不同的只有第一处。可以肯定地说，五臣本的“吁”为“汗”之讹，如此，则胡刻本相同篇章的正文夹音，完全同于五臣本，而异于敦煌本。夹音属后来窜乱无疑，而且不会早于《文选集注》的成书时间。这就表明，敦煌写本的李善注

在很大程度上保存了原貌。至于五臣本的音注来源有可能来自李善的另一部著作《文选音义》,那是另一问题,与敦煌本李善注原貌情况无关了。

第七节　作为《文选》李善注研究预设起点的敦煌写本

预设(presupposition)在这里包括三层意思。

一　敦煌写本是《文选》李善注研究的起点

任何研究,尤其是对发展演变的描述,首先必须确立一个起点,这往往是在对其形态的追溯所能达到的终极。敦煌《文选》残卷写本,对于李善注《文选》的研究有资格充当这种角色。正如今天所能看到的敦煌写本,其实在现存有限的李善注《文选》版本中,歧异的现象与情形就已相当复杂,要在这夹缠不清的复杂文字中力图描画出一条大致的演进路线,确立一个明确的源头就非常必要。而对李善注《文选》的追溯,就目前所能掌握和看到的材料而言,敦煌写本则毫无疑问地能够担当这种重任。这种以原始表末的研究方法对于研究起点的确立,从本质上讲直接影响着对研究对象认识的全面性、正确性与否的把握和认知。

诚然,李善注《文选》绝不是空穴来风,是在前人注释基础上与自己学术能力的结合。但前人的注释,比如李善注成书前的不少音义之学,大唐朝廷对经书的注释热情与具体运作,都可能对李善注《文选》的成书产生相当重要的影响,这种影响甚至李善本人并没有能够觉察,因为对研究《文选》李善注来说,它只是作为一种背景而成立、存在的。要深入了解李善注的成书,如果抛开了这种背景,是不会也不可能抓住问题本质的。问题是,如果要对已经成型并发生变异的李善注进行考索,只需要找到它的起点而并不需要对这个起点的来源作进一步的追问,这是我们研究李善注的第一层预设,即敦煌残卷李善注《文选》是研究李善注的起点。

二　敦煌残卷是研究李善注《文选》的依据

起点的确立并不代表依据的奠立。如上所述,对敦煌《文选》作为李善注原貌状态考察的成立，则使这个起点同时成为可靠的依据。对此的认定亦相当关键，在上面不小的篇幅中大量资料的罗列甚至堆砌，其根本目的就是证明这个起点同时也是依据。假如对确立的依据不进行论证或者只采取一种不证自明的方法，一旦被釜底抽薪证明是假象时，后面的过程再美丽完整也只是空中楼阁般的妄自臆度。

作为依据的敦煌写本李善注《文选》，对它的依赖性绝不单纯来源于字句的不同写法。若仅如此，以敦煌《文选》写卷有限的残存来看，所能起的作用是相当有限的，放之《文选》李善注全部来看，甚至完全可以忽略不计。更大的意义在于：它是以一种明确的文本方式提供了可以绳墨与规矩后来版本的体例原则，因此，在有限的残存文字中提取的体例越全面准确，对后世版本考察的依据就越多，就越加可靠。这些标准作为依据的功能远远超过了有限的文字比对校勘，尽管文字的校勘同样是非常必要的。文字差异是千差万别的，而当非一人所抄的敦煌本引书注释体例却并非巧合又相当一致的情况下，虽然有两件年代不可确知，但《西京赋》却明书永隆年。退一步讲，敦煌本残卷即使与李善早期注释本有别，其差异程度也不会大于后世刊本，甚至可以视为李善注形成过程的重要环节，从而能够更加清晰李善注的演化。这是作为依据的敦煌本的理论支撑。

三　《文选》李善注在形成中经历了一个由简至繁的复杂过程

注本成立的过程无非有二，一是由简至繁，二是由繁至简。证明李善注存在由繁至简的可能，很难找到切实的证据。后代学者虽有删繁就简的可能，但存世的写本如 P.2527 却肯定不是这样。从其严谨的体例来看，如系繁本删简，那就不仅仅是引典有节略了，肯定会将解释性文字删削殆净。反过来讲，有如此学识之人，还有必要从李善注中提取一些引典吗？从实用层面而言，无论李善抑或后学，采取这种做注方式的可能性都很小。①

李善《上文选注表》中言“杀青甫就，轻用上闻……伏愿鸿慈，曲垂照览”，其书假定的第一读者似为当时皇帝，但其暗含或潜在的读者当为有一定学术素

① 参阅汪习波：《隋唐“文选学”研究》，上海古籍出版社 2005 年版，第 88 页。

养之人,这个潜在读者的存在直接影响到注释的面貌,比如为避免重复,前已注释,后不复注。而后期迫于生活而于汴、郑间讲学之本,则因学生理解程度不同,需求各异,对同一语词的多次重复引证或许仅为了加深学生记忆所为,或由面对不同对象而致,不遵“已见”例的版本正为此所致。

晚唐李济翁《资暇集》卷上“非五臣”条云:

> 世人多谓李氏立意注文选过于迂繁,徒自骋学,且不解文意,遂相尚习五臣者,大误也。所广徵引,非李氏立意。……代传数本李氏《文选》,有初注成者、复注者,有三注、四注者,当时旋被抄写。其绝笔之作皆释音、训义、注解甚多。余家幸而有焉。尝将数本并校,不唯注之赡略有异,至于科段,互相不同,无似余家之本该备也。①

尽管对此记载后人多有疑问,但有一点是可信的,即中唐时期流行的《文选》注本已有数种之多。李济翁所说初注、复注、三注、四注、绝笔诸本当以先简后繁的顺序排列。准此,早期简略而严谨的本子自可以敦煌 P.2527 残卷为代表,后世因实用因素必须重复引证、训释音义而产生的体例上多有矛盾的众多钞本、学生抄写的讲义与听课笔记混杂之本,已有走向繁复的倾向,至刊本与五臣注合并而传播之后,二者的混乱则更为加剧。脱离于六臣本的李善注单注本,在佚失了原有的部分内容后,也更多地混入了不属于自身原有的成分。

从整个李善注本的写刻历史看,李善注经历了一个由简至繁的过程,这也是笔者对李善注进行研究的内在理路与预设。

① 《资暇集》卷上“非五臣”,学海类编本,上海涵芬楼 1920 年据道光六安晁氏木活字排印本景印。

第三章
《文选集注》本李善注研究①

第一节　《文选集注》的发现、印行与递藏

澁江全善、森立之于日本天皇安正三年(1856)撰《经籍访古志》,卷六"总类"中第一次著录《文选集注》零本三卷,旧钞卷子本,赐芦文库藏。提要云:

见存第五十六、第百十五、第百十六,合三卷。每卷首题《文选》几,下记梁昭明太子撰及集注二字。界长七寸三分,幅九分,每行十一字,注十三四字。笔迹沈着,墨光如漆。纸带黄色,质极坚厚。披览之际,古香袭人。实系七百许年旧钞。注中引李善及五臣、陆善经、《音决》《钞》诸书,注末往往有今案语,与温故堂藏旧钞本标记所引合。就今本考之,是书似分为百二十卷者。但集注不知出于何人。或疑皇国纪传儒流所编著者与?其所引陆善经、《音决》《钞》诸等书,逸亡已久(原注:陆善经《文选》,遍检史志,不载其目。考见佐世《见在书目》,《文选音决》十卷,公孙罗撰。《文选钞》六十九卷,公孙罗撰。又载《文选钞》三十卷,缺名氏,未知孰书。第百十五卷首提云:今案钞为郭林宗。)今得借以存其崖略,岂不可贵乎?小岛

① 本章内容曾发表于《汉语言文学研究》2011年第3期,收入时部分文字有改动。

学古云:此书曾藏金泽称名寺,往岁狩谷卿云,清川吉人一阅,归来为余屡称其可贵。而近岁已归于赐芦之堂,故得纵览。此本曾在金泽,而无印记。当是昔时从他借留连者矣。近日小田切某又得是书零片二张于称名寺败麓中,一为第九十四卷,一不知卷第。今归僧彻定架中。闻某氏亦藏第百二卷,他日当访之。①

清末,罗振玉先生两次旅日,发现此书后,请人摹写,加上个人所藏两卷,共得十六卷。1918年,题为《唐写文选集注残本》,影印收入"嘉草轩丛书",此为《文选集注》残卷首次印行。罗氏影印本《序》云:

日本金泽文库藏古写本《文选集注》残卷,无撰人姓名,亦不能得其总卷数,卷中所引,于李善及五臣注外,有陆善经注,有《音决》,有《钞》,皆今日我国所无者也。于唐诸帝讳或缺笔或否,其写自海东抑出唐人乎,不能知也。往在京师得一卷,珍如璆璧。宣统纪元再游扶桑,欲往披览,匆匆未果,乃遣知好往彼移写得残卷十有五。其本归武进董氏。予劝以授之梓,董君诺焉。予以与善注本详校异同甚多,且知其析善注本一卷为二,盖昭明原本为三十卷,善注析为六十卷,此又析为百二十卷,卷第固可知矣。而作者卒不可知也。此书久已星散。予先后得两卷。东友小川简斋君得二卷,海盐张氏得二卷,楚中杨氏得一卷。今在文库者多短篇残纸而已。其海东藏书家尚存几许则不可备知也。予所藏两卷影写本无之。杨氏藏本今不知在何许。小川君及张氏本则均以景写在十五卷中。予念此零卷者,虽所存不及什二,然不谋印行,异日求此且不可得,而刊行之事,予当任之,乃假而付之影印。予所藏两卷,即就原本印之,不复传写,以存其真。张氏藏卷闻将自印于上海。乃去此二卷,仍得十有六卷,乃稍稍可流传矣,然距影写时则已十年。其本得印行,亦幸也。诸卷中其第百十六前半据东友所藏誊写。小字本钞补,小字本至褚渊碑元戎启行衣冠未缉注止。而原本则

① 〔日〕澁江全善、森立之著:《经籍访古志》卷七,北京图书馆出版社2003年版,第421~423页。

自衣冠未绢二句起。此二句之注，两本详略互异，不知他注何如？惜无从比勘。似此书原本外另有誊写，别本且与此本有异同。而未闻东邦学者言及之。附记于此，俟他日访写。宣统十年戊午六月上虞永丰乡人罗振玉序于海东寓居之雪堂。①

罗振玉所印十六卷分别是其收藏的卷四十八、卷五十九，誊写自东邦的卷六十二、卷六十三、卷六十六、卷六十八、卷七十一、卷七十三、卷七十九、卷八十五、卷八十八、卷九十一、卷九十三、卷九十四、卷一百〇二、卷一百一十六。

新美宽《新获文选集注断简》云："使《文选集注》广为流传者，实应归罗叔言翁。……翁辛亥革命间来日，卜居京都市净土寺町。归国之际，举其宅所得，捐赠以为东海旧抄本《文选集注》印行之资，以此托君山、湖南先生。"②1935 年至 1942 年日本京都大学文学部不负罗振玉所托，广搜日本所存汉籍古写本，影印为"旧钞本丛书"发行：其第三集到第九集，即是《文选集注》，全据原本影印，共二十三卷。③

2000 年，上海古籍出版社影印出版了南京大学周勋初先生所辑《文选集注》残卷，署书名为《唐钞文选集注汇存》，精装三大册，印行八百部。此书除收入日本京都大学文学部影印本全部外，又增入台湾中央图书馆所藏第九十八卷（完卷），天津市艺术博物馆所藏周暹捐第四十八卷中一节、国家图书馆所藏的第七十三卷中一节、日本御茶之水图书馆成赞堂文库所藏第六十一卷中一节，是目前搜集最富的《文选集注》残卷影印本。其搜采、影印、出版经过，周勋初先生在《前言》中有详悉叙述。日本京都大学文学部影印"旧钞本丛书"，时当日本侵华之际，流入我国者极少，旧时研读《文选集注》者大抵采罗振玉《嘉草轩丛书》影印本。周勋初先生辑本广搜散佚，影印行世，是继罗振玉之后于《文选集注》残卷保存流传的又一功臣。

对《文选集注》的印行已如上述，但对其递藏情况或语焉不详，或因袭旧

---

① 《嘉草轩丛书》本《文选集注残卷》序，又见《唐钞文选集注汇存》第三册附录，第 881~883 页。

② 《东方学报》第八册，京都大学人文科学研究所，1937 年版。

③ 具体卷数参见笔者《现代〈文选〉学史》，中国社会科学出版社 2003 年版，第 309~310 页。

说,多有矛盾之处。范志新在《关于〈文选集注〉编纂流传若干问题的思考》[1]一文中,有比较清晰的考察,故结合范氏论证,简述如下:

根据董康、罗振玉以来诸家记载,流入中土者凡六卷,分别藏于董康、罗振玉、海盐张氏、楚中杨氏和天津周氏。

董氏藏一卷,当为卷一二三。见《书舶庸谭》卷八下,民国二十四年(乙亥)五月十三日日记:"余于光宣之际偕岛田前往(金泽称名寺)物色之,得卅二卷,曾以语内藤博士白诸政府列入国宝。时吾国公使田参赞购得残本数卷,余从田君收得诔词一卷。"[2]董氏所藏后归日本东洋文库。"田君归国后,悉鬻之于厂肆正文宅。今某君所藏即从正文宅购之也。寅岁(1914),余因迎玉姬无资备办奁具,乃翻《静志居诗话》朱吉以美婢易袁宏《后汉书》故事,割让于津门某氏。嗣肆友张月岩得此卷,以万元巨值鬻于胜山。艺林共知其事,以故某君未允贱售。"田君名潜,字潜山,号伏侯,两湖书院学生,光绪戊戌(1898)游学日本,壬寅(1902)中举,曾任留日学生监督,清朝驻日公使参赞。胜山即胜山岳阳,董氏友。此卷后流入东洋文库,当自胜山流出。

罗氏藏两卷,即卷五十九及卷四十八上半卷。其一卷来历清楚可查,《唐写本文选集注》序中明言"往在京师得一卷",另半卷来历不明,与周氏所藏合为一卷,当亦得自中土。亦是田潜携归售于正文斋者。此二卷今藏东洋文库。严绍璗《汉籍在日本的流布研究》[3]有记载。此当雪堂归国之际连同住宅一并捐献的,罗氏意在印行《文选集注》,其捐献是必然之举。

海盐张氏藏两卷。范志新考证为卷六十八和卷九十八,今亦入东洋文库。《书舶庸谭》云:"小林氏询大阪某会社嘱介绍收购上海某君所藏《文选集注》之结果",是张氏终鬻日方。

楚中杨氏一卷。范氏认为即卷九十八。亦当是田潜携归售于正文斋者,杨氏收藏,后归台北,非周勋初所言"当是海盐张氏遗物"。

周氏藏半卷,与罗雪堂所藏合为一卷,卷四十八。卷轴标签上题"唐写文选残卷",下双行小字"日本国宝金泽文库旧藏宣统庚戌伏侯所收并记",亦是

---

① 范志新:《文选版本论稿》,江西人民出版社2003年版,第245~256页。

② 董康:《东游日记》,河北教育出版社2000年版,第334页。

③ 严绍璗:《汉籍在日本的流布研究》,江苏古籍出版社1992年版,第268页。

田潜携归者。周叔弢捐与天津艺术博物馆。

罗氏序言言及以外,流入中土者尚有卷七十三零页。此亦经田潜之手流入中土。有田潜丙辰(1916)十一月朔日跋及戊午(1918)初秋王大燮识语,今藏国家图书馆。

卷九十三亦尝经中国学者之手,其卷末有“宣统元年(1909)十一月得于日本。彦洁记”。其中土流传之迹不显,终归小川简斋。罗氏印行即从其处得之。

第二节　《文选集注》编纂时代及编者考

《文选集注》在我国清代前典籍中无记载,日本澁江全善、森立之《经籍访古志》以前典籍亦无记载,故其成书与时代就成为研究者不断猜测的一个问题。《经籍访古志》云“实系七百许年旧钞”,是根据其笔迹、墨光、纸色、纸质而进行的推测。《经籍访古志》成于1856年,以此逆推,其认为《文选集注》成书时间当在中国南宋时期,是日本皇国纪传儒流所编著。董康《书舶庸谭》卷六、卷八云为我国五代写本,但没有提出具体证据;罗振玉《唐写文选集注残卷序》以“唐写”题名,序中又云“古写”,云“写于海东抑出唐人之手不能知”。新美宽则认为是日本平安朝末期书体无疑。① 屈守元先生《文选导读》认为:“显然是六臣注本系列的产物……是以南宋书坊刻经书的注疏释文三合本、史书的三家注本、集部的千家注五百家注本为其时代背景的。”即谓编于南宋六臣注《文选》流行之后。周勋初《唐钞文选集注汇存·前言》称:“以其产生的时代而言,则当定为唐代某一《文选》学者参照经史著述中的合本子注例汇编而成。”傅刚的《〈文选〉版本研究》对森立之“实系七百许年旧抄”“疑皇国纪传儒流所编著”及屈守元先生以为编于南宋六臣注《文选》流行之后的见解,提出三点反驳理由:“第一,《文选集注》所集《音决》《钞》、陆善经本,唐以后已不见著录,南宋时期更没有编《集注》的条件。第二,《文选集注》所存《文选》旧貌颇有与宋刻本不同者,如产生于南宋,不应与宋刻有太大差异。第三,《文选集注》反切

① 〔日〕新美宽:《新获文选集注残卷断简》,《东方学报》第八册。

注音均用‘某某反’，而非如宋刻的全用‘某某切’。因为从中唐大历起，始讳‘反’字，故后世刻本均不再用‘反’名，这也证明《集注》并非产生于南宋时。”① 又云：“其实这个《集注》写本不仅不是南宋以后产物，也并非‘写自海东’。它最先藏于北宋著名藏书家田伟处，不知何时流入日本。台湾学者邱棨鐊 1971 年赴日进行学术交流，仔细研究了《文选集注》，在第六十八卷首发现了‘□州田氏藏书之印’钤记，‘□州’应是‘荆州’，‘荆’字损坏，但从艸从刀，尚可辨认。除此之外，田伟藏书堂号‘博古堂’印记亦存，由此可以断定《文选集注》本来为我国旧藏，日本人所谓‘平安书体’及罗振玉的‘或写自海东’诸说，当不攻自破。”②

大要言之，《文选集注》（下简称《集注》）一书，日本学者多认为为彼邦所编，中国学者倾向于本土所为，只是编写时代有唐、五代、宋之异。认为是中国学者所编者的证据主要有避讳、书写用唐人俗体、书中的藏书印三个方面。③ 第一，关于避讳。“从避讳的角度看，《文选集注》遇到高祖李渊、太宗世民之名讳，大半缺笔；而遇中宗李显、玄宗隆基之名讳，则无一缺笔。遇宋代诸帝更无一缺笔者，可证此书所据之本出于唐代，为唐中期之后的某一唐代《文选》专家所编。”④“《集注》本凡唐帝讳渊字、世字、民字，十九缺笔，而中宗名显、哲，玄宗名隆基则否”，又举卷九十八为例证，云“《文选集注》此卷为唐写卷子无疑”⑤。

先看《集注》中避讳情况，首先，《集注》避讳方式并不一致，或缺笔，或改字，缺笔又有不同。正文中“渊”字或“氵”作“丫”，或缺左“丨”，或缺右“丨”，或两者均缺，或改“渊”字为“泉”字。其次，《集注》避讳或避或否，似随意性较大，相对而言，“渊”字避讳十有八九，“世”字避者则极少。据常思春统计⑥，《集注》正文中“世”字有一百一十馀处，“民”字有五十馀处，然缺笔者仅各两

① 傅刚：《〈文选〉研究论稿》，北京大学出版社 2000 年版，第 137 页。
② 傅刚：《〈文选〉研究论稿》，北京大学出版社 2000 年版，第 137 页。
③ 周勋初：《唐钞文选集注汇存·前言》；邱棨鐊：《今存日本〈文选集注〉残卷为唐写旧藏本》，1974 年 10 月 30 日中央日报副刊，《唐写本文选集注第九十八卷跋——〈文选集注〉为唐写本再证》，《华冈文科学报》第十一期，后收入《中外学者“文选学”论集》，第 827~848 页。
④ 周勋初：《唐钞文选集注汇存·前言》。
⑤ 邱棨鐊：《唐写本文选集注第九十八卷跋》，见《中外学者“文选学”论集》，第 830~832 页。
⑥ 常思春：《读〈文选集注〉管见三则》，《河南大学学报（社科版）》2005 年第 5 期，第 59 页。

见。李善注及《钞》中“世”字约二百五十处，缺笔者有三；“民”字有二百处，缺笔者有六。《钞》中又有三处“世”改作“代”。五家注中“渊”字改作“泉”，“世”字改作“代”“时”“俗”，“民”作“人”，又避高宗讳“治”作“理”，避玄宗讳“隆”作“崇”，陆善经注中“世”“民”无缺笔者。复次，《集注》中正文与注文避讳体例不一，即已避讳的正文下的注文或不避，同条正文下的几家注文避讳亦不一。这种混乱现象说明，《集注》中的避讳非编者所为，其所选用的诸家注本对避讳的不一是导致这种乱象的根源。再退一步讲，即使是《集注》全避唐高祖、唐太宗之讳，亦只说明此书成于唐太宗之后，其下限尚不能确定。假定成于唐代，文中对中宗、玄宗不讳当有两种可能：要么《集注》成书于高宗时代，这当然是错误的，《集注》所引五家注本乃成于玄宗开元时；要么成书于中宗、玄宗已祧之后。据范志新考证，唐穆宗后确可不讳“隆基”二字①，然依讳例，若祧玄宗，则肃宗并以后诸帝例合避讳，而《文选集注》则非，故“为唐中期之后某一唐代《文选》专家所编”之说不能成立。况《集注》亦无一避宋讳，亦说明《集注》非出于宋人。

第二，关于俗字。诚如认定为唐钞者所言，《集注》中有大量的唐写俗体字，笔者进行了大量比照，发现与敦煌写本卷子书写字体多一致，但这并不能就证明《集注》为唐写本。如上所言，《集注》编写者所用底本为唐写本，多依葫芦画瓢所致。且《集注》本中多有别字误字，如“日”“曰”不分，“旦”“且”多混，“忄”“巾”通用，此种迹象皆是抄写者依葫芦画瓢所致。可见，所依底本为唐钞，并不说明《集注》就是唐钞。

第三，关于音注“某某反”问题。傅刚以中唐后始云“某某反”，宋本均言“某某切”，断定其编纂于唐朝。其所言前提不错，但宋版书中，如《文选》宋刻中还偶尔出现“某某反”的情况，即便是胡克家刻本《文选》亦有存在，这当然是其最初底本来自唐代的信息。《集注》本的音注全言“某某反”，说明其底本就是唐代的钞本，与编纂时间无涉；如编于宋代，自然大多已改。但正如本节所言，《集注》非成于中土，乃东瀛学者以唐代诸本为底本而成，故其对原书的情

---

① 范志新：《关于文选集注编纂流传若干问题的思考》，见《文选版本论稿》，江西人民出版社2003年版，第251页。

状包括“某某反”未作改动。既然大历以后始讳“反”字，那么可以认为，《集注》的底本如李善注来自此前。

第四，关于《集注》中印章。对《集注》中印章进行详细考察者当为台湾学者邱棨鐊，其结论是《集注》为宋藏书家田伟旧藏，后流入日本。傅刚又重加引证，言之似确凿，其实皆是建立在对印章的错误判定之上。今考《文选集注》全部钤印与识语如下：

1.卷八末题识：校了　源有宗　嘉历元年仲夏下旬加一见了。

2.卷九末题识：校了　源有宗　嘉历改元之岁仲夏下弦之侯灯下一见毕。

3.卷五十六钤印：养安院藏书。传经庐图书记。

4.卷六十一卷中钤印三方：金泽文库。

5.卷六十八首页钤印：荆州田氏藏书之印。田伟后裔。审美珍藏。

次页钤印：七启盦。博古□□□。伏侯在东精力所聚。景伟廔。

卷中小印：潜山。潜。卷末钤印：潜叟秘笈。

6.卷七十三。田潜题识：日本金泽文库所藏唐写文选，彼中定位国宝。予督学时得有七启、五颂、晋纪总论，各卷首尾完全，极为可贵，今均归之他人。此虽断简残编，亦足珍也。丙辰十一月朔日潜山题。

王大燮识语：唐人写经，多出经生之手。流传尚多，得之者已珍如拱璧。至于传写经史本不多睹，什袭珍藏，固其所也。此卷虽系断筒，而笔意却似锺太傅，洵为初唐人手笔，良可宝也。戊午年初，秋泉唐王大燮识。

7.卷八十八钤印：伏侯获观。

8.卷九十三卷末题识：宣统元年十一月得于日本。彦洁记。

9.卷一一三钤印：岛田翰读书记。

10.卷一一六钤印：养安院藏书。传经庐图书记。

邱棨鐊与傅刚立论的主要依据就是卷六十八的钤印。周勋初《〈文选集注〉上的印章考》[1]说：经他考证这十多处印章都是清末田潜在所得之卷上所盖的，并考明田潜名炤，字伏侯，号潜山，江陵人，是北宋著名藏书家荆州田伟（其藏书处名博古堂）的后代，其"田伟后裔""景伟廔""博古□□□"之印即田潜夸耀远祖藏书之荣。周先生在日本亲见为日本复购回的田潜所得之卷，又对田潜其人及诸印寓意考察详明。傅刚则以台湾邱棨鐊《今存日本之〈文选集注〉残卷为中土唐写旧藏本》[2]介绍《集注》残卷上印章时误判为宋田伟之印，遂断言为北宋田伟藏书后流入日本。对其印章判定既误，则其为北宋田伟前中国所编的推测即为无据。

又上列十处有题识钤印者，除去钤有金泽文库印卷六十一者，卷八、卷九藏九条道秀，卷五十六藏渡边昭，卷六十八、卷八十八、卷九十三、卷一一三藏东洋文库，卷七十三藏国家图书馆，卷一一六藏反町十郎等，这些皆为金泽文库流出之本，可以肯定这些钤印题识非金泽文库旧有（卷八、卷九除外），而为后来收藏者所加。另外，范志新考证日本正平间可《论语集解十卷》亦钤有"有宋荆州田氏七万五千卷堂""荆州田氏藏书""景伟廔印""后博古堂所藏善本""潜山读本""田伟后裔""伏侯得之日本"等印。正平相当于元末至明初洪武初年，后于田伟之卒，已有二百馀年，以此证之，《文选集注》绝非田伟所藏流入日本者。[3]

卷八、卷九题识者源有宗，据斯波六郎考证约"白河（1072～1085在位）、崛河帝（1086～1106）时代人"[4]，嘉历元年为元泰定三年（1326）。是以《集注》编纂下限当不晚于泰定三年。森立之所言"七百许年旧钞"似乎比较接近事实。

《集注》卷六十一江淹《杂体诗卅首》下云："今案：以后十三首《钞》脱。"卷六三屈平《离骚经》有："今案：此篇至《招隐诗》，《钞》脱也，五家有目而无书。"《钞》在中土流传暗昧不彰，暂且不论，若言五臣本尚是残缺，在唐玄宗以后的中土是不可想象的。又《集注》本中校补之文有自左至右书写者，亦不合中土习惯，中土目录著作均无一记载。由此看来，《集注》当为日本研究学习《文选》

① 载《〈昭明文选〉与中国传统文化》，吉林文史出版社2001年版。
② 见台湾1974年10月30日《中央日报》。
③ 范志新：《文选版本论稿》，江西人民出版社2003年版，第253～254页。
④ 《中外学者"文选学"论集》，中华书局1998年版，第936页。

者编纂而成，非出中土，其时代不当晚于泰定三年，其时间或许更早。

不管《集注》成书于何时，但其底本与作者都是唐时人，东土之编纂者又保留了唐时钞本的面貌，包括避讳等，因此，集注本《文选》反映的是唐时注释的面貌。以此而言，集注本是钞本时代李善注演进的一个重要标本，也是从钞本到刻本时代的一个重要参照。

第三节 《文选集注》的编纂体例

“集注”这种注释体例一般需要广取众家，取精用宏，并加以裁断。准之《文选集注》在这方面作的并不是很突出，易言之，其学术价值不是很高。其所取旧注，仅李善曰、《钞》曰、《音决》曰、五家中某一家曰、陆善经曰，凡五家，加之编者间偶尔加的案语，不过六家。即便如此，其篇幅已大大增加。罗振玉《文选集注》残卷《序》云：“其析善注本一卷为两卷，盖昭明原本为三十卷，善注析为六十卷，此又析为一百二十卷。”有时一卷篇幅过繁者，则再析为二，如卷六十一。今存残卷中其首尾完整者，其卷首首行皆题“文选卷第×”“梁昭明太子撰”“集注”三项，后列本卷类目、篇目；类目有编次，如“京都八”“京都九”“骚一”等。篇目上冠作者，下有“一首”或“几首”字，如屈平离骚经一首，每卷卷首还详列本卷具体篇目，如文选卷五十六，左列乐府三，下为鲍明远乐（下残），谢玄晖鼓（下残），左继列挽歌，下为缪熙伯挽歌一首五言，陆士衡挽歌三首五言，等等。正文先列篇名，下亦有“一首”或“几首”字，诗歌有“×言”，次行列作者。其正文分句或分节加注，注文首列李善注，次列《钞》，次列《音决》，次列五臣注，次列陆善经注。其篇有旧注为李善注所采者则列旧注，直接列旧注者姓名。同条注末间或有编者“今按”，注所采诸家本正文异文。所存二十四卷“今案”中，只出现“钞×为×”“音决×为×”“五家本×为×”“陆善经本×为×”，未出现过“李善本×为×”，是其正文为采李善本，“今案”则为所引诸本与李善本比较的异文。显然《文选集注》全书采李善注本为底本，而附入所采他家之注。正文虽采李善注，但在具体作注位置并不全依之，有时某解释句群下仅有“钞曰”或“五家曰”，或“陆善经曰”，或兼而有之，等等，唯独无李善注。每卷卷末再列“文选卷第×”字样，这是写卷常见的特征。

《文选集注》编纂者收录诸家次第依次为：李善注（含李善引已有的成注）——《钞》曰——《音决》——五臣中某一家——陆善经曰——今案（编者）。凡研究《集注》者，多认为“此次第意味深长，耐人寻味”，并从《钞》《音决》以外几家的排列顺序“李善——五臣——陆善经”是以时代先后相次来推测《钞》与《音决》产生时代必介于显庆至开元之间。① 还依据《日本国见在书目》记载，考证《音决》为公孙罗所著，而《钞》与《音决》著者绝非一人。论证很有道理。但若依次再反观《集注》诸家的排列顺序，又有疑焉。如果以时代相次，公孙罗《音决》置于此处固无问题，但是否就意味着《钞》的作者及成书时间必然介于李善与公孙罗之间呢？《文选集注》卷七十一《策秀才文》注有一条《钞》曰：“《音决》，牍大禄反。”若言《音决》成于《钞》后，那《钞》中又怎么会引用成于其后的《音决》中的内容呢？真实情况或许并非如此。

傅刚亦发现此排列顺序问题。其举二例②：

1.《集注》卷五十九谢玄晖《郡内登望》“言税辽东田”句下注，《钞》曰：“辽东田未详。或云李繁后汉末时为太守，弃官避难归辽东也。”李善则解为管宁典故：“《魏志》曰：管宁闻公孙度令行海外，遂至于辽东。皇甫谧《高士传》曰：民或牛暴宁田者，宁为牵牛著凉处自饮食。”

2.卷五十九沈休文《应王中丞思远咏月》，《钞》曰：“王中丞，不得名，字思远，为御史中丞。”李善注：“萧子显《齐书》曰：王思远为御史中丞。竟陵王表曰，王思远，字思远。”

傅刚由此认为，《钞》如果后于李善注，对李善注当有所参考。

笔者认为，《钞》早于李善注的情况也有可能，《集注》编纂者以李善注为底本，首采其注是理所当然的。至于《钞》与《音决》的排列顺序，《钞》中出现引用《音决》的现象，如果不是抄写讹误，那条证据的出现又给学者业已证明的《钞》与《音决》二书绝非公孙罗一人所为的观点增加了一些悬念。否认二书为罗一人所撰的一个主要证据，就是二书所据的《文选》正文有异。假若著者二书完成不在相同时期，其依据不同的正文版本也就可以理解了。设若《音决》

---

① 邱棨鐊：《〈文选集注〉所引〈文选钞〉之研究》，见《中外学者“文选学”论集》，第708～727页。

② 傅刚：《〈文选〉版本研究》，北京大学出版社2000年版，第139页。

一书先成,著者后又发现新的正文版本,并依之作《钞》,这也是完全可能的。再者,《钞》具有汇编、纂集的性质,若著者首先依据某一家作底本,再参考诸家之说而完成此书,其正文部分不同于业已完成的《音决》正文也是正常的。因此,单从二书正文文字的偶有差异来断然否认二书是一人所为,一方面没有考虑成书的实际情形,另一方面是拒绝目录著作中的明确记载[①],更重要的是难以解释所引诸家的排列顺序问题。如二书同为公孙罗所为,排列顺序先后也就无所谓,重要的是还可以解决一个问题,即《集注》引用诸家之注多冠以人名,唯《钞》与《音决》则否;设二书同为公孙罗所为,单以人名自然难以分清是哪一著作,故以书名代之。其首次引用自当有所说明,惜乎首卷不见。

李善注重在"释事",《钞》、五臣注、陆善经注重在"释义",三家之注正好作为李善注之疏释和补充,颇得唐人《五经正义》注疏体例之要。《集注》本注音以《音决》为主,李善音与《音决》相同者,多删李善音;李善音与《音决》不同者,包括《音决》无该字注音者,则把李善音保留在李善注中,其所引材料中生僻的字注音亦保留。五臣注的音同于《音决》者同样被删削了,如果五臣音与《音决》有所不同,则在引《音决》之后,加上"五家×,××反"予以保留。以此推测,《集注》中对李善注几乎全部照收,唯有部分音注删去,而这些音注的字依稀可以从《音决》中得到痕迹,《集注》对《音决》应该是全盘照收的。而对其他诸家,尤其是五家,删削则较多。以此来看,《集注》本保存了比较完整的李善注,为考察写本时代《文选》李善注的文本变迁以及写本与刊本之关系提供了比较可靠的参照资料。

第四节 从敦煌写本到《文选集注》的李善注变化之周遭

前已言及,尽管《文选集注》(下简称《集注》)编纂成书时间非在唐朝,或许成书时间更晚,但编纂者所据乃唐写本,所以《集注》中各家注本反映的是唐朝《文选》注的面貌,尤其是对李善注的推崇而使其对李善注引用得相对完整,这至少在敦煌本与刻本《文选》李善注之间又提供了一个重要参照。但是,比

① 〔日〕藤原佐世:《日本国见在书目》著录公孙罗《文选钞》六十九卷。

较敦煌写本《文选》李善注与《文选集注》中的李善注似乎不可能，因为敦煌残卷所存部分在《集注》中恰好佚失，进行单纯的文本比较无法进行。但按照预设，《文选》李善注在历史传承中经历了一个由简至繁的过程，对《文选集注》与后代刻本中李善注的比较也能证明这个问题。敦煌残卷 P.2527 至 P.2528 已经显示出这种迹象。以此而言，从敦煌本到《集注》本的李善注在注释内容上亦是渐繁，一代之学术，必有一代之大背景扶持，若否，则成无本之木，过眼云烟。笔者拟结合具体的文献记载，通过李善注变化的历史背景对此过程作一拟测。

一　唐代科举考试与《文选》学兴盛及李善注之关系

自隋唐开科取仕，中下层的士人终于有了博取功名利禄的机遇，这极大地刺激了他们的事业心与功名欲望。唐代科举分制科与常举两大类。制科时间不定，录用人员亦稀。常举则按时进行，主要有秀才、明经、进士、明法、书、算六科。秀才科贞观后废。明法、书、算三科比较专业，中举之后从事的也是技术性工作，不大受人看重。最热门的当属明经与进士两科。杜佑《通典》卷十五载“士族所趋向者，唯明经、进士两科而已”，反映的就是这种功名趋向。

隋朝两科考试差别不大。唐代两科考试的主要内容亦前后有所变化。《通典》卷十五《选举三》云：“调露二年（680），考功员外郎刘思立始奏请二科并加帖试。”《唐会要》亦载：“先时，进士但试策而已。思立以其庸浅，奏请帖经及试杂文。”[①]永隆二年（681）八月，唐高宗采纳此建议，进一步规范了明经、进士两科的考试内容：明经除帖经、答时务策外，口试大义十道；进士除帖经、答时务策外，试文、诗赋各一篇。徐松《登科记考》永隆二年按语云：“杂文两首，谓箴、铭、论、表之类。开元间始以赋居其一，或以诗居其一，亦有全用诗、赋者，非定制也。杂文之专用诗、赋，当在天宝之季。”自此，明经重帖经，进士重诗赋的趋势开始形成。

明经科考试可以选择考试具体科目内容，帖经类似填空，主要是考察记忆

① （唐）封演：《封氏闻见记》卷三《贡举》亦载：“开耀元年（681），员外郎刘思立以进士惟试时务策，恐伤肤浅，请加试杂文两道，并贴小经。又，旧例，试杂文者，一诗一赋，或兼试颂论。”《封氏闻见记校注》，赵贞信校注，历代史料笔记丛刊本，中华书局 2005 年版，第 16~17 页。

力，时人多投机取巧，众选字数少的小经，如《左传》者则无人愿学，题目亦向偏乖方向发展，大失选材之本义，地位日降。进士科重诗赋，而这不是死记硬背所能应付的，录取人数亦少，但因地位相对较高备受重视。时有“三十老明经，五十少进士”之语，唐之宰相多进士出身，以非进士出身为耻。① 进士科在唐太宗时与明经并驾齐驱，到高宗时代已有压倒明经之势，开元以后，则唯其独尊了。

明经的参考书目是唐代编修的《五经正义》一类，而诗赋杂文也有参考书目。《大唐新语》九云：

> 玄宗谓张说曰：“儿子等欲学缀文，须检事及看文体。《御览》之辈，部帙既大，寻讨稍难。卿与诸学士撰集要事并要文，以类相从，务取省便。令儿子等易见成就也。”说与徐坚、韦述等编此进上，以《初学记》为名。②

《初学记》福唐刘本序云“毋为猎取新奇壮丽之语，雕章缋句，以治聋俗之耳目焉”③，正好说明《初学记》具备“新奇壮丽之语”“雕章缋句”的作用，加之其“检事”与“看文体”的功能，恰恰是《文选》具备的，故其理所当然地肩负起进士科考试主要参考书目的重任。敦煌卷子本《秋胡小说》载秋胡别母辞妻外出游学一段云：“‘汝今再三弃吾游学，努力勤心，早须归舍，莫遣吾忧。’秋胡辞母了手。行至妻房中……其妻听夫此语，心中凄怆，语襄含悲，启言道：‘……郎君将身求学，此惬儿本情。学问虽达一朝，千万早须归舍。’辞妻了，道服得十种文书，是《孝经》《论语》《尚书》《左传》《公羊》《穀梁》《毛诗》《礼记》《庄子》《文选》，便即发程……”④秋胡外出游学，经书之外，尚有《文选》，此虽小说，亦证明当时《文选》为士子必读之书。

以往的研究虽然有考察《文选》学之兴盛与科举关系的文章，但对这种导

① 《封氏闻见记》卷三《贡举》载：“宦途之士，自进士而历清贵，有八儁者……言此八者尤为儁捷，直登宰相，不要历馀官也。”又云：“同寮遣拜，或以此更相讥弄。御史张环兄弟八人，其七人皆进士出身，一人制科擢第；亲故连榻，令制科者别坐，谓之‘杂色’，以为笑乐。”这些记载都反映了进士科地位的重要和在时人心目中的位置。中华书局2005年版，第18~19页。

② 《大唐新语》卷九，第137页。

③ 《初学记·序》，中华书局2004年二版，第2页。

④ 转引自郑振铎：《敦煌的俗文学》，原载《小说月报》1929年第3期，收入《中国敦煌学百年文库·综述卷》(一)，甘肃文化出版社1999年版，第31~32页。

向的作用仍然估计不足,并且,还有文章反对过高估计这种作用。[①] 将《文选》李善注的变迁置于此种大的背景之下重新认识,就显得很有必要。

李善于显庆三年(658)九月上表之《文选》注,是在《五经正义》的宏大修纂背景之下来注集部的,其中暗含了炫才与追名逐利的意图[②],而实际效果并不明显,只得到了一百二十绢的赏赐。当时的《文选》注释体例可能比较谨严,多引典而少解说,敦煌残卷 P.2527 最为近之。后,李善因与贺兰敏之周密,被流姚州,于上元元年(674)得大赦归于扬州,方设帐讲学。《旧唐书》卷一〇二《马怀素传》云:

> 马怀素,润州丹徒人也。客居江都,少师事李善。家贫无灯烛,昼采薪苏,夜燃读书,遂博览经史,善属文。举进士,又应制举,登文学优赡科,拜鄠尉,四迁左台监察御史。……会怀素病卒,年六十,上特为之举哀,废朝一日,赠润州刺史,谥曰文。

而《旧唐书·玄宗记》载"(开元六年)秋七月己未,秘书监马怀素卒",则马怀素生于显庆四年(659),至上元二年(675)李邕生时,马怀素年十七。此前李善流放姚州,怀素少师事之,不早于该年。而此时科举考试的进士科已有压倒明经之趋势,李善讲学的内容中定有《文选》,考虑到马怀素中进士科,并善属文,谥曰文的情况,定然对《文选》熟稔有加。而适应科举考试的需要,李善讲学《文选》一定会增加释义串讲,或许此期的李善注与写于永隆二年(681)的

---

① 如曹道衡《南北文风之融合和唐代"文选学"之兴盛》一文就认为:一般的看法都认为是由于隋唐以来实行了科举制度,以诗赋取士的结果。这种说法有一定的道理,但并不能回答所有的问题。因为以诗赋取士只能使当时的士人致力于诗赋的写作,而未必都要去攻读《文选》。因为据《隋书·经籍志》记载,隋及唐初存在着许多诗、文和赋的总集,都可以供应举者取法,而大家却一致选择了《文选》,这显然和当时文坛的风尚及唐初君臣爱好有关。在这个问题上,笔者认为应该联系到隋唐文风的形成、演变以及南北朝文风的融合来加以解释。曹氏所言自有相当之道理,但时人选择《文选》与其篇章多少合适,文体众备,文章典范以及时人的急功近利相适应,正如有《修文殿御览》《北堂书钞》还要编纂《初学记》一样。

② 《封氏闻见记》卷三《贡举》记载:"常举外复有通五经、一史,及进献文章,并上著述之辈,或付本司,或付中书考试,亦同制举。"由此可见,进献文章亦是得官之途,又云:"开元中,有……李镇上《注史记》一百三十卷……长福上《续文选》三十卷……如此者并量事授官,或沾赏赉,亦一时之美。"中华书局 2005 年版,第 19~20 页。

敦煌写本 P.2528 比较接近。

前已言及，上元二年李邕出生，李善不可能携眷北上，故留扬州讲学，马怀素师事之。据《旧唐书·高宗纪》记载：雍王李贤于本年被立为太子。而李善在被流放前曾有两次为李贤僚属的经历，完全可以依靠太子再进仕途。而流放回来又晚年得子的李善却不能即刻北上，只能暂时设帐扬州。待李邕稍大，即携家眷北上，期望依靠太子再重新谋得一官半职。但由于李贤与武后的关系紧张而在调露二年(680)的一场政治斗争中丧失了太子的地位。此时李善可能已处理了家产沿运河北上，李贤被废无疑使他丧失了重新出仕的凭借和希望，只能栖居汴、郑设帐了。由此推测，李善于汴、郑设帐的时间约在调露二年(680)前后。李善设帐于此可能还有原因，比如靠近洛阳，运河连接南北的汴、郑是士子必经之地，李善也不会为收不到学生操心。诸生四远至，号"文选学"。"文选学"的真正成立，当始于此。

李善晚年于汴、郑讲学名声大播，诸生四远至的原因还是科举考试的名利驱动。而此时的李善重新获取一官半职的希望已彻底幻灭了，为谋生计，围绕科举讲授《文选》在所难免，同时也有更多的时间对《文选》注释的引典进行补充，此种面貌的李善注或许与《文选集注》本李善注最为近之。

从科举考试对学习的指向来看，李善注的前后变化明显是受其影响，而李善注最终还是保留了自己的特色，没有突破其注释的一定限度。正因如此，方有开元六年(718)五臣注的出现与繁盛。

二　李善注《文选》的传播方式与文本变迁的可能

在雕版印刷尚未兴盛的唐朝，李善注《文选》的传播方式不外两种可能，一是口传，一是手抄。口传的主要方式是讲学，上已言及。李善流放归于江都、汴郑间的讲学，由于受科举考试科目的影响已经自觉地对其早年的注本做了程度不一的修改，以适应设帐需要。这种文本的变迁是出于一种自觉，其显庆三年(658)的《文选》注虽体例谨严，但过于简单，必然会对其不断加以补充；又因讲学对体例要求不严，故出现在文字增加的情况下体例不一的现象。李善当初讲学的具体情形已难以得知，不过《朝野佥载》有一段非常有意思的文字：

> 唐国子监助教张简,河南缑氏人也,曾为乡学讲《文选》。有野狐假简形,讲一纸书而去。须臾简至,弟子怪问之,简异曰:“前来者必野狐也。”①

这则颇荒诞的小说家言中,蕴含了丰富的信息:当时乡学已经讲授《文选》,野狐尚能讲之(当然是杜撰的),可见《文选》之普及程度。若没有一种导向与功利的目的,仅凭普通人的所谓文史自觉恐怕还是很难做到的。传奇中野狐讲《文选》的方式,应与国子助教张简讲课方式同。由之推测,李善当年讲学大概也似张简,有“纸书”一类的写本。数年讲学之中,认识与理解定会有异。当堂随时引典、释义、串讲不可能完全一致,甚或有即兴发挥的情形,这与其当初上表本已有所差别,即底本已经有异。本着因材施教之原则,讲解详略自然不一,诸种因素皆有可能导致善注文本的变异。

口传之外,生员的课堂笔记亦有差异。这由学生的本身素质与学习习惯决定。起点高的,记录或许较为简略,起点低的记录或许翔实,或有言必记,或择要而写,繁简不一之本遂成。甚至只记诠释,不记正文,今存日藏永青文库本很可能就是这种讲学的产物,不过非李善所讲。一般而言,生员的水平不会超过李善,所以记录大多翔实,甚至有在李善讲解之外的个人补充。这种本子自然也可称作李善注,但体例绝不会非常谨严。据此,可以理解从敦煌本到《集注》本再到后来众多的刊本随处可见的重复芜杂以及自乱体例的现象。

生员的课堂笔记,又有可能被不断传抄学习,假设不是出于纯粹保留原样的意图,而仅仅是学习的资料,就有可能发生变异。以一种底本为主,阑入他注的情形也就成为可能。这种一而再再而三的传抄,从总体趋势而言是逐渐由简洁走向繁富。

考察敦煌本到《集注》本李善注的变迁,必须充分注意这种传播方式的因素方能近之。从比较宽泛的范围而言,所有这些李善注《文选》,实际上是众本同源,其相同的部分远远大于不同之处,也就是说,无论其有了哪些具体的变异,说到底还是李善注。

---

① (唐)张鷟:《朝野佥载》,唐宋史料笔记丛书本,中华书局1979年版,第167页。

三 对文献记载的两则材料的分析

第一则资料,《资暇集》卷上"非五臣"条云:

代传数本李氏《文选》,有初注成者、复注者,有三注、四注者,当时旋被传写之。其绝笔之作皆释音、训义、注解甚多。余家幸而有焉。尝将数本并校,不唯注之赡略有异,至于科段,互相不同,无似余家之本该备也。

这段文字是晚唐李济翁针对《文选》五臣注及吕延祚《进〈集注文选〉表》而发,其提及的李善注《文选》数本说涉及了李善注流变的问题。仔细分析此段话,当予考虑者有以下数端:

其一,中晚唐时期流传的李善注《文选》有数本,依《资暇集》此处行文,即有五种:初注、复注、三注、四注、绝笔,注文详略不一,解释句群亦有异。李氏家藏其书,并且做过校勘,此当客观叙述,可靠无疑。其二,李氏依李善的注释时间先后,对《文选》注五种加以区分,对其做法的叙述是客观的,但其判断的依据是什么,数本是怎样划分的,是否每本上标有初注、复注等字样,即使原书上有标示,其可信程度到底多大,当有疑问。其三,李氏说李善的绝笔之本"释音、训义、注解甚多",而未言其判断绝笔之本的依据,若是仅依据文字的多寡而言,其可信度也不会很高。

这段话还蕴含着一个信息,即在李氏所谓"绝笔"之本外的本子,注文的确不够详尽。吕延祚上表对李善的诋毁,也绝不是空穴来风。李济翁通过数本说来化解五臣对李善注的责难,其尊善贬五臣,暗示出在普遍信奉五臣注的中晚唐时代,李善注的命运开始出现转向的端倪。

总之,李济翁这段话虽不可尽信,但所提到的李善注数本说却是真实的,这确实为我们考察李善注传播的复杂性与流衍提供了一条比较可靠的证据。

第二则材料,《新唐书·李邕传》载:

邕少知名。始善注《文选》,释事而忘意。书成以问邕,邕不敢对,善诘之,邕意有所更,善曰:"试为我补益之。"邕附事见义,善以其不可夺,故两书并行。

这则记载受到清代四库馆臣的反驳[①],以显庆三年(658)李邕尚未在世而否认李邕有补益其父《文选》注一事,言之凿凿。但四库馆臣有明显误读之嫌,"始善注《文选》",并非"善始注《文选》",而是史书中常用的一种追述语,浑言李善当日注书之事。《唐代墓志汇编》大历〇〇九《唐故北海郡守赠秘书监江夏李公墓志铭并序》云:"年七十三,卒于强死,哀哉!"此墓志为李邕族子著作郎李昂撰,因此可信度最高。以此逆推,则知李邕当生于高宗上元二年(675)。李善生年史无明文,卒年有详细记载,是武后载初元年(689),故善与邕共同生活的时期为高宗上元二年至武后载初元年,凡整十四年。时李善在汴、郑间设帐授学。若将李善、李邕父子的对话置于此段时期,似乎还具备一定的可能性。李善《文选》注虽已于显庆三年上表,但此期定会对作为教材之一的《文选》注进一步增补,增补的主要内容仍是语源学方面,尽管在讲学中也多有串释性文字。这种追寻语源学的训诂注释对初学者是有一定难度的,而李邕随其他生员一起学习,对《文选》注"纸书"与具体文本意义的差异也会有疑问,其父要他进行增益,是对他今后发展提出的希望,特别是当开元年间五臣注《表》上呈之后,面对吕《表》对其父的诋毁,激励他对《文选注》进行增补是很有可能的。正如生员传抄的《文选》注中混入了不少李善注以外的内容而并未注明一样,李邕对其父注的增补也没必要添列名字,甚或有意不署自己的名字,以反驳吕《表》的诋毁。

以上所言尽管有合理的成分,但毕竟包含了太多的推测,没有更多的文献作为支撑,而且今存文献对李邕补益《文选》注还有些不利的证据。一是李白、杜甫当日皆深研《文选》,与李邕多有交往,诗中称叹李邕文章之学甚多,却无一言及此事。二是敦煌残卷《西京赋》已有渐繁的趋势,而李邕尚未在世。但是,繁简共存之说却从敦煌本与《集注》本中得到了证明,"两书并行"或为实录。进一步说,当时并行之注亦绝非"两书",不同的钞本面貌各异,正所谓"一千个学生会有一千种李善注",李邕补益之书或许为众多钞本中的一种而已。

---

① 《四库全书总目》卷一八六,中华书局 1965 年版,第 1685 页。

从敦煌本到《集注》本的李善注具体文字的变迁虽然难以考证，但由简至繁的趋向还是颇为明显的。这至少说明在有唐一代，《文选》李善注的确存在不同的钞本，现在可以肯定的是至少有三种不同的钞本，敦煌 P.2527、P.2528、《集注》本。那么，《集注》本与后世刻本的关系到底是怎样的呢？

四 从《集注》本李善注的“已见”例拟测其底本来源

敦煌本残存的部分在《集注》本中却又不存，这就为考察二本之间的变异增加了难度。只能对相关体例方面作一拟测。仅以已见例略作说明。

首先，《集注》本不避重出现象。敦煌本 P.2527 遵循已见例相当严谨，P.2528中却有不少已见例重出现象。《集注》本亦有不少不遵已见例的情形。如：

1.卷五十九鲍明远《数诗一首》：七盘起长袖，庭下列歌钟。

《集注》本注：李善曰：张衡《舞赋》曰：历七盘而屣蹑。韩子曰：长袖善舞。《国语》曰：郑伯纳女乐二二八，歌钟二肆。

监本注：张衡《舞赋》曰：历七盘而屣蹑。韩子曰：长袖善舞。《国语》曰：郑伯纳女乐二八，歌钟已见《魏都赋》。

按：《集注》本“女乐二二八”，衍一“二”字。即为重出前注。《魏都赋》奎章阁本在“其军容弗犯，信其果毅。纠华绥戎，以戴公室。元勋配管敬之绩，歌钟析邦君之肆。则魏绛之贤有令闻也”句下相关注为：“《国语》曰：郑伯纳女乐二八，歌钟二肆……”由此来看，监本鲍明远《数诗》此句之下注一方面既从善注“已见”条例，又复引前注，与善注条例相悖；且复引前注引《国语》又脱“歌钟二肆”关键一句，错乱不堪。《集注》本李善注当从“已见”例却多重出前注，这一情形恐非编者所重出，或因《集注》本是一体例尚未统一的较早的李善注本，或者是学子自用的学习之本。

2.卷五十九谢玄晖《郡内登望一首》：怅望心已极，惝怳魂属迁。

《集注》本注：李善曰：蔡邕《初平诗》曰：暮宿河南，怅望天阴，雨雪滂滂。……

监本注：怅望已见上文。……

按：《集注》本正文书写随意，“属”当作“屡”。监本所谓的上文当指谢玄晖《新亭渚别范零陵诗》中“停骖我怅望,辍棹子夷犹”句下注引“蔡邕《初平诗》曰:暮宿河南,怅望天阴,雨雪滂滂”。《集注》本不避重出,是其所依底本所致,并非编者所为,因为《集注》本中亦有不少已见的例子。

《集注》本已见例有一种情形,即在他本中注为“已见上文”者,《集注》本往往给出明确的篇名以代替“上文”二字。如:

1.卷五十九谢灵运《田南树园激流植楥一首》:寡欲不期劳,即事罕人功。

《集注》本注:……即事已见《南楼中望所迟客诗》。

监本注:……即事已见上文。

2.卷五十九鲍明远《翫月城西门解中一首》:夜移衡汉落,徘徊帷户中。

《集注》本注:李善曰:衡,斗中央也。汉,天汉也,已见谢惠连《七月七日夜咏牛女》诗。……

监本注:衡,斗中央也。汉,天汉也,已见上文。

3.卷五十九谢玄晖《和徐都曹一首》:日华川上动,风光草际浮。

《集注》本注:李善曰:日华已见《直中书省》诗。……

监本注:日华已见上文。……

此种情形在《集注》本中数量很多,给我们的暗示是:《集注》本的底本似乎是以学生的传抄学习之本而来,因为对已见的详细标明出于何处,主要目的可能在于学习中前后查找的方便与相互印证,而在李善注本中很可能就是作上文,因为李善对《文选》的熟稔而不需要详细注明出处,但在讲学中可能在口头上会对“上文”二字作一替换,反映在学生的笔录中就从客观上部分改变了李善注的原貌,如果再基于学习的方便并有意识地对此更改,改动的数量也许就更大些。

在《集注》本还有一种有关“已见”的情形,即在他本中作“已见”的,在《集注》本中没有出现“已见”的说明,也没有重出,而是径直跳过。如:

卷五十九谢玄晖《和王著作八公山》:戎州昔乱华,素景沦伊縠。

《集注》本注:乱华,谓苻坚也。《左氏传》曰:卫侯登城以望见戎州,公曰:我姬(姬字《集注》本原脱)姓也,何戎之有焉!又曰:孔子曰:裔不谋夏,夷不乱华。素景,谓晋也。干宝《搜神记》曰:金者,晋之行也。《汉书》曰:縠水出縠阳谷,东北入洛。

监本注：乱华，谓苻坚也。《左氏传》曰：卫侯登城以望见戎州，公曰：我姬姓也，何戎之有焉！又，孔子曰：裔不谋夏，夷不乱华。素景，谓晋也。干宝《搜神记》曰：金者，晋之行也。《汉书》曰：穀水出穀阳谷，东北入洛也。伊水已见上文。

按：对伊水，《集注》本既不作解释，又不说明已见，径直跳过。其形成的原因有多种，一种可能是李善讲学中因前已言及，此处不再解说；再一种可能是学生在笔录抄写中对此很熟悉，径直删去。

通过对《集注》本“已见”例几种情况的考察，发现其比敦煌本 P.2527 的“已见”例随意得多，与 P.2528 相比，情况略似，但稍微复杂一些。通过与监本注的比较，也能发现，监本注整体上比《集注》本多出不少内容，足见《集注》本的底本是一个传抄之本，在很大程度上更像是学生的学习笔记整理而成。

第五节　《文选集注》中的李善注与后世刻本之关系

日本学者斯波六郎博士在《对〈文选〉各种版本的研究》中，针对胡刻本、足利本、《四部丛刊》本、浅野本等版本误而《集注》本不误的例证，从“依此本正板本篇题、类目之误例”“依此本正板本正文之误例”与“依此本正板本李注之误”三大方面论证了《集注》本的价值，得出结论云：“此本自李善注本身至类目、篇题、正文，最存李善本之旧。自此本问世，谓庐山真面乃明，亦非虚言。”[①]另一日本学者冈村繁对此撰文《〈文选集注〉与宋明版行的李善注》，从五个方面详细探讨：以往对现存李善单注本形成过程的认识，关于《文选集注》中的李善注，《文选集注》的李善注与现存版本的李善注之比较，李善注的原初形态，《文选集注》的李善注与现存版本李善注之关系。[②] 冈村繁以《蜀都赋》为例，通过与袁本、胡刻本等本的比较，认为“以往那种以集注本为依据标准的片面看法，那种将集注本中有而版本中无的李善注一概定为后者由后人脱误所致的武断

---

① 《中外学者“文选学”论集》，中华书局 1998 年版，第 935~953 页。

② 〔日〕冈村繁：《冈村繁全集》第二卷《文选之研究》，陆晓光译，上海古籍出版社 2002 年版，第 339~373 页。

理解，实在使我们难以服膺”①，“集注本中唯独李善注的文字篇幅较之其他诸刊本为多。对这一现象，只要我们抛弃以往的先入之见而客观审视，就不能不如此推测：《文选集注》中的李善注则当是对之尽力绵密增补而来的再度撰成的后出之著”②，“《文选》的李善注鼻祖经历如前所述的过程后，当分化并出现各属集注本系和刊本系这两大互异系统的李善注。但是在此过程中，集注本系的李善注也许由于北宋国子监本的公刊而评价转低，因而早在钞本阶段便中途绝传。与之相反，监本系（即刊本系）李善注一方面随着北宋以后《文选》学的盛行而逐渐分化成各种子系统，它们各自对之再加增补修订，由此最终形成了现存的各种版本”③。日本学者森野繁夫认同斯波六郎的观点，并进一步对《集注》本和刊本李善注的关系作了推测：“从集注本中抽出李注再编成李注本，并据此刊行了北宋国子监刻李注本。而后，国子监所刻李注本与五臣注合并为六臣本。合并的时期虽然尚不明确，但可以推断，此后又从六臣本中再抽出李注编成李注本。这就是现存于国家图书馆、被推断为所谓的北宋注本残卷，且可以认为，此李注本与南宋尤袤刻本有密切的传承关系。”④傅刚在比较了斯波六郎和冈村繁的论点后认为“《文选集注》的情况比较复杂……有的部分是集注本中的善注多于刻本，而有的部分是集注本中的善注少于刻本，还有的部分相差不多”，赞同冈村繁提出的“应改变以同一单线的前后传承关系考察《集注》本（还应包括其他写本、抄本）与刻本间关系”⑤。

斯波博士的研究主要取样于《文选集注》不误而刊本有误的材料并以此论证《集注》本的价值，言其《集注》本最存李善之旧，这种样本的选择（《集注》本不误）与结论（《集注》本存李善之旧）实际就是一回事，确有循环论证的嫌疑；进一步说，到底《集注》本正确而刊本错误在整部《文选集注》中所占的比重如何？反之，设若《集注》本中错误而刊本中正确的比例大于斯波博士所举，那是否还意味着《集注》本最存李善注旧貌呢？姑且不谈其结论正确与否，即便是

---

① 〔日〕冈村繁：《文选之研究》，上海古籍出版社2002年版，第359页。
② 〔日〕冈村繁：《文选之研究》，上海古籍出版社2002年版，第356页。
③ 〔日〕冈村繁：《文选之研究》，上海古籍出版社2002年版，第371页。
④ 〔日〕森野繁夫：《关于文选李善注》，段书伟译，载《中外学者“文选学”论集》，第1027页。
⑤ 傅刚：《〈文选〉版本研究》，北京大学出版社2000年版，第140~141页。

正确的,其论证过程中的样本选择也应该是有问题的,导致此种问题产生的因素或许是先入之见。冈村繁的研究样本证明了《集注》本中李善注有多于刊本李善注的情况,却忽略了其他相当与相反的情形,不过他对李善注的研究理路确是可取的。森野繁夫的论证中包含了太多的推测成分,且其认定《集注》本为唐代编定而后分出国子监本的李善注,与我们认为的《集注》成于宋元之际相关观点相去甚远,但其对《集注》本李善注与刊本李善注复杂情形的考察却是比较全面的。可以说三位日本学者的研究都达到了片面的深刻。故结合三位学者的引证资料再对《集注》本与刊本李善注的关系进行推测。

冈村繁主要引用了《蜀都赋》中两条材料、《吴都赋》中一条材料来证明《集注》本的李善注比刊本李善注多出不少。我们仔细分析一下多出的部分:《蜀都赋》中"沟洫脉散,疆里绮错,黍稷油油,粳稻莫莫。指渠口以为云门,洒滮池而为陸泽。虽星毕之滂沱,尚未齐其膏液"句,此条李善注,《集注》本比刊本多出五条注:四条引证,一条引《说文》释义。四条引证材料除"油油"外,刘逵注均已直接训释,此增注主要是引证,无串释性文字。准之敦煌本,此绝非其初上表之本,当是日后对其初注作的进一步增补,仍然贯彻了其一贯的训释风格,重在引典,释义亦引字书。"近则江汉炳灵至造作者以为程也"句下李善注,集注本比刊本多出十条,其中四条释义,两条引《说文》,两条引传注(晋灼《汉书》注与毛苌诗传),六条引典,推溯语源。《吴都赋》"夫上图景宿至析于地理者也"句下李善注刊本只一条,《集注》本多出四条,两处释义,一引《广雅》,一引《说文》,两处引典。通观冈村繁所举三例,与后世刊本比照,再准之敦煌本,增补的痕迹非常鲜明:一是引字书或传注对语词释义,二是引典推溯语源,由此发现,增补的部分或是旧注所无,或是旧注未引证,从整体注释来看,明显更加完善。由此点来看,《集注》本的李善注,是经过增补的李善注。其增补者,是李善、李邕,还是后学者,已难考证。

《集注》本较刊本注文较多的情况很好解释,况且这种现象所占比例较大;相反的是《集注》本李善注少于后世刊本的情况,冈村繁氏没有提到。而森野繁夫举了两个例子。《吴都赋》"于是乐只衎至昧旦永日"句下善注刊本在文字上多于《集注》本,但二者有明显差异。《集注》本多引证,刊本多解说。如《集注》本"《尚书》曰:四隩既宅",刊本是"四隩来暨,言四方之人皆来",刊本多出

"唱櫂转鼓，言远人唱歌擿船，乘车转轂，以向吴都"，相异的与增加的多为串释性文字，更具备讲义的性质，其底本更似讲学之本。另外刊本多出一条"《毛诗》曰：且以永日"，见于《集注》本《钞》中，《集注》本编纂的原则是李善注后征引他家补充善注；而在《钞》中，集注编纂者所据底本当无此句，此引证在刊本中是他注的阑入，还是另有李善注抄本就是如此，亦不可知。

除此两种情形外，森野繁夫还列举了对同一语句引证不同、释义不同、互相替代的现象。不一一例举。

此种差异的迹象表明，后世刊本的底本绝不是《集注》本，这是可以肯定的。傅刚赞同的将写本与刊本分成两个系统考察是正确的。而写本与刊本之间的联系如何，是沟通两个系统的关键。写本时代文本的变迁及写本向刊本的转换可作如下描述：

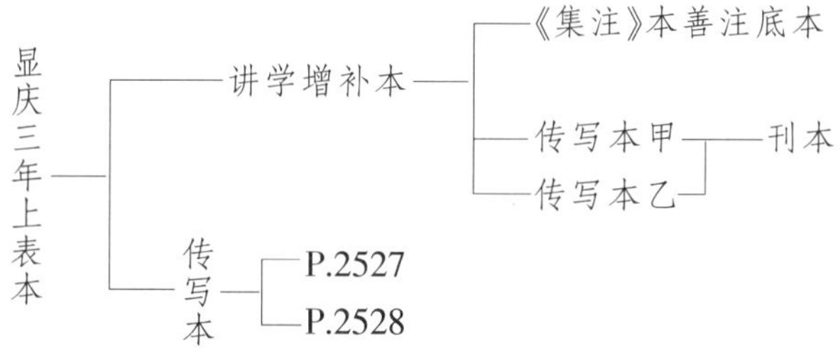

后世刊本的底本并非《集注》本，是否就意味着《文选集注》的价值不大呢？在后世刊本已经佚失的情况下，《文选集注》还是具备重要的版本参考价值，它至少提供了一个比较直观的写本时代的具体参照。虽然说在传抄过程中造成的"一千个学生会有一千种李善注"，但它毕竟还是李善注，而没有成为五臣注或者其他，这就是其价值所在。姑且不论其保存《钞》、《音决》、陆善经注原本佚失旧注的意义，单就李善注本身而言，其价值自不可低估。斯波六郎已经从三个大方面展示了这种价值，不妨再举几例：

1.《蜀都赋》于前则……触石吐云　（注）《春秋元命包》曰：山有含精藏云，故触石而出也。

《集注》本"包"作"苞"，六臣本同。《集注》本"有"作"者"。

按：《艺文类聚》卷七、《初学记》卷二十、《太平御览》卷三十八引文作"苞""者"。胡刻本、六臣本作"有"，当形近而误。

2.旁挺龙目,侧生荔枝　(注)《南裔志》曰……往往有荔枝,高五六丈,常以夏生,其变赤可食。

六臣本此注同,《集注》本“生”为“至”,“其”后有“实”。

按:《艺文类聚》卷八十七、《齐民要术》卷十均引有“《广志》曰:荔枝……夏至日将巳时翕然俱赤,则可食也”,《集注》本注有“陆善经曰:《南裔志》云,荔枝常以夏至其实变赤”。刘注《南裔志》有“邓竹、菌桂、龙眼、荔枝,皆冬生不枯,郁茂于山林”,白居易《荔枝图序》有“荔枝……实如丹,夏熟;朵如葡萄,核如枇杷,壳如红缯,膜如紫绡”,“常以夏生”与“冬生不枯”相矛盾,《集注》本作“至”是,胡刻本、六臣本“生”盖“至”之误,“其”后脱“实”。

3.嘉鱼出于丙穴　(注)丙穴,在汉中沔阳县北,有鱼穴二所,常以三月取之。

六臣本此注同,《集注》本“三月”后有“八月”二字。

按:《华阳国志·汉中志》:“沔阳县有度水……有鱼穴……常以三月八月取。”《太平御览》卷九三七:“《博物志》曰:沔阳县北有鱼穴二所,常以二月八月出鱼,鱼曰丙穴。”《集注》本有“八月”与之合,胡刻本、六臣本均误脱。

4.带文蛇,跨雕虎　(注)善曰:越人衣文蛇。

六臣本此注同,《集注》本“善曰”下有“苏武书曰”四字。

按:《文选考异》:“‘善曰’下当有脱文。各本皆同,无以补之。”读书卷二十九《张景阳杂诗》“闽越衣文蛇”注引下有“苏武书”,与《集注》本同,胡刻本、六臣本皆脱,当据《集注》本补。

5.《吴都赋》　鲛鲻琵琶　(注)《异物志》曰:鲻鱼形如鲵,长七尺。

六臣本此注同,《集注》本“长”后有“六”字。

按:《太平御览》卷九三七引:“《异物志》曰:鲻鱼长者六七尺。”《集注》本与之合,疑胡刻本、六臣本均脱。

除去上举具体文字的比勘以外,《集注》本在文选学史上的价值,更是不容小觑,成为从写本到刻本两个系统链接的重要参照,而且会伴随着其具体注释学术价值的日渐模糊而愈加清晰。

第四章
北宋监本《文选》李善注研究

第一节　北宋监本《文选》残存大概

北宋监本《文选》现分藏两处，北京国家图书馆与台湾"故宫博物院"。台湾藏十一卷，据台湾张月云的考察，其详细残存页如下：

卷一　《西都赋》起"别隧分人"至"桑麻铺菜"。板心页次漫漶不能辨，共计两页。

卷一　《东都赋》起"效五牲礼神"至"而不知王"。板心页次二十六至二十九，共计四页。

卷二　《西京赋》起"陈宝鸣鸡在焉"至卷末。板心页次三至二十七，共计二十五页。

卷三　京都中《东京赋》起卷首至"常畏人力之"，共计二十九页。

卷四　《南都赋》起"其竹则籦笼"至本文结尾"睹旧里焉"。

卷四　《三都赋序》起首至"举为宪章"（按：张氏原著录有误。误将《南都赋》著为《蜀都赋》，与《三都赋序》合著，共计九页）。

卷四　《蜀都赋》起"吾子岂亦曾闻"至卷末，与《三都赋序》中间缺一页。板心页次十四至二十六，共计十三页。

卷五　京都下《吴都赋》起卷首至卷末，全卷全。板心页次一至二十六，共计二十六页。

卷六　京都下《魏都赋》起卷首至“篇章毕睹”。板心页次一至廿，共计二十页。

卷八　《上林赋》起“蜥胡縠蛫”至“追怪物至宇宙”。板心页次一至三，共计三页。

卷八　《羽猎赋》起“（醴泉流）其唐”至卷末。板心页次四至十三，共计十页。

卷九　起卷首目次至扬子云《长杨赋》“圣主之养”，板心页次一至二（按：张氏著录亦不确，其云《长杨赋》起“大垮胡人”）。

卷十　《西征赋》起“延敌竞逐”至“落俎靃靃霏霏”。板心页次十一至二十七，共计十七页。

卷十一　《景福殿赋》起“见姜后之解珮”上句之注至“贵贱之所”。板心页次二十五至二十八，共计四页。

卷十六　《闲居赋》起“以歌事遂情焉”至“巨黍异蓁同机”。板心页次漫漶不能辨，存一页。

卷十六　《闲居赋》起“炮（礮）石雷骇”至“兹礼容之壮观而”。板心页次亦不能辨，存一页。

张氏云：“以上共见残卷一百六六页。存十一卷，除卷五全外，其馀各卷均为残佚。”①

国家图书馆藏二十四卷，据常思春《读北宋本〈李善注文选〉残卷》②介绍，卷十五存一叶又半叶，卷十六存两叶，卷十七存五叶又半叶，卷十八存十五叶，卷十九存十六叶半，卷三十存三十叶，卷三十一存二十八叶半，卷三十六存十三叶又六叶，卷三十七存三十一叶，卷三十八存十七叶半，卷五十存二十一叶，卷五十一存十五叶，卷五十二存十九叶半，卷五十三存二十九叶半，卷五十四存十八叶，卷五十五存二十四叶半，卷五十六存三叶半又四叶，卷五十七存十四叶又十一叶，卷五十八存二叶又二十二叶，卷五十九存二叶又一叶，卷六十存十二叶

① 张月云：《宋刊文选李善单注本考》，见《中外学者“文选学”论集》，第767～769页。

② 《昭明文选与中国传统文化》，吉林文史出版社2001年版。

又五叶。国家图书馆共藏二十四卷，四百三十八叶又十一叶半。卷三十七、卷五十完整；卷五十二仅缺卷首目录半叶，正文完整；卷三十一、三十六、四十七、五十三、五十五无，五十七、五十八共八卷仅缺半叶或一叶。

刘文兴叙家藏北宋本版式为：每叶十行，行十七八字，注双行，行二十五字。黑线口，中题李善注《文选》第一，下记叶数①。张月云叙台湾“故宫博物院”藏宋刊《文选》版式为：每卷卷首大题“文选卷第几”，此行低二格题“梁昭明太子撰”，第三行低三格小字题“文林郎守太子右内率府录事参军事崇贤馆直学士臣李善注上”，再列每卷卷目，随即连属正文。左右双边，板心线口，无鱼尾，上下有横线，上横线标“李善注文选卷第几”，下横线标叶数。板框高 24.4 厘米，长 37.6 厘米，每半叶十行，行大字十七八，注文双行小字二十二至二十六不等。每卷末隔行题“文选卷第几”，首叶及叶间均有“京师图书馆藏书之印”朱文长印。常思春叙国家图书馆藏宋刊《文选》残卷版式为：每半叶十行，行正文大字十七字（间有十五、十六、十八、十九、二十二、二十三字，当是缮写版本后校改脱衍字重书之行）；夹注小字双行，行二十五字（间有二十三、二十四字）。板框高 24.6 厘米，长 39.2 厘米，左右双栏。版心无鱼尾，以横线分作五栏：一、三、五栏以竖线中分（为折叠线），二栏题“李善注文选第几”，四栏记当卷页数，五栏下间有标一字或二字，当是刻工姓名。卷首首行顶格大字题“文选卷第几”，二行低二字或三字，大字题“梁昭明太子撰”。三行低四字或五字（与二行“明”字相齐），小字题“唐文林郎守太子右率府录事参军事崇贤馆直学士臣李善注上”（或无首“唐”字）。第四行起列当卷分类目录，类目占一行，篇目上贯作者姓字，同类一作者有二目以上则后目略作者姓字。目录及卷题下皆有“一首”或“几首”字，卷中重出目录中类目。卷末隔行题“文选卷第几”。

据上述三家经眼者所记版式、卷数及篇目绝无重复者等综合判断，三家所记当为一本。此本原为清廷大内所藏，清末流出清宫，遂为书贾分为数本出售。刘文兴家藏本为“昔年家君从京师书肆得之”；北京国家图书馆藏本主要是周叔弢所藏，后捐给国图；台湾“故宫博物院”藏本，原为北平图书馆藏，现寄存台湾“故宫博物院”。

---

① 《国立北平图书馆季刊》第五卷第五号，1931 年。

北宋监本《文选》虽为残卷，但在现代《文选》学史上地位极其重要。它是李善注本第一刻，故研究《文选》及李善注自唐写本至宋刻本的演变，非此本莫能厘清。但在整个现代《文选》版本学的历史上，对该本的研究相当薄弱。该本残卷分藏大陆与台湾，多数《文选》研究者不易同时一睹二本原貌，当是原因之一。[①]

第二节　已有研究之综述

傅刚先生《〈文选〉版本研究》一书是目前对《文选》版本研究最为翔实的著作。通过对校，傅刚先生认为：北宋监本（下简称"监本"）早于尤本，以二本对校，不同处极多，李善注多同于袁本、茶陵本，而与尤本多歧异。傅氏以尤本《出师表》与监本对校，参以胡克家《文选考异》所引袁本、茶陵本，发现监本多同于袁本、茶陵本，而异于尤本；由此证明，监本明显与尤本不是同一系统，而与明州本、建州本的李善注属于同一系统，因为明州本、建州本均源于奎章阁本的底本秀州本，而秀州本的底本即为监本，尤刻本则自有来历。同时，傅氏认为北宋天圣明道本虽然基本同于秀州本的李善注，但毕竟是递刻本，并在刊刻过程中出现了一些错误。至于如何认定现存监本是递刻本，傅氏没有进行论证。[②]结论的得出是以其经眼的国图所藏二十一卷本为主要依据，台湾"故宫博物院"所藏十一卷，傅氏则参考台湾学者张月云的相关文章。张氏对监本的研究主要针对台湾所藏的十一卷，国图所藏其未见。其论文见于1985年的《故宫学术季刊》第二卷第四期刊载的《宋刊文选李善单注本考》[③]，除前言外，分两部分非常细致地考察了宋代的两种重要版本：监本与尤刻本。对监本的研究主要集中在第一部分：北宋刊善注《文选》残卷考，共分六节。

第一节残存现况与版式、行款，对台湾所藏的十一卷本残卷状况结合目录著作进行了细致的著录，他认为，就《文选》版本之研究而言，此北宋所刊之残本殆为于今所能见之《文选》版本最古者，乃为一切刻本"善注"之祖本，千年古

---

① 参见笔者：《现代〈文选〉学史》，中国社会科学出版社2003年版，第316~318页。

② 傅刚：《〈文选〉版本研究》，北京大学出版社2000年版，第157~159页。

③ 《中外学者"文选学"论集》，中华书局1998年版，第765~813页。

籍重现于世，其于学术上之意义，绝不亚于敦煌钞本之发现。

第二节善注《文选》北宋国子监即有刊本考，此部分通过对避讳字的考察与对北宋史料的考索认为，北宋之世不但已见善注《文选》之刻本，且为国子监所刻。总计北宋刊行善注《文选》一事，肇工于真宗景德四年，完成于仁宗天圣七年，中间一度毁于大火，前后雕版二次始成，历时十六年之久。

第三节今存善注《文选》残卷即北宋监本。通过对广都本与监本的比较，认为：

1.广都本之善注无有逸出北宋本所刊善注之外者，且其文字相合之情形已达十之八九。

2.广都本因属六家注本系统，故在兼收善注与五臣注时已偶然犯有将善注、李善所引之旧注、五臣注互混之错误，然此种情形均有迹可循，因此而造成此本与北宋本有所差异之事实，非肇因于广都本所承之监本与北宋本不同，乃是广都本刊行时已犯之讹误。

3.广都本之善注有独与北宋本合而与以后各刻本均不合者，尤可视为广都本之善注所承之本正与北宋本合。此三条结论前，张氏已经论证了广都本之善注最能保存善注之旧，故得出结论为，吾人当肯定此北宋刊本即是广都本所据以刊之监本，则此北宋所刊善注文选残卷，乃系北宋所刊之监本，当无复有可疑之点。

第四节为杨守敬"善注《文选》北宋绝无刻本"之说纠谬。该节基于前节之事实并结合目录之著录，纠正了杨守敬对《文选》刊刻认识的偏颇。

第五节为考证补述——再论此残本之字体、避讳字，以刊刻之避讳字确定此本之年代，复以字体及避讳的状况判断此本为递修本。

第六节为结论。此节通过监本与永隆本、宋刊各本、五臣本、胡刻本之比较，进一步印证并总结上述结论。在为数不多的监本《文选》的研究文章中，张氏所论当为最细致全面者。

第三节 从左思《三都赋》刘逵注看北宋监本对唐钞本《文选》旧注的整理[①]

北宋监本《文选》是宋代李善注《文选》的第一刻。该本与平昌孟氏五臣注本合刻为宋代六臣本的首刻秀州本(五臣、李善注本),秀州本又形成了宋代众多的六家本与六臣本《文选》。北宋监本又是后世流传极广的南宋尤刻本《文选》的重要渊源。因此,在《文选》传播史上,北宋监本的地位极为重要。"中华再造善本工程"将其列入首批再造善本名录,谅非偶然。

《文选》新注是21世纪《文选》研究的一个重要课题。但是,无论是新注李善注《文选》或者是新注六臣注《文选》,都离不开北宋监本《文选》。利用北宋监本《文选》必然涉及对北宋监本《文选》李善注和旧注的取舍,因此,研究北宋监本《文选》李善注、旧注自唐钞本至宋刻本的变化,正确地看待和使用北宋监本的李善注和旧注,已成为新注《文选》无法回避的重要课题。

此处所谓《文选》旧注是指李善注《文选》时保留的二十馀家旧注。它们是《二京赋》薛综注,《蜀都赋》《吴都赋》刘逵注,《魏都赋》张载注,《南都赋》皇甫谧注,《子虚赋》司马彪注、张揖注、晋灼注、郭璞注,《上林赋》张揖注、司马彪注、韦昭注、郭璞注,《甘泉赋》服虔注、晋灼注、张晏注、孟康注,《射雉赋》徐爰注,《鲁灵光殿赋》张载注,《幽通赋》曹大家注、项岱注,《思玄赋》旧注,《咏怀诗》颜延之、沈约等注,《楚辞》王逸注,《答宾戏》旧注,《典引》蔡邕注,《演连珠》刘峻注。

保存这些旧注的唐钞本多已亡佚,今存唐钞本《文选》旧注只有敦煌本《西京赋》残卷中的薛综注,周勋初辑《唐钞〈文选集注〉汇存》左思《蜀都赋》《吴都赋》残卷中的刘逵注,以及《楚辞》中的王逸注。

因此,考察《文选》旧注自唐钞本至宋刻本的变化只能以敦煌本《西京赋》、《文选集注》本《三都赋》、《楚辞》诸作与北宋监本相比对。但是,敦煌本《西京赋》残卷是李善注本还是寺僧合成之本尚存争议,《楚辞》王逸注从唐钞本至宋

---

① 本节发表于《河南大学字报》2007年第1期,收入时部分文字有改动。

刻本变化不大，为保证研究质量，暂以《文选集注》本保存的左思《三都赋》刘逵注作为考察对象。由于基本文献的局限，全面清理北宋监本对《文选》旧注的整理已不可能，但是，通过对左思《三都赋》刘逵注的考察，毕竟可以使我们了解到北宋监本整理唐钞本《文选》旧注的真实面貌。

台湾今存北宋监本《文选》中有左思《三都赋》之《蜀都赋》《吴都赋》刘逵注残卷。韩国奎章阁本《文选》是秀州本的忠实翻刻本，而秀州本是将北宋监本逐段编入平昌孟氏五臣注本而形成的六家本，因此，奎章阁本中的李善注及其保存的旧注，与北宋监本基本相同。该本保存的《三都赋》刘逵注，当是北宋监本刘逵《三都赋》注的原貌。所以，北宋监本左思《三都赋》刘逵注已经完备。《文选集注》本存有《三都赋》之《蜀都赋》全文及《吴都赋》大部，因此，二本刘逵注的对勘已成为可能。

当然，北宋监本的底本并非《文选集注》本，据《文选集注》研究北宋监本是不得已之举，但并非没有道理。

今存唐钞本《文选》的数量极少，有些还是无注释的白文本，或仅有李善注而没有旧注。只有《文选集注》本是我们所能见到的保存唐钞本《文选》刘逵注的孤例，反映了晚唐时期左思《三都赋》刘逵注的基本原貌。不论北宋监本与《文选集注》本有何关系，从逻辑上讲，北宋监本所据底本的《三都赋》刘逵注和《文选集注》本的《三都赋》刘逵注同为唐钞本《三都赋》刘逵注，它们应当大体一致。这正是笔者利用《文选集注》本和北宋监本研究唐钞本至宋刻本《三都赋》刘逵注变化的逻辑依据。

后面“新增”例中将论及今本《文选集注》之《三都赋》中存有五条唐人綦毋邃注，这是今天所知唐人綦毋邃《文选》注的唯一文献。北宋监本《三都赋》恰恰有此五条注释，但均删掉了“綦毋邃”之名而以刘逵注的面貌出现。如果北宋监本仅据唐钞李善注《文选》的单注本刊刻，当不可能看到仅在《文选集注》本中幸存的五条綦毋邃注，因为李善注本都是单注本，不可能存有非李善注的綦毋邃注，李善保留的《文选》旧注也不含綦毋邃注，存有綦毋邃《文选》注的只可能是《文选集注》之类的汇注本。因《文选集注》的产生时间较晚，北宋监本的编纂者不可能看到。最大的可能是《文选集注》所依据的唐代写本亦为北宋监本的编者看到，或者北宋监本的底本即此类注本。北宋监本与今传《文选集注》本同有綦毋邃注既说明北宋监本所据唐钞本《三都赋》与《文选集注》本《三都赋》的高度雷同，更以版本实物证明了笔者有关北宋监本所据底本的刘逵注与《文选集注》本刘逵注大体一致的推测。这也是笔者通过《文选集注》本《三都赋》刘逵注研究北宋监本《三都赋》刘逵注的版本依据。

研究北宋监本《三都赋》对唐钞本《文选集注·三都赋》刘逵注的整理并非研究唐钞本《文选》至北宋监本《文选》刘逵注的所有变化。有时，北宋监本对《文选》刘逵注的改动只反映了北宋监本整理唐钞本旧注的一种倾向。

《文选》卷五左思《蜀都赋》"巢居栖翔，聿兼邓林"二句中的"邓林"一词，《文选集注》本刘逵注：

> 《山海经》曰：夸父与日竞逐，渴，饮于河渭，河渭不足，北饮大泽，未至而渴死，其策化为邓林。①

《文选集注》本此三十四字刘逵注，北宋监本全然删之。《文选集注》本的编排体例是首列李善保留的旧注，次列李善注，次列《文选钞》，次列五臣注，次列陆善经注，次列《音决》。刘逵注排序第一的位置决定了《文选集注》本不可能被编纂者省略，它在《文选集注》本中保留的文字反映了《文选集注》本接近晚唐时代《文选》刘逵注的原貌。

"邓林"一词在《文选》中首见于卷二张衡《西京赋》"蔚若邓林"句，李善注曰："《山海经》曰：夸父与日竞走，渴饮河渭，不足，北饮大泽，未至，道渴死，弃其杖，化为邓林。"②因《蜀都赋》在《文选》中列第四卷，故北宋监本此条李善注可依"异篇再见从省例"写作"邓林已见《西京赋》"。

但是，刘逵注并非李善注，李善注有着严格的注释体例，刘逵注作为李善保留的旧注，并无明文规定非依李善注之注例。因此，本例中刘逵注完全可以保留。北宋监本将其删节，显然不妥。

本节研究《文选集注》本刘逵注向北宋监本刘逵注的演变，重点关注新增、

---

① 周勋初辑：《唐钞文选集注汇存》第1册，上海古籍出版社2000年版，第26页。

② （梁）萧统编，（清）胡克家校刻：《文选》，中华书局1977年影印本，第44页。

纠谬、补充、失误四个方面，此“删节”例不在本文考察之列。

有时，《文选集注》本刘逵注与北宋监本刘逵注的差异是由二本的取舍不同所致。如左思《吴都赋》“跃马迭迹，朱轮累辙”二句的“跃马”，《文选集注》本刘逵注：“《蔡泽传》曰：跃马富贵。”①北宋监本刘逵注：“《蔡泽传》曰：跃马肉食。”《史记·蔡泽传》：“蔡泽者，燕人也。游学干诸侯，小大甚众，不遇而从唐举相，曰：吾闻先生相李兑曰：‘百日之内持国秉，有之乎？’曰：‘有之。’曰：‘若臣者何如？’唐举孰视而笑曰：‘先生曷鼻、巨肩、魋颜、蹙齃、膝挛。吾闻圣人不相，殆先生乎？’蔡泽知唐举戏之，乃曰：‘富贵吾所自有，吾所不知者寿也，愿闻之。’唐举曰：‘先生之寿，从今以往者四十三岁。’蔡泽笑谢而去，谓其御者曰：‘吾持粱刺齿肥，跃马疾驱，怀黄金之印，结紫绶于要，揖让人主之前，食肉富贵四十三年，足矣！’”可见，“跃马肉食”与“跃马富贵”皆谓蔡泽。②

此类取舍不同导致的二本差异不在本节讨论的范围。

左思《吴都赋》“泉室潜织而卷绡，渊客慷慨而泣珠”二句，《文选集注》本刘逵注：“水居鲛人，水底居也。俗传鲛人从水中出，曾寄寓人家积日，卖绡。绡者，竹孚俞也。鲛人临去，从主人索器，泣而出珠满槃。以绡绡者所孚俞也。鲛人临去，从主人索器，泣而出珠满槃，以与主人。”③

北宋监本刘逵注：“水居鲛人，水底居也。俗传鲛人从水中出，曾寄寓人家积日，卖绡。绡者，竹孚俞也。鲛人临去，从主人索器，泣而出珠满槃，以与主人。”

《太平御览·珍宝部二》（卷八百三）：“《博物志》曰：鲛人从水出寓人家积日，卖绢。将去，从主人索一器，泣而成珠满盘，以与主人。”④

《文选集注》本“以绡绡者所孚俞也鲛人临去从主人索器泣而出珠”二十一字显为衍文，如果北宋监本的底本有此二十一字，北宋监本刘逵注将其删除，更显简明。

此属“删除繁芜”例，亦不在本节研讨之中。

---

① 周勋初辑：《唐钞文选集注汇存》第1册，上海古籍出版社2000年版，第188页。
② （汉）司马迁：《史记·范雎蔡泽列传》，中华书局1975年标点本，第2418页。
③ 周勋初辑：《唐钞文选集注汇存》第1册，上海古籍出版社2000年版，第167页。
④ （宋）李昉等：《太平御览》，中华书局1960年影印本，第3567页。

一　新增

北宋监本对唐钞本《文选》旧注的整理首先表现为新增刘逵注。所谓"新增",特指北宋监本将唐钞本中的他家注释增入刘逵注中,这是北宋监本对唐钞本刘逵注最为大胆的整理。唐代《文选》注释并不像宋代之后仅存李善注与五臣注两家主流注释,而是诸家并存。这些非主流注释在唐钞本至宋刻本的演变中从形式上看已经消失了,但并非完全删除。北宋监本删除了绝大部分非主流注释,却使唐钞本非主流注释中的部分精华以一种特殊方式存留下来。

今北宋监本《三都赋》残卷新增刘逵注仅有三例,但非常典型。

第一例,今本《文选集注》左思《三都赋序》中存有鲜为人知的五条唐人綦毋邃注:

1.然相如赋上林而引卢桔夏熟,扬雄赋甘泉而陈玉树青葱,班固赋西都而叹以出比目,张衡赋西京而述以游海若。

綦毋邃注曰:"凡此四者,皆非西京之所有也。"①

2.考之果木则生非其壤,校之神物则出非其所,于辞则易为藻,于义则虚而无征。

綦毋邃注曰:"盖是韩非所谓画鬼魅易为好,画狗马难为工之类也。"②

3.且夫玉卮无当,虽宝非用。

綦毋邃注曰:"卮,一名觯,酒器也。当,底也。"

4.积习生常,有自来矣。

綦毋邃注曰:"《左传》曰:习实生常。"③

5.且夫任土作贡,《虞书》所著,辨物居方,《周易》所慎。

綦毋邃注曰:"《虞书》曰:'禹别九州,任土作贡。'定其肥饶之所生而著九州贡赋之法也。《周易》曰:'君子以慎辨物居方。'"④

台湾今存北宋监本《文选》残卷《三都赋序》中,完整地保留了这五条綦毋

---

① 周勋初辑:《唐钞文选集注汇存》第1册,上海古籍出版社2000年版,第4页。
② 周勋初辑:《唐钞文选集注汇存》第1册,上海古籍出版社2000年版,第4页。
③ 周勋初辑:《唐钞文选集注汇存》第1册,上海古籍出版社2000年版,第7页。
④ 周勋初辑:《唐钞文选集注汇存》第1册,上海古籍出版社2000年版,第9页。

邃注，但均删掉了唐钞本中的“綦毋邃曰”四字。可见，北宋监本将唐人綦毋邃注改造成了刘逵注。秀州州学在合平昌孟氏五臣注本与北宋监本为秀州本时，又在北宋监本保存的綦毋邃注前加了“刘曰”二字，使之与原刘逵注浑融为一。

《三都赋序》綦毋邃加注的五条正文，李善均无注，綦毋邃注又非常精当。依照李善注单注本的体例，北宋监本《三都赋序》只能留存刘逵注与李善注，綦毋邃注尽管非常精当，亦当在被删之列。北宋监本创造了将綦毋邃注改造成刘逵注的先例，以此解决了李善无注而綦毋邃注精当应予保留的难题。这种整理的力度与魄力都是今人无法想象的。

第二例，左思《蜀都赋》“故虽兼诸夏之富有，犹未若兹都之无量也”二句中的“无量”一词，《文选集注》本刘逵无注，但是，《集注》本中《文选钞》却有一条非常精当的注释：“《论语》曰：唯酒无量。”①

北宋监本刘逵注吸收了唐钞本中《文选钞》的注释：“又《论语》曰：惟酒无量。”

此注出自《论语・乡党》：“肉虽多，不使胜食气。唯酒无量，不及乱。沽酒市脯不食，不撤姜食，不多食。”②

《文选集注》本刘逵注因居诸注之首而不可能被删节，故此条刘逵无注只能是《文选集注》本失注。北宋监本据《文选钞》新增了刘逵注，又解决了“无量”一词李善无注而《文选钞》注释精当应予保留的难题。

上述二例都是唐钞本刘逵无注，北宋监本分别改造綦毋邃注与《文选钞》而成为北宋监本的刘逵注。

第三例，《文选》卷五左思《吴都赋》：“俞骑骋路，指南司方。出车槛槛，被练锵锵。”③

“指南司方”四字《文选集注》本刘逵无注，但该本李善注：“《鬼谷子》曰：郑人之取玉，必载司南之车，为其不惑。”④北宋监本刘逵注选取了唐钞《文选集注》本李善注的内容增入刘逵注：“《鬼谷子》曰：郑人取玉，必载司南之车，为其

① 周勋初辑：《唐钞文选集注汇存》第1册，上海古籍出版社2000年版，第79页。
② （清）阮元校刻：《十三经注疏・论语注疏》，中华书局1980年影印本，第2495页。
③ （梁）萧统编，（清）胡克家校刻：《文选》，中华书局1977年影印本，第90页。
④ 周勋初辑：《唐钞文选集注汇存》第1册，上海古籍出版社2000年版，第215页。

不惑也。”

二 纠谬

北宋监本对唐钞本《文选集注·三都赋》刘逵注中存在的讹误进行了必要的纠正，这是北宋监本对唐钞本《文选》旧注诸项整理中最有价值之处。

左思《蜀都赋》“外负铜梁于宕渠，内函要害于膏腴”中的“铜梁”一词，《文选集注》本刘逵注曰：“铜梁，二山名也。宕渠，县名也。铜梁在巴东。宕渠在巴西，出铁。”①据《文选集注》本刘逵注，“铜梁”是“二山名”，但是，北宋监本刘逵注曰：“铜梁，山名。”“铜梁”究竟是一山之名抑或是二山之名？

《元和郡县志》（卷三十四）“剑南道”载：“铜梁山在县南九里。《蜀都赋》曰：外负铜梁石渠是也。山出铁及桃枝竹。”②

《太平御览·地部九》（卷四十四）“关中蜀汉诸山条”：“铜梁山。左太冲《蜀都赋》云：外负铜梁宕渠。张孟（疑有脱字——笔者）注云：铜梁，山名也。按其山有桃枝竹。（脱“东”——笔者）西连亘二十馀里，山岭之上平整。远望诸山而此独秀也。”③

《通典·州郡五》（卷一百七十五）：“合州”领六县，其中即有“铜梁”县。注曰：“因山为名。《蜀都赋》曰：外负铜梁。”④

《太平寰宇记》（卷一百三十六）：“铜梁山在县南九里，左太冲《蜀都赋》云：外负铜梁于宕渠。注云：铜梁，山也。按：其山出铁及桃竹枝，东西连亘一十里，山岭之上平整，远望诸山，而此独秀也。”⑤

《海录碎事·地部上》（卷三）：“铜梁山。铜梁山在涪江之南七里。”⑥

据上述诸文献记载，《文选集注》本刘逵注衍“二”字，“铜梁”只是一山，不得言“二”。北宋监本刘逵注纠正了唐钞本刘逵注的失误。

---

① 周勋初辑：《唐钞文选集注汇存》第1册，上海古籍出版社2000年版，第27页。

② 见文渊阁《四库全书》影印本，第468册，上海古籍出版社1987年版，第557页。

③ （宋）李昉等：《太平御览》，中华书局1960年影印本，第212页。

④ 见中华书局1984年影印万有文库“十通”本，第9页上。

⑤ 见文渊阁《四库全书》影印本，第470册，第310页。

⑥ 叶廷珪撰，李之亮校点：《海录碎事》，中华书局2002年版，第73页。

三　补充

所谓"补充",是指北宋监本刘逵注与《文选集注》本刘逵注相比增加的新注释,但这并不是本节第一部分"新增"所言的将唐钞本中其他各家注释改造成刘逵注,而是根据唐钞本中其他各家注释之外的文献所增加的。北宋监本对唐钞本《文选集注·三都赋》整理的贡献之一,就是补充了唐钞本注释的不足。

左思《蜀都赋》"比屋连甍,千庑万室"二句的"庑"字,《文选集注》本刘逵无注,但北宋监本刘逵注做了重要补充:"庑,序也。"

左思《吴都赋》"翫其碛砾而不窥玉渊者,未知骊龙之所蟠也"二句"碛砾"一词,《文选集注》本刘逵无注,北宋监本刘逵注新增了注释:"碛砾,浅水见沙石之貌。"

左思《吴都赋》:"于是乎长鲸吞航,修鲵吐浪。跃龙腾蛇,鲛鲻琵琶。王鲔鯸鲐,鲫龟鱕氏。乌贼拥剑,䲉鼊鲭鳄。涵泳乎其中。"①上述九句,北宋监本新增两条刘逵注补充了《文选集注》本刘逵注的不足。

1.关于"长鲸""修鲵"二词

《文选集注》本刘逵注:"《异物志》云:鲸鱼长者有数里,或死于沙上,得之者皆无目,俗言其目化为明月珠。"②北宋监本刘逵注:"《异物志》云:鲸鱼长者有数千("千"为衍文——笔者)里,雄曰鲸,雌曰鲵。或死于沙上,云得之者皆无目,俗言其目化为明月珠。"二者均取材于《异物志》,但北宋监本刘逵注多了"雄曰鲸雌曰鲵"六字,那么这六字该不该有?

(清)胡世安《异鱼图赞笺》卷三:"《异物志》:鲸鲵,长百丈,大亦称之。雄曰鲸,雌曰鲵。或死于沙上,得之者皆无目。说者谓目化为明月。"③

据此,《异物志》确有"雄曰鲸雌曰鲵"六字,《文选集注》本脱此六字虽无大妨,但北宋监本的补充使引文更加完整。

---

① (梁)萧统编,(清)胡克家校刻:《文选》,第83页。
② 周勋初辑:《唐钞文选集注汇存》第1册,上海古籍出版社2000年版,第111页。
③ 文渊阁《四库全书》影印本,第847册,第789页。

2.关于“鳄”

《文选集注》本刘逵注:“虎及大鹿度水,鳄击之皆中断,生则出。在沙上乳卵,卵如鸭子,亦有黄白,可食。其头骨琢去齿,旬日间齿更生,广州有之。涵,沉也。《方言》曰:南楚谓沉为涵也。泳,潜行。”①

北宋监本刘逵注与《文选集注》本刘逵注基本相同,但在“泳潜行也”四字下增加了“见《尔雅》”三字。《尔雅注疏·释水》(卷七):“潜行为泳。”②故北宋监本的补充是正确的。

左思《吴都赋》:“其下则有枭羊麢狼,猰貐貙象。乌菟之族,犀兕之党。钩爪锯牙,自成锋颖。精若耀星,声若云霆。名载于山经,形镂于夏鼎。”③北宋监本亦有两条注释补充了刘逵注。

1.北宋监本刘逵注:“《尔雅》曰:枭羊,一名𤜲𤜲,如人面,长唇黑身,有毛及踵,见人则笑,左手操管。《海南经》所云也。”《文选集注》本刘逵注与北宋监本刘逵注相比,无“左手操管”四字。《山海经·海内南经》(卷十):“枭阳国在北朐之西。其为人,人面长唇,黑身有毛,反踵。见人则笑,左手操管。”④

据此,北宋监本对《文选集注》本的补充是正确的。

2.《文选集注》本刘逵注:“昔夏之方有德。”北宋监本刘逵注:“《左传》曰:昔夏之方有德也。”

《左传·宣公三年》:“楚子伐陆浑之戎,遂至于雒,观兵于周疆,定王使王孙满劳楚子。楚子问鼎之大小轻重焉。对曰:在德不在鼎。昔夏之方有德也,远方图物,贡金九牧,铸鼎象物。百物而为之备,使民知神奸。故民不入川泽山林,不逢不若。螭魅罔两,莫能逢之,用能协于上天以承天休。桀有昏德,鼎迁于商,载祀六百。商纣暴虐,鼎迁于周。德之休明虽小,重也,其奸回昏乱虽大,轻也。天祚明德,有所底止。成王定鼎于郏鄏,卜世三十,卜年七百,天所命也。周德虽衰,天命未改,鼎之轻重,未可问也。”⑤

《文选集注》本刘逵注未能注明“昔夏之方有德”的出处,而北宋监本刘逵

① 周勋初辑:《唐钞文选集注汇存》第1册,上海古籍出版社2000年版,第113页。
② (清)阮元校刻:《十三经注疏·尔雅注疏》,中华书局1980年影印本,第2619页。
③ (梁)萧统编,(清)胡克家校刻:《文选》上册,中华书局1977年影印本,第86页。
④ 袁珂:《山海经校译》,上海古籍出版社1985年版,第219页。
⑤ 《春秋左传注》,中华书局1981年版,第669页。

注标明此六字出自《左传》。

再如左思《吴都赋》"其居则高门鼎贵，魁岸豪杰"①。北宋监本刘逵注："应劭曰：鼎，始也。乃祖乃父已来皆贵，故曰鼎贵也。"《文选集注》本刘逵注无此十九字。北宋监本引应劭之注弥补了《文选集注》本刘逵注的不足。

左思《吴都赋》"金镒磊砢，珠琲阑干。桃笙象簟，韬于筒中；蕉葛升越，弱于罗纨"②六句，北宋监本补充了三条刘逵注："金，二十四两为溢。""磊珂，众多貌。""蕉葛，葛之细者。"上述三注，《文选集注》本刘逵注皆无。③

"二十四两为溢"是《文选》中常见之李善注，如《文选》卷二十三阮籍《咏怀·平生少年时》"黄金百溢尽"句，李善注："贾逵《国语注》曰：一溢，二十四两。"《文选》卷三十四枚乘《七发》"于是使射千镒之重"句，李善注："贾逵《国语注》曰：一镒，二十四两。"本例李善注亦曰："贾逵《国语注》曰：一溢，二十四两。"《文选集注》本刘逵明显失注。

《齐民要术》卷十"芭蕉"条："《广志》曰：芭蕉一曰芭菹……其茎解散如丝，织以为葛，谓之蕉葛。"④

《文选》卷五左思《吴都赋》："湛淡羽仪，随波参差。理翮整翰，容与自翫。雕啄蔓藻，刷荡漪澜。"⑤北宋监本刘逵注较之《文选集注》本刘逵注也增加了三条注释："湛淡，迅疾貌。漪澜，水波也。雕啄，鸟食貌。"

左思《吴都赋》："振荡汪流，雷抃重渊。"⑥北宋监本刘逵注增加了一条注释："汪流，水深貌，其声势之不可胜尽也。

左思《吴都赋》："梢云无以踰，嶰谷弗能连。"⑦北宋监本刘逵注增入"嶰谷昆仑北谷也"七字。

---

① （梁）萧统编，（清）胡克家校刻：《文选》，中华书局 1977 年影印本，第 88 页。

② （梁）萧统编，（清）胡克家校刻：《文选》，中华书局 1977 年影印本，第 89 页。

③ 周勋初辑：《唐钞文选集注汇存》第 1 册，上海古籍出版社 2000 年版，第 200 页。

④ 文渊阁《四库全书》影印本，第 730 册，第 149 页。

⑤ （梁）萧统编，（清）胡克家校刻：《文选》，中华书局 1977 年影印本，第 84 页。

⑥ （梁）萧统编，（清）胡克家校刻：《文选》，中华书局 1977 年影印本，第 84 页。

⑦ （梁）萧统编，（清）胡克家校刻：《文选》，中华书局 1977 年影印本，第 87 页。

四 失误

北宋监本《文选》作为国子监刻本，它对唐钞诸本的整理非常严肃。[①] 但是，北宋监本的整理并未能完全清除唐钞本的失误，有时，整理后的北宋监本反不如唐钞本。这是北宋监本的一个严重失误。

1.讹误

左思《蜀都赋》"若夫王孙之属，郄公之伦。从禽于外，巷无居人。并乘骥子，俱服鱼文。玄黄异校，结驷缤纷"[②]数句，《文选集注》本刘逵注："扬雄《蜀都赋》曰：若其渔弋，郤公之徒相与如乎巨野，罗车百乘，观者方堤。"[③]北宋监本刘逵注："扬雄《长杨赋》曰：若其渔弋，郤公之徒相与如乎巨野，罗车百乘，观者万堤。"《文选集注》本与北宋监本相比，此条注释存在两个问题：一是引文出自扬雄《长杨赋》还是出自《蜀都赋》？二是"万堤"与"方堤"二者孰是？

《文选》卷九收载了扬雄《长杨赋》，但此篇没有"若其渔弋"等句，故知此数句不可能出自扬雄《长杨赋》。

《古文苑》卷四载有扬雄《太玄赋》《逐贫赋》《蜀都赋》三赋。其《蜀都赋》曰："若其游怠鱼弋，郄公之徒相与如平阳頻巨沼。罗车百乘，期会投宿，观者方堤。行舡竞逐，偃衍撇曳。"[④]

据此可知，北宋监本误《蜀都赋》为《长杨赋》，误"方"为"万"。

北宋监本刘逵注的引文失误并非这一例。左思《蜀都赋》"西逾金堤，东越玉津。朔别期晦，匪日匪旬"[⑤]四句，《文选集注》本刘逵注："扬雄《羽猎赋》前曰邪界虞渊，后曰浮彭蠡，目有虞。"[⑥]北宋监本刘逵注："扬雄《羽猎赋》前曰雅界虞渊，后曰浮彭蠡。"

---

① 北宋监本雕刻《文选》时的校勘整理概况详见韩国奎章阁本《文选》后附李善注《文选》校刻记载。

② （梁）萧统编，（清）胡克家校刻：《文选》，中华书局1977年影印本，第80页。

③ 周勋初辑：《唐钞文选集注汇存》，第1册，上海古籍出版社2000年版，第62页。

④ 《四部丛刊初编》本，上海商务印书馆1922年版，第36页。

⑤ （梁）萧统编，（清）胡克家校刻：《文选》，中华书局1977年影印本，第80页。

⑥ 周勋初辑：《唐钞文选集注汇存》，第1册，上海古籍出版社2000年版，第63页。

《文选》卷八《羽猎赋》："外则正南极海，邪界虞渊。……浮彭蠡，目有虞。"①故知北宋监本刘逵注讹"邪"为"雅"。

再如左思《吴都赋》："鱼鸟聱耴，万物蠢生。芒芒黖黖，慌罔奄欻，神化翕忽，函幽育明。穷性极形，盈虚自然。蚌蛤珠胎，与月亏全。巨鳌赑屃，首冠灵山。大鹏缤翻，翼若垂天。振荡汪流，雷抃重渊。殷动宇宙，胡可胜原！"②

《文选集注》本刘逵注："《海外经》曰：东海中有山焉，名曰度朔。"③北宋监本刘逵注："《水经》曰：东海中有山焉，名曰度索。""度朔"与"度索"只是一音之转，因此，《文选集注》本与北宋监本的注释并无出入，差别就在于这段注释出自《山海经·海外经》还是出自《水经》。

王充《论衡·订鬼篇》（卷二十二）："《山海经》又曰：沧海之中，有度朔之山，上有大桃木，其屈蟠三千里，其枝间东北曰鬼门，万鬼所出入也。上有二神人，一曰神荼，一曰郁垒，主阅领万鬼。恶害之鬼，执以苇索而以食虎，于是黄帝乃作礼，以时驱之，立大桃人，门户画神荼、郁垒与虎，悬苇索以御凶魅，有形，故执以食虎。"④虽然今本《山海经》没有这段记载（参何焯《义门读书记》卷二十五），但是，《论衡》之说当有案可稽。

古书中有关"度朔"之山的记载颇多，如《十洲记》（见《艺文类聚》卷八十六）、《汉旧仪》《括地图》《风俗通》（见《齐民要术》卷十）、《绀珠集》（卷五）、《说郛》卷十一（上）等。北宋监本刘逵注认为"度索"一词出自《水经》的注释明显有误。

2.衍文

左思《吴都赋》"古先帝代，曾览八纮之洪绪"二句的"八纮"一词，《文选集注》本刘逵注："《淮南子》曰：九州之外有八泽，方千里。八泽之外，乃有八纮，亦方千里。"⑤北宋监本刘逵注比《文选集注》本刘逵注多了"盖八索也"四字。

《淮南子·坠形训》："九州之大纯方千里，九州之外乃有八殥，亦方千里。

① （梁）萧统编，（清）胡克家校刻：《文选》，中华书局1977年影印本，第131页。
② （梁）萧统编，（清）胡克家校刻：《文选》，中华书局1977年影印本，第84页。
③ 周勋初辑：《唐钞文选集注汇存》第1册，上海古籍出版社2000年版，第120页。
④ 《汉魏丛书》本，吉林大学出版社1992年影印本，第859页。
⑤ 周勋初辑：《唐钞文选集注汇存》第1册，上海古籍出版社2000年版，第84页。

自东北方曰大泽曰无通，东方曰大渚曰少海，东南方曰具区曰元泽，南方曰大梦曰浩泽，西南方曰渚资曰丹泽，西方曰九区曰泉泽，西北方曰大夏曰海泽，北方曰大冥曰寒泽。凡八殡八泽之云，是雨九州。八殡之外而有八纮，亦方千里。"[①]上文刘逵注当出自《淮南子》此段，但《淮南子》此段并无"盖八索也"四字。

《太平御览·地部一》（卷三十六）引用了《淮南子·坠形训》的这一说法[②]，也没有"盖八索也"四字。

"八索"一词在古代典籍中有四个义项：

第一义项：八卦。《尚书注疏·尚书序》："八卦之说，谓之八索。"[③]《文献通考·经籍考一总叙》卷一百七十四、王应麟《困学纪闻》卷一、《玉海》卷三十五、《小学绀珠》卷四承继了这一说法。

第二义项：八素。《释名·释典艺》（卷六）："八索。索，素也。著素王之法，若孔子者，圣而不王，制此法者有八也。"[④]《艺文类聚·杂文部》（卷五十五）[⑤]主此说。

第三义项：八泽。杨慎《丹铅馀录》卷十七："《左传》九丘八索。九丘，即九州也。八索，即八泽也，见《淮南子》。或以八索为八卦，谬矣。"[⑥]（明）方以智《通雅》卷十七主此说。

第四义项：道经。（宋）张君房《云笈七籤》（卷九）"释洞神秘箓"条："《小有经下记》曰：三皇治世，各受一卷，以天下有急，召天上神地下鬼皆敕使之号曰三坟。后有八帝，次三皇而治，又各受一卷，亦以神灵之教治天下。上三卷曰三精，次三卷曰三变，次二卷曰二化。凡八卷，号曰八索。"[⑦]该书卷四"三皇经说"条与之相类。

上述四个义项，均未将"八索"与"八纮"相联系。因此，可以断定，北宋监

---

① 张双棣：《淮南子校释》，北京大学出版社 1997 年版，第 443 页。
② （宋）李昉等：《太平御览》，中华书局 1980 年影印本，第 172 页。
③ （清）阮元校刻：《十三经注疏·尚书注疏》，中华书局 1980 年影印本，第 114 页。
④ 文渊阁《四库全书》影印本，第 221 册，第 413 页。
⑤ 上海古籍出版社 1965 年版，第 983 页。
⑥ 文渊阁《四库全书》影印本，第 855 册，第 118 页。
⑦ 四部丛刊初编本，第 55 页。

本“盖八索也”四字必为衍文。这是北宋监本整理刘逵注的一个重要失误。

3.失注

左思《吴都赋》“潮波汩起，回复万里。歊雾漨浡，云蒸昏昧”四句中的“汩”“歊”“漨浡”“云蒸”四词，《文选集注》本刘逵依次加注：“《方言》曰：汩，疾也。《字诂》曰：歊，气出貌也。漨浡，气盛貌也。浡，符愦反，蒸气上貌也。《淮南子》曰：山云蒸而柱礎润。”①但是，这四个词语北宋监本刘逵注全部失注。

《方言》卷六：“汩，遥，疾行也。”②《淮南子·说林训》（卷十七）：“山云蒸，柱础润；伏苓掘，兔丝死。”③《玉篇》（卷九）：“歊，歊歊，气出貌。”④可见，《文选集注》本此条刘逵注多有据可查。

4.脱文

左思《吴都赋》：“山鸡归飞而来栖，翡翠列巢以重行。”《文选集注》本刘逵注：“山鸡，如鸡而黑色，树栖晨鸣，非今所谓山鸡也。今所谓山鸡者，鷩蛦也，合浦有之。”⑤北宋监本刘逵注无“非今所谓山鸡也”七字。

从句意观之，《文选集注》本刘逵注有“非今所谓山鸡也”七字，下文的“今所谓山鸡也”一句方不显突兀。北宋监本当脱此七字。

再如左思《吴都赋》“郛郭周匝，重城结隅。通门二八，水道陆衢。所以经始，用累千祀”数句，《文选集注》本刘逵注作“皆阖闾所作也阖闾宫在高平里”，北宋监本刘逵注作“皆阖闾宫在高平里”。［汉］袁康《越绝书·外传记吴地传》（卷二）“阖庐宫在高平里”七字单独为句⑥，北宋监本“皆”下脱“阖闾所作也”五字，而以“皆”属下文，误。

5.粗疏

北宋监本对唐钞本的整理应使其注释更精致，但是，有时并非如此。左思《吴都赋》“赬丹明玑，金华银朴”二句的“金华”一词，《文选集注》本刘逵注曰：

① 周勋初辑：《唐钞文选集注汇存》第1册，上海古籍出版社2000年版，第108页。
② 《汉魏丛书》影印本，第203页。
③ 张双棣：《淮南子校释》，第1805页。
④ 《四部备要》本，第69页。
⑤ 周勋初辑：《唐钞文选集注汇存》第1册，上海古籍出版社2000年版，第158页。
⑥ 吴平辑录，乐祖谋点校：《越绝书》，上海古籍出版社1985年版，第9页。

"金华,金有华采者也。"[①]北宋监本刘逵注:"金华,采也。"北宋监本的注释明显不如《文选集注》本准确。

北宋监本刘逵注的粗疏亦非孤例,左思《吴都赋》"其邻则有任侠之靡,轻訬之客"二句,《文选集注》本刘逵注:"聂政壮士之靡,荆轲刺客之靡。"[②]北宋监本刘逵注将"壮士之靡"与"刺客之靡"合为一体:"聂政、荆轲刺客之靡。"

扬雄《法言·渊骞》(卷八):"轲也,为丹奉于期之首、燕督亢之图,入不测之秦,实刺客之靡也,焉可谓之义也?"同卷又曰:"政也,为严氏犯韩,刺相侠累,曼面为姊,实壮士之靡也,焉可谓之义也?"[③]

故知《文选集注》本刘逵注对荆轲、聂政分述为刺客、壮士,比北宋监本总称为刺客更贴切。

北宋监本对唐钞本的整理往往是得失并存,并非如上文所言那么单纯。如左思《吴都赋》:"子独未闻大吴之巨丽乎?且有吴之开国也,造自太伯,宣于延陵。盖端委之所彰,高节之所兴。建至德以创洪业,世无得而显称。由克让以立风俗,轻脱屣于千乘。若率土而论都,则非列国之所觖望也。"[④]

此例《文选集注》本刘逵注与北宋监本刘逵注有三点不同。

第一,《文选集注》本刘逵注"太伯端委以治"下有"周礼去周国适蛮荆服玄冕而行周礼也"十六字[⑤],北宋监本刘逵注无此十六字。

第二,北宋监本刘逵注以"端委礼衣委貌谓冠袖长而裳齐委地也"十六字注释"端委"一词,《文选集注》本刘逵注失注。"端委"为本条必释之词,《文选集注》本失注,非;北宋监本是。

《左传·昭公元年》(卷四十一):"吾与子弁冕端委以治民,临诸侯,禹之力也。"杜预注:"弁冕,冠也;端委,礼衣。"孔颖达疏:"服虔云:礼衣端正无杀,故曰端。文德之衣尚褒长,故曰委。"[⑥]《左传·哀公七年》(卷五十八):"大伯端委以治周礼。"杜预注:"端委,礼衣也。"孔颖达疏:"端委,礼衣者。王肃云:委

---

① 周勋初辑:《唐钞文选集注汇存》第1册,上海古籍出版社2000年版,第161页。
② 周勋初辑:《唐钞文选集注汇存》第1册,上海古籍出版社2000年版,第191页。
③ 《丛书集成初编》本,商务印书馆1935年版,第34页。
④ (梁)萧统编,(清)胡克家校刻:《文选》,中华书局1977年影印本,第82页。
⑤ 周勋初辑:《唐钞文选集注汇存》第1册,上海古籍出版社2000年版,第96页。
⑥ 《春秋左传注》,中华书局1981年版,第1210页。

貌之冠,玄端之衣也。”①

第三,《文选集注》本刘逵注“三以天下让”前有“孔子曰太伯可谓至德也”八字,北宋监本刘逵未注。此条之“孔子曰太伯可谓至德也”与第二例“端委”失注不同,古人作注,引文或长或短,故此八字未必要全部写出。

《论语注疏·泰伯》(卷八):“子曰:泰伯,其可谓至德也已矣,三以天下让,民无得而称焉。”②《史记·吴太伯世家》(卷三十一)、《汉书·地理志(下)》(卷二十八)、(唐)刘知幾《史通·外篇·疑古》(卷十三)、(宋)刘敞《公是集·杂著二》、(明)唐顺之《稗编·前汉地理志》(卷五十七)、(明)贺复徵《文章辨体汇选·史论四》(卷三百八十五)、(清)马骕《绎史·地理志》(卷一百五十五)的征引均有“子曰泰伯其可谓至德也已矣”。

再如左思《吴都赋》:“古先帝代,曾览八纮之洪绪。一六合而光宅,翔集遐宇。鸟策篆素,玉牒石记。乌闻梁岷有陟方之馆、行宫之基欤?”前文已指出本例北宋监本刘逵注衍“盖八索也”四字属失误。本例北宋监本刘逵注较《文选集注》本刘逵注补充了“说文曰谍札也”六字和“乌安也”三字,此属补充刘逵注。《文选集注》本刘逵注“梁梁州也岷岷山也”下有“扬雄《蜀都赋》曰蜀都之地古曰梁州”十六字,北宋监本无。《古文苑》卷四扬雄《蜀都赋》开篇即曰:“蜀都之地,古曰梁州。”《艺文类聚·居处部一》(卷六十一)、《太平御览·州郡部二》(卷一百五十六)、《扬子云集》(卷五)皆载,当以有是。此亦属失误。

五　小结

从北宋监本《三都赋》刘逵注与唐钞《文选集注·三都赋》的对勘可知,北宋监本对唐钞本《文选》的整理既有贡献,又有不足,但它毕竟为宋刻李善注《文选》提供了第一部定本,并由此本形成了宋刻李善注单注本和李善注与五臣注的合注本。因此,这一整理无论有多少不足,它在《文选》的传播史上的地位都是不可替代的。当然,整理后该本存在的颇多失误,亦给今人整理宋刊《文选》留下了诸多值得思考的问题。

① 《春秋左传注》,中华书局1981年版,第1641页。

② (清)阮元校刻:《十三经注疏·论语注疏》,中华书局1980年影印本,第2486页。

第一,宋刻本的评价问题。

多年以来,我们给予宋刻本太多的赞誉,从宋刻本的整体价值而言,这一赞誉并不为过。但是,我们对宋刻本的评价失之于缺乏区分。由先唐重要典籍形成的宋刻本,因唐钞本注家众多,宋刻本形成时对这类典籍进行了较多整理。因此,这类宋刻本与一般未经过较多整理的宋刻本存有诸多不同之处。

由于对宋刻本的整体评价极高、唐钞本匮乏及对宋刻本缺乏分析等多重原因,多年来学林一直较少关注宋刻本对唐钞本的整理。考察北宋监本《文选·三都赋》对唐钞本《文选集注·三都赋》旧注的整理,让我们看到:经过整理后的宋刊先唐重要典籍其实存在着不少缺陷。对此类宋刻本我们应当给予客观的评价,不宜笼统地给予高评。

第二,北宋监本整理唐钞本《文选》失误的原因。

北宋国子监刊刻《文选》为国家刻书,较私人刻书条件优越,收集唐钞诸本《文选》亦非常方便。从北宋监本对唐钞本《文选集注·三都赋》刘逵注的整理来看,这一工作并未做好。《文选》旧注仅存于唐钞李善注本和以李善注为底本形成的《文选集注》本中,只要将唐钞李善注诸本收集完备,认真比勘,当不会有较大失误。据唐人李匡乂《资暇集》所载,唐钞李善注《文选》有初注本、覆注本、三注本、四注本等多种。北宋国子监整理唐钞本《文选》很可能在广搜唐钞李善注《文选》诸本中失于草率,由于众本不备而产生失误。北宋监本《文选》失误的另一个重要原因是校勘草率。

第三,北宋监本左思《三都赋》"新增"刘逵注的评价问题。

将唐钞本中的他家注释移入北宋监本刘逵注中而作为北宋监本"新增"刘逵注,笔者囿于文献有承仅发现三例,但如何看待这三例中的"新增"刘逵注却是一个既有理论价值又有实践价值的重大问题。

由于唐钞本存留的《文选》旧注十分有限,我们今天已无法查明北宋监本"新增"的全部《文选》旧注。对于已不能查明的"新增"《文选》旧注,我们只能承认它们是北宋监本的《文选》旧注,而不能称它们是唐钞本中的旧注。对于本文已经确认的北宋监本中的"新增"刘逵注,应当说它们是北宋监本的刘逵注,但不能笼统地说它们是刘逵注。而且,今人新注《文选》时应当分别指出它们来源于唐钞本綦毋邃注、《文选钞》和李善注。

第四节　北宋监本对钞本李善注的整理

——以《文选集注》本为参照

北宋监本《文选》是从抄本到版刻的重要环节，作为刻本《文选》李善注的第一刻，其重要性和应受到的重视程度自不容低估。综上所述，北宋监本《文选》对旧注进行了全面的整理，对李善注也进行了类似的工作。笔者通过详细全面的比对，可以肯定，目前所能看到的抄本永隆本《文选》与《文选集注》中的李善注都不是北宋监本《文选》的底本，这也是目前学界的共识。再进一步推测，在监本《文选》底本难以确知的情况之下，毋宁说北宋监本《文选》对旧有李善注的整理带有明显的汇编痕迹，易言之，监本《文选》很可能不是完全依据某本作为严格固定的底本的。

仍以敦煌本与《文选集注》本作为参照对象，蠡测监本《文选》对旧存李善注清理的痕迹。

一、与钞本比较，北宋监本《文选》的汇编性质首先体现在对某一注释群中注释顺序的变更上

1.《文选集注》卷五十九，监本卷三十。沈休文《冬节至丞相第诣士子车中》一首：宾阶绿钱满，客位紫苔生。

集注本善注：《家语》曰：公自祚阶，孔子由宾阶升堂，立侍。《礼记》曰：殡于客位祖于庭。崔豹《古今注》曰：空室无人，行则生苔藓，或青或紫，一名绿钱。

监本善注：《家语》曰：公自祚阶，孔子由宾阶升堂，立侍。又曰：醮于客位，加其有成也。崔豹《古今注》曰：空室无人，行则生苔藓，或青或紫，一名绿钱。《礼记》曰：主人就东阶，客就西阶。又曰：殡于客位祖于庭。

按：沈休文诗此句注，监本有五条注，集注本有三条，多出的两条注，这是监本对钞本进行增补的痕迹，下面还要详谈。此处关注的是注释的顺序问题，在

二本相同的三条注中,后两条顺序恰好颠倒。按照李善注一般根据正文出现的先后顺序作注而言,对“客位”的解释应在“绿钱”之前,可监本恰好相反,这暗示监本编纂者广取众本的痕迹。早先所用之本对“客位”没有解释,他本则有,在编入过程中对插入的位置疏忽而造成此种面貌,汇编的迹象非常明显。

类似情形在监本中还有一些。

2.《文选集注》卷六十一,监本卷三十一。袁阳源《効古》一首:结车高阙下,极望见云中。

集注本善注:高诱《吕氏春秋注》曰:结,交也。《庄子》曰:车轨结于里之外。……

监本善注:《庄子》曰:车轨结于千里之外。高诱《吕氏春秋注》曰:结,交也。……

按:集注本“里”上脱“千”字,当为抄写疏误。

3.《文选集注》卷九十四,监本卷四十七。袁彦伯《三国名臣序赞》一首:“渊哉泰初”至“理存则易”。

集注本:渊哉泰初,宇量高雅。李善曰:班固《汉书》杨雄述曰:渊渊哉若人,实好斯文。

器范自然,标准无假。无善注。

全身由直,迹洿必伪。无善注。

处死匪难,理存则易。李善曰:《魏志》曰:曹爽见诛,征夏侯玄为大鸿胪。数年徙太常中书令。李丰谋欲以玄辅政。诛大将军。以玄代之。大将军微闻,事下廷尉。玄临斩东市,颜色不变,举动自若。《史记》太史公曰:非死者难,处死者难。

监本善注:渊哉泰初,宇量高雅。器范自然,标准无假。全身由直,迹洿必伪。处死匪难,理存则易。《魏志》曰:曹爽见诛,征夏侯玄为大鸿胪,数年徙太常。中书令李丰谋欲以玄辅政,诛大将军以玄代之。大将军微闻,事下廷尉。玄临斩东市,颜色不变,举动自若。班固《汉书》杨雄述曰:

渊哉若人，实好斯文。《史记》太史公曰：非死者难，处死者难。

按：此例最能看出监本《文选》对钞本汇编的痕迹。在《文选集注》中，是分四个注释群来注，虽然已经确知《文选集注》的底本为李善注，但考虑到集注的性质，在注释群的划分上有很多并不是按照李善注为依据，而必须考虑《钞》、五家、陆善经等诸家注，所以《文选集注》的正文分注位置并不能代表李善的分注位置。监本《文选》将此部分作为一个注释群处理，可能在很大程度上更能代表李善旧注的分注位置。仔细比较一下二本的注释顺序，发现监本引班固《汉书》来释首句"渊哉"的出处，其位置置于他注后，与集注本正好相反，而"渊哉"则位于正文之首，理应首先出注。这就暗示：监本底本可能是无此条注，而参校的其他钞本中则有，监本因在移入的过程中没有仔细安排好位置，遂成此面貌。

二、以钞本为参照，仔细考察监本与钞本的差异，发现监本比钞本增加了不少内容

新增的部分中其中大多数是注音与释义的部分。如：

1.《文选》卷二《西京赋》：消雰埃于中宸，集重阳之清澄。

监本注：消，散也。雰埃，尘秽也。宸，天地之交宇也。言神明台高，既除去下地之埃秽，乃上止于天阳之宇，清澂之中也。上为阳，清又为阳，故重阳。善曰：《楚辞》曰：集重阳而入帝宫兮，造旬始而观清都。雰，音氛。宸，音辰。

永隆本此部分注少有残缺，除去个别字的差异外，永隆本"无消，散也""雰，音氛"两条，前者可以看作是对旧注的整理，后者则是对李善注增加的音注。

2.《西京赋》：将乍往而未半，怵悼慄而怂兢。

监本注：怵，恐也。悼，伤也。怵，忧戚也。言恐堕也。善曰：《广雅》

曰:乍,暂也。方言曰,怂,慄也,先拱切。怵,音黜。慄,音栗。

永隆本注:言恐堕也。臣善曰:《方言》曰:怂,慄也,先拱反。

监本与钞本相比,旧注部分增加了释义,李善注部分增加了《广雅》一条释义以及两条音注。

3.《西京赋》:闬庭诡异,门千户万。

监本注:善曰:《苍颉》篇曰:闬,垣也,胡旦切。《说文》曰:诡,违也。《西都赋》曰:张千门而立万户。

永隆本无《说文》条。

4.《西京赋》:既乃珍台蹇产以极壮,墱道丽倚以正东。

监本注,蹇产,形貌也。墱,阁道也。丽倚,一高一下,一屈一直也。乃从建章馆逾西城,东入于正宫中也。善曰:《甘泉赋》曰:珍台闲馆。《西都赋》曰:凌墱道而超西墉。墱,都亘切。丽,力氏切。倚,其绮切。

永隆本无"墱,都亘切"条。

5.《文选》卷三十一袁阳源《効曹子建乐府白马篇》:但营身意遂,岂校耳目前?

监本注:《列子》,杨朱曰:慎耳目之观听,惜身意之是非;失当年之至乐,不得自肆于一时。《声类》曰:遂,从意也。嵇康《养生论》曰:嗜好常在耳目之前也。

《文选集注》本无《声类》条。

6.同上鲍明远《拟古三首》:氊带佩双鞬,象弧插雕服。

监本注:《搜神记》曰:太康中,以氊为貊头及带身袴口。《魏志》曰:董卓有武力，双带两鞬，左右驰射。《方言》曰：所以藏箭谓之服，所以盛弓谓之鞬。《毛诗》曰：四牡翼翼，象弭鱼服。郑玄曰：弭，弓之末彆者，以象骨为之。服，矢服也。鞬，居言切。

《文选集注》本无"鞬，居言切"条。

7.同上江文通《杂体诗三十首》：水鹳巢层甍，山云润柱础。

监本注：郑玄《毛诗笺》曰：鹳，水鸟，将阴雨而鸣。巢层甍，未详。《淮南子》曰：山云蒸而柱础润。《广雅》曰：础，礩也，音楚。

《文选集注》无"音楚"。

8.《文选》卷三十六傅季友《为宋公修张良庙》：夷项定汉，大拯横流。

监本注：《广雅》曰：夷，灭也。……

《文选集注》无《广雅》条。

9.《文选》卷三十七曹子建《求自试表》：简良授能，以方叔邵虎之臣，镇卫四境，为国爪牙者，可谓当矣。

监本注：《尔雅》曰：简，择也。《毛诗》曰：方叔涖止，其车三千。又曰：江、汉之浒，王命邵虎。又曰：祈父予王之爪牙。

《文选集注》无《尔雅》条。

10.同上：昔耿弇不俟光武，亟击张步，言不以贼遗于君父也。

监本注：东观汉记曰：耿弇讨张步，陈俊谓弇曰：虏兵盛，可且闭营休士，以须上来。弇曰：乘舆且到，臣子当击牛酾酒，以待百官，反欲以贼虏遗君父邪？及出大战，自旦及昏，大破之。弇，古含切。

《文选集注》无“弇,古含切”。

以上十例有台湾藏部分,有国图藏部分,只是举隅性质。依据笔者对钞本与监本的全面比对,发现此类现象不胜枚举。这不得不让我们思考增加的注音与释义的来源问题。以往有种普遍的认识,因为五臣注重在释义,而释义与李善注中的释义有相同的部分,故推测李善注中大量阑入了五臣注。五臣注对李善注的确有阑入的因素,但是不是就意味着李善注中的释义以及音注都来自五臣注?通过比较,我们认为,监本《文选》中的释义与音注部分,其来源大部分很可能是李善注本,因为增加的释义部分整体上与李善注比较协调,不是单纯如五臣注那样的释义解释,而是多引用字书辞书(如《说文》《广雅》《尔雅》《声类》等)来训解。这种注本应该是李善讲学时学生的记录传钞本,因讲学需要必须对释义与音注有所增加,而李善的训解特征即引征即便在讲学中也体现无遗,学生的记录与传抄和李善不同时期对不同对象的讲授就形成了众多的李善注本。监本《文选》具有明显的汇编性质,故对不同传本的善注均酌情采入,由之形成了比某一钞本如永隆本或集注本明显增加释义与音注的情况。这种音注与释义虽然来自李善的讲学,称为李善注自然可以,但与李善自注的早期成型之本相比已经有所增加,故在考察李善注时,必须注意传承过程中传播方式的影响。

监本《文选》的汇编性质,如上所述与对旧注的整理大致类似,有新增,有纠谬,也有讹误。新增部分数量很多,充分体现了其汇编的性质,以上侧重音注与释义举例说明监本的此种性质。下再以监本《文选》卷三十残卷部分篇目为例进行探讨:

1.卷三十陶渊明《读山海经诗》:穷巷隔深辙,颇回故人车。

监本注:《汉书》曰:张负随陈平至其家,乃负郭穷巷,以席为门,门外多长者车辙。《韩诗外传》,楚狂接舆妻曰:门外车辙何其深。

《文选集注》无《韩诗外传》条。

2.卷三十谢惠连《七月七日夜咏牛女》:留情顾华寝,遥心逐奔龙。

监本注:龙,仙者所驾,故遥心以逐之。庄子曰:神人,承云气,御飞龙也。

《文选集注》无"庄子"条。

3.同上:沉吟为尔感,情深意弥重。

监本注:古诗曰:驰情整中带,沉吟聊踯躅。郑玄《毛诗笺》曰:尔,汝也。《广雅》曰:感,伤也。郑玄《仪礼注》曰:弥,尽也。

《文选集注》无"郑玄"两条。

4.卷三十谢惠连《捣衣》:裁用笥中刀,缝为万里衣。

监本注:古诗曰:相去万馀里。

《文选集注》无此条注。

5.卷三十谢灵运《南楼中望所迟客》:即事怨睽携,感物方凄戚。

监本注:即事,即此离别之意也。《列子》,周之尹氏有老役夫,昼则呻呼即事,夜则昏惫而熟寐。《周易》曰:睽,乖也。贾逵《国语注》曰:携,离也。古诗曰:感物怀所思。郑玄《论语注》曰:方,常也。

《文选集注》无"郑玄"条。

6.谢灵运《田南树园激流植援》:不同非一事,养痾亦园中。

监本注:高彪与马融书曰:公今养痾沉士。说文曰:痾,病也。

《文选集注》无"高彪与马融书"条。

7.谢灵运《斋中读书》:既笑沮溺苦,又哂子云阁。执戟亦以疲,耕稼岂云乐。

监本注:《论语》曰:长沮、桀溺耦而耕。《汉书》曰:王莽既以符命自立,即位之后,欲绝其源,以神前事。而甄丰子寻、刘歆子棻复献之。莽诛丰父子,投棻四裔。辞所连及,便收不请。时杨雄校书天禄阁上,理狱使者来,欲收雄,雄恐不能自免,乃从阁上自投,几死。京师为之语曰:惟寂惟漠,自投于阁。潘安仁夏侯湛诔曰:执戟疲杨。

《文选集注》无"潘安仁"条。

8.谢灵运《石门新营所住四面高山回溪石濑修竹茂林诗》:庶持乘日车,得以慰营魂。

监本注:庄子:牧马童子谓黄帝曰:有长者教予曰:若乘日之车而游襄城之野。郭象曰:日出而游,日入而息也。车或为居。《楚辞》曰:载营魂而升霞。锺会《老子注》曰:经护为营也。

《文选集注》无"锺会"条。

9.同上:结念属霄汉,孤景莫与谖。

监本注:言所思念,邈若霄汉,孤影独处,莫与忘忧。蔡琰诗曰:覢覢对孤影,怛咤糜肝肺。毛苌《诗传》曰:谖,忘也。张翰诗曰:单形依孤影。

《文选集注》无"言所思念,邈若霄汉,孤影独处,莫与忘忧"与"张翰诗曰:单形依孤影"。

10.同上:俯濯石下潭,仰看条上猿。早闻夕飚急,晚见朝日暾。

监本注:《楚辞》曰:暾将出兮东方。王逸注曰:始出,其形暾暾而盛大也。

《文选集注》无"王逸"条。

以上十条例证,除三条引经书等以释字义外,其馀七条基本都是引典。以《文选集注》为参照,监本《文选》注释明显有大量新增部分,其来源应该是众多的李善注记录本或传钞本,当是李善在讲学以及不断修订中新增的内容,这是李善在不断讲学过程中有意识增补的,可能非止一次,因而形成了众多的钞本,而种种钞本的面貌最终以监本《文选》汇编刊刻的形式固定了下来。

因为是汇编的性质,北宋监本《文选》在对旧有的李善注整理与刊刻过程中也不可避免地出现了一些失误。如:

卷三十谢惠连《七月七日夜咏牛女》"云汉有灵匹,弥年阙相从"句下注:

> 监本注:《毛诗》曰:倬彼云汉。曹植《九咏》注曰:牵牛为妇,七月七日得一会同也。毛苌《诗传》曰:弥,终也。

其中"牵牛为妇"明显是整理失误。《文选集注》本"牵牛为夫织女为妇",意思明显比监本为长。监本以后的刻本多为"牛女为夫妇",显然是在认识到监本的失误后所作的更正。

整体而言,以敦煌本与集注本为参照,监本《文选》在注释中增加了大量内容。这种内容的增加本身虽不是监本编纂者所为,但将其整理在一起应是他们的努力,也就是说,监本是在众多唐代钞本基础之上而成型的。编纂者可能首先选择一个认为比较翔实的本子当底本,然后参校众本,将底本没有的相关部分一一摄入。此种编纂的方式造成的痕迹在监本《文选》中明确存在,从此角度而言,监本《文选》作为李善注的第一刻,本身具备了汇编的痕迹,因此它既不同于永隆本,也不同于《文选集注》本,即使是现在其依据底本存在,也不会与之完全相同。进一步讲,在监本之前众多钞本亡佚的因素中,监本的汇编整理很可能是其中的一项重要原因。

通过监本《文选》对旧注与李善注的整理,给我们两点重要启示:

第一,《文选》注释是一个开放的不断变动的过程,它不但是注释者(原创者)的创造,而且是刊刻者(传播者)的创造,我们今天所看到的宋刻《文选》注释就是原创者和传播者共同努力的结果。

第二,由于《文选》注释是一个开放的动态过程,因此,不论是《文选》旧注,或者是李善注、五臣注，我们都不能笼统地称它们是“刘逵注”“李善注”“五臣注”，只能称它们为某本“刘逵注”、某本“李善注”、某本“五臣注”。

第五节　北宋监本《文选》与秀州本《文选》之关系

秀州本《文选》属六家本系统，是北宋哲宗元祐九年(1094)二月秀州(今浙江嘉兴)州学刊刻的。此本朝鲜曾以古活字刊刻，今藏韩国奎章阁，习惯上称为奎章阁本。奎章阁本的底本就是秀州本，且因朝鲜刊刻书籍要求极为严谨，故其能够保持秀州本的原貌。考察北宋监本《文选》与奎章阁本的关系在很大程度上即为考察北宋监本《文选》与秀州本《文选》的关系。

对二本之关系，奎章阁本有明确的记载。奎章阁本保存了几个重要的文献，其中有国子监准敕节文、校刻《李善注文选》的记载、与秀州本《文选》的有关资料等。

国子监准敕节文存奎章阁本《文选序》与《上文选注表》之间。其云：

> 国子监准敕节文。《五臣注文选》传行已久，窃见《李善文选》援引该赡，典故分明，若许雕印，必大段流布。欲乞差国子监说书官员校订净本后抄写板本，更切对读后上板，就三馆雕造，候奉旨。
>
> 奉敕：宜依所奏施行。

所谓的“校订净本”，其实就是上面所言的对监本《文选》的汇编整理。“订”不仅仅含有修正的意思，亦有“平议”“权衡评量”之意。

奎章阁本还附有《李善注文选》的校刻记载，详细记录了北宋天圣监本《李善注文选》的雕版、校勘、进呈的时间及诸执事官衔名。据其记载，监本《文选》是天圣三年五月校勘了毕，天圣七年十一月雕造了毕，天圣九年进呈的。

在《李善注文选》雕印过程记载之后，奎章阁本记载了秀州本的产生经过：

> 秀州州学今将监本《文选》逐段诠次，编入李善并五臣注。其引用经史及五家之书并检元本出处对勘写入。凡改正处二万馀处。二家注无详

略，文意稍有不同者皆备录无遗。其间文意重叠相同者，辄省去留一家。揔计六十卷。元祐九年二月　日。

由此可知，秀州州学所刊的李善注本是天圣年间国子监本，五臣注本是平昌孟氏本，合并本对以上两本都作了校改，纠正颇多，对二本文意重复者仅留一家。又六家本是五臣注在前李善注居后的，其底本依据当为五臣本，注释自然是详五臣注而略李善注，故有“善本作某字”“善同五臣注”的校语。

尽管秀州本李善注是以国子监本为底本整理的，但它是一个与五臣注合并的本子，自然就有一些变化。这首先体现在注释位置的变更上。五臣注与李善注的注释位置是不同的，其既以五臣注为底本，其注释位置当然多依五臣注。

如卷四十七《赵充国颂》监本“汉命虎臣，惟我将军”与“整我六师，是讨是震”各分注，台湾陈八郎本则是四句合注，是以知五臣本合注，故秀州本以五臣注为底本，四句合注，原先各系于每组之下的李善注，则总汇于四句之下。

同卷史孝山《出师颂》监本注为：“茫茫上天，降祚有汉。兆基开业，人神攸赞。五曜霄映，素灵夜叹。皇运来授，万宝增焕。”八句为一注释群，台湾陈八郎本则分作三个注释群，由此知五臣本原作三处分注，秀州本即如此。与此相关的是由于李善注释时常整篇采入旧注，篇首交代清楚，篇中不重出，己注以臣善别之；合并之后，多有把旧注合并在五臣注中者，却依然署名标示，知此体例，可以分清李善注与五臣注。

整体而言，秀州本对监本虽有所处理，但在很大程度上保存了监本的面貌，在监本今天残缺不全的情状下，以秀州本为底本的奎章阁本完全可以起到监本的作用与价值。

第五章
六家本《文选》李善注研究

李善与五臣《文选》注合并本有两种系统：一种是李善注在前、五臣注居后的，世称六臣本；一种是五臣注在前、李善注居后的，世称六家本。从出现时间上看，六家本要早于六臣本。实际上，六臣本与六家本从一个侧面反映了社会上对于李善、五臣二家《文选》注在不同时期的重视程度，从中也能窥测到《文选》学史中学术倾向与社会偏好的转移。

第一节　秀州本的李善注

《文选》两种系统中最早出现的是六家本。据现在所能看到的文献，《文选》注本最早以五臣、李善合并的是北宋元祐九年（1094）秀州（浙江嘉兴）州学刊刻的六家本，世称秀州本。[①] 此本国内古籍目录未见记载，朝鲜曾以之作底本用古活字刊刻，今藏韩国汉城大学图书馆奎章阁，世称奎章阁本。朝鲜古代刻书要求非常严格，作为秀州本翻刻本的奎章阁本忠实地保存了秀州本的原貌。[②] 此本韩国正文社 1983 年缩小影印出版。首有"金学主识"，并附有原书首页原大留真影一帧，内容为班固《两都赋》结尾及《西都赋》卷首数句，次为朝

① 秀州本《文选》为合并本之首刻，最早为傅刚先生揭橥，详见其《〈文选〉版本研究》一书。
② 秀州本今不存，本书所言的秀州本即奎章阁本，为称述方便，多言秀州本云云。

鲜正德本五臣注留真影一幅，内容亦是《两都赋》尾与《西都赋》首部分，下注“成大所藏正德己巳（1509）刊五臣注本”。此本卷二十、卷三十六、卷三十八、卷五十一、卷五十二、卷五十三凡六卷字体与其馀诸卷迥异，其他五十三卷字体原始古拙，而此六卷字体流畅圆滑，但匠气极浓，然版式、行款均一致，疑非同一批活字印刷，似乎活字所用材料亦不同，抑或此六卷为后来补版所为。

奎章阁本《文选》的文献价值首先在于所保存的五个重要文献：国子监准敕节文，前进士沈严《五臣注后序》，校刻《李善注文选》记载，第一部《六家注文选》的有关资料，韩国于明永乐庚子（1420）至明宣德三年（1428）翻刻宋版《文选六家注》的卞季良跋。关于此五则文献的重要价值，笔者在《现代〈文选〉学史》一书中曾有详细的说明。[①]

此本不管是李善注还是五臣注的来源都记载得非常清楚。五臣注以平昌孟氏本为底本，李善注则以北宋监本为底本。跋语云：

> 秀州州学今将监本《文选》逐段诠次，编入李善并五臣注。其引用经史及五家之书并检元本出处对勘写入。凡改正处二万馀处。二家注无详略，文意稍有不同者皆备录无遗。其间文意重叠相同者，辄省去留一家。揔计六十卷。元祐九年二月□日。

此跋语对编纂底本、编纂方法、大致体例、编纂时间都有明确的交代。由元祐九年（1094）的编撰时间，完全可以认定秀州本是李善与五臣注合并的第一个本子，这对确立《文选》的版本系统无疑首先确立了一个时间上的明确坐标。而在秀州本被发现并周知以前，学界多以广都裴氏本为最早的合注本，广都本“宋崇宁五年（1106）镂版，至政和元年（1111）毕工”[②]，距元祐九年的秀州本晚了近二十年。

秀州本的李善注虽以监本李善注为底本，但由于编纂体例与编纂方法的因素，还是出现了一些新的变化，主要表现在以下几个方面。

---

① 王立群：《现代〈文选〉学史》，中国社会科学出版社2003年版，第318~333页。

② （清）朱彝尊：《曝书亭集》卷五十二，四部丛刊本。

一　夹注位置的变更

因秀州本属六家本系统，五臣注在前、李善注居后，故而在编纂时夹注位置多依五臣；又因五臣与李善的出注位置不同，所以对李善注的夹注位置有所变更，使之多与五臣注的位置相合，这就必然使李善注释的位置较单注本不同。当然，李善注与五臣注夹注位置相同部分的还是占大多数，故而这种注释位置的变化主要有两种情形：一是将李善在多句下的注释合并为一处，二是将李善注原本在一处的注释分离到多处。

1.将李善分注的注释群合并注释，以适应五臣。

如：卷三十谢灵运《田南树园激流植援》"樵隐俱在山，由来事不同""不同非一事，养痾亦（秀州本作丘）园中"，监本注分注，秀州本依五臣四句作注，因此，李善原本与两句下的注合并于四句之下；同卷谢灵运《南楼中望所迟客》首四句"杳杳日西颓，漫漫长路迫。登楼为谁思，临江迟来客"，五臣注四句一释，李善注则两句一释，故秀州本合并李善的两处注于四句之下；再如同卷鲍明远《翫月城西门廨（善作解）中》"休澣自公日，宴慰及私辰。蜀琴抽白雪，郢曲绕（善作发）阳春"句，卷三十六任彦升《宣德皇后令》"隆昌季年，勤王始著。建武惟新，缔构斯在"，等等。都属于这种情况。

2.李善注原先是合注的，因五臣注分注，李善注依五臣；若李善前面有注，则将原先之注分开，若无注，则径出五臣注，后一种情形更常见。

如：卷三十谢灵运《田南树园激流植援》"激涧代汲井，插槿当列墉。群木既罗户，众山亦当（善作对）窗"，监本四句合注，前两句李善无注，五臣注则分别有"翰曰"与"向曰"，故而分之。再如同卷谢灵运《石门新营所住四面高山回溪石濑茂林修竹》"俯濯石下潩（善作潭），仰看条上猨。早闻夕飚急，晚见朝日暾"亦属此类。

秀州本分注位置多依五臣，然个别亦有依李善注的，此种情形多是五臣无注者，如卷三十谢灵运《南楼中望所迟客》"与我别所期，期在三五夕"句下就仅有李善注，五臣无注。由此看来，秀州本在注释位置的变更上因以五臣本正文为底本，故多依五臣注；但在具体的出注上，尚有灵活变动，这是合并本编纂的灵活变更。

二　夹音的增加

五臣注的显著特征是正文之中夹有音注，而李善注注音相对较少，偶有的注音多随注文出现。二家合并后的秀州本对此的处理是：正文依五臣注继续夹杂音注，相应的李善注部分音注出现于正文之中，而在注释删掉了个别音注，且没有作任何说明。如卷三十谢惠连《七月七日夜咏牛女》"蹀足循广除，瞬目矖曾穹"句，五臣注陈八郎本在"蹀""瞬""矖"后分别有"牒""音舜"（秀州本无"音"字）、"力帝"的音注，监本李善注在释"蹀"时顺便注音"声类曰：蹀，蹑也。徒颊切"。因五臣注早对此字有音注，用的是直音，李善注的切音径直删去，没有说明。同卷谢惠连《捣衣诗》"肃肃莎鸡羽，烈烈寒螿（子良啼）"句下，因五臣注已有音注，所以李善注文中在释"寒螿"后的音注"子羊切"被径删。再如同卷谢玄晖《始出尚书省》"中区咸已泰，轻生谅照洒音洗"句下，存五臣注音，删李善注中的"桑礼切"；"载笔陪旌棨音启"句下，则径删李善注中的相同音注，而陈八郎本的同句"棨"下无音注，那么秀州本则是将李善注注音直接移到了正文之中。对李善、五臣注音不同的处理，则在夹音处予以标明。如卷十二木玄虚《海赋》文首"长波涾㴾迆延八裔"句中"迆"下夹注为"弋尔善本作羊氏切"，"弋尔"为五臣注音，"羊氏切"为李善注音，本在注文中，两种切音不同，故编纂者将之移至正文中。

但是，并不是李善注文中所有的音注都被删除或者转移到了正文的夹注之中，还有部分仍然保存，如卷三十谢惠连《捣衣诗》"盈箧自余手，幽缄倏君开"句下的李善注中仍保留了"古咸切"的音注，卷三十一江文通的《杂体诗三十首·阮步兵》"青鸟海上游，鸒音预斯蒿下飞"，正文中已有音注，李善注文中仍保留了"音预"。从此角度而言，秀州本对音注的处理尚不够严谨，但正因如此，才使其在一定程度上仍然保存了部分李善的注音。

三　修正了监本李善注的部分错误

尽管北宋监本李善注校勘比较谨严，这从奎章阁本所附的关于监本的校勘人员与雕造的校勘人员和所用时间上也可以看出，但是，它作为李善单注本的第一刻，是从钞本到刻本传播方式的重大转变，客观上就不可避免地出现一些讹误。如卷三十一《杂体诗三十首·阮步兵》“青鸟海上游，鷽斯蒿下飞”句下监本善注：“……庄子曰：北溟有鱼，化为鸟，其名曰鹏。《齐谐》曰：鹏之徙南溟，抟扶摇而上者九万里。蜩与鷽鸠笑之，我决起而飞，抢榆枋而止，不至控地而已，奚以之九万里而图南为？北溟有鸟焉，其名为鹏，抟扶摇羊角而上者行九万里。尺鴳笑之曰：彼且奚适？我腾跃而上不过数仞而翱翔蓬蒿之间此亦飞适我腾跃上不过数仞而翱翔蓬蒿之间此亦飞之至也而彼且奚适也？……”下加着重号部分，监本明显有衍文，此当是抄写或写版时窜行所致；秀州本“检元本出处对勘写入”，剔除了不必要的衍文，“我腾跃上，不过数仞，而翱翔蓬蒿之间，此亦飞之至也。彼且奚适也”。当然，秀州本对监本的错误修正主要集中在字句方面，如卷三十谢惠连《七月七日夜咏牛女》“遥心逐飞龙”句下监本注：“……庄子曰：神人承龙气御飞龙也”，秀州本“承龙气”作“乘云气”。同卷谢灵运《田南树园激流植援》首句下监本注：“……在山则同，此所以在山则异……”秀州本无“此”字。同卷谢玄晖《始出尚书省》“防口犹宽政”句下监本注“防众口实由宽政”，秀州本“由”作“犹”。秀州本尽管对监本的讹误进行了修正，也有一些沿袭了监本的错误，如卷三十谢惠连《七月七日夜咏牛女》“遐川阻昵爱，修渚旷清容”句下，监本注“曹植《九咏》注曰：牵牛为妇”云云，秀州本注同。《文选集注》本作“牵牛为夫织女为妇”，赣州本作“牛女为夫妇”，尤刻本同赣州本比较而言，监本明显不通，当是脱文所致，以后的刊本在此均作了修正。

四 增加了部分错误

秀州本沿袭了监本的部分讹误，修正了部分讹误，同时也增加了部分失误，这是编纂过程中很难避免的，多一次编纂就多一次讹误的机会。此类讹误亦主要集中在字句方面。如卷三十谢灵运《南楼中望所迟客》解题秀州本李善注“又北转一河”，监本“河”作“汀”；正文“即事怨睽携，感物方凄戚”句下秀州本李善注“周之尹氏有老后（後）”，“後”监本作“役”，监本是，秀州本均是因形近而讹。

五　对二本正文文字相异的处理

虽然萧统编纂《文选》时正文是统一的，但在传播过程中造成了文字不一的情形，李善注与五臣注使用的又是不同的传抄本，又加之二家注在传播中，不断传抄，正文文字又增加一些差异。所以，当秀州州学着手合并时，必须面对二家注本正文文字的不同。编纂者正文完全以五臣本为主，对李善本正文与之不同者，秀州本则以“善本作某”“善本有某字”“善本无某字”等校语形式保存了李善注正文与五臣注正文的文字差异。如卷二十七颜延年《北使洛》中“首路跼险艰”之“艰”下有“善本作难字”；卷十九韦孟《讽谏诗》中“作诗讽谏”下有“善本有曰字”；卷二十二谢灵运《登池上楼》“衾枕昧节候，褰开暂窥临”句下有“善本无此两句”。诸如此类，编纂者是以五臣本正文为主，对李善本正文与之相异之处，以校语的形式作了说明。

六　二家注文重叠部分的处理

奎章阁跋语云“二家注无详略，文意稍有不同者皆备录无遗。其间文意重叠相同者，辄省去留一家”。因秀州本为六家本，详五臣注而略李善注，所以在文意重叠时，多存五臣注而略李善注。又，李善注与五臣注完全相同者几乎没有，所以秀州本出现的“善注同”无疑是对李善原注的损失，庆幸的是此种情形在秀州本中并不多见，即使已有的出现也比较集中，一是解题，二是部分篇目。如：

1.卷三十七诸葛孔明《出师表》　诸葛孔明下注

秀州本注：铣曰：《蜀志》云：诸葛亮字孔明，琅邪人也。时先主屯新野，徐庶谓先主曰：诸葛孔明乃卧龙也，将军岂欲见之乎？先主遂诣见之。及即帝位，拜为丞相。后主立，亮率军北驻汉中，临发上疏也。　善注同。

监本注：《蜀志》曰：诸葛亮字孔明，琅邪人也。时先主屯新野，徐庶见先主曰：诸葛孔明卧龙也，将军岂不欲见之乎？由是先主遂诣亮。先主即帝位，以为丞相，后主即位十二年，卒。

比较二本，尽管所述基本一致，在具体的文字表述上还是有相当大的差异：五臣注有对《出师表》背景的介绍，李善注无，而且，秀州本的铣注“将军岂欲见之乎”肯定漏掉了“不”。铣注亦没有对孔明卒年的介绍。

2.卷三十八殷仲文《解尚书表》 殷仲文下注

秀州本注:翰曰:檀道鸾《晋阳春秋》云:桓玄僭位,仲文以佐命亲贵。帝初反正,抗表自解。 善注同。

监本注:檀道鸾《晋阳秋》云:桓玄僭立,仲文以佐命亲贵。帝初反正,抗表自解。

二本有两处差异,一是“僭位”与“僭立”,二是关于檀道鸾著的书名是《晋阳春秋》还是《晋阳秋》。《南史》卷七十二《文学传·檀超传附叔道鸾传》云:“超叔父道鸾字万安,位国子博士、永嘉太守,亦有文学,撰《续晋阳秋》二十卷。”《旧唐书·经籍志》上著录“《晋阳秋》二十卷,檀道鸾注”,故檀道鸾《续晋阳秋》,又称《晋阳秋》。无有称为《晋阳春秋》者。秀州本注误。倘若不是监本的存在,单以秀州本翰曰等同于善注,恐怕要厚诬李善了。

3.卷三十八傅季友《为宋公至洛阳谒五陵表》 傅季友下注

秀州本:铣曰:《晋书》云:义熙十二年洛阳平,裕命修晋五陵,置守备也。 善注同。

监本:《晋书》曰:义熙十二年洛阳平,裕命修晋五陵,置守备。

此条差异甚微:“云”与“曰”,监本无“也”。

4.卷三十九邹阳《于狱中上书自明》 邹阳下注

秀州本:向曰:阳知吴不可说,之从梁孝王游。阳为人忼慨,不为苟合。介立于羊胜、公孙诡之间。胜等疾阳,恶之于孝王。孝王怒阳,下狱吏,将杀之。阳从狱上书。孝王立出之。 善注同。

赣州本:善曰:《汉书》曰:阳以吴王不可说,去之梁,从孝王游。羊胜、公孙诡等疾阳,恶之于孝王。孝王怒阳,下狱吏,将杀之。阳乃从狱中上书。书奏,孝王立出之。卒为上客也。向曰:阳为人忼慨,不为苟合,介立于羊胜、公孙诡之间,胜等疾阳。馀同善注。

此部分注监本不存,以赣州本考之,李善注与向注之间还是有些许差异,如李善注有“卒为上客也”,从明州本中就找不出。

5.卷四十沈休文《奏弹王源》 沈休文下注

秀州本:吴均《齐春秋》曰:永平八年,沈约为中丞。 善注同。

文选集注本：李善曰：永明八年，沈约为中丞。

监本此部分不存，以集注本核之，二本基本一致，五臣的"永平"当为"永明"之讹。此注亦不知五臣之中谁注。

6.卷四十阮嗣宗《奏记诣蒋公》　阮嗣宗下注

秀州本：济曰：晋太尉蒋济闻籍有俊才而志倜傥，问王默，然后辟之。籍诣都亭奏记。初，济恐不至，得记欣然，遣吏卒迎而籍已去，济大怒恚王默，默惧，与籍书，乡亲共喻，乃就。后谢病归。　善注同。

赣州本：善曰：臧荣绪《晋书》：太尉蒋济闻籍有才隽而俶傥为志高，问掾王默，然后辟之。籍诣都亭奏记。初，济恐籍不至，得记欣然，遣吏卒迎之，而籍已去。济大怒王默。默惧与籍书，劝说之。于是乡亲共喻籍，乃就吏，后谢病归。济同善注。

此部分监本不存，以赣州本考虑，监本此注与秀州本之间或许亦存在一些相异之处。

7.卷四十五孔安国《尚书序》　孔安国下注

秀州本：向曰：《汉书》云：孔安国以述《尚书》为武帝博士，又为临淮太守。善注同。

赣州本：善曰：《汉书》曰：孔安国以治《尚书》为武帝博士，又为临淮太守。向注同。

8.卷四十五卜子夏《毛诗序》　卜子夏下注

秀州本：翰曰：《家语》云：卜商字子夏，卫人也。孔子弟子，为魏文帝师。善注同。

赣州本：善曰：《家语》：卜商字子夏，卫人也。翰曰：《家语》云：孔子弟子，为魏文侯师。

9.卷四十五皇甫士安《三都赋序》　皇甫士安下注

秀州本：良曰：皇甫谧，字士安。安，定人也。年出二十始读书。常患风痹疾，犹手不辍卷，至忘寝食，举孝廉，不行。又辟著作，不应。左思《三都赋》成，谧见之，为之作序，以称其善也。　善注同。

赣州本：善曰：臧荣绪《晋书》曰：皇甫谧，字士安。安，定朝那人。年二十始受书，得风痹疾，犹手不辍卷。举孝廉，不行；又辟著作，不应。卒于家。良曰:左思《三都赋》成,谧见之,为之作序,以称其善也。

以上两条,监本均不存,使用赣州本作参照是不得已的事情。一般认为,赣州本出自明州本,明州本与秀州本关系密切。但由此来看,赣州本似乎还参考了他本,尤其是在李善注相同的情况下。以上两例,秀州本的处理方式大致类似,是将李善注与五臣注合并为一,然后只出五臣注,善注同。至于监本原貌如何,只能存疑了。

10.卷五十七谢希逸《宋孝宣贵妃诔》 谢希逸下注

秀州本:铣曰:孝武殷淑仪薨,追进为亚皇后,谥曰宣。谢庄为诔。 善注同。

监本注:沈约《宋书》曰:孝武殷淑仪薨,追进为贵妃班亚皇后,谥曰宣。谢庄为诔。

赣州本:善曰:沈约《宋书》曰:孝武殷淑仪薨,追进为贵妃班亚皇后,谥曰宣。谢庄为诔。 铣注同。

此部分监本存,与秀州本相异之处:一是秀州本无引书,而且多出“贵妃班”三字。二是赣州本与监本同,亦可略证上述几例用赣州本作参照的可行性。

11.卷五十八王仲宝《褚渊碑文》 王仲宝下注

秀州本:向曰:萧子显《齐书》云:王俭,字仲宝,琅邪人也。幼好学,手不释卷。为中书监,薨。 善注同。

监本:萧子显《齐书》云:王俭,字仲宝,琅邪人也。幼专心笃学,手不释卷。为中书监,薨。

12.卷六十颜延年《祭屈原文》 颜延年下注

秀州本:向曰:宋帝即位,出延之为始安太守,道经汨罗潭,为湘州刺史张邵作此文祭屈原。 善注同。

赣州本:善曰:沈约《宋书》曰:少帝即位,出延之为始平太守,之郡,道经汨潭。为湘州刺史张邵作祭屈原文以致其意。 向注同。

13.卷六十王僧达《祭颜光禄文》 王僧达下注

秀州本:铣曰:颜光禄即延年也。 善注同。

赣州本:善曰:颜光禄即颜延年也。 五臣注同。

以上十三例,秀州本以“善注同”的方式省略了与五臣注比较接近的注释,多集中在解题部分的作者名下注中,与今日监本所存者比较,其间的差异还是非常明显地存在的:一是李善注多有引书,而五臣注则常略出处;二是善本多用“曰”字,五臣本喜用“云”字;三是在个别字句亦有差异,并且有先合并五臣注与李善注为一而后略李善注的倾向,这不仅使李善注面貌变异,也更改了五臣注的形态。诸种情状显示,尽管秀州本跋语所言其间文字重叠者辄删一家,稍有不同者则并存,但实际编纂者对此贯彻的并不完全到位,这主要因为五臣与李善有关注释不可能完全相同,故而在大体一致的情况下采取了此种类例。此类例一开,影响深远,后来的明州本则变本加厉,客观上在更大程度上掩盖了刻本李善注的早期形态,尽管秀州本此类例尚少,但其为始作俑者则毫无疑问。

除了在作者下注之外的正文注中,此种现象总体数量不是很多,这实在是很幸运的事情。如:

卷四十六任彦升《王文宪集序》“汝郁之幼挺淳至黄琬之早摽聪察曾何足尚”句下注:

秀州本:铣曰:《后汉》汝郁年五岁,母病不能饮食,常抱持啼泣,亦不肯饮食。母怜之,强为餐饭,诳言之已愈。郁察母颜色未愈,复不食。宗亲异之,挺,拔也。淳至,谓淳孝之甚至也。又黄琬七岁失父,祖父琼育之。是时属日食,京师不见琼,以状奏闻,梁太后问所食多少,琼思其对,未知所出。琬在傍曰:何不言日食之馀,如月之初? 琼太惊,即以之对太后也。标,立也。言此二子淳孝聪察比之王公,则二子曾何足尚也。　善同铣注。

监本:《东观汉记》曰:汝郁,字幼异,陈国人。郁年五岁,母被病不能饮食,郁常抱持啼泣,亦不肯饮食。母怜之,强为餐饭,欺言已愈。郁察母颜色不平,辄复不食。宗亲共奇异之,因字曰异。范晔《后汉书》曰:黄琬,字公琰,少失父母而辨慧,祖父琼初为魏郡太守,建和元年正月,日蚀,京师不见,而琼以状闻。梁太后诏问所蚀多少,琼思其对而未知所况。琬年七岁,在傍曰:何不言日蚀之馀,如月之初。琼大惊,即以其言应诏。

比较秀州本与监本的此句注,差别很大。除去个别字句的差异,秀州本明显比监本注增加了“挺拔也。淳至,谓淳孝之甚至也”“标,立也。言此二子淳孝聪察比之王公,则二子曾何足尚也”两部分释词的文字,又省略了具体的引书。准之上述例证并推测,释词的文字可能是五臣注所独有的。

卷五十七谢希逸《宋孝武宣贵妃诔》“移气朔兮变罗纨,白露凝兮岁将阑”句下注:

秀州本:济曰:气,二十四气。朔,月一日也。阑,晚也。言贵妃夏薨,绮罗轻薄,至秋则变也。 善注同。

监本:阑,犹晚也。

此条秀州本与监本差异也相当大,李善注只解释了一个字,五臣注解释了三个字,并有解说。秀州本竟也以“善注同”略之。所以,秀州本中此类方式的李善注,并不能反映与代表监本李善注的面貌,幸亏此类较少见,不至于使文献价值大打折扣。

秀州本是六家系统,先出五臣注后出李善注,但是也偶有相反者。如卷五十八《郭有道碑文》蔡伯喈下注:

善曰:范晔《后汉书》曰:蔡邕,字伯喈,陈留人也。辟桥玄府,稍迁至郎中。后董卓辟邕迁尚书,及卓被诛,王允收邕,付廷尉,遂死狱中。 五臣注同。

查检监本李善注,与此一字不易,可知确为李善注。陈八郎本此段五臣注为:

向曰:范晔《后汉书》云:蔡邕,字伯喈,陈留人也。为郎中。董卓西迁,邕为尚书。及卓被诛,收付廷尉,遂死狱中。

从此条不合秀州本编纂体例的注文中,可以进一步认识秀州本的此类编纂体例。注文全依先出之注,并偶有杂糅二家之注的倾向。下云某某同者,只是大致的一致,不会也不可能完全相同。此种状况在秀州本中还有几处,由此推测,先出李善注后继以“五臣注同”或“某同善注”的前提是,李善注较详并且已经包含了相同部分的五臣注,编纂者为省事与方便计,就有此自乱体例的现象。

综上所述,对监本到秀州本的过程可作如下描述。整体而言,秀州本的李善注以监本李善注为底本,在相当大的程度上保存了监本李善注,可以说是保存监本李善注最完整的;监本残佚的卷帙,可以利用奎章阁本来代替。但是,秀州本毕竟不是对监本的覆刻,它属于六家本系统,受编纂体例的影响必然对监本作了相应的调整,以五臣注为底本,对李善注注释位置的变更,增加夹音,修正讹误并不可避免地形成了新的讹误,最为关键的是以善注同的方式代替了部分与五臣注大致相同的李善注，而代替的部分并不完全等同五臣注。故可以简略地说，秀州本中，除去“善注同”文字的李善注最能体现监本的原初面貌。秀州本确立的“某与某同”的体例对后来合注本的进一步编纂造成了负面的影响，这是导致刻本时代五臣注、李善注杂糅不清的根本原因。

第二节　广都本的李善注

在秀州本未广被世人周知前，多以广都裴氏本为最早的五臣注、李善注合并本。朱彝尊《宋本六家注文选跋》中云：

> 六家注文选，六十卷。宋崇宁五年镂板，至政和元年毕工。墨光如漆，纸坚致，全书完好，序尾识云：见在广都县北门裴宅印卖。盖宋时蜀笺若是也。每本有吴门徐贲私印，又有太仓王氏赐书堂印记，是书氏袁（当为裴）曾仿宋本雕刻以行，故传世特多。然无镂板毕工年月，以此可辨伪真也。[①]

崇宁五年为1106年，政和元年为1111年。广都本镂版距元祐九年（1094）晚了整整十二年，从刻书时间而言，广都本很可能是承秀州本而来。广都本今已难见，据说台湾还存有部分原卷。是书明代袁褧曾于嘉靖二十八年（1549）重刊，据斯波六郎记载，日本静嘉堂文库所藏袁本云《昭明文选・序》后标有“此集精加校正，绝无舛误，见在广都县北门裴宅印卖”二十一字（三行），卷六十尾有“吴郡袁氏谿本新雕”木记，以此可见，袁本当是承广都本而来，又卷六十末有《文选刻跋》曰：

> 余家藏书百年，见购鬻宋刻本昭明文选，有五臣，六臣，李善本，巾箱，白文，大字，小字，殆数十种，家有此本，甚称精善，而注释本以六家为优，因命工翻雕，匡郭字体，未少改易，刻始于嘉靖甲午岁，成于己酉，记十六载而完，用费浩繁，梓人艰集……皇明嘉靖己酉春正月十六日，吴郡汝南袁生

---

① （清）朱彝尊：《曝书亭集》卷五十二，四部丛刊初编本。

裴,题于嘉趣堂。①

由此跋语,可见袁本是有意识地保存了广都本的特征。清代胡克家校《文选》,校本就是袁本和茶陵本。今以胡克家《文选考异》所记袁本特征,随机选取数卷,与秀州本比校,推测广都本与秀州本二者之间的关系。《文选》卷三十:

胡刻本	袁本	秀州本	考异校语
1.注:庄子曰万物并作	老	○(同前,下同)	是也
2.注:子曰以虚静	子	○	子当作又,各本皆误。
3.注:莫而清乎	○	漠	茶陵本作漠,是也。
4.注:泊无也	○	○	无下当有为字,各本皆脱。
5.注:徒颊切	无	○	二本非也。
6.注:牛女为夫妇	牵牛为妇	○	当是为下脱夫织女为四字。
7.注:弥盡也	○	○	盡当作益
8.佳人犹未適	○	○	袁用五臣也
9.注:我教暇豫之事君幸之	○	我教暇豫之士	茶陵本教下有兹字,无幸之二字,是也。
10.注:滑美貌也	○	○	此疑作涓
11.注:刘渠曰	○	○	何校渠改熙,陈同,是也。
12.注:日暮不从野雀栖	○	○	日字不当有。各本皆衍。

① 斯波六郎博士记载此本特征颇详,俱见其《对〈文选〉各种版本的研究》一文,文载《中外学者"文选学"论集》,第892~893页。

续表

胡刻本	袁本	秀州本	考异校语
13.注：行幸甘泉赋曰	○	○	甘泉当重。各本皆脱。
14.注：戾旧邦也	○	○	陈云戾上当有言字。各本皆脱。
15.注：张衡舞赋曰历七盘而屣蹑	○	○	此十一字误衍。
16.注：国语曰郑伯纳女乐二八	○	○	此十字误衍。
17.注：善见理不拔	建	○	是也。
18.注：故曰归本	○	○	本当为华，各本皆误。
19.金壶启夕沦	○	○	袁本云善作壼。
20.注：继文王之体	是子也继文之体	○	当补王字，是子也，尤误删。
21.注：谁为荼苦	○	○	为当作谓。各本皆误。
22.注：曹颜远感時诗曰	○	○	陈云時当作舊。各本皆误。
23.注：有蛾氏	○	娀	何校蛾改娀，是也。各本皆讹。
24.注：自饮食也	○	○（食下有之）	饮当作飤。各本皆讹。
25.注：汉仪礼志曰	○	○	仪礼当作礼仪。各本皆倒。
26.注：战败相杀	○	○	何校败改功，是也，各本皆讹。
27.俯视流英盼	眄	○	盼当作眄
28.注：窃视盼	○	视下有流	视下脱流字，盼当作眄。

续表

胡刻本	袁本	秀州本	考异校语
29.注:视定北准极	○	○	陈云视上脱南字,是也。各本皆脱。
30.幸籍芳音多	藉	○	袁本籍作藉,是也。
31.注:常与汝入往	○	○	陈云女下脱出字,往下脱来字,是也,各本皆误。
32.注:谓山在泽东是也	○	○	此七字不可通,盖后来驳善注之语而误错入耳。各本皆衍。
33.日隐涧凝空	○	○	凝当作疑。
34.注:高丈长曰堵	○	长下有丈字	茶陵本长下有丈字,是也。
35.注:时盗贼强盛	○	○	陈云盗,氐误。所校最是。
36.注:群谢录	○	○	何校群改陈郡二字,陈同,是也。各本皆误。
37.注:昧旦出新渚	○	○	新下当有亭字。各本皆脱。
38.注:言用我之利	○	○	陈云利下脱耜字,是也。
39.注:上山采蘪芜	○	○	蘪当作蘼,正文蘼。
40.故人心不见	心人	○	人心当作心人。
41.揆余发皇鑒	○	○	鑒当作覽。
42.注:汉书典职曰	○	○	何校书改官,陈同,是也。

续表

胡刻本	袁本	秀州本	考异校语
43.注:香草名也	无名字	○	无名字,是也。
44.注:皆魂神所交也	无皆魂二字	○	无者是也。
45.网轩映珠缀	无校语	○	茶陵本有校语云善作朱。
46.注:楚阕扃	○	○	楚当作禁。各本皆讹。
47.注:玉陛苔	○	○	陛当作階。
48.注:说文曰高车	○	○	说文当作释名,各本皆误。
49.注:雁飞则乃成行	无乃字	○	是也。
50.靡靡江離草	蘺	○	袁本校语云善作離。
51.注:皆名琴也	器	○	是也。
52.汉武帝	汉武帝时	○	此非善传写脱。
53.注:却为一集	○	○	何校却改都,陈同,是也。各本皆讹。
54.注:王仲宣从军戎诗曰	○	○	戎字不当有。各本皆衍。
55.注:杨觉寐而中惊	○	惕	当作惕。
56.外物始难毕	○	○	毕当作必。
57.栖集建薄质	○	逮	此疑善建、五臣逮。
58.永夜繫白日	继	○	袁本云善作繫。
59.注:王逸晋书	○	○	陈云逸,隐误,是也。各本皆讹。
60.公还军官渡	○	○	渡当作度,各本皆讹。

续表

胡刻本	袁本	秀州本	考异校语
61.注:此乘大舰上	○	○	何校云此上添於字,是也。
62.注:延露已见上	下有说文曰阑闲也	○	盖并如五臣注而脱之。
63.有优渥之言	有上有故字	○	此所见不同,今无以考之。
64.鸣葭泛兰汜	笳	○	二本非也。

以上六十四例中,袁本同于秀州本的有五十七例,尤其是一些秀州本有明显错误的如第六例,袁本亦如此。这些现象说明袁本的底本广都本出自秀州本,况且广都本是以商业盈利为目的的,商业经营的运作就是以尽量少的成本获得尽量多的收益,在已有合并本的前提之下,其自不会再以五臣注与李善原注本重新编纂。有一个比较明确的证据,在秀州本所附的前进士沈严的五臣本后序中云"今平昌孟氏好事者也,访精当之本,命博洽之士,极加考核,弥用刊正",下双行小字云"旧本或遗一联,或差一句,若成公绥《啸赋》云'走胡马之长嘶,回寒风乎壮溯',有屈原《渔夫》云'新沐者必弹冠',如此之类,及文注中或脱一二字者不可备举,咸较史传以续之,字有讹错不协今用者,皆考五经宋韵以正之"。由此可见平昌孟氏对五臣注作了修订,增加了原五臣注所缺失的句子;秀州本承平昌孟氏本而来,对《啸赋》此两句又增加了校语,这作为秀州本的独有特征却一字不易地出现在袁本中。这就有力地说明广都本出自秀州本。

另外,笔者对卷五十七也进行了详细的比校,在胡氏《考异》记载袁本特征的八十条校语中,与秀州本相同的有七十四条,这再一次证明广都本出自秀州本。至于其中不一样的几条,是广都本刊刻造成的讹误,还是袁本在仿广都本刊刻时新增的错误或者进行的校改,在缺乏广都本原刻本的情况下只好付之阙如了。不过,有些可以推测是广都本有意为之的。如卷四十四锺士季《檄蜀文》"益州先生,以命世英才,兴兵朔野。困踬冀徐之郊,制命绍布之手。太祖拯而济之,兴隆大好,中更背违,弃同即异”句下注引《蜀志》,“先主”皆改“昭烈”,“曹公”皆改“曹操”。这种改动应该是有意为之的,广都本刻于蜀地,可能是主要原因,可能是地缘以及不同的正统谱系而导致的称谓之变更。

第三节　明州本的李善注

明州本六家《文选》现存最早者当为日本足利学校遗迹图书馆藏本,此本被日本学者视为“国宝”。1975 年由日本足利学校遗迹图书馆后援会影印问世。现存其他诸刊本皆绍兴二十八年(1159)递修本,于卷六十末有跋语云:“右《文选》板久漫灭殆甚,绍兴二十八年冬十月,直阁赵公来镇是邦,下车之初,以儒雅饰吏事,首加修正,字画为之一新,俾学者开卷免鲁鱼三亥之讹,且欲垂斯文于无穷云,右迪功郎明州司法参军兼卢钦谨书。”然足利本无此跋。其刊刻时间据范志新以刻工为中心的考证:足利学校本是南宋初原刻、绍兴二十八年修补本,绍兴二十八年修补是第一次修补。[1]

傅刚认为“明州本全依秀州州学本,故其特点与秀州本同”[2],大要言之是不错的。然而,明州本毕竟不是秀州本的覆刻本,二本之间还是有一些非常明显的变化。

一　明州本与秀州本比较,明显增多了校语

以卷一为例,“五谷垂颖,桑麻敷纷”下增“善本作铺菜”;“雕玉瑱以居楹”句,于“瑱”下增“善作碽”;“修涂飞阁”句“涂”下增“善本作除”,“陵墱道而超西墉”句“墱”下增“善本作除”,“轶埃壒之混浊”句“壒”下增“善本作堨”,“投文竿出比目”句下增“善本投作揄”,仅《西都赋》部分就增加了六条校语,这就令人怀疑难道是明州本刊刻者在以秀州本为底本的情况下又参校了单李善注本和五臣注本?

---

① 范志新:《赣州本与明州本》,见《文选版本论稿》,江西人民出版社 2003 年版,第 22 页。

② 傅刚:《〈文选〉版本研究》,北京大学出版社 2000 年版,第 178 页。

二　与上条相类，仅就李善注而言，明州本有明显的增注倾向

下面以卷一为例详证之。

1.建金城之万雉，牙周池而成渊。

注增：郑玄《周礼注》曰：雉长三丈高一丈。

2.下有郑白之沃，衣食之源。提封五万，疆埸绮纷。沟塍刻镂，原隰龙鳞。决渠降雨，荷插成云。五穀垂颖，桑麻敷纷。

注增：《尔雅》曰：高平曰原，下湿曰隰。

3.既惩惧于登望，降周流以彷徨。步甬道以萦纡，又杳篠而不见阳。

注增：广雅曰：惩，恐也。又增：（说文曰）萦纡犹回曲也又（曰）。

4.遂绕酆鄗，历上兰。六师发逐，百兽骇殚。震震爚爚，雷奔电激。

注增：震震爚爚，光明貌也。

5.于是后宫乘輚辂，登龙舟，张凤盖，建华旗。袪黼帷，镜清流。

注增：高诱《淮南子》注曰：袪，举也。

6.棹女讴，鼓吹震。声激越，謍厉天。鸟群翔，鱼窥渊。

注增：尔雅曰：越，扬也。又增：薛君曰：厉，附也。

7.招白鹇，下双鹄。揄文竿，出比目。

注增：文竿，竿以翠羽为文饰也。

8.夫大汉之开元也，奋布衣以登皇位，由数期而创万代，盖六籍所不能谈，前圣靡得言焉。

注增：六籍，六经也。

9.今将语子以建武之治，永平之事。监于太清，以变子之惑志。

注增：东观汉记曰：建武，光武年号也。永平，孝明年号也。

10.外则因原野以作苑，顺流泉而为沼。发蘋藻以潜鱼，丰圃草以毓兽。制同乎梁邹，谊合乎灵囿。

注增：《说文》曰：潜，藏也。

11.登玉辂，乘时龙。凤盖棽丽，和銮玲珑。天官景从，祲威盛容。

注增：玲珑，玉声也。

12.山灵护野,属御方神。雨师泛洒,风伯清尘。

注增:《风俗通》曰:雨师毕星也,风伯箕星也。

13.指顾倏忽,获车已实。乐不极盘,杀不尽物。马踠馀足,士怒未渫。先驱复路,属车案节。

注增:倏忽,疾也。

上述十三条增注现象出现在一卷之中,数量上已经相当可观了。设若,明州本仅以秀州本为底本,那么这些增注是如何来的?是秀州本在合并的时候无意删掉的,明州本又增加了吗?可惜,现存监本刚好没有这些例证的部分。不过据斯波六郎说,上面的第十二例,袁本全同①,很令人怀疑明州本是以广都本为底本的。仔细核校其他诸卷,发现增注部分并没有卷一严重,有些卷次除个别字句的讹误外,几乎是一字不易地承袭秀州本。这就很令人怀疑明州本是否直接源于秀州本。笔者推测,明州本非常可能主要是以广都本为底本,这种现象的出现肇始于广都本,而广都本主要出于商业盈利的目的而刊刻的,最初可能有详加校勘之意并有所实施,但是,广都本经营者一是为了减少产品的投入成本,二是需要以较快的速度投放市场,终于虎头蛇尾,未能毕功,而承袭广都本而来的明州本正好反映了此种变化。认为明州本承自秀州本系统诚然不错,但它与广都本的关系可能更亲密一些,抑或说其底本即为广都本。

三　与秀州本比校,明州本进一步增加了"某同某注"的体例,实则是对注释的删减

"某同某注"肇始于秀州本,但其数量并不是很多,主要集中于解题及篇目比较集中的几篇之中,个别卷次还以"某同善注"的方式省略了五臣注,如卷十《西征赋》就有至少五条"某同善注"。虽然对五臣注的删减造成了五臣注原貌的缺失,但对研究李善注还是有利的。明州本由此进一步增加了此种体例,主要是以"善同某注"的方式出现,进一步混同了李善、五臣注释的界限。如:

1.卷十潘安仁《西征赋》:不语怪以征异,吾(善本作我)闻之于孔公。

秀州本注:良曰:孔子不语怪力乱神,岳自止其词。善曰:《论语》曰:子不

① 〔日〕斯波六郎:《对文选各种版本的研究》,《中外学者"文选学"论集》,第886页。

语怪力乱神。

明州本注:良曰:孔子不语怪力乱神,岳自止其词。善同良注。

按:李善与刘良的注释目的是不同的,刘良意欲揭示文意即述作之由,故有“岳自止其词”之说;李善在于发掘语源,方有引用《论语》之事,明州本“善同良注”的出现,无疑消解了李善的意图。

2.卷五十班孟坚《史述赞・述高纪第一》:应天顺民,五星合(善本作同字)晷。

秀州本注:翰曰:高祖西入关,五星聚于东井,东井秦分,是应天也。晷,光景也。善曰:晷,光景也。应劭曰:东井,秦之分野,五星所生其下,以义取天下之象也。

明州本注:翰曰:高祖西入关,五星聚于东井,东井秦分,是应天也。晷,光景也。善同翰注。

按:五臣释义,李善则引应劭语,还原其语境。明州本以“善同翰注”将二者混一。

3.卷五十班孟坚《史述赞・述韩英彭卢吴传第四》:信惟饿隶,布实黥徒。

秀州本注:向曰:隶,贱徒侣。韩信本家贫,常寄食下乡邹亭长,故云饿隶。英布少时有相者谓之曰:当刑而王。及壮披黥,布欣然曰:我当黥而王,几是乎。黥,墨刑。善曰:《汉书》曰:韩信家贫,从下乡南昌亭长寄食,长苦之,乃晨炊蓐食。食时往,不为具食,信知之,自绝去。又曰:黥布姓英,少时,客相之曰:当刑而王,及坐法黥,欣然笑曰:人相我当刑而王,几是乎。

明州本注:向曰:隶,贱徒侣也。韩信本家贫,常寄食下乡邹亭长,故云饿隶。英布少时有相者谓之曰:当刑而王。及壮被黥,布欣然曰:我当黥而王,几是乎。黥,墨刑。善同向注。

按:除去明州本增加一“也”字,改“披”为“被”字外,以“善同向注”的形式删去了李善注七十一字,删减的幅度是相当大的;而且李善注不仅是注明出处,其解释亦比吕向更为详尽。

4.卷五十三陆士衡《辩亡论下》:推诚信士,不恤人之我欺;量能受器,不患权之我偪。执鞭鞠躬,以重陆公之威;悉委武卫,以济周瑜之师。

秀州本注:向曰:诚心恤忧也。我欺犹欺我也。言权推腹心,信于人士,不忧前人有欺也。铣曰……。翰曰……。良曰:时曹公入荆州,权尽委武卫之兵以济益周瑜之军也。悉,尽也。武威谓权之亲近宿卫之兵也。善曰:《吴志》,陆机为逊铭曰:魏大司马曹休侵我北鄙,乃假公黄钺,统御六师及中军禁卫,而摄行王事。主上执鞭,百司屈膝。《江表传》曰:曹公入荆州,周瑜夜请见权曰:诸人徒见操书言水步八十万,而各恐惧,不复断其事实。今以实较之,不过十五六万,军已久疲。得精兵五万,自足制之。权曰:五万兵难卒合,已选三万人,船载粮具促办。卿与子敬便在前发,孤当增发人众,多载资粮,为军后援也。

明州本注:五臣注全同。善同向、良注。

按:比较向注、良注与李善注,差别相当大,可以说是基本不同,不知何故明州本以"善同向、良注"删善注。

5.卷五十三陆士衡《辩亡论下》:夫然,故能保其社稷,而固其土宇,麦秀无悲殷之思,黍离无愍周之感矣。

秀州本注:向曰:言人君能使上下和而君臣不疑者,故能安社稷固土宇,则长无丧亡之患也。微子将朝周,过殷故都,见麦秀蕲蕲,曰:父母之国,宗庙社稷,无所立也。乃志动心悲。周大夫行过故宗庙宫室,尽为禾黍,故歌《黍离》之诗。若殷周长有正道,则无此悲痛之事也。愍,痛也。善曰:《尚书·大传》曰:微子将朝周,过殷之故处,见麦秀之蕲蕲,曰:此父母之国,宗庙社稷之所立也。志动心悲,欲哭则朝国,俯泣则妇人,推而广之,作雅声。《毛诗·序》曰:《黍离》,闵宗周也。周大夫行役过故宗庙宫室,尽为禾黍,故为《黍离》之诗。

明州本注:向注同秀州本。善同向注。

按:明州本以"善同向注"省略了李善注;比较二家之注,李善注更为详尽,交代出处,以示有征,但无解说及释义部分。

6.卷五十四陆士衡《五等诸侯论》:岂刘项之能窥关,胜广之敢号泽哉?

秀州本注:济曰:言周室虽弱,诸侯虽强,然岂有如秦之大崩坏,汉高祖项羽之徒能窥视关中而陈胜吴广之辈敢发号于野泽哉?言周无此事也。善曰:《汉书》,沛公自武关入秦。又曰:羽至函谷关,使当阳君击关,羽入至戏。又曰:胜广为屯长,行至蕲西大泽乡,胜自立为将军,广为都尉。

明州本:济注同秀州本。善同济注。

按:比较此条二家之注,差别很大,济注基本是在释义,用议论的方式;李善注则是叙事,以征引的途径;明州本岂能径以"善同济注"略去李善注?

以上六例,是秀州本因二家注之不同而并存者,明州本则径以"善同某注"的形式删去李善注。而实际上,在所删的李善注中,与五臣注有的略类,有的差别还是相当大的。秀州本开了以"某同某注"径删一家之注的先例,基本还是在二家注大致相当的情况下;明州本则往前又迈了一步,有时是在二家注差别相当大的情况下进行的。明州本的编纂者何以对二家的差别如此漠视?很可能是以商业盈利为目的的广都本早已如此,而明州本则是以其为底本的,若非如此,则很令人怀疑明州本编纂者的编纂水平与更改动机。

与此相关的是,明州本是六家本系统,当以五臣注为底本,删注自然当以"善同某注"的方式略之,然而,实际情形并非如此。明州本还有不少以"某同善注"的方式删五臣注的例子。如:

1.卷五十四陆士衡《五等诸侯论》:长率连属,咸述其职。

秀州本注:翰曰:千里之外,设方伯,五国以为属,属有长。十国以为连,连有率。言皆奉天子休明之德以述其职也。善曰:《礼记》曰:千里之外,设方伯,五国以为属,属有长。十国以为连,连有帅。《尚书传》曰:古者诸侯之于天子,五年一朝,朝见其身。述其职者,述其所职也。

明州本注:善曰:《礼记》曰:千里之外,设方伯,五国以为属,属有长。十国以为连,连有帅。《尚书传》曰:古者诸侯之于天子,五年一朝,朝见其身。述其职者,述其所职也。翰同善注。

2.卷五十四刘孝标《辩命论》:岂有史公董相不遇之文乎?

秀州本注:翰曰:史公,司马迁也。董相,董仲舒也。二人皆作不遇之赋,以述其志,然人之贫贱富贵皆在天命,岂假有此文乎?善曰:司马迁为太史公,故曰史公。迁集有悲不遇赋。《法言》曰:灾异董相。李轨曰:董相,江都相董仲舒也。仲舒集有士不遇赋。

明州本注:善曰:司马迁为太史公,故曰史公。迁集有悲不遇赋。法言曰:灾异董相。李轨曰:董相,江都相董仲舒也。仲舒集有士不遇赋。翰同善注。

比较二家之注,差别还是存在的。以此种方式删略五臣注的实例来看,多是李善注比五臣注要翔实。此种体例亦肇始于秀州本,该本已有部分此类情形;对秀州本中已有的"某同善注"删五臣注的地方,明州本照单全收,同时又增加了一些,个中固然有秀州本编纂时无意略去的某家之注,此类明州本理应补足,故出现“某同某注”的方式,但大部分还是对二家之注比较后删除其中一家的。

明州本一方面在某些卷中增加了不少李善注的内容,另一方面又以“善同某注”的方式删掉了部分李善注,并且,其中的五臣注有不少地方反不如秀州本的五臣注详细,有不少注释秀州本中存在但到明州本中却没有了。诸种情形暗示,明州本似乎不直接出自秀州本,而在明州本之前的六家本唯有广都本,由此推测,明州本很可能出自广都本。

四　与秀州本比较,明州本改正了秀州本的一些明显讹误,但同时滋生了一些新的讹误

以卷一为例。

秀州本	明州本	备注	秀州本	明州本	备注
注:乐稽耀加	嘉	明州本是。	注:朱雁之歌	赤	明州本是。
注:应劭曰前年	已	秀州本是。	注:子政为郎中	辇郎	
注:刘德祖字路叔	刘德	明州本是,秀州本承正文讹。	注:《楚辞》曰:抒中情而属诗	杼	《楚辞补注》作杼,校语云一作抒。
注:《毛诗·鲁颂》曰	韩	此处情况卷一出现三次,或明州本有所本。	注:《礼记》曰:父召子诺唯而起。	无	明州本是。
注:标表也	表标也	明州本是。	《说文》曰:隩四方之上可定居者也	土	

续表

秀州本	明州本	备注	秀州本	明州本	备注
注：高诱曰四方上下为六	六下有合字	明州本是。	注：汉高自祖至于孝平	汉自高祖	明州本是。
注：豪杰并兼之家	兼并	秀州本是。	注：自元以上正有七帝也	十	秀州本是。元帝以上有七帝，不含高后。七与十形似而讹。
注：皆收亩税一锺	收皆	明州本是。《汉书·河渠书》正如此。	注：有随和之宝随明月之珠	垂	明州本是，秀州本承上而讹。
注：以伐虢	代	秀州本是。	注：以二者合为一宝	都	
注：高祖皇帝宜为	无祖字		注：厥高临乎未央	其	明州本是。
注：胎惊貌也	眙	明州本是。	注：然则西南方多鸟兽	无西、鸟二字	
注：不可渫渎言之	敢		字林曰	指	秀州本是。
注：《说文》曰：扼，搤也	捉	秀州本是。	注：大辂者天子之车也	路	秀州本是。
注：鸨似雁无后趾	指	《上林赋》引作指。	注：淡澹盖随风之貌也	澹淡	明州本是。

续表

秀州本	明州本	备注	秀州本	明州本	备注
注：窥视也五规切	缺	明州本是。	注：刘子曰昔尧	列	明州本是。
注：大宗伯掌天神人鬼之祀	礼	明州本是。	注：震電凭怒	雷	秀州本是。
注：纣走自焚死	燔	《史记·周本纪》作燔。	注：人道必矣	毕	明州本是。
注：《汉书》武记曰	纪	明州本是。	注：能慎微接下下无不自尽	下字不重	明州本是。《毛诗·序》如此。
注：吾为范	为后增之字	明州本是。《孟子·滕文公》如此。	注：终日不获一禽	焉	《孟子·滕文公》作不获一。
注：按节未舒也	案	明州本是。《子虚赋》正作案。	注：徭役之劳	繇	秀州本是。《汉书》正作徭。
注：九功惟序九序惟歌	叙	明州本是。又李善引为《尚书·禹贡》，今见《大禹谟》篇。	注：太太古之乐也	泰	正文作泰，明州本是。
注：左五锺皆应之	右		注：方叔莅止	涖	明州本是。
注：维曲琼	絓	明州本是。			

在卷一所出现的秀州本与明州本的异文中，多是秀州本有误，明州本校改。虽然也不可避免地出现了部分失误，从文字而言，明州本比秀州本更准确些。

明州本属于秀州本系统，但很可能直接来源于广都本，故其一些特征在袁本中存在而并不出现在秀州本中，而袁本的底本则是广都本，就是很好的说明。毫无疑问，广都本出自秀州本。由此而言，六家本的第一个合并本是秀州州学本，国内已经失传，仅见于韩国奎章阁的活字排印本。秀州本是后来六家本的祖本，之后的广都本则由于商业目的，对前几卷进行了增注而未毕功，基本沿袭了秀州本的全貌。而明州本很可能是以广都本为底本，并参校注释所引书籍作了一些校改，对秀州本非、明州本是的卷一异文的比较可以发现明州本改动的地方多与今传的注释引用之书相合，由此可见明州本对于讹误之处还是复查了原书的；同时，明州本中校语的增加，李善注的增注，五臣注的减注，似乎都暗示编纂者手中握有李善与五臣单行之本并又作了一些校改。至于肇始于秀州本的以"某同某注"删去一家之注的做法，则为李善注、五臣注的混同埋下了隐患。在明州本中，此类现象进一步扩张，有些已经溢出了两家注释基本相似的前提。虽然也有一些以"某同善注"的方式保存了李善注而略五臣注的，然总体而言，删李善注而存五臣注占多数。从此角度而言，六家本出而李善注亡的说法还是有相当道理的，六家本保存的是五臣注，再进一步，六家本之后的六臣本，李善单注本保存的也是五臣注，此种说法虽然有些过分，但还是反映了六家本之后版本变迁的。

属于明州本系统的，笔者尚见有日本庆长十二年（明神宗万历三十七年，1607）活字本与宽永二年（明僖宗天启五年，1625）活字本，斯波博士在《对文选各种版本的研究》中提到过这两个版本，藏于日本东京大学东洋文化研究所，故亦在此提出略作叙述。

斯波氏云："《经籍访古志》卷六云庆长活字本盖依足利本而来，岛田翰说亦同（《古文旧书考》卷二）。"[①]然此版甚怪异，详述如下：卷首题曰："目录一册，以大德年间陈仁子校补本为原本，故其体式与卷一以下异矣，今以御库宋本

---

① 〔日〕斯波六郎：《对文选各种版本的研究》，《中外学者"文选学"论集》，中华书局 1998 年版，第 898 页。

校过。”后题：“茶陵前进士陈仁子校补。”可知此版目录依茶陵本。第六十卷尾有卢钦跋文，此又为宋刊明州本之证，然则此庆长活字本缀合茶陵、明州二本而成。又卷一、卷二两卷非活字本，似为原卷残缺后来抄补者，书写字迹与每叶所加校语以及书于每卷卷尾所题与之校勘的赣州本校对者、校勘者、覆校者部分笔迹绝类，校此本者有井上通泰与岛田翰，岛田翰所据校本为古钞本，自不会出现赣州本的特征，以故，卷一、卷二钞补乃井上所为。宽永本是重刊庆长活字本。

第六章
六臣本《文选》李善注研究[①]

六臣本系统最早的本子是南宋初年的赣州州学刊本,该本以李善注居前,五臣注居后,体现了当时社会知识阶层对二家注的重视程度已由先前的重五臣开始转移到重视李善注。赣州本既然以李善注居前,对李善注的编纂变化就应比较大。而其后的建州本基本是对赣州本的承袭,属于同一系统内部的改编,变化不是特别明显。故目前六臣本最通行的本子就是建州本。

第一节 赣州本的李善注

李善注、五臣注合并的另一个版本系统是六臣本,即李善注在前、五臣注在后的。六臣本系统现存最早的当属赣州本,以下诸如建州本等六臣本多从之出。赣州本与后世注本之关系比较清楚,但作为其来源问题,却有不同的意见。斯波六郎在《对文选各种版本的研究》中举七证证明"此本所据底本原是五臣注在前、李善注在后,绝非单行李善注本和单行五臣注本"[②],又云"此本与明州本、袁本互有异同,特别仅此本有善注或五臣注而明州、袁二本无的情况,表明此本并非据明州本或袁本同一版本源流的并将五臣和李善互易,恐所据为明州

① 本章内容曾发表于《内江师院学报》2012 年第 5 期,收入时部分文字有改动。
② 〔日〕斯波六郎:《对文选各种版本的研究》,见《中外学者"文选学"论集》,第 899 页。

本或袁本系统以外的一种版本,不然,则是以明州本或袁本同系统的某一版本为底本,参校当时所存诸本,加以修订而成”[①]。斯波氏的观点主要是:(1)赣州本来源于六家本系统;(2)对其底本解说了两种可能,或非明州本、袁本系统,或以明州本、袁本为主要底本,参校当时诸本修订,斯波氏对此没有进一步坐实论证。傅刚在《〈文选〉版本研究》一书中肯定斯波六郎认为的赣州本出自六家本系统“这个结论是正确的”[②],又云“赣州本底本正是六家本,或即秀州州学本”,虽在斯波氏的疑问中又进了一步,但仍然是一种猜测。又云“赣州本当然不是简单地将六家本五臣与李善颠倒一下,编刻者做了大量的工作,比如加强了李善注”。[③] 由此看来,对赣州本来自六家系统的认识没有问题,关键是赣州本到底是以哪种六家本为底本的。

考察赣州本的底本问题,其实就是考察它到底比秀州本、明州本发生了哪些变化。这个问题非常复杂,根源在于赣州本的编纂。它是六臣本系统,而之前的诸种《文选》版本没有如此系统者。其编纂并不是以单李善注与单五臣注合并而成,正如前贤时人指出的那样,它是以六家本颠倒五臣、李善次序而成。这个编纂过程貌似简单,实际操作中却会产生很多问题。现存赣州本的复杂性就显示了多种问题的存在。下面以文渊阁四库全书本《六臣注文选》第十卷为例,详细说明与李善注有关的各种问题。

一、与秀州本、明州本六家本相比,赣州本第十卷潘安仁《西征赋》的夹注位置完全与其相同,无一例外,这也是赣州本出自六家本的一个有力证据

按理而言,作为六臣本的赣州本,李善注居前、五臣注居后,夹注位置当悉依李善注。可事实上,它反倒全依六家本,只是在注释中把五臣与李善的注释位置颠倒而已。既然采取单纯颠倒顺序的编纂方法,夹注位置势不能改变。因为有现成的六家本,编纂起来比重新以李善单注本与五臣单注本重新组合要容易得多。赣州本编撰者只是通过首先颠倒注释次序的手段来强调李善注,对正

---

① 〔日〕斯波六郎:《对文选各种版本的研究》,《中外学者“文选学”论集》,第907页。

② 傅刚:《〈文选〉版本研究》,北京大学出版社2000年版,第179页。

③ 傅刚:《〈文选〉版本研究》,北京大学出版社2000年版,第181页。

文的注释群划分、夹注位置则悉依六家本。

二、赣州本既然侧重李善注，原先六家本中对李善、五臣异文的校语如“善本作某”“善作某”“善本有某字”“善本无某字”等，当悉改为“五臣作某”“五臣本作某”等

仔细详校卷十，此类校语与六家本大致相反，却有例外。卷十《西征赋》秀州本、明州本所出正文的异文校语完全相同，共计83处。而这83处校语在赣州本中有60处作了改动，即把原先的“善本作某”类改成了“五臣本作某”类的字样；有16处未作改动，悉依六家本，照搬过来；有2处虽作了改动，但相当粗疏，还出现了错误；漏掉校语者有5处；三本均有校语，但有较大差别者1处。除此之外，还增加了12条秀州本、明州本所没有的校语。赣州本未作改动的16处校语是其明显出自六家本的又一证据，一卷之中有16处未作变动，数量已经相当可观。编纂者似乎并不全是疏忽所致，亦有图方便省事的意味在内，否则很难解释在赣州本《文选》全卷中何以有如此之多的“善作某注”。据上海人民出版社与迪志文化传播公司联合制作的《文渊阁四库全书》电子版[①]检索，《六臣注文选》中含“善本作”字样的有42卷，包含326个匹配；含“善作”字样的有46卷，包含583个匹配；经抽样复检，均为此类对正文的校语，两者凡909处。这也就是说，《文渊阁四库全书》所收的赣州本《六臣注文选》，对五臣与李善正文异文所作的校语中，以“善本作”或“善作”而不是以“五臣作”或“五臣本作”等的校语达900馀处，易言之，赣州本对明州本、秀州本的正文异文校语全搬未改的有909处，这个数字亦足以说明赣州本出自六家本系统。

卷十中赣州本改动明显有误的两例，一是“枝末大而本折披”句“折”下，明州本、秀州本校语均为“善本无折字”，赣州本在转换过程中却成了“五臣本作折”，应该是“五臣本有折字”，当是改动中多改为“五臣本作某”而致误；二是“而死之日曾不得与夫十馀公之徒隶齿名难不其然乎”句“名”下，秀州本、明州本校语均作“善本作才”，即“名”字作“才”字，赣州本转换中却成了“五臣本无才字”。

---

① 《文渊阁四库全书》电子版，上海人民出版社、迪志文化传播公司1991年版。

秀州本、明州本、赣州本三本各异的一处校语实际上亦是赣州本误改。“澡孝水而濯缨嘉善名而在兹”句“而”下校语，秀州本作“善本善作美而作之”，即李善本为“美名之在兹”；明州本校语作“善本善作美而字”，即李善本为“美而名而在兹”，扞格不通；赣州本明显承明州本而来，但亦意识到明州本有误，遂改作“善作美而”，却把句中“善名”之“善”又误为“李善”之“善”，遂有如此校语。按其意，句中“而”李善作“美而”，原句遂成为“嘉善名美而在兹”。秀州本实际上是校对了两个字，“善”与“而”，校语当断为“善本善作美、而作之”，由于明州本的疏误，遂使赣州本扞格不通。这个例证也明确证明赣州本直接出自明州本而非秀州本。

鉴于斯波六郎在《对文选各种版本的研究》中云“明州本、袁本不注李善异同，此本往往校出”，又云“此类校语未必是与别本相校别本而校出的，有些似乎只是参考李善注、五臣注得出的”。① 下面分析卷十中赣州本增加的校语。

1.嗟鄙夫之常累五臣本有兮，固既得而患失。无柳季之直道，佐士师而一黜。

赣州本注：善曰：臧荣绪《晋书》曰：岳迁廷尉，平为公事免官。《论语》子曰：鄙夫可与事君也哉。未得之患得之，既得之患失之。翰曰：岳称鄙夫，谦也。怀常人之心，是以有累且复见用，又患失之。向曰：柳下恵为士师三黜，曰：直道而事人焉，往而不三黜。季，惠字也。岳迁廷尉，平为公事免官，故云无此直道，而有此一黜也。

此例赣州本在“累”下增加了校语“五臣本有兮”，秀州本、明州本皆无此校语。从注释来看，看不出李善、五臣二本正文的区别。又，虽秀州本、明州本此条注释与赣州本略异，但从正文亦看不出李善、五臣的差异。由此言之，此条不像斯波氏所言只是参考李善注、五臣注得出的，编纂者一定是参校了另外的本子，这另外的本子既非秀州本，又非明州本，很可能是李善或者五臣的单注本。因为赣州州学本初刻在 1153 年之前，此或为四库馆臣钞本所出。今所传刻本皆重修本，时在 1156~1161 年间，以后递有修补。② 而在此之前，李善单注本有

---

① 《中外学者“文选学”论集》，中华书局 1998 年版，第 992 页。

② 傅刚：《〈文选〉版本论稿》，北京大学出版社 2000 年版，第 18~19 页。

北宋国子监刻本,时在祥符八年(1015)与天圣七年(1029)。即使李善单注本不传,很可能李善单注本至赣州本刊刻时代已经佚失或者残佚,但此前已有南宋建炎三年(1129)杭州锺家刊五臣注。建炎三年距赣州本刊刻时代不会太远,所以赣州本编纂者参校杭州本作为参校本的可能性很大。正是由于此种刻本的出现,在赣州本中才有了秀州本与明州本中都见不到的校语。陈八郎本有"兮"字。

2.愍五臣本作慜汉氏之剥乱,朝流亡以离析,卓滔天以大涤,劫宫庙而迁迹(五臣本作迹)。俾万乘之盛尊,降遥思于征役。……

赣州本注:善曰:《魏志》曰:董卓,字仲颖,陇西人,为相国。卓以山东豪杰并起,乃徙天子都长安,燔烧洛阳宫室。卓至西京,吕布诛卓,卓将李傕郭汎擅朝政。傕质天子于营。傕将杨奉叛傕。傕众稍衰,天子乃得出。至新丰,杨奉董承以天子还洛阳。傕汎悔遣天子,复相与追及天子于弘农之曹阳。大战奉,兵败。《左氏传》子朝曰:单旗刘狄,剥乱天下。《毛诗》曰:民卒流亡。《论语》子曰:邦分崩离析。孔安国《尚书传》曰:涤除也。《左氏传》晋赵括谓楚曰:寡君使群臣迁大国之迹于郑。《淮南子》曰:虽有盛尊之亲。《说苑》曰:吴王欲从民饮。伍子胥曰:昔白龙下清泠之渊,化为鱼,豫且射中日白龙不化豫且不射君今弃万乘之位,而从于臣,恐有豫且之患。阙万乘天子也。向曰:镝箭,也;玉辂,天子车也。

仔细查检此段注释文字,看不出正文异文的存在。秀州本、明州本均如此。由此而看,赣州本编纂者一定参校了其他本子,很可能是五臣单注本。陈八郎本均同此校语。

3.痛百寮之勤王,咸毕力以致死,分身首于锋刃,洞胸腋以流矢。有褰裳以投岸,或攘袂以赴水。伤桴檝(五臣本作楫)之褊小,撮舟中而掬指。

校语"五臣本作楫",秀州本与赣州本均无相关校语,赣州本独有。查检注释部分,五臣翰曰中有"楫棹也"的解释,可以确定"五臣本作楫"。但问题是如何从秀州本或明州本中知道李善注本作"檝"字呢,反正从赣州本的李善此条注中是看不出的。此条暗示,赣州本的编纂者似乎手中尚有李善的单注本,否则难以确定李善注本正文作"檝"。陈八郎本作"楫"。

4.彼白龙之鱼服,挂豫且之密网。轻帝重于(五臣作於)天下,奚斯渐之可长。

赣州本独具的“五臣作於”的校语,从注释中看不出来。陈八郎本正作“於”。

5.所谓尚冠修成,黄棘宣明,建阳昌阴,北焕南平,皆夷漫涤荡,亡(五臣作無)其处而有其名。

赣州本注:善曰:皆里名也。《汉书》曰:宣帝舍长安尚冠里。又曰:武帝同母姊金王孙女,号修成君,馀未详。翰同善注。向曰:夷漫涤荡平灭貌,不知其处但有名而已。

注释中看不到二家异文。陈八郎本正作“無”。

6.教敷而彝伦叙(五臣本作序),兵举而皇威畅。

赣州本注:善曰:敷教萧曹也。举兵卫霍也。《尚书》曰:彝伦攸叙。济曰:敷布,彝常也。此以迭于前文,言萧曹之流为相,布政教则常伦有次序,辛李之属为将,兵举于四夷而皇威宣畅也。

此条从注释中李善引《尚书》“彝伦攸叙”似乎能看出善本作“叙”,从五臣注释“布政教则常伦有次序”中似乎也能推测五臣本作“序”,不过此种异文的校理如果没有底本或校本的话,一般还是很难确定的。陈八郎本正作“序”。

7.灵若翔于神岛,奔鲸浪而失水,曝(善作爆)鳞骼于漫沙,陨明月以双坠。擢仙掌以承露,干云汉而上至。

赣州本注:善曰:薛综曰:海若,海神。《楚辞》曰:令海若舞冯夷。刘渊林《吴都赋》注曰:岛,海中洲也。庄子曰:吞舟之鱼,砀而失水。《异物志》云:鲸鱼长者数千里,或死于沙上,得之皆无目,俗言其目化为明月珠。《汉书》孝武作柏梁铜柱承露仙人掌之属矣。薛综曰:干犯也。翰曰:灵若,海神也。海岛高深,翔集此神于此,又刻石象。鲸鱼失水曝于沙上,故云双坠。铣曰:又作仙人捧承露盘挹云表之露。

从注中隐约可知五臣本作“曝”,至于善注作“爆”则无法得知。当由别本校得。陈八郎本正作“曝”。

8.据天位其若兹亦狼狈而可愍(五臣本作慜)。

赣州本注:善曰:《尚书》伊尹曰:天位艰哉。《文字集略》曰:狼狈犹狼跋也。孔丛子曰:吾于狼狈见圣人之志。荀悦《汉纪论》曰:周勃狼狈失据,块然囚执。狈音贝。翰曰:言始皇据有大位,乃狼狈若此,可愍也。

如果从翰注"可愍也"中得知五臣本作"愍"的话,六家本系统的秀州本、明州本正文则采用了李善正文"愍"。当是由他本校得。陈八郎本正作"愍"。

9.兵在颈而顾问,何(五臣本作为)不早而告我,愿黔黎其谁听,惟请死而获可。

此例显然是赣州本有误。依赣州本五臣注则此句为"为不早而告我",扞格难通。秀州本、明州本、陈八郎本均作"何为不早而告我",不知何故,赣州本增加此条校语。可能的原因是当为"五臣本有为字"。

10.感市闾之蕞井,叹尸韩之旧处。蒸(善本作丞)属号而守阙,人百身以纳赎。

赣州本:善曰:《说文》曰蕞麻蒸也。然蕞井即渭城卖蒸之市也。延寿被诛,丞属无守阙者,而赵广汉就戮,则有之恐潘误。……

从此注释中似乎也能推测到善注作"丞",然而若无校本或者底本,编纂质量不高的赣州本是不可能增加此校语的。陈八郎本正作"蒸"。

11.虽五方杂会,风流溷淆,惰农好利,不昏(善本作暋)作劳,密迩猃狁,戎马生郊。

赣州本善注:……《尚书》曰:惰农自安不昏作劳。

从李善注引《尚书》之文中,似乎李善注与五臣注同,而赣州本添加此校语,必别有据。陈八郎本作"昏"。

以上十二例(第二条含两例)秀州本与明州本中均没有赣州本添加的校语。斯波六郎也只是推测有些校语似乎是从注释中得来的,并未使用肯定的语气。以上的例证显示,赣州本编纂者在增加校语时,一定参考了当时所能看到的其他版本,而绝非只是秀州本或者明州本。十一例校语中关于五臣的部分亦悉同陈八郎本,陈本成于南宋绍兴三十一年,故其成书当晚于赣州本;赣州本自不可能参校陈八郎本,但是陈八郎本的底本以及杭州锺家刻本等,赣州本的编纂者是应该能够看到的,否则,很难解释赣州本增加这些校语的依据与来源。还有一条证据可以说明赣州本一定参考了其他的本子。卷十《西征赋》秀州本、明州本"乃实慎终追旧,笃诚款爱,泽靡不渐,恩无不逮,率土且犹弗遗,而况于邻里乎,而况于卿士乎矣”句下校语为“善本无‘而况于卿士乎矣’七字”,赣州本此部分正文最后“矣”字无,句下的校语则为“善本无‘而况于卿士乎’六字”,“六”与“七”的更改定当有据。

总之,从赣州本增加的校语来看,其虽然无疑以六家本为底本,但同时一定参校了当时存在的其他诸本,可能是五臣单注本或者李善单注本残帙。

三　赣州本更改了李善注“已见”的注释体例

李善在注释中曾不止一次(《西都赋》注、《东都赋》注、《西京赋》注)说明:已见于前文的语词注释,后文出现,多不重注,作“某已见上文”或“某已见某篇”之类。赣州本对六家本李善注的“已见”例基本都作了补注。就卷十而言,秀州本李善注已见例共40条,明州本李善注已见例比秀州本多。多出的一条是“掩细柳而抚刃……距华盖于垒和”句下注。

明州本善注作:……《左氏传》君子曰:杀敌为果,致果为毅。华盖已见上文。垒,营也。……

秀州本善注作:……《左氏传》君子曰:杀敌为果,致果为毅。刘韶《遂出赋》曰:奉华盖于帝侧。垒,营也。……

天圣监本注:……《左氏传》君子曰:杀敌为果,致果为毅。华盖已见上文。垒,营也。……

由此来看,秀州本的李善注就有了已见增补的先例,不过数量很少,卷十亦仅此一条。此条明州本李善注与监本完全相同,因此更接近李善注原貌。秀州本此条补注不够完善,“刘歆”讹为“刘韶”不说,其补注远远少于赣州本。赣州此句的补注为:……《左氏传》君子曰:杀敌为果,致果为毅。薛综《西京赋》注曰:华盖星覆北斗,王者法而作之。刘歆《遂初赋》曰:奉华蓋于帝侧。垒营也左……

可见,赣州本比秀州本的补注更完善。“华盖”最初出现在卷二《西京赋》中,李善为此篇作注,先引薛综注,次臣善以别之。秀州本则径去薛综注,其实薛注亦属于李善注的一部分。赣州本虽然改变了李善注的注释体例,但其补注部分比较翔实。

赣州本《文选》卷十增补的41条注的来源问题比较清楚,全是李善前已作

注者,全盘照搬而来。如:

1.潘子凭轼西征自京徂秦。

明州本善注:潘子,岳自谓也。冯衍《扬节赋》曰:冯子耕于骊山之阿。凭轼已见《魏都赋》。《尔雅》曰:徂,往也。

赣州本善注:潘子,岳自谓也。冯衍《扬节赋》曰:冯子耕于郦山之阿。《左传》楚子玉谓晋侯曰:君凭轼而观之。《尔雅》曰:徂,往也。

因善注已明确标明见于何篇,所以此类补注相对容易。《文选》卷六《魏都赋》“凭轼捶马”句下正有此注:“《左传》曰:楚子玉谓晋侯曰:君凭轼而观之。”赣州本补注时少一“曰”字。此种情形,按图索骥,增补起来很容易。

2.愍汉氏之剥乱,朝流亡以离析。卓滔天以大涤,劫宫庙而迁迹。俾万乘之盛尊,降遥思于征役。

明州本善注:……《毛诗》曰:民卒流亡。离析已见上注。……《淮南子》曰:虽有盛尊之亲。万乘已见上文。

赣州本善注:……毛诗曰:民卒流亡。《论语》子曰:邦分崩离析。……《淮南子》曰:虽有盛尊之亲。《说苑》曰:吴王欲从民饮。伍子胥曰:昔白龙下清泠之渊,化为鱼,豫且射中目,白龙不化,豫且不射。君今弃万乘之位,而从于臣,恐有豫且之患……万乘天子也。

明州本的“离析已见上注”“万乘已见上文”者,多在同篇或同卷中出现最初之注,比如上注中的两处已见例,均出自同篇《西征赋》,增补亦较易。因此,赣州本虽然对李善注的已见例基本进行了全部的补注(据文渊阁电子版《六臣注文选》检索,赣州本未作补注的全书仅有 71 例),但实际操作不会有太大麻烦。通过这种方式,我们一般也看不出赣州本的来源。赣州本此类处理方式,主观意图在于强调李善注,而相应地对五臣注进行了大量的剔除。

四 赣州本“某同某注”的处理方式

“某同某注”是李善、五臣二家合并的产物。最先起于秀州本,该本多以“善同某注”的方式删略了部分李善注,当然亦有“某同善注”的方式删去了部分五臣注的情况,两种方式则以前者为主。其后的明州本进一步增强了此种编纂体例,对秀州本中原没有采取“某同某注”方式的某家之注,主要是对李善注作了进一步的删略。因此,在对六家本系统《文选》李善注进行研究时,我们夸张地说过,六家出而善注亡,主要就是从此角度来说的。六臣注系统的赣州本从六家本而来,这是毫无疑问的。六臣本强调的是李善注,因此在对六家本注释顺序进行颠倒的情况下,对某同某注作了不同的处理。这种处理方式大致有四种情况:

(一)将六家本原先"善同某注"的情况改为"某同善注",并调换善注与五臣注在注释中出现的顺序。如:

卷十《西征赋》:此三才者天地人道唯生与位谓之大宝。

明州本注:向曰:《易》曰:天地之大德曰生,圣人之大宝曰位,言人之生独贵在位。善同向注。

赣州本注:善曰:《易》曰:天地之大德曰生,圣人之大宝曰位,言人之生独贵在位。向同善注。

比较二家注释的变化发现,赣州本只是调换了二家的注释顺序。善曰改为向曰,善同向注改为向同善注。这样做的前提应该是二家之注完全相同,只有这样才有替换的可能。实际情形并非如此。秀州本此条注没有采用此体例。

秀州本注:向曰:《易》曰:天地之大德曰生,圣人之大宝曰位,言人之生独贵在位。善曰:《周易》曰:天地之大德曰生,圣人之大宝曰位。

秀州本的李善注没有最后一句的解说,而在赣州本中,吕向的注释则堂而皇之地冠在了李善头上。此条亦可说明,赣州本出自六家中的明州本而不是秀州本。

(二)将原先六家本的两家之注直接颠倒顺序,其他不变。如:

1.卷十《西征赋》:不语怪以徵异,吾闻之于孔公。

明州本注:良曰:孔子不语怪力乱神,岳自止其词。善同良注。

赣州本注:善同良注。良曰:孔子不语怪力乱神。

因赣州本要强调李善注,所以把善注置前,并没有像第一种方式那样把所谓的善注详出。善注虽然居前,但仍是简略的。此条以某同某注的方式处理始于明州本,秀州本二家注全出。

秀州本注:良曰:孔子不语怪力乱神,岳自止其词。善曰:《论语》曰:子不语怪力乱神。

秀州本善注除了引文的清晰以外，尚无结合具体语境进行解说的部分。此条亦可作为赣州本出自明州本之证。

2.卷十《西征赋》：或著显绩而婴时戮。

明州本注：良曰：皆谓广汉之属。善注同。

赣州本注：善曰：善同良注。良曰：皆谓广汉之属。

3.或有大才而无贵仕。

明州本注：翰曰：谓贾谊之类也。善注同。

赣州本注：善同翰注。翰曰：谓贾谊之类也。

上两条例证在秀州本中均无出“善注同”，而出五臣之注。天圣监本善注则基本同秀州本五臣注，分别为：“谓广汉之属也”，“谓贾谊之属也”。是以秀州本脱“善注同”，明州本补出。赣州本则直接颠倒处理完毕。此亦为赣州本出自明州本之证。

（三）秀州本、明州本虽然是重五家而轻李善，注释排序是先五臣而后崇贤，但在个别地方注释的处理上亦有先李善后五臣的情况，五臣注反不详出，仅以某同善注的方式置于善注之后。对此种的处理赣州本是相当方便，直接照搬就是。如：

1.卷十《西征赋》：辛李卫霍之将。

秀州本注：善曰：《汉书》曰：辛庆忌字子真，为左将军。匈奴西域亲附，敬其威信，本狄道人。又曰：李广，陇西人也，为右北平太守。匈奴号曰汉飞将军，避之数岁不入界。卫霍已见《长杨赋》。翰同善注。

明州本注：全同秀州本。

赣州本注：增补已见例：《汉书》曰：霍去病为骠骑将军，凡六出击匈奴。又曰：卫青字仲卿，为大将，凡七出击匈奴。其馀全同秀州本、明州本。

赣州本增补的痕迹特别明显，按照李善注释体例，连续引用同一书目，以又曰出之，而不再出书名。赣州本前引《汉书》中间没有隔断，忽又出《汉书》曰。可见赣州本编纂尚不够理想。

2.卷十《西征赋》：衔使则苏属国，震远则张博望。

秀州本注：善曰：《汉书》孙宝衔命奉使，职在刺举。又曰：苏武字子卿，杜陵人也。武以中郎将使持节送匈奴使留在汉者匈奴乃徙武北海上。武杖汉节牧羊,武留匈奴凡十九岁乃还,拜为典属国。又曰:张骞,汉中人也。以郎应募使月氏,去十三年得还。骞以校尉从大将军击匈奴,知水草处,军得以不乏。封骞为博望侯。向同善注。

明州本与之同,赣州本照搬。此种情形的出现主要是李善注比五臣注详,并且包含了五臣注,为了编纂的方便,六家故先出善注后以“某同善注”出五家。此种类例在卷十中明州本出现十次,赣州本照抄。

(四)赣州本对六家本“善同某注”处理最常用的方式是详细补足善注,同时多对五臣注有所剔除。如:

1.卷十《西征赋》:武雄略其焉在,近惑文成而溺五利。

明州本注:良曰:文成将军李少君,五利将军栾大,皆方术士,说武帝作宫观以延神仙,帝耽溺之,其雄才大略亦何在也?善同良注。

赣州本注:善曰:班固《汉书·赞》曰:如武帝有雄才大略。《汉书》曰:齐人李少翁以方术见上,拜少翁为文成将军。言上即欲与神通,宫室被服非象神物不至,乃作甘泉宫,中为台,尽天地泰一诸鬼神,而置祭具以致天神。又曰:乐成侯登上书言栾大,天子见大悦,曰:臣之师有不死之药可得,仙人可致,乃拜大为五利将军。良曰:帝耽溺之其雄才大略亦何在也?

赣州本并没有照搬明州本的“良曰”置前,而是对李善注重新作了补注,同时剔除了刘良注中与李善注重复的部分,且不加任何说明。该本剔五臣注是非常普遍的现象,因不是本文研究的任务,姑且不提,那么其补充的李善注来源于哪里?

秀州本注:良曰:文成将军李少君,五利将军栾大,皆方术士,说武帝作宫观以延神仙,帝耽溺之,其雄才大略亦何在也?善曰:班固《汉书·赞》曰:如武帝有雄才大略,文成已见上文。

监本注:班固《汉书·赞》曰:如武帝有雄才大略,文成已见上文。

以此来看,赣州本的此条补注,可能来源于秀州本或者是李善单注本,并将其中的已见详细补出而成。从赣州本与明州本关系密切程度来看,很可能是来自李善单注本。

2.卷十《西征赋》:致邛蒟其奚难,惟余欲而是恣,纵逸游于角抵,络甲乙以珠翠,忍生民之减半,勒东岳以虚美。

明州本注:良曰:武帝遣人开牂牁,致邛竹杖与蒟酱而恣其欲,又作角觝之戏,令人两两相角力也,又作甲乙之帐,络以珠翠,海内虚耗,户口减半,忍使天下如此而封太山勒其虚功也。善同良注。

赣州本注:善曰:班固《汉书·西域赞》曰:孝武之时,感蒟酱邛竹杖,则开牂牁。越巂《汉书》曰:武帝作角抵戏,文颖曰:秦名此乐为角抵,两两相当角力校艺射御,故名角抵也。班固《汉书》赞曰:孝武造甲乙之帐,络以隋珠和璧。《音义》曰:甲乙,帐名也。《汉书》赞曰:孝武奢侈,海内虚耗,户口减半。《续汉书》曰:群臣上言宜封泰山。诏曰:远遣吏上寿,盛称虚美。良同善注。

赣州本并没有把明州本的"良曰"直接冠以李善之名,而是重新进行了补注,反倒对五臣注采取了同注删略的方式。

秀州本注:良曰:武帝遣人开牂牁,致邛竹杖与蒟酱而恣其欲,又作角觝之戏,令人两两相角力也,又作甲乙之帐,络以珠翠,海内虚耗,户口减半,忍使天下如此而封太山勒其虚功也。善曰:班固《汉书·西域赞》曰:孝武之时,感蒟酱邛竹杖,则开牂牁。越巂《汉书》赞曰:孝武奢侈,海内虚耗,户口减半。《续汉书》曰:群臣上言宜封泰山。诏曰:远遣吏上寿,盛称虚美。馀并已见上文。

监本注:班固《汉书·西域赞》曰:孝武之时,感蒟酱邛竹杖,则开牂牁。越巂《汉书》赞曰:孝武奢侈,海内虚耗,户口减半。《续汉书》曰:群臣上言宜封泰山。诏曰:远遣吏上寿,盛称虚美。馀并已见上文。

秀州本善注与监本同,因为秀州本善注即来源于监本。赣州本则可能是以李善单注本或秀州本为参校本,对李善注进行了补充;同时又按其书体例,对已见上文部分进行了校补。比较发现,赣州本"越巂《汉书》"后脱一"赞"字。

总之,赣州本对已经存在于秀州本、明州本中的"某同某注"的注释方式进行了处理,采取了不同的方法,或者照搬不变,或者直接颠倒二家注释顺序,或者对二家之注冠名进行更换,或者对删略的善注进行详细的增补,增补一定参考了当时所存的其他校本。由上述例证来看,很可能是参考了李善单注本,但对此种的所有状况没有进行全部补注,很可能是赣州本编纂者手中所备的李善单注本并非完帙。总之,赣州本编纂的整体原则通过详善注而略五臣注的方式亦能体现清楚。查检赣州本全书，作“某同善注”者达532次，其实这个数字远远不能说明问题，因为在赣州本中，有大量的对五臣注的剔除而并不作任何交代，这种处理的方式在数量上远远超过了明确交代的“某同善注”。

五　赣州本在对李善注处理时，删除了部分音释的内容

此种处理方式亦肇始于秀州本，因为合并本中的五臣注在句中夹注注音，所以编纂者便有可能在注中删掉部分音释，赣州本亦有此种现象。如卷十“有噤门而莫启，不窥兵于山外”句李善注明州本有“噤……巨荫切”，在赣州本中则径去之。

以上主要从五个大的方面说明赣州本与此前诸本的不同，现在再回到赣州本的底本到底是何本？在上面的例证中曾从不同角度不止一次地论证赣州本出于明州本。傅刚先生则认为赣州本出于秀州本。傅刚论证最有力的证据是卷十八《啸赋》中“走胡马之长嘶，廻寒风乎北朔”两句。傅氏云：

> 据沈严《五臣本后序》，这两句为原五臣本所无，孟氏校勘补入，但与李善本有不同，因此秀州本校记于“走”下校云：“善本作奏字”；又于“廻”下校云“善本作思、向字”，赣州本则改为“奏胡马之长嘶，廻寒风乎北朔”。于“奏”下校云：“五臣本作走”，这还是将秀州本颠倒过来。但是“嘶”字和“廻”字又全同秀州本。这充分证明赣州本的底本只能是秀州本。①

又因明州本此部分全同秀州本，所以也可以说赣州本的底本是明州本。傅刚先生后又云“赣州本的底本正是六家本，或即秀州州学本”②，“或即”说明也只是一种猜测，学风还是相当谨慎的。

结合上述例证，足证赣州本出自六家本系统，与六家本系统中的明州本更为接近；但同时因为编纂体例的关系，对李善注进行了大量的增补，对校语也有所增加，这些又暗示了赣州本参校他本的痕迹。对赣州本的底本问题可以进一

---

① 傅刚：《〈文选〉版本研究》，北京大学出版社2000年版，第180页。
② 傅刚：《〈文选〉版本研究》，北京大学出版社2000年版，第181页。

步坐实并肯定斯波六郎的第二种猜测,即赣州本是以明州本为底本,并参校当时的其他诸本(很可能包括李善单注本残帙与五臣单注本)而来。

第二节 宋建本的李善注

四部丛刊据涵芬楼所藏宋本景《六臣注文选》刊于1919年,后又经中华书局(1987)和浙江古籍(1999)影印,成为合并本中最流行的版本,影响深远。据傅增湘《藏园群书经眼录》卷十七以及张元济《涵芬楼烬馀书录》集部均定为宋本,张氏云:"是本无刊版时地,审其字体,当为建阳刊刻。避宁宗讳,则必在庆元(1195~1120)以后也。"后称此本者多谓宋建本。

对此本的刊刻时间,研究者或多避而不谈,或多尊张氏之说。常思春认为:"《四部丛刊》影宋本《六臣注文选》即是周密所记廖莹中'开《文选》于建宁'者,当刻在度宗咸淳七年(1271)前后,刻于建宁府(张元济谓'当为建阳刊刻',建阳属建宁府)。《文选》六臣注本标书名为《六臣注文选》似自廖氏此书始。"[①]笔者曾读到周密笔记的此条记载,时颇怀疑廖氏所刊或为丛刊本,及读常氏考证,欣然。不加考证的引用前人成说,是当前影响《文选》研究取得突破的重大障碍。[②]

目前无对此本进行详细研究者,傅刚先生《〈文选〉版本研究》亦是一带而过[③],可能是因为此本来源比较清晰。范志新《文选版本论稿》对宋建本的底本有一考证文章,认为此本出自馆钞所据之赣州本。[④]

以文渊阁四库全书所收赣州本与之对校发现,前贤时人认定的宋建本出自赣州本,的确如此,但是该本并非对赣州本的覆刻,编纂者还是做了一些工作的。

以第十卷潘安仁《西征赋》为例,宋建本与赣州本的夹注位置、对五臣注的大量删减、对李善注"已见"的详细补注、对颠倒五臣二家之注的次序、对校语

① 常思春:《四部丛刊影宋本〈六臣注文选〉刊刻时地及刊刻者信息》,《四川师范大学学报》(社科版)2007年第2期,第144页。

② 王立群:《超越旧成说,开拓新领域:关于文选研究的断想》,《文学遗产》2005年第2期。

③ 傅刚:《〈文选〉版本研究》,北京大学出版社2000年版,第181~182页。

④ 范志新:《文选版本论稿》,江西人民出版社2003年版,第30~34页。

的改写及增加，甚至赣州本的存在错讹等均表现出相当的一致，这些方面的事实说明宋建本的确出自赣州本。同时，也对赣州本在改编六家注过程中产生的一些变化作了更改。如：

1.嗟鄙夫之常累（五臣本有兮），固既得而患失，无柳季之直道，佐士师而一黜。

赣州本注：善曰：臧荣绪《晋书》曰：岳迁廷尉，平为公事免官。《论语》子曰：鄙夫可与事君也哉？未得之患得之，既得之患失之。翰曰：岳称鄙夫谦也，怀常人之心，是以有累且复见用，又患失之。向曰：柳下惠为士师三黜，曰：直道而事人，焉往而不三黜。季，惠字也。岳迁延尉平，为公事免官，故云无此直道而有此一黜也。

宋建本注：善曰：臧荣绪《晋书》曰：岳迁廷尉，平为公事免官。《论语》子曰：鄙夫不可与事君，其未得之患得之，既得之患失之。翰曰：岳称鄙夫，谦也。怀常人之心，是以有累且复见用，又患失之。向曰：柳下惠为士师三黜曰：直道而事人焉，往而不三黜。季，惠字也。岳迁延尉平，为公事免官，故云无此直道而有此一黜也。

加着重号部分二本文字有异，虽然表述的意思基本相同。所引《论语》见《阳货》篇，原文为：子曰："鄙夫可与事君也哉？其未得之也，患得之；既得之，患失之；苟患失之，无所不至矣。"比较而言，似乎赣州本更符合《论语》原文。因其源于明州本，故明州本此句下注为："翰曰：岳称鄙夫，谦也。怀常人之心，是以有累且复见用，又患失之。向曰：柳下惠为士师三黜，曰：直道而事人，焉往而不三黜。季，惠字也。岳迁延尉平，为公事免官，故云无此直道而有此一黜也。《论语》子曰：鄙夫不可与事君，其未得之，患得之；既得之，患失之。"明州本此句无善注，所引《论语》部分见于向注之中。明州本与秀州本关系密切，秀州本此句注为："翰曰：岳称鄙夫，谦也。怀常人之心，是以有累且复见用，又患失之。向曰：柳下惠为士师三黜，曰：直道而事人，焉往而不三黜。季，惠字也。岳迁延尉平，为公事免官，故云无此直道而有此一黜也。善曰：臧荣绪《晋书》曰：岳迁廷尉平，为公事免官。《论语》子曰：鄙夫不可与事君？未得之患得之，既得之患失之。又曰：柳下惠为士师三黜，人曰：子未可以去乎？曰：直道而事人，焉往而不三黜。"监本《文选》此部分不存。但秀州本对监本《文选》的原貌保存较好。明州本在传承中将二家之注混同，无意漏掉善曰；赣州本以明州本为底本进行改编，强调李善注，将与明州本混同的李善注析出，并且是极有可能查检了《论语》原书，遂有引文与《论语》一致之处。但是，众所周知，李善注引文有时并不按原文照搬，而是根据注释的语气与流畅作些改动。宋建本在承传过程中，对此句之注可能查检了当时的其他版本，但不可能是尤刻本，因为尤刻本的此注与秀州本一致；而宋建本的善注虽对赣州本引《论语》的"鄙夫可与事君也哉"作了更改，但省略了秀州本和尤刻本均有的"又曰柳下惠"云云。这虽在一定程度上比赣州本更合善注原貌，但漏脱部分却又与善注原貌拉开了距离。

2.尔(五臣本作余)乃越平乐，过街邮，秣马皋门，税驾西周。

赣州本注：济曰：平乐，观名。街，邮亭名。皋门，周故门名。西周，河南县，秣粟，税息也。善曰：平乐，馆名。郦善长《水经注》曰：梓泽西有一原古旧亭处，即街邮也。石卷渎口高三丈谓之皋门桥。《左氏传》曰：秣马厉兵。毛苌《诗》曰：秣，粟也。韩子曰：卫灵公至濮水之上，税马而牧。《法言》曰仲尼之驾税矣。李轨曰：税，舍也，失税反。西周见下注解。

宋建本注：善曰：平乐，馆名也。郦善长《水经注》曰：梓泽西有一原古旧亭处，即街邮也。石卷渎口高三丈谓之皋门桥。《左氏传》曰：秣马利兵。毛苌《诗》曰：秣，粟也。韩子曰：卫灵公至濮水之上，税马而牧。《法言》曰：仲尼之驾税矣。李轨曰：税，舍也，失锐切。《史记》曰：赧王立，东西周分治。王赧徙都西周。济曰：平乐，观名。皋门，周故门名。西周，河南县也。秣粟，税息也。

此句所注二本差别还是比较大的。首先赣州本没有调换五臣与李善的注释顺序，自然不符合其重善注而略五臣注的原则；其次赣州本没有对"见下注解"作补。赣州本卷十中所有的已见例均作了详细的增补，唯独此"见下注解"未改，或许编纂者认为此体例与已见例不同，或者是疏忽所致。宋建本对此均作了改动，同时又有音注"反"改为"切"者，并略去"向曰"的"街邮亭名"注。宋建本是想进一步统一体例，略去之注或为疏误，或是进一步剔除五臣注的倾向，这在赣州本中就已经相当突出了，宋建本对赣州本剔除后的五臣注做法不仅照搬，并有进一步消减的倾向。

3.远矣姬德，兴自高辛，思文后稷，厥初生民，率西水浒，化流岐豳，祚隆昌发，旧邦惟新。

赣州本注：向曰：叹周德其来远矣。帝喾，高辛氏也，其后生稷，为周祖，为生人之始也。后稷之子不窋居于豳，豳人慕德至。古公亶父自豳迁于岐，岐人亦慕德。诗云：古公亶父，来朝走马。率西水浒，至于岐下。昌，文王名。发，武王名。言周之祚崇盛自此二王也，言后稷以来其国是旧及文王受命更惟新也。善曰：《左氏传》刘子曰：美哉禹功，明德远矣。《史记》曰：帝俈高辛者，黄帝曾孙也。姜嫄为帝喾元妃，生弃，号曰后稷，别姓姬氏。《毛诗》曰：思文后稷，克配彼天。又曰：厥初生民，时维姜嫄。又曰：古公亶父，来朝走马。率西水浒，至于岐下。《史记》曰：后稷之孙庆节立国于邠，后古公为戎狄攻之，遂去邠，止于岐下。公季卒，子昌立，曰文王。文王崩，太子发立，是为武王。《毛诗》曰：周虽旧邦，其命惟新。俈与喾同，邠与豳同。

宋建本注：善曰：《左氏传》刘子曰：美哉禹功，明德远矣。《史记》曰：帝喾高辛者，黄帝曾孙也。姜嫄为帝喾元妃，生弃，号曰后稷，别姓姬氏。《毛诗》曰：思文后稷，克配彼天。又曰：厥初生人，时维姜嫄。又曰：古公亶父，来朝走马。率西水浒，至于岐下。《史记》曰：后稷之孙庆节立国于邠，后古公为戎狄攻之，遂去邠，止于岐下。公季卒，子昌立，曰文王。文王崩，太子发立，是为武王。《毛诗》曰：周虽旧邦，其命惟新。俈与喾同，邠与豳同。向曰：叹周德其来远矣。帝喾，高辛氏也，其后生稷，为周祖，为生人之始也。后稷之子不窋居于豳，豳人慕德至。古公亶父自豳迁于岐，岐人亦慕德。言周之祚崇盛自此二王也，言后稷以来其国是旧及文王受命更惟新也。

二本对此条注释亦有变化。赣州本为颠倒五臣注、李善注次序，宋建本改之；宋建本进一步删减了五臣注“诗云：古公亶父，来朝走马。率西水浒，至于岐下。昌，文王名。发，武王名”；改动了个别字，一是将“生民”改为“生人”，“民”字是钞本时代避唐太宗李世民之名讳而改。据史料记载，李善注是不避讳的，“民”改为“人”当是传抄或与五臣本合并后所为。秀州本既已改作“人”，赣州本可能查阅了所引《诗经》，径改为“民”，应该是恢复李善注原貌的努力；宋建本既以赣州本为底本，当不必改，至于“俈”改为“喾”，则误。否则无法解释善注后面所加校语“俈与喾同”。不过，宋建本的改动当有依据，淳熙尤刻本此条之注与宋本全同,由此来看,宋建本或许参校了尤刻本。

4.旋牧野而历兹,愈守柔以执竞。

赣州本注:良曰:武王克殷于牧野而归洛邑,犹守柔道以保竞彊,执犹保也。善曰:《尚书》曰:武王与受战于牧野。兹,此也,谓此周也。《北征赋》曰:骈迟迟兮历兹。《老子》曰:守柔曰强。《毛诗》曰:执竞武王,无竞惟烈。郑玄曰:竞,强也。能道者唯有武王尔。

宋建本注:善曰:《尚书》曰:武王与受战于牧野。兹,此也,谓此周也。《北征赋》曰:骈迟迟兮历兹。《老子》曰:守柔曰强。《毛诗》曰:执竞武王,无竞维烈。郑玄曰:竞,强也。能道者唯有武王尔。良曰:武王尅殷于牧野而归洛邑,犹守柔道以保竞强,执犹保也。

此部分二本的差异主要是李善与五臣注释的次序上。

5.夜申旦而不寐,忧天保之未定。

赣州本注:铣曰:武王望商邑于周,自夜不寐,言未定天保,何假寐乎保位也。善曰:《楚辞》曰:独申旦而不寐。《史记》曰:武王望商邑至于周,自夜不寐,周公旦曰:曷为不寐?王曰:我未定天保,何假寐也?

宋建本注:善曰:《楚辞》曰:独申旦而不寐。铣曰:武王望商邑于周,自夜不寐,言未定天保,何暇寐乎保位也。

此注的变化不仅更换了李善、五臣二家注的顺序,最主要的是对李善注作了删减。秀州本注释同赣州本,“假”作“暇”,但明州本善注却同宋建本。不论赣州本还是宋建本对善注删减的情况非常少见,此句注宋建本编纂者可能是参校了明州本,更有可能是无意疏误所致。

6.惟泰山其犹危祀八百而馀庆。

赣州本注:济曰:武王既克殷,安如泰山,犹以为危戒惧。善曰:言武王基虽有无已故使子孙相继八百馀年,享其福也。泰山之固,尚以为危,故能载祀八百,犹有馀庆也。郭璞《尔雅注》曰:惟,发语辞也。《战国策》吕不韦曰:周凡三十七王八百六十七年,然今言八百举全数也。《周易》曰:积善之家必有馀庆。济同善注。

宋建本注:善曰:言武王基虽有泰山之固,尚以为危,故能载祀八百,犹有馀庆也。郭璞《尔雅注》曰:惟,发语辞也。《战国策》吕不韦曰:周凡三十七王八百六十七年，然今言八百，举全数也。《周易》曰：积善之家必有馀庆。济曰同善注。

赣州本此处李善注有部分语句扞格不通，"言武王基虽有无已故使子孙相继八百馀年享其福也泰山之固"。前既有"济曰"，后又有"济同善注"，顺序颇为混乱。宋建本对此作了更改，语意顺通了。但是造成赣州本混乱的原因是什么？查检秀州本、明州本，此句下注均为：

> 济曰：武王既尅殷，安如泰山，犹以为戒懼无已，故使子孙相继八百馀年享其福也。善曰：言武王基虽有泰山之固，尚以为危，故能载祀八百，犹有馀庆也。郭璞《尔雅注》曰：惟，发语辞也。《战国策》吕不韦曰：周凡三十七王八百六十七年，然今言八百，举全数也。《周易》曰：积善之家必有馀庆。

非常明显，赣州本的讹误是在改编明州本二家之注时窜行所致，将原本属于"济曰"的"无已故使子孙相继八百馀年享其福也"窜入善注"武王虽有泰山之固"句"虽有"后，遂致扞格难解。而赣州本与宋建本后又有济同善注而略五臣注，遂使该误之因难查。在《文选》第十卷中，以上2至6例是连续的几句，对此部分赣州本的处理相当粗疏，宋建本一一作了更改，整体质量提高了，但仍有删善注的情形出现。

7.处智勇之渊伟，方鄙吝之忿悁。虽改日而易岁，无等级以寄言。

赣州本注：善曰：智勇，相如也；忿悁，颇也。言以相如之比廉颇，虽以一日之促方一岁之永，犹未足以寄言，言相去远也。太史公曰：其处智勇，可谓兼之矣。范晔《后汉书》陈蕃曰：鄙吝之萌，复存乎心。《战国策》张仪曰：秦忿悁含怒之日久。良曰：渊伟，深大也。忿悁躁怒也。

宋建本注：善曰：智勇，相如也；忿悁，颇也。言以相如之比廉颇，虽以一日之促方一岁之永，犹未足以寄言，言相去远也。《史记》缪贤曰：臣舍人蔺相如勇士有智谋。太史公曰：其处智勇，可谓兼之矣。范晔《后汉书》陈蕃曰：鄙吝之萌，复存乎心。《战国策》张仪曰：秦忿悁含怒之日久。良曰：渊伟，深大也。忿悁，躁怒也。

比较二本，此注赣州本少"史记缪贤曰"等十六字。查检秀州本、明州本、尤刻本均有此十六字，宋建本补足了赣州本脱漏的部分。其实，赣州本五臣注此处亦有删，秀州本、明州本之"良曰"均作："智勇渊伟，蔺也。鄙吝忿悁，廉也。廉蔺相比，虽改一日为一岁，其间等级故亦无数矣。渊伟，深大也。忿悁，躁怒也。"赣州本省略了五臣注三十二字，宋建本对赣州本省略的五臣注均不增补，对漏脱的善注却一一补增，真正体现出其重善注轻五臣注的明显倾向。

8.痛百寮之勤王，咸毕力以致死。分身首于锋刃，洞胸腋以流矢。有褰裳以投岸，或攘袂以赴水，伤桴檝（五臣本作楫）之褊小，撮舟中而（五臣本作之）掬指。

赣州本注：善曰：……范晔《后汉书》献帝下登船……翰曰：……天子才得济河，舟棹褊小，攀附者众……

建州本注：善曰：……范晔《后汉书》献帝不登船……翰曰：……天子才得济河，舟棹褊少，攀附者众……

二本相较，此注宋建本改动了两个字。二字均形似。到底何者为是？李善所引见于范晔《后汉书》卷七十二《董卓传》，原文为："帝步出营，临河欲济，岸高十馀丈，乃以绢缒而下。馀人或匍匐岸侧，或从上自投，死亡伤残，不复相知。争赴舡者，不可禁制，董承以戈击披之，断手指于舟中者可掬。"

由此来看，作"下"是，宋建本却改作"不"，是因形似而误，或据明州本而改？明州本亦误为"不"字。至于"少"与"小"字，字形亦近，秀州本、明州本均作"少"，唯赣州本作"小"，按之正文，赣州本似是。可尤刻本正文亦作"少"，注作"少"。

9.砰扬桴以振尘，繣瓦解而冰泮。超遂遁而奔狄，甲卒化为京观。

赣州本注：善曰：……郑玄《周礼》注曰：……

建州本注：善曰：……郑玄礼注曰：……

秀州本、明州本均作"《礼注》曰"，似有脱字；监本存此部分，亦作"郑玄《礼注》曰"；唯赣州本作"《周礼注》曰"，然查《周礼注疏》，郑玄无此释。在《礼记正义》卷十四《月令》"东风解冻，蛰虫始振，鱼上冰，獭祭鱼，鸿雁来"句下郑玄云："皆记时候也，振，动也"，此当为其出处，监本误脱"记"。赣州本改为"《周礼注》"，宋建本又改为"礼注"，尤刻本正作"《礼记注》曰"。

10.于城隅者百不一处。

赣州本校语:善本作处一。

宋建本校语:五臣本作一处。

宋建本对赣州本中校语为“善本作某”者的一部分作了改动,为“五臣作某”,这样更符合六臣本的体例。

11.长卿渊云之文,子长政骏之史。

赣州本注:善曰:……刘向字子政,元帝擢为宗王……

建州本注:善曰:……刘向字子政,元帝擢为宗正……

赣州本作“王”显然是抄写致误,宋建本改正了赣州本类似的部分讹误之字。他如“奴”赣州本讹作“妓”,“蕞”讹作“最”,“沚”讹作“扯”,“栀”讹作“施”等,宋建本一一作了订正。

以上十一例是以《文选》第十卷为例作的说明。大致而言,从赣州本到宋建本的变化不是很大,宋建本几乎照搬了赣州本,甚至包括一些讹误。但对赣州本中明显讹误之处、扞格不通之处多作了更改;对部分赣州本未调换五臣注与李善注顺序者,作了相应的调换;对部分“善本作某”的校语改为“五臣作某”,增补了赣州本脱漏的部分李善注;无意中也有脱漏赣州本已有的李善注情形发生,因四库全书本是钞本,所以讹误之字特别多,宋建本对此大部分参校其他本子作了修正。总体而言,宋建本的讹误比赣州本要少得多,所以能成为较为流行的本子。但是,无论就李善注还是五臣注而言,宋建本都不能代表其原貌,尤其是五臣注,从赣州本开始的剔除五臣注的现象,宋建本则全盘照收,影响很是深远。

第七章
尤刻本《文选》研究

第一节 尤刻本《文选》的渊源

已知的两宋《文选》李善单注刊本现有两种，一是前面论述的北宋天圣监本，再为本章所要研究的南宋淳熙八年（1192）尤袤于池阳郡斋（今江西贵池）的刻本，世称尤刻本或淳熙本。前者为残卷，后者是流传至今的李善注完帙，且后世李善注本多从之出，比如清代嘉庆十四年（1809）胡克家即以之为底本校勘重刻，成为现在《文选》李善注最通行的一个版本。但是，胡刻本的底本非尤刻之旧，而是一个多次修补的后印本。1974 年中华书局据国家图书馆所藏尤袤刻本较早的刻本原貌影印，《影印说明》云："正文六十卷中除第四十五卷第二十一页记明为乙丑重刊外（影印本这一页已改用北京大学图书馆藏本中的初版），其馀部分还是尤刻初版。"①作为后世不断重修和翻刻底本的尤刻本，其渊源如何就成为《文选》研究一个必须解决的问题。

对尤刻本的来源问题至今聚讼不已。胡克家在《文选考异》序中认为：

① 中华书局 1974 年影印的尤刻本，据笔者仔细考察，似乎亦非初版。其重要表现就是包含明显的递修痕迹，最可能的原因即在不断印刷的过程中造成板本的损毁，而后又加以修补。修补的字体、行格与原版异，似乎增加了一些文字。但从全版来看，虽有不少局部的补改、增修，还是能代表淳熙本的原貌的。关于具体的例证与论述，参见胡刻本部分。

> 今世间所存，仅有袁本，有茶陵本，及此次重刻之淳熙辛丑尤延之本。夫袁本、茶陵本固合并者，而尤本仍非未经合并也。何以言之？观其正文，则善与五臣已相羼杂：或沿前而有讹，或改旧而成误。悉心推究，莫不显然也。观其注，则题下篇中，各尝阑入吕向、刘良，颇得指名，非特意主增加，他多误取也；观其音，则当句每未刊五臣，注内间两存善读；割裂既时有之，删削殊复不少。崇贤旧观，失之远矣。①

日本学者斯波六郎在《文选索引》的长篇序文《对文选各种版本的研究》中，通过大量版本的对校怀疑："胡刻本底本的尤本所传承的不是唐代李善单注本，实为六臣注本，不过抽出了其中的李善注部分。"②其结论与胡氏《文选考异》无异。

程毅中、白化文于《文物》1976年第11期撰《略谈李善注文选的尤刻本》一文，否定尤本出自摘抄六臣说。其论据有三：一是北宋国子监本的存在，二是四库馆臣论及的汲古阁底本那些六臣本摘出的例证在尤本中不存，三是尤袤的《遂初堂书目》中没有著录六臣注本。③ 屈守元在二家基础之上进一步论证"尤刻出于天圣，无须辩解"④。

傅刚的《〈文选〉版本研究》认为："尤刻本（或可说是其底本）是一个以李善注本为主要依据，又旁参五臣、六臣而合成的本子。"⑤而傅氏所说的李善注本并非国子监本，而是一个尤袤之前非国子监系统的李善单注本。张月云《宋刊文选李善单注本考》认为："尤氏极可能真有见北宋本（按：指监本），并取之与宋刊他本兼并参校，取舍后方付梓矣。"⑥

综合诸家对尤刻本来源的认识，不外三种看法：一是尤刻本来源于六臣本，

---

① （清）胡克家：《文选考异序》，见（清）胡克家校刻：《文选》，中华书局1977年影印本，第841页。

② 〔日〕斯波六郎：《对文选各种版本的研究》，《中外学者"文选学"论集》，第865页。

③ 程毅中、白化文：《略谈李善注文选的尤刻本》，《文物》1976年第11期，又载《中外学者"文选学"论集》，第224~232页。

④ 屈守元：《文选六臣注跋》，《文选遗产》2005年第1期。

⑤ 傅刚：《〈文选〉版本研究》，北京大学出版社2000年版，第165页。

⑥ 张月云：《宋刊文选李善单注本考》，《中外学者"文选学"论集》，第796页。

是从六臣中析出李善单注成书；二是尤刻本来源于北宋李善单注本的监本；三则折中二者，认为尤刻本出自李善单注本与五臣、六臣诸家注本，但未能论证谁是底本的问题。笔者认为，尤刻本《文选》的来源远比想象的要复杂，它是以北宋监本残卷与赣州本为主要底本，监本残卷有问题处则旁参六臣注本的赣州本而来，监本不存者则以赣州本为依据，同时，尤袤的刊刻具有汇校的性质，是对监本《文选》的进一步整理。尤袤的根本意图并不在于恢复李善注的原貌，而是企图通过丰富李善注的内容来提高李善注的地位。

一　尤刻本《文选》与北宋监本有明显的承传痕迹

宋刻李善注《文选》的第一刻是北宋监本，但是，由于靖康之难的毁灭性打击，该本并未能在南宋得到广泛流传。宋刻李善注《文选》真正流传于后世并得到广泛传播的是宋刻李善注《文选》的第二刻南宋尤袤刻本《文选》。作为第二刻的尤刻本与第一刻的北宋监本《文选》的相互关系是今人整理宋刻李善注《文选》选择并确立底本时必须首先解决的问题。但是，现代《文选》学诞生百年以来，这一关系到今人整理宋刻李善注《文选》底本选择的关键问题始终未能得到解决。

上海古籍出版社2000年影印出版的唐钞《文选集注》本《三都赋序》中存有传世文献中未加记载的东晋学者綦毋邃的五条注释：

1.“然相如赋上林而引卢橘夏熟，扬雄赋甘泉而陈玉树青葱，班固赋西都而叹以出比目，张衡赋西京而述以游海若。”綦毋邃注曰：“凡此四者，皆非西京之所有也。”

2.“考之果木则生非其壤，校之神物则出非其所，于辞则易为藻，于义则虚而无征。”綦毋邃注曰：“盖是韩非所谓画鬼魅易为好，画狗马难为工之类也。”

3.“且夫玉卮无当，虽宝非用。”綦毋邃注曰：“卮，一名觯，酒器也。当，底也。”

4.“积习生常，有自来矣。”綦毋邃注曰：“《左传》曰：习实生常。”

5.“且夫任土作贡，《虞书》所著，辨物居方，《周易》所慎。”綦毋邃注曰：“《虞书》曰：‘禹别九州，任土作贡。’定其肥饶之所生而著九州贡赋之法也。《周易》曰：‘君子以慎辨物居方。’”

台湾“故宫博物院”北宋监本《文选》残卷《三都赋序》中，上述五条綦毋邃注均删掉了“綦毋邃曰”四字，而保存于刘逵注中。尤刻本左思《三都赋序》也完整地保留了这五条綦毋邃注，而且对这五条綦注做了与北宋监本完全相同的处理：第一，完整保留原《文选集注》本綦毋邃注第一、五两条；第二，删除《文选集注》本原第二条綦毋邃注“盖是韩非所谓画鬼魅易为好画狗马难为工之类也”之“是”字，且与原第三条并为一条；第三，改第四条“《左传》曰”为“传曰”。

北宋监本《文选》与尤刻本《文选》同时保留了唐钞本中仅存的五条綦毋邃注，为我们考察北宋监本《文选》与尤刻本《文选》的相互关系提供了一个独特视角：二本都将綦毋邃注置于刘逵注中，也都删除了綦毋邃之名；在文字的细部处理、条目的合并上又都做得毫无差异。这说明北宋监本《文选》与尤刻本《文选》二者之间存有明显的承传关系。

二　这种承传关系是直接的，还是间接的

查检秀州本（奎章阁本）、明州本（日本足利学校本）、赣州本（文渊阁四库全书本）发现，三种版本在此五部分李善注的处理方式上都是相同的，这就不能直接论定尤刻本是否直接承自监本，详细的比校就成为唯一的办法。

笔者以《文选》卷三十、卷三十一两卷部分篇目对校监本与尤本，所选篇目以《文选集注》与监本《文选》同存者为限，意在同时证明尤本是否直接出自钞本的推测，具体篇目卷三十从陶渊明《读山海经诗》至沈休文《冬节后至丞相第诣世子》，卷三十一从袁阳源《効曹子建乐府白马篇》始至江文通《杂诗三十首》谢混篇。文字比校显示，尤刻本与钞本之间的文字差异众多，显然不是出自钞本；相反，尤刻本与监本之间的夹注位置、文字等方面有着惊人的一致，同时二本之间在文字方面又有不同，反与赣州本多有类似者。以下按照篇目先后顺序，将不同部分详细列举如下：

1.谢惠连《七月七日夜咏牛女》：遐川阻昵爱，脩渚旷清容。

监本注：牵牛为妇。

尤本注：牛女为夫妇。

赣州本：牛女为夫妇。

奎章阁本、明州本无此注。

按:监本明显有误,《文选集注》本为"牵牛为夫织女为妇"。

2.同上:沉吟为尔感,情深意弥重。

监本注:郑玄《仪礼注》曰。

尤本注:郑氏《仪礼注》曰。

赣州本、奎章阁本、明州本均作郑玄。

按:尤本引"郑玄《仪礼》注曰"近二十处,称郑氏者仅此一处。

3.谢惠连《捣衣》:正文。

监本:纨素既已咸。

尤本:纨素既已成。

赣州本、奎章阁本、明州本并同尤本。

按:"咸"与"成"形近而误,《文选集注》本作"成"。

4.谢灵运《南楼中望所迟客》:与我别所期,期在三五夕。

监本注:陆机《赠冯文罴诗》曰。

尤本注:罴作熊。

赣州本注同尤本。

奎章阁本、明州本并同监本。

按:尤本总目录卷二十四《赠答三》有《陆士衡赠冯文罴迁斥丘令》一首,又有《赠冯文熊》一首,而正文卷二十四卷首目录则均作"罴",正文相关部分均作"罴",而在全书注中则时有作"熊"字者,如卷二十五谢宣远《与安城荅灵运》"履运伤荏苒"句下等。奎章阁本作"罴",是以二字通。

5.同上篇:孟夏非长夜,晦明如岁隔。

监本注:《楚辞》曰:望孟夏之短夜,何晦明其若岁。

尤本注:"其"作"兮"。

赣州本注同尤本。

奎章阁本、明州本并作"其"。

按:《楚辞·九章·抽思》作"望孟夏之短夜兮,何晦明之若岁"。

6.谢灵运《田南树园激流植援》:樵隐俱在山,由来事不同。

监本注:在山则同,此所以在山则异,岂不信之乎?

尤本注:无"此"字,无"之"字。

赣州本:同尤本。

奎章阁本、明州本无“此”字,有“之”。

按:有“此”字,误。

7.同上篇:正文。

监本:养痾亦园中。

尤本:“亦”作“丘”。

赣州本:同监本。云五臣作“丘”。

奎章阁本、明州本并作“丘”,并云善本作“亦”。

8.谢灵运《石门新营所住四面高山回溪石濑修竹茂林诗》:正文。

监本:仰看条上猨。

尤本:猨作猿。

赣州本同监本。奎章阁本、秀州本同监本。

9.同上篇:正文。

监本:庶特乘日车。

尤本:“特”作“持”。

赣州本:同监本,并云五臣作“持”。

奎章阁本、明州本均作“持”,并云善本作“特”。

10.王景玄《杂诗》:王景玄下注。

监本:举为吏部郎卒。

尤本:卒作中。

赣州本:同尤本。

奎章阁本、明州本作“卒”。

11.同上篇:箕帚留江介,良人处雁门。

监本注:句践请盟。

尤本注:“句”作“勾”。

赣州本注:同尤本。

奎章阁本作“句”,明州本作“勾”。

12.同上篇:日暗牛羊下,野雀满空园。

监本注:日之夕矣,牛羊下来。

尤本注:“牛羊”作“羊牛”。

赣州本:同监本。

奎章阁本、明州本均同监本。

13.鲍明远《数诗》:轻盖若飞鸿。

监本注:石崇《还京诗》曰:迅风翼华盖,飘飖若鸿飞。

尤本注:同监本。

赣州本:鸿飞作飞鸿。

奎章阁本、明州本均同监本。

14.鲍明远《翫月城西门解中》:正文。

监本:金臺启夕沦。

尤本:“臺”作“壶”。

赣州本同监本,并云五臣作“壶”。

奎章阁本、明州本均作“壶”。

15.谢玄晖《始出尚书省》:既通金闺籍,复酌琼筵醴。

监本注:楚元王敬礼穆生等。穆生不嗜酒,元每置酒。

尤本注:“元每置酒”作“王每置酒”。

赣州本:同监本。

奎章阁本作“元王”,明州本作“元”。

16.同上篇:复见东都礼。

监本注:察然复见官府仪体。

尤本注:“察然”作“粲然”。

赣州本注:同尤本。

奎章阁本作“宛然”,明州本作“粲然”。

17.谢玄晖《直中书省》:鸣珮多清响。

监本注:君子行则鸣珮玉。

尤本注:“珮”作“佩”。

赣州本注:同监本。

奎章阁本、明州本皆作“佩”,并云善本作“珮”字。

18.谢玄晖《观朝雨》:乘流畏曝鳃。

监本注:《鹏鸟赋》曰:乘流则遊(游)。

尤本注:遊作逝。

赣州本同尤本。

奎章阁本、明州本均作“逝”。

按:贾谊《鹏鸟赋》作“逝”,“遊”与“逝”形近而误。

19.同上篇:方同战胜者,去翦北山莱。

监本注:二者战于胸臆,故曜也。

尤本注:“曜”作“懼”。

奎章阁本、明州本、赣州本善注俱无,相似的阐释在“向注”中。

20.谢玄晖《和伏武昌登孙权故城》:正文。

监本:帷弈尽谋选。

尤本:“弈”作“帟”。

赣州本:同尤本。

奎章阁本、赣州本均作“奕”。

21.同上篇:西龛收组练。

监本注:《左传》曰。

尤本注:《左氏传》曰。

赣州本:同监本。

奎章阁本、明州本同监本,又正文二本“龛”均作“戡”,并云善本作“龛”。

22.同上篇:俯仰流英盼。

监本注:《好色赋》曰:窃视盼。

尤本注:同监本。

赣州本注:视下有“流”字。

奎章阁本作“窃视流盼”,明州本作“窃视盼”,二本正文“盼”均作“眄”,并云善作“盼”。

按:各本卷十九《登徒子好色赋》均有“流”字。

23.谢玄晖《和王著作八公山》:道峻芳尘流,业遥年运倏。

监本注:何以戒我哉。

尤本注:哉作乎。

赣州本:同尤本。

奎章阁本、明州本均作“哉”。

24.沈休文《和谢宣城》:今守馥兰荪。

监本注:王逸《楚辞注》曰:荪,香草也。

尤本注:“草”下有“名”。

赣州本注:同监本。

奎章阁本、明州本均同监本。

25.卷三十一袁阳源《効曹子建乐府白马篇》:车从倾国鄽。

监本注:郑玄《礼记注》曰:市物邸舍人也。

尤本注:郑玄《礼记注》曰:鄽,市物邸舍也。

赣州本注:同尤本。

奎章阁本同监本。明州本同尤本。又二本正文効并作“傚”。

26.同上篇:五侯竞书币,群公亟为言。

监本注:秦王谓赵使凉貌曰。

尤本注:“貌”作“毅”。

赣州本注:同尤本。

奎章阁本作貌,明州本作“毅”。

27.刘休玄《拟行行重行行》:眇眇陵长道,遥遥行远之。

监本注:楚词曰:路眇眇之默默。

尤本注:“之”作“以”。

赣州本注:同监本。

奎章阁本作“而”,明州本作“之”。

按:《楚辞·九章·悲回风》作“之”。

28.王僧达《和琅邪王依古》:隆周为薮泽,皇汉成山樊。

监本注:《喻蜀父老》曰:“罗者犹视乎薮泽。”

尤本注:“喻”作“難”。

赣州本注:同监本。

奎章阁本、明州本并作“喻”。

按:引文见卷四十四《難巴蜀父老》。

29.同上篇:久没离宫地,安识寿陵园。

监本注:《甘泉赋》曰:遥遥离宫。

尤本注:"遥遥"作"往往"。

赣州本注:同监本。

奎章阁本、明州本并作"遥遥"。

按:《文选》卷七《甘泉赋》作"迬迬离宫",李善注曰"迬,古文往字也"。由此可知,"遥遥"与"迬迬"形近而误,作"往往"是。

30.同上篇:幽涂岂异魂。

监本注:郭象《庄子注》曰。

尤本注:郭象注《庄子》曰。

赣州本注、奎章阁本、明州本均同监本。

31.鲍明远《拟古三首》:正文。

监本:氊带佩双鞬,象弧插雕服。

尤本:"氊"作"氈"。

赣州本:同尤本。

奎章阁本作"氊",明州本作"氈"。

32.同上条:注文。

监本注:《方言》曰:所以藏箭弩谓之服,弓谓之鞬。

尤本注:《方言》曰:所以藏箭谓之服,所以盛弓谓之鞬。

赣州本注:《方言》曰:所以藏箭弩谓之服,弭谓之鞬。

奎章阁本、明州本并同监本。

33.同上篇:将以分虎竹。

监本注:《汉旧仪》曰:郡国铜虎符三使使竹符五也。

尤本注:使竹作竹使。

赣州本注:同尤本。

奎章阁本、明州本作竹使。二本正文虎均作"符",并云善作"虎"。

34.同上篇:两说穷舌端,五车催笔锋。

监本注:说平原君尊亲昭王。

尤本注:“亲”作“秦”。

赣州本注:同尤本。

奎章阁本作秦。明州本作亲。

35.同上条。

监本注:秦将闻之,谓却五十里。

尤本注:“谓”作“为”。

赣州本注:无“谓”字。

奎章阁本作“乃”,明州本同监本。

36.鲍明远《学刘公斡体一首》:胡风吹朔雪,千里度龙山。

监本注:《楚辞》曰:增冰峨峨雪千里。

尤本注:《楚辞》曰:增冰峨峨飞雪千里。

赣州本注:同监本。

奎章阁本、明州本并同监本。

按:《楚辞·招魂》有“飞”字。

37.同上篇:正文。

监本:皎絜不成妍。

尤本:“絜”作“潔”。

赣州本:同尤本。

奎章阁本、明州本均同尤本。

38.范彦龙《効古》:昔事前军幕,今逐嫖姚兵。

监本注:以为前军。

尤本注:以为前将军。

赣州本注:同监本。

奎章阁本、明州本并同监本。

39.同上篇:失道刑既重,迟留法乃轻。

监本注:出五源。

尤本注:“源”作“原”。

赣州本注:同监本。

奎章阁本、明州本均同监本。

40.江文通《杂体诗三十首》:题注。

监本注:虽不足品藻泉流。

尤本注:“泉”作“渊”。

赣州本注、奎章阁本、明州本均作“渊”。

41.同上篇《嵇中散》:处顺故无累,养德乃入神。

监本注:尧观乎华之封人请祝。

尤本注:尧观乎华华封人请祝。

赣州本注:同尤本。

奎章阁本、明州本均同尤本。

42.同上篇。

监本注:圣人使寿使富则多男子。

尤本注:“则”作“使”。

赣州本注:同尤本。

奎章阁本则作“又”,明州本同尤本。

43.同上篇。

监本注:是三者非所以养德也。

尤本注:无“以”字。

赣州本注:同监本。

奎章阁本、明州本均同监本。

44.江文通《杂体诗·阮步兵》:青鸟海上游,鸒斯蒿下飞。

监本注:阮籍《咏怀诗》曰:谁(誰)云不可知,青鸟明我心。

尤本注:“誰”作“雖”。

赣州本注:同尤本。

奎章阁本、明州本均作“誰”。

按:今通行阮籍《咏怀诗》均作“谁”,其繁体“誰”与“雖”形近,以诗意推知,“誰”意为长。

45.《杂体诗·潘黄门》:我惭北海术,尔无帝女灵。

监本注:奄门乃走。

尤本注:“奄”作“掩”。

赣州本注:同尤本。

奎章阁本、明州本均作“掩”。

46.同上篇。

监本注:旦而视之。

尤本注:“旦”作“且”。

赣州本注:同监本。

奎章阁本、明州本均作“旦”。

按:“且”与“旦”形近而误。

47.《杂体诗·陆平原》:长缨皆俊人。

监本注:《尚书》曰:俊乂用章。

尤本注:“乂”作“民”。

赣州本注:同尤本。

奎章阁本作“民”。明州本作“乂”。

48.同上篇:契阔承华内,绸缪踰岁年。

监本注:《赴洛诗》曰:记身承华侧。

尤本注:“记”作“讬”。

赣州本注:同尤本。

奎章阁本作“记”。明州本作“讬”。

49.同上篇:游子易感忾,踯躅还自怜。

监本注:平人易感慨。

尤本注:“平”作“乖”。

赣州本注:同监本。

奎章阁本、明州本同监本,正文“忾”并作“慨”,皆云善作“忾”。

50.《杂体诗·左记室》:百年信荏苒,何用苦心魂。

监本注:人生恶死何为苦也。

尤本注:“恶”作“要”。

赣州本注:同监本。

奎章阁本、明州本并作“恶”,正文“用”并作“为”,皆云善本作“用”。

51.《杂体诗・张黄门》:索居慕畴侣。

监本注:安知慕俦侣。

尤本注:安知慕畴侣。

赣州本注:正文、注文均作“俦”。

奎章阁本、明州本正文注文均作“俦”。

52.同上条。

监本注:曹子建《求亲亲表》。

尤本注:“亲亲”作“通亲”。

赣州本注:同监本。

奎章阁本、明州本同监本。

按:《文选》卷三十八并作《求通亲表》。

53.《杂体诗・刘太尉》:皇晋遘阳九,天下横氛雾。

监本注:阳九,《汉书》曰。

尤本注:“阳九”作“班固”。

赣州本注:同监本。

奎章阁本、明州本同监本。

54.同上条。

监本注:易传所谓阳九之厄会也。

尤本注:“之”作“日”。

赣州本注:同监本。

奎章阁本、明州本并同监本。

55.同上篇:荀息冒险难,实以忠贞故。

监本注:送往事居偶。

尤本注:“偶”作“耦”。

赣州本注:同尤本。

奎章阁本作“偶”,明州本作“耦”。

56.《杂体诗・卢中郎》:英俊著世功,多士济斯位。

监本注:卢谌荅魏子悌诗曰。

尤本注:无“荅”字。

赣州本注:同监本。

奎章阁本、明州本均有“荅”字。

57.同上篇:羇旅去旧乡,感遇喻琴瑟。

监本注:羇旅及宽政,委质信时遇。

尤本注:“信”作“与”。

赣州本注:“质”作“贽”,“信”与监本同。

奎章阁本、明州本均作“信”,又正文云善本作“羁旅”;“乡”作“京”,云善本作“乡”;“喻”作“踰”,云善本作“喻”。

58.同上篇:滥吹乖名实。

监本注:或云,韩昭侯严使一一听之,乃知滥也。

尤本注:一日,韩昭侯曰:吹竽者众,吾无以知其善者。田严对曰:一一听之,乃知滥也。

赣州本注:同监本。

奎章阁本、明州本同监本。

59.《杂体诗·张廷尉》:寂动苟有源,因谓殇子夭。

监本注:莫寿于殇子而彭祖为夭。

尤本注:“于”作“乎”。

赣州本注:同尤本。

奎章阁本作“乎”,明州本作“于”。

60.同上篇:正文。

监本:静观尺棰义,里足未常少。

尤本:“里”作“理”。

赣州本:“里”作“理”,“常”作“尝”。

奎章阁本、明州本同赣州本。

61.同上篇:浪迹无蚩妍。

监本注:《文赋》曰:妍蚩好恶也。

尤本注:“妍”作“研”。

赣州本注:同监本。

奎章阁本、明州本均作“妍”。

按:《文选》卷十七《文赋》作“妍”。

62.同上篇:交臂久变化。

监本注:吾终身与汝交臂而失之。

尤本注:吾终身与汝交一臂而失之。

赣州本注:同尤本。

奎章阁本、明州本均有“一”。

63.同上篇:亹亹玄思清,胸中去机巧。

监本注:然力用甚而见功寡。

尤本注:然力用甚多而见功寡。

赣州本注:同尤本。

奎章阁本同监本,明州本同尤本。

在不厌其烦的上述列举中,通过对监本、奎章阁本、明州本、赣州本与尤本的比校发现,尤本与赣州本相同者有三十一处,与明州本相同者二十三处,与奎章阁本相同者十七处,与监本相同者仅两处。这些数字可以说明几个问题:第一,尤本与赣州本、奎章阁本、明州本、北宋监本相同之处的依次递减明确显示出几种版本与尤刻本的亲疏关系,赣州本是尤氏参校最多的,可以认定尤袤主要以赣州本为底本,四库馆臣、斯波六郎的结论仍不能改易;第二,几种版本与尤刻相同之处的差异悬殊也暗含了版本的流变,此种流变可以简略表示为监本——奎章阁本——明州本——赣州本——尤本;第三,尤刻本与李善单注本的北宋监本在上述对校的六十三例中仅有两处相同,而与其中六家、六臣版本的相同之处要远远多于北宋监本的事实,也暗示了尤本在一定程度上阑入了五臣的注释。

然而事实并非如此简单,尤本是李善单注本,赣州本属六臣注系统,最明显的差异在于其注释的不同夹注位置。倘若单单依靠赣州本析出李善注,其注释的位置何以与监本如此相类;况且,赣州本与尤本相比,其与监本的差异要多得多,最为显明的是赣州本中大量的重出现象在尤刻本中并不多见,反而与监本产生的相当一致;又假若尤袤没有看到监本的话,这种处理相似的可能性是不可想象的。比尤本刊刻早二十年的陈八郎本前面木牌云“凡物久则弊……琪谨将监本与古本参校考证,的无舛错……”其中的监本当指李善单注本。诸种事实表明,尤袤当日对李善注的整理首先以监本为依据,在文字歧异时或监本有明显错误之处,则主要参校赣州本综合整理而成;但尤氏所见的监本绝非完帙,在监本缺失的情况下,作为六臣本系统的赣州本又成为不可或缺的底本,这就可以解释尤本与监本文字相类同时又与赣州本关系密切的事实。与其说尤本是以监本或者以赣州本为底本,毋宁说尤本是以手中所有的部分监本和完帙的赣州本为底本,"博极群书""亲为雠校"(袁说友题识)而成。从此意义而言,尤刻本的成书是李善单注本在北宋监本从钞本到刻本进行大规模整理之后的又一次全面整理,这种整理的成果与李善注的原貌相距几许暂且不论,它对后世李善单注本的流衍意义是不可替代的,从南宋淳熙讫于清代嘉庆,李善单注本尽管发生不同程度的文字变化,但均笼罩于尤本之下的事实就说明了这一点。

三　需要进一步论证的问题是,尤袤手中所据的李善单注本是否就是监本

因为据刘跃进[①]、傅刚等学者的研究,尤本传承另有系统,与监本没有明显的关系。其重要依据是:尤本卷十九《洛神赋》注引《记》曰一段文字,北宋国子监本不载;早在尤袤刻书之前的姚宽《西溪丛语》中却引用过署名李善注的这段文字,而其他《文选》刊本均不见。由此推测尤刻之前,监本系统之外尚有李善单注刊本存世,即姚宽所见本,而尤袤即以此本为主要底本的。今详考《文选》版刻历史,尤刻本之前监本系统之外的李善单注本绝无记载,当然这并不是说事实上没有,但刘、傅二人的主要依据及《记》曰一段文字,据范志新考察说是载于四库馆臣抄《六臣注文选》之《洛神赋》作者曹子建名下,四库馆臣所收是赣州本,若如此,此段文字尤袤当是参校赣州本而增,非另有监本系统之外的李善单注本存世。诸家研究者多承认尤袤刻本依据了李善单注本,据此而言,当为监本无疑。

因为监本《文选》是李善单注的第一刻,尽管国子监刻书比较负责,但还是

---

① 刘跃进:《从〈洛神赋〉李善注看尤刻〈文选〉的版本系统》,《文学遗产》1994 年第 3 期,第 90~97 页。

不可避免地出现了一些错误，故而秀州本在刊刻时就首先改正了大量错误（“秀州州学今将监本文选逐段诠次，编入李善并五臣注，其引用经史及五家之书并检元本出处对勘写入，凡改正舛错脱剩约二万馀处”，奎章阁本附），尤袤在刊刻时必然参校其所见的明州本与赣州本（四明、赣上所刊），因赣州本是六臣注本，只是将明州本的五臣注与李善注位置颠倒而成，所以赣州本就成为首选的主要底本并参校本，不能解决的问题再参校诸本，从此角度而言，尤本的刊刻又具有了一定的汇编性质。

综上所述，对尤刻本的来源可作如此描述，尤袤首先以监本残帙《文选》为主要依据，对监本有明显错误或龃龉不通之处则主要参校赣州本，监本所无者则径取赣州本为底本，再旁参他本，最终“踰年乃克成”（尤袤题识）。

第二节　尤刻本《文选》注释研究

尤氏在监本残帙与赣州本的基础之上，对诸本详细比校后进行了一定程度的重新整理与加工，与监本相比，增注是非常明显的。探究这种增注的来源与缘由，可以进一步推定尤袤刊刻的目的是什么。

尤袤在尤刻本附《跋语》中云“虽四明、赣上各尝刊勒，往往裁节语句，可恨”，其对明州本与赣州本的批评就是针对李善注的删减，具体表现在以“善同某注”的形式对李善注与五臣注相同或部分相同的部分仅出五臣注，这在一定程度上实则破坏了李善注的原来形态。尤氏既然对合并本中李善注的被“裁节语句”愤愤不平，那么其致力于李善注的首要任务当为增注，但是尤本增注的来源有哪些？尤本与监本相比增加的注释是否均为尤袤所为？

一　尤刻本与监本相比，阑入最多的是五臣注

这一点业已经过四库馆臣以来的众多学者指出，如卷四左太冲《三都赋》“左太冲”下注：

尤刻本

臧荣绪《晋书》曰：左思，字太冲，齐国人。少博览文史，欲作《三都赋》，乃诣著作郎张载，访岷邛之事，遂构思十稔，门庭藩溷。皆著纸笔，遇得一句，即疏

之。征为秘书。赋成,张华见而咨嗟,都邑豪贵竞相传写。三都者,刘备都益州,号蜀;孙权都建业,号吴;曹操都邺,号魏。思作赋时,吴蜀已平,见前贤文之是非,故作斯赋以辨众惑也。

北宋监本

臧荣绪《晋书》曰:左思,字太冲,齐国人。少博览文史,欲作《三都赋》,乃诣著作郎张载,访岷邛之事,遂构思十稔,门庭藩溷。皆著纸笔,遇得一句,即疏之。征为秘书。赋成,张华见而咨嗟,都邑豪贵竞相传写,偏于海内。

赣州本

善曰:臧荣绪《晋书》曰:左思,字太冲,齐国人也。少博览史记,欲作《三都赋》,乃诣著作郎张载,访岷卭之事,遂构思十稔,门庭藩溷。皆著纸笔,遇得一句,即疏之。征为秘书。赋成,张华见而咨嗟,都邑豪贵竞相传写。三都者,刘备都益州,号蜀;孙权都建业,号吴;曹操都邺,号魏。思作赋时,吴蜀已平,见前贤文之是非,故作斯赋以辨众惑。

明州本

向曰:臧荣绪《晋书》云:左思,字太冲,齐国人也。少博览史记,作《三都赋》,构思十稔,门庭藩溷。皆著纸笔,遇得一句,即疏之。征为秘书。赋成,张华见而咨嗟,都邑豪贵竞相传写。三都者,刘备都益州,号蜀;孙权都建业,号吴;曹操都邺,号魏。思作赋时,吴蜀已平,见前贤文之是非,故作斯赋以辨众惑。善同向注。

奎章阁本

向曰:臧荣绪《晋书》云:左思,字太冲,齐国人也。少博览史记,作《三都赋》,构思十稔,门庭藩溷。皆著纸笔,遇得一句,即疏之。征为秘书。赋成,张华见而咨嗟,都邑豪贵竞相传写。三都者,刘备都益州,号蜀;孙权都建业,号吴;曹操都邺,号魏。思作赋时,吴蜀已平,见前贤文之是非,故作斯赋以辨众惑。善曰:臧荣绪《晋书》曰:左思,字太冲,齐国人。少博览文史,遂作《三都赋》,乃诣著作郎张载,访岷邛之事,遂构思十稔,门庭藩溷。皆著纸笔,遇得一句,即便疏之。征为秘书。赋成,张华见而咨嗟,都邑豪贵竞相传写,偏于海内。

除去个别字句的差异,尤本与监本相校,明显多出"三都者"以下部分,而此部分在赣州本中早已冠于李善名下。考察其由来,非始于奎章阁本,因其对李善注与五臣注稍有不同之处,即两存之,因此其最能展现李善注的形态(奎章阁本在一定程度上可以权当监本注正在于此)。吕向注"三都者"以下阑入李善注肇于明州本的编纂体例,即凡五臣注与李善注大致类似处,多详五臣注而略李善注,以"善同某注""善注同""馀同某注"的方式简而代之;而赣州本在调换五臣与李善二家注顺序时,对此类径以李善之名冠之,则多又以"某同善注"的形式标注五臣。尤袤在雠校刊刻时主要依据六臣注本的赣州本,于是就出现数量颇夥的五臣注文字阑入李善注中的现象。以此例分析,五臣注文字阑入李善注之中,并非尤氏有意为之,而是其所见赣州本既已如此。同时亦可看出,尤袤的校本中没有秀州州学本,因为在秀州本作底本的奎章阁本中,比较完备地保存了监本的形态,如有"偏于海内",其馀诸家均无。

进一步考察,尤刻本阑入五臣注部分,皆在六家注明州本删除李善注并标"善同某注"之类之内,无有逸出者;并且,在有五臣注文字阑入的条目中,全条为五臣注者没有,多是李善注、五臣注间有,也就是两家之注必有相同部分方可能形成为明州本的删减。

二　旧注阑入李善名下

李善注体例中有旧注是者,则有选择地使用,自己的见解则以"臣善曰"的方式加以分隔区别;对旧注的作者,往往只在文章卷首加以说明,具体文章中的注释点则不另出旧注者姓名。对李善注原初形态而言,这种区分还是非常明显的,而且从广义上讲,这些也可以视为李善注的内容,或者说是李善注本的应有之义。但问题恰恰就出在这里,如卷二张平子《西京赋》"缭垣绵联,四百馀里。植物斯生,动物斯止"句下注。

敦煌本分两次注

1.缭亘绵联,四百馀里。缭亘犹绕了也。绵联犹连蔓也。四百苑之周围。臣善曰:亘当为垣。《西都赋》曰:缭以周墙。三辅故事曰:北至甘泉、九嵕,南至长杨、五柞,连绵四百馀里也。2.植物斯生,动物斯止。植犹草木。动谓禽兽。臣善曰:《周礼》曰:动物宜毛物也,植物宜皂物也。

北宋监本亦分两次注

1.缭垣绵联,四百馀里。缭亘犹绕了也。绵联犹连蔓也。四百苑之周围也。臣善曰:今并以亘为垣。《西都赋》曰:缭以周墙。三辅故事曰:北至甘泉、九嵕,南至长杨、五柞,连绵四百馀里也。2.植物斯生,动物斯止。植物草木。动物禽兽。善曰:《周礼》曰:动物宜毛物也,植物宜皂物也。

奎章阁本两句合注

缭垣绵联,四百馀里。植物斯生,动物斯止。(铣曰略)综曰:缭垣,犹绕了也。绵联,犹连蔓也。四百馀里,苑之周围也。植物,草木。动物,禽兽。善曰:今并以亘为垣。《西都赋》曰:缭以周墙。三辅故事曰:北有甘泉、九嵕,南至长杨、五柞,连绵四百馀里也。《周礼》曰:动物宜毛物也,植物宜皂物也。

明州本

缭垣绵联,四百馀里。植物斯生,动物斯止。(铣曰略)综曰:缭垣,犹绕了也。绵联,犹连蔓也。四百馀里,苑之周围也。植物,草木。动物,禽兽。善曰:今并以亘为垣。西都赋曰:缭以周墙。三辅故事曰:北有甘泉、九嵕,南至长杨、五柞,连绵四百馀里也。《周礼》曰:动物宜毛物也,植物宜阜物也。

赣州本

缭垣绵联,四百馀里。植物斯生,动物斯止。综曰:缭垣犹绕了也。绵联犹连蔓也。四百馀里,苑之周围也。植物,草木;动物,禽兽。善曰:今并以亘为垣。《西都赋》曰:缭以周墙。三辅故事曰:北至甘泉九嵕,南至长杨五柞,连绵四百馀里。《周礼》曰:动物宜毛物也,植物宜阜物也。铣曰略。

尤刻本

缭垣绵联,四百馀里。植物斯生,动物斯止。缭垣犹绕了也。绵联犹连蔓也。四百馀里,苑之周围也。植物,草木;动物,禽兽。善曰:今并以亘为垣。《西都赋》曰:缭以周墙。三辅故事曰:北有甘泉九嵕,南至长杨五柞,连绵四百馀里。植物,草木;动物,禽兽。《周礼》曰:动物宜毛物也,植物宜阜物也。

仔细比校上引文字,对李善注的变迁便能得到非常直观的大致了解。从敦煌永隆本到赣州本,虽然在注释的位置上有分有合,但对于李善注与薛综注还是分得非常清楚的。只是到了尤刻本,问题出现了,"植物,草木;动物,禽兽"八字原属薛综的注释,现在堂而皇之地进入李善注中。此错误的出现是尤袤所致,但如果从客观上寻找原因,则要追溯为李善注与五臣注合并所致,在李善注中原属两次的注释在五臣注中却作一次注释,技术操作上的原因迫使把李善注的两次注合并到一处。尤袤不清楚李善注的位置,以为李善此四句作一注,所以很容易忽略了后面"综曰"的内容。它注误植于李善注中,多因此技术操作上的客观原因所致,恐怕这也是尤袤始料未及的。

不仅注文如此,正文之中也阑入了不少五臣本的文字,有些非常可能是尤袤有意为之,这似乎说明尤袤对李善单注本的校雠目的并不是企图恢复李善注的原初形态,而是在李善注的基础上进行了不同程度的整理,这不管是有意或无意的,其最终的结果都是形成了一个不同于以前的新的李善单注本。

尤刻本李善注不仅增入了五臣注,而且某些李善注实际上是五臣注或以五臣注为基本框架形成的,这一现象非常值得关注。[①]

三　卷十一何晏《景福殿赋》作者下注

奎章阁本

铣曰:《典略》云:何晏,字平叔,南阳人也。有奇才,美容貌。魏明帝将东巡,恐夏热,故许昌作殿,名曰景福。既成,命人赋之,平叔遂有此作。平叔仕为尚书主选,后为司马宣王斩于东市。

善曰:《典略》曰:何晏,字平叔,南阳人也。尚金乡公主。颇有材能,为散骑常侍,迁尚书主选。及曹爽反,诛晏并收斩东市。

明州本

铣曰:《典略》云:何晏,字平叔,南阳人也。有奇才,美容貌。魏明帝将东巡,恐夏热,故许昌作殿,名曰景福。既成,命人赋之,平叔遂有此作。平叔任为尚书主选,后为司马宣王斩于东市。

善同铣注。

赣州本

善曰:《典略》云:何晏,字平叔,南阳人也。尚金乡公主。有奇才,美容貌。魏明帝将东巡,恐夏热,故许昌作殿,名曰景福。既成,命人赋之,平叔遂有此作。平叔为散骑常侍,迁尚书主选。后曹爽反,为司马宣王斩于东市。

铣同善注。

---

① 此部分曾以《尤刻本文选二题》之名发表于《河南大学学报》(社科版)2005年第5期。

尤刻本

《典略》曰:何晏,字平叔,南阳人也。尚金乡公主。有奇才,颇有材能,美容貌。魏明帝将东巡,恐夏热,故许昌作殿,名曰景福。既成,命人赋之,平叔遂有此作。平叔为散骑常侍,迁尚书主选。后曹爽反,为司马宣王斩于东市。

按:对照奎章阁本、明州本张铣注与尤刻本李善注可知,尤刻本李善注是以秀州本、明州本五臣张铣注为基本框架,增入北宋监本李善注的标志性词组“尚金乡公主”“颇有材能”“为散骑常侍”“曹爽反”而成。尤刻本以名为赣州本李善注而实为秀州本、明州本五臣张铣注为基本框架的原因是明州本删除李善注而标“善同铣注”,所以明州本张铣注等同于明州本李善注,增入北宋监本善注标志性词组的原因则是为了丰富李善注的内容。

尤刻本不可能直接从无传的北宋秀州本中获知北宋监本李善注的标志性词组,也不可能自赣州本李善注中获得北宋监本李善注的标志性语言,因为尤刻本李善注中尚有赣州本李善注脱漏而北宋监本李善注独存的“颇有材能”四字,故此四组北宋监本李善注的标志性词组当来自与北宋监本关系密切的底本,或许即北宋监本的残卷。

四 卷二十三谢灵运《卢陵王墓下作》题下注

奎章阁本

诗题下注:

善曰:沈约《宋书》曰:武帝男庐陵献王义真,初封庐陵王之任而高祖崩。义真聪明爱文义,与陈郡谢灵运周旋异常。而少帝失德,徐羡之等密谋废立,则次第应在义真。义真轻訬,不任主社稷,因与少帝不协,乃奏废义真为庶人,徙新安近郡。羡之等遣使杀义真于徙所,时年十八。元嘉三年诛徐羡之、傅亮,是日诏曰:故庐陵王可追崇侍中,王如故。

作者下注:

翰曰:宋武帝子义真封卢陵王,未之藩之而高祖崩。卢陵聪敏好文,常与灵运周旋。属少帝失德,朝廷谋废立之事,次在卢陵,言卢陵轻訬,不任社稷。与少帝不协,徐羡之等奏废卢陵为庶人,徙新安郡。羡之使使杀卢陵也。后有谗灵运欲立卢陵王,遂迁出之。后知其无罪,追还,至曲阿,过丹阳。文帝问曰:自南行来，何所制作？对曰：过卢陵王墓下作一篇。

明州本

翰曰：宋武帝子义真封卢陵王，未之藩之而高祖崩。卢陵聪敏好文，常与灵运周旋。属少帝失德，朝廷谋废立之事，次在卢陵，言卢陵轻訬，不任社稷。与少帝不协，徐羡之等奏废卢陵为庶人，徙新安郡。羡之使使杀卢陵也。后有谗灵运欲立卢陵王，遂迁出之。后知其无罪，追还，至曲阿，过丹阳。文帝问曰：自南行来，何所制作？对曰：过卢陵王墓下作一篇。

善同翰注。

赣州本

善同翰注。

翰曰：宋武帝子义真封卢陵王，未之藩之而高祖崩。卢陵聪敏好文，常与灵运周旋。属帝失德，朝廷谋废立之事，次在卢陵，言卢陵轻訬，不任社稷。与少帝不协，徐羡之等奏废卢陵为庶人，徙新安郡。羡之等使使杀卢陵也。后有谗灵运欲立卢陵王，遂迁出之。后知其无罪，追还，至曲阿，过丹阳。文帝问曰：自南行来，何所制作？对曰：过卢陵王墓下作一篇。

尤刻本

诗题下善注：

宋武帝子义真封卢陵王，未之藩之而高祖崩。卢陵聪敏好文，常与灵运周旋。属少帝失德，朝廷谋废立之事，次在卢陵，言卢陵轻訬，不任主社稷。因其与少帝不协，徐羡之等奏废卢陵为庶人，徙新安郡。羡之使使杀卢陵也。后有谗灵运欲立卢陵王，遂迁出之。后知其无罪，追还，至曲阿，过丹阳。文帝问曰：自南行来，何所制作？对曰：过卢陵王墓下作一篇。

按：从奎章阁本可知秀州本李善注与五臣李周翰注虽有相似之处，亦有相异之处，但该本完整地保存了北宋监本李善注与五臣李周翰注的原貌。明州本首先删除此例李善注而标示“善同翰注”，使北宋监本此例李善注失传。赣州本此例李善注完全依从了明州本五臣李周翰注。

尤刻本的底本与北宋天圣监本关系极为密切，尤刻本的刊刻者当可见到其底本此例善注。但是，尤刻本此例善注并未采用北宋监本李善注，却采用了名为明州本、赣州本李善注而实为明州本的五臣李周翰注。这样，秀州本李周翰注经过明州本、赣州本的“善同翰注”演变成了尤刻本的李善注。

胡克家《文选考异》称:“此一节注袁本、茶陵本皆系‘翰曰’下。茶陵本云善同翰注。袁本别有‘善曰沈约宋书曰武帝男庐陵献王义真初封庐陵王之任而高祖崩义真聪明爱文义与陈郡谢灵运周旋异常而少帝失德徐羡之等密谋废立则次第应在义真义真轻訬不任主社稷因与少帝不协乃奏废义真为庶人徙新安近郡羡之等遣使杀义真于徙所时年十八元嘉三年诛徐羡之傅亮是日诏曰故庐陵王可追崇侍中王如故’一节注,共一百卅一字,当是尤所见与茶陵本同而致误,袁本为是也。”①

五　卷四十杨德祖《答临淄侯笺》“敢望惠施以忝庄氏”句下注

文选集注本

善曰:曹植书曰:其言之不惭,恃惠子之知我也。

刘良注:植书云:其言之不惭,恃惠子知我。备言己岂敢望比惠施之德,以忝辱于庄周之相知乎?庄周,喻植也。惠施,庄周相知者也,故引之也。

三条家本

良曰:植书云:其言不惭,惠子之知我。备言己岂敢望比惠施之德,以忝辱于庄周之相知乎?庄周,喻植也;惠施,庄周相知者也,故引之也。

奎章阁本

良曰:植书云:其言不惭,恃惠子之知我也。修言己岂敢望比惠施之德,以忝辱于庄周之相知乎?庄周,喻植也。惠施,庄周相知者也,故引之也。

善曰:曹植书曰:其言之不惭,恃惠子之知我也。

明州本

良曰:植书云:其言不惭,恃惠子之知我也。修言己岂敢望比惠施之德,以忝辱于庄周之相知乎?庄周,喻植也。惠施,庄周相知者也。故引之也。

善同良注。

赣州本

善曰:植书云:其言不惭,恃惠子之知我也。修言己岂敢望比惠施之德,以

① (清)胡克家:《文选考异》,见其校刻《文选》,中华书局1977年影印本,第914页上。

忝辱于庄周之相知乎？庄周，喻植也。惠施，庄周相知者也，故引之。

良同善注。

尤刻本

曹植书云：其言之不惭，恃惠子之知我也。修言已岂敢望比惠施之德，以忝辱于庄周之相知乎？庄周，喻植也。惠施，庄周相知者也，故引之。

按：《文选集注》本善注仅"曹植书曰其言之不惭恃惠子之知我也"十六字，三条家本五臣刘良注与《文选集注》刘良注相同。因此，《文选集注》本与三条家本此例分别反映了唐代写本时代李善注与五臣注的原貌。奎章阁本李善注同《文选集注》本李善注，刘良注同三条家本，说明秀州本此例良注、善注并未混淆。明州本首次删除本例善注而标示"善同良注"四字，导致此例北宋监本李善注失传。赣州本因明州本有"善同良注"四字，遂误认为此例"善同良注"是李善注与刘良注文字完全相同，故据明州本刘良注刊为赣州本李善注。尤刻本的底本与北宋监本血缘关系极为密切，但是，本例尤刻本却未采用其底本的李善注，而采用了名为赣州本李善注实为明州本刘良注的注释。

《文选集注》本李善注因前置于诸家注释而大多保留完整，此例李善注仅"善曰曹植书曰其言之不惭恃惠子之知我也"十八字，故可知唐写本时代此例李善注仅此十八字。赣州本李善注"植书云其言不惭恃惠子之知我也修言已岂敢望比惠施之德以忝辱于庄周之相知乎庄周喻植也惠施庄周相知者也故引之"却有五十一字，尤刻本强烈的增注倾向使其刊刻者弃其底本李善注而采用了赣州本李善注，导致明州本刘良注融入尤刻本李善注。

六　卷四十吴质《在元城与魏太子笺》"南望邯郸想廉蔺之风"句下注

三条家本

良曰：廉颇、蔺相如，赵国之贤将也，故想其风。邯郸，赵所都也。

奎章阁本

良曰：廉颇、蔺相如，赵国之贤将也，故想其风。邯郸，赵所都也。

善曰：廉颇、蔺相如，俱赵将也。

明州本

良曰：廉颇、蔺相如，赵国之贤将也，故想其风。邯郸，赵所都也。

善同良注。

赣州本

善同良注。

良曰：廉颇、蔺相如，赵国之贤将也，故想其风。邯郸，赵所都也。

尤刻本

廉颇、蔺相如，赵国之贤将也，故想其风。邯郸，赵所都也。

按：三条家本是今传日钞五臣注本，由此本可知“廉颇蔺相如赵国之贤将也故想其风邯郸赵所都也”二十一字为五臣刘良注，奎章阁本、明州本、赣州本证明自唐写本至宋刻本，三条家本此例五臣良注并未发生变化。

从奎章阁本可知秀州本良注、善注条段分明，尤其是保留了李善注，至为可贵。明州本首删李善注，仅标“善同良注”四字，使据其雕刻的赣州本将刘良注视为李善注，这是本例尤刻本刘良注取代李善注的重要原因之一。尤刻本的底本与北宋监本关系密切，因此，完全可以根据其底本刊刻此例李善注，但是，因北宋监本李善注较简单，赣州本李善注较丰满，故尤刻本将名为赣州本善注实为五臣刘良注当作李善注刻入，形成尤刻本此例李善注今貌。

七　卷四十七袁宏《三国名臣序赞》“故二八升而唐朝盛，伊尹用而汤武宁”句下注

北宋监本

二八，谓八元八凯也。伊，伊尹也。吕，吕望也。

奎章阁本

铣曰：舜举八元八恺，用之于尧时也。成汤得伊尹，武王得吕望，而社稷安也。

善曰：二八，谓八元八凯也。伊，伊尹也。吕，吕望也。

明州本

铣曰：舜举八元八恺，用之于尧时也。成汤得伊尹，武王得吕望，而社稷安也。

善同铣注。

赣州本

善注同铣。

铣曰:舜举八元八恺,用之于尧时也。成汤得伊尹,武王得吕望,而社稷安也。

尤刻本

舜举八元八恺,用之于尧时也。成汤得伊尹,武王得吕望,而社稷安也。

按:据北宋监本,本例李善注仅"二八谓八元八凯也伊伊尹也吕吕望也"十六字。从奎章阁本可知秀州本铣注、善注并存,其善注与北宋监本完全相同。明州本首创"善同铣注",并删削李善注;赣州本继承明州本,亦标"善同铣注",而省略李善注。尤刻本既可见到与北宋监本李善注关系密切的底本李善注,又可见到名为赣州本李善注而实为五臣张铣注的文字,二者相较,赣州本李善注既有北宋监本李善注的全部内容,又较北宋监本李善注翔实,故尤刻本此例采用名为赣州本李善注、实为五臣张铣注的注释,取代了北宋监本李善注,形成尤刻本此例李善注今貌。

胡克家《文选考异》:"袁本此二十七字在五臣铣注下,其'善曰'下作'二八谓八元八凯也伊伊尹也吕吕望也'十六字。案:袁本最是。茶陵本并善于五臣,误与此同。"[①]《文选考异》看出了六家本的袁本李善注仅有"二八谓八元八凯也伊伊尹也吕吕望也"十六字,但《文选考异》的作者并不明白尤刻本此例李善注何以与袁本五臣注相同。

由于秀州本、明州本以"善同某注"的替代形式删除了部分李善注,导致尤刻本误以为明州本、赣州本的部分五臣注即为李善注,这是尤刻本以明州本、赣州本少数五臣注代替其底本李善注的客观原因。尤刻本明显的增注倾向使尤刻本在其底本李善注与明州本、赣州本李善注之间进行选择时往往选择文字较丰满的明州本、赣州本李善注,这是尤刻本少数作品李善注实为明州本、赣州本五臣注的主观原因。虽然这类例子不多,却是尤刻本李善注研究中一个不可忽视的独特现象。

---

① 见(梁)萧统编,(清)胡克家校刻:《文选》,中华书局1977年影印本,第960页下。

尤袤对李善注本的校雠刊刻,表现出强烈的增注倾向,这种增注有些是无意的,但大多数还是有意为之。这种倾向暗示着尤袤无意恢复李善注的原貌,而是在已有之注的基础之上对李善注本再一次进行了加工与整理。从内容上看,尤刻本的确更加丰满、更加完整了,但从李善注的演变史上看,尤刻本毫无疑问地距李善注的初始形态又离开了一大步。

对尤刻本善注增注情况的进一步研究,可参阅本书下编内容,此部分重在考察李善注版本之变迁,故从略。

第八章
胡刻本《文选》研究

现存完整的李善单注本有南宋淳熙八年(1181)的尤袤刊本,明代的汲古阁刊本等就是根据这个本子翻刻的。清代嘉庆年间校勘学兴盛,对《文选》进行校勘的有不少学者,胡克家是成果显著的一位。胡氏得顾千里、彭兆荪之助,历经数年,八易其稿,把尤刻本校勘重刊,并附《文选考异》(下简称《考异》)十卷,成于嘉庆十四年(1809),后来出版的各种本子大都以胡刻本为依据。中华书局于1977年缩小影印此本,遂成为当今最流行、最易得的李善注《文选》。今人言《文选》者,亦多亦此本为据。

第一节　从尤刻本到胡刻本的变化

胡刻本来源于尤刻本,其版式亦仿尤刻,故有"不下宋槧"的评价。但是,胡刻本所据的绝对不是初刻本,应该是一个递修本。以中华书局1974年影印的国家图书馆所藏现存最早的尤刻本与胡刻本比校,发现胡刻本与其有所不同,这种差异有很多是在尤本递修过程中产生的,可能并不像中华书局版影印说明中所言的是胡克家所改。尽管如此,胡刻本因以《考异》的存在,无疑增加了其学术性与参考价值。为了说明胡刻本与尤刻本之间的差异,下面以《文选》第十卷潘安仁《西征赋》为例,以中华书局1974年影印尤刻本与1977年影印胡刻本互校,一一列举二本差异,并加按语略加说明。应该注意的是,中华书局版影印的尤刻本虽然是现存最早的，但也不是初刻本，其中有明显的挖改痕迹，而挖改之处又多于胡刻本相异者。下按文章中出现的先后顺序，以胡刻本为底本，详列校文。

1.岁次𠀋枵。

“𠀋”，尤刻本作“玄”。

按：“玄”字二本均为避讳缺笔。尤刻本缺末笔“丶”，是避宋帝赵氏附会的始祖“玄朗”的偏讳，宋刻文献此字都作如此。胡刻本是避清圣祖玄烨的偏讳。此字在尤刻本中本已缺笔，胡刻本又缺一笔为“𠀋”，以示与宋讳异，清刻书“玄”字多如此，又胡刻本还避圣祖嫌名，范晔之“晔”均缺末笔。此外，胡刻本还通过改字的方式更正了尤刻本的一些避讳字，如“代”作“世”，“萌”作“氓”“民”，“泉”作“渊”等。此类避讳的来源可能是善本在递修过程中造成的。据唐代笔记记载，李善注是不避讳的，五臣注多避讳，此乃李善注、五臣注混同而又分离的表征；顾千里校书遵循“不校校之”，此类变化应该非其所为，当是尤刻本不断递修过程中产生的。再者，本卷尚有避孔子名讳“丘”作“𠀉”者，尤刻本不避。

2.注：《尔雅》曰太岁在子曰困𦍒。

“𦍒”，尤刻本作“敦”。

按：此亦是避讳缺笔所致。“𦍒”是避南宋光宗赵惇名“惇”字嫌名。尤刻本刻于淳熙八年(1181)，时光宗尚未登基，其在位时间为1189～1194，尤刻本自不必讳。由此亦可证明，胡刻本所据的底本当在光宗朝或以后。

3.寥廓恍惚。注：中和之气者为人。

“惚”，尤本作“忽”。“中”，尤刻本作“冲”。

按：顾广圻校书不改字，出校语言之。《考异》未出，可见其所据底本即如此。

4.乃喟然叹曰：古往今来，邈矣悠哉，寥廓恍惚，化一气而甄三才。

胡刻本注：……已见《魏都赋》。《易》曰：兼三才而两之。《汉书音义》曰：陶人作瓦器，谓之甄。

尤刻本注：……已见《魏都赋》。《周易》曰：有天道焉，有人道焉，有地道焉。兼三才而两之。《汉书音义》曰：陶人作瓦器，谓之甄。

按:《考异》云:“注‘易曰兼三才而两之汉书音义曰陶人作瓦器谓之甄’袁本‘易’上有‘周’字,‘曰’下有‘有天道焉有地道焉有人道焉’十二字,无‘汉书音义’以下十三字。茶陵本同,唯上注‘甄已见魏都赋’作‘如淳汉书注曰陶人作瓦器曰之甄’十四字。案:此尤本修改之误也。茶陵例以已见者复出,尤本袁本俱不然,其不当更赘十三字明矣,因此而删善引易,益非。”①今见尤刻本虽大致如《考异》所言,然非尤袤所为。仔细检验尤刻本,从“已见”至“谓之甄”部分乃后人补版所致。理由如此,一是此部分字体与他处迥异;二是此部分行格不合他处,尤刻本注一般行二十一、二十二字,而此处在他行约占十三字的空间里竟有二十字;三是此行正好位于一版之侧,是较容易脱落与漫漶处。此部分当是后来重印时修版所为。按之尤刻本他处此部分两行空间当有二十六字左右,而所见为三十九字。此类情况本卷还有几处。秀州本、明州本此注均作“……甄已见《魏都赋》。《周易》曰:有天道焉,有人道焉,有地道焉,兼三才而两之”。赣州本已见复出。

另,正文“惚”尤刻本作“忽”。

5.陋吾人之拘挛,飘萍浮而转蓬。

胡刻本注:言己阙行藏之明。……

尤刻本注:言巳阙行藏之明。……

按:尤刻本误。“已、己、巳”,尤刻本多不分。再如“天子寝于谅闇”句下注胡刻本作“百官揔己”,尤本“己”亦作“巳”。下文正文“独引过以归己”,尤刻本亦作“巳”。类似者再如本卷“眷巩洛而掩涕”句下引《楚辞》“长太息以掩涕”,“太”字尤本作“大”,“褒夫君之善行”句下注“一曰勒”,“曰”尤本讹作“日”。

6.弛秋霜之严威,流春泽之渥恩。

胡刻本注:古□长歌行曰。

尤刻本注:古□长歌行曰。

考异曰:注“古□长歌行曰”,袁本、茶陵本“古”下有“今”字。案:此尤知其字衍,修改去之,是也。

---

① (梁)萧统编,(清)胡克家校刻:《文选》,中华书局1977年影印本,第873页下。

按:□表示空一字。此注二本一致,在此提出是因为《考异》之语。由尤刻本即已如此,可以推测,“今”字或许尤本已衍,后人挖去之,否则尤刻本不会在此处亦空一字之距,当然也有尤刻本衍,校版时发现遂去之的可能。

7.丘去鲁而顾叹,季过沛而涕零。伊故乡之可怀,疚圣达之幽情。

胡刻本注:……《舞赋》曰:幽情形而外揚。

尤刻本注:……《舞赋》曰:幽情形而外傷。

按:尤刻本卷十八傅武仲《舞赋》作“扬”,卷十六《叹逝赋》“幽情发而绪滞”句下注引,卷十八《琴赋》“而可以发泄幽情矣”句下注引均作“揚”,此处尤刻本以“揚”(扬)与“傷”(伤)形近而讹。

8.犹犬马之恋主,窃托慕于阙庭。

胡刻本注:曹植《责躬亲表》曰:不胜犬马恋主之情。《东都赋》曰:阙庭神丽。

尤刻本注:版式行格略异。

按:胡刻本此条注分两行,一行至“恋主”,馀为另一行,最后空二字间距。尤刻本分行与此同,但在第二行都赋曰之间加大字距,最后空一字间距。尽管此条只是行格上的细微差异,但似乎可以看出,胡刻本所据之底本,包括胡刻本对原来的版式还是有一定程度的保留。本卷“考土中于斯邑至遂钻龟而启繇”句下注“东都赋曰”亦是此种情况。《考异》云:“袁本、茶陵本‘赋’作‘主人’二字。案:前注‘《东都赋》曰:阙庭神丽’,二本‘赋’亦作‘主人’。考今注中有‘西都宾’‘东都主人’,亦有‘东都赋’‘西都赋’,疑作‘赋’皆后人所改。”[①]《考异》所疑是,从此行格版式就可看出后人更改之痕迹,有秀州本、明州本诸本均作“主人”。

9.坐积薪以待然。

胡刻本注:……《后汉书》赵壹曰:奚异涉海之失柂,坐积薪而待然。

尤刻本正文及注“然”均作“燃”。

按:秀州本、明州本、赣州本均作“然”,《后汉书》卷八十《文苑传·赵壹传》云:“奚异涉海之失杝,积薪而待燃。”或尤袤在校勘时参校了《后汉书》而改

① (梁)萧统编,(清)胡克家校刻:《文选》,中华书局1977年影印本,第873页下。

之。其实,“燃”的本字即“然”。

10.眄山川以怀古至卒宗灭而身屠。

胡刻本注:……今能入閞破秦……

尤刻本“閞”作“關”。

按:中华书局版胡刻本《文选》附《胡刻本与尤刻本异文》有此条。又本卷“国灭亡以断后”句下注“至閞下”,尤本亦作“關”。“桥而悬轸”句下注“潘岳閞中记曰”,尤刻本作“關”。

11.望圄北之两门至尤关西之効戾。

胡刻本注:言郑伯以子颓乐及徧舞为乐祸……

尤刻本注:“徧”作“偏”。

按:秀州本、明州本、赣州本均作“徧”。尤刻本误。

12.夭赤子于新安至实潜恸乎余慈。

胡刻本注:……徐偃王有筋而无骨也。

尤刻本注无“也”字。

按:本卷接此句之下句注“秦忿悁含怒久也”,尤刻本亦无“也”字。秀州本、明州本、赣州本诸本亦无。此为尤刻本在递修中后人所增。

13.皋记坟于南陵至三帅以济河。

胡刻本注:而无反者。

尤刻本注:无“而”字,但空一字之距。

按:《考异》云:“陈云‘而’字衍,是也。各本皆衍。”[①]此或尤刻本原有“而”字,后人以其衍,挖去,故有空一格之行格。胡刻本所据之尤刻本此字未被挖去,故如此。

14.伤桴棺之褊小。

尤刻本“小”作“少”。按:秀州本、明州本、赣州本均作“小”,似尤刻本以二字形似书写顺手而讹。

15.痛百寮之勤王至撮舟中之掬指。

胡刻本注:……《北征赋》曰:首身分而不瘠。……

① (梁)萧统编,(清)胡克家校刻:《文选》,中华书局1977年影印本,第874页上。

尤刻本注:"痞"作"寐"。

按:秀州本、明州本作"寐",赣州本作"痞"。卷九《北征赋》尤本作"痞",卷三十七曹子建《求自试表》"使名挂史笔,事列朝荣,虽身分蜀境,首悬吴阙,犹生之年也"句下注引《北征赋》尤本亦作"痞"。此处当是尤刻本承秀州本之底本监本而讹。胡刻本所据之尤本此处或已改。

16.升曲沃而惆怅至都偶国而祸结。

胡刻本注:……晋侯使詹嘉守桃林之塞……

尤刻本注:与胡刻本同,然版式有少许差异。

按:尤刻本"侯使"二字占一字的空间,字画较之他处为粗,似有挖改痕迹。《考异》云:"袁本、茶陵本无'侯'字。"以此推测,尤刻初版当无"侯"字,此字是在递修过程中增加,而胡刻本根据的是一个屡经修补之本,故有此种现象出现。

17.蹑函谷之重阻至笄嬴氏之利害。

注:……天险不可升地险山川丘陵衿带已见上文孙卿子曰勇怯势也。

按:二本注释文字相同,行格略异。尤刻本在"不"与"可"之间空一字之距,句末空两字。前所空一字之距肯定是有衍文,挖而去之。

18.厌紫极之闲敞至胡厥夫之缪官。

胡刻本注:紫极,星名。王者为宫以象之。曹植《上/表》曰:情注于皇居,心在乎紫极。《南都/赋》曰:体爽垲以闲敞。《苍颉篇》曰:敞,高显也。《汉武帝故事》曰:帝/即位,为微行,尝至柏谷,夜投亭长宿。亭长不纳,乃宿逆旅。逆/旅翁要少年十馀人,皆持弓矢刀剑,令主人妪出遇客。妇谓/其翁曰:吾观此丈夫,非常人也。且有备,不可图也。天寒,妪酌酒/,多与其夫。夫醉,妪自缚其夫。诸少年皆走。妪出谢客,杀/鸡作食。平旦上去。还宫,乃召逆旅夫妻见之,赐妪金千/斤,擢其夫为羽/林郎。畴,犹詶也。

尤刻本注:紫极,星名。王者为宫以象之。曹植《上表》曰:情注/于皇居,心在乎紫极。《南都赋》曰:体爽垲以闲/敞。《苍颉篇》曰:敞,高显也。《汉武帝故事》曰:帝即位,为微行/,尝至柏谷,夜投亭长宿。亭长不纳,乃宿逆旅。逆旅翁要少年/十馀人,皆持弓矢刀剑,令主人妪出遇客。妇谓其翁曰/:吾观此丈夫,非常人也。且有备,不可图也。天寒,妪酌酒/,多与其夫。夫醉,妪自缚其夫。诸少年皆走。妪出谢客,杀/鸡作食。平旦上去。还宫,乃召逆旅夫妻见之，赐妪金千/斤，擢其夫为羽/林郎。畴，犹詶也。

按："/"表示注释分行处。胡刻本一般情形是照尤刻原版样式刻印，然此处有异。尤刻本前两行注字小而紧密，在他处约二十四字的空间之内却有三十五字，且此行板框下侧内有一明显"▁"形木钉，当是更改此处时所带。《考异》云："'紫极星名王者为宫以象之'，袁本茶陵本无此十一字。'乃宿逆旅逆旅翁要少年'，袁本、茶陵本不重'逆旅'二字，'要'作'恶'。"①查验《考异》所言之处，在尤刻本中刚好是有明显改版痕迹的地方。尤刻本"逆旅"字处，字亦相当紧密，且"要"字写作"要"，似乎是在"恶"字的基础之上更改而成。"要"字秀州本、赣州本、建州本均作"恶"，唯明州本作"要"，尤刻本是承赣州本而来，初版可能是"恶"，后人改之，并对其他部分有所增加，如增"紫极星名王者为宫以象之"，秀州本、明州本、赣州本均无此十一字，"逆旅"亦不重。

19.昔明王之巡幸至峻徒御以诛赏。

胡刻本注：《东观汉记》曰：西巡幸长安，司马相如上疏曰：夫清道而后行，犹将有衔橜之变。《汉书音义》张揖曰：衔，勒也。司马彪《庄子注》曰：橜，骓马口中长衔也。橜，巨月切。《淮南子》曰：陗法刻刑。许慎曰：陗，峻也。《毛诗》曰：徒御不惊。

胡刻本注："将"作"时"。其馀同。

按：秀州本、明州本、赣州本均作"时"，胡刻本当是形近而讹。二本版式行格相同，然均与他处有异。尤刻本"时有"以下凡两行字距紧密，行二十八、二十九字，字体略异，下板框内又有"▁"形木钉，显非初刻。《考异》云："'淮南子曰'下至'陗峻也'，袁本、茶陵本无此十四字。"秀州本、明州本、赣州本均无此十四字。若去此十四字，则两行字数为四十三字，每行二十一、二十二字，与他处版式行格相同，由此可知，尤本初刻无此十四字，此处乃补版所致。胡刻本所据底本当在补刻以后。

20.愬黄巷以济潼，眺华岳之阴崖，覲高掌之遗踪。

胡刻本注：《汉书》，湖，县/名，今虢州/阌乡、湖城二县皆其地也。……

尤刻本正文"济潼"作"滋童"。注：《汉书》，湖，县名，今虢州阌/乡、湖城

---

① （梁）萧统编，（清）胡克家校刻：《文选》，中华书局1977年影印本，第874页上～下。

二县皆其地也/。……

按:二本不仅正文有异,版式行格亦异。尤刻本此部分正文与注文刚好一行(注双行),字体与他处异,注文字间紧密,板框上内侧有一“▁”形木钉,显为补版所为。补版过程中因原版字体漫漶不清,“濟潼”遂讹为“滋童”,秀州本、明州本、赣州本均同胡刻本。《考异》云:“‘汉书湖县名今虢州阌乡湖城二县皆其地也’,袁本、茶陵本此十八字作‘汉书湖有阌乡’六字。案:二本是也。但此六字实续《汉书·郡国志》文,疑‘汉’上脱‘续’字,善以注正文‘阌乡’,尤延之取颜戾太子传之注‘湖’者添改,不知此正文并无‘湖’字,甚非。”①秀州本、明州本、赣州本“汉书湖县名今今虢州阌乡湖城二县皆其地也”亦均作“《汉书》湖有阌乡”六字。按照尤刻本的版式行格,正文之后的空间也就容纳六七字。故而推测,尤刻本此处部分为后人改版所致,胡刻本以改版后的版本为底本,故文字与之同,然空间不能容纳增入的文字,故与尤刻本前两行注分行不同。

21.魏武赫以霆震至故制胜于朝筭。

胡刻本注:魏/志/曰:曹公西征,与超等夹关为战,大破之。《尚书》曰:奉辞伐罪。左氏传/,随武子曰:伐叛,刑也;柔服,德也。又屈宁曰:虽君之众,无所用之。孙/子曰:水因地而制行,兵因敌而制胜。又曰:夫未战而庙胜,得/筭之多者也。汉书,杨雄即赵充国图画而颂之曰:料敌制胜。

尤刻本注:魏/志/曰:曹公西征,与超等夹关为战,大破之。《尚书》曰:奉辞伐/罪。左氏传,随武子曰:伐叛,刑也;柔服,德也。又屈宁曰:虽/君之众,无所用之。孙子曰:水因地而制行,兵因敌而制胜。又曰:夫未战/而庙胜,得筭之多者也。《汉书》,杨雄即赵充国图画而颂之曰:料敌制胜。

按:二本行格版式略异,“/”表示二本分行处。尤刻本自“君之众”以下至正文“砰扬桴”为一行(注双行),居于板心内侧边,字体略小,间距紧密,字数较他处远多,行下板框内侧有“▁”形木钉,此为后来改版所致。胡刻本以改版后的某种版本为底本,故而分行略异,字间亦较紧密。《考异》云:“‘汉书杨雄’

---

① (梁)萧统编,(清)胡克家校刻:《文选》,中华书局1977年影印本,第874页下。

下至‘料敌制胜’,袁本、茶陵本无此十八字。”[①]秀州本、明州本、赣州本均无。尤刻本本无,乃补版所增,胡刻本以补版后的版本为底本,故文字与之同。

22.入郑都而抵掌,义桓友之忠规。

胡刻本注:《史记》曰:郑桓公友者……桓公……

尤刻本注:“桓”作“桓”。

按:此处“桓”字避讳。胡刻本一般是照尤刻本的版式刊刻的。胡刻本正文避讳,注文两处没有避讳,仔细检验胡本,发现两“桓”处整版横行有明显的描画痕迹。中华书局版的出版说明云:“字迹不清或残缺的地方作了描修。”此定当描修过程中没注意避讳以为最后一笔残缺而增所致,遂失胡刻本原貌,更失尤刻本原貌。

23.外罹西楚之祸。

尤本“罹”作“離”。

按:《考异》云:“袁本、茶陵本‘罹’作‘離’。案:二本是也。”秀州本、明州本、赣州本均作“離”,尤刻本是,胡刻本非。

24.即新馆莅职至自强不息。

胡刻本注:长安都蒨都……莅职……莅临也……

尤刻本注:“蒨”作“舊”,“莅”作“莅”。

按:胡刻本作“蒨”,乃与“舊”形似而讹。

25.鷩雉雊于台陂至而余思之芒芒。

注:鷩雉已见《射雉赋》,黍苗已见《魏都赋》。《尚书》曰:予思日孜孜。

按:此注二本相同,然字间较密集,行格均与他处异。尤刻本有修改痕迹。《考异》云:“‘《尚书》曰予思日孜孜’袁本、茶陵本无此八字。”[②]秀州本、明州本、赣州本均无。尤刻本此句似初刻本无后人增加者。胡刻本遂沿袭之。

26.掩细柳而抚剑至重条侯之倨贵。

胡刻本注:……遣宗王刘礼……丞相条侯……

尤刻本注:“王”作“正”。“丞”作“承”。

---

① (梁)萧统编,(清)胡克家校刻:《文选》,中华书局1977年影印本,第874页下。

② (梁)萧统编,(清)胡克家校刻:《文选》,中华书局1977年影印本,第875页上。

按:作"王",胡刻本误。《汉书》卷四《文帝纪》云:"六年冬,匈奴三万骑入上郡,三万骑入云中。以中大夫令免为车骑将军屯飞狐,故楚相苏意为将军屯句注,将军张武屯北地,河内太守周亚夫为将军次细柳,宗正刘礼为将军次霸上,祝兹侯徐厉为将军次棘门……"善注所引当即此。作"承",尤刻本误。

27.索杜邮其焉在至祸于何而不有。

胡刻本注:……武安君曰:不听臣言……何休《公羊注》曰:刎,割也。孙卿子曰:主暗于上,臣诈于下,俱害之道。杜笃《吊比干》文曰:暗主之在上,岂忠谏之是谋。《西京赋》曰:林麓之饶,于何不有?

尤刻本注:"言"作"计"。

按:《考异》云:"袁本、茶陵本'言'作'计',是也。"又此句下注行格与尤刻本略异,尤刻本自"割也"以下至注末,行格异,字间紧密,字体异,上侧板框内有"▁"形木钉,有改动痕迹。《考异》云:"注'杜笃《吊比干》文曰'下至'岂忠谏之是谋',袁本、茶陵本无此十八字。"[①]秀州本、明州本、赣州本亦均无,尤刻本原无,似后人更改者。

28.兵在颈而顾问至惟请死而获可。

胡刻本注:……旁有宦者一人侍。……宦者曰……吾愿得郡……

尤刻本注:"宦"作"窅","郡"前有"一"字。

按:《考异》云:"袁本、茶陵本'郡'上有'一'字。案:有者是也,《史记》文。"[②]

29.感市间之蒧井至非所望于萧傅。

胡刻本注:……放散官钱千馀万……

尤刻本注:"千"作"十"。

按:《汉书》卷七六《韩延寿传》云:"延寿代萧望之为左冯翊,而望之迁御史大夫。侍谒者福为望之道延寿在东郡时放散官钱千馀万。"是尤刻本误。

30.讯景皇于阳丘至兹沮善而劝恶。

胡刻本注:……过听将作大匠解万年言……

---

① (梁)萧统编,(清)胡克家校刻:《文选》,中华书局1977年影印本,第875页下。

② (梁)萧统编,(清)胡克家校刻:《文选》,中华书局1977年影印本,第875页下。

尤刻本注与此同,且版式一致。

按:尤刻本“大匠解”三字似后改者。三字占二字之空间。《考异》云:“袁本、茶陵本无‘解’字。案:无者是也。”[①]以此知乃后人妄改,尤刻本初版或非如此。

31.刺哀主于义域至永终古而不刊。

胡刻本注:《汉书》曰:哀帝葬义陵。王莽奏曰:王者父事天,故爵称天子。又曰:封董贤为高安侯。已见《西京赋》。《论语》曰:不恒其德,或承之羞。《楚辞》曰:长无绝兮终古。郑玄《礼记注》曰:刊,削也。

尤刻本注:与胡刻本同,版式亦一致。

按:提出此注,是因为尤刻本有明显的改版痕迹。从正文“不刊”下至注文“长无”刚好为一行(注双行),字距紧密,字数较多,板框上内侧有“▁”形木钉,明显为补版所为。《考异》云:“‘王莽奏曰’下至‘故爵称天子’,袁本、茶陵本无此十四字。”[②]以此注空间而论,尤刻本原无,乃后人修版增之,故版式与他处异,胡据此版的递修版刊刻,自然二版版式一致了。

32.由伪新之九庙至搜佞哀以拜郎。

胡刻本注:……五曰济北惠王……

尤刻本注:“惠”作“愍”。

按:《汉书》卷九九下《王莽传》云:“取其材瓦,以起九庙。是月,大雨六十馀日。令民入米六百斛为郎,其郎吏增秩赐爵至附城。九庙:一曰黄帝太初祖庙,二曰帝虞始祖昭庙,三曰陈胡王统祖穆庙,四曰齐敬王世祖昭庙,五曰济北愍王王祖穆庙,凡五庙不堕云。六曰济南伯王尊祢昭庙,七曰元城孺王尊祢穆庙,八曰阳平顷王戚祢昭庙,九曰新都显王戚祢穆庙。殿皆重屋。”由此可知,尤刻本作“愍“是。胡刻本非。

33.而至者必割实存操刀。

胡刻本注:言在于化也。《汉书》,贾谊曰:黄帝云,操刀必割。《左氏传》,子产曰:大官大邑,而使学者制焉,犹未能操刀而使之割。

---

① (梁)萧统编,(清)胡克家校刻:《文选》,中华书局 1977 年影印本,第 875 页下。
② (梁)萧统编,(清)胡克家校刻:《文选》,中华书局 1977 年影印本,第 875 页下。

按:此注尤刻本与之同,版式一致。然二本版式均不同于他处。尤刻本有改版痕迹,字体紧密,下板框内侧有“▁”形木钉。

以上是以第十卷为例举出的尤刻本与胡刻本有明显不同或者需要提出强调者。胡刻本中华书局版后附有《胡刻本与尤刻本异文》,指出本卷二本的异文有十一处,其体例是不包含避讳字、异体字之类的,然尚有遗漏者,上列例证就增补了一些遗漏的异文。

第二节　结论与推测

通过以上的例证,可得出几条结论和推测:

第一,胡刻本来源于尤刻本,这是毫无疑问的。胡刻本的版式行格甚至字体都尽量模仿尤刻本,但是,它所依据的底本绝不是国家图书馆所藏的中华书局1974年的影印本,因为胡刻本尽量仿照尤刻本,而比较二本之间,还是有大量的异文存在。

第二,胡刻本在保留所依据尤刻本的避讳字之外,又增加了一些,这是时代使然,然而其中的一些改字的避讳,很可能不是胡克家所为,而是其依据底本既已如此。

第三,尤刻本在递修传承的过程尽管有异文出现,但似乎在版式行格各方面都尽量保持原貌,正因为如此,才发现本书所用尤刻本与胡刻本之间存在相当的一致。

第四,今存一般认为较早的尤刻本绝非初刻本,其中至少经过了一次补版。这种补版的痕迹在尤刻本中表现得相当明显,胡刻本是承补版以后的本子而来,所以对于补版之处,二者表现得也相当一致。

第五,尤刻本的补版情况比较令人费解,其所补之处往往是问题较多之处,不仅与《考异》指出的与袁本、茶陵本不同,也与较早的秀州本、明州本、赣州本不一致,往往在比较小的版刻空间增进大量的文字,不知修补者依据何在。在第十卷中尚有两个整版的文字与他处不同,从正文“声乐以娱神”至注文“之福也福谓”,字体紧密,似为后来重刻。

第六,从尤刻本到胡刻本之间经历了尤刻本的递修,递修的结果都一一体现于胡刻本之中,尤刻本的原版似乎在很大程度上与李善注的原貌距离尚近,而经过递修补版后的尤刻本进而转为胡刻本,其离李善注则拉大了一步。

第七,今之研究者多以胡刻本为依据论述李善注,这有一定的合理性,胡刻本与尤刻本之间的相似性相当大。然而,不管怎样,胡刻本已经与尤刻本拉开了距离,更不用说其距李善注的原初形态有多远了,若一味依胡刻本作为李善注的标本,可能会导致厚诬古人的现象出现。

结语
《文选》李善注变迁综述①

南朝萧梁时代昭明太子组织编纂的《文选》，分量适中、体例严谨，在众多的先唐总集中脱颖而出，成为隋唐以来士子学习的重要参考书。《文选》编纂后，即有萧该以传承家学的自觉对其注释，其《文选音》一书是最早对《文选》进行注释的著作，原书虽今已不存，但却开启了隋及初唐时期《文选》音义之学的先河。隋唐大儒曹宪继之，李善、许淹、公孙罗、魏模诸人皆从而师之。众弟子成绩突出，多有著作问世，但唯李善光大师业，他于显庆三年(658)上表所注《文选》，因博赡精深，成为注《文选》中成就最突出的学者。

李善远祖李恪乃李氏家族渡江之祖，世居江夏。李善父迁居扬州江都，故史书云其为扬州江都人。李善生年不详，以其卒年及众多因素推测，约生于唐代贞观初，其时曹宪或已八十有馀。李善于贞观年间师从曹宪，其《文选音义》一书或即当时盛行的《文选》音义之学氛围中的产物，应该是李善从事《文选》著述的发轫之作。

李善于显庆三年注成《文选》并上表，署"文林郎守太子右内率府录事参军崇贤馆直学士臣李善"，其《文选》注的成书可能寄寓了他炫名与升迁的强烈的功名期待。然而事实并未如其所愿，根据历史的记载，其乾封中却出为经城令。后人推测，李善出任的原因很可能是已经意识到与炙手可热的贺兰敏之的交往

① 本篇内容发表于《河南大学学报》2013 年第 3 期，收入时部分文字有改动。

过密而明哲保身采取的自觉外任，即使如此，当贺兰敏之以罪流放雷州之时，远在经城的李善仍不能免，连坐流放姚州，这是咸亨二年（671）的事情。三年后的咸亨五年（674）八月，改元上元，并大赦天下，消息传到姚州，李善即于年底返回扬州。家人团聚，上元二年李邕生。约在这个时候，马怀素在扬州师从李善，李贤立为太子。李善曾作过李贤的幕僚，故其近乎泯灭的功名之心又重新看到了希望，但以其子幼家贫诸多因素未能及时进京，故在扬州设帐。等李邕稍大，李善即北上，始料不及的是李贤在调露二年的政治斗争中被废，而此时李善已经离开扬州，彻底消泯了功名之心，故于汴、郑间设帐，并以《文选》教，诸生四至，《文选》学始成立。其于汴、郑间讲学的最后几年，仍然继续其早年即已成书的李善注增补与整理，加之士子的四处传抄，注释的不断完善，形成了唐代《文选》李善注纷繁不一的面貌。

第一节　写本时代的《文选》李善注

李善于显庆三年上表的《文选》注释面貌如何，是一个很令人棘手的问题。对于研究《文选》注，研究李善注，这是个不能跳过而必须面对的起点。但是显庆三年的上表之本我们已难以确知，只能通过现存的有限的唐代钞本来进行推测，并以此预设一个李善注研究的起点。

已知的现存李善注写本，一是敦煌本，二是《文选集注》本。敦煌本比较完整的有两件：一件有明确的抄写年代，即李善尚在之时的永隆年二月；另一件抄写时代不能确知，但从研究李善注的内在理路来看，它反映的是李善注早期的面貌，甚至早于永隆本。虽然我们认为《文选集注》成于约宋代时期的日本，但其底本却成于晚唐时期，代表的是唐代开元以后的善注传抄面貌。钞本时代的《文选》李善注的面貌与变迁只能依靠以上这些文献来考索。

一　敦煌残卷内部注释之差别

仔细研究敦煌本的 P.2527 与 P.2528，可以考证李善注早期的部分注释特征。最为明显的表层特征是冠以“臣善曰”。李善于《西京赋》“薛综注”下发凡起例，“旧注是者，因而留之，并于篇首题其姓名，其有乖谬，臣乃具释，并称臣善以别之,他皆类此”,又于《甘泉赋》“扬子云”下注称:“旧有集注者,并篇内并列其姓名,亦称臣善以相别,他皆类此。”而后世传本皆无“臣”字,而李善的凡例却都保存于中,睹敦煌本方知旧貌。此种面貌的存在,给我们一些暗示,即敦煌本与李善上表之本的差异不会很大,因为李善注释使用“臣善曰”的对象是当时圣上,其暗含的第一读者就是唐高宗李治,故有称“臣”之例。敦煌本中保存了此种类例,至少说明它离上表之本差别不会很远,后世诸本均无此种情况。这是 P.2527 与 P.2528 共有的特征,具体的二者的内部注释,亦有差别。

(一)P.2527

第一,此卷多遵“已见”例。详校此卷,“已见”例凡十见,而相同篇幅的胡刻本仅有两处“已见”例与之相同,一处略同,胡刻本无释者一处,有六处重复出注。从敦煌本到胡刻本千馀年间,后之刻本窜乱之甚如此。

第二,此卷正文之中皆无加音注者,注文之中音注亦疏。敦煌本除去引用如淳、文颖、应劭、服虔等的《汉书》音注外,李善注音的有五处,而相同篇幅的尤刻本却有十四处之多,并且,敦煌本有一例却并不见于尤刻本,“(黈)土斗反”,考察此例在传承过程中缺失的原因,奎章阁本将此音注移入正文之中,以后的刻本遂将之视为五臣音注,遂缺。整体而言,敦煌本的此卷音注比后世的数量要少得多,这种情形可以认为是:李善早著有《文选音义》之书,因此在注文中对于音注不作侧重。在俄藏 Дx.18292 郭景纯《江赋》的残卷中亦有音注出现而后世诸本却无的情况,其致误之因当与此类似。

第三,此卷较少解说性文字,即以“言……也”进行大意的诠释。注释多以引典为主,所引之书亦远少于后世诸本。

整体而言,P.2527 卷呈现出一种非常朴实的注释面貌,注释简略,音注较少,基本不解说,更像是书面的注释而非讲学记录。尽管它已经过传抄,与李善上表之注或有差异,但绝对不会很远。

(二)P.2528

此卷与上卷相比,似乎已经离上表之注远了些。主要表现为:

第一,此卷已经有很多不遵“已见”例的情况。与尤刻本、胡刻本比较,二本八处“已见”的注释,此卷均不遵循。

第二,此卷解说性的文字增多。

第三,引典繁复。

与上卷相比,此卷似乎为士子学习抄写之书,目的是为学习之便,故而对“已见”例多有不遵;并且为学习之需,可能会增加些相关的注释,这种情况也是可能的。但从依然保存“臣善曰”的体例看,这种变化也不会很大,可能只是在“已见”例上略有增补,以避免初学前后查找之不便。

比较 P.2527 和 P.2528 两件敦煌《文选》李善注,发现即使同为敦煌写本,在整体注释上还是有比较大的差异。P.2527 注释相当简略,体例相对严谨,以引典为主,一般不作多馀的解说;P.2528《西京赋》已多有自乱体例之处,不遵“已见”的例子较常见,注释较之前者已经走向繁复,并有不少解说性文字出现。就此而言,似乎敦煌本的两件李善注亦反映出在传播与增补过程中的变迁,P.2527 应该是李善注早期的面貌,P.2528 或为士子学习抄写的增订之本,从明显的对“已见”例的不遵可以察觉,它至少说明此件的李善注注释体例已经自相矛盾,不够规整,对这种面貌的改变的责任者应该是学习《文选》之人,而非注释者所为。

虽然二本之间已经体现出前后的演进痕迹,但是,总体而言,敦煌本《文选》残卷还是具备大体一致的写本特征,即便是已有变迁的《西京赋》抄写年代,也距李善上表时间尚近,且李善尚在世,所以与李善注原貌不会很远。分言之,若要对敦煌写本进行个案研究,对以上两件残卷是不能作为同时或同版(抄写)来看待的,而应区分对待;但要放诸整个李善注的变迁史,两件作品的共同特征还是可以作为李善注的起点来使用的。而作为共同起点的特征也就是二残卷所反映的注释体例,对此已有专家文章进行了详细的梳理,故不赘述。

作为预设起点的 P.2527 残卷,我们视之为离李善上表之本较近的注本,这是否就意味着后来的诸本皆非李善注呢？事实并非如此简单,李善上表的只是其初注之本,其后在讲学之中仍有不断的补充,而结合讲学的需要进行的临时发挥与增补,会被学生书写记录,遂成为钞本时代李善注的不同版本,将其皆视为李善注自然无可厚非。在本书中,我们只是把 P.2527 残卷作为一个考察的起点并假设其为与李善注的上表非常接近的本子,写本时代李善注的纷繁面貌可以通过《文选集注》本来管窥。

二　敦煌残卷与《文选集注》之比较

敦煌本残存的部分在《文选集注》(下简称《集注》本)中却又不存,这就为考察二本之间的变异增加了困难。只能通过相关体例方面作一拟测,且以"已见"例略作说明。

(一)《集注》本不避重出现象。

敦煌本P.2527"已见"例遵循得相当严谨,P.2528中就有不少"已见"例重出现象。《集注》本亦有不少不遵"已见"的情形。如:

1.卷五十九鲍明远《数诗一首》:七盘起长袖,庭下列歌钟。

《集注》本注:李善曰:张衡《舞赋》曰:历七盘而屣蹑。韩子曰:长袖善舞。《国语》曰:郑伯纳女乐二二八,歌钟二肆。

监本注:张衡《舞赋》曰:历七盘而屣蹑。韩子曰:长袖善舞。《国语》曰:郑伯纳女乐二八,歌钟已见《魏都赋》。

按:《集注》本"女乐二二八",衍一"二"字。《集注》本为重出前注。《魏都赋》奎章阁本在"其军容弗犯,信其果毅。纠华绥戎,以戴公室。元勋配管敬之绩,歌钟析邦君之肆。则魏绛之贤有令闻也"句下相关注为:"《国语》曰:郑伯纳女乐二八,歌钟二肆……"由此来看,监本鲍明远《数诗》此句之注一方面既从李善注"已见"条例,又复引前注,与李善注条例相悖,且复引前注引《国语》又脱"歌钟二肆"关键一句,错乱不堪。《集注》本李善注当从"已见"条例多重出前注,这一情形恐不是编者所重出,或因该本是一体例尚未统一的较早的李善注本,或是学子自用的学习之本。

2.卷五十九谢玄晖《郡内登望一首》:怅望心已极,惝怳魂属迁。

《集注》本注:李善曰:蔡邕《初平诗》曰:暮宿河南,怅望天阴,雨雪滂滂。……

监本注:怅望已见上文。……

按:《集注》本正文书写随意,"属"当作"屡"。监本所谓的"上文"当指谢玄晖《新亭渚别范零陵诗》中"停骖我怅望,辍棹子夷犹"句下注引"蔡邕《初平诗》曰:暮宿河南,怅望天阴,雨雪滂滂"。《集注》本不避重出,是其所依底本所致,并非编者所为,因为《集注》本中亦有不少"已见"的例子。

（二）在他本中注为“已见上文”者，《集注》本往往给出明确的篇名以代替“上文”二字。如：

1.卷五十九谢灵运《田南树园激流植楥一首》：寡欲不期劳，即事罕人功。

《集注》本注：……即事已见《南楼中望所迟客诗》。

监本注：……即事已见上文。

2.卷五十九鲍明远《翫月城西门解中一首》：夜移衡汉落，徘徊帷户中。

《集注》本注：李善曰：衡，斗中央也。汉，天汉也，已见谢惠连《七月七日夜咏牛女》诗。……

监本注：衡，斗中央也。汉，天汉也，已见上文。

3.卷五十九谢玄晖《和徐都曹一首》：日华川上动，风光草际浮。

《集注》本注：李善曰：日华已见《直中书省》诗。……

监本注：日华已见上文。……

此种情形在《集注》本中数量很多，给我们的暗示是：《集注》本的底本似乎是由学生的传抄学习之本而来，因为对“已见”的详细标明出于何处，主要目的可能在于学习中前后查找的方便与相互印证；而在李善注本中很可能就是作“上文”，因为李善对《文选》的熟稔而不需要详细注明出处，但在讲学中可能在口头上会对“上文”二字作一替换。这种情况反映在学生的笔录中就从客观上部分改变了李善注的原貌，如果再基于学习的方便并有意识地对此类作一下更改，那么对此类情况主观改动的数量也许就更大些。

（三）在他本中作“已见”的，在《集注》本中既没有出现“已见”的说明，也没有重出，而是径直跳过。如：

卷五十九谢玄晖《和王著作八公山》：戎州昔乱华，素景沦伊穀。

《集注》本注：乱华，谓苻坚也。《左氏传》曰：卫侯登城以望见戎州，公曰：我姬（姬字《集注》本原脱）姓也，何戎之有焉！又曰：孔子曰：裔不谋夏，夷不乱华。素景，谓晋也。干宝《搜神记》曰：金者，晋之行也。《汉书》曰：穀水出穀阳谷，东北入洛。

监本注：乱华，谓苻坚也。《左氏传》曰：卫侯登城以望见戎州，公曰：我姬姓也，何戎之有焉！又，孔子曰：裔不谋夏，夷不乱华。素景，谓晋也。干宝《搜神记》曰：金者，晋之行也。《汉书》曰：穀水出穀阳谷，东北入洛也。**伊水已见**

上文。

按:对伊水,《集注》本既不作解释,又不说明已见,径直跳过。此种情形形成的原因有多种,一种可能是李善讲学中因前已言及,此处不再解说;再一种可能是学生在笔录抄写中对此很熟悉,径直删去。

通过对《集注》本"已见"例的几种情况的考察,发现其比敦煌本的 P.2527 的"已见"例随意得多;与 P.2528 相比,情况略似,但稍微复杂一些。通过与监本注的比较,也能发现,监本注整体上比《集注》本多出不少内容,《集注》本的底本当是一个传抄之本,在很大程度上更像是学生的学习笔记的整理。

笔者的推测还基于以下事实:即在《集注》本李善注中,有大量的注释结尾均以"也"字收束,这是口语的一个明显表征,而这一现象在监本相同的注释中多不存在。比如在《集注》本卷一一三的三篇诔文中(略缺),与监本《文选》比较,以"也"收束句子而监本无"也"的共有二十八处。比较一致的差别特征实际上反映出语言的不同使用习惯:口语与书面语的差异。与此相反的是,监本《文选》也有几个地方用"也"字而在《集注》本中并不存在,这既可以理解为《集注》本的底本李善注记录中的缺失,也似乎暗示监本《文选》的底本来源亦与讲学传播有些关系。

过去通常认为《集注》本是以李善注为底本,并将各家之注依次列入,因此保存的李善注最完整。实际情况可能有些出入,比如有些李善注的音注被明显删去,而代之以《音决》的音注。《文选音决》可能主要是以注音为主并有少量释义的著作,《集注》编纂者对其基本全部采纳,当李善注音注与之相同时,多删善音而存《音决》,这在一定程度上已经改变了《集注》底本李善注的某些特征。

从敦煌本到《集注》本的李善注变迁,由于缺乏相当的篇目加以说明,只能从整体校勘印象与注释体例上加以拟测。大要言之,《集注》本的李善注已经走向繁复,解说增多,不遵已见,增加释义等,此种变迁的过程还必须通过传播方式才能得到解释。晚唐李济翁的《资暇集》卷上"非五臣"条云:

> 代传数本李氏《文选》,有初注成者、复注者,有三注、四注者,当时旋被抄写。其绝笔之作皆释音、训义、注解甚多。余家幸而有焉。尝将数本

并校，不唯注之赡略有异，至于科段，互相不同，无似余家之本该备也。

这段文字是晚唐李济翁针对《文选》五臣注及吕延祚《进〈集注文选〉表》而发，其提及的李善注《文选》数本说涉及了李善注流变的问题。仔细分析此段话，当予考虑者有以下数端：

第一，中晚唐时期流传的李善注《文选》有数本，依《资暇集》此处行文，即有五种：初注、复注、三注、四注、绝笔，注文详略不一，解释句群亦有异。李氏家藏其书，并且作过校勘，此当客观叙述，可靠无疑。

第二，李氏依李善的注释时间先后，对《文选》注五种加以区分，对其做法的叙述是客观的，但其判断的依据是什么，数本是怎样划分的，是否每本上标有初注、复注等字样，即使原书上有标识，其可信程度到底多大，当有疑问。

第三，李氏说李善的绝笔之本"释音、训义、注解甚多"，而未言其判断绝笔之本的依据，若仅依据文字的多寡，其可信度可能不会很高。但是不管这种可信度有多大，详略不同之本的存在实际上反映出李善注由简单走向繁复的倾向，其形成既是出于李善的讲学增补本，同时也与学生的记录、传抄、学习的传播方式有关。总之，李济翁这段话虽不可尽信，但其提到的李善注数本说且详略不一却是真实的，这实际上为我们考察李善注传播的复杂性与流衍提供了一条比较可靠的证据。

写本时代的李善注从历史性上来讲，由简渐繁现象的出现首先出于李善的自觉补注，其次出于李善的讲学的灵活性，李善手中所本与讲学内容并不完全一致，当然不会照本宣科；从共时性上说，李善增补与学生记录的本子经过不同士子的传抄与自身学习的目的，其面目自会各异，历时性中的李善在不断增补，共时性中的读者在不断传抄，历时性与共时性交织，传抄的诸本又在不同的读者手中流传，诸种多重的传播使得李善注面貌不一是非常自然的事情。可以肯定地说，在刊本之前的李善注，其混杂程度比我们想象的还要零乱，也正是由于刊本的整理与出现，加速了钞本的消失。

第二节 从写本到刻本的整理

已知的《文选》李善注刻本存世者为北宋国子监刻本（下简称“监本”）。监本作为《文选》李善注的第一个刻本，首先必须面对的是不同钞本的选择问题，其后才是编纂问题。

监本《文选》的底本是哪种钞本？写本时代存世的钞本今日只有敦煌本与《集注》本。监本会不会以敦煌本或以《集注》本的底本为底本呢？

敦煌残卷中永隆本（下简称“永隆本”）《西京赋》残卷与监本《文选》相同篇目的存在，使得这种考察成为可能。二本此篇在分注位置上完全相同，无一例外，而监本《文选》与《集注》本分注位置多不相当，这至少说明监本《文选》是由李善单注本而来。虽然注释位置完全相当，但是，监本比之永隆本，除去书写字体上永隆本喜用当时俗体俗字外，在内容方面，监本增加了不少内容，整体上比永隆本繁复得多。增注的内容主要包括以下几个方面。

一 增加释词的内容

以监本为据，如：

1.将乍往而未半，怵悼慄而怂兢。

监本注：怵，恐也。悼，伤也。悚，忧戚也。言恐堕也。善曰：《广雅》曰：乍，暂也。《方言》曰：怂，慄也，先拱切。怵，音黜。慄，音栗。

按：加着重号部分为永隆本所无者。增加的释义部分有薛综注的，有李善注的。又“悚，忧戚也”之“悚”或为“慄”之误。

2.木衣绨锦，土被朱紫。

监本注：言皆采画如朱绣之文章也。善曰：《说文》云：绨，厚缯也，朱紫二色也。

以上只是随意举出两例，此种情形在监本中大量存在。增加释义的来源大致有三：或是引用的旧有之注；或是字书，如《说文》《广雅》等；或是在旧注既无，字书亦无解释的情况下，李善自注。

二　大量增加音注

如上举第一条增加的两处注音外，再举几例：

1.既乃珍台蹇产以极壮墱道丽倚以正东。

监本增：墱，都亘切。

2.美往昔之松乔要羡门乎天路。

监本增：要，乌尧切。

3.清渊洋洋，神山瓘瓘。列瀛洲与方丈，夹蓬莱而骈罗。上林岑以垒嶵，下崭岩以岩齬。

监本增：垒，鲁罪切。嶵，音罪。崭，士咸切。

监本《文选》的释词与音注的来源可能并不像后来普遍认为的是五臣注的窜乱所致，相反有很大一部分可能是李善所为，因其讲学必须先对字词意义读音有所阐释，况其早年又有《文选音义》一书，自会相当方便，加之释义又多引字书，不似五臣的直接训释。既然其暗含的对象是学子，自不会如当年上表时所暗含的读者是当时圣上与具有相当文化知识的上层文人了。

三　丰富注释内容

突出表现就是进一步增加引典的部分，引字书亦可认为是其中之一；此外，还增加了不少语段的引典注解。如：

1.城尉不弛柝而内外潜通。

监本增：郑玄《周礼》注曰：欜戒夜者所击也。柝与欜同音。

2.封畿千里，统以京尹。

监本增：《毛诗》曰：封畿千里，惟民所止。

3.鉴戒唐诗，他人是媮。

监本增：（唐诗）刺晋僖公不能及时以自娱乐。又增：《国语》曰：鉴戒而谋，贾逵曰：鉴，察也。

4.独俭啬以龌龊，忘蟋蟀之谓何。

监本增：《汉书注》曰：龌龊，小节也。王逸《楚辞注》曰：谓，说也。何休《公羊传注》曰：诸据疑问，所不知者何也。

以上所举例证增注的内容,注释风格与李善注非常协调,当是李善在后来不断增补所为。除此以外,监本在引典之外有时也增补个别语句,体现了李善对注释精益求精的修补过程。

四　与永隆本残卷不同,监本多遵"已见"例

此种情状的出现应该是其所依底本而然,永隆本的《西京赋》整体推测是士子学习之本,基于学习的便利,对已见例进行了增补,故在这一过程中已经窜乱了李善的注释体例。

综上所述,永隆本与监本之间存在较大差异的事实,证明监本《文选》不是以永隆本作为直接底本的,但是,二者之间的相合之处也暗示,监本《文选》是以敦煌本的后起之本作为主要依据的,即敦煌本与监本之间应该是源与流的关系。

永隆本不是监本《文选》的直接底本,那么《集注》本李善注所依据的底本是否就是监本的底本呢?正如前面所述,《集注》本很可能成于宋末元初的东邻,虽然其分注的位置不足以证明二者之间的关系,但其所依据的李善注底本应该是代表了晚唐的李善注面貌的,从时间上来看,它与监本《文选》的关系似乎更加密切。这里先比校二本的差异。

笔者对现存的《集注》本与监本的相同篇目作了全面的校对,除去抄写的俗字俗体甚至错字外,发现二本之间存在比较明显的差异,此种差异一如监本同敦煌本的差异变化,增加音注、释词,加强引典注释等。另外,在大致相同的注释中,有时也存在较多字词的个别差异。下面随便抽取一篇,详列校记,不辨是非,只存同异,以期同好约略体会二本之差异。

监本《文选》卷四十七,《集注》卷九三,扬子云《赵充国颂》,以监本为底本。

1.明灵惟宣,戎有先零。

监本注:善曰:《汉书》曰:诸羌,先零豪。然先零,羌别号。

《集注》本注:李善曰:《汉书》曰:宣帝元凤元年,西羌反。又曰:诸羌,先零也。

按:《集注》本的此注,出现在监本下句之中。"《汉书》曰宣帝"作"《汉

书·宣纪》曰”。

2.先零猖狂,侵汉西疆。

监本注:善曰:《汉书·宣纪》曰:元凤元年,西羌反。

《集注》本注:李善曰:诸羌背叛,犯塞攻城邑。

按:正文“疆”,《集注》本作“壃”。

3.整我六师。

按:“整”,《集注》本作“整”。

4.既临其域,谕以威德。

监本注:善曰:……因田致穀,威德兼行。

按:正文“其”,《集注》本作“某”。注文“兼”,《集注》本作“並”。

5.有守矜功,谓之弗克。

监本注:应劭曰:酒泉太守辛武贤言充国屯田之便,不如击之。《论语谶》曰:重耳反谲,伐德矜功。

《集注》本注:应劭曰:酒泉太守辛武贤自上将万骑,出张掖击,开在鲜水上也。李善曰:武贤言充国屯田之便,不如击之。《论语谶》曰:重耳反谲,伐德矜功也。

6.请奋其旅,于罕之羌。

监本注:韦昭曰:罕,羌名也。苏林曰:在金城南。武贤言:但击罕羌,先零自降也。

《集注》本注:“先零”作“西零”。

7.料敌制胜,威谋靡亢。

监本注:善曰:制胜,已见张景阳《杂诗》。

《集注》本注:李善曰:《孙子兵法》曰:水因地而制行,兵因敌而制胜。

按:正文“料”,《集注》本作“粁”。

8.遂克西戎,还师于京。

监本注:善曰:《汉书》曰:充国奏言:凡斩首七千六百级,降者三万一千二百,请罢屯兵。奏可。充国振旅而还。

《集注》本注:“百”下有“人”字,“还”下有“也”。

9.鬼方宾服,罔有不庭。

监本注:善曰:《毛诗》曰:内奰于中国,覃及鬼方。毛苌曰:鬼方,远方也。世本注曰:鬼方,于汉则先零戎是也。《尚书》曰:惟周王四征弗庭。

《集注》本注:“《毛诗》曰”作“《毛诗》云”,“先零”作“西零”。

10.昔周之宣,有方有虎。诗人歌功,乃列于雅。

监本注:善曰:《诗·小雅》曰:方叔莅止,其车二千。又《大雅》曰:江、汉之浒,王命邵虎。

《集注》本注:“二”作“三”,“邵”作“劭”。

因为是随意抽取的篇目,且文章短小,出现的差异未能包括全部,即使如此,也已经非常清楚地看出:监本《文选》绝对不是以《文选集注》所收的李善注底本而为之。

虽然现存的唐代写本中没有监本《文选》的底本,但以之为参照,可以对其底本以及刊本《文选》对钞本的整理情况有所认识。

通过对照监本与钞本,发现监本具备明显的整理特征,易言之,监本首先选择一个他们认为比较完整全面的本子作底本,再参校当时流传的其他本子,把底本没有的或讹误的移植及改正过来。这种编纂的痕迹在监本《文选》中仍然能够察觉。如《集注》本卷五十九,监本卷三十。

沈休文《冬节至丞相第诣士子车中》一首:宾阶绿钱满,客位紫苔生。

《集注》本善注:《家语》曰:公自祚阶,孔子由宾阶升堂,立侍。《礼记》曰:殡于客位祖于庭。崔豹《古今注》曰:空室无人,行则生苔藓,或青或紫,一名绿钱。

监本善注:《家语》曰:公自祚阶,孔子由宾阶升堂,立侍。又曰:醮于客位,加其有成也。崔豹《古今注》曰:空室无人,行则生苔藓,或青或紫,一名绿钱。《礼记》曰:主人就东阶,客就西阶。又曰:殡于客位祖于庭。

沈休文诗此句注,监本有五条注,《集注》本有三条,多出的两条注都是监本对钞本进行增补的痕迹。值得注意的是此处注释的顺序问题,在二本相同的三条注中,后两条顺序恰好颠倒。根据李善一般按照正文出现的先后顺序作注而言,对“客位”的解释应在“绿钱”之前,可监本恰好相反。这暗示监本编纂者广取众本的痕迹。早先所用之本对“客位”没有解释,他本则有,在编入过程中对插入的位置疏忽而成此种面貌,汇编的迹象非常明显。此种情形还有一些,前已列举,不赘。至于监本增加的音注、释词、引典等方面的内容,可能是李善注在传承过程走向完善与繁复的表现,监本的底本即已基本具备,底本缺失的,再参校他本,补充而成。

监本不仅对李善注作了整理,对旧注亦是如此。从左思《三都赋》的刘逵注[illegible]新增、纠谬、补充等诸多方面,但是,由于是第一次进行的集中整理,编纂者校勘草率等,也形成了不少讹误[illegible]衍文、形似而误的数量在监本中还是不少的。如“三”讹作“二”、“季”讹作“李”、“雷”讹作“雷”之类的情况不在少数。与后世刊本比较而言,还是比较粗疏的。

尽管监本《文选》在整理过程中比较粗疏,产生了一些讹误,但其价值与意义还是很大的。作为李善注的第一刻,它是从钞本到刻本转变的标志,是从多种钞本固定为一的阶段性成果,其整理的成果甚至讹误对以后的刊本都产生了很大影响,成为后世《文选》李善注的祖本。

第三节　刻本时代《文选》李善注的变异

一　从单注本到合注本

早于监本《文选》刊刻的五代时期,即有五臣注刻本问世。陶岳《五代史补》引王明清《挥麈录馀话》卷二云:“毋丘俭(毋昭裔)贫贱时,尝借《文选》于交游间,其人有难色。发愤异日若贵,当板以镂之遗学者。后仕王蜀为宰,遂践其言刻之。”此为对最早《文选》版刻的记录。北宋初,其子毋守素携书版至京,素子克勤并于大中祥符九年(1016)上其版,因补三班奉职。毋氏刻本未言是李善抑或五臣注,据奎章阁本《文选》载沈严《五臣注后序》中云“二川、两浙先有印本”之言,开元后世多尚五臣注,故毋氏刻本当为五臣注。北宋国子监曾于大中祥符八年(1015)刊李善注《文选》六十卷,未成而遭火灾,遂于天圣七年(1029)重雕,终毕其功,现存的监本《文选》残卷即此版。而之前的天圣四年(1026)平昌(今属山东潍坊)孟氏刊五臣注本三十卷,是为合并本之前的五臣注的第二次刊刻。此为合并本之前的《文选》刊刻大概。

最早著录六臣文选者当为陈振孙《直斋书录解题》,其云:

> 《六臣文选》六十卷。唐工部侍郎吕延祚开元六年表上,号"五臣集注"。五臣者:常山尉吕延济、都水使者刘承祖男良、处士张铣、吕向、李周翰也。以李善注惟引事,不说意义,故复为此注,后人并与李善原注合为一书,名"六臣注"。……①

韩国影印奎章阁本《文选》所附天圣四年沈严《五臣本后序》以及秀州州学牒文,比陈振孙的语焉不详要清晰得多。秀州州学牒文云:

> 秀州州学今将监本《文选》逐段诠次,编入李善并五臣注。其引用经史及五家之书并检元本出处对勘写入。凡改正处二万馀处。二家注无详略,文意稍有不同者皆备录无遗。其间文意重叠相同者,辄省去留一家。揔计六十卷。元祐九年二月　日。

此本来源交代得相当清楚,秀州州学是第一个将二本合并者。李善注的来源为监本,即天圣七年国子监刻本,而五臣注则是沈严序所交代的平昌孟氏本。《五臣本后序》云:"今平昌孟氏好事者也,访精当之本,命博洽之士,极加考核,弥用刊正。"秀州本成于元祐九年,是现知最早的合并本,也是后世合并本的祖本。

李善、五臣注合并本有两种系统:一是李善注在前、五臣注于后的世称六臣本,一是五臣注在前、李善注居后的世称六家本。最早的合并本秀州本属于六家本。该本虽早已不存,不过韩国奎章阁的活字本是以它为底本排印的,通过奎章阁本,仍然可以触摸到秀州本的合并面貌。

秀州州学的牒文称其所做的工作是:"逐段诠次""并检元本""对勘写入"。合并的原则是:文意稍有不同者则"备录无遗",文意重叠相同者则"省去

① 陈振孙:《直斋书录解题》,上海古籍出版社 1987 年版,第 437 页。

一[illegible]貌似简单的工作其实非常复杂。

秀州本[illegible]为主要底本,因之是六家本,正文悉以五臣,自然会对李善注作出相应的调整与改动。[illegible]在以下方面:

一是对夹注位置进行变更。李善注与五臣注对《文选》[illegible]注释群的划分不一,既然依五臣注为主,首要的任务就是拆散或合并李善原有的注释群,这必然导致相应注释的分合,这是相当麻烦与费事的工作,而李善注就必须作出相应的调整。又因为李善注对旧注是者,悉引之,这样调整的就不仅仅是李善注,也包括前人旧注。秀州本在这一方面作了很多努力,但仍有将原属李善注中引用前人之注的内容在形式上分归到了五臣某家注之中的现象。对于此种体例不了解者,就有可能混同五臣、李善二家之注的界域。

二是在正文之中夹注音注。李善注正文中是不注音的,认为相关的需要注音的部分就随注释一并注出;五臣注音注随正文出现,而二家之注对同一字词的音注势必有数量不少的相同之处,对此类音注的处理秀州本往往是径删李善注中的音注,故注音不同者或编纂失误处才有保存李善注注音的可能。

三是对监本李善注复检原书,进行了校勘,对其出现的讹误作了大量更正。因此从文字上来讲,秀州本在一定程度上反而比监本《文选》可靠,但是经此一变,也就不可避免地出现监本不误而秀州本讹误的情形。

四是秀州本对监本《文选》编纂中造成李善注缺失的最大问题是"善同某注"的出现。秀州本编纂原则是二家语意重复则省去一家,似乎亦包含着存李善注而省五臣注的情况,在实际操作中也确实有这种现象存在。但整体而言,秀州本是重五臣注而轻李善注,因为五臣注置于李善注之前,所以此类的大多数是以"善同某注""善注同"的方式而进行简省,而简省的部分是否就是编纂者所言为二家"文意重叠者"呢?如卷三十七《出师表》在作者诸葛孔明下秀州本注:"铣曰:《蜀志》云:诸葛亮字孔明,琅邪人也。时先主屯新野,徐庶谓先主曰:诸葛孔明乃卧龙也,将军岂欲见之乎?先主遂诣见之。及即帝位,拜为丞相。后主立,亮率军北驻汉中,临发上疏也。善注同。"而相同部分的监本注:"《蜀志》曰:诸葛亮字孔明,琅邪人也。时先主屯新野,徐庶见先主曰:诸葛孔明卧龙也,将军岂不欲见之乎?由是先主遂诣亮。先主即帝位,以为丞相,后主即位十二年,卒。"尽管二本所述基本一致,在具体的文字表述上还是有相当大的差异：五臣注有对《出师表》背景的介绍，李善注无；而且，秀州本的铣注"将军岂欲见之乎"肯定漏掉了"不"。铣注亦没有对孔明卒年的介绍。再如卷五十七谢希逸《宋孝武宣贵妃诔》"移气朔兮变罗纨，白露凝兮岁将阑"句下秀州本注："济曰：气，二十四气。朔，月一日也。阑，晚也。言贵妃夏薨，绮罗轻薄，至秋则变也。善注同。"相同部分的监本注则为："阑，犹晚也。"秀州本与监本差异也相当大，李善注只解释了一个字，五臣注解释了三个字，并有解说。或许因为五臣注中已经包含了李善注释内容，所以秀州本竟也以"善注同"略之。这种某同某注编纂体例的出现，开始使李善注与五臣注的界限产生混同，并为以后的二本相互窜乱埋下了隐患。

总体而言，作为第一个合并本的秀州本确定了一种合并本的编纂体例并进行了实际操作与尝试，同时在编纂过程中复检原书，改正了此前单注本的讹误约两万处。李善注本是以北宋天圣监本作为底本的，在今天监本残缺不全与难以寻觅的情况之下，由秀州本翻刻的奎章阁本是有资格承担监本《文选》的面貌特征的。不过这种承担应该主要还是在文字上，而具体的分注位置、个别音注的消失、附属于五臣某家之注的"善同某注"的出现都在一定程度上损坏了监本《文选》的注释特征。所以作为奎章阁底本的秀州本具有两面性：一方面，比较完整地保存了监本《文选》与平昌孟氏五臣注的内容；另一方面，其开创的编纂体例与初步尝试已经改变李善注或五臣注的情形，让后来的版刻与编纂变本加厉，使二家之注进一步杂糅成为可能，而且首先迈出了令人叹惋的一步。

二　合注本的变迁与演化

在秀州本刊刻十七年后，广都裴氏刊六家注《文选》六十卷毕功，并在广都县北门裴宅印卖，时为政和元年（1111）。广都裴氏本原卷据说在台湾尚存残卷，难睹真貌。是书明代袁褧曾于嘉靖二十八年（1549）年重刊，据斯波六郎记载日本静嘉堂文库所藏袁本云《昭明文选·序》后标有"此集精加校正，绝无舛误，见在广都县北门裴宅印卖"二十一字（三行），卷六十尾有"吴郡袁氏嘉趣堂本新雕"木记。以此可见，袁本当是承广都本而来。又卷六十末有《文选刻跋》曰：

余家藏书百年，见购鬻宋刻本昭明文选，有五臣，六臣，李善本，巾箱，白文，大字，小字，殆数十种，家有此本，甚称精善，而注释本以六家为优，因命工翻雕，匡郭字体，未少改易，刻始于嘉靖甲午岁，成于己酉，记十六载而完，用费浩繁，梓人艰集……皇明嘉靖己酉春正月十六日，吴郡汝南袁生褧，题于嘉趣堂。①

可见袁褧刻本是对广都裴氏本的覆刻，并有意识地保存了广都本的原貌。清代胡克家刻《文选》李善注，袁本是其参校的两种主要版本之一，胡刻本并附有详细的考异。笔者通过胡刻本记录的考异一一复核秀州本，发现袁本的特征与秀州本大多相合，其来自秀州本毫无疑问。

考察广都本必须注意一点：广都本是以商业营利为目的，故自然不会在校勘上作很大的投资，这种推测在考察明州本的来源时反映得更加清楚。

明州本六家《文选》现存最早者当为日本足利学校遗迹图书馆藏本，被日本人视为"国宝"，1975年由该校遗迹图书馆后援会影印问世。现存其他诸刊本皆绍兴二十八年递修本，于卷六十末有跋语云：

右《文选》板久漫灭殆甚，绍兴二十八年冬十月，直阁赵公来镇是邦，下车之初，以儒雅饰吏事，首加修正，字画为之一新，俾学者开卷免鲁鱼三亥之讹，且欲垂斯文于无穷云，右迪功郎明州司法参军兼卢钦谨书。

然足利本无此跋。其刊刻时间据范志新以刻工为中心的考证：足利学校本是南宋初原刻、绍兴二十八年修补本，绍兴二十八年修补是第一次修补②。

比较明州本与秀州本的差异，以《文选》卷一为例，结果表明：明州本有十三处有明显的增注。而在增注的部分中，据笔者所能查找到的袁本特征，有与之相合者。这些特征显示，明州本显然是承广都本而来，而并非以前研究者认为的是直接承自秀州本。因为广都本是基于商业的目的，最初意欲对秀州本进行全部校勘，所以在前面几卷中，主要是第一卷，与秀州本有所不同，而考虑到

① 〔日〕斯波六郎博士记载此本特征颇详，俱见其《对文选各种版本的研究》一文，见《中外学者"文选学"论文集》，中华书局1998年版，第892~893页。

② 范志新：《赣州本与明州本》，《文选版本论稿》，江西人民出版社2003年版，第22页。

商业的投入与时间的问题,广都本终未毕功,校勘即不了了之。承自广都本的明州本相应地就保存了广都本的这些痕迹。除此以外,明州本对合注本的编纂体例的实际操作又走了一大步,大致表现在进一步增加校语,这似乎暗示了明州本的编纂者手中握有单李善注本与单五臣注本,否则,仅凭有限的注释,可能并不会产生像斯波六郎所认为的校语出现是从注释中看出而增加的,同时,明州本通过"某同某注"的方式对注释进一步删减。在秀州本中虽亦有二家之注差异较大而删除一家者,但是数量较少;而明州本,对一些二家之注差异较大者亦应用了此种编纂类例。对此现象的增加,我们的推测是,不仅仅是明州州学所为,可能在广都裴氏本中就已经存在了一些,广都本通过此种类例的运用以删减部分文字来加速其刊刻过程。正如以往的编纂,明州本在更正过去版本的文字讹误时,也造成了一些新的错误出现。

我们认为:从秀州本到广都本,再到明州本,是一个单线系统,而并不是过去研究者认为的后来许多刻本均出自秀州本,后世几个刻本之间是并列的。所以,对于明州本,我们的总体认识是明州本属于秀州本系统,但很可能直接来源于广都本,明州本的一些特征在袁本中存在而并不出现在秀州本中,而袁本的底本则是广都本,就是很好的说明。毫无疑问,广都本出自秀州本。由此而言,六家本的第一个合并本是秀州州学本,这在国内已经失传,而见于韩国奎章阁的活字排印本。秀州本是后来六家本的祖本,其后的广都本则由于商业目的,对前几卷进行了增注而未毕功,基本沿袭了秀州本的全貌;而明州本很可能是以广都本为底本,并参校注释所引书籍作了一些校改。对秀州本非、明州本是的卷一异文的比较可以发现:明州本改动的地方多与今传的注释引用之书相合,可见明州本对于讹误之处还是复查了原书的;同时,明州本中校语的增加,李善注的增注,五臣注的减注,似乎都暗示编纂者手中握有李善注与五臣注单行之本又作了一些校改。至于肇始于秀州本的以"某同某注"而删去一家之注的做法,则为李善注、五臣注的混同埋下了隐患。在明州本中,此类现象进一步扩张,有些已经逸出了两家注释基本相似的前提。虽然也有一些以"某同善注"的方式保存了李善注而略五臣注,然总体而言,删李善注而存五臣注占多数,从此角度而言,六家本出而李善注亡的说法还是有相当道理的。六家本出而李善注亡的观点,在一定程度上夸大了六家本对李善注的改动,但也反映了此种改动对李善注的损坏,还暗示着在合并本兴盛的时代,单注本似乎较难见到。李善注在六家本中的缺失又促使注重李善注的六臣本的出现。两家单注之本的不同损坏也呼唤对其单注本重新刊刻。

正是时代的需求与二本的混乱,首先促使了单五臣注本的出现,建炎三年(1129)杭州猫儿桥锺家刊五臣注三十卷,今存二十九、三十两卷,分藏北京大学图书馆与国家图书馆;继有绍兴三十一年(1161)单五臣注本的建阳陈八郎本的出现。两种五臣注本的出现似乎都不是从合注本中析出的。合注本一如既往地向前发展,早在陈八郎本出现以前,赣州州学就开始着手刊刻六臣本的《文选》了。

根据赣州本的刻工等因素考证,赣州本约刻于12世纪50年代或稍早。赣州本的出现,表明李善注开始受到重视。作为五臣注本系统,即注释排序上李善注在前、五臣注居后。但是,赣州本的编纂不是对单李善注本与单五臣注本的重新编纂,而是基于六家本之上的注释顺序的颠倒与个别调整。首先表现为注释的分注位置全同六家本。既然赣州本要强调李善注,正文及分注位置当全依李善注。如果这样做可能花费的时间与努力要多得多,事实并非如此,赣州本于是对六家本的顺序进行了调整。既然采取单纯颠倒顺序的编纂方法,夹注位置势不能改变。况且因为有现成的六家本,编纂起来比重新以李善单注本与五臣单注本重新组合要容易得多。赣州本编撰者只是通过颠倒注释次序的手段来强调李善注,而对正文的注释群划分、夹注位置则悉依六家本。相类似的颠倒顺序同时还体现在正文的校语中,以前的六家本校语因为侧重五臣注的原因,正文依据五臣注,对李善注与之相异的地方则于正文之中夹注校语“善本作某”“善本有某”之类,赣州本对此只是把正文相异的字词改成李善的,然后转换校语为“五臣作某”等,不过,此种换序进行得并不彻底,在赣州本中时有六家本原先校语的残留。据电子本的检索统计,赣州本对明州本、秀州本的正文异文校语全搬未改的有九百零九处。对于校语,赣州本与明州本比校,已有明显的增加,校语的增加意味着赣州本编纂者尚能看到单注本,至少在其之前尚有五臣注本刊刻出现。赣州本强调李善注还有一个较大的变化,就是对六家本李善注的“已见”例进行了全面的增补。据文渊阁电子版的统计,赣州本未作增补的仅有七十一例,增补的来源无非查找李善在此之前的已出之注。如此来看，赣州本确实是加强了李善注，但，从另一个方面看，对“已见”例的增补实际上又是在进一步破坏李善注的面貌。从敦煌本《西京赋》就开始出现的此类现象，到赣州本中进行了全面的实施。对六家本的“善同某注”，赣州本的一种处理方式是颠倒顺序，把原先五臣注的内容改名换姓，下则继以“五臣同善”，这无疑进一步承认了李善注与五臣注的相似性，消磨了二本的差异；另一种处理方式，则是查找对应的李善注，由此来看，赣州本的编纂者手中尚有单李善注本，故能详列李善注，继以“五臣同善”，并非如第一类的只是更名换姓而已。大要言之，赣州本对已经存在于秀州本、明州本中的“某同某注”的注释方式采取不同的方法进行了处理，或者照搬不变，或者直接颠倒二家注释顺序，或者对二家之注冠名进行更换，或者对删略的李善注进行详细的增补，增补一定参考了当时所存的其他校本。由上述例证来看，很可能是参考了李善单注本，但没有对出现的此种状况全部补注，很可能是赣州本编纂者手中所备的李善单注本也并非完帙。总之，赣州本编纂的整体原则通过详李善注而略五臣注的方式亦能体现清楚。查检赣州本全书，作某同善注者达五百三十二次。其实这个数字远远不能说明问题，因为在赣州本中，有大量的对五臣注的剔除而并不作任何交代，这种处理方式在数量上远远超过了明确交代的“某同善注”。

通过赣州本与明州本、秀州本的比较，基本可以认定其颠倒顺序依据的底本与明州本更为接近，但绝非单纯依据明州本，而是参考了当时尚能看到的单注本。与此有关的疑惑是，对当时单注本可能并非一一对照，而是当注释出现问题时才求助于它，所以尽管参考单注本，但对李善注中原有的被六家删去的部分音注依然没有增添，或者正如上面所言，赣州本编纂者所看到的李善本就已经残缺了。

照常理而言，从六家本到六臣本是一个很大的变化，但从赣州本的实际编纂来看，可能并没有费很大力。相反，单纯为了强调李善注而采取了诸多措施，一方面似乎在强调李善注的同时却在进一步瓦解李善注，对李善注的大量增补并不一定就能代表李善注的原貌，而且，赣州本对五臣注则经常毫无理由地大量删减。因此说，《文选》注释到了赣州本，如果没有单注本的存在，不仅是被重视被强调的李善注遭到改头换面，就是五臣注也大失原形。

属于六臣本系统的尚有宋建本，经过笔者的初步考证，其版刻当在咸淳七年(1271)前后,即史载的廖莹中建宁刊《文选》。大致而言,从赣州本到宋建本的变化不是很大,宋建本几乎照搬了赣州本,甚至包括一些讹误。但对赣州本中明显讹误和扞格不通之处都作了改动,还对部分赣州本未调换五臣注与李善注顺序者作了部分的调换,对部分"善本作某"的校语改为"五臣作某",增补了赣州本脱漏的部分李善注,无意中也有脱漏赣州本已有的李善注情形发生。因《四库全书》本是钞本,所以讹误之字特别多,宋建本对此大部分参校其他本子作了修正。总体而言,宋建本的讹误比赣州本要少得多,所以能成为较为流行的本子,但是,无论就李善注还是五臣注而言,宋建本都不能代表其原貌,尤其是五臣注,从赣州本开始的剔除五臣注的现象,宋建本则全盘照收,影响很是深远。

宋建本因为《四部丛刊》的收入与商务印书馆单注本的刊刻,后又有中华书局与浙江古籍的影印,影响很大。其实若考察其来龙去脉,不但是对五臣注而言,即使是李善注,离其初始状态的面貌已经远了很多。设若今人动辄以宋建本为例,言李善注如何,言五臣注如何,恐怕厚诬古人的情形就不可避免了。

三　合注本的分离

赣州州学刊本的出现标志着李善注开始受到重视与强调,在其刊刻后约三十年,尤袤刊刻的李善单注本出现则似乎意味着李善注地位与价值重新得到了时人的认可与重估,此事发生在南宋淳熙八年(1181)。

诸家研究者对尤刻本来源一直聚讼不已,但不外三种看法:一是它来源于六臣本,是从六臣本中析出李善单注成书的;二是它来源于北宋李善单注本的监本;三是折中二者,认为尤刻本出自李善单注本与五臣、六臣诸家注本,但未能论证谁是底本的问题。笔者认为,尤刻本《文选》的来源远比想象得要复杂,它是以北宋监本残卷与赣州本为主要底本,监本残卷有问题处主要旁参六臣注本的赣州本而来,监本不存者则以赣州本为依据,同时,尤袤的刊刻具有汇校的性质,是对监本《文选》的进一步整理。

通过详细的文字比勘,结果显示:尤刻本与赣州本关系最为密切,其次是明州本,再次是奎章阁本,又次是监本,此种文字的比校在很大程度上反映了尤刻本与诸版本文字上的亲疏关系,并且从一个侧面揭示了诸版本的源流。文字比勘结果仿佛显示尤刻本与监本的关系并不是很大，甚至基本没有关系，但事实可能并非如此。虽然在文字上尤刻本与赣州本最为接近，但须知，赣州本来源于六家本的明州本，注释的位置悉依五臣注，而尤刻本的注释位置则是李善注的注释群。如果没有李善单注本的存在，光是恢复李善注的分注位置一项，其困难都是不可想象的。又赣州本中大量地重复出注的现象在尤刻本中并不存在，它反而与监本比较一致，比尤本刊刻早二十年的陈八郎本前面木牌云："凡物久则弊……琪谨将监本与古本参校考证，的无舛错……"其中的监本当指李善单注本。诸种事实表明，尤袤当日对李善注的整理首先以监本为依据，在文字歧异或监本有明显错误之处，则主要参校赣州本综合整理而成；但尤氏所见的监本绝非完帙，在监本缺失的情况下，作为六臣本系统的赣州本又成为不可或缺的底本，这种推测可以解释尤刻本与监本文字相类同时又与赣州本关系密切的事实。与其说尤刻本以监本为底本或者以赣州本为底本，毋宁说它以手中所有的部分监本和完帙的赣州本为底本，"博极群书""亲为雠校"（袁说友题识）而成。从此意义而言，尤刻本的成书是李善单注本在北宋监本从钞本到刻本进行大规模整理之后的又一次全面整理，这种整理的成果与李善注的原貌相距几许暂且不论，它对后世李善单注本产生的流衍意义是无与伦比的，从南宋淳熙讫于清代嘉庆，李善单注本尽管发生不同程度的文字变化但均笼罩于尤刻本之下的事实就说明了这一点。

尤袤在尤刻本附《跋语》中云"虽四明、赣上各尝刊勒，往往裁节语句，可恨"，其对明州本与赣州本的批评就是针对李善注的删减现象而发，具体表现就是以"善同某注"的形式对李善注与五臣注相同或部分相同的部分仅出五臣注，完全相同是不可能的，这在一定程度上实则破坏了李善注的原来形态。尤氏既然对合并本中李善注的"裁节语句"愤愤不平，那么其致力于李善注的首要任务当为增注，但是尤刻本增注的来源有哪些？尤刻本与监本相比增加的注释是否均为尤袤所为？通过比校显示，尤刻本多出的部分，多来自五臣注。进一步考察，尤刻本阑入的五臣注部分，皆在六家注明州本删除李善注并标"善同某注"之类之内而无有逸出者，并且，在有五臣注文字阑入的条目中，全条为五臣注者没有，多是李善注、五臣注间有，也就是两家之注必有相同部分方为明州本的删减形成可能。李善注增加的部分还有一个来源，就是旧注。从广义上讲,李善引用的旧注本身就是李善注的一部分,这里主要讲的是旧注被置于李善名下的部分。此类讹误的出现多系尤袤所为,但如果从客观上寻找原因,则要追溯到李善注与五臣注合并,比如在李善注中原属两次的注释在五臣注中却作一次注释,技术操作上的原因迫使把李善注的两次注合并到一处。尤袤在监本缺失、不清楚李善注位置的情况下,就有可能把旧注误植于李善注中,这是从六臣本中析出李善注在技术操作上的客观原因所致,恐怕这也是尤袤始料未及的。

尤袤手中既已经握有部分李善注,但却体现出明显的增注倾向的事实,说明尤袤并非有意恢复李善注,而是对李善注进行了又一次的大规模整理,从内容上看,尤刻本的李善注确实更加丰满、更加完整了;但从李善注的演变史上看,尤刻本毫无疑问地距李善注的初始形态又远了一大步。

尤刻本现存最早者藏于国家图书馆,中华书局1974年照原版影印,经过笔者的仔细审查,发现该本只是一个尤刻本的较早刊本,但亦不是初刻本。其明显特征是有不少补版的特征出现,而且补版的地方大多是引发争议之处。有些补版可以认为是刊刻次数过多导致文字漫漶而进行的修补,而有些修补之处的文字远远超过了其空间按原版式所容纳的文字数量,字体亦明显不一致,而后来的刊本亦多与之同。

尤刻本《文选》的整理与刊刻,使得《文选》李善注在较长一个历史时期残缺不全的面貌得到了改善,并成为后世众多李善注刻本的祖本。比较闻名者,如元代延祐七年(1320)张伯颜刊李善注《文选》六十卷,明代崇祯十四年(1641)汲古阁刊李善注本六十卷,清代嘉庆十四年(1809)胡克家重刊李善注六十卷。胡刻本因为是摹刻尤刻本,在版式、行格等方面尽量与之一致,又有顾千里等人的《考异》附之于后,中华书局又缩小影印,所以胡刻本成为李善单注本中最流行的一个本子。普通读者阅读《文选》也多以之为主要书目,并自然地认为李善注原貌如此云云。其实从显庆三年到嘉庆十四年的李善注的流衍已如上述,李善注的变化已如上述,有很多地方已经逸出了李善最初之注的范域。即便是以尤刻本为底本的胡刻本,二者之间也不是全然相同,中华书局版胡刻本后就附有《胡刻本与尤刻本异文》,按照我们的校勘,发现其所校亦有不少遗漏者。

第四节　有多少种版本就有多少种李善注

恩格斯在《致裴·拉萨尔的一封信》中引用西方谚语云“有一千个读者就有一千个哈姆雷特”(There are a thousand Hamlets in a thousand people’s eyes)，这句话强调读者在阅读过程中因不同经历、爱好、知识积累等诸多方面因素的不同而在面对相同的文学作品时发生的阅读变异，强调的是读者对文本的阐释意义。我们借用这句话，有一千种《文选》版本就有一千种李善注，所强调的是《文选》在传抄、刊刻、合并、分离过程中因不同操作者的介入而使之发生的变异。

《文选》注释经历了一个由一到多，又由多到一的过程，体现了一与多的辩证关系。从最初李善注显庆三年的上表之本伊始，就产生了不尽一致的传抄本，仅敦煌本就至少有两种形态的版本存在；李善在讲学过程中的不断修订之本也表现出多样的形态，其最终的所谓绝笔之本则又是对其不断修订之本的统一；如李善讲学之本为一，则众多士子的记录又产生不同的面貌；钞本时代的李善单注本、陆善经本、音决本、五臣本众本并存进而成为《集注》本；钞本时代的众多本子，又因监本《文选》的统一整理刊刻而加快消失。同时，《文选》李善注的版本亦表现出由分到合，又由合到分的过程，体现了分与合的辩证关系。钞本时代李善注纷繁复杂的面貌因监本的整理而统一，监本《文选》与平昌孟氏本五臣注走向合并的秀州本成为第一个合并的本子，其后的广都本、明州本、赣州本甚至奎章阁本，都是以合并本面貌出现的，合并的传承过程中二家之注的界限“渐行渐近渐不分”，又开始催生出单注本的出现，尤袤刊刻的李善单注本又从赣州本中脱离出来而独立，与此同时，单注的五臣注本亦在刊刻，又由合到分。《文选》版本注释的流变充分体现了一与多、分与合的辩证关系。

从一到多、从多到一，从分到合、从合至分，这种演变的过程由于编纂者、抄写者的主观因素介入与客观原因存在而使《文选》版本面目各异。我们说的一千种版本就有一千种李善注，其实就是强调不同版本之间的差异。绝对地说，《文选》李善注没有完全相同的两种版本；反过来讲，尽管一千种版本就有一千种李善注，它终归还是李善注，而没有成为他家之注，其类同性还是相当大的；

再绝对地说,没有完全不同的两种李善注本。

李善注《文选》的变异即差异部分使之成为不同的版本,而其类同性即相同部分又使我们对其发展演变能够把握。大要言之,《文选》李善注注释、版本的演变可用下图明示。未加方框的表示钞本,加方框的表示刻本。

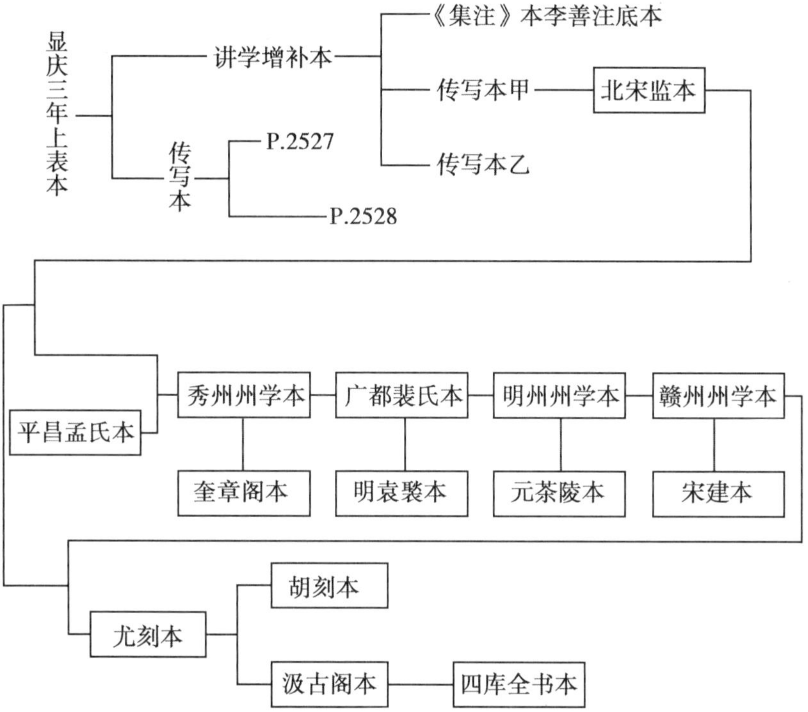

第五节　几点启示

通过以上对《文选》李善注流变的粗略考察,可得几点启示。

第一,李善注《文选》当今能见到的版本尽管有限,然其变异程度已颇为复杂。造成如此复杂的原因有李善的因素,李善上表之后又进行了修订;有传抄的原因,不同传抄者目的不同而有选择;有刊刻的原因,刊刻者适应社会之需对其进行合并与分离等。也就是说,造成李善注的纷繁复杂是注释者本身与众多传播者共同完成的。

第二,有敦煌本的李善注,有《集注》本的李善注,有监本的李善注,有六家本的李善注,有六臣本的李善注,有尤刻本的李善注,有胡刻本的李善注,每一种注释版本系统内又有自己的流变,厘清不同李善注的存在,就可以避免动辄以某本李善注来对李善进行或鞭挞或歌颂的现象,也就是说,某本的李善注代表的是某本李善注的面貌,而不能放大到整个李善注。

第三,与上两条相关,因《文选》注释是一个不断变动的过程,是一个不断开放的动态过程,在使用《文选》李善注版本时,首先必须标明所依据之版本,而后方可言某本李善注如何云云。

第四,考察《文选》李善注版本,绝对不能仅仅局限于某一版本,必须将之置于整个演变史中,才不会有过分夸大或过度贬低某版的情况出现,对置于整个发展链条上的某版的评价方才客观。

中编

《文选》五臣注的演化

绪　言

在唐玄宗开元时期，吕延济、刘良、张铣、吕向、李周翰等人因对《文选》李善注多征引文献、不具体释义的阐释方法感到不满，于是重起炉灶，为《文选》作了一个与李善注释意图不同的注本。五臣注本在开元六年由吕延祚上表朝廷，得到了玄宗的口头称赏与实物奖励。更重要的是这个本子迎合了社会上一般知识阶层学习诗赋以晋身功名的欲望与追求之需，因此成为开元以后社会上最为盛行的《文选》注本。

如同李善注本一样，五臣注在唐代是以钞本的形式进行传播的。不过，五臣注虽然晚出，其刻本却早于李善注。一般认为，《文选》刊刻史上最早的刊本即五代时期孟蜀的毋昭裔刻本就是五臣注本，比现知最早的李善刻本的北宋国子监本要早至少五十馀年。一如五臣指责李善注一样，从晚唐开始，五臣注亦开始受到严厉的批评，但与这种批评的声音伴随着的仍然是其在一般知识阶层中的大量传播，因此今天仍然能见到南宋时期民间及坊刻的五臣注本。不过，因为二家合并本的出现，明清以来，公私藏书目录中几乎见不到五臣单注本的著录了，这说明五臣注已经逐渐被合并本所代替了。

客观而言，五臣注本身自有其存在之理由。它一方面能适应一般知识阶层学习《文选》之需要,另一方面与李善注的互补亦使其有资格成为合并本的另一半。因此,五臣注在传播的过程中,先是单注本,继之合注本,单注本与合注本并存,等等。每一个历史时段的传播都或大或小或隐或显地改变着五臣注的面貌,尤其是二本合并以后,二家的界限有时并不清晰。梳理五臣注的历史演化,既能展示其刊刻史,又能逐步厘清《文选》传播史上二家之注的渗透与相互影响。这是进行《文选》进一步研究之基础,只有经过如此阶段,方能对二家之注进行较为客观之评价,否则,所作之评价就如隔靴搔痒,无关紧要,甚至会张冠李戴,厚诬古人。

第一章
从钞本到刻本的五臣注

五臣注从钞本到刻本，虽然没有李善注的变化那么复杂，但还是有比较明显的变异。中唐之后，五臣注曾经有很长一段时间在社会上非常盛行，出现过不同的传钞本，习者越多，钞本愈夥。在传钞过程中势必会增加新的变化，导致五臣注出现了差异。

第一节　钞本时代五臣注面貌蠡测

现存唐写本时代传世的五臣单注本，因原藏于日本三条公爵家，后世称之为“三条家本”，现存日本天理图书馆。该本仅有一卷流传于世，为五臣本的卷二十，六家本的卷三十九、四十两卷。该卷后于昭和十二年（1937）由东方文化学院影印，列“东方文化丛书”第九。1980年天理图书馆刊入《善本丛书汉籍部》第二卷，由八木书店出版。

该本行十五、十六字不等，正文中夹双行小注，行二十二、二十三字不等，卷内多有残缺。共有十四篇文章，其目录为：

邹阳《于狱中上书自明》（残）

司马长卿《上书谏猎》

枚叔《上书谏吴王》

枚叔《上书重谏吴王》

江文通《诣建平王上书》(残)

任彦升《奏弹曹景宗》(残)

任彦升《奏弹刘整》(残)

沈休文《奏弹王源》(残)

杨德祖《答临淄侯》(残)

繁休伯《与魏文帝笺》

陈孔璋《答东阿王笺》

吴季重《答魏太子笺》

吴季重《在元城与魏太子笺》

阮嗣宗《为郑冲劝晋王笺》(残)①

饶宗颐先生《日本古钞〈文选〉五臣注残卷》一文介绍影刊卷子,纸背写有日本正历四年(993,宋太宗淳化四年)具平亲王撰《弘决外典钞》卷第一。"钞本唐讳民、基并缺笔。其字体及纸质,据鉴定为日本平安朝中朝所书写,则其依据本子,可能为唐写本"②。

从已知文献来看,毋昭裔刊刻于五代时期的孟蜀本为最早的五臣注本,其次是两浙本,再次是平昌孟氏本,这三种本子均已失传。不过秀州本所收五臣注本为平昌孟氏本,虽没有传世之本,但韩国奎章阁本是以秀州本为底本的,故考察五臣注本,可以奎章阁本为参照。而钞本时代五臣注的面貌,只能以奎章阁本为比较对象了。因为《文选集注》本中的五臣注删节较为严重,其至多只能作为一种参照。

日钞本五臣注有以下几个特点:

一 日钞本正文多同于刊本时代的李善注本

以后世刊本文字来比勘,三条家本体现出明显的李善注与五臣注互有阑入

① 《中外学者"文选学"论集》,中华书局 1998 年版,第 537~582 页。

② 《中外学者"文选学"论集》,中华书局 1998 年版,第 539 页。

的特点。该本正文虽有与李善注本相互阑入之失,但因其为五臣单注本,故能补传世合注本系列五臣注之失,有利于五臣注原貌的恢复。以下有关日钞本文字的变化,是以张寿林先生《唐写〈文选〉五臣注本残卷跋》所校为主要依据,与奎章阁本五臣注进行的比较,因奎章阁本之五臣注是以"平昌孟氏"本为其底本的秀州州学本,故其保留了"平昌孟氏"本的内容。

邹阳《于狱中上书自明》

1.白圭显于中山,人恶之于魏文侯,文侯投以夜光之璧。

奎章阁本:白圭显于中山,中山人恶之于魏文侯,投以夜光之璧。

奎章阁本于第二个"中山"下校云:善本无一中山字。"文侯"下校云:善本有二文侯字。

2.以移主上之心。

"主上",奎章阁本作"人主",校云:善本作主上字。

3.宁戚饭牛车下。

"牛"下奎章阁本增"於"字,校云:善本无於字。

4.夫以孔墨之辨。

"孔墨",奎章阁本作"孔翟",校云:善本作墨字。

5.垂明当时。

"垂明",奎章阁本作"垂名",校云:善本作名字。

6.朱象管蔡是也。

"也",奎章阁本作"矣",校云:善本作也字。

7.而不欲田常之贤。

奎章阁本于"贤"后增"良",校云:善本无良字。

8.披心腹。

"心腹",奎章阁本作"心肠",校云:善本作腹字。

9.则桀之狗。

"狗",奎章阁本作"犬",校云:善本作狗字。

10.而趋阙下者哉。

奎章阁本无"者","下"有校云:善本有者字。

枚叔《上书谏吴王》

11.臣乘愿披腹心。

“腹心”,奎章阁本作“心腹”,校云:善本作腹心。

12.变所欲为。

奎章阁本“所”下增“以”。此为善注本特点,五臣本无“以”。

13.弊无穷之极乐。

奎章阁本作“敝无穷之乐”,于“敝”“之”下分别夹校语“善本作弊字”“善本有极字”。

14.养由基楚之善射者也。

奎章阁本无“也”字,“者”下校云:善本有也字。

15.臣愿大王熟计而身行之。

奎章阁本无“臣”,于“愿”下校云:善本作臣愿字。

任彦升《奏弹曹景宗》

16.致辱非所。

“致”,奎章阁本作“累”,校云:善本作致字。

任彦升《奏弹刘整》

17.是以义士节夫。

奎章阁本无“是以”,于“义”下校云:善本义上有是以二字。

18.得奴婢四人分赋以教奴子乞太息寅。

“分赋”,奎章阁本作“分财”,校云:善本作赋字。

19.刘整兄寅。

奎章阁本作“刘兄弟”,并分别于“刘”“兄”下校云:善本有整字;善本有寅字。

沈休文《奏弹王源》

20.薰莸不杂。

奎章阁本作“薰不莸杂”。“莸”下校云:善本作薰莸不。

杨德祖《答临淄侯》

21.然而弟子拑口。

奎章阁本无“然而”,“弟子”前有校云:善本有然而字。

繁休伯《与魏文帝笺》

22.哀音外激。

“音”奎章阁本作“声”,校云:善本作音。

吴季重《答魏太子笺》

23.休息篇章之囿。

“囿”,奎章阁本作“圃”,校云:善本作囿字。

24.不复若平日之时也。

“日”奎章阁本作“生”,校云:善本作日字。

陈孔璋《答东阿王笺》

25.拂钟无声。

注文:过曰欲说东诸侯。

日钞本此注为五臣刘良注,奎章阁本此句在李善注中。

吴季重《在元城与魏太子笺》

26.寿王去侍从之娱。

注文:虞丘寿王。

奎章阁本此注为李善注。

从奎章阁本保留的校文来看,日钞本的正文多与刊本时代的李善注本相同,不像钞胥无意之误。日钞本不会在抄写正文时依据“李善注”,而在抄写注文时又依“五臣注”,对此我们可以做两种推测。

第一,最初的五臣注本正文与李善注本正文无多大差别,从理论上而言也应该这样。不管是李善注,还是五臣注,其注释之书为同一著作《昭明文选》,本就不应该有多大差异,而上列日钞五臣本的存在也能证明此点。

第二,五臣在注释伊始,就有意与李善注划清界限,这点在注释意图中表露无疑。又根据刊本时代的五臣注本正文与李善注异却与五臣注文相符的特征,似乎亦能表示五臣的确是有意识地做了区别。如果此点推测误差不是很大,那么李善注与五臣注二家注的混淆,自写本时代已经开始,而不是自宋代有了刻本才出现的。尤其是25、26两例,日钞本五臣注,在奎章阁本中却出现在李善注中。只能看作是从钞本时期二家注就已互相阑入。

其实,上述的两种推测应该是兼而有之的。即使五臣注在注释之始就有与李善注划清界限的明确意图,其在正文方面的变化却与有意区别于李善注关系不大,因此其依据之正文本与李善注本并没有多大区分。但是,正如我们在考察敦煌本时所发现的,《昭明文选》本身亦有一个传播过程,其在传承中难免出现变异,而李善注与五臣注所依据的《昭明文选》是不同传承时期的本子,故而二家之注本不唯注文之不同,而且正文亦有差异。李善注先出,自然传播早于五臣注;等五臣注问世,其简洁明了的特征又使其盛行,二本并行的传播特征必然会造成二家注本的互有阑入,上述所列例证亦能证明此点。所以,对于日钞五臣注正文多与刊本时代李善注相同特征的认知,似以上述两种推测兼而有之较为允洽。

二 日钞本存在不少人为致误处

因三条家本为钞本,虽书法极其峻朗,然钞录草率,俗体、讹误在在皆是,这也是钞本的共同特征。以下主要以饶宗颐先生《日本古钞〈文选〉五臣注残卷》所校为主要依据。

杨德祖《答临淄侯笺》一首

1.丞相主簿。

奎章阁本"相"下有"府"字。

2.曹公以脩前后漏泄。

奎章阁本"泄"下有"言教"二字。

3.教使刊定。

注文:云后谁复相知。

奎章阁本"云"上有"向曰植书"四字。

4.殊非凡庸也。

注文:翰曰:秦吕不韦。

奎章阁本"秦"后有"相"字。

5.若此仲山周旦为皆有諐邪。

奎章阁本"旦"下有"之畴"二字,"諐"写作"僁"。

6.窃以末之思也。

奎章阁本"以"下有"为"。

7.吾虽薄位为藩侯。

奎章阁本“薄”下有“德”。

繁休伯《与魏文帝笺》

8.薛访车姓名。

奎章阁本“车”下有“子”。

9.衽襟流皃。

奎章阁本作“衽,衣衿。泫,流貌”。

10.慷慨叹息。

奎章阁本“息”下有“貌”字。

陈孔璋《答东阿王笺》

11.披览粲然。

奎章阁本“粲”作“粲”。

12.粲明皃。

奎章阁本作“粲然,明白貌也”。

13.以为吟诵。

奎章阁本“诵”作“颂”。

吴季重《答魏太子笺》

14.远近所以同声。

奎章阁本句末有“也”字。

15.赋事行资于故实。

奎章阁本“行”后有“刑”字。

从以上脱文情况来看,大部分为钞者疏误所致。这种情况并不能反映钞本所据底本的原貌即是如此,故在考察钞本之依据底本时,对此必须非常清醒。

三　保留了他本没有的文字

日钞本也有他本没有的文字,如:

杨德祖《答临淄侯笺》一首

1.无德踰焉。

注文:斯须,须臾也。子贡曰:仲尼日月,无德踰焉。以比植文章。

奎章阁本无"以"。

2.脩又辞以无能。

奎章阁本无"又辞"二字。

繁休伯《与魏文帝笺》

3.幽闇散绝也。

奎章阁本无"闇"字。

陈孔璋《答东阿王笺》

4.焱绝焕炳。

注文:向曰:焱绝焕炳,言文词光明也。焱,火光。焕、炳,皆明也。

奎章阁本无"焱绝焕炳,言文词光明也"十字。

吴季重《答魏太子笺》

5.言众来如车辐之凑。

奎章阁本无"来"字。

此处数例,钞本在意义上都优于刻本。这种情况当是刊本编纂者所依据的不同底本或者在编纂过程中的偶有粗疏所致。

四 保留了不少异文

日钞本与奎章阁本相校,有不少异文之处。如:

杨德祖《答临淄侯笺》一首

1.为收杀之。

奎章阁本"为"字作"乃"。

2.损捐辱命,蔚矣成文。

注文:翰曰:嘉命,谓植书也。蔚,盛。

奎章阁本注文为:翰曰:蔚,盛也。嘉命,植书也。辱,污也。

3.宣照懿德。

"照",奎章阁本作"昭"。

4.弥日而不献。

注文:今脩作。

“今”,奎章阁本作“命”。

5.悔其少作。

注文:良曰:植书云:壮夫不为是悔其少状也。

“少状”,奎章阁本作“少作”。

6.云如雄言。

“云”,奎章阁本作“言”。

7.岂为文章相妨害。

“为”奎章阁本作“与”。

8.惠惠子之知我。

第一个“惠”字奎章阁本作“恃”。

繁休伯《与魏文帝笺》

9.鼓吹乐署也。

“乐署”,奎章阁本作“音乐”。

10.匮之也。

“之”,奎章阁本作“乏”。日钞本误。

陈孔璋《答东阿王笺》

11.陈孔璋

注文:远绍避之。

“远”,奎章阁本作“袁”。日钞本误。

吴季重《答魏太子笺》

12.官至振盛将军。

“盛”,奎章阁本作“威”。

13.质臣言。

“质臣”,奎章阁本倒为“臣质”。

14.岁不我与。

“我与”,奎章阁本倒为“与我”。

15.冉冉疾行自。

“自”,奎章阁本作“皃”,日钞本为形近之讹。

16.谓冠至也。

“冠”,奎章阁本作“寇”。日钞本为字形相近之误。

17.伏惟所天优逝典籍之场。

“逝”,奎章阁本作“遊”。

18.此众议所以归高。

“所以”,奎章阁本作“可以”。

19.已卌二矣。

奎章阁本无“已”,“卌”作“四十”。

20.下遇之才。

“遇”,奎章阁本作“愚”。

21.略陈至惜。

“惜”,奎章阁本作“情”。

吴季重《在元城与魏太子笺》

22.燿灵慝景。

“燿”“慝”,奎章阁本分别作“曜”“匿”。

23.唱然叹息。

“唱”,奎章阁本作“喟”。日钞本误。

24.逸豫于壃畔。

“壃”,奎章阁本作“疆”。

25.因非质之能也。

“因”,奎章阁本作“固”。日钞本误。

异文当中,日钞本的讹误率较高,抄写者的失误与抄写习惯,是钞本出错较多的重要原因。

第二节　从钞本到刻本的推测

通过上面以日钞五臣注与刊本（奎章阁本）的比较，并以日钞本为参照，对五臣注本从钞本到刊本的清理进行推测：编纂者首先选择一个比较完整的底本，然后参校他本主要进行文字语句的校对，因之形成一个比较规范的本子作为底本写板。这个过程早在五代孟蜀时期可能就已发生，两浙本中亦会存在。平昌孟氏是看到了这两个本子的，故其认为毋昭裔与两浙本"较本粗而舛脱夥"，又"访精当之本，命博洽之士极加考核"，对旧本正文遗脱之处，注文遗漏字句之处，字有讹错不协之处，参校史传与"五经"进行校补，如沈严序中所言"若成公绥《啸赋》云'走胡马之长嘶，回寒风兮北朔'，屈原《渔夫》云'新沐者必弹冠'等，旧本（二川、两浙）脱，皆参考他处以补之"，遂成定本。这个本子成为后来众多刊本的祖本。

从钞本到刻本的这一过程伴随着雕版印刷技术的成熟，是在唐末五代至宋初这段时间逐步完成的。作为《文选》的两种主要注本，李善注本与五臣注本在这段时间完成了从钞本时代纷繁不一的多种本子到刻本时代渐趋定型的这样一种演变。刻本编纂者对《文选》注释的编纂过程，在选取比较翔实本子的基础上，广校众本，又参以史传、经书、诸子，校误正讹，从而完成了清理的过程。这种清理对社会上曾经传播的纷繁不一的众多钞本的统一起到了积极的作用，其刊刻又为《文选》的广泛传播提供了文本的条件。同时，刊本的出现，刊本的传播，刊本的规范，也加速了钞本的亡佚过程。

第二章
六家本之五臣注

像《文选》这样广为传诵的书,为了阅读方便,合注本的出现是历史的趋向。合注本的编排既有注释倾向的不同,也有为方便读者的因素。但是合并的工作,因底本不一等诸多因素,又彼此迁就,造成了不同传本的混乱。

《文选》合注本有两种版本系统:一种是五臣注在前、李善注居后的,世称六家本。另一种是李善注在前、五臣注居后的,世称六臣本。从目前已知的文献而言,六家本问世要早于六臣本。

第一节 秀州本之五臣注

秀州州学刻本是已知文献中最早的二家注的合并本,它刊刻于北宋元祐九年(1094),体现出编者重五臣注的体例。秀州本今已不存,可能是科举导向等方面的原因,未见国内任何文献记载。据傅刚先生研究,裴氏本以及后来的明州本都是由此而来[①]。此种版本目前存世的有韩国中央大学奎章阁藏本。该本是明宣宗宣德三年(1428,朝鲜世宗十年)古活字印本,据卷末卞季良之跋语中有关铸字的情况可以大致断定此本刊刻于宣德三年以后不长的时间。

秀州本在后附有五臣本后序、李善本的校勘雕凿过程,清楚交代了合并本

① 见傅刚《〈文选〉版本研究》相关章节,北京大学出版社2000年版。

的二家之注的底本,并对合并本的具体编纂作出总结:

> 秀州州学今将监本《文选》逐段诠次,编入李善并五臣注。其引用经史及五(此处应为"百")家之书并检元本出处对勘写入。凡改正舛错脱剩约二万馀处。二家注无详略,文意稍有不同者皆备录无遗。其间文意重叠相同者,辄省去,留一家。揔计六十卷。元祐九年二月 日①

此则跋语对秀州本的编纂作了具体的说明:

一是李善注依五臣注夹注位置进行编纂,将监本《文选》逐次编入所依据的是五臣注,也就是说对李善注要进行较大规模的调整。

二是五臣注与《昭明文选》白文本同属三十卷,但由于规模浩大的李善注逐段编入,使其字数剧增,故析为六十卷;李善注《文选》原本即是六十卷,在析分卷数方面,六家本同善注本。

三是对二家注的具体编纂原则是:"文意稍有不同者皆备录无遗。其间文意重叠相同者,辄省去,留一家。"跋语中没有明确说明具体编纂中到底省去哪一家,但因五臣注居前,所以在省注时多略李善注;当然也有相反处,即存李善注,略五臣注,这两种省略情况,均符合此本的删注原则。

四是将二家注具体合并时,多依五臣注的夹注位置,遇有异文之处,夹校语。

五是二家之注所引经史及诸子之书,细校原典,改正了"二万馀处"。

以往对六家本的认识,多认为正文以五臣注为主,注文亦多删李善注。其实,六家本(秀州本)的编纂原则中并没有确立删除哪家的问题,主要是因为五臣注居前,所以删略李善注的情况似乎较多。但是,在具体编纂运作中,一切当以编纂方便为主。下面的例证就是删去五臣注而存李善注的。以卷十潘安仁的《西征赋》为例,此文中至少出现五处删略五臣注而存李善注的现象。列举如下:

---

① 奎章阁本《文选》卷末跋语,韩国正文社 1986 年版。

1.美哉邈乎！兹土之旧也，固乃周邵之所分，二南之所交。麟趾信于《关雎》，《驺虞》应乎《鹊巢》。

秀州本：邈，远也。馀同善注。

善曰：《公羊传》曰：自陕以东，周公主之；自陕以西，召公主之。《毛诗序》曰：《关雎》，麟趾之化，王者之风也，故系之周公。《鹊巢》《驺虞》之德，诸侯之风也，故系之邵公。《周南》《邵南》，正始之道，王化之基。

2.辛李卫霍之将。

秀州本：善曰：《汉书》曰：辛庆忌，字子真，为左将军。匈奴西域亲附，敬其威信。本狄道人。又曰：李广，陇西人也，为右北平太守。匈奴号曰汉飞将军，避之。数岁不入界。卫、霍，已见《长杨赋》。

翰同善注。

3.衔使则苏属国，震远则张博望。

秀州本：善曰：《汉书》，孙宝衔命奉使，职在刺举。又曰：苏武字子卿，杜陵人也。武以中郎将，使持节送匈奴使留在汉者，匈奴乃徙武北海上。武杖汉节牧羊。武留匈奴凡十九岁，乃还，拜为典属国。又曰：张骞，汉中人也。以郎应募，使月氏，去十三年，得还。骞以校尉从大将军击匈奴，知水草处，军得以不乏。封骞为博望侯。

向同善注。

4.陆贾之优游宴喜。

善曰：《汉书》曰：陆贾，楚人也。高祖拜贾为太中大夫，有五男。分其子，子二百金，令为生产。贾常乘安车驷马，从歌鼓瑟侍者十人。谓其子曰：与女约，过女，女给人马酒食。后陈平乃以奴婢百人、车马五十乘、钱五百万，遗贾为食饮费。贾以此游汉庭公卿间，名声藉甚。《答宾戏》曰：陆子优游，新语以兴。《毛诗》曰：吉甫燕喜，既多受祉。

翰同善注。

5.赵张三王之尹京，定国释之之听理。

秀州本：善曰：《汉书》曰：赵广汉，字子都，涿郡人，守京兆大尹，发奸擿伏如神。又曰：张敞，字子高，河东人也。守京兆尹，枹鼓稀鸣，市无偷盗。又曰：王遵，字子贡，涿郡人也。为谏大夫，守京辅都尉，行京兆尹事，旬月间，盗贼清。

又曰：王章，字仲卿，泰山人也。章以选为京兆尹。又曰：王骏，琅邪人也，为京兆尹。赵广汉、张敞、王章至骏，皆有能名，故京师称曰前有赵、张，后有三王。又曰：于定国，字曼倩，东海人也。为廷尉，其决疑平法，务在哀鳏寡，罪疑惟轻，朝廷称之。又曰：张释之，字子季，南阳人也，为廷尉。周亚夫见释之持议平，乃结为亲友，繇此天下称之也。

济同善注。

对于秀州本省略的注释，大致可以总结几条：一是对李善注省略之处的数量要多于对五臣注的省略，数量比大致为5∶1，但秀州本整体而言省略之处不是很多，全部约八十馀处；二是秀州本以五臣注为主，先出五臣注，李善注在后，省略的李善注自然在五臣注之后；但是省略五臣注的时候，则是先出李善注，然后再是五臣注某家同善注；三是省略的注文李善注大都引典，五臣注大都不引，且进行了改编，并有释义与解说，省略其中任何一家，都会在一定程度上改变二家之注某些早前的面貌。

因为监本《文选》尚存，通过对秀州本从监本李善注所做的改编来看，整体上非常严谨，除了把李善注编到相应的五臣注部分中需要做一些合并，对李善注只在文首说明旧注者重新署名等情况外，对监本李善注几乎没作多大改动。通过如此的改编情况，我们推测，秀州本对五臣注的改编亦应该非常严谨，何况秀州本具备重五臣注的倾向。因此，在平昌孟氏本不存的情况下，作为秀州本再刻本的奎章阁本是有资格承担五臣注本的功能的。除秀州本中五臣某家同善注的部分外，其馀的部分能够保存五臣注刊本早期的面貌。

第二节　广都裴氏本之五臣注

宋刻广都裴氏本六家注《文选》是五臣注居前，李善注在后，属六家本系统。此本大陆地区已经失传，北京大学图书馆藏有完整的明代袁褧的覆刻本，台湾“故宫博物院”尚藏有一部宋刊残本。与斯波六郎所记裴氏本相同：半叶十一行，行十八字，文中夹双行小注，注文行二十六字，左右文武框栏，上下单线，白口。

在秀州本未被世人广为周知以前，多以广都裴氏本为最早的五臣注、李善注合并本。其初刊时间,亦是长期令治《文选》版本者感到困惑的。依照朱彝尊所据徐、王递藏本不见流传,人或疑焉的情况,推定原刊在徽宗崇宁至政和间。

朱彝尊《宋本六家注文选跋》中云:

> 六家注文选,六十卷。宋崇宁五年镂板,至政和元年毕工。墨光如漆,纸坚致,全书完好,序尾识云:见在广都县北门裴宅印卖。盖宋时蜀笺若是也。每本有吴门徐贲私印,又有太仓王氏赐书堂印记,是书氏袠(当为褧)曾仿宋本雕刻以行,故传世特多。然无镂板毕工年月,以此可辨伪真也。①

崇宁五年为1106年,政和元年为1111年。广都本镂版距元祐九年(1094)晚了整整十二年,从刻书时间而言,广都本很可能是承秀州本而来。广都本今已难见,据说台湾还存有部分原卷。是书明代袁褧曾于嘉靖二十八年(1549)年重刊,据斯波六郎记载日本静嘉堂文库所藏袁本云《昭明文选·序》后标有"此集精加校正,绝无舛误,见在广都县北门裴宅印卖"二十一字(三行),卷六十尾有"吴郡袁氏譱本新雕"木记。以此可见,袁本当是承广都本而来。又卷六十末有《文选刻跋》曰:

> 余家藏书百年,见购鬻宋刻本昭明文选,有五臣,六臣,李善本,巾箱,白文,大字,小字,殆数十种,家有此本,甚称精善,而注释本以六家为优,因命工翻雕,匡郭字体,未少改易,刻始于嘉靖甲午岁,成于己酉,记十六载而完,用费浩繁,梓人艰集……皇明嘉靖己酉春正月十六日,吴郡汝南袁生褧,题于嘉趣堂。②

由此跋语,可见袁本是有意识地保存了广都本的特征。但今北京大学图书馆所藏之袁氏刊刻本无此跋语。其中卷一明州本所有的李善增注与袁氏本全

① (清)朱彝尊:《曝书亭集》卷五十二,《四部丛刊》初编本。
② 〔日〕斯波六郎:《对文选各种版本的研究》,《中外学者"文选学"论集》,中华书局1998年版,第892~893页。

同。但是在其后卷次当中，明州本所略的二家之注，袁氏本不同明州本，而是全同秀州本。下面以具体的篇目为例。

卷二十二

1.谢灵运《从游京口北固应诏》：顾己枉维絷，抚志惭场苗。

秀州本：翰曰：《诗》云：皎皎白驹，食我场苗，絷之维之，以永今朝。白驹，喻贤人，有洁白之德。食场苗，喻食禄。维、絷，皆系也。喻羁贤人使入仕也。灵运自谦顾己非贤，枉见絷系，而仕循抚其志，实惭实禄而已。

善曰：郑玄《毛诗笺》曰：顾，念也。《毛诗》曰：皎皎白驹，食我场苗，絷之维之，以永今朝。

明州本：《毛诗》曰：皎皎白驹，食我场苗，絷之维之，以永今朝。

秀州本和袁氏本的注文相同，二家注均详出。五臣注均属"翰曰"。明州本此条注文无注家名称，也没有李善注。

2.谢灵运《登池上楼》：池塘生春草，园柳变鸣禽。萋萋感楚吟。

秀州本：良曰：塘，堤也。鸣禽，莺也。

铣曰：《诗·豳风》曰：春日迟迟，采蘩祈祈。《楚辞》曰：王孙游兮不归，春草生兮萋萋。

善曰：《毛诗·豳风》曰：春日迟迟，采蘩祈祈。《楚辞》曰：王孙游兮不归，春草生兮萋萋。

明州本：良曰：《毛诗》曰：春日迟迟，采蘩祈祈。《楚辞》曰：王孙游兮不归，春草生兮萋萋。

善同良注。

袁氏本全同秀州本，二家注详出，五臣注有良注与铣注两处注文。明州本此处五臣注只有良注。同时略善注。

3.谢灵运《游赤石进帆海》：仲连轻齐组，子牟眷魏阙。

秀州本：济曰：齐相田单攻聊城不下，鲁仲连乃为书，遗燕将。燕将得，乃自杀。遂屠聊城。归而言于王，欲爵仲连，仲连逃隐于海上。故云：轻组。组，授也。中山公子牟谓詹子曰：身在江海之上，心居魏阙之下。故云眷也。

善曰：言仲连轻齐组而之海上，明海上可悦。既悦海上，恐有轻朝廷之讥，故云子牟眷魏阙。《史记》曰:齐田单攻聊城不下,鲁连乃为书,约之矢以射城中,遗燕将。燕将得书,乃自杀。遂屠聊城。归而言鲁仲连,欲爵之,鲁连逃隐于海上。《吕氏春秋》曰:中山公子牟谓詹子曰:身在江海之上,心居魏阙之下。奈何? 高诱曰:子牟,魏公子。一说,魏,象魏也。言身在江海之上,心乃在王室也。

明州本:善曰:言仲连轻齐组而之海上,明海上可悦。既悦海上,恐有轻朝廷之讥,故云子牟眷魏阙。《史记》曰:齐田单攻聊城不下,鲁连乃为书,约之矢以射城中,遗燕将。燕将得书,乃自杀。遂屠聊城。归而言鲁仲连,欲爵之,鲁连逃隐于海上。《吕氏春秋》曰:中山公子牟谓詹子曰:身在江海之上,心居魏阙之下。济同善注。

秀州本与袁氏本二家注均详出。明州本此条注释略济注,善注也有减注。

4.谢灵运《游赤石进帆海》:请附任公言,终然谢大伐。

明州本:善曰:孔子围于陈,太公任,往吊之。曰:直木先伐,甘泉先竭。子其意者饰智以惊愚,修身以明污,昭昭若揭日月而行,故不免也。孔子曰:善。乃逃大泽之中。入兽不乱群,入鸟不乱行,鸟兽不恶,而况人乎! 王逸《楚辞注》曰:谢,去也。铣同善注。

秀州本:铣曰:孔子困于陈,太公任往吊之,曰:直木先伐,甘泉先竭。子其意者饰智以惊愚,故不免言:可用于物则伤于己。灵运将依太公任之,言不为人用。谢去夭伐,以存其生。

善曰:《庄子》曰:孔子围于陈,太公任往吊之,曰:直木先伐,甘泉先竭。子其意者饰智以惊愚,修身以明污,昭昭若揭日月而行,故不免也。孔子曰:善。乃逃大泽之中。入兽不乱群,入鸟不乱行,鸟兽不恶,而况人乎! 王逸《楚辞注》曰:谢,去也。

秀州本与袁氏本详出二家注,用典均有出处。明州本略五臣注出善注,但善注“孔子围于陈”的用典没有出处。

5.颜延年《应诏观北湖田收》:周御穷辙迹,夏载历山川。

秀州本:济曰:周穆王周行天下,便有车辙马迹。予乘四载,随山刊木。故云穷车迹,历山川也。

善曰:《左氏传》右尹子革对楚王曰:昔周穆王欲肆其心,周行天下,将皆有车辙马迹焉。《尚书》禹曰:予乘四载,随山栞木。孔安国曰:所载者四,谓水乘舟,陆乘车,泥乘輴,山乘樏。樏,力追切。

明州本:善曰:《左氏传》右尹子革对楚王曰:昔周穆王欲肆其心,周行天下,将皆有车辙马迹焉。《尚书》禹曰:予乘四载,随山栞木。孔安国曰:所载者四,谓水乘舟,陆乘车,泥乘輴,山乘樏。樏,力追切。济同善注。

秀州本与袁氏本善注相同,五臣济注详出,明州本略五臣济注。

6.颜延年《应诏观北湖田收》:蓄轸岂明懋,善游皆圣仙。

秀州本:良曰:轸,车也。懋,勉也。言蓄车不行,岂曰明德勉励之君;善为巡游者,皆是圣智灵仙之主。

善曰:蓄轸不行,岂是钦明懋德之后;善游天下,皆是睿圣神仙之君。孔安国《尚书传》曰:蓄,积也。范晔《后汉书》曰:圣德明懋。圣,谓夏禹。仙,谓周穆。

明州本:良曰:轸,车。懋,勉也。

善曰:蓄轸不行,岂是钦明懋德之后;善游天下,皆是睿圣神仙之君。孔安国《尚书传》曰:蓄,积也。范晔《后汉书》曰:圣德明懋。圣,谓夏禹。仙,谓周穆。

秀州本与袁氏本的善注与明州本同,五臣良注详出;明州本五臣良注是则改编后的删简版。被删略的文字与善注还是有较大的区别的,不能被善注涵盖。

7.颜延年《应诏观北湖田收》:帝晖应顺动,清跸巡广壥。

秀州本:铣曰:帝,文帝。晖,光。应,当也。顺时而动。壥,田也。天子辇动,出则传跸,止人清道也。

善曰:《周易》曰:圣人以顺动而人服。《汉仪注》曰:皇帝辇动,出则传跸,止人清道。《汉书》曰:杨雄有田一廛。晋灼曰:廛,一百亩也。

明州本:铣曰:帝,文帝。晖,光。应,当也。顺时而动。壥,田也。

善曰:《周易》曰:圣人以顺动而人服。《汉仪注》曰:皇帝辇动,出则传跸,止人清道。《汉书》曰:杨雄有田一廛。晋灼曰:廛,一百亩也。

秀州本与袁氏本的善注同明州本,五臣铣注详出,明州本删去的注文能被善注涵盖。

8.颜延年《应诏观北湖田收》:疲弱谢凌遽,取累非缨牵。

秀州本:良曰:缨牵,马辔也。太长则累于马行。言疲弱不能捷速。非缨牵之所累。凌遽,捷速也。

善曰:言己才疲弱而谢急遽,其所取累,非由缨牵。《西京赋》曰:百禽凌遽。《战国策》,段干越谓新城君曰:王良子弟驾千里之马,过京父之弟子,曰:马(秀州本、袁氏本"马",均作"驾",明州本误)千里之马,而不能取千里何?京父弟子曰:缨牵长。故缨牵于事,万分之一也,而难千里之行。

明州本:良曰:缨牵,马辔也。太长则累于马行。

善曰:言己才疲弱而谢急遽,其所取累,非由缨牵。《西京赋》曰:百禽凌遽。《战国策》,段干越谓新城君曰:王良子弟驾千里之马,过京父之弟子,曰:马(秀州本、袁氏本"马",均作"驾",明州本误)千里之马,而不能取千里何?京父弟子曰:缨牵长。故缨牵于事,万分之一也,而难千里之行。

秀州本与袁氏本的善注除"马千里之马"为"驾千里之马"外,此处应属袁氏本之误,馀者皆同。唯五臣良注详出,明州本五臣注被删略。

9.颜延年《车驾幸京口三月三日侍游曲阿后湖作》:虞风载帝狩,夏谚颂王游。

秀州本:良曰:《虞书》云:岁二月,东巡狩。《夏谚》曰:吾王不游,吾何以休?载,记也。

善曰:《尚书·虞书》曰:岁二月,东巡狩。载,谓载之于策也。《孟子》,夏谚曰:吾王不游,吾何以休?

明州本:善曰:《尚书·虞书》曰:岁二月,东巡狩。载,谓载之于策也。《孟子》,夏谚曰:吾王不游,吾何以休?

秀州本、袁氏本的善注与明州本同,明州本无五臣注,亦无校语。秀州本和袁氏本的五臣良注相同。

10.江文通《从冠军建平王登庐山香炉峰》:广成爱神鼎,淮南好丹经。

秀州本:良曰:《抱朴子》曰:服九转丹,内神鼎中。广成子,上古神仙人,亦当爱此神鼎也。淮南王刘安,好道术之士,于是八公授以丹经。

善曰:《神仙传》曰:广成子者,古之仙人也,居崆峒之山石室中。《抱朴子》曰:服九转丹,内神鼎中,夏至之后暴之。《神仙传》曰:淮南王刘安者,汉高皇之孙也，好道术之士，于是八公乃往，遂授以丹经。

明州本：善曰：《神仙传》曰：广成子者，古之仙人也，居崆峒之山石室中。《抱朴子》曰：服九转丹，内神鼎中，夏至之后暴之。《神仙传》曰：淮南王刘安者，汉高皇之孙也，好道术之士，于是八公乃往，遂授以丹经。

良同善注。

秀州本与袁氏本二家注文相同。明州本以校语的形式略五臣良注。

11.江文通《从冠军建平王登庐山香炉峰》：此山具鸾鹤，往来尽仙灵。

秀州本：铣曰：洪井西有鸾岗，云洪崖先生乘鸾所憩之处。鸾岗西有鹤岭，王子乔控鹤经过之所，故云具鸾岗。尽仙灵，谓建平王来也。

善曰：张僧《鉴豫州记》曰：洪井西有鸾岗，旧说云洪崖先生乘鸾所憩处也。鸾岗西有鹤岭，云王子乔控鹤所经处也。东方朔《十洲记》曰：昆仑山正东曰天墉城，其北户出承渊山，西王母之所治，真官仙灵之所宗也。

明州本：善曰：张僧《鉴豫州记》曰：洪井西有鸾岗，旧说云洪崖先生乘鸾所憩处也。鸾岗西有鹤岭，云王子乔控鹤所经处也。东方朔《十洲记》曰：昆仑山正东曰天墉城，其北户出承渊山，西王母之所治，真官仙灵之所宗也。

铣同善注。

此处注文，秀州本、袁氏本善注同明州本。铣注均详出，明州本以校语形式略铣注。

从以上所引示例可以看出，从秀州本到裴氏本，五臣注保存完好，到了明州本进一步删去二家大致相同之一家注。此种被删略的现象说明袁氏本的底本广都本应该出自秀州本。广都本的商业营利目的非常明显，书商往往以最少的成本获得尽量多的收益为指导，在已有合并本的前提之下，当不会再以五臣与李善原注本重新编纂。有一个比较明显的证据，在秀州本所附的前进士沈严的五臣本后序中云“今平昌孟氏好事者也，访精当之本，命博洽之士，极加考核，弥用刊正”，下双行小字云“旧本或遗一联，或差一句，若成公绥《啸赋》云‘走胡马之长嘶，回寒风乎壮溯’，有屈原《渔夫》云‘新沐者必弹冠’，如此之类及文注中或脱一二字者不可备举，咸较史传以续之，字有讹错不协今用者，皆考五经宋韵以正之”。由此可见平昌孟氏对五臣注作了修订，增加了原五臣注所缺失的句子，秀州本承平昌孟氏本而来，对《啸赋》此两句又增加了校语，而秀州本的独有特征却一字不易地出现在袁本中。这就有力地说明广都本出自秀州本。因此,广都裴氏本五臣注的特征与秀州本五臣注的特征大致相同。

第三节 从秀州本到明州本

明州本《文选》属六家本系统,在二家注基本相同的情况下,删略李善注,保存五臣注,这是六家本的共同特征。由此,其编纂特征给人留下一种错误的认识,以为明州本《文选》在编排五臣、李善二家之注时,均删略李善注,保存五臣注。其实,这种认识是不够全面的。因为在明州本《文选》中也有大量删除五臣注而存李善注的地方。只有对这种现象也引起足够的重视,才能更加清晰地认知明州本乃至六家本《文选》的编纂体例与编纂特征。

尽管明州本承秀州本而来,还是出现了一些明显的变化。六家本系统的明州本不仅有删略李善注的情形,也有删略五臣注的地方。对五臣注的删略有些部分是以校语的形式"明删",有些则是不做任何说明径直删去的"暗删"。所删略的五臣注与保存的注释都有差别,个别地方甚至差别较大。在贯彻秀州本删注体例方面,明州本又作了进一步发挥,有些已经超出了体例本身的范围。因此,对五臣注的学术评价更需要考虑注释的删减现象以及由此造成的五臣注地位的进一步降低的情况。

整体来看,明州本《文选》删略五臣注有两大类型:一是有校语的"明删",即在删略五臣注之处,出校语作"五臣同某",这种删除是非常明显的;二是无校语的"暗删",即在全部或者部分删除五臣注之后,不作任何说明,仿佛此处根本没有五臣注的存在,这种情形更具隐蔽性。对后一种情形,若不参校其他版本,可能会对本来就不被大多数学人认可的五臣注地位,作出更加不准确的判断。明州本是六家注本,除偶尔疏忽外,五臣注均置于李善注之前,以"某同某注"的形式略去一家时,均将校语置于注文之后。

一 以校语"某同善注"的形式,略五臣注

"某同某注"体例亦肇始于秀州本,秀州本已有部分此类情形出现。明州本对秀州本中已有的"某同善注"删五臣注的地方不仅全部承袭,同时又增加

了一些，其中固然有秀州本编纂时无意略去的某家之注，但大部分还是对二家之注比较后删除的。明州本是以五臣注为底本的六家本系统，删注当以“善同某注”的方式略李善注，然而，实际上明州本有不少以“某同善注”的方式删五臣注的例子。这种情况多是李善注比五臣注详细。删减一家简注，保留一家详注，也是明州本编者所遵循的基本条例，如：

1.卷二十曹子建《上责躬诗表》：七子均养者，鸤鸠之仁也。

秀州本：翰曰：鸤鸠之鸟育七子，朝从上向下，暮从下向上。言均平道者，有同于仁。

善曰：《毛诗》曰：鸤鸠在桑。其子七兮。毛苌曰：鸤鸠之善，七子旦从上向下，暮从下向上。均平如一。

明州本：善曰：《毛诗》曰：鸤鸠在桑。其子其兮。毛苌曰：鸤鸠之善，七子旦从上向下，暮从下向上。均平如一。

翰同善注。

按：此处李善引《毛诗》及《传》，这是李善注引征的明显特征。五臣注则径去出处，折中《毛诗》与《传》的内容，以当时语言进行表述。从表达意义而言，李善注包含了五臣注的所有内容，易言之，五臣注在意义上没有超越李善注的地方。所以，此处省略“翰曰”，对五臣注的意义表述没有损失。如果对五臣注一般不引征的体例有所了解，也能大致恢复其原初形态。

2.卷二十一曹子建《责躬诗》一首：改封兖邑，于河之滨。

秀州本：铣曰：植改封鄄城侯。旧兖州之境。近济河，故云“于河之滨”。

善曰：《魏志》曰：帝以太后故贬爵安乡侯。又曰：黄初二年，改封鄄城。属东郡，旧兖州之境。《尚书》曰：济河，惟兖州。植《表》曰：行至延津，受安乡印绶。

明州本：善曰：《魏志》曰：帝以太后故贬爵安乡侯。又曰：黄初二年，改封鄄城。属东郡，旧兖州之境。《尚书》曰：济河，惟兖州。植《表》曰：行至延津，受安乡印绶。

铣同善注。

按：五臣注旨在串通文意，李善注则欲追溯来源。从字数而言，五臣注比较简洁，又无逸出李善注者，明显有改编李善注的倾向。

3.卷二十一潘安仁《关中诗》:微火不戒,延我宝库。

秀州本:良曰:宝库,武库也。惠帝元康五年武库火。戒,慎也。

善曰:王隐《晋书》曰:惠帝元康五年十月武库灾,焚累代之宝。

明州本:善曰:王隐《晋书》曰:惠帝元康五年十月武库灾,焚累代之宝。

良同善注。

按:此例与以上两例略有不同,明州本所略良注与善注相较,显得较为薄弱,但是良注对具体的词有清晰的注释。李善注没有包括全部五臣注的内容,即李善注中没有对具体语词的简略疏解。此种删略,在一定程度上湮灭了五臣注的特征。

4.卷二十潘安仁《关中诗》:命彼上谷,指日遄逝。

秀州本:良曰:孟观封上谷郡公,时天子见诸将败,乃拜观为建威将军,令速往击氐羌也。

善曰:王隐《晋书》曰:孟观,字叔时,稍迁至积弩将军,封上谷郡公,及关中氐反,诸将败退,乃遗观也。曹植《应诏诗》曰:指日遄征。

明州本:善曰:王隐《晋书》曰:孟观,字叔时,稍迁至积弩将军,封上谷郡公,及关中氐反,诸将败退,乃遗观也。曹植《应诏诗》曰:指日遄征。

良同善注。

按:此处明州本所略良注,是为暗略。在具体的表述上与李善注有着很大的区别。可以说是基本不同,已经超越了编纂的体例。

5.卷五十四陆士衡《五等诸侯论》:长率连属,咸述其职。

秀州本:翰曰:千里之外,设方伯,五国以为属,属有长。十国以为连,连有率。言皆奉天子休明之德以述其职也。

善曰:《礼记》曰:千里之外,设方伯,五国以为属,属有长。十国以为连,连有帅。《尚书传》曰:古者诸侯之于天子,五年一朝,朝见其身。述其职者,述其所职也。

明州本:善曰:《礼记》曰:千里之外,设方伯,五国以为属,属有长。十国以为连,连有帅。《尚书传》曰:古者诸侯之于天子,五年一朝,朝见其身。述其职者,述其所职也。

翰同善注。

从秀州本二家注文来看,李善注包括五臣注的内容,但在具体的表述上,二家注在后面部分还是有明显区别的,五臣翰注没有注明出处,但有对文意的解释;善注有出处,却没有对文意的解释。

6.卷五十四刘孝标《辩命论》:岂有史公董相不遇之文乎?

秀州本:翰曰:史公,司马迁也。董相,董仲舒也。二人皆作不遇之赋,以述其志,然人之贫贱富贵皆在天命,岂假有此文乎?

善曰:司马迁为太史公,故曰史公。迁集有《悲不遇赋》。《法言》曰:灾异董相。李轨曰:董相,江都相董仲舒也。仲舒集有《士不遇赋》。

明州本:善曰:司马迁为太史公,故曰史公。迁集有《悲不遇赋》。《法言》曰:灾异董相。李轨曰:董相,江都相董仲舒也。仲舒集有《士不遇赋》。翰同善注。

从秀州本二家注来看,都反映了注家的一贯主张:五臣翰注重对文意的疏通与归纳,善注重在文意的出处与人物的介绍,二家注文的侧重点明显不同。善注不能涵盖五臣注。此处明州本略五臣翰注,对五臣注的破坏就比较大。

7.卷三十二屈原《离骚经》:彼尧舜之耿介兮,既遵道而得路。

秀州本:逸曰:耿,光也。介,大也。遵,循也。路,正也。言尧舜所以能有光明大德之称者,以修(修,明州本作循)用天地之道。举贤任能使得万事之正也。

济曰:耿,光。介,大。遵,循。路,正也。言尧舜所以有光大之称者,能循用大道,任其忠良,故得万事之正。

明州本逸注同秀州本,济注出校语为"济同逸注"。"逸注"是指西汉时期为《楚辞》作注的注家王逸,李善在注《文选》时采旧注作为自己的注,因此"逸注"也是李善注的一部分。

8.卷三十二屈原《离骚经》:虽不周于今之人兮,愿依彭咸之遗则。

秀州本:逸曰:周,合也。彭咸,殷贤大夫。谏其君不听,自投水而死。遗,馀也。则,法也。言己所行忠信,虽不合于今之人,欲愿依古之贤者彭咸馀法,以自率厉也。

铣曰:周,合也。彭咸,殷之贤臣。谏君不从,自投水而死。遗,馀。则,法也。言我忠信虽不合于今世之人,欲愿依古贤人之馀法。

明州本逸注同秀州本,济注出校语为"铣同逸注"。

此处二家注文虽在具体的表述上不尽相同,但意义还是相似的。此处逸注能涵盖五臣注。明州本此处略铣注,采逸注的编纂体例,符合秀州本所提出的"其间文意重叠相同者,辄省去留一家"的做法。

9.卷三十二屈原《离骚经》:女媭之婵媛兮,申申其詈予。

秀州本:逸曰:女媭,屈原姊也。婵媛,犹牵引也。申,重也。言女媭见已施行不与众合,以见放流故来牵引,数怒重詈我也。

翰曰:女媭,屈原姊也。婵媛,犹牵引也。申申,重也。言我行不合时,故牵引古事而詈我。

明州本逸注同秀州本,翰注出校语"翰同逸注"。

此例与上注同。

10.卷三十二屈原《离骚经》:日康娱而自忘兮,厥首用夫颠陨。

秀州本:铣曰:康,安。陨,坠也。言浇杀夏后,相日安娱乐,忘其过恶,卒为相子少康所诛死。首颠陨而落地。

逸曰:康,安也。首,颐也。自上下曰颠。陨,堕也。言浇既杀夏后相,安居无忧,日作淫乐,忘其过恶,卒为相子少康所诛,其首颠陨而堕也。《论语》曰:羿善射,奡汤舟,俱不得其死,然自此以上。羿、浇、寒浞事,皆见于《左传》。

明州本逸注同秀州本,略铣注,出校语"铣同逸注"。

从秀州本二家注来看,王逸的注文明显要比五臣铣注厚重:逸注不仅有对文字的具体注释,也明确出处。五臣注文则相对显得太过单薄,而且没有出处,但内容明显有被逸注所涵盖的特点。明州本所略五臣注,实际有与逸注相似之处。

综合考察明州本以校语形式删略五臣注,虽然依据的编纂体例没有变化,但对具体编纂实施的"度"则不够统一。上面第1、2、5、7、8、9几个例证,符合明州本删去较为薄弱注文的删减原则,李善注包含了全部的五臣注的内容,删减还是比较适宜的,虽然也会改变五臣注的早前形态,但对整个注释的理解影响并不很大;第3例对五臣注的删减,因李善注未能全部包含五臣注,且五臣注的注文还是有可取之处的,无疑模糊了五臣注具体的释义部分;第4例则似乎完全超越了编纂的体例,是编纂中省略五臣注的极端。

从根本上讲,任何形式的删注都会改变其本来状貌,因为在二家之注中,几乎没有完全相同的阐释语言。五臣注有很多地方是在李善注基础上进行的改编,也有意识地避免了与李善注的纯粹重复,所以,六家本的省略一家之注的方法对于“存异同”是不利的。然而,因之以校语的方式出现,从而提醒阅读者,在版本可能的情况下完全可以通过比校,获得五臣注的准确形态。借用校语,是“明删”。除此而外,明州本中还有一种“暗删”的情形。

二　无校语之减五臣注

这种情况有全部删除,也有部分删除,都不加“五臣某同善注”的校语,是明州本减五臣注最为普遍最为严重的情况。这种减注,明州本没有说明,但从注文来看,多为李善注详于五臣注。明州本是重五臣注的六家注,这种删减与李善注相同的五臣注,并不符合其重五臣注的体例,但却较为普遍。

1.无校语“五臣某同善注”而删除部分五臣注

(1)卷四《蜀都赋》正文:其四野,则畛畷无数,膏腴兼倍……

秀州本:翰曰:舜葬苍梧,象为之耕;禹葬会稽,鸟为之耘。穱,麦也。菰,草名。其子有米可食,故云穗也。

善曰:……《越绝书》曰:舜葬苍梧,象为之耕;禹葬会稽,鸟为之耘。

明州本五臣注没有画线部分,减注的五臣注,正是李善注中画线部分,虽然注文相同,但是李善注有出处,五臣注没有出处。明州本中径直把与李善注相同部分的五臣注删除,且没有作任何说明,这种减注对此处的注释影响并不大。

(2)卷四《蜀都赋》:夫蜀都者,盖兆基于上世,开国于中古。廓灵关以为门,包玉垒而为宇。带二江之双流,抗峨眉之重阻。

秀州本:济曰:廓,开也。包,括。抗,举。阻,险也。(明州本为险,阻也。明州本误)。蜀王之先,名蚕丛,自蚕丛至开明三万四千岁,故云兆基上代。秦惠王时,灭蜀王,封公子通为蜀侯,其后置郡,以李冰为守(陈八郎作“首”),穿两江,为人开田。是时,蜀人始伏中国。言语颇与华同。故曰开国中古。灵关、玉垒、峨嵋,皆山名。宇,犹为区宇也。江水分为二,故云带二江也。

李善此条注文采刘逵注:刘曰:杨雄《蜀王本纪》曰:蜀王之先,名蚕丛、拍濩、鱼凫、蒲泽、开明。是时人萌椎髻左言,不晓文字,未有礼乐。从开明上到蚕从,积三万四千岁,故曰兆基于上代也。秦惠王讨灭蜀王,封公子通为蜀侯。惠王二十七年,使张若与张仪筑成都城。其后置蜀("蜀",明州本误作属)郡,以李冰为守。《地理志》曰:蜀守李冰凿离堆,穿两江,为人开田,百姓飨其利。是时,蜀人始通中国,言语颇与华同,故言开国于中古也。灵关,山名,在成都西南汉寿界。在前,故曰门也。玉垒,山名也。湔水出焉,在成都西北岷山界。在后,故曰宇也。江水出岷山,分为二江,经成都南,东流经之,故曰带也。杨雄《蜀都赋》曰:两江珥其前。峨眉,山名也。在成都南犍为界。面之,故曰抗也。

明州本五臣济注无画线部分,也未作任何交代即减注,但从刘逵注的画线部分来看,注文明显相同。只是刘逵注的叙述非常翔实,而且注明出处。此处明州本的减五臣济注为"暗减"。

(3)卷九班叔皮的作者小传。

秀州本:翰曰:《后汉书》云:班彪,字叔皮,扶风人。性沉重好古。年二十遭莽败。后举茂才为徐令。更始,彪避地凉州。发长安至安定,作《北征赋》。征,行也。言北行而赋之。子固及女曹大家,并有文学名。高当代,父才子贤,自古莫及。

善曰:《汉书》曰:班彪,字叔皮,扶风安陵人也。性好庄老。祖况成帝时为越骑校尉,父稚哀帝时为广平太守。彪年二十遭王莽败。刘圣公立未定。乃去京师,往天水郡。归隗嚣,嚣时据陇拥众,嚣不礼彪。彪知嚣必败,乃避地于河西。就大将军窦融,劝融归光武。光武问融曰:比来文章所奏谁作?答云:班彪也。融知彪有才,举茂才为徐令。卒,亦为望都长。

明州本翰注脱秀州本的画线部分,善注与秀州本同。从明州本五臣翰注的减注上,可以看出与善注画线部分大致类同,但是没有善注表述完整。

(4)同卷《北征赋》:首身分而不寤兮,犹数功而辞訾。何夫子之托兮,孰云地脉动而生残。

秀州本:济曰:始皇崩,公子胡亥矫杀太子扶苏,自立为二世皇帝。遣使赐蒙恬死。恬叹曰:我何罪于天而死!良久曰:余固当死矣,起于临洮至辽东城万馀里,此中不能绝地脉,此恬之罪也。乃饮药而死。彪言恬致死不知其过。訾,过也。

明州本此处注文没有注家名,注文减画线部分。

明州本善注与秀州本相同：善曰：《史记》曰：赵高者，诸疏远属也。为中车府令，事公子胡亥。始皇崩，高得幸胡亥，胡亥欲立为太子。太子已立，遣使以罪赐蒙恬死。蒙恬喟然太息：我何罪于天？无过而死！良久徐曰：恬罪固当死矣，起临洮属之辽东，城堑万馀里，此中不能毋绝地脉哉！乃恬之罪也。吞药自杀。

明州本所保留的五臣注文"彪言恬致死不知其过。訾，过也"，是注家对作者写作此赋的背景分析。所略部分除表述有差异外，意思与善注相同。

（5）同卷《北征赋》：从圣文之克让兮，不劳师而币加。惠父兄于南越兮，黜帝号于尉佗。降几仗于藩国兮，折吴濞之逆邪。

秀州本：济曰：圣文，文帝也。行克让之德，不劳师徒，但以币帛加于天下，而民自服。吴王濞，高祖兄仲子，文帝时将谋逆，称病不朝，因赐几杖，其谋遂解，以吴为父兄之国。又南越王佗，自立为帝，上召见佗兄弟，以德报之，佗遂去帝称臣。

善曰：圣文，文帝也。《尚书》曰：允恭克让。币加，加之币帛也。《史记·文纪》曰：南越王尉佗自立为武帝。上召佗兄弟，以德报之。佗遂去帝称臣。又曰：南越王尉佗者，真定人，姓赵氏，为南海尉。然为尉，故曰尉佗。又云：佗，秦时为龙川令，使南越，值秦乱，遂不归。自立为越王。《史记》曰：吴王濞，高帝兄刘仲之子也。高祖立为吴王。孝文时，稍失藩臣之礼，称病不朝，天子赐吴王几杖，老不朝，其谋亦益不解也。

明州本的二家注均减画线部分。但脱善注"圣文，文帝也"，是为脱文，不属减注。秀州本"王佗"之"佗"，明州本均误作"他"。明州本五臣减注之处与善注类同之处，但表述简略。

（6）卷二十一左思《咏史诗·郁郁涧底松》：金张藉旧业，七叶珥汉貂。

秀州本：良曰，金日磾，汉庭七叶为内侍。张汤，子孙为侍中常侍十馀人。珥，插也。侍中常侍武冠弁，貂尾为饰。

善曰：《周书》汤曰：吾欲因地势所有而献之。《列子》俞氏曰：病非一朝一夕之故，其所由来渐矣。班固《汉书·金日磾赞》曰：夷狄亡国羁虏。汉庭七叶内侍，何其盛也。七叶，自武至平也。又《张汤传赞》曰：张氏之子孙相继自宣元以来，为侍中、中常侍者凡十馀人。功臣之后唯有金氏张氏，亲近贵宠比于外戚。珥,插也。董巴《舆服志》曰:侍中、中常侍冠武弁,貂尾为饰。

明州本:良曰:金,日磾,张,汤也。珥,插也。

善注同秀州本。明州本的此处五臣注减注非常严重,削弱了五臣注的价值。尽管李善注有对"金张"的详细注解,但是二家注在具体的语言表述上还是有很大差别的。

(7)卷二十一曹子建《责躬诗》一首:帝曰尔侯,君兹青土。奄有海滨,方周于鲁。

秀州本:向曰:植初封临淄侯,旧青州之境。奄,同也。谓同有海滨之地,亦犹周公封伯禽于鲁也。

善曰:《魏志》曰:建安十九年,植封临淄侯。临淄属齐郡,旧青州之境。《尚书》帝曰:尔谐。《汉书》封齐王曰:受兹青土。《毛诗》曰:奄有龟蒙。毛苌曰:奄大也。……

明州本向注减画线部分,善注与秀州本同。此处五臣注比善注要简单得多。

(8)卷二十一曹子建《责躬诗》一首:济济俊义,我弼我辅。伊尔小子,恃宠骄盈。举持时纲,动乱国经。作蕃作屏,先轨是堕(奎章阁作"隳")。傲我皇使,犯我朝仪。

秀州本:济曰:堕,废也。谓先帝之轨则也。皇使,谓监国使灌均也。奏植醉酒劫胁使者,谓傲使犯朝仪也。

善曰:……孔安国《尚书传》曰:堕,废也。《魏志》曰:黄初二年,植就国。使者灌均希旨,奏植醉酒勃逆,劫胁使者。有司请治罪,帝以太后故,贬爵安卿侯。

明州本济注减画线部分,善注与秀州本同。

此处二家之注在表述上符合注家的一贯体例,五臣济注有对"皇使"明确妥帖的语词注释。善注注文详细,有明确的出处,但并没有说明"皇使"之行为是"犯朝仪"的举动。

(9)卷二十一潘安仁《关中诗》:三祖在天,圣皇绍作。

秀州本:向曰:三祖,宣帝号高祖,文帝号太祖,武帝号世祖。在天,谓列宗庙也。圣皇,惠帝也。绍继祚福也。言继其国福。

善曰：臧荣绪《晋书》曰：宣帝追号曰高祖，文帝号曰太祖，武帝号曰世祖。圣皇，惠也。《毛诗》曰：三后在天，王配于京。《尔雅》曰：绍，谓继之也。

明州本向注减画线部分，善注与秀州本同。

此处明州本所减向注与善注画线部分相同，符合明州本减去二家注相同的编纂体例，但是五臣注没有出处，善注则注明出处。

(10)卷二十一潘安仁《关中诗》：惟系惟处，别营碁跱。

秀州本：向曰：系雍州刺史，亦为偏师。处，周处。为楚建威将军。皆充偏将，以讨氐羌。跱，立也。言营垒如碁之跱立。

善曰：王隐《晋书》曰：解系，字少连，济南人。为雍州刺史。又曰：周处，字子隐，吴兴人。朝廷以处忠烈，欲遣讨氐，乃拜建威将军。谢承《后汉书》曰：西夷蠢动，奸雄碁跱。

明州本向注减画线部分，善注同秀州本。

明州本所减五臣注之画线部分，善注没有，不符合减去另一家相同注文的原则。

(11)卷二十潘安仁《关中诗》：庐播违命，投畀朔土。

秀州本：向曰：庐播，偏将。伐万年诈论功，免为庶人，徙北平，北平在北，故云"朔土"。畀，舆也。

善曰：孙盛《晋阳秋》曰：振威庐播，伐万年。王隐《晋书》曰：庐播诈论功，免为庶人，徙北平。《广雅》曰：违，背也。《毛诗》曰：投畀有北。《尔雅》曰：朔，北方也。

明州本向注减画线部分，善注同秀州本。

此处二家注在具体的表述上有明显的不同。五臣向注重在语词与文章的解释上，善注重在文意的出处。

(12)卷二十潘安仁《关中诗》：愧无献纳，尸素以甚。

秀州本：向曰：孰，谁也。言天子既忧，谁不敬惧，愧无谋策献纳于君，但尸禄素餐而已。尸，谓不言善恶，如尸也。素，谓质朴无理人之材。

善曰：《两都赋·序》曰：朝夕献纳。薛君《韩诗章句》曰：何谓素餐？素餐者，质人但有质朴，而无治民之材，名曰素餐。尸禄者，颇有听知，善恶不言，默然不语，苟欲得禄而已，譬若尸焉。

明州本向注减画线部分,善注与秀州本同。

此处明州本所略五臣向注,与善注不仅在具体的表述上有明显不同,且词语的注释也不相同。

(13)卷二十二颜延年《应诏观北湖田收》:蓄轸岂明懋,善游皆圣仙。

秀州本:良曰:轸,车也。懋,勉也。言蓄车不行,岂曰明德勉励之君;善为巡游者,皆是圣智灵仙之主。

善曰:蓄轸不行,岂是钦明懋德之后;善游天下,皆是睿圣神仙之君。孔安国《尚书传》曰:蓄,积也。范晔《后汉书》曰:圣德明懋。圣,谓夏禹,仙,谓周穆。

明州本良注减画线部分,善注与秀州本同。此良注所减部分与善注画线部分没有太大的分别,对五臣注的意义表述影响不是很大。

(14)卷三十谢灵运《田南树园激流植援》:唯开蒋生径,永怀求羊踪。

秀州本:良曰:蒋诩隐于杜陵,唯开三径,故人羊仲、求仲从之游。将开此径,长怀此踪也。

善曰:《三辅决录》曰:蒋诩字符卿,隐于杜陵,舍中三径唯羊仲、求仲从之游。仲皆挫廉逃名,毛苌《诗传》曰:怀,思也。

明州本良注减画线部分,善注与秀州本同。

(15)卷五十范蔚宗《宦者传论》:然而后世因之,才任稍广。其能者勃貂管苏,有功于楚晋。

秀州本:向曰:稍,渐也。言渐广材能者,而用之。勃貂,名披。晋文立吕却畏偪,将焚宫而杀晋侯。寺人披以难告晋侯,楚恭王有疾,告诸大夫曰:管苏犯我以义,违我以礼,然而有德焉,吾死之后,爵之以朝。

善曰:《左氏传》曰:吕却畏偪,焚宫而杀晋侯。寺人披请见,公见之,以难告。又曰:晋侯问原守于寺人勃鞮,对曰:昔赵衰以飧壶从径,餧而弗食,故使处原。杜预曰:勃鞮,披也。《史记》以勃鞮为履貂上。《新序》曰:楚恭王有疾,告诸大夫曰:管苏犯我以义,违我以礼,与处不安,不见不思,然而有德焉,吾死之后,爵之以朝。申侯顺吾所欲,行吾所乐,与处则安,不见则思,然未尝有德焉,必速遣之。

明州本向注减画线部分,善注与秀州本同。

明州本五臣注所减画线部分与善注画线部分相似，但是在具体的文字表述上，还是有很大的差别。

从以上例子中可以看出，明州本所减五臣注，均与李善注大致相同而李善注有更为详赡的文字。尽管如此，二家注因在具体的表述上都有不同的差别，对五臣注的删减，使进一步降低五臣注的价值成为可能。

2.无校语"五臣某同某注"而全部删除

此类删除在秀州本均有"五臣某同善注"的校记，明州本多处没有这种校记，这种形式的删减属"暗删"，所略内容与善注相同，只是在具体的文字表述上往往比善注简单得多，虽对理解文章没有大的影响，却造成了五臣注的价值被进一步降低，这种情况在明州本中也很常见。

(1)卷十五张平子《思玄赋》：愁郁郁之茂远兮，越印州而游遨。

秀州本：铣曰：印州，南州名。

衡曰：印州，正南州名也。《四海图》曰：交广南有印州，其处极热。

善曰：《楚辞》曰：愁郁郁之无快。印，五高切。

明州本无铣注。减注的此条五臣注与衡注相似。衡注、善注皆同秀州本。

(2)卷十五张平子《思玄赋》：梁叟患夫黎丘兮，丁厥子而傳刃。

秀州本：济曰：良北黎丘部，有奇鬼，善效人之子侄昆弟。黎丘丈人有市醉而归者。黎丘之鬼效其子之状，扶而道苦之。丈人醒而让其子，其子泣触地曰：孽无告也。其父信之。曰：必是奇鬼也。我固闻之，明早复饮于市，欲遇而刺杀之。其真子恐其父不能返，遂往迎，丈人拔剑刺杀之。丁，当也。傳，插也。

衡曰：丁，当也。

善曰：《吕氏春秋》曰：梁国之北，地名黎丘，有奇鬼焉，效人之子侄昆弟，好扶邑丈人，而道苦之。黎丘丈人有市醉而归者。黎丘之鬼效其子之状，扶而道苦之。丈人归，酒醒后而谯其子。其子泣而触地曰：孽无告也。其父信之。曰：嘻！是必夫奇鬼也。我固闻之，明日复饮于市，欲遇而刺之。明旦而醉，其真子恐其父之不能返也，遂迎之。丈人望其真子，拔剑而刺之。丈人知惑于似其子者，而杀其真子。高诱曰：谯，让也。《汉书》蒯通曰：不敢傳刃公之腹者，畏秦法也。韦昭曰：北方人呼插物地中为傳。

明州本无济注，亦无校语。衡注、善注同秀州本。

以上两例,五臣注中是有两人出注,其中一家包含另一家,删去五臣注中的一家之注,从意义上尚无多大影响。

(3)卷十七江文通《恨赋》:韩国赵厕,吴宫燕市。

秀州本:向曰:聂政为严仲子杖剑,至韩,至入上阶刺杀韩相。侠累豫让为智伯变姓名,为宫涂厕,欲刺赵襄子,专诸为公子光以匕首刺杀吴王僚,荆轲与高渐离饮于燕市,后为太子刺秦王。

善曰:《史记》曰聂政者,轵深井里人也。濮阳严仲子事韩哀侯,与韩相侠累有郄。严仲子告聂政,而言臣有仇,闻足下高义,故进百金,以交足下之欢。聂政拔剑至韩,直入上阶,刺杀侠累。又曰:豫让者,晋人也。事智伯,智伯甚尊宠之,赵襄子灭智伯,让乃变姓名为刑人,入宫涂厕,欲刺襄子,故言赵厕。又曰:专诸者,棠邑人也。吴公子光具酒请王僚,酒既酣,使专诸置匕首鱼炙之腹中而进,既至王前,专诸以匕首刺王僚,王僚立死。又曰:荆轲者,卫人也。至燕,与高渐离饮于燕市,后荆轲为燕太子丹献燕地图,图穷匕见,因以匕首揕秦王。

明州本善注与秀州本同,无向注。

以上三例,五臣注中只有一人出注,在明州本中则径直删去。删去的五臣注与李善注差别不一,大致是李善注多引征,五臣注则径用,不标出处。引征则力求使用原文,径用则允许重新改编。所以在文字方面,即使与原本出处一致,表述上还是有些差异。

(4)卷二十二《游西池》:无为牵所思,南荣诫其多。

秀州本:铣曰:楚庚桑子诫南荣趎曰:全汝形,抱汝生,无使汝思虑营营。谓相思不已,自诫之词。

善曰:《庄子》庚桑楚谓南荣趎曰:全汝形,抱汝生,无使汝思虑营营。

没有五臣注,也没有任何校记说明。

明州本无铣注,亦没有校语"铣同善注"。秀州本的二家注,所引全部是《庄子》,但善注只有出处,没有对原文进行解释;而铣注的引文没有出处,却有注家对文意的解说。这是二家注各自典型的注释体例。这种互相补充的情况正如今人牛国玠对二家注的评价:"离之两伤,合之双美。"

(5)卷二十二颜延年《车驾幸京口三月三日侍游曲阿后湖作》:虞风载帝

狩，夏谚颂王游。

秀州本：良曰：《虞书》云：岁二月，东巡狩。《夏谚》曰：吾王不游，吾何以休？载，记也。

善曰：《尚书》，《虞书》曰：岁二月，东巡狩。载，谓载之于策也。孟子《夏谚》曰：吾王不游，吾何以休？

明州本无刘良注。也没有"良同善注"的校语。细观注文还有明显不一样的地方。良注"岁二月，东巡狩"只有《虞书》一家出处。善注两处。"载"的注释也明显不一样。良注只指明是记录之意，而善注解释为"载之于策也"。

(6)卷二十二沈休文的作者小传，明州本无向注。

秀州本：向曰：宋西阳王子尚。

此处作者小传，无善注。明州本无向注，致使此处五臣注缺注。

(7)卷二十三谢玄晖下秀州本有作者小传，明州本无，也无校语。

秀州本诗题下没有五臣注，有善注：善曰：《集》曰：谢谘议璟。《魏志》曰：建安十五年冬，作《铜雀台》。魏武《遗令》曰：吾伎人皆着铜爵台，于台上施六尺床，穗帐，朝晡上脯糒之属。月朝十五日，辄向帐作伎，汝等时时登铜爵台，望吾西陵墓田。

于作者名下有作者小传，没有善注，有五臣注：翰曰：魏武帝作《铜雀台》，遗令施穗帐，朝晡，设脯糒之属，向帐作妓，望吾西陵。

明州本有诗题善注，而没有五臣注的作者小传。这种情况的减注，也是因为五臣注没有善注丰富，但是这种减注，是对五臣注的明显削弱。

(8)卷二十三阮嗣宗《咏怀诗十七首》：昔闻东陵瓜，近在青门外。连轸距阡陌，子母相钩带。五色曜朝日，嘉宾四面会。

此句诗下，秀州本有两条五臣注：

济曰：故秦时东陵侯邵平种瓜青门外，其瓜甚美，足供其宾客。

良曰：轸，界。距，至也。阡、陌，皆道也。子母，瓜之子母也。钩带，犹连缀也。瓜有五色，其光曜日。嘉宾，邵平之客。

善曰：轸，当为畛。宋衷《太玄经注》曰：畛，界也。《说文》曰：畛，井田间陌也。孔安国《尚书传》曰：距，至也。子母、五色，俱谓瓜也。《史记》曰：邵平者，故秦东陵侯。秦破，为布衣，贫，种瓜于长安城东。瓜美，故时俗谓之东陵瓜，从邵平始也。《汉书》曰:霸城门,民间所谓青门也。《毛诗》曰:我有嘉宾。

明州本没有济注,也没有校语,良注与秀州本同。这条减注仍然是比善注简单的注文。

(9)卷二十四陆士衡的《赠冯文罴迁斥丘令》,秀州本于诗题下有善注,无五臣注。

善曰:《晋百官名》曰:外兵郎冯文罴。《集》云:文罴为太子洗马,迁斥丘令,赠以此诗。阚骃《十三州记》曰:斥丘县在魏郡东八十里。

作者陆士衡下有五臣作注的作者小传:“翰曰,文罴为太子洗马迁斥丘令。故赠以此诗。”

明州本诗题注同秀州本。但是没有五臣作注的作者小传,也没有“翰同善注”的校语。

(10)潘正叔《赠陆机出为吴王郎中令》:今子徂东,何以赠旃?

秀州本二家注详出:翰曰:徂,旃之也。

善曰:徂东,谓适吴也。《毛诗》曰:驾言徂东。又曰:何以赠之。

明州本无翰注,善注同秀州本。五臣注对“徂”的注释,善注没有对此字出注。

(11)卷二十六陆士衡《赴洛诗二首》,秀州本诗题下无五臣注,有善注题解。

善曰:《集》云:此篇赴太子洗马时作。下篇云东宫,而此同云赴洛。误也。

于作者名下有五臣注作者小传:

铣曰:此诗赴太子洗马时作也,后篇意乃在东宫作。盖撰者合也。

明州本此处所减五臣铣注,与善注有相同之处,亦有不同之处。善注指出此诗“误也”,五臣注则下断语“盖撰者合也”。

(12)卷二十六《永初三年七月十六日之郡初发都》,秀州本于诗题下无五臣注,有善注题解。

善曰:沈约《宋书》曰:高祖永初三年五月崩。少帝即位,出灵运为永嘉郡守。少帝犹未改元,故云永初。

作者谢灵运下,秀州本有五臣作者小传:

济曰:谓高祖崩,少帝立,出灵运为永嘉郡守,故有幽栖之志也。

明州本无五臣济注。此二家注文有相同之处，也有相异之处。五臣注“故有幽栖之志也”是对文意的注释，善注没有。

卷三十二屈原《离骚经》在整个明州本《文选》中非常特殊。明州本是六家注，有明显的重五臣倾向。从二家注共有的删减上，看得出明州本的编者还是对秀州本进行过认真比校的，删减的部分大都是二家注中较为简单的另一注家文字，尽量多地保存五臣注。但在此卷则出现了删五臣注多于李善注的地方，现以此卷为例，作一分析叙述。全卷共收屈原的一首《离骚经》和四首《九歌》，其中善注采西汉王逸旧注，因此逸注也是善注的一部分，共减注二十四处，其中有校语者三处，无校语者二十一处；五臣注共减注四十三处，其中有校语者十五处，无校语者二十八处。

三　明州本删略五臣注现象分析

明州本承秀州本而来，秀州本今虽不存，但韩国中央大学奎章阁本《文选》是以秀州本为底本的。奎章阁本有一则跋语云：“秀州州学今将监本《文选》逐段诠次，编入李善并五臣注。其引用经史及五家之书并检元本出处对勘写入。凡改正舛错脱剩约二万馀处。二家注无详略，文意稍有不同者皆备录无遗。其间文意重叠相同者，辄省去一家。”可见，在合并本中删略一家注释滥觞于秀州本，也是其主要编纂体例。从奎章阁本的删略来看，秀州本基本上还是比较严格地执行了“文意稍有不同者皆备录无遗。其间文意重叠相同者，辄省去，留一家”的体例。因此，从删减数量而言，秀州本中删除一家注之处并不是很多。然而，到了明州本中，开始走向删减的极端。

明州本虽然从秀州本而来，然而它不是秀州本的覆刻本，编纂者意图在编纂方面比秀州本有所突破，这是明州本善注增加的重要原因。当然，在个别地方，也不排除明州本编纂者由于一时疏忽而省略某家之注的现象，但更多的还是有意为之。由此，可以得出以下几点认识：

第一，明州本在秀州本减注的基础之上，对此编纂体例进一步发挥，个别地方已经超越编纂体例本身的范围。

第二，不管是秀州本，抑或是明州本，删略注释的现象均有存在，且并非如传统观念中所云的多删善注，还有大量删减五臣注的地方。

第三,由此可以推断,明州本虽有六家本中重五臣注的整体特征,但在具体删减时,还是以具体的注释与编纂方便进行删除。

第四,明州本删除一家之注的现象是严谨与粗疏并存,出校语的部分严格贯彻了编纂的体例,不出校语的"暗删"则进一步削弱了五臣注的内容,并使之混淆视听成为可能。

第五,明州本中的"暗删"五臣注的现象,应该引起足够的关注。五臣注一向被鄙视、被低估的原因首先因为它的确不如李善注的学术水平,同时也要考虑其他因素,比如对五臣注不加交代的随意删减。

第六,对五臣注,抑或李善注的学术评估都必须建立在切实的版本之上,随便依据某一版本,动辄云李善注如何精审以及五臣注如何低级,是同样不够准确的,也是不审慎的。

四 极个别地方有五臣注增注

明州本个别地方五臣注的增注,多因将李善注阑入,而导致五臣注的增注现象,这种情况在明州本中所占的比例相当少。

1.卷三张平子《东京赋》:雷鼓䯊䯊,六变既比。

秀州本:铣曰:雷鼓,鼓名。䯊䯊,鼓声。凡乐六变为一成。

综曰:雷鼓,八面鼓也。凡乐六变为一成。则更奏毕尽也。

明州本:铣曰:雷鼓,八面鼓。䯊䯊,鼓声。凡乐六变为一成。则更奏毕尽也。

明州本无薛综注。而明州本增注的这一句话,正是秀州本的薛综注。此是明州本将薛综注阑入五臣注。"薛综注"也属于李善注,这种阑入的现象,混淆了二家注。

2.同上卷:于是观礼,礼举义具。

秀州本:济曰:观其礼具见其义。综曰:具足也,言观王之光明礼义皆备具也。

明州本:济曰:观其礼具见其义。具足也,言观王之光明礼义皆备具也。

明州本没有"综曰",直接误入五臣济注。

3.卷四左太冲《蜀都赋》:及其去危乘安,视人用迁。

秀州本:铣曰:去危乘安,谓太平也。视人所安而设教。

善曰:去危乘安,谓太平也。视人用迁,谓观人所安而设教。

明州本校语“善同翰注”,为明显失误。此处明州本与秀州本五臣注均为铣注,却出现了校语“善同翰注”的错误。

明州本:铣曰:去危乘安,谓太平也。视人用迁,谓观人所安而设教。善同翰注。

此注秀州本的善注与明州本铣注完全相同。明州本以“善同翰注”的校语,删除了李善注。今查秀州本,知明州本所增五臣铣注的画线部分,正是阑入了李善注。又以“善注同”的形式混淆了二家注。

由此可以看出明州本个别地方五臣注的增注均属编纂者疏忽所致。

以上通过明州本与奎章阁本的底本秀州本、明代袁褧的底本广都本进行详细校勘,可以肯定,这三种版本属于同一个系统。明州本来源于秀州本系统,而通过对明州本与广都本的校勘,似乎明州本与广都本的关系更加密切一些,这在卷一中表现得非常明显,而在其他卷中则不是太明显。因此,比较稳妥的说法是,明州本来源于秀州本,而相异的部分则是明州本进一步改编的结果,由此就形成了明州本自身不同于他本的特征。

第三章
六臣本之五臣注

明州本《文选》与六臣本《文选》均刊刻于南宋,是合注本非常重要的版本。六家本与六臣本均是将五臣注与李善注合并的本子,但是在合并中对二家注的重视原则不同,六家本是重五臣注的,因此五臣注居前、李善注居后;六臣本是重李善注的,故李善注居前、五臣注居后。

六臣本比六家本要略晚一些,亦从六家本而来。宋刻六臣本有两大版本系列:一为赣州本,一为建州本。《四库全书》收录的《文选》六臣本为赣州本,《四部丛刊》收录的为建州本。

赣州本是李善注在前、五臣注在后的六臣本之祖本,是六家本到六臣本的第一刻。今人根据刻工和其他因素的考证,判断此本刻于12世纪50年代或者更早一些。

赣州本的出现表明社会上对李善注开始重视起来,故对六臣本影响深远。赣州本以后的建州本等六臣本多从其出。它与后世注本之关系比较清晰明了,但对赣州本的来源问题却有不同的意见,学界的共识是六臣本来源于六家本。

日本选学家斯波六郎先生的《对文选各种版本的研究》中,对赣州本的研究具有极为深湛的功力,指出赣州本"不是以单行李善注本、单行五臣注本为底本,所据是一个五臣李善注本,只不过颠倒了李善与五臣的顺序"。至今这个结论仍为学界所信服。由此看来,赣州本来自六家注系统没有问题,关键是赣州本到底依据何种六家本为底本。斯波六郎对赣州本研究的最大贡献有三:

一是确认赣州本并非以李善、五臣单注本底本合并而成，而是依据一个五臣、李善合注本，颠倒李善注与五臣注的顺序而成；但是赣州本所依据的版本并不是明州本，亦非袁本的祖本广都裴氏本。二是首开研究六臣注本系列诸宋刊本的研究方法。三是研究了赣州本与明州本袁本的相互关系。①

从六家本到六臣本的变化，具体来说就是从明州本到赣州本的改编过程，肯定不止一家底本，但主要是以明州本为底本而形成的。明州本是以五臣注为主的六家本，因此在与李善注文大致相同的地方，多存五臣注而以"善同某注"的校语形式略去李善注；赣州本则相反，用了相同的编纂体例而删略五臣注。此处更多的是想探索从明州本到赣州本的五臣注都作了哪些变动。

通过赣州本与明州本、秀州本的比校，赣州本具有浓郁的明州本的特点。基本可以认定：

赣州本来源于明州本，只是将明州本的五臣注与李善注颠倒了一下。赣州本是对五臣注作了大量的删减，增加了李善注，以此提高李善注的地位，以减损五臣注来贬低五臣注的地位，赣州本五臣注与原貌相距更远。赣州本对五臣注的删减，有以下几种具体情况。

第一节　采五臣注充李善注

采五臣注充善注是非常明显的增补李善注的体例，这种做法不仅大大削弱了五臣注的价值，也使得李善注原貌尽失。

秀州本在选录二家注时明确提出两条编排体例：一是"二家注无详略，文意稍有不同者皆备录无遗"；二是"文意重叠相同者，辄省去留一家"（因秀州本为六家注本，删削多为李善注）。这种注释体例成为后世两家注互有阑入的重要缘由。明州本就秀州本再删李善注与五臣注内容相重叠者或相近之条而标"善注同"（承秀州本删者）"善同某注""馀同某注"（未全标出）刊行，赣州州学本将六家注明州本正文多改从李善注居前、五臣注居后的六臣本而刊行于世，

① 〔日〕斯波六郎：《对文选各种版本的研究》，见《中外学者"文选学"论文集》，中华书局1998年版，第898~907页。

其于明州本标注“善同某注”处多采用五臣注充李善注。这一体例造成二家注的严重混同。采五臣入善注有以下几种形式：

一 将明州本中五臣注文改为善注，加校语“五臣某同善注”

这种情况往往是明州本详出五臣注而略善注，附校语“善同五臣某注”，这种省略就等同于二家注文相同。赣州本将五臣注文径直采入李善注中，出校语“五臣某同善注”，这又进一步混淆了二家注的界限。

1.卷十潘安仁《西征赋》：此三才者天地人道，唯生与位谓之大宝。

明州本：向曰：《易》曰：天地之大德曰生，圣人之大宝曰位。言人之生独贵在位。

善同向注。

赣州本：善曰：《易》曰：天地之大德曰生，圣人之大宝曰位。言人之生独贵在位。

向同善注。

这是一条比较明显的赣州本出自明州本的证明，秀州本为：“善曰：《周易》曰：天地之大德曰生，圣人之大宝曰位。”而赣州本和明州本均多出“言人之生独贵在位”。

2.卷十一何平叔作者小传。

明州本：铣曰：《典略》云：何晏，字平叔，南阳人也。有奇才，美容貌。魏明帝将东巡，恐夏热，故许昌作殿，名曰景福。既成，命人赋之，平叔遂有此作。平叔仕为尚书主选。后为司马宣王斩于东市。善同铣注。

赣州本：善曰：《典略》云：何晏，字平叔，南阳人也。有奇才，美容貌。魏明帝将东巡，恐夏热，故许昌作殿，名曰景福。既成，命人赋之，平叔遂有此作。平叔仕为尚书主选。后为司马宣王斩于东市。铣同善注。

此为赣州本承明州本的一个证据，赣州本的善注完全等同于明州本的五臣注，而秀州本此处注文不尽相同。秀州本二家注为：

铣曰：《典略》云：何晏，字平叔，南阳人也。有奇才，美容貌。魏明帝将东巡，恐夏热，故许昌作殿，名曰景福。既成，命人赋之，平叔遂有此作。平叔仕为尚书主选。后为司马宣王斩于东市。

善曰:《典略》云:何晏,字平叔,南阳人也。尚金乡公主。颇有材能,为散骑常侍,迁尚书主选。及曹爽反诛,晏并收,斩东市。

按:秀州本的善注,明显异于五臣注。明州本删善注,出校语“善同铣注”,赣州本采铣注入善注。这种改编在编纂过程中较为容易,明州本本身就以“善同铣注”的校语形式省略了李善注,所以赣州本只要参考李善注本,恢复李善注,然后省去五臣注,出校语“某同善注”即可。此处注文虽注家不同,但注文完全相同,可以看作赣州本是来源于明州本的有力证据。

3.卷二十一张景阳《咏史诗》,张景阳的作者小传。

明州本:翰曰:臧荣绪《晋书》云:张协,字景阳,载之弟也。兄弟并守道不兢。以属咏自娱。少辟公府,后为黄门侍郎。因托疾遂绝人事。协见朝廷贪禄位者众,故咏此诗以刺之。

善注同。

赣州本:善曰:臧荣绪《晋书》曰:张协,字景阳,载之弟也。兄弟并守道不兢。以属咏自娱。少辟公府,后为黄门侍郎。因托疾遂绝人事。协见朝廷贪禄位者众,故咏此诗以刺之。

翰同善注。

因明州本省李善注,出校语“善注同”,即表明善注等同于五臣注。赣州本将明州本五臣注采为李善注,删五臣注。

4.卷二十二殷仲文《南州桓公九井作》作者小传下。

明州本:铣曰:檀道鸾《晋阳秋》曰:殷仲文,陈郡人也。为骠骑行参军。以桓玄之姊夫。玄僭立,为长史。帝反正,出为东阳太守,愈益愤怒,后照镜不见其面。数日而祸及。姑熟桓玄所出,大筑府第,于此国南,故曰南州。其界九井山。仲文从玄于此游,故作是诗。叙其进退危惧之情也。

善注同。

赣州本:善曰:檀道鸾《晋阳秋》曰:殷仲文,陈郡人也。为骠骑行参军。以桓玄之姊夫。玄僭立,为长史。帝反正,出为东阳太守,愈益愤怒,后照镜不见其面。数日而祸及。姑熟桓玄所出,大筑府第,于此国南,故曰南州。其界九井山。仲文从玄于此游,故作是诗。叙其进退危惧之情也。

铣同善注。

赣州本此处善注，是将明州本五臣铣注改为善注，注文完全相同。此处做法与上例同。

5.卷二十二谢混《游西池》作者下注。

明州本：向曰：臧荣绪《晋书》云：谢混，字叔源。少有美誉。善属文，为尚书左仆射。以党刘毅被诛。西池，丹阳西也。混思与友朋相与为乐也。善注同。

赣州本：善曰：臧荣绪《晋书》云：谢混，字叔源。少有美誉。善属文，为尚书左仆射。以党刘毅被诛。西池，丹阳西也。混思与友朋相与为乐也。向同善注。

6.卷二十七魏武帝《乐府诗》作者小传。

明州本：翰曰：《魏志》曰：太祖武帝姓曹氏，讳操，字孟德。少机警，有权数，而任侠。举孝廉而为郎，迁南顿令，后封魏王。创造大业。文武并施，从军三十馀年，手不舍卷。昼则讲军策，夜则思经传。登高必赋，乃造新诗。被之管弦，皆成乐章。文帝立，追谥为武皇帝。

善同翰注。

赣州本：善曰：《魏志》曰：太祖武帝姓曹氏，讳操，字孟德。少机警，有权数，而任侠。举孝廉而为郎，迁南顿令，后封魏王。创造大业。文武并施。从军三十馀年，手不舍卷。昼则讲军策，夜则思经传。登高必赋，乃造新诗。被之管弦。皆成乐章。文帝立，追谥为武皇帝。

翰同善注。

7.卷二十七石季伦《王明君辞》，作者小传。

明州本：铣曰：臧荣绪《晋书》云：石崇，字季伦，渤海南皮人。早有智慧，稍迁至卫尉。卿初崇与贾谧善，谧既诛，赵王伦专任孙秀。崇有妓曰绿珠。秀使人求之，崇不许，于是秀乃劝伦杀崇，遂遇害。

善注同。

此处秀州本同明州本，也是略善注。

赣州本：善曰：臧荣绪《晋书》云：石崇，字季伦，渤海南皮人。早有智慧，稍迁至卫尉。卿初崇与贾谧善，谧既诛，赵王伦专任孙秀。崇有妓曰绿珠。秀使人求之，崇不许，于是秀乃劝伦杀崇，遂遇害。铣同善注。

8.卷二十九曹颜远《思友人》,作者小传。

明州本:良曰:臧荣绪《晋书》云:曹摅,字颜远,谯国人也。笃志好学,参南国中郎将,迁高密王。左司马流人王逌等,侵掠城邑。遇战军,败死之。摅与欧阳建,俱以名称相得,故作此诗思之也。

善同良注。

赣州本:善曰:臧荣绪《晋书》云:曹摅,字颜远,谯国人也。笃志好学,参南国中郎将,迁高密王。左司马流人王逌等,侵掠城邑。遇战军,败死之。摅与欧阳建,俱以名称相得,故作此诗思之也。

良同善注。

此处秀州本同明州本,以校语"善注同"的形式略善注。赣州本将良注采为善注。

9.卷二十九王正长《杂诗》,作者小传。

明州本:翰曰:臧荣绪《晋书》云:王瓒,字正长。义阳人也。博学有俊才,辟司空掾,历散骑侍郎,卒。

善注同。

赣州本:善曰:臧荣绪《晋书》云:王瓒,字正长。义阳人也。博学有俊才,辟司空掾,历散骑侍郎,卒。

翰同善注。

此处秀州本亦略善注,出校语"善注同"。赣州本采翰注为善注。

10.卷三十七诸葛孔明《出师表》题下及作者下注。

明州本:铣曰:《蜀志》云:诸葛亮,字孔明,琅邪人也。时先生屯新野,徐庶谓先主曰:诸葛孔明乃卧龙也。将军岂欲见之乎?先主遂诣见之。及即帝位,拜为丞相。后主立,亮率军北驻汉中,临发上疏也。

善注同。

赣州本:善曰:《蜀志》云:诸葛亮,字孔明,琅邪人也。时先生屯新野,徐庶谓先主曰:诸葛孔明乃卧龙也。将军岂欲见之乎?先主遂诣见之。及即帝位,拜为丞相。后主立,亮率军北驻汉中,临发上疏也。

铣同善注。

11.卷四十杨德祖《答临淄侯笺》:敢望惠施,以忝庄氏。

明州本:良曰:植书云:其言不惭,恃惠子之知我也。修言己岂敢望比惠施之德,以忝辱于庄周之相知乎?庄周,喻植也。惠施,庄周相知者也。故引之也。善同良注。

赣州本:善曰:植书云:其言不惭,恃惠子之知我也。修言己岂敢望比惠施之德,以忝辱于庄周之相知乎?庄周,喻植也。惠施,庄周相知者也。故引之。良同善注。

此处奎章阁本有善注。

12.卷五十四刘孝标《辩命论》:故宋公一言,法星三徙。

明州本:济曰:宋景公有疾,荧惑守心。荧惑,灾星。心,宋分野也。朝臣谓公曰:何移祸于相。公曰:相,股肱,降心腹之疾,置于股肱不可也。曰:可移人也。公曰:国无人,何以为君?可移于岁。公曰:岁所以养人,岁不登,何以蓄人?是时荧惑乃退三舍,延祚二十一年。由景公之善言也。荧惑谓执法之星,故云法星也。

善注同。

赣州本:善曰:宋景公有疾,荧惑守心。荧惑,灾星。心,宋分野也。朝臣谓公曰:何移祸于相。公曰:相,股肱,降心腹之疾,置于股肱不可也。曰:可移人也。公曰:国无人,何以为君?可移于岁。公曰:岁所以养人,岁不登,何以蓄人?是时荧惑乃退三舍,延祚二十一年。由景公之善言也。荧惑谓执法之星,故云法星也。

济注同。

以上列举的数例,第 2 至第 12 共十一条,赣州本全部将五臣注径直采入善注,这种做法导致后世版本五臣注进一步削弱,五臣注的价值更严重地降低。

13.卷五十七谢希逸作者小传。

明州本:铣曰:孝武殷淑仪薨,追进为贵妃班(秀州本无"贵妃班")亚皇后,谥曰宣。谢庄为诔。

善注同。

赣州本:善曰:沈约《宋书》曰:孝武殷淑仪薨,追进为贵妃班亚皇后。谥曰宣。谢庄为诔。

铣注同。

此处注文秀州本与明州本一样略善注,秀州本脱铣注“贵妃班”,馀者全同,赣州本为颠倒二家省略的方式出现。

14.卷五十七谢希逸《宋孝武宣贵妃》:高唐渫雨,巫山郁云。

明州本:翰曰:《高唐赋》云:昔先王游高唐,梦见一妇人曰:妾在巫山之阳,高丘之岨。旦为朝云,暮为行雨。渫,出。郁,盛也。

善注同。

赣州本:善曰:《高唐赋》云:昔先王游高唐,梦见一妇人曰:妾在巫山之阳,高丘之岨。旦为朝云,暮为行雨。

翰曰:渫,出。郁,盛也。

馀同善注。

此处注文明州本与秀州本相同,详出翰注,略善注,出校语“善注同”。赣州本将此条注文改为二家注,将大部分注文采为善注。少部分注文为五臣注。这样一来,使得二家注之文又进一步羼杂。

二　明州本详出五臣注略善注,赣州本详出善注略五臣注

这跟上述不一样的是,赣州本的善注同秀州本的善注,而不是明州本的五臣注。这是赣州本除参校了明州本外,又参校了当时其他本子之例。很可能有当时监本残卷,而秀州本的李善注正是以监本为底本的。

1.卷十一何平叔《景福殿赋》:故其华表则镐镐铄铄,赫奕章灼,若日月之丽天也。

明州本:良曰:华表谓华饰屋之四外。镐镐铄铄,赫奕章灼,皆光色也(秀州本无也)。善同良注。

赣州本:善曰:华表谓华饰屋之表外也。镐镐铄铄,赫奕章灼,皆光显昭明也。《周易》曰:日月丽乎天。

良同善注。

2.卷十一何平叔《景福殿赋》:嘉班妾之辞辇,伟孟母之择邻。

明州本:翰曰:汉成帝欲与班婕妤同辇。婕妤辞:妾闻古之帝王,与贤臣同乘,未闻妇人同辇。帝惭乃止。故嘉之。孟母,孟轲母也。轲少与母偏孤居近

墓,轲乃常戏为墓。母曰:此非所居。去居市傍,轲复戏为商贾。母又曰:不可居。又居学馆之傍。乃为揖让进退有礼。母曰:此真可以居。轲遂为大儒,故此伟之。

善与翰同。

赣州本:善曰:《汉书》曰:成帝游于后庭,尝与班婕妤同辇。婕妤(秀州本作班婕妤)辞曰:三代末主,乃有嬖女,今欲同辇,得无近似之?《列女传》曰:轲母者,即孟子母也。号曰孟母。其舍近墓。孟子之少也,嬉戏为墓间之亊(事),踊跃筑埋。孟母曰:此非所以居处子也。乃去。舍市傍,其子嬉戏为贾。又曰:此非所以居处子也。乃舍学宫之傍。其子游嬉,乃设俎豆,揖让进退。曰:此可以居子。遂居。及孟子长,学六艺,卒成大儒。

翰同善注。

3.卷二十七石季伦《王明君辞》:昔公主嫁乌孙,令琵琶马上作乐,以慰其道路之思。

明州本:翰曰:乌孙,国名。其王使献马于汉,愿尚公主。乃迁江都王建女为公主,以妻焉。琵琶,乐名。

明州本此无善注,亦无校语“善同翰注”。秀州本二家注详出。赣州本善注全同于秀州本:

善曰:《汉书》曰:乌孙使使献马,愿得尚公主。乃遣江都王建女为公主,以妻乌孙焉。翰同善注。琵琶,乐名。

4.卷二十八陆士衡《乐府诗·日出东南隅行》或曰《罗敷艳歌》题解。

明州本:《陌上桑》出秦氏女也。秦氏,邯郸人,有女罗敷,为邑人王仁妻。仁后为赵王家令。罗敷出采桑于陌上,赵王登台见而悦之,因饮酒欲夺焉。罗敷巧弹筝,作陌上之歌,以自明。其言其后转相拟述。善同上注。又曰:出崔豹《古今注》。

赣州本:善曰:崔豹《古今注》曰:陌上桑者,出秦氏女也。秦氏,邯郸人,有女名罗敷,嫁为邑人千乘王仁为妻。王仁后为赵王家令。罗敷出采桑于陌上。赵王登台,见而悦之。因饮酒欲夺焉。罗敷巧弹筝,乃作陌上之歌,以自明焉。向同善注。

5.卷五十七颜延年《阳给事诔》,作者小传。

明州本:翰曰:索虏嗣率众攻滑台,城东北崩坏,王景度出奔。景度司马阳瓒坚守不溃,抗节不降,为虏嗣所杀。少帝追赠给事中。尚书令傅亮议瓒家在彭城,宜即以入台绢一百匹,粟三百斛赐给。后文帝命文士颜延年,为之诔。

善注同。

赣州本:善曰:沈约《宋书》曰:永初三年,索虏嗣自率众至方城,虏悉力攻滑台,城东北崩坏,王景度,司马阳瓒坚守不动,众溃,抗节不降,为虏所杀。少帝追赠给事中。尚书令傅亮议瓒家在彭城,宜即以入台绢一百匹,粟三百斛,赐给文士颜延年为之诔焉。

翰同善注。

明州本此处无善注,赣州本此处善注同秀州本。

6.卷五十八谢玄晖《齐敬皇后哀策文》:慕方缠于赐衣兮,哀日隆于抚镜。

明州本:铣曰:《东观汉记》云:上赐东平王苍书曰:今以光烈皇后假结帛巾,各一衣一箧遗王。可时视瞻以慰《凯风》《寒泉》之思。《西京杂记》云:汉宣帝被系时,犹有史良娣身毒国镜一枚,及即位,持此镜,感咽移辰。言是东昏观皇后旧物悲摧若此也。慕,思。缠,结。隆,盛。抚,持也。

善同上注。

赣州本:善曰:《东观汉记》云:上赐东平王苍书曰:向卫南宫,皇太后因过按行阅视旧时衣物。今以光烈皇后假结帛巾,各一衣一箧遗王。可视瞻以慰《凯风》《寒泉》之思。《西京杂记》曰:宣帝被收系郡邸狱,臂上犹带史良娣合采转丝绳系身毒宝镜一枚。旧传此镜照见妖魅,得佩之者为天神所福,故宣帝从危获济。及即大位,每持此镜,感咽移辰。宣帝崩后,不知所在。

铣曰:同善注。言是东昏观皇后旧物悲摧若此也。慕,思。缠,结。隆,盛。抚,持也。

此处赣州本注文与秀州本同。赣州本此处在增补善注的同时,大大削弱了五臣注。

7.卷五十八谢玄晖《齐敬皇后哀策文》:思寒泉之罔极兮,托彤管于遗咏。呜呼哀哉!

明州本:《诗序》云:《凯风》,美孝子也。《诗》云:爰有寒泉,在浚之下。有子七人,母氏劳苦。又曰:欲报之德,昊天罔极。又云:静女其娈,贻我彤管。言东昏侯慕托此遗咏而增其哀。善同上注。

赣州本:善曰:《毛诗》曰:爰有寒泉,在浚之下。有子七人,母氏劳苦。又曰:欲报之德,昊天罔极。《毛诗》曰:静女其娈,贻我彤管。毛苌曰:古者后夫人,必有女史彤管之法。

向曰:同善注。言东昏侯慕托此遗咏而增其哀。

此处注文与上一例同,都是在恢复善注时,大大删削了五臣注。

8.卷五十九沈休文《齐故安陆昭王碑》:位非大宝,爵乃上天。

明州本:翰曰:圣人之大宝曰位。仁义忠信,乐善不倦,此天爵也。

善同翰注。

赣州本:善曰:《周易》曰:天地之大德曰生。圣人之大宝曰位。《孟子》曰:有天爵有人爵,仁义忠信,乐善不倦,此天爵也。公卿大夫此人爵也。

翰同善注。

此处赣州本善注与秀州本全同。

三 将五臣注改入善注之中,加校语"某同善注"

这种类型大多是明州本二家注均为详出,但赣州本将五臣注加工后置于善注中,出校语"某同善注",或者"馀同善注"。

1.卷二十一庐子谅《览古诗》:兰生在下位,缪子称其贤。

明州本:向曰:宦者令缪贤曰:臣舍人蔺相如可使,王召而使之。

善曰:《周易》曰:在下位而不忧。《家语》曰:颜回以德行著名,孔子称其贤。

赣州本:善曰:《史记》曰:宦者令缪贤曰:臣舍人蔺相如可使,王召见问蔺相如。《周易》曰:在下位而不忧。《家语》曰:颜回以德行著名,孔子称其贤。向同善注。

赣州本此条善注当中,有明显的借用明州本向注的特征,在注文里加上出处,使之更符合李善注的特点。

2.卷二十二谢宣远《张子房诗》:鸿门销薄蚀,垓下陨搀抢。

明州本:向曰:薄蚀、搀抢,皆喻项羽至鸿门,急击沛公。项伯夜驰告张良,良与伯见沛公。公曰:早自来谢。沛公翌日(秀州本作早起)从百馀骑见羽,羽因留张良饮。范增数目羽,使击沛公。公从间道还军,使良留谢,后汉王追羽至阳夏,汉王谓良曰:诸侯不从,奈何?用良计,诸侯皆会,围羽垓下。遂灭之。皆良之力也。凡日蚀不(秀州本脱"不")于晦朔者,名薄。彗星为搀抢。皆错乱不顺之事。陨,犹落也。

善曰:薄蚀、搀抢,皆喻项羽也。京房易飞侯曰:凡日蚀皆于晦朔,不于晦朔蚀者,名曰薄。《尔雅》曰:彗星为搀抢。

赣州本:善曰:《汉书》曰:亚父范增说项羽急击沛公。项伯素善张良,夜驰见良,具告事实。良乃与项伯见沛公曰:早自来谢。沛公翌日从百馀骑见羽鸿门,羽因留沛公饮。范增数目羽击沛公。羽不应。有顷,公从间道走归。使张良留谢。又曰:汉王追羽至阳夏。谓张良曰:诸侯不从,奈何?用良计,诸侯皆会,围羽垓下。薄蚀、搀抢,皆喻羽也。京房易飞侯曰:凡日蚀皆于晦朔,不于晦朔蚀者,名曰薄。《尔雅》曰:彗星为搀抢。

向曰:同善注。皆错乱不顺之事。陨,犹落也。

此条注文明州本五臣向注远比李善注为优。

3.卷二十一何敬祖《游仙诗》:羡昔王子乔,友道发伊洛。迢递陵峻岳,连翩御飞鹤。

明州本:良曰:王子乔,周灵王太子也。好吹笙,作凤鸣,游伊洛之间。道人浮丘公接以上嵩山,后于缑山乘白鹤,驻山头,望之不得到,举手谢时人。数日而去。

善曰:《文子》曰:三皇五帝,轻天下细万物。上与道为友,下与化为人。张湛曰:上能友于道。友或作反。《吕氏春秋》曰:君子反以修德。《思玄赋》曰:缤连翩兮暗暧。《说文》曰:御,使马也。

赣州本:善曰:《列仙传》曰:王乔者,周灵王太子晋也。好吹笙,作凤鸣,游伊洛之间。道人浮丘公接以上嵩高山,三十馀年后求之于山上。见桓子良,曰:告我家七月七日,待我于缑山头。果乘白鹤,驻山头,望之不得到,举首谢时人。数日而去。立祠缑氏山下。《文子》曰:三皇五帝,轻天下细万物。上与道为友,下与化为人。张湛曰:上能友于道。友或作反。《吕氏春秋》曰:君子反以修德。《思玄赋》曰:缤连翩兮暗暧。《说文》曰:御,使马也。

良同善注。

赣州本的善注合并了明州本的良注。只是赣州本找出了出处,在具体的文字叙述上有异,但有明显的合并之处。

4.卷五十七谢希逸《宋孝武宣贵妃诔》:以藩以牧,烛代辉梁。

明州本:良曰:汉文以子武为代王,以参为梁王。言皇子出为藩牧,照耀于彼也。烛,照也。辉,耀也。

善注同。

赣州本:善曰:《汉书》曰:文帝立武为代王,以参为梁王。

良曰:言皇子出为藩牧,照耀于彼也。烛,照也。辉,耀也。

馀同善注。

此处注文秀州本同明州本,略善注。赣州本在恢复李善注时,往往加上出处,使之更符合李善注的风格。

5.卷五十八颜延年《宋文皇后哀册文》:伦昭俪升,有物有凭。

明州本:翰曰:言天地未分之前,已明伦匹之义,又升伉俪之道。自是物理可得凭据也。

善曰:《毛诗》曰:天生蒸民,有物有则。郑玄曰:有物象也。《剧秦美新》曰:上览古在昔,有凭应而尚缺。

赣州本:善曰:言天地未分之前,已明伦匹之义,又升伉俪之道。皆有物象,有所依凭。《毛诗》曰:天生蒸民,有物有则。郑玄曰:有物象也。《剧秦美新》曰:上览古在昔,有凭应而尚缺。

翰同善注。自是物理可得凭据也。

赣州本将明州本翰注中的画线部分置入善注中。

6.卷五十八颜延年《宋文皇后哀册文》:爰自待年,金声夙振。

明州本:铣曰:《传》云:叔姬归于纪。至是归者,待年于父母国。金声,美言也。夙,早也。

善曰:《孟子》曰:孔子之谓集大成也者,金声而玉振。

赣州本:善曰:《左氏传》曰:叔姬归于纪。杜预曰:至是归者,待年于父母国也。《孟子》曰:孔子之谓集大成也者。金声而玉振。

铣曰:同善注。金声,美音也。夙,早也。

明州本五臣注的画线部分，被赣州本采为善注。

7.卷五十八颜延年《宋文皇后哀册文》：方江泳汉，动谣南国。

明州本：铣曰：《诗序》曰：文王之道，被于南国。江汉之域，无思犯礼。《诗》曰：汉之广矣，不可泳思。江之永矣，不可方思。方，观相也。谣，歌也。善曰：同上注。

善曰：《诗序》曰：文王之道，被于南国。江汉之域，无思犯礼。《诗》曰：汉之广矣，不可泳思。江之永矣，不可方思。毛苌曰：方，泭也。

铣曰：方，观相也。谣，歌也。

馀同善注。

铣注中《诗序》曰、《诗》曰，秀州本均作"云"，明州本画线部分，赣州本采为善注。

8.卷五十八谢玄晖《齐敬皇后哀策文》：化自公宫，远被南国。

明州本：向曰，化，教也。《礼》：妇人先嫁三月，祖庙未毁，教于公宫。《诗序》曰：文王之道，被于南国。言皇后先学而后配于高宗也。

善曰：公宫，国、南国并已见上。

赣州本：善曰：《礼记》曰：古者妇人先嫁三月，祖庙未毁，教于公宫。《诗序》曰：文王之道，被于南国。

向曰：化，教也。言皇后先学而后配于高宗。馀同善注。

此处注文较为特殊，赣州本将明州本五臣注画线部分采为善注。而明州本的善注是"已见"例，赣州本或是增补"已例"。

四　将五臣注经过加工刊入李善注，保留小部分五臣注而不加校语

这种情况大多是明州本略李善注，而赣州本在恢复李善注时，将五臣注分成二家注。这在赣州本中也是一条十分典型的剔五臣注加强李善注之例。

1.卷十一孙兴公《游天台山赋》：法鼓琅以振响，众香馥以扬烟。

明州本：翰曰：法鼓，钟也。琅，声也。馥，香气积也。《法华经》云：击大法鼓，烧众名香。李善注同。

赣州本：善曰：《法华经》曰：击大法鼓。又曰：烧众名香。

翰曰：法鼓，钟也。琅，声也。馥，香气积也。

明州本略善注,赣州本将此五臣注分成二家注。

2.卷二十一左太冲《咏史诗八首》:陈平无产业,归来翳负郭。

明州本:向曰:陈平家贫,好读书。其家负郭穷巷,以席为门。然门外多长者车辙。翳,依也。

善曰:汉《方言》曰:翳,薆也。音爱。郑玄《礼记注》曰:负之言背也。

赣州本:善曰:《汉书》曰:陈平家贫,好读书。其家负郭穷巷,以席为门。然门外多长者车辙。《方言》曰:翳,薆也。郭璞曰:谓蔽薆。音爱。郑玄《礼记注》曰:负之言背也。

向曰:翳,依也。

赣州本将向注大部分注文采入善注,仅保留单个语词的注释。

3.卷五十七谢希逸《宋孝武宣贵妃诔》:游艺殚数,抚律穷机。

明州本:铣曰:艺,六艺。律,六律。殚,尽也。几,微也。善注同。

赣州本:善曰:艺,六艺。律,六律。

铣曰:殚,尽也。几,微也。馀同善注。

秀州本此处注与明州本同,均是详出铣注而略善注,赣州本在恢复"善注同"时,将五臣注改编成二家注。

4.卷五十七谢希逸《宋孝武宣贵妃诔》:展如之华,寔邦之援。

明州本:济曰:展,诚。华,美。援,助也。国人所依倚以为援助。《诗》云:展如之人,邦之媛也。善注同。

赣州本"实邦之媛"有校语"五臣本作援"。注文为:

善曰:《毛诗》曰:展如之人邦之媛也。

济曰:展,诚。华,美。援,助也。国人所依倚为援助。

此条注文秀州本与明州本同,均略善注。赣州本将济注改为善注,因为此处有出处,颇合李善注原则,实为进一步破坏二家注。

对六家本中"善同某注"的形式,赣州本处理为颠倒二家注顺序,把五臣注采为李善注,下则继以"五臣某同善注"的校语,这种处理方式无疑进一步承认了李善注与五臣注的相似性,而消磨了二家注的差异。另外一种处理方式则是查找对应的李善注。由此来看,赣州本的编纂者尚有李善单注本,详列李善注,继以"五臣某同善注",并非如第一类的只是更换注家名而已。大要言之,赣州本对已经存在于秀州本、明州本中的“某同某注”的注释方式进行了处理，采取了不同的方式，或者原样照搬，或者直接颠倒二家注释顺序，或者更换二家注之冠名，或者对删略的善注进行详细的增补。增补一定参考了当时所存的其他校本。由上述例证来看，很可能是参考了李善单注本，但没有对所有的这种状况进行全部补注，很可能是赣州本编纂者手中所备的李善单注本也非完帙。

第二节　削减五臣注

赣州本编纂的整体原则是通过详增李善注而减略五臣注的方式来体现编纂者重李善注而轻五臣注思想的。查检赣州本全书，作“某同善注者”多达五百三十二次，其实这个数字远远不能说明问题，因为在赣州本中，还有大量对五臣注的剔除而不作任何交代，这种方式并在数量上远远超过了明确交代的“某同善注”。

一　无校语删除

这是赣州本剔除五臣注最为严重的地方，也是五臣注削减最多的地方，由于没有校语，使得五臣注的删减变得具有隐蔽性。

1.卷十潘安仁《西征赋》：不尤眚以掩德，终奋翼而高挥。建佐命之元勋，振皇纲而更维。

秀州本：翰曰：光武使冯异伐赤眉于回溪坂，异初败，故云垂翅。光武不责。之后月馀，遂大破赤眉于渑池，故云奋翼高挥。凡天子暴露于外曰蒙尘。

明州本：翰曰：凡天子暴露于外曰蒙尘。

赣州本此处无五臣翰注。从这里看出五臣注的发展轨迹：从详至简至无。

2.卷十潘安仁《西征赋》：纳旌弓于铉台，赞庶绩于帝室。

明州本：铣曰：纳，招也。《左传》云：陈敬仲曰：招我以弓。《孟子》曰：招大夫以旌。铉台，谓三公也。时贾充为太尉，辟岳为府掾，故赞众官之功于帝之室。庶，众。绩，功也。

赣州本减画线部分十九字。

3.卷十潘安仁《西征赋》:嗟鄙夫之常累,固既得而患失。无柳季之直道,佐士师而一黜。

向曰:柳下惠为士师,三黜。曰:直道而事人,焉往而不三黜。季,惠字也。岳迁延尉平,为公事免官,故云无此直道,而有此一黜也。《论语》曰:鄙夫不可与事君。其未得之患得之,既得之患失之。

赣州本减画线部分二十三字。

4.卷十潘安仁《西征赋》:武皇忽其升遐,八音遏于四海。

明州本:良曰:武皇,晋武帝也。升遐,谓崩也。八音:金、石、丝、竹、土、革、木之音。遏,绝也。天子崩,故绝此乐也。

赣州本减画线部分十六字。

5.卷十潘安仁《西征赋》:孔随时以行藏,蘧与国而舒卷。苟蔽微以谬(善本作缪)章,患过辟之未远。

明州本:良曰:孔子云:用之则行,舍之则藏。蘧伯玉邦有道则仕,邦无道则可卷而怀之。《易》曰:君子知微知彰。岳为骏主簿,故自叹不学孔丘行藏。蘧伯玉舒卷乃蔽于深微,谬于彰明。咎过患难,及于我躬,固不远也。辟,犹及也。

赣州本减画线部分三十字。

6.卷十潘安仁《西征赋》:寮位儡其隆替,名节漼以隳落。危素卵之累壳,甚玄燕之巢幕。心战惧以兢悚,如临深而履薄。

明州本:翰曰:寮官儡坏漼毁隳废也。谓诛骏之时岳免主簿。

济曰:壳,亦夘也。荀息累九卵于棊上,晋公曰:危哉！吴季札谓孙文子曰:夫子在此犹燕之巢于幕上。岳言己之危甚此也。《诗》云:战战兢兢,如临深渊,如履薄冰,惧之甚也。

赣州本:济曰:壳,亦卵也。

赣州本翰注同明州本。济注无画线部分。

7.卷十潘安仁《西征赋》:咨景悼以迄丐,政凌迟而弥季。俾庶朝之构逆,历两王而干位。

明州本:铣曰:景王,灵王子。悼王,景王子。敬王,悼王弟。子朝,景王庶子,悼王弟。景王宠之,欲立子朝,王乃崩。悼王自立。及敬王立,子朝再作乱。丐,敬王名。言周德之衰自此弥甚。子朝,庶子。故云庶朝。与悼王敬王争位,故云历两王而干位也。

铣曰:子朝再作乱,丐,敬王名。言周德之衰自此弥甚。子朝,庶子。故云庶朝。与悼王敬王争位,故云历两王而干位也。

赣州本减画线部分。

8.卷二十一左太冲《咏史诗·吾希段木干》:吾慕鲁仲连,谈笑却秦军。

明州本:翰曰:鲁仲连适游赵,秦将白起围邯郸。魏将辛垣衍往说赵,尊秦为帝。仲连谓平原君曰:魏客辛垣衍安在?为君责而归之。及见垣衍,垣衍再拜谢曰:吾请出,不复敢言也。秦将闻之却五十里。此谓谈笑之间也。

赣州本减画线部分。

9.卷二十一左太冲《咏史诗·济济京城内》:言论准宣尼,辞赋拟相如。

明州本:良曰:有人问雄,雄常用法应之。撰为《法言》,以象《论语》。故云准宣尼。宣尼,孔子也。司马相如作赋甚弘丽,雄心壮之。每作赋常以为式,故云拟相如。

赣州本:良曰:《法言》象《论语》,故云准。作赋以相如为式,故云拟。

此条注文看起来是赣州本经过加工的删略。

10.卷二十一左太冲《咏史诗·主父宦不达》:主父宦不达,骨肉还相薄。

明州本:良曰:主父偃曰:结发游学三十馀年,身不得遂,亲不以为孝子,昆弟不收。此由名宦不达,而骨肉之亲薄也。

赣州本减画线部分。

11.卷二十一左太冲《咏史诗·主父宦不达》:陈平无产业,归来翳负郭。

明州本:向曰:陈平,家贫好读书。其家负郭穷巷,以席为门。然门外多长者车辙。翳,依也。

赣州本减画线部分。

12.卷二十一左太冲《咏史诗·习习笼中鸟》:苏秦北游说,李斯西上书。俛仰生荣华。咄嗟復雕枯。

明州本:铣曰:苏秦自赵说六国,使约纵而并相之,后为齐客卿,齐大夫与秦争宠,使人刺杀秦,李斯入秦说秦王,秦王拜斯为客卿,后为丞相。赵高谮杀之。此者素皆贫贱之士,俯仰之间而取荣宠,旋而复见雕残也。言人不可无位,及其有位不欲过分。咄嗟,叹词也。

赣州本:铣曰:此言(明州本作者)素皆贫贱之士,俯仰之间而取荣宠,旋而复见雕残也。言人不可无位,及其有位不欲过分。咄嗟,叹词也。

13.卷二十一张景阳《咏史诗一首》:昔在西京时,朝野多欢娱。蔼蔼东都门,群公祖二疏。

明州本注文是四句为一个注释群,赣州本是两句为一个注释群,在第二个注释群中才有五臣济注。

明州本:济曰:疏广为汉太子太傅,兄子受为太子少傅。广谓受曰:吾闻知足不辱,知止不殆,岂如父子相随,出关归老,不亦善乎?遂上疏乞骸,上以为年笃乃许之。加赐黄金二十斤。皇太子赠以五十斤。公卿大夫故人邑子,设祖道供帐东门外,送者车数百辆,辞诀而去。蔼蔼,盛貌。东都门,长安东门也。祖,祭也。凡选送而饮酒者,假祭道为名。

赣州本减画线部分。

14.卷二十一张景阳《咏史诗一首》:挥金乐当年,岁暮不留储。顾谓四坐宾,多财为累愚。

明州本四句为一个注释群,赣州本两句为一个注释群。

明州本:向曰:广既归日,令家具酒食,请族人故旧宾客,与相娱乐,居岁馀,广子孙窃谓广所爱信老人曰:子孙欲及君时颇立产业,今日饮食费且尽。愿丈人劝说买田宅。以间为广言此计。广曰:吾岂老耄不念子孙哉?使贤而多财,则损其志;愚而多财,则益其过。又此金者,圣主所以惠养老臣也。宗族共飨其赐,尽吾馀日,不亦可乎?陨,坠。挥,散。储,积也。

赣州本于两句诗中夹注:注文仅为:向曰:挥,散。储,积也。

15.卷二十一郭景纯《游仙诗·六龙安可顿》:临川哀年迈,抚心独悲吒。

明州本:铣曰:吒,叹声。

赣州本无注。

16.卷三十沈休文《直学省愁卧一首》五言。

明州本:良曰,齐帝即位,约迁为国子祭酒,故谓国子为学省。

善曰:学省,国学也。

赣州本:善曰:学省,国学也。《梁书》曰:齐明帝即位,约迁国子祭酒。五臣作直学省愁卧。

赣州本有校语“五臣作直学省愁卧”，这是标题的校语，明州本诗题为“直学省愁卧”，并于“学”下夹校语“善本无直字”，赣州本失五臣注。

二　在明州本的基础上进一步增加“五臣某同善注”的校语而删五臣注

明州本中二家注均为详出，赣州本留善注删五臣注，进一步增加“五臣某同善注”编纂体例，来删除五臣注。这种情况有两种：一是全部删减，一是部分删减。

1.以校语“某同善注”的形式，全部删减五臣注

(1)卷十潘安仁《西征赋》：天子寝于谅闇兮，百官听于冢宰。

明州本：济曰：冢宰，三公也。天子，惠帝也。天子居丧曰谅瘖(暗)。故百官听事于三公时，杨骏为太傅当此任也。

善曰：臧荣绪《晋书》纪曰：帝讳衷，字正度。武帝崩，太子即皇帝位。《礼记》曰：高宗谅闇，三年不言。干宝《晋纪》曰：杨骏为太傅，百官揔己以听于骏。《尚书》曰：百官揔己以听于冢宰。

赣州本：善曰：臧荣绪《晋书》纪曰：帝讳衷，字正度。武帝崩，太子即皇帝位。《礼记》曰：高宗谅闇，三年不言。干宝《晋纪》曰：杨骏为太傅，百官揔己以听于骏。《尚书》曰：百官揔己以听于冢宰。济同善注。

(2)卷十潘安仁《西征赋》：岂时王之无僻，赖先哲以长懋。

明州本：翰曰：是时之王能无过僻，赖先圣祖德，以定长盛也。懋，盛也。

善曰：言周末之王，岂无邪僻之行？但赖前圣之德，所以长茂也。《左传》韩厥曰：三代之令王，皆数百年保天之禄，夫岂无僻王？赖前哲以免也。《汉书》策诏曰：大禹能亡失德夏以长懋。《说文》曰：懋，盛貌。

赣州本善注同明州本，五臣注略，出校语“翰同善注”。

(3)卷十潘安仁《西征赋》：彼白龙之鱼服，挂豫且之密网。轻帝重于天下，奚斯渐之可长。

明州本：翰曰：昔白龙化为鱼，豫且网得之。鱼服，鱼形也。

济曰：言帝位之重，乃微行自轻，其渐不可长也。

善曰：白龙，已见《东京赋》。帝重，帝位之重也。言轻帝位之重于天下，此

乃陵上之渐,何可长乎?

赣州本:善曰:《说苑》曰:吴王欲从民饮,伍子胥曰:昔白龙下清泠之渊,化为鱼,豫且射中目。白龙不化,豫且不射。君今弃万乘之位,而从于臣,恐有豫且之患。此言先生责公子阴戒期门,微行要屈。万乘,天子也。帝重,帝位之重也,言轻帝位之重于天下。此乃陵上之渐,何可长乎?翰注同。鱼服,鱼形。济同善注。

赣州本此处增补了"已见"例,两处五臣注均略,保留翰注释词。

(4)卷十潘安仁《西征赋》:愠韩马之大憝,阻关谷以称乱。

明州本:济曰:愠,怒。憝,恶也。言马超韩遂作乱,屯于潼关。

善曰:何晏《论语注》曰:愠,怒也。《魏志》曰:建安十六年,关中诸将马超、韩遂等反,超等屯潼关。《尚书》曰:元恶大憝。孔安国曰:憝,恶也。杜预《左氏传注》曰:阻,恃也。关谷,潼关函谷也。《尚书》曰:敢行称乱。孔安国曰:称,举也。

赣州本:善曰:何晏《论语注》曰:愠,怒也。《魏志》曰:建安十六年,关中诸将马超、韩遂等反,超等屯潼关。《尚书》曰:元恶大憝。孔安国曰:憝,恶也。杜预《左氏传注》曰:阻,恃也。关谷,潼关函谷也。《尚书》曰:敢行称乱。孔安国曰:称,举也。济同善注。

(5)卷十潘安仁《西征赋》:命有始而必终,孰长生而久视。

明州本:济曰:有生必死。谁能长生久视。

善曰:《家语》孔子曰:命者性之始也。死者生之终也。有始必有终矣。《老子》曰:长生久视之道。

赣州本:善曰:《家语》孔子曰:命者性之始也。死者生之终也。有始必有终矣。《老子》曰:长生久视之道。济同善注。

(6)卷十二郭景纯《江赋》:赪鳖胏跃而吐玑,文魮磬鸣以孕璆。

明州本:良曰:赪,赤也。玑,珠。璆,玉也。赤鳖如肺,口中吐珠。文魮,鱼身鸟首,鸣如磬声,中有玉也。

善曰:《山海经》曰:珠鳖之鱼,其状如肺。而有目,六足,有珠。郭璞曰:鳖音鳖。《南越志》曰:珠鳖吐珠。《山海经》曰:文魮之鱼其状如覆铫。鸟首。而翼,鱼尾,音如磬之声。是生珠玉。郭璞曰:音毗。

赣州本:善曰:《山海经》曰:珠蟞之鱼,其状如肺。而有目,六足,有珠。郭璞曰:蟞音鳖。《南越志》曰:珠蟞吐珠。《山海经》曰:文魮之鱼其状如覆铫。鸟首。而翼,鱼尾,音如磬之声。是生珠玉。郭璞曰:音毗。良同善注。

(7)卷十二郭景纯《江赋》:雹布馀粮,星离沙镜。

明州本:向曰:馀粮,禹馀粮,药名也。(秀州本此处衍"沙镜,云母也")离,罗也。言如雨雹之布,星之罗列,言多也。

善曰:雹布星离,言众多也。《本草经》曰:禹馀粮生东海池泽。傅玄《拟楚篇》曰:光灭星离。旧说曰:沙镜似云母也。

赣州本:善曰:雹布星离言众多也。《本草经》曰:禹馀粮生东海池泽。傅玄《拟楚篇》曰:光灭星离。旧说曰:沙镜似云母也。向同善注。

(8)卷十二郭景纯《江赋》:紫茣(赣州本作菜)荧晔以丛被,绿苔鬖髿乎研上。

明州本:向曰:紫茣,绿苔皆草可食。荧晔,色也。鬖髿,多貌。研,石也。谓生于石上。

善曰:紫菜,色紫,状似鹿角菜而细,生海中。荧晔,光明貌。《南越志》曰:海藻,一名海苔,生研石上。《风土记》曰:石发,水苔也。青绿色,皆生于石。《通俗文》曰:发乱曰鬖髿。《说文》曰:研(秀州本误作"砚"),滑石也。研与砚同。五见切。菜或为茣。

赣州本:善曰:紫菜,色紫,状似鹿角菜而细,生海中。荧晔,光明也。《南越志》曰:海藻一名海苔,生研石上。《风土记》曰:石发水苔也。青绿色,皆生于石。《通俗文》曰:发乱曰鬖髿。《说文》曰:研,滑石也。研与砚同。五见切。菜或茣。向同善注。

(9)卷十二郭景纯《江赋》:阳鸟爰翔,于以玄月。

明州本:翰曰:阳鸟,燕之属。爰,于也。玄月,九月也。鸿雁以此月南翔也。

善曰:《尚书》曰:彭蠡既猪,阳鸟攸居。《尔雅》曰:九月为玄。郭璞曰:《国语》云:至于玄月也。

赣州本:善曰:《尚书》曰:彭蠡既猪,阳鸟攸居。《尔雅》曰:九月为玄。郭璞曰:《国语》云:至于玄月也。翰曰同善注。

(10)卷十二郭景纯《江赋》:倏忽数百,千里俄顷。飞廉无以晞其踪,渠黄不能企其景。

明州本:向曰:倏忽、俄顷,并谓须臾之间。行数百里以及千里也。晞,见。企,及也。飞廉,风师也。渠黄,古之善马。日行万里。言此二物虽疾,亦不可(秀州本无"可")见船之踪影也。

善曰:《楚辞》曰:往来儵忽何休。《公羊传》注曰:俄者,须臾之间。司马彪《庄子》注曰:顷,久也。王肃《家语》注曰:俄,有顷也。《史记》曰:飞廉善走。《广雅》曰:晞,视也。《穆天子传》曰:天子之八骏曰渠黄。《毛诗》曰:跂子望之。郑玄曰:举足则望见之。企与跂通。

赣州本:善曰:《楚辞》曰:往来儵忽何休。《公羊传》注曰:俄者,须臾之间。司马彪《庄子》注曰:顷,久也。王肃《家语》注曰:俄,有顷也。《史记》曰:飞廉善走。《广雅》曰:晞,视也。《穆天子传》曰:天子之八骏曰渠黄。《毛诗》曰:跂子望之。郑玄曰:举足则望见之。企与跂通。向曰同善注。

(11)卷二十一王仲宣《咏史诗》:生为百夫雄,死为壮士规。黄鸟作悲诗,至今声不亏。

明州本:济曰:《诗序》曰:黄鸟哀三良也。不亏,不亏歇也。

善曰:《毛诗》曰:维此奄息,百夫之特。郑玄曰:百夫之中最雄俊者也。《汉书》项羽谓樊哙曰:壮士也。《毛诗·序》曰:黄鸟哀三良也。王逸《楚辞注》曰:亏,歇也。

赣州本:善曰:《毛诗》曰:维此奄息,百夫之特。郑玄曰:百夫之中最雄俊者也。《汉书》项羽谓樊哙曰:壮士也。《毛诗·序》曰:黄鸟哀三良也。王逸《楚辞注》曰:亏,歇也。济同善注。

(12)卷二十一左太冲《咏史八首·荆轲饮燕市》:哀歌和渐离,谓若傍无人。

明州本:翰曰:荆轲与高渐离及狗屠者,饮于燕市,酒酣,渐离击筑,荆轲和而歌,以相乐也。已而相泣,旁若无人。

善曰:《史记》曰:荆轲之燕,与屠狗及高渐离,饮于燕市,酒酣以往,高渐离击筑,荆轲和而歌于市中相乐也。已而相泣,旁若无人。

赣州本:善曰:《史记》曰:荆轲之燕,与屠狗及高渐离,饮于燕市,酒酣以往，高渐离击筑，荆轲和而歌，于市中相乐也。已而相泣，旁若无人。翰同善注。

（13）卷二十一郭景纯《游仙诗》：杂县寓鲁门，风暖将为灾。

明州本：良曰：海鸟曰爰居。止于鲁东门之外。展禽曰：今兹海其有灾乎？夫广川之鸟，曾恒知避其灾。是岁，海多大风。杂县，则爰居是也。

善曰：《国语》曰：海鸟曰爰居。止于鲁东门外三日，臧文仲使国人祭之。展禽曰：越哉，臧文仲之为政也！今海鸟至，已不知而祀之，以为国典，难以为仁且知矣。今兹海其有灾乎？夫广川之鸟兽，常知风而避其灾也。是岁也，海多大风，冬暖。文仲曰：信吾过也。贾逵注曰：爰居，杂县也。良同善注。

（14）卷二十一颜延年《五君咏》题解。

明州本：向曰：延年领步兵，好酒踈诞，不能斟酌当时。刘　（此为空格，疑是“谌”字损坏）言于彭城王，出为永嘉太守。延年甚怨愤，乃作《五君咏》，述竹林七贤以自喻。山涛、王戎由贵盛也，遂黜而不收。

善曰：沈约《宋书》曰：延年领步兵，好酒踈诞，不能斟酌当时。刘　（此为空格，疑是“谌”字损坏）言于彭城王，义康出为永嘉太守。延年甚怨愤，乃作《五君咏》，述竹林七贤。山涛、王戎以贵盛被黜。《咏嵇康》曰：鸾翮有时铩，龙性谁能驯？《咏阮籍》曰：物故不可论，途穷能无恸？《咏阮咸》曰：屡荐不入官，一麾乃出守。《咏刘伶》曰：韬精日沉饮，谁知非荒宴？此四句盖自序也。

赣州本：善曰：沈约《宋书》曰：延年领步兵，好酒踈诞，不能斟酌当时。刘谌言于彭城王，义康出为永嘉太守。延年甚怨愤，乃作《五君咏》，述竹林七贤。山涛、王戎以贵盛被黜。《咏嵇康》曰：鸾翮有时铩，龙性谁能驯？《咏阮籍》曰：物故不可论，途穷能无恸？《咏阮咸》曰：屡荐不入官，一麾乃出守。《咏刘伶》曰：韬精日沉饮，谁知非荒宴？此四句盖自序也。向同善注。

秀州本与明州本两家注均有，而赣州本只采善注略向注。这种情况在赣州本中非常严重，这将直接导致五臣注大量阑入李善注。

2.以校语“馀同善注”或“某同善注”的形式，剔除部分五臣注

（1）卷七司马长卿《子虚赋》：楚使子虚使于齐，齐王悉发境内之士，备车骑之众，与使者出畋。

明州本：向曰：使者，谓子虚也。畋，谓畋猎。司马彪曰：畋猎也。

善曰：《家语》曰：孔子在齐，齐侯出畋。本或云：齐境内之士备之众八字。

赣州本:善曰:司马彪曰:畋,猎也。《家语》曰:孔子在齐,齐侯出畋。本或云:境内之士,备车骑之众非也。

向曰:使者谓子虚也。馀同善注。

(2)卷十潘安仁《西征赋》:平失道而来迁,繄二国而是佑。

明州本:良曰:平,平王也。繄,语助也。二国,晋、郑也。平王遭犬戎难,而东迁,依于晋郑。

善曰:《史记》曰:平王东迁于洛邑。二国,晋、郑也。《左氏传》桓公曰:我周之东迁,晋郑焉依?杜预《左氏传注》曰:繄,语助也。

赣州本:善曰:《史记》曰:平王东迁于洛邑。二国,晋、郑也。《左氏传》桓公曰:我周之东迁,晋郑焉依?杜预《左氏传注》曰:繄,语助也。

良同善注。言平王遭犬戎难而东迁,依于晋郑。

(3)卷十一何平叔《景福殿赋》:尔乃建凌云之层盘,浚虞渊之灵沼。清露瀼瀼,渌水浩浩。

明州本:铣曰:凌云,台名。层,高也。上有盘以承甘露也。虞渊,沼名。灵者美言之。瀼瀼,露貌。浩浩,泉貌。

善曰:凌云层盘名也。为之以承甘露也。虞渊灵沼名也。韦仲将《景福殿赋》曰:虞渊灵沼,渌水泱泱。《毛诗》曰:王在灵沼。清露,层盘之露也。《毛诗》曰:零露瀼瀼。《尚书》曰:浩浩滔天。

铣曰:凌云,台名。层,高也。上有盘以承甘露也。虞渊,沼名。灵者美言之。馀同善注。

(4)卷十二木玄虚《海赋》:群仙缥眇,餐玉清涯。履阜乡之留舄,被羽翮之襂纚。

明州本:向曰:缥眇,高远貌。言食玉浆于清水之畔,秦始皇宴安期先生于阜乡亭。安期留赤玉,舄而去,舄履,被服也。言先人以毛羽为衣。缪纚,羽翮貌。

善曰:缥眇,远视之貌。《鲁灵光殿赋》曰:忽瞟眇以响像。《列仙传》曰:赤松子服玉。《列仙传》曰:安期先生,琅邪阜乡人。自言千岁。秦始皇与语。赐金数千万于阜乡亭。皆置去。留书以赤玉舄一量为报。羽翮,以羽翮为衣。《汉书》曰:天道将军衣羽衣。襂纚,羽垂之貌。

赣州本:善曰:缥眇,远视之貌。《鲁灵光殿赋》曰:忽瞟眇以响像。《列仙传》曰:赤松子服玉。《列仙传》曰:安期先生,琅邪阜乡人。自言千岁。秦始皇与语。赐金数千万于阜乡亭。皆置去。留书以赤玉舄一量为报。言仙人以羽翮为衣。《汉书》曰:天道将军衣羽衣。襂纚,羽垂之貌。

向曰:言食玉浆于清水之畔。舄履,被服也。馀同善注。

此条赣州本善注与明州本同,秀州本在第二处《列仙传》省略为:又曰。此是赣州本出于明州本之又一例。

(5)卷十二木玄虚《海赋》:翔天沼戏穷溟,甄有形于无欲,永悠悠以长生。

明州本:翰曰:沼,池也。穷发之北,有溟海者,天池也。群仙飞戏于此中也。甄,明也。明水有形而无欲,故能长生。

善曰:《庄子》曰:穷发之北,有溟海者,天池也。言众仙所表,有形而无情欲。故能久视长生也。郑玄《尚书纬注》曰:甄,表也。《淮南子》曰:有形之类,莫尊于水。《庄子》曰:同乎无欲。《老子》曰:常无欲以观其妙。又曰:长生久视之道。

赣州本:善曰:《庄子》曰:穷发之北,有溟海者,天池也。言众仙所表,有形而无情欲。故能久视长生也。郑玄《尚书纬注》曰:甄,表也。《淮南子》曰:有形之类,莫尊于水。《庄子》曰:同乎无欲。《老子》曰:常无欲以观其妙。又曰:长生久视之道。

翰曰:群仙飞戏于此中也。甄明也。馀同善注。

(6)卷二十一颜延年《五君咏·阮步兵》:物故不可论,途穷能无恸。

明州本:铣曰:籍虽放诞不拘礼教,然口不评论臧否人物。当率意独驾,不由径路,车迹所穷,辄恸哭而反。此延年自托,以为途穷者。

善曰:臧荣绪《晋书》曰:阮籍虽放诞不拘礼教,发言玄远,口不评论臧否人物。《魏氏春秋》曰:籍时率意独驾,不由径路,车迹所穷,辄恸哭而返。

此条注文明州本几乎全同秀州本。

赣州本:善曰:臧荣绪《晋书》曰:阮籍虽放诞不拘礼教,发言玄远,口不评论臧否人物。《魏氏春秋》曰:籍时率意独驾,不由径路,车迹所穷,辄恸哭而返。铣同善注,此延年自托,以为途穷者。

(7)卷二十一颜延年《五君咏·嵇中散》:形解验默仙,吐论如(秀州本与赣州本均作“知”,明州本误)凝神。

明州本:济曰,南海太守鲍靓,通灵之士,东海徐宁师之。宁夜闻靓室有琴声,而问焉,靓曰:嵇叔夜。宁曰:叔夜临命东市,何得在兹?靓曰:叔夜示人有终,而实尸解则形解也。验此则,康默然而仙矣。又康著《养生论》则可谓知凝神之道也。

善曰:顾恺之《嵇康赞》曰:南海太守鲍靓,通灵士也,东海徐宁师之。宁夜闻靓室有琴声,怪其妙而问焉,靓曰:嵇叔夜。宁曰:嵇临命东市,何得在兹?靓曰:叔夜迹示终,而实尸解。《桓子新论》曰:圣人皆形解仙去,言死,示民有终。孙绰《嵇中散传》曰:嵇康作《养生论》,入洛,京师谓之神人。向子期难之,不得屈。《庄子》曰:藐姑射之山,有神人居焉,其神凝。郭象曰:行若曳枯木,心若聚死灰。是其神凝也。《广雅》曰:凝,定也。

明州本两家注与秀州本全同。

赣州本:善曰:顾恺之《嵇康赞》曰:南海太守鲍靓,通灵士也,东海徐宁师之。宁夜闻静室有琴声,怪其妙而问焉,靓曰:嵇叔夜。宁曰:嵇临命东市,何得在兹?靓曰:叔夜迹示终,而实尸解。《桓子新论》曰:圣人皆形解仙去,言死,示民有终。孙绰《嵇中散传》曰:嵇康作《养生论》,入洛,京师谓之神人。向子期难之,不得屈。庄子曰:藐姑射之山,有神人居焉,其神凝。郭象曰:行若曳枯木,心若聚死灰。是其神凝也。《广雅》曰:凝,定也。

济同善注,而实尸解则形解也。验此则康默然而仙矣。文康著《养生论》则可谓知凝神之道也。

与六家本相比,赣州本对五臣注的损毁是非常严重的。

(8)卷二十一颜延年《秋胡诗》:嗟余怨行役,三陟穷晨暮。

明州本:济曰:余,谓秋胡称也。怨,叹此行役也。三陟,谓诗云:陟彼崔嵬。又云:陟彼高冈。又云陟彼砠矣。言为登山陟险穷尽晨暮。

善曰:《毛诗》曰:嗟予子行役夙夜无已。又曰:陟彼崔嵬。我马虺隤。又曰:陟彼高冈,我马玄黄。又曰陟彼砠矣,我马瘏矣。

赣州本:善曰:《毛诗》曰:嗟予子行役夙夜无已。又曰:陟彼崔嵬,我马虺隤。又曰:陟彼高冈,我马玄黄。又曰:陟彼砠矣,我马瘏矣。

济曰:余,谓秋胡称也。怨叹此行役也。三陟,同善注。言为登山陟险穷尽晨暮。

(9)卷四十繁休伯《与魏文帝笺》,作者小传。

明州本:向曰:《文章志》云:繁钦,字休伯。颍川人。少以辩知,为丞相主簿,《文章集序》云:上西征,余守谯,繁钦从,还,笺与余,其文甚丽。繁步何反。善同向注。

赣州本:善曰:《文章志》曰:繁钦,字休伯,颍川人。少以文辩知名。以豫州从事,稍迁至丞相主簿,病卒。《文帝集序》云:上西征,余守谯,繁钦从。时薛访车子能喉啭与笳同音。钦笺还与余盛叹之,虽过其实,而其文甚丽。

向曰:繁步何反,馀文同。

(10)卷四十九班孟坚《公孙弘传赞》:是时汉兴六十馀载……始以蒲轮迎枚生,见主父而叹息。

明州本:济曰:是时,武帝时也。四夷,四方之夷也。宾,服也。制度,礼法也。阙,缺也。弗及如前人不能及也。蒲轮,征引之车。枚生,枚乘也。主父偃上书,阙下引见叹息曰:何相见之晚。

善曰:《汉书》曰:武帝为太子闻枚乘名。及即位,乘已年老。乃以安车蒲轮征乘。又曰:主父偃,齐国临淄人。武帝时言九事,其八事为律令。上书阙下,朝奏暮召。入见谓曰:公安在,何相见之晚也。

赣州本善注同明州本,济注为:

济曰:是时,武帝时也。四夷,四方之夷也。宾,服也。制度,礼法也。阙,缺也。弗及如前人不能及也。馀同善注。

脱明州本画线部分。

(11)卷四十九干令升《晋纪总论》一首:三关电扫,刘禅入臣。

明州本:翰曰:三关,谓蜀有阳平关、江关、白水关也。电扫,言疾也。刘禅,蜀主也。入臣,谓降臣也。

善曰:《吴志》贺邵曰:刘氏据三关之险,守重山之固。张莹《汉南记》曰:蜀有阳平、江关、白水,此为三关。干宝《晋纪》曰:邓艾进军城北,蜀主刘禅面缚舆榇,诣垒门。范晔《后汉书》阎忠说车骑将军。皇甫嵩曰:旬月之间,神兵电扫。

赣州本善注同明州本,翰注为:

翰曰:电扫,言疾也。入臣,谓降也。馀同善注。

(12)卷五十班孟坚《述韩英彭庐吴传第四》:信惟饿隶,布实黥徒。

明州本:向曰:隶,贱。徒,侣也。韩信本家贫,寄食下乡亭长,故云饿隶。英布少时有相者,谓之曰:当刑而王。及壮被黥,欣然曰:我当刑而王,几是乎?黥,墨刑。善同向注。

赣州本:善曰:《汉书》曰:韩信家贫,从下乡南昌亭长寄食,亭长苦之。乃晨炊蓐食,食时往不为具食。信知之,自绝去。又曰:黥布姓英,少时客相之,当刑而王。及坐法,黥欣然笑曰:人相我当刑而王,几是乎?

此条注文明州本略善注,出校语"善同向注",赣州本将明州本的向注改编为善注,导致五臣注的削减。赣州本向注仅剩:

向曰:隶贱,徒侣也。馀同善注。

(13)卷五十八颜延年《宋文元皇后哀册文》:方江泳汉,动谣南国。

明州本:铣曰:《诗序》曰:文王之道,被于南国。江汉之时域,无思犯礼。《诗》曰:汉之广矣,不可泳思。江之永矣,不可方思。方,观相也。谣,歌也。善同上注。

赣州本正文为:方江泳(善作咏)汉,载(五臣本作动)谣南国。

善曰:《诗序》曰:文王之道,被于南国。江汉之域,无思犯礼。《诗》曰:汉之广矣,不可泳思。江之永矣,不可方思。毛苌曰:方,泭也。

铣曰:方,观,相也。谣,歌也。馀同善注。

赣州本此处注文,是将明州本铣注改编成二家注。在善注中增加了"毛苌曰:方,泭也"。

从第一家合并本秀州本起,就已经出现了省略一家的做法,但秀州本的编纂原则是二家注基本相同的情况。这种现象到了明州本进一步发挥,到了赣州本时则是登峰造极,二家注差别较大时,也有不少地方省略的现象。

编纂者在省略五臣注存善注的情况中,明州本省略的五臣注赣州本均有继承;明州本未省略的,赣州本则进一步省略,有时甚至不作任何说明地直接刊落五臣注。省略五臣注是赣州本编纂六臣本《文选》时遵循的重要原则,省略的方式主要有:某同善注,馀同善注,某曰同善注,五臣某同善注等。

第四章
五臣单注本

第一节　杭州猫儿桥本

宋代的《文选》在传播过程中，体现了“分久必合，合久必分”的编纂规则。就在秀州本出现三十多年后，杭州锺家的五臣单注本问世，其重出说明社会上对五臣注仍有较大的需求，五臣注能满足一般知识阶层对《文选》的理解。其实，在合并本出现的同时，五臣单注本亦一直在社会一般知识阶层中盛行，这是科举时代《文选》传播过程中的一个规律。

杭州本今仅存二十九、三十两卷，卷二十九藏于北京大学图书馆，卷三十藏于国家图书馆。该书半页十二行，行大字十七至十九字，小字双行，行二十七字，左右双边，白口单鱼尾，书体为欧体。卷首首行顶格书“文选卷第几”，次行空七格书“梁昭明太子撰”，下空两格书“五臣注”，次行为本卷目录，卷末与正文空一行书“文选卷第几”。卷三十最后一行有“钱塘鲍洵书字”，最后一页次行有“杭州猫儿桥河东岸开牋纸马铺锺家印行”字样。

以陈八郎本对应部分与杭州本比校，发现二本差别较大，不仅正文、注释内容多有不同，有详略之异，就是科段划分也有不同的地方。傅刚先生认为二本不是同一系统①。

下面以卷二十九潘安仁《夏侯常侍诔》为例，比较杭州本（下简称“杭本”）、陈八郎本（下简称“陈本”）以及秀州本的差异。

1.题目。

陈本：潘安仁夏侯常侍诔并序

杭本：夏侯常侍诔一首并序　潘安仁

秀州本同杭本。

2.题目作者下注。

陈本：……惠帝时为散骑常侍卒也。

杭本：无“也”字。

秀州本同杭本。

3.中书郎南阳相。

陈本：济曰：武帝子东出为南阳相，王徐湛为相也。

杭本：“东”作“柬”，“徐”作“除”。

秀州本前者亦作“东”，后者同杭本。

4.天子以为散骑常侍从班列也。

陈本：铣曰：天子惠帝也。言以次而任，非擢材也。

杭本：铣曰：天子惠帝也。班，次也。言以次而任，非櫂材也。

杭本“擢”讹作“櫂”，有“班次也“三字，秀州本亦有此三字，“擢”字不讹。

5.禹锡玄珪实曰文命。

陈本：……太开夏之政教……

杭本：“太”作“大”字。

秀州本同杭本。

6.英英夫子……华繁玉振。

陈本：……如王之振。

杭本：句末有“也”字。

秀州本有“也”字，“王”作“玉”。

---

① 傅刚：《〈文选〉版本研究》，北京大学出版社2000年版，第171页。

7.正文。

陈本:……如彼锦绩……

杭本:“绩”作“缋”。

秀州本同杭本。

8.徒谓吾生文胜则史。

陈本:此句无注,与下句合。

杭本:此句下有注:翰曰:徒,空也。吾生谓湛也。《论语》曰:文胜质则史也。

秀州本同杭本。

9.……心照神交,唯我与子。

陈本:铣曰:言湛与岳心神相照。

杭本:句末有“也”字。

秀州本同杭本。

10.且历少长,逮观终始。

陈本:此句无注,与下句合。

杭本:向曰:逮,及也。

秀州本同杭本。

11.子之承亲,孝行闵参。

陈本:济曰:闵子骞、曾参有孝行也。

杭本:济曰:承,事也。闵,闵子骞也;参,曾参也,并孔子弟子,有孝行也。

秀州本同杭本。

12.子之友悌,和如琴瑟。

陈本:此句下无注,与下句合。

杭本:良曰:友悌,兄弟也。琴瑟,言声相和也。

秀州本同杭本。

13.忠节允著,清风载兴。

陈本:济曰:允信,著明也。载,起也。……

杭本:“起”作“而”。

秀州本与陈本同。

14.央彼乐都。

陈本:"央"下无音注。

杭本:有音注:央。

秀州本同杭本。

15.陈本:设官建辅。

杭本:"官"作"宫"。

秀州本同杭本。

16.惠训不倦……

陈本:铣曰:……恐失所。

杭本:句末有"也"字。

秀州本与杭本同。

17.余亦偃息……

陈本:……二纪于此。

杭本:句末有"也"字。

秀州本与杭本同。

18.执戟疲杨……

陈本:铣曰:……贾谊傅遂……

杭本:"傅遂"作"博达"。

秀州本与杭本同。

19.子乃洗然……

陈本:济曰:洗然,回清皃……

杭本:"清"作"情"。

秀州本与杭本同。

20.先朝未命,圣列显加……

陈本:……列,明也……

杭本:正文与注文"列"均作"烈"。

秀州本与杭本同。

21.我闻积善,神将之吉,宜享遐纪,长保天秩。

陈本:此处无注,正文与下句合。

杭本：良曰：子，受。纪，岁也。秩，天子禄秩也。秀州本“子”作“享”是，馀同杭本。

22.如何斯人而有斯疾，曾未知命，中年陨卒，乌呼哀哉。

陈本：翰曰：湛四十九卒，年未至知命也。

杭本：翰曰：五十知命，湛四十九卒，年未至知命也。

秀州本与杭本同。

23.非子为恸，为恸而谁，乌呼哀哉。

陈本：此处无注，正文与下句合。

杭本：铣曰：恸，变容貌，言我不为湛恸，当使谁为之也。

秀州本与杭本同。

24.正文。

陈本：零落霑凝。

杭本：零露霑凝。

秀州本与杭本同。

25.前思未弭，后感仍集，积悲满怀，逝矣安及，乌呼哀哉。

陈本：良曰：前思谓平生所思也。后感为其孤子也。言我徒积悲怀往者，何能追及也。

杭本：良曰：前思谓平生所思也。弭，止也。后感为其孤子也。仍，重也。逝，往也。言我徒积悲怀往者，何能追及也。

秀州本与杭本同。

以上二十五例，除第3、4、13三例，杭州本与秀州本不同外，其馀全同秀州本的五臣注。而选择的这二十五例则是陈八郎本与秀州本相异之处，况且，在杭州本与秀州本不同的三例中，很可能是字形接近而造成的讹误。杭州本与秀州本几乎完全一致的事实表明，杭州本与秀州本的五臣注一定属于同一系统，亦与二者的五臣注底本平昌孟氏本是同一系统。若如此，则杭州本的编纂相当简单，基本是将孟氏本重刻而已，由于是私家刻书，不可避免地出现了一些新的讹误，上面的对校中就有三例。但是，与后来的陈八郎本相比，杭州本还是非常严谨的。杭州本的残存，为了解平昌孟氏本的面貌，提供了合注本之外的样本。

第二节　陈八郎本

陈八郎本《文选》是目前我们所见到的唯一一部完整的宋刻五臣注本。此本乃南宋绍兴三十一年(1161)建阳刊五臣注单注本,此书曾经长洲(今江苏苏州)蒋凤藻影抄,后为李盛铎收藏,毛晋、徐乾学、沈瀹、蒋凤藻以及近人王同愈、蒋祖诒收藏。大陆地区已难觅全本,台湾"中央图书馆"藏有一部全帙。1981年值台湾"中央图书馆"馆庆之际,影印出版五十部以示庆贺。此本的问世,遂使学人有机会一睹其真貌。五臣注的价值一向不为学界所重,加上陈八郎本本身校勘不精,亦有不少李善注阑入其中,故对于陈八郎本《五臣注文选》,学界亦多有疏忽。笔者认为,此本的发现为现代《文选》版本研究的重大创获之一,具有《文选》诸本不可替代的作用。

陈八郎本的来历不是很明确,属于书坊刊刻,与此前的杭州本相比,其增加了不少内容,这些增加的部分来源比较复杂,有部分补版,补版与原刻是否同一底版,难以详知,即使在初刻时也不像是同一底版。

一　陈八郎本大量注文缺失

陈八郎本注文多处与完整的秀州本五臣注不同,显得非常粗略。因其底本难以断定,不知这部分缺失的注文是依据何本而来,也很可能是其自身考辨不精所造成的注文缺失。以下注文,画线部分为陈八郎本注文。

卷三十沈休文《齐故安陆昭王碑》

1.伊昔帝唐,九官咸事,熊豹临戭,纳言是司。

秀州本:<u>伊,惟也。帝,唐尧也</u>。九官,禹作司空,弃为后稷,契为司徒,皋陶作士,司垂为共工,益为虞,伯夷掌秩宗,夔曲乐,龙纳言也。高辛氏才子:仲熊、叔豹。高阳氏才子:太临、梼戭。四人皆主纳言之官。

2.远无不怀,迩无不肃。邑居不闻夜吠之犬,牧人不睹晨饮之羊。誉表六条,功最万里。

秀州本:良曰:刺史所察有六条:一曰察人所疾苦冤失职者,二曰察墨绶长吏居官之理者,三曰察盗贼,四曰察犯田律,五曰察人有孝悌廉洁,六曰察吏不簿入钱縠于散者。功最万里，言风化远也。

3.金如粟而弗睹，马如羊而靡入。

秀州本：济曰：后汉袁奂为安定属国都尉，有羌戎豪帅酋长，感其恩德，遂遗奂马二十匹，金镰八枚。奂乃召主簿于羌戎之前，以酒酹地曰：马如羊不以入厩；金如粟不以入怀。悉还之。言虽贱如羊粟，亦不用也，而况于贵乎？靡，无也。

4.繁弱以流涕，望曲阜而含悲。

秀州本：济曰：繁弱，弓名。谓世祖崩。今对弓而流涕也。昔皇帝升仙遗其弓，而郡臣对之流涕。曲阜，周国所封国名也。言思昭侯如望周公，而含其悲。

陈八郎本仅存画线部分。

5.三仁去国，五曜入房。

秀州本：殷纣无道暴虐，故比干、箕子、微子三仁去国，故周武王灭之。五星聚于房，星房，苍神之精，则周室木德而兴焉。

6.齐殒晏平，行哭致礼。

秀州本：齐景公出游，闻晏子死，奔赴其国哭而往也。晏子名平仲，故云晏平也。

任彦升《刘先生夫人墓志》

7.《刘先生夫人墓志》解题。

秀州本：向曰：先生名瓛。齐太祖高皇帝为瓛娶王氏女，瓛卒，帝下诏立碑，号为贞简先生，瓛平生与其妻道义相得，终身不改志也。

任彦升《齐竟陵文宣王行状》

8.《齐竟陵文宣王行状》解题。

秀州本：良曰：述其德行之状。……祖，太祖高皇帝。父，世祖武皇帝。

陈八郎本仅存画线部分。

9.夺金耻讼，蹊田自嘿。

秀州本：齐人有欲得金者，请朝衣冠入市，见执金者用夺之。诣吏，吏缚而问之。言竟陵王执政，人皆不为争讼，盖德化之所及也。有牵牛以蹊人之田，而夺之牛。得夺牛之罪，重于蹊田之罪也。言今蹊过于田者，乃怀其义，让亦嘿然不相争夺矣，蹊，道也。言牛行于田以成道也。

贾谊《吊屈原赋》

10.凤皇翔于千仞兮,览德辉而下之。见细德之险征兮,遥曾击而去之。

秀州本此处有两条注文:

铣曰:凤皇,喻贤人也言。凤皇高飞,下览有圣人之德者乃下而见于时也。贤人亦择明君乃事也。千仞,言高也。

翰曰:细德,犹无德也。言见时君无德,左右奸险,恐为征祥,则摇举羽翮而去也。增举也。

陈八郎此处无翰注。

11.横江湖之鳣鲸兮,故将制于蚁蝼。

秀州本:向曰:鳣鲸,亦大鱼也。以喻贤人。蚁蝼,小虫,以喻谗佞人也。言大鱼横于江湖之中,一朝失势,止于平陆,而(赣州本作"为",确。)蝼蚁所制,盖贤者失位遇谗佞之所害。

二 陈八郎本有采善注入五臣注之例

陈八郎本有不少地方的注文,采善注入五臣注。如:

卷三十沈休文《齐故安陆昭王碑》

1.协隆三善,仰敷四德。

陈八郎本:铣曰:协,合。隆,盛。敷,布也。三善,谓事君、事父、事长也。四德,谓元亨利贞。言君子行此四德,以布于天下也。

画线部分秀州本为李善注,秀州本此处五臣注的注文为:"《易》曰:君子体仁足以长仁,嘉会足以合礼,利物足以和义,贞固足以干事。"

2.尽任棠置水之情,弘郭伋待期之信。

秀州本卷五十九:善曰:《东观汉记》曰:庞参,字仲达,拜汉阳太守。郡民任棠者,有奇节,参到先候之。棠不与言,但以薤一本,水一杯,置户屏前,自抱孙儿伏于户下。参思其微意,良久曰:棠是欲晓太守也。水者,欲吾清也;拔大本薤,欲吾击强宗也;抱儿当户,欲吾开门恤孤也。于是叹息而还。参在职,果能抑豪助弱,以惠政得民。司马彪《续汉书》曰:郭伋拜并州牧,行部西河,到美稷,数百小儿各骑竹马逢迎,伋问曰:儿曹何自远来?对曰:闻使君到,喜,故来迎。伋谢曰:辛苦诸童。小儿复送至郭门外,问:使君何日当还?伋谓别驾计日告之。行部还入美稷,先期一日。伋念负诸儿,即止野亭,须期乃往。伋重信得人心,皆此类也。

五臣注同。

此处注文秀州本与明州本均同,五臣注略。陈八郎本此处采为五臣铣注,注文与善注相同。但是六家本均未提到注家之名,陈八郎不知以何为据认为此条注文是五臣铣注。

3.位非大宝,爵乃上天。

秀州本:翰曰:圣人之大德曰位,仁义忠信乐善不倦,此天爵也。

善曰:《周易》曰:天地之大德曰生,圣人之大宝曰位。《孟子》曰:有天爵,有人爵。仁义忠信,乐善不倦,此天爵也;公卿大夫,此人爵也。

陈八郎本将善注直接采入五臣向注。秀州本此处五臣注文是"翰曰",陈八郎本则是"向曰"。

4.卷三十任彦升《刘先生夫人墓志》:参差孔树,毫末成拱。

秀州本:济曰:孔子卒,葬于鲁城北。弟子各以其国树种之于茔。毫末之小而至于合拱。拱,合手也。参差,木不齐皃。谓先生卒而墓树已合拱也。

善曰:《皇览圣贤冢墓志注》曰:孔子冢在鲁城北泗水南。冢茔中树以百数,皆异种。人传言孔子弟子异国,人各持其国树来种之。其树柞枌雒离五味槐檀之树,鲁人莫之识。《老子》曰:合抱之木,生于毫末。《公羊传》曰:秦伯谓蹇叔曰:尔之年老,冢上之木拱矣。

陈八郎将善注采入五臣注,与五臣注合并后的注文为:

济曰:《皇览圣贤冢墓志注》曰:孔子冢在鲁城北泗水南。冢茔中树以百数,皆异种。人传言孔子弟子异国,人各持其国树来种之。其树柞枌雒离五味槐檀之树,鲁人莫之识。《老子》曰:合抱之木,生于毫末。《公羊传》曰:秦伯谓蹇叔曰:尔之年老,冢上之木拱矣。拱,合手也。参差,木不齐皃。谓先生卒而墓树已合拱也。

5.谢惠连《祭古冢文》解题。

秀州本:善曰:沈约《宋书》曰:元嘉七年,惠连为司徒彭城王义康法曹参军。义康修东府城,城壍中得古冢,使惠连为祭文,留信待成也。

陈八郎本此处"善曰"为"祭曰",注家名字空缺。

三 陈八郎本有大量文字出入

与秀州本相校,陈八郎本有大量的文字出入,这些与秀州本相异的地方,大多是陈八郎本误处。以卷三十沈休文《齐安陆昭王碑文》为例:

1.《齐安陆昭王碑文》,秀州本"齐"下有"故"。今查众本皆有"故"。

2."公讳缅字"句,注文:翰曰:晋分东海郡为东兰陵,兰陵为南也。秀州本仅有一处"兰陵"。

3."祖宣皇帝"句,注文:宣是帝,安陆王之子也。"是",秀州本作"皇"。

4."水德方衰"句,注文:秀州本"翰曰:水德,谓宋也。未改,谓宋祚未终"。陈八郎本无画线部分。

5.帝出于震。"于",秀州本作"出"。

6."无假黑端之极"句,注文:铣曰:假黑,此云黑者盖后人书写之误……"假黑",秀州本作"《歌录》《雁门太守行》云:外行猛政,内怀慈仁。移恶于性,偏著里端"。

7."虽邓训致劈面之哀"句,注文:翰曰……卒民罢市悲号。……"卒民",秀州本作"荆州诸军事,招携以礼,来远以德。属病死,吏人闻丧"。

8."北狄惧威"句,"惧",秀州本作"急"。

9."而达于四境也"句,铣曰:……而至于四达也。"达",秀州本作"境"。

10."癯瘠改貌"句,铣曰:……瘠,疲也。"疲",秀州本作"瘦"也。

在五臣单注本中,陈八郎本后出,也是迄今为止保存最完整的本子,虽然其中几卷有明显的补刻痕迹。通过上述几个方面的简单考察发现,陈八郎本一如李善注中的淳熙本,有明显的杂糅性质。五臣注本主要是面向社会一般知识阶层,而随着李善注被不断推崇,五臣单注本中有明显掺入李善注的倾向,而且由于书坊刊刻的商业因素,陈八郎本在汇编的过程中,增注、删减、讹误的内容较多,不是非常严谨。由此,在《文选》注本的传播中,出现一个怪异的现象:流传至今的李善单注本的淳熙本、五臣单注本的陈八郎本虽然在各自的传承系统中较晚出,内容更加丰富,距离李善注与五臣注的原貌却愈远了。如果以此本为例对五臣注的成就进行评骘,自当与李善注本相互对照,小心谨慎为是。

结　语

通过上述对钞本、单注本、合并本五臣注的简单考察，可以得出以下认识。

第一，钞本时代的五臣注本与李善注本在正文之差异方面可能并没有刊本时代的差别大，此种现象当归因于《文选》之传播过程。五臣注问世之后，以其简洁明了、方便实用而更受欢迎，传抄众多。众多的传钞本一定会造成文字之变异，其在正文方面与善注本正文就存在了较多的异文。等刊本时代的五臣注以某家钞本为底本固定下来之后，其底本所存之异文就以五臣注的名称固定下来，导致了合并时代正文校语的出现。

第二，钞本时代的李善注本正文与五臣注本正文亦存在差异，此点亦当归因于《昭明文选》之传播过程。从理论上讲，二家注释著作本来为一，当在注本出现以前，就有不少钞本问世。此过程必然导致文字之变异。李善注本先出，其与《昭明文选》之旧或许变异不大；五臣注本后出，其所依据之《昭明文选》已经与萧统之本有了差距。此点为导致李善注本与五臣注本正文差异之肇始。

第三，从钞本时代到刊本时代的过程中存在编纂与校勘的清理。此清理过程当以某家完整翔实之本为底本，或当又参照其他诸本，由此形成了五臣注本的一个定本。此定本成为后来众多刊本的底本。此或肇端于五代时期的毋昭裔刻本，然因其不存，难下定论。而秀州本之五臣注本则源于平昌孟氏本，奎章阁本则是以秀州本为底本进行的刊刻，故奎章阁本之五臣注内容能保存五臣注较早之面貌，此点可以下定论。

第四,无论钞本时代抑或刊本时代,李善注本与五臣注本并存的可能性更大。二本的传播过程并不是一家消失而另一家独存,而是不同学习意图与追求之关系导致其在不同的阶层中或者同一阶层的不同时段传播。

第五,李善注本与五臣注本虽然在传播过程中有并存之事实,但从历时性维度进行考索,亦存在此消彼长之现象。即在某个传播时段,多种因素导致某家注本更受接受者之欢迎。

第六,不同阶段的接受趋势以及二家之本的不同特征最终导致合并本之问世。合并本的问世,是接受者阅读期待视野以及知识精英阶层共同作用合力的结果。合并本中五臣注、李善注孰者居前的六家本与六臣本的问题,则曲折反映了此种合力的影响,隐晦地体现出社会接受趋向的变迁。

第七,六家本的最先问世,体现了自中唐以来五臣注占强势传播的历史惯性;而合并本的出现,则标志着李善注价值的被重新强调。合并本的秀州本成为后来众多本子的源头,明州本、裴氏本均来源于此。

第八,自秀州本确定了合并本的内容后,后来之明州本、裴氏本等均在秀州本的基础上进行了编纂,增加了省略一家之注的情况,从而导致了二家界限的进一步模糊。省略某家之注的做法,是导致五臣注本、李善注本混乱纷扰的重要因素。

第九,六臣本来自六家本,至少是部分内容来自六家本,此仍为不可推翻之结论。颠倒二家之注的位置,省注之处的更名,是编纂者最省事也最通行的做法。经过此种之编纂后的二家之注,五臣注以正当的形式进入了李善注,从而改变了二家之注早期的传世面貌。

第十,在合并本出现之后的五臣单注本再次问世,存在两种情况:一是以较早的五臣注单注本为底本进行刊刻,如杭州猫儿桥本;一是以某种五臣单注本为底本,糅合合并本的内容,如陈八郎本。

第十一,在《文选》注本刊刻史上存在非常有意味的现象,南宋时期尤袤为强调李善注的地位而杂糅诸家汇编形成了一个后世通行却离李善注原貌较远的本子。而在此前的南宋建阳五臣注本亦以此种编纂方式问世,其杂糅诸家尤其是阑入李善注的做法在丰富五臣注的同时,亦进一步拉开了与五臣注较早面貌的距离。不过,其目的或许并非为强调李善注,只是借以自重的商业目的而已。

第十二,在《文选》五臣注传播过程中,凡有三变。一是刊本问世,从根本上确立了五臣注的唯一面貌,平息了钞本时代不一的多种本子;二是合并本的出现,二家之注的界限逐渐模糊,尤其是六臣本的问世,五臣注、李善注界限被彻底混乱;三是单注本的重新问世,李善注等内容以名正言顺的形式进入了五臣本。而在每种系统之内,又存在着大小不一的渐变。在存世的单注本中,不管是李善注本的淳熙本,还是五臣注本的陈八郎本,都是最不可信赖之本。

第十三,通过以五臣注本为例的考察,可以进一步证明《文选》传播史上的一个现象。《文选》注本的不断变异,亦是一个累积的过程,愈是往后,其距离早期的形貌愈远。在当下,绝对恢复五臣注、李善注都是不可能的,但适时整理一下二家之注,对于切断二本的变异的进一步累积,是非常有益的。

下编

《文选》重要版本补充研究

第一章
敦煌吐鲁番本《文选》与宋刻《文选》[①]

19世纪末20世纪初,敦煌藏经洞的大量文献在沉睡了千年之后重新展示在世人面前。藏经洞文献的面世,引起了当时各国探险及考古者的关注,他们先后在敦煌、吐鲁番等地进行科学探索与考古,相继发现大量的文化遗迹及文献。这成为中国文化史乃至世界文化史上的大事,以敦煌文献为材料进行科学研究的敦煌学作为学术与学科亦正式成立。

在敦煌、吐鲁番发现的大量文献中,有不少《文选》的内容。除却几个残片外,这些内容悉收入饶宗颐先生所编的《敦煌吐鲁番本文选》[②]中,由中华书局以影印的方式出版,向我们集中展示了千年之前《文选》的不同样貌。致力于敦煌《文选》研究的罗国威先生,先后有《敦煌本〈昭明文选〉研究》[③]《敦煌本〈文选注〉笺证》[④]两部专著问世。傅刚先生在《〈文选〉版本研究》[⑤]一书中,亦对敦煌本《文选》做了深入的研究。其实,从敦煌《文选》问世伊始,许多著名的专家学者如罗振玉、刘师培、王重民等就对其倍加关注,或就其所见之残卷进行

---

① 本章系南京大学学术会议提交的论文,收入时部分文字有改动。

② 饶宗颐编:《敦煌吐鲁番本文选》,中华书局2005年版。

③ 罗国威:《敦煌本〈昭明文选〉研究》,黑龙江教育出版社1999年版。

④ 罗国威:《敦煌本〈文选注〉笺证》,此书中除笺证天津艺术博物馆所藏的敦煌本《文选注》外,尚收入日本学者冈村繁的《永青文库藏敦煌本〈文选注〉笺证》一文,巴蜀书社2000年版。冈村繁的文章又见王元化主编、陆晓光译的《冈村繁全集》第二卷《文选之研究》一书中,上海古籍出版社2002年版。

⑤ 傅刚:《〈文选〉版本研究》,北京大学出版社2000年版。

校订，或对其内容进行著录与价值评判等等。但前辈学者所能见到的尚不及今日我们所见之多，罗氏之研究亦未能全部包含饶氏之所收集，傅刚先生的研究则主要集中在李善注方面。因此，对敦煌本《文选》，今日仍有进一步申述之必要。将钞本时代的敦煌本《文选》与刻本时代的宋刻进行比较，从中进一步确定其价值，亦能部分展示《文选》传播过程的种种演化。

第一节　敦煌白文无注本与宋刻《文选》

敦煌白文无注本《文选》（下简称“敦煌白文本”）在敦煌本《文选》中占了很大比重，但是一直没有得到研究者的足够重视。《文选》研究者把更多的目光聚焦在存有李善注的永隆本方面，努力发掘其中所能展现的李善注的早期形态并意欲从中梳理出李善注的变化。其实，敦煌白文本《文选》对当下《文选》之研究，尤其是对《文选》版本研究亦有重要价值。

刊本时代的李善注与五臣注之间的差异，不唯在注释，正文异文亦大量存在。正文异文的存在体现在诸本的众多校语中。六家本、六臣本、单注本的不断更改，使得二家本本身的正文不断混乱。但是，这并不是问题所在，从根本上讲，无论李善注抑或五臣注，其注释之文皆为昭明所编之《文选》，注释之不同体现的是二家的注释意图，而正文则本不该有相异之处的。《文选》正文“本同”而传播使其“末异”的情状，使得对二家之注本的梳理更为困难。敦煌白文本《文选》的面世，能够在一定程度上解决这种困境，并对二家本正文与《文选》原本之间差异作一参照。从版本上而言，此正为敦煌白文本的价值所在。

下面以奎章阁本所列异文为中心（因为奎章阁本的底本是秀州本，秀州本的底本是国子监本善注与平昌孟氏本五臣注，后来的明州本诸本均与之关系密切，可以说是一个具有重要转折意义的本子），全部排比李善本与五臣本的异文，继以敦煌白文本与之校勘，对集注本与国子监本存在的部分亦并校，加“○”表示与善注本相合。考察的敦煌白文本必须能够断定确是来自《文选》的，暂不能确定者一概不论。

一　成公子安《啸赋》(英藏 S.3663)

此文首残,起"自然之至音",讫篇末,卷末有"文选卷第九",由此知此篇的确抄自《文选》,且为三十卷本,因此篇在善注本为卷十八,故或存昭明之旧。

序号	奎章阁本正文	奎章阁本校语	敦煌本用字	备注
1	總八音之至和	善本作揔字	揔	○
2	故极乐而无荒	善本作固字	固	○
3	或冉弱而柔擾	善本作撓字	橈	○敦煌写本"木""扌"多不分
4	走胡马之长嘶迴寒风乎北朔	善本作奏字,善本作思回	奏,思回	○
5	荫修竹之婵娟	善本作蝉蜎二字	蝉蜎	○
6	声驿驿而相连	善本作骆驿字	骆驿	○
7	訇磕𠸎嘈	善本作𠸎字	聊	监本作唧字
8	音韵不恒曲无定制	善本作均字,善本无恒字,有二曲字	均,恒曲	
9	羌殊尤而纯	善本作绝字	绝	○
10	甯子斂手而叹息	善本作检字	检	○

此并以北宋监本校,奎章阁本校语言"善本"部分,除第七例外,其馀均与之同。敦煌白文本《啸赋》残存部分在奎章阁本中标注有十例二家异文,涉及十六个字。借助奎章阁本所标注的李善本校语,可以发现,敦煌本与李善注相合者有九例,涉及十五个字,只有第七例是例外。这反映了一个事实:因为敦煌本《啸赋》来自三十卷本《昭明文选》,李善注之成书最早当于显庆年间,所以二本在正文上保持了相当多的一致性。应该说,敦煌本的正文与显庆年间的善注正文应该完全一致,而通过上述比较发现的不一致之处要么是敦煌本的抄写讹误,要么是李善本的传播讹误。因为敦煌本是较早的本子,依据之本很可能要

早于李善注，所以其对李善、五臣二家之注的异文就有重要的校正意义。上面是以奎章阁本进行的校勘，奎章阁本的底本为秀州本，秀州本的李善注来自国子监，后来的明州本又与秀州本密切相关。因此，对于诸本的二家异文，可以敦煌本为重要参照。

二　陆机《短歌行》、谢灵运《会吟行》、鲍照《东武吟》《出自蓟门北行》《结客少年场行》《东门行》《苦热行》《白头吟》（法藏 P.2554）

认定此组作品来自《文选》，主要是从作品的排列次序来判断的，《文选》诗歌有乐府类，排序就是陆机、谢灵运、鲍照。

序号	奎章阁本正文	奎章阁本校语	敦煌用字	备注
1	《短歌行》忧与子忘	善本作為字	為	○
2	短歌可咏	善本作有字	可	
3	《會吟行》飞鷰跃广途	善本作燕字	鷰	
4	鷁首戏清沚	善本作鷁字	鷁	
4	路曜婕娟子	善本作便字	便	○
5	自来弥世代	善本作年字	世	
6	肆呈窈窕客	善本作容字	容	○
7	《东武吟》召募到河源	善本作占字	占	○集注本作占字
8	倚杖牧鸡豘	善本作收字	牧	集注本脱此字
9	徒積千载恨	善本作结字	结	○集注本作结字
10	《出自蓟北门行》虏阵精且彊	善本作強字	强	○集注本作強字
11	《东门行》行子夜中饭	善本作饮字	饭	集注本作饭字
12	《苦热行》吹蛊病行晖	善本作痛字	病	集注本作病字
13	瘴气昼重体	善本作鄣字	鄣	○集注本作鄣字
14	《白头吟》點头信苍蝇	善本作玷字	點	集注本作點字

在此组异文中，敦煌本与奎章阁本所标善本相同者只有七处，刚好占一半，而另外一半则与奎章阁本的五臣注相同，也就是与平昌孟氏本的五臣注相同。敦煌本此组文章抄写非常工整，书法已经颇具唐韵，但又不避“世”字，似是隋及初唐之钞本，抄写时代应该晚于上一组。此种现象之出现有几种可能：一是李善本与五臣注在传播过程中正文发生了变化，二是《昭明文选》原本在流布传抄过程中也开始出现变异。从李善与五臣的注释中可以知道，二家最初的注释之本是有所不同的，因此说《文选》三十卷的原本在开元之前至少已经存在两种比较有差别的本子了。敦煌本的此组白文似乎能反映这种变异的部分过程。

从第 7 例到第 14 例，集注本刚好残存此部分，第 8 例部分阙。以集注本与敦煌本校，发现集注本与敦煌本此部分全合，与李善注本相同者有四处（7、9、10、13），与五臣本相同者有三处。两种不同时期钞本的此部分完全一致，而与李善注本、五臣本则互有异同，正说明五臣注本与李善注本在传播过程中都发生了变异。

三　颜延年《三月三日曲水诗序》、王元长《三月三日曲水诗序》、任彦昇《王文宪集序》（法藏 P.4884、P.2707、P.2543、P.2542）

颜延年《诗序》存三行有馀，是此《序》之末，下接王元长《诗序》、任彦昇《王文宪集序》，此与《文选》排序相合，故可确认其抄自《文选》。另俄藏L.2860 亦为《王文宪集序》后半部分，上下多残，不能遽定其必抄自《文选》，于其能辨识者，并与此相校。

序号	奎章阁本正文	奎章阁本校语	敦煌本用字	备注
1	颜《诗序》展诗登志	善本作發字	發	○集注本作發字
2	王《诗序》固不与万人共也	善本作民字	民	○集注本、监本漫漶
3	泽普泛而无私	善本作氾字	汎	集注本、监本作氾字。汎为泛之别体，泛与氾通

续表

序号	奎章阁本正文	奎章阁本校语	敦煌本用字	备注
4	岁贡于外府	善本作时字	时	○集注本作时字
5	奇翰善芳之赋	善本作幹字	幹	○集注本、监本作幹字
6	轨躅相寻	善本作甋牍	甋犊	集注本、监本作甋牍字。敦煌本很可能是笔误
7	封山纪号	善本作石字	石	○集注本、监本作石字
8	秩秩斯干	善本作清干	斯干	罗国威《研究》作"期干",饶氏影印作"斯干",但"斯"字似有改动痕迹。《集注》本作"清干"
9	乱嘤声于锦羽	善本作绵字	锦	《集注》本作绵字,监本作緜字
10	戒道执殳	善本作式字	式	○集注本、监本作式字
11	绝景追风之骑	善本作遣字	遗	集注本、监本作遗字
12	任《集序》为海内冠冕	善本无为字	为	
13	自函洛不守	善本作咸字	咸	○
14	未尝留心也	善本无也字	亦无	○
15	有诏毁发旧茔	善本作废字	发	监本废
16	以選尚公主	善本作遷字	選	监本作遷字
17	脱落风尘	善本作尘俗	风尘	监本作尘俗
18	尽在是矣	善本无尽字	有尽字	
19	申以足之戒	善本从言	诫	○监本作诫字

续表

序号	奎章阁本正文	奎章阁本校语	敦煌本用字	备注
20	粲答诗云	善本作曰字	云	监本作曰字
21	昔毛玠之清公	善本作公清	清公	监本作公清
22	齐台既建	善本作初字	无此字	监本作初字
23	皆取定俄倾	善本作顷字	顷	○监本作顷字
24	镇军将军	善本作国字	军	监本漶漫
25	复官领国子祭酒	善本作复以本官	复以本官	○监本作复以本官
26	拔奇取异	善本作括字	拔	俄藏 L.2860 作拔字。监本作扶
27	功女寝机而已哉	善本作工字	工	○俄藏 L.2860 亦作工字,监本作工字
28	故痛深衣冠	善本有以字	有以字	○监本有以字
29	增斑剑为六十人	善本无为字	有为字	监本无为字
30	功成改乐	善本作作字	改	俄藏 L.2860 作改字,监本作作乐
31	若造理常可干	善本作造理常若可干	造理常若可干	○监本作造理常若可干

此三十一例中,敦煌本与善注本(奎章阁、国子监本)相合者有十四例,第3例为异体字,第6例或为笔误,第26例为奎章阁本校语有误,若并此三例在内,则与善注本相合者有十七例。与五臣注本相合者有十三例(8、9、12、15、16、17、18、20、21、24、26、29、30)。在集注本所存部分的十例中,全与善注本相合。

四　杨子云《剧秦美新》、班孟坚《典引》(法藏 P.2658)

两文甚残,《剧秦美新》存"从礼乐之场"至篇末,下接班孟坚《典引》篇题,

《文选》"符命"排序与此正合,以此知此确抄自《文选》。

序号	奎章阁本正文	奎章阁本校语	敦煌本用字	备注
1	《剧秦美新》明堂辟雍	善本作明堂雍台	明堂雍台	○
2	而不韫櫝	善本作韣字	韇	
3	先帝典阙者以补	善本作已字	已	○
4	王纲弛者既张	善本作已字	既	
5	炳炳炜炜	善本作麟麟二字	麟麟	○
6	而述前典	善本作術字	術	○
7	广禅梁甫	善本无广字	有广字	
8	望命之臻焉	善本有受字	有受字	○
9	回回内向	善本作嚮字	嚮	○
10	帝者虽勤让	善本无让字	无让字	○
11	作典一篇	善本有帝字	无帝字	
12	奮三为一	善本作舊字	奮	
13	《典引》郤萌等	善本作郗字	郤	

此13例中,与善注本相合者有七例,与五臣注本相合者有六例。

五　沈休文《恩倖传论》,班孟坚《述高纪》《述成纪》《述韩英彭卢吴传》,范蔚宗《光武纪赞》(法藏P.2525)

《文选》"史论"类排序与此同,且卷后标注"文选卷廿五"字样,确知此抄自《文选》,且为三十卷本。

序号	奎章阁本正文	奎章阁本校语	敦煌本用字	备注
1	《恩倖传论》逮乎二汉	善本作于字	于	○
2	且仕子居朝	善本作士字	仕	
3	都县掾吏	善本作郡县	郡县	○
4	未之或寤	善本作悟字	悟	○

续表

序号	奎章阁本正文	奎章阁本校语	敦煌本用字	备注
5	素缣丹珀	善本作魄字	魄	○
6	《述高纪》五星合晷	善本作同字	同	○
7	乘釁而运	善本作舋字	舋	○
8	《述成纪》亦允不阳	善本作光字	亦	
9	《述韩英彭卢吴传》越亦苟盗	善本作狗字	狗	○
10	《光武纪赞》大祖诞命	善本作世字	世	○
11	沈机先物	善本作生字	先	
12	系我隆汉	善本作皇字	皇	○

此部分北宋国子监本俱存，以之校，奎章阁本所云善作某某，与之俱合。此部分 12 例中，敦煌本与善注本相合者有九例，与五臣注本相合者有三例。

六　颜延年《阳给事诔并序》（法藏 P.3778）

此文首残，讫于篇终，下接《陶徵士诔一首》篇题，与《文选》“诔”类顺序合，可知确抄自《文选》。

序号	奎章阁本正文	奎章阁本校语	敦煌本用字	备注
1	滑台之偪	善本作逼字	逼	○集注本作逼字
2	振卹孤遗	善本作遗孤	遗孤	○集注本作遗孤
3	旧勋虽废	善本作发字	废	集注本作废字
4	帝图斯难	善本作艰字	难	集注本作艰字
5	料敌压难	善本作厌难	压难	集注本作厌难
6	严冬器劲	善本作凉冬气劲	凉冬器劲	集注本作凉冬器劲
7	贲父陨节	善本作殒字	殒	○集注本作殒字
8	息存宠异	善本作思字	思	○集注本作思字

以监本所存部分与之校，奎章阁本校语悉同监本（7、8 例部分阙）。此 8 例中，敦煌本与善注本相合者有四例，与五臣注本相合者有三例。

七　王仲宝《褚渊碑文》(法藏 P.3345)

此文后有“文选卷廿九”五字,是以证其来自《文选》,且为三十卷本。

序号	奎章阁本正文	奎章阁本校语	敦煌本用字	备注
1	戡乱宁民之德	善本作龛字	龛	○集注本阙
2	兼授卫将军	善本无将字	无将字	○集注本阙
3	以侍中司徒录尚书	善本作尚书事	尚书事	○集注本作尚书事
4	当祭而辍祀	善本作礼字	祀	集注本作礼字
5	齐侯超车	善本作齐君趍车	齐侯趍车	集注本作齐君趍车,监本作齐君趨车
6	群臣恇恸于下	善本作后字	后	○集注本作后字
7	增班剑为六十人	善本无增字	有增字	集注本有增字
8	不能害其身	善本作贞字	贞	○集注本作贞字
9	然后可以兼善天下	善本无以字	无以字	○集注本无以字
10	言象所未刑	善本作形字	形	○集注本作形字
11	仪形长逝	善本作遰字	遰	集注本阙

以监本与之校,奎章阁本校语与之悉符,第5例略异,第11例监本部分阙。11例中,敦煌本与善注本相合者有七例,与五臣注相合者有三例。

上列7种文字与善注本、五臣注本异同表综合如下:

序号	与善注本相合者	与五臣注本相合者	与二本均不相合者	合计
(一)	8	0	2	10
(二)	7	7	0	14
(三)	17	13	1	31
(四)	7	6	0	13

续表

序号	与善注本相合者	与五臣注本相合者	与二本均不相合者	合计
(五)	9	3	0	12
(六)	4	3	1	8
(七)	7	3	1	11
总计	59	35	5	99

先分析敦煌白文本与二家之注本均不相合的五处,(一)第7例“訇磕磟嘈”,奎章阁本作“磟”,云李善注本作“嘐”,国子监本作“啷”,敦煌白文本作“聊”。《晋书》卷九十二《文苑传》作“嘐”。此字或当为“嘐”,国子监本讹作“啷”,五臣注本则“口”字讹作“石”。(一)第8例“音韵不恒曲无定制”,善注本前字作“均”,无“恒”字,有二“曲”字。敦煌白文本则作“均”“恒曲”,是以敦煌本前字与善注本同,后二字与五臣注本同。(三)第11例“绝景追风之骑”,奎章阁本云善注本作“遣”字,而集注本与国子监本均作“遗”字,是奎章阁本校语有误。敦煌白文本作“遗”字,则与善注本相合。(六)第6例“严冬器劲”,奎章阁本云善注本作“凉冬气劲”,集注本则作“凉冬器劲”,与敦煌白文本合,似此为是。不管其本来面目如何,敦煌白文本前两字与善注本合,后两字与五臣注本合。(七)第5例“齐侯超车”,善注本作“齐君趍车”,敦煌白文本作“齐侯趍车”,则敦煌白文本前两字与五臣注本合,后两字与善注本合。此敦煌白文本5例与善注本、五臣注本均相异之处,除第一例比较特殊外,可以如此说,虽然无注本此5例异文与二本中的任何一本均不完全相合,但均有部分内容与善注本或者五臣注本相合。易言之,敦煌白文本的异文没有超出二家本的异文之字。

敦煌白文本异文并没有超越李善注本、五臣注本的事实,非常重要。这首先说明,敦煌白文本(或者其依据之底本)是早于李善注本、五臣注本的版本。二家之注的异文均包含在其中,也说明这个敦煌白文无注的三十卷本《文选》是《昭明文选》的较早状貌。

二家之本与敦煌白文本的异文不外以下几类:一是形近,如“于”与“乎”、“锦”与“绵”、“式”与“戒”、“发”与“废”、“形”与“刑”、“舊”与“奮”、“祀”与“礼”、“難”与“艱”、“都”与“郡”、“客”与“容”等等;二是音近,如“戡”与

“龛”、“器”与“气”、“狗”与“苟”、“珀”与“魄”、“士”与“仕”、“以”与“已”、“走”与“奏”、“思”与“嘶”等等；三是意近，如“合”与“同”、“改”与“作”、“婵娟”与“蝉蜎”等等；四是增字，如增“也”字、“以”字等等；五是脱字；六是倒文或顺序混乱，如“遗孤”与“孤遗”、“若造理常可干”与“造理常若可干”等等；七是因避讳而改，如“世”与“代”、“民”与“人”，是避唐太宗李世民讳等等。当然亦有几种情况兼而有之者。上述所举容易致误的问题，在传抄过程中是不可避免的。易言之，只要进行传播，出现异文就不可避免。

在上表所统计的总共九十九例异文之中，敦煌白文本与善注本能够相合者有五十九处，与五臣注本相合者有三十五处。两个数字之间的差异亦暗含了这样一种传播现象，李善注本保存《昭明文选》之貌可能要优于五臣注本。这从二本的成书时间上亦可进一步推测。李善注最初成书于显庆三年(658)，五臣注成书于开元六年(718)，其间有60年时间，而自永隆二年(681)唐朝科举考试加强了诗赋的地位，激发了社会上对《文选》的传抄热情。因此，从理论上讲，距离原本时间越长的本子，变化会越大。可以说，五臣注释时所用之白文本已经与李善注释时所用之本有所变异，更何况五臣尚有别于李善的动机。

李善、五臣等诸家注本的出现使得《昭明文选》进一步传播，但同时也使得《文选》白文本加速消亡。我们今天研究《文选》，没法找到一个最终的源头，即《昭明文选》的原初样貌，在追溯不到终极的情况下往往会在关键问题上茫然失措。敦煌白文本在一定程度上给我们进行文本的追溯与变迁的描述确立了一个坐标。

至此，对《文选》正文文本变化可以大致形成一个历时性的序列：《昭明文选》——敦煌白文无注钞本——李善注释所据底本——五臣注释所据底本——集注本注释所据底本。虽然此种序列并非一种单线条的线性关系，但在无其他参考文献的情况下至少可以提供一个参照，而作为参照伊始的敦煌本价值就显得尤其重要。敦煌白文无注本的存在，不仅能够为考察《文选》正文的演化提供起点与参照，而且也能在一定程度上对《文选》注释的演化提供参考与依据。所以，敦煌白文无注本的价值并不仅仅在于它能够证明《文选》正文的某个字应该是什么，而是通过它能够说明《文选》正文甚至注释怎么变成了这样。这才是敦煌白文无注本的真正价值所在。

总而言之，以上我们通过敦煌白文无注本与宋刻《文选》正文进行详细对校，借以证明敦煌白文无注本的抄写时间，并以此确立了一个《文选》白文演化的序列，从而也为从钞本到刻本的《文选》变化提供了参照的依据。

除此以外，在敦煌白文无注本的一些具体细枝末节方面，亦有参考价值，比如“白文本文字与今本异，有可资参考者”[①]。其实，依据上面对二家异文与敦煌白文本的对校考察发现，它应该是《文选》较早传播的状貌，也就是说它更多地反映了萧统编纂之旧貌，当然因为是写本的原因，对其中之异文并不能兼收并蓄，一概“拿来”。另外，罗国威先生还指出，写卷的篇目之次第有与今本异者，其举例敦煌本的陆士衡《短歌行》排列于其《乐府诗》十七首之末，与五臣注本、明州本、宋建本次第相当，而与尤刻本不同。尤刻本排在《乐府诗》十七首之十四，置于《吴趋行》之后、《日出东南隅》之前。因此得出结论云：今本《文选》还存在一个因版本系统不同而排列次序不同的问题。[②]

另外，在敦煌白文本“史述赞”部分，其编排方式亦有特征：标题为“述高纪一首”，下“班孟坚”，次正文，文后又有“述高纪一首”；下标题“成纪一首，班孟坚”，正文后有“述成纪第十”。奎章阁本在“述高纪第一”标题下有校语云：“善本如此，五臣本列在后。”以敦煌写本衡之，李善注本与五臣注本均只存昭明之旧一半：标题或在前，或在后。如果以此再进一步考虑李善与五臣二家之注本的差异，或当有新的启发。

第二节　敦煌本李善注与宋刻《文选》[③]

敦煌本李善注具体包括永隆本《西京赋》大部分、东方曼倩《答客难》、扬子云《法言》、张景阳《七命》，各部分均残缺不全。永隆本所存较多，又有抄写年代，因此研究者对其关注较多。

永隆本写卷《西京赋》起“井干叠而百增”句及李善注，“井”字已漶，前六行多有残缺，讫篇终。《西京赋》在台湾“故宫博物院”所藏的北宋监本中亦有残存，其起“陈宝鸣鸡在焉”，上尚有部分李善注：“长安西美阳县界山有两岐，

① 罗国威：《敦煌本〈昭明文选〉研究》，黑龙江教育出版社，1999 年版，第 273 页。
② 罗国威：《敦煌本〈昭明文选〉研究》，黑龙江教育出版社，1999 年版，第 275 页。
③ 本节内容曾发表于《表春师范学院学报》2012 年第 1 期，收入时部分文字有改动。

因以名焉。善曰:《汉书》曰:右扶风好畤县有梁山,又汧山,在扶风汧县西。汧音牵。”此为“岐梁汧雍”注文,以淳熙本衡之,注文仅阙“《说文》曰岐山在”六字,讫篇终。故永隆本存者悉在监本之中,且虽多有校永隆本者,但以监本校者少见。今以监本与之校,一为现存最早的李善注写本,一为现存最早的李善注刻本,通过校勘,至少能部分展示二本之间的各自特征。下面以举例的形式展示写本与刊本李善注之间的差异。

一　累层构而遂隮望北辰而高兴

敦煌本(下同,略)	**国子监本**(下同,略)
隮,升。	隮,升也。子奚切。
北辰,极也。	北辰,北极也。
	善曰:《山海经》曰:层,重也。

与敦煌本比较,此条注释监本增加了两方面的内容,一是音注,二是增加李善注,李善注为引书,引前人注释解释字义。《文选考异》引陈景云校语云“经”下脱“注”字,是。国子监本比永隆本多出的部分中有署名李善注的内容,此例隐含的倾向是敦煌本以后的注释,有李善本人自觉增补的内容。

二　消雰埃于中宸,集重阳之清澂

	消,散也。
雰埃,尘秽也。	雰埃,尘秽也。
宸,天地之交宇也。	宸,天地之交宇也。
言神明台高,既除去下地之垢秽,乃上止于天阳之宇、清澂之中也。	言神明台高,既除去下地之埃秽,乃上止于天阳之宇、清澂之中也。
上为阳,清又为阳,故曰重阳。	上为阳,清又为阳,故重阳。
臣善曰:《楚辞》曰:集重阳入帝宫兮,造旬始而观清都。	善曰:《楚辞》曰:集重阳入帝宫兮,造旬始而观清都。
	雰,音氛。
宸,音宸。	宸,音宸。

对抄写及个别字句脱漏不影响理解的部分不计,此例国子监本比永隆本增加了两方面的内容:一是释义的部分,在薛综注中;二是音注的部分,在李善注中。

三　将乍往而未半,怵悼栗而怂兢

	怵,恐也。
	悼,伤也。
	悚,忧戚也。
言恐堕也。	言恐堕也。
臣善曰:	善曰:《广雅》曰:乍,暂也。
《方言》曰:怂,悚也。	方言曰:怂,慄也。
先拱反。	先拱切。
	怵,音黜。
	慄,音栗。

今本《方言》云:"耸,悚也",钱绎笺疏云"怂"与"耸"字异而意同。监本"慄"当"悚"之讹,当是因正文"慄"字而讹,且二字形近。此例监本薛综注与李善注均有所增加。薛综注增加了三个字的释义,而且第三字"悚"字在正文中没有出现,当是释"怂"字,此暗含的一种可能是薛综注之本作"悚"字,而且这些增补确实来自薛综注。李善注部分增加了一条引书释义,今本《广雅·释言》有此条,另增加了两条注音。

四

前开唐中,弥望广潒	**前开唐中,彌望广潒**
弥,远也。	彌,远也。
臣善曰:《汉书》曰:建章宫其西,则唐中数十里。	善曰:唐中已见《西都赋》。
又曰:五侯大治第室,连属弥。	《汉书》曰:五侯大治第室,连属弥望。唐中已见《西都赋》。
《字林》曰:激水,潒也。	《字林》曰:潒,水潒潒也。
大朗反。	大朗切。

“弥”是“瀰”的俗体，敦煌写本多用俗体，不止见于此本。《汉书》卷九十八《元后传》云：“五侯群弟争为奢侈，赂遗珍宝，四面而至。后庭姬妾各数十人，僮奴以千百数。罗钟磬，舞郑女，作倡优，狗马驰逐。大治第室，起土山，渐台洞门，高廊阁道，连属弥望。”李善注乃节引，敦煌本脱“望”字。《说文·水部》“潒，水潒瀁也”，段玉裁云“瀁”隶为“潒”字，是亦为古今字，《玉篇·水部》亦云：“相，水潒漾也。”李善注所引《字林》之释义或源于《说文》，则永隆本抄写有误，“激”字当“潒”字，“潒”后当有“々”的重文符号（伏俊琏说有，今反复辨认，未见[①]）。永隆本作“《汉书》曰”“又曰”，是李善注连引同一文献之体例，可见其为李善注较早之形态，然此注为重出，又违反了李善注的注释原则。重出现象在监本中已不存在，但监本两出“唐中已见《西都赋》”，留下了明显的改动痕迹。

五

清湍洋々，神山峨々。列瀛洲与方丈，夹蓬莱而骈罗。上林岑以壘巋，下嶃岩以喦齬。	**清淵洋洋，神山峩峩。列瀛洲与方丈，夹蓬莱而骈罗。上林岑以壘巋，下嶄巖以喦齬。**
三山形皃也。	三山形貌也。
臣善曰：峨々，高大也。	善曰：峩峩，高大也。
《辅三代旧事》曰：建章宫北作清湍海三。	《三辅三代旧事》曰：建章宫北作清渊海。
《毛诗》曰：河水洋々。	《毛诗》曰：河水洋洋。
波山，已见《西都赋》。	三山已见《西都赋》。
骈，犹併也。	骈，犹並也。
	壘，鲁罪切。巋，音罪。嶃，士咸切。
齬，音吾。	齬，音吾。

① 伏俊琏：《敦煌文学文献丛稿》，中华书局2004年版，第208页。

永隆本"建章宫北作清㴐海三"之"三"字当在引书"辅"字前,此或抄写时窜行致误。"渊"字缺笔,是为避讳。"波山"当为"三山"之讹。其他"貌"与"皃"、"峨"与"峩"、"併"与"並"则为异体字,无关大局。与永隆本相比,监本在李善注中增加了三条音注。

六　于是采少君以端信,庶栾大之贞固

臣善曰:少君、	善曰:《史记》曰:李少君亦以祠灶谷道却老方见上,上尊之。少君者,故深泽侯舍人主方。
栾大已见《西都赋》。	栾大见《西都赋》。
人姓名及事易知而别卷重见者,云见某篇,亦从省也。他皆类此也。	凡人姓名及事易知而别卷重见者,云见某篇,亦从省也。他皆类此。

永隆本正文"采少君以端信","以"字他本均为"之",罗国威云敦煌本是,他本皆讹①,不知其何据。然若以意义来推测,似作"以"为长。此例不考虑增减"也"字、"凡"字、"已"字之类,最明显的变化是在永隆本中为已见的注释,在国子监本重出。

① 罗国威:《敦煌本〈昭明文选〉研究》,第46页。

七

徒观其城郭之制，则旁开三门，叅塗夷庭，方轨十二，街衢相经。

面三门，々三道，故云叅涂。

々容四轨，故方十二轨。

々，车辙也。

夷，平也。庭，犹正也。

徒观其城郭之制，则旁开三门，参塗夷庭，方轨十二，街衢相经。

街，大道也。经，历也。

一面三门，门三道，故云参塗。

塗容四轨，故方十二轨。

轨，车辙也。

夷，平也。庭，犹正也。

善曰：《方言》：九轨之途，凡有十二也。

《周礼》曰：营国方三门。

郑玄《仪礼注》曰：方，併也。

《周礼》曰：国中营途九轨。

《西京赋》曰：立十二之通门。

"参"与"叅"为异体字，"一面"，永隆本脱"一"字。此例国子监本比永隆本多出不少内容，薛综注部分增加了两条释义的内容。李善注部分永隆本无，此全为后来增加，且均为引征，《周礼·冬官考工记》云："匠人营国方九里，旁三门。"此节引，意不类。又云："国中九经九纬，经涂九轨。"《西京赋》"立十二之通门"句下，奎章阁本李善注云："周礼匠人营国方九里旁三门"，此引文与今见《周礼》相合。又监本李善注引《方言》条，今本不见，味其所释，亦不似《方言》之语。又李善注解释一般按照正文出现之先后次序，此引征则否，先释"轨十二"，次释其前"三门"，又释下"方"，继以释"九轨"，又引《西京赋》，颠倒反复，比较混乱。

八　木衣绨锦，土被朱紫

言皆采画如锦绣之文章也。	言皆采画如锦绣之文章也。
	善曰：《说文》云：绨，厚缯也。
	朱紫，二色也。

此例监本之李善注，永隆本中则无。所增李善注一为引征释义，今本《说文》有之。朱紫二字，似不用解释即可。

九　尔乃廓开九市通阛带阓

廓，大也。阛，市营也。阓，中隔门也。	廓，大也。阛，市营也。阓，中隔门也。崔豹《古今注》曰：市墙曰阛，市门曰阓。
臣善曰：《汉宫阁疏》曰：长安立九市，其六市在道西，三市在道东。	善曰：九市已见《西都赋》。
	《苍颉篇》曰：阛，市门。
阛，胡关反。	胡关切。

此例监本比永隆本增加了两处引征，一处于薛综注中，引崔豹《古今注》。薛综《三国志·吴志》卷八有传，云卒于赤乌六年(243)；崔豹为西晋时人，晋惠帝时官至太子太傅丞。薛综不可能见到崔豹《古今注》。另一处在李善注中，增加了引征《苍颉篇》释义，胡绍煐《文选笺证》云李善引《苍颉篇》之释义与诸字书及经传之释义均不合①。此例的第三处明显变化是：永隆本“九市”作重出，监本则作已见例。

① 胡绍煐著，蒋立甫校点：《文选笺证》卷二，黄山书社 2007 年版，第 53 页。

十　嚣良杂苦蚩眩边鄙

良，善也。先见良物，价定而杂与恶物，以欺或下土之人也。	良，善也。先见良物，价定而杂与恶物，以欺惑下土之人。
臣善曰：《周礼》曰：辨其苦良而贯之。郑司农曰：苦，读为监也。	善曰：《周礼》曰：辨其苦良而贯之。郑玄曰：苦，读为监。
	《苍颉篇》曰：蚩，侮也。
	《广雅》曰：眩，乱也。
	杜预《左氏传注》曰：鄙，边邑也。

《说文·死部》："死次，战，见血曰伤，乱或为惛。"段玉裁注："或，惑，古今字。"王念孙《读书杂志·汉书第四·礼乐志·大不备》"或莫甚焉"按："或，古惑字。"李善注引征文献多直接称名，少有称官职者，敦煌本云"郑司农"或写者所为。监本比永隆本多出三条引征文献，解释了三个字。《玄应音义》卷一"蚩眩"注引《苍颉篇》云"蚩，轻侮也"。今本《广雅》有"眩，乱也"条，《左传》杜注亦有"鄙，边邑"之释。

十一　鉴戒唐诗，他人是媮

唐诗曰：子有衣裳，弗曳不娄。宛其死矣，他人是媮。	唐诗刺晋僖公不能及时以自娱乐，曰：子有衣裳，弗曳弗娄。宛其死矣，他人是媮。
言今日之不极意恣骄，亦如此矣。	言今日之不极意恣娇，亦如此也。
	善曰：《国语》曰：鉴戒而谋。贾逵曰：鉴，察也。

此例监本与永隆本相较，亦有两处增加。一是薛综注中增加了"刺晋僖公不能及时以自娱乐"十二字，源自《山有枢》小序，其云："山有枢，刺晋昭公也。不能修道以正其国，有财不能用，有钟鼓不能以自乐，有朝廷不能洒埽，政荒民

散,将以危亡。四邻谋取其国家而不知,国人作诗以刺之也。”此增注云“晋僖公”,不知何据。第二处则为增加李善注,永隆本无李善注。今本《国语·晋语三》作“监戒而谋”,韦昭注云“监,察也”。《说文·卧部》段玉裁注云:“监,与鉴互相假。”《诗经·邶风·柏舟》“我心匪监”陆德明释文云“监本又作鉴”可证。贾逵有《国语解诂》之作,已佚,此或出于此。

十二　鄙生生乎三百之外,传闻于未闻之者

鄙生,公子自称谦辞也。	鄙生,公子自称谦辞也。
三百,高祖以下至作赋时也。	三百,自高祖以下至作赋时也。
臣善曰:	善曰:孔丛子:子高谓魏王曰:君闻之于耳邪,闻之于传邪?
者,之舆反。	者,之舆切。

监本于“高祖”前增一“自”字,无关大局。此例监本李善注中增加一条引征,引《孔丛子》以释“传闻”二字。李善注《文选》中有多处引及此书,以奎章阁本为例,约六十处。

十三　方今圣上,同天号于帝皇

天,称皇天。帝,今汉天子号皇帝,兼同之。	天,称皇天。帝,今汉天子号皇帝,兼司之。
臣善曰:	善曰:方今,犹正今也。
《尚书·刑德放》曰:帝者,天号也,天有五帝。皇者,煌煌也。	《尚书·刑德放》曰:帝者,天号也,天有五帝。
《春秋·元命苞》曰:皇者,煌煌也,道烂显明也。	《春秋·元命苞》曰:皇者,煌煌也。

此例监本李善注增加一条释义,解说“方今”,对李善注引征有所改动。永隆本于《尚书·刑德放》《春秋·元命苞》二书中均引有“皇者,煌煌也”,监本做了处理。纬书今已不见,据《艺文类聚·帝王部一·总载帝王》云:“尚书刑

德放曰:帝者,天号也;王者,人称也。天有五帝,以立名;人有三王,以正度。天子,爵称也。皇者,煌煌也。"《初学记·帝王部》《太平御览·皇王部一·叙皇王上》亦作相同引文,是《尚书》纬书中有"皇者,煌煌也"之文。《太平御览》同处又引"春秋元命苞曰:皇者,煌煌也。道烂然显明。帝者,谛也",是《春秋》纬书中亦有此语。永隆本李善注之引文均无误,只是重复而已。以此正可见李善注较早之形貌,似非抄写者所误。监本与之比较,有所删减。

从以上所列的十三个例证中发现:敦煌本李善注非常简洁质朴,而国子监本则明显地表现出繁复与全面的特征(这当然是与永隆本比较,若与淳熙本比较,则监本亦可称为简洁)。

李善注最早注本成于显庆三年(658),敦煌本抄写于永隆二年(681),其间二十二年。此期,李善经历了崇文馆学士、兰台郎、沛王侍读、经城令、流放姚州、改元大赦、李邕出生等大事①,至少在上元二年(675)李善流放归扬州之前,其对《文选》注释的热情不会有所增加。因此,敦煌永隆本很可能与李善注显庆三年上表之本非常接近,而李善对《文选》注释的增补应当是从上元二年以后在扬州设帐教学时期开始的,约十四年后,李善卒。这就是说,《文选》李善注的增补工作是在此期间完成的。

李善最初的注释《文选》虽然肇始于当时经史注疏的背景之中,但其具有明显的功利因素,意欲借此来谋取一官半职。经历了官场的沉浮、彻底丧失了功名之心的李善于汴、郑之间设帐以《文选》教学,是其生命、生活、心态相对平稳的时期。晚唐匡乂《资暇录》中所云李善《文选》有初注成者、有复注、有三注、四注者、有绝笔之本者的话语,通过上面的永隆本与国子监本的比较证明是可信的。

在上列第1、7、8、10四例中,永隆本没有李善注,而国子监本则有。此种事实的存在,说明李善的确是对《文选》注释做了增补的,并非如一般所认为的这些注释均系后人所增。其增补很可能是在设帐教学的过程中进行的,而被学子的不断记录与传抄造成了李善注本的复杂。从现存最早的写本与现存最早的刻本李善注的比较中,可以推测,李善的增补具体体现在以下几个方面:一是对

① 参阅上编《文选》李善注研究部分。

早年有旧注而没有作注的地方，根据具体的现实需要，比如讲学中学子阅读存在障碍的地方等，增加了李善注；二是在已有的李善注中作进一步的增补，主要是增加音注与释义，这些是设帐教学必须的；三是在保留的旧注中，对其可能进行了检核，从中增加了一部分内容，主要亦是释义的部分；四是对以前的李善注稍作更改，主要是注释语言方面，使其更加顺畅等等；五是对注释中不符合自设注释体例的部分做了修改，如已见例等等。李善注的增补并不是一次完成的，但历次的增补在增加音注或释义的同时，仍旧保持了其一贯的特征，即强调引征。所以其增补的部分内容，即使是解释一个字的意义，亦往往引征字书或经传之注，这符合李善注的特质，也是推测其为李善注的原因。

不考虑写本书写讹误诸方面因素，经过我们的详细校对，敦煌本的李善注没有逸出后世之本者，就是说，敦煌本的李善注包含于后世李善注中。永隆本的此种特质奠定了其为后世诸本来源的资格，从而能够使其成为考察《文选》李善注的起点。

日本学者冈村繁从李善注中纬书引用的角度考察李善注的编纂过程，唐钞残卷二本（指敦煌的永隆本以及《解嘲》等）典故指证方面的许多挂漏，其原因大致是因为二本原属不成熟的初注本。此后李善又历次做了修补，穷其生涯不断对《文选》注做了修订。对其原先阐释中的许多空白逐渐加以填补，亦由此形成了善注的多种注本。① 这种推测是合理的。

然而，必须指出的是，李善注本虽然由其个人独立完成，但实际的传播过程却造成了李善注本成为李善与众多的读者、传播者共同完成的事实。这一点，从上面的比较中也能找到一些痕迹。如第 7 例增补的李善注，既不符合李善注释顺序的一般特征，引文亦似乎有明显错误，出处亦不甚准确。次序颠倒繁乱的状态，暗示此类注释之增补当是由传抄者、传播者、学习者等共同完成的；再如对一些似乎不用解说词语的阐释，如第 8 例中“朱紫二色也”的存在，当是由不同水平的学习者增入的。

从敦煌本的抄写到北宋天圣年间的刊刻，其间有三百馀年，由李善为主，众多的传播者共同完成了李善注《文选》。这种冠名李善注的、千姿百态的《文

① 〔日〕冈村繁：《〈文选〉之研究》，第 335 页。

选》注释，在北宋国子监的刊刻后逐渐丧失了其存在之必要。国子监本的李善注《文选》之刊刻，将李善注定型化。但是，有意味的是，国子监本的刊刻，并没有阻止李善注被进一步增补。李善注的变迁似乎沿着历史的惯性继续向前，淳熙本的刊刻成为一个标志，它既丰富了李善注，也更加远离了李善注，并成为一个最流行的也最不值得信赖的本子。从国子监本到淳熙本的变化，一如从敦煌写本到国子监本所发生的变化，但是，这次的参加者显然没有了李善，此正是其不可信赖的本质原因。

国子监本《文选》绝对不是直接来源于敦煌本，但敦煌本作为目前最早的祖本是无可置疑的，也正因为如此，二本才具备了比较的可能。虽然我们提倡写本系统与刻本系统是两个不同的系统，但对于写本到刻本的变化，还必须依赖其并不是直接来源的敦煌本为参照。这也是我们上面所做试验的基础。

第三节　敦煌本他家《文选注》与宋刻《文选》

敦煌文献中的《文选》注释除李善注以外，尚有无名氏者。具体包括：束广微《补亡诗》第六首（起自“明明后辟”）、谢灵运《述祖德》五言二首、韦孟《讽谏诗》四言一首并序、张茂先《励志诗》四言一首、曹子建《上责躬应诏诗表》（止“驰心辇毂”），并为俄藏 L.1452。此组注释排序与今存《文选》排序同，是以确证其来自《文选》。另外，在日本东京细川氏永青文库、天津艺术博物馆各藏有一轴敦煌本《文选注》的写卷，但仅有注释，不列正文。两种《文选注》既非李善注，亦非五臣注释，是二家之外的他家注本。

对前一组《文选注》的研究，主要集中在其成书时代与价值方面。如罗国威《俄藏敦煌本 Φ242 号〈文选注〉的文献价值》主要探讨此组注本的文献价值[①]；傅刚《俄藏敦煌本 Φ242 号〈文选注〉发覆》认为此组注文很可能成于李善注之前，并为李善注所引据的初唐本[②]；范志新《俄藏敦煌本 Φ242 号〈文选注〉与李善五臣陆善经诸家注的关系——简论写本的成书年代》认为此本与陆善

① 罗国威：《俄藏敦煌本 Φ242 号〈文选注〉的文献价值》，《古籍整理研究学刊》1998 年第 2 期，第 11～14 页。又见其《敦煌本〈昭明文选〉研究》一书，第 296～304 页。

② 傅刚：《俄藏敦煌本 Φ242 号〈文选注〉发覆》，《文学遗产》2000 年第 4 期，第 43～53 页。

经注有一定的联系,成于玄宗以后,且被尤刻本所参据。[1] 下面我们要做的工作是具体比较敦煌本此注与宋本李善注、五臣注的差异(以奎章阁本为主,其李善注为监本,监本中尚存者参阅监本,五臣注则为平昌孟氏本),看从中能否揭示一种注释上的先后关系,即其与宋刻《文选》之间所存在的某种关系。

一　《补亡诗》明明后辟

敦煌本(下同,略)	五臣注	李善注
言有明明之德。后、辟,君。	翰曰:后、辟,皆君也。	《尔雅》曰:后、辟,君也。

《尔雅·释诂》云:"林烝天帝皇王后辟公侯,君也。"此善注所出。

二　《述祖德》仲连却秦军

《史记》:仲连,鲁仲连,齐人,赵孝成王时,秦伐赵师,魏使辛袁衍使赵,谓秦为帝,郎中仲连于时在赵,以义责衍,々大惭,无言可对。秦师闻鲁连之言,遂为之退舍五十里,不敢加兵于赵。按:却,庠退。	向曰:魏王使将军辛垣衍说赵,尊秦昭王为帝。鲁仲连责而归之,秦将闻之而退。	《史记》曰:鲁仲连,齐人也,赵孝成王时,秦使白起围赵。魏王使将军新垣衍说赵,尊秦昭王为帝,仲连责而归之,新垣衍起,再拜,请出。秦将闻之,为卻十五里。

三本之注均来自《史记》卷八十三《鲁仲连传》,五臣本未标明出处。敦煌本与李善注本均标明来自《史记》,且对其原文改编大致相当。李善注中"十

① 范志新:《俄藏敦煌本Φ242号〈文选注〉与李善五臣陆善经诸家注的关系——简论写本的成书年代》,《敦煌研究》2003年第4期,第68~73页。

五”为“五十”之倒文，敦煌本不误，此二本之关系在此例中尚不甚明了。但是，在以下的例证中，凡李善引书之处，敦煌本亦引同书，这些现象暗示二本之间有密切之关系。

三

迢迢历千载 **苕苕历千载，遥遥播清尘**

迢迢，远。 良曰：苕苕、遥遥，皆远也。

《慧琳音义》卷十六引《玄应音义》“迢迢”注引《考声》云：“迢迢，远也。”《玄应音义》卷八“苕苕”注云：“苕苕，远也。”敦煌本与李善注均未标明出处，暗示二者之间或有关联。在以下对释义的例证中，这种关联会更加凸显。

四 改服康世屯

屯，卦不通之皃。

康，安。	翰曰：康，安。	
屯，难。	屯，难也。	《周易》曰：屯，难也。

《说文·屮部》《易·屯》“屯，元亨”孔疏均云：“屯，难也。”《说文·禾部》云：“康，安也。”此为诸注本所源，李善注有明确引书。敦煌本先以“卦不通”释“屯”，继又以“难”释之，两义并存。后两字释义与五臣翰注全同。

五 中原昔丧乱

中原谓雒阳。晋怀帝、愍帝时有石勒、刘聪、王弥等贼破雒阳，怀帝殁于平阳。	中原谓洛阳也。晋怀、愍帝时有石勒、刘聪等贼破洛阳，怀帝没于平阳。

此例注释，敦煌本与李善注几乎全同，虽史实为一，但改编如此接近，则暗示其间之联系。

六　丧乱岂解已

已，止。	铣曰：已，止也。	

此敦煌本释义后“也”字有无不定，若不考虑此，则与五臣铣注相同。

七　崩腾永嘉末

崩腾，破坏之皃。 永嘉，怀帝年号也。	济曰：崩腾，破坏貌。	怀帝即位，年号永嘉。

若前面之单字释义诸本尚有共同之字书来源，则此例之“崩腾”则无，而敦煌本与五臣济曰一致。

八　江介有蹶圮

介，隔也。 谓于江南。	良曰：介，间也。	
圮，毁也。 蹶，急也。	圮，毁也。	《尔雅》曰：圮，败覆也。

对“圮”字之释，敦煌本与五臣良注相同。

九　龛暴资神理

龛，胜也。 顾希凭力取。	向曰：龛，胜也。	

“龛”释为“胜”不见诸字书，而二本相同，必有某种承袭关系。

十　燕魏迟文轨

思迟文轨也。	铣曰：
迟,待也。	迟,待也。
言晋家居七州之外,谓极广大也。	

对“迟”之释义二本相同。

十一　傍巖藝枌梓

埶,種也,刲也。	翰曰:藝,種也。
枌,白榆。	枌,榆。

敦煌本注文“藝”写作“埶”,乃手误。“藝,種也”之释不见字书,若二本无直接关系,则令人难以置信。又《逸周书·糴匡》“余子務藝”,孔晁注云:“藝,樹也”,《文选·江赋》“播匪藝之芒種”李善注引《毛诗笺》云“藝,犹树也”,敦煌本写作“刲”。

十二　贞观丘壑美

贞,正。	向曰:贞,正。	贞,正也。
观,见也。	观,见也。	观,视也。
谓正见丘壑之美。	言如此正见丘壑之美。	言正见丘壑之美。

三本无论从单字释义抑或解说方面都非常接近。

十三　韦孟《讽谏诗》及孙王戊

戊,郢客之子名。 无谥。所以无者,戊与七国连反,所以不谥也。	济曰:(郢客)薨,子戊嗣。 戊与七国同反,故无谥号。

正文四字,而二家注文均涉及“戊”无谥之事,故有某种牵连。

十四　肃肃我祖

肃肃,敬也。	良曰:肃肃,敬也。

敦煌本与五臣良注释义完全相同。

十五　国自豕韦[①]

应劭曰:在商为豕韦氏也。 豕韦,殷家诸侯霸者也,东郡韦成孙是其封,事出《左传》。	良曰:在殷封东郡韦城,故曰豕韦氏也。	应劭曰:《左氏传》曰:在商为豕韦氏。 杜预曰:国名,东郡白马县南有韦城。

此例及以下引韦昭语之例,敦煌本与李善注本大致相当。《汉书》卷七十三《韦贤传》存此诗,颜师古注引应劭曰:在商为豕韦氏也。此为此注所出。然颜师古注未如李善注所言“《左氏传》曰”,杜预曰云云则是《左传注》。敦煌本亦与李善注都意欲言明出自《左传》,似有承袭之关系。

① 此句李善注在奎章阁本中与五臣注本中合为一体,今据朝鲜正德四年五臣注本将其分离。下引应诏曰几句亦如此。

十六 送彼大彭

应劭曰：《国语》曰：大彭、豕韦，为商伯。 大彭亦殷之霸国，与豕韦迭霸，亦彭城县是其封也。事出《春秋》。	铣曰：大彭亦殷之霸国也。	应劭曰：《国语》曰：大彭、豕韦，为商伯。 言豕韦与大彭互为伯于商也。

敦煌本前半与李善注同，后半部分与五臣铣注同，然敦煌本意欲标明出处。

十七 我邦既绝，厥政思逸

应劭曰：言绝豕韦之后，政教逸漏，不迪王者也。臣瓒案：逸，放也。管子曰：令而不行，谓之放也。 言王不用我，故政教逸也。	翰曰： 逸，放也。 言绝我国之后，王政放逸，遂至微弱。	应劭曰：自绝豕韦之后，政教逸漏，不由王者。臣瓒曰：逸，放也。管子曰：令而不行，谓之放也。 瓒说是也。

李善注后有"瓒说是也"，来自颜师古注，表明其确实参阅了《汉书注》。

十八 庶尹群后

庶尹，尹正。	铣曰：尹，正也。

《汉书》颜师古注此处有解释云："庶尹，众官之长也。"李善注无引，敦煌本亦无引，而敦煌本却与五臣铣注相同。

十九　靡扶靡卫，五服崩离

离，散也。 崩，隤也。 应劭曰：五服：甸服、绥要服、荒服。	济曰：言崩坏离散…… 五服：甸、侯、绥、要、荒等服。	 应劭曰：五服谓甸服、侯服、绥服、要服、荒服。

此例李善注与《汉书注》相同，而敦煌本则略微有异。释词部分又与五臣注接近。

二十　俾我小臣

俾，使也。韦孟自谓。	翰曰：俾，使也。小臣，韦孟也。	

二本注释非常接近。

二十一

腧腧谄夫	睮睮谄夫	睮睮谄夫
如淳曰：腧腧，自媚貌。	翰曰：睮睮，目媚貌。	如淳曰：睮睮，目媚貌。

敦煌本与李善注同时来自《汉书注》，敦煌本抄写有误字。

二十二　谔谔黄髪

张揖《字诂》云：谔谔，语声，正直之皃。 黄髪，言老者。	翰曰：谔谔，中正貌。 黄髪，老人也。	谔谔，正直貌。 黄髪，老人。

敦煌本虽引《字诂》，但“正直之皃”却似非《字诂》之语，而与李善注本相似。

二十三　既藐下臣，追欲从逸

广疋：藐，小也。 逸，愈逸也。 应劭曰：藐，远也，言疏远忠贤之辅，追情欲，从逸遊也。 臣瓒案：藐，陵藐也。	翰曰： 藐，远也。	应劭曰：藐，远也，言疏远忠贤之辅，追情欲，从逸遊也。 臣瓒曰：藐，陵藐也。

敦煌既引《广雅》释“藐”，又引“应劭”、臣瓒曰以释，而后部分与李善注引同。

二十四　弥弥其逸，岌岌其国

应劭曰：弥弥，由稍稍也，罪过兹甚也。岌岌，欲毁坏意也。 邓曰：岌，相调岌之危。	翰曰：彌彌，稍益也。 岌岌，危也。	应劭曰：彌彌，犹稍稍也，罪过滋甚。岌岌，欲毁之意。

不考虑敦煌本的抄写讹字，《汉书注》云：“岌岌，欲毁坏也。”二本均增了“意”，似乎不是不谋而合。

二十五　岁月其徂

徂，往也。 追思，思法当须及时。		徂，往也。

二十六　年其逮耇

迁转也。		《广雅》曰：耇，老
耇，老也。	耇，老也。	寿也。

上两例敦煌释义与五臣注同。

通过上面二十六例对敦煌本、五臣注本、李善注本注释之比较发现，敦煌本无论是与五臣注本还是与李善注本都具有很大的相似度。这具体表现为与五臣注语词释义的相近与完全一致；与李善注征引相同的文献以及释义之接近与相同。如果仔细比较了上述例证后，认为敦煌的此种注本与李善注本、五臣注本均没有任何关系，那绝对是不能令人信服的。但是，通过上述的列举与比较试验，我们是能得出这样一个结论的：敦煌此注本与五臣注本、李善注本都有某种密切的联系，但至于此种联系是如何建立起来的，是敦煌本承袭了五臣注本、李善注本，抑或五臣注本、李善注本承袭了敦煌本，依靠上面的列举，尚不能做出明确而肯定的判断。

对此三本成书之时间上先后关系，目前存在两种不同的看法。一种认为敦煌本成于唐初，在李善注本之前，若此种观点成立，则李善注本、五臣注本均对其有所参考；另一种认识是敦煌此本成于五臣注本之后，若如此，则其必定参阅了李善注本与五臣注本的注释成果。前者观点提出者为傅刚，后者以范志新为代表。

傅刚先生的证据是避讳，敦煌本明显避"民""世"二字，故当写于太宗朝，时李善注本尚未问世；范志新进一步证明说写本尚避"显（顯）"字，左边下边只作三点是为缺笔。经典中避中宗李显讳最常用的方法是用"明"代替，未见有作如此缺笔者，况钞本书写上很不谨严，三点、四点难以判定就是有意缺笔。对此，有学者考辨，以《石壁九经》为例，结合朱彝尊的总结，认为写本成于肃宗之后。①

① 许云和：《俄藏敦煌写本 Φ242 号〈文选注〉残卷考辨》，《学术研究》2007 年第 11 期，第 116 ~122 页。

除上述三学者所举例证以外，依据敦煌本与五臣注本内容重复的情况，亦可从情理上进行推测。五臣注本若成于其后并参考其内容，五人均须参阅，因为上列五臣注本中每人都有与之重复者。敦煌本既然与李善注本有重合，与五臣注本有重合，若成于李善注本之前，则需要的条件是李善必须参考之，五臣必须参考之，需要同时满足处于不同时期的六个人均须参考才能实现。若处于二本之后，则只需要将二家之本汇集改编即可，一个条件即可达到。后者实现的可能性要远远大于前者。因此，我们的看法是，此敦煌注本当成于五臣注本之后。

此本虽然成于五臣注本之后，其正文文本却与李善注本更为接近。这一点可以通过奎章阁本所列李善、五臣二家注本异文并以之与此本对勘可知。

序号	奎章阁本正文	奎章阁本校语	敦煌本用字	备注
1	《补亡诗》鸟萃于林	善本作平字	平	○
2	《讽谏诗》作诗讽谏	善本有曰字	有曰字	○
3	非由王室	善本作繇字	繇	○
4	陒此嫚秦	善本作阨字	阨	○
5	惠此黎人	善本作民字	民（缺笔）	○
6	垂列於后	善本作于字	于	○
7	剋奉厥绪	善本作次字	绪	
8	田猎是驱	善本作是放字	是放	○
9	追欲乐逸	善本作從字	從	○
10	殆其怙兹	善本作兹怙	怙兹	
11	秦穆以霸	善本作缪字	缪	○
12	《励志诗》日欤月欤	善本作与字	与	○
13	先人有作	善本作民字	民（缺笔）	○
14	载润载清	善本作爓字	爓	○
15	洪由纤起	善本作自字	起	○

上列十五例异文中，只有两处与五臣注本相同，其馀十三处则同于李善注

本。在上面已经证明李善注本与昭明原本更为接近，所以此本亦较近昭明原本。

由敦煌白文无注本、李善注本、他家之注本、国子监本可以形成一个序列，以此考察李善注本正文的变迁。通过以上的比较发现，李善注本在钞本时代到刻本时代的正文变化不是很大，且其与昭明原本更为接近，那么变换较大的无疑是五臣注本。设若当下需要整理一个《文选》的白文本，当以李善注本为基础，方更接近昭明之旧貌。

此敦煌他家之注本的情况，正如学者已经指出的那样，体例踳驳，不够谨严，更似私塾讲解之本，甚至不具备充当一家之注的条件[①]。通过上述之试验考察，可以做如此推测，此敦煌注本乃糅合李善、五臣注本并杂取其他文献、加以个人解说而形成的一个成就不高的本子。其价值亦正如上述所言，可以视为开元以后《文选》传播的一个坐标，尤其对李善注本的正文而言，其价值或许正在于此。

---

① 许云和：《俄藏敦煌写本 Φ242 号〈文选注〉残卷考辨》，《学术研究》2007 年第 11 期。

第二章
尤刻本《文选》增注研究[①]
——以《吴都赋》为例的一个考察

第一节 问题的提出

在北宋国子监本《文选》刊刻约一百五十年后的南宋孝宗淳熙八年(1181),尤袤(延之)在池州又一次刊刻李善单注本《文选》。这约一百五十年的时间,在《文选》的刊本史上以合并本为主,先是北宋元祐九年(1094)秀州州学刊刻的六家本,再是南宋初年明州州学刊刻的六家本,继之赣州州学六臣本《文选》问世,这些似乎表明宋代知识阶层对《文选》李善注本有更加关注与看重的意味,尤延之在贵池刊刻淳熙李善单注本《文选》成为转变的一个重要标志,亦成为现存最早的完整李善单注本。此后的李善单注本《文选》都属于尤刻本系统。到清代的嘉庆十四年(1809)鄱阳胡克家又重刻尤本,后经中华书局 1977 年缩小影印、上海古籍出版社 1986 年重排标点铅印,于是成为目前最易得也最流行的李善单注本。今人学习《文选》与研究《文选》李善注,也大多以该本为准。

然而,其中包含了一个很大的陷阱,即胡刻本乃至淳熙本李善注到底在多大程度上保存了李善注的面貌?它能否有资格代表李善注?以该本为准所进

① 本章内容发表于《河南大学学报》2010 年第 5 期,收入时部分文字有改动。

行的李善注《文选》研究，是否能够揭橥李善注的注释成就与诠释世界？以此本为例对李善注进行的褒扬与批判是否符合历史的实际？这些疑问，本来应该是在《文选》李善注文本与注释研究之前必须进行的基础工作。事实上，今人的很多研究跳越了此阶段，从胡刻本能理所当然地代表李善注面貌的假设出发，往往作出不符合历史存在的结论。这已经制约了当下《文选》学的进一步发展与深入探索。

根据对淳熙本《文选》与相关版本的详细比对，我们发现：淳熙本《文选》不但不能代表李善注的较早面貌，而且在很大程度上是对李善注的篡改，它已经严重远离了李善注。这种偏离明显的表征之一就是大量的增注出现。增注成为尤刻《文选》最根本的特征。因此，从增注入手，详细考察尤刻本增注的来源，是来自合并本，还是对李善注引书的重新检索增加，抑或是来自五臣注本，或者其他诸书。厘清这些困惑，至少可以部分解决尤刻本《文选》的来源问题、尤刻本《文选》的变化问题、尤刻本《文选》的定位问题等等。这是《文选》版本清理中极为重要也极为烦琐的一项工作，也正是本文意欲说明的根本问题。

第二节　对《吴都赋》增注的详细考索

既然称为增注，就必须存在一个参照，本文选择的主要参照是北宋国子监刊本，一是此本为目前所知最早的李善单注刊本；二是此本与尤刻本同属李善单注本系统，具有较强的可比性。同时，参照尤刻本之前的多种《文选》刊本，意欲寻觅尤刻本相对于监本增注的来源。

在对现存的监本《文选》卷帙与尤刻本进行全面比校的基础上，本节选择《文选》卷五《吴都赋》作为一个例证。选取此卷，一是因为国子监本此卷保存完整；二是此赋恰好在李善注本中为一卷，比起监本残存的零章断篇而言，更具备样本的资格；三是监本《文选》此部分现存台湾“故宫博物院”，《文选》研究者较难看到，亦可借此了解一下监本的状貌。需要说明的是，监本《文选》与尤刻本之间的差别除却增注以外，亦有部分（很少）减注、字体写法不同等的差异。对此，本文一概不论，而以增注为核心，详列比校，索隐推测，以按语的方式交代来源。正文依尤刻淳熙本，对胡刻《文选考异》的有关部分一并列出，从而也能约略了解诸本之间的演化。

一　古先帝代,曾览八纮之洪绪。一六合而光宅,翔集遐宇。鸟策篆素,玉牒石记。乌闻梁岷有陟方之馆、行宫之基欤?

《淮南子》曰:九州外有八泽,方千里。八泽之外,有八纮,亦方千里,盖八索也。一六合而光宅者,并有天下而一家也。《说文》曰:牒,札也。石记,刻石书传记也。乌,安也。梁,梁州也;岷,岷山,皆蜀地也。《书》云:舜陟方,谓南巡守也。《光武纪》云:济阳有武帝行过宫。善曰:《吕氏春秋》曰:神通乎六合。高诱曰:四方上下为六合。《尚书序》曰:光宅天下。鸟策,鸟书于策也。《春秋运斗枢》曰:黄龙负图出,置帝前。鸟文,《汉书音义》曰:大篆,虫书、鸟书是也。郑玄《礼记注》曰:筴,简也。篆素,篆书于素也。杨雄书曰:赍油素四尺。《东观汉记》曰:封禅其玉牒文,秘天子事也。《说文》曰:谍,记也。牒与谍同。《孝经·钩命诀》曰:封禅,刻石纪号也。天子行所立名曰行宫。陟,升也。方,道也。巡狩,谓舜也。

校:"吕氏春秋曰"下至"为六合"　北宋国子监本此二十字作"六合已见西都宾"七字,奎章阁本、明州本亦如此,唯奎章阁本"宾"作"赋"字,明州本"宾"作"序"字。赣州本有此二十字。《文选集注》有此二十字。据《文选考异》云,袁本同明州本,茶陵本复出。

按:与监本相比,尤刻本不遵李善注"已见"例,增加十三字。有此二十字者:集注本、赣州本、茶陵本,后二本属于同一系统。集注本成于东瀛日本平安朝时期,仅供参照,然而其可以说明在钞本时代此注已有复出之现象。其或源于李善讲学记录之本,讲学不避复出,遂有如此钞本;或记录者将已见例增补,以便学习等等。尤刻本此注,或源于钞本,或与赣州本密切有关。尤延之云"四明、赣上"之本,当是见过明州本与赣州本。

校:"陟升也"下至"谓舜也"　监本、奎章阁本、明州本、赣州本、集注本善注中均无此十一字。《文选考异》云:袁本、茶陵本无此十一字。

按:此尤刻本增注十一字,他本善注皆无,且"巡狩"一词,不知释何,正文及引文中皆无。五臣注中亦无与此完全相同者。唯铣注云"陟方,王者巡省之名也。馆宫舍宅行宫,天子行幸所止处也……今观先代典策,何闻蜀之有此迹乎？谓舜游吴也”，此意与增注算是最为近之，然增注亦非来自此。《考异》认为：“凡此等语，皆五臣以后，不知何人记在行间者，尤校此书，意主改旧，遂悉取以增多，而读者相沿，罕能辨正。”仔细体味增注，《考异》所云最是，且尤刻本中不止一处有校语之类窜入注释。此增注可以推测来自阅读者记在行间者。

二　而吾子言蜀都之富，禺同之有。玮其区域，美其林薮。矜巴汉之阻，则以为袭险之右。徇蹲鸱之沃，则以为世济阳九。龌龊而筭，顾亦曲士之所叹也。旁魄而论都，抑非大人之壮观也。

吾子，谓西蜀公子。言蜀地富饶及禺同之所有也。玮，美也。《蜀都赋》云：左绵、巴中，百濮所充；缘以剑阁，阻以蜀门。矜夸其险也。徇，营也。亡身从物曰徇，夸物示人亦曰徇。卓王孙曰：吾闻岷山之野，下有蹲鸱，至死不饥。三年不收，其形如蹲鸱，故号也。越嶲郡蜻蛉县禺山有金马、碧鸡之神。巴、汉之阻，巴郡之扞关也。汉中广汉，其路由于剑阁、褒、斜也。《易·无妄》曰：灾气有九。阳厄阴厄，四合为九，一元之中，四千六百一十七岁，各以数至阳厄，故云百六之会。王孙言公子徇其土地，自生蹲鸱，可以救代饥俭，度阳九之厄。《汉书·律历志》具有其事。龌龊，好苛局小之貌。曲，谓僻也。言筭量蜀地，亦是曲僻之士。旁魄，取宽大之意。王孙谓宽大之意论西都也。善曰：杨雄《城门校尉箴》曰：盘石唐芒，袭险重固。《汉书》郦食其曰：其将龌龊好苛礼。龊，楚角切。《文子》曰：曲士不可言至道。《庄子》曰：将旁礴万物以为一。司马彪曰：旁礴，犹混同也。礴与魄同。《鹏鸟赋》曰：大人不曲。

校：“吾子谓西蜀公子”下至“故号也”　此九十三字监本、奎章阁本、明州本、赣州本善注部分（广义，含刘注）均无。《考异》云：袁本、茶陵本无此九十三字。

按：与监本相比，此处尤刻本增注九十三字，且其他诸本善注部分均无此者。其来源如何？奎章阁本五臣翰注有：“玮，美也。吾子，谓西蜀公子也。”集注本《钞》曰：“吾子谓蜀公子也”，又曰：“殉，营也。”《玉篇》卷十一“殉”条云：“营也，亡身从物为殉也。”《史记》卷一二九《货殖列传》：“卓氏曰：此地狭薄。吾闻汶山之下，沃野，下有蹲鸱。”《汉书》卷九十一《货殖传》云：“惟卓氏曰：‘此地狭薄。吾闻峄山之下沃，壄下有踆鸱，至死不饥。’”尤刻本注释与《汉书》

近,其实,集注本有此注,在“则以为世济阳九”下有注:“李善曰:《汉书》卓王孙曰:岷山之下沃野下有蹲鸱。”《蜀都赋》文《文选》有收。如依此推测,尤刻本此增注来源很复杂,或有五臣注混入,或有钞本作为依据,然皆不全符。故《考异》云此为后来者记相关注释于其旁,尤袤并取之,此或许最为近之。然所谓后来者所记注释,以其语气看(如言某某,故某某,以及随文注释等),颇似讲学之本,又以集注本确有明确署名李善注的卓王孙云云条推测,即使是后来者所记,似乎也是来自一个李善注的讲学记录钞本,而不像是尤延之杂糅诸家并加己意所为。

校:“四合为九” 监本、奎章阁本、明州本、赣州本、集注本、袁本、茶陵本于此处均无此四字。“各以数至”下至“度阳九之厄”,诸本均无此三十六字,但均有“有九厄阳厄五阴厄四合为九”十二字,唯集注本多两“也”字,此处忽略。

按:尤刻本“阳厄阴厄,四合为九,一元之中,四千六百一十七岁,各以数至阳厄,故云百六之会。”明显有扞格不通之处:“阳厄阴厄,四合为九”,显然是脱一“五”字,作“阳厄五,阴厄四,合为九”。只有如此,语意方顺畅。“各以数至阳厄”不通,何焯《义门读书记》云:“按此一段,颇胜诸本,未知何据。”集注本《钞》曰有类似的注释:“《易·无妄》:灾气有阳厄,有阴厄,各以数至,阳厄旱,阴厄水。公子言蹲鸱所伏可以食之不饥,故亦皆析之也。”所引无妄卦当为某家《易》解说之文字。尤刻本此处“阳厄”前当断,此下显然亦有脱文,或亦如《钞》所言。综合以上分析,尤刻本此处总共增加二十八字。其来源亦不像是糅合《钞》等本,颇似上条所言,或后之者记其注于旁,尤延之据以增补,原注文又有脱落,遂致扞格不通。

校:“齷齪好苛局小”下至“论西都” 监本、奎章阁本、明州本、赣州本、集注本均无此四十一字。

按:五臣铣注云:“齷齪,局小之貌。筭,计也。曲士,小人也。”集注本《钞》曰:“握齪,小貌。筭,数也,计也。”陆善经曰:“握齪,狭促之貌。”此与尤注均不类。此来源与上条同。

三　何则？土壤不足以摄生，山川不足以周卫。公孙国之而破，诸葛家之而灭。兹乃丧乱之丘墟，颠覆之轨辙。安可以俪（戾）王公而著风烈也？

摄，持也。《老子》曰：善摄生。《汉书》公孙述，王莽末时王蜀，为光武将吴汉破之。《魏志》曰：汉末诸葛亮辅刘备而为臣，都于蜀，终于魏将邓艾所平。丽，著也。凡天下存亡，唯系乎人。然强弱有常势，利害有常地，必有不可守之土，不可兴之国矣。《易》曰：六五之吉，丽王公也。善曰：汉武《柏梁台》卫尉诗曰：周卫交戟禁不时。《毛诗》曰：丧乱弘多。《吕氏春秋》，烛过曰：子胥谏而不听，故吴为丘墟。《毛诗序》曰：闵周室之颠覆。奢，靡也。《尚书》周公曰：弊化奢丽。风烈，已见《南都赋》。

校：戾　监本无此音注。奎章阁本、明州本作"音戾"，赣州本作"戾"。

按：善注均无夹音，音注随注文而出；凡善注本正文夹音者，多受合并本之影响而来。奎章阁本、明州本作"音戾"，赣州本作"戾"，此音注当承赣州本而来。

校："王莽末时"下至"丽著也"　监本、奎章阁本、明州本、赣州本、集注本均无此三十六字，《考异》云袁本、茶陵本亦无此四十二字。诸本此处均有"王此土而亡诸葛亮相此国而败"十三字。尤刻本与此较，增注二十九字。

按：五臣翰曰："公孙述为汉光武帝所灭。"《钞》曰："《后汉书》云：公孙述，字子阳，前汉末为蜀郡长，后遂据蜀称天子，一十二年，为汉武将岑彭等击败于荆门。诸葛亮字孔明，为蜀相，将兵伐魏，死于军中。至作赋时家亦灭。"陆善经曰："公孙述称帝，光武使吴汉等破平之。诸葛亮相蜀，至于瞻与邓艾战死之而家灭也。"公孙述事件始末不见《汉书》，唯《叙传》中提及"公孙述称帝于蜀汉天下云扰"，其事件详于《后汉书》。公孙述、诸葛亮事，或尤袤据史书所增。"丽著也"多见于经传之中，亦属常见。此亦为后之者记于旁而尤延之据增者。

校："然强弱有常势"　监本、奎章阁本无"常"字，明州本、赣州本、集注本均有。

按：与监本相比，尤本增加一字。以下句"利害有常地"例之，有者最是，且集注本已如此。然此非尤袤所为，赣州本即已如此。

校:"汉武柏梁台诗卫尉诗曰" 监本、奎章阁本、明州本、赣州本无"卫尉"二字。《考异》云袁本、茶陵本亦无此二字。集注本有"周卫尉"三字。

按:集注本作"周卫尉"肯定不确,此句诗为卫尉路博德所作,集注本当是因诗句"周卫"而衍。然若以集注本推测,似当有此二字为是。尤刻本增注或见钞本,或检原书增加,或后来者旁注增入。

四 子独未闻大吴之巨丽乎?且有吴之开国也,造自太伯,宣于延陵。盖端委之所彰,高节之所兴。建至德以剏洪业,世无得而显称。由克让以立风俗,轻脱躧于千乘。若率土而论都,则非列国之所觖望也。

……《汉书》曰:上欲王卢绾,为群臣觖望。臣瓒曰:觖,谓相觖而怨望也。觖,音决。

校:"由克让以立风俗" 监本无"俗"字,奎章阁本、明州本、集注本、陈八郎本均有"俗"字。赣州本无此字,然有校语云:"五臣作俗字。"

按:依赣州本所言,此处李善、五臣二本有异,善本作"风",五臣本作"俗"。若善本作"风"尚有监本可证,五臣本作"俗"则无以证之。单注本陈八郎本、六家本的奎章阁与明州本均作"风俗"。从句子结构上而言,"由克让以立风,轻脱躧于千乘"似乎更加工整,然集注本已如此,且无其他版本证之,故当以"风俗"为是。不管如何,相对于监本,尤刻本此处增一字。

校:"觖音决" 监本、奎章阁本、明州本无"觖"字。赣州本在正文中夹音注"音觖",非善注之旧。集注本善注中多删音注,注音多以《音决》为主,其注音为"丘瑞反,又音决"。

按:此不当有,为增注,前引臣瓒曰释"觖"义。增之多此一举。

五 故其经略,上当星纪。拓(音讬)土画疆,卓荦(吕角)兼并。包括干越,跨躐蛮荆。

……善曰:《汉书》曰:戎狄之与干越,不相入也。《音义》曰:干,南方越名也。《春秋》曰:干越入吴。杜预注曰:干,越人发语声。《诗》曰:蠢尔蛮荆。

校:正文二音注,监本均无。奎章阁本、明州本均有,同尤刻本。赣州本唯"拓"下注"讬",他无。

按:此非善音,乃五臣音注阑入,尤刻本多有此类。

校:“春秋曰干越入吴杜预注曰”　监本、奎章阁本、明州本均无“预”字,赣州本有。集注本无杜预注部分。

按:“干”字当为“于”。尤刻本多“干”“于”不分,如“干宝”作“于宝”之类。从集注本此处来看,善注当没有引杜预的注释。或他人之旁注于此,作“杜注”云云,监本收入,遂致奎章阁本、明州本均如此。善注引杜注为“杜预注”,故赣州本又加“预”字。尤刻本独与赣州本同,说明二者之间有很深的渊源。

六　婺女寄其曜,翼轸寓其精。指衡岳以镇野,目龙川而带垌。

婺女越分,翼、轸楚分,非吴分,故言寄曜寓精也。善曰:《汉书》曰:越地婺女之分野,楚地翼、轸之分野。《周礼》曰:正南曰荆州,其镇衡山。《汉书》:南海有龙川县。《南越志》曰,县北有龙穴山。舜时有五色龙,乘云出入此穴。《尔雅》曰:林外谓之垌。

校:“婺女越分翼轸楚分非吴分故言寄曜寓精也”　此十八字监本、奎章阁本、集注本、赣州本均作“楚越地皆割属吴故言婺女翼轸寄曜寓精也”,《文选考异》云袁本、茶陵本亦如此,明州本则径直删去了刘注。

按:诸本唯尤刻本独特。五臣向曰:“婺女星,越之分,翼轸星,楚之分。其地并为吴所吞,则其星之精曜若客寄寓吴地也。”此与尤刻本最为近之,然亦有区别。或他人于善注旁增加简略的五臣向注,尤并取之,遂此注前半部分与五臣注合,后半部分与善注合。此更改字数悉同原注,不算增注,只能算改注。一并附此。

校:“南越志”下至“出入此穴”　监本、奎章阁本、明州本、赣州本、集注本均无此二十一字。《考异》云袁本、茶陵本无此二十一字。

按:《南越志》今佚,然宋时尚存,《直斋书录解题》《文献通考》均有著录。《太平寰宇记》卷一百六十有与此相似之文:“《南越志》云河源县北有龙穴山,连岩亘地,黑嶂分天,尝有五色龙乘云出入此穴,《汉书》龙川县有龙穴是也。”此所增二十一字亦当为学习者注于善注之旁者。

七　尔其山泽，则嵬嶷峣屼，巊冥郁岪。溃渱泮汗，滇㴐淼漫。或涌川而开渎，或吞江而纳汉。磈磈𥕟𥕟，潨潨㵃㵃。㵃硿乎数州之间，灌注乎天下之半。

山之大者衡岳，泽之大者彭蠡。《地理志》曰：彭蠡泽在豫章彭泽西，会稽馀姚县萧山，潩水所出。嵬嶷，高大貌。巊冥郁岪，山气暗昧之状。溃渱泮汗，谓直望无崖也。滇㴐淼漫，山水阔远无崖之状。钱塘县，武林水所出龙川，故曰涌川。九江经庐山而东，故曰开渎。《禹贡》曰：三江既入，震泽底定，故曰吞江。又曰：汉水东为沧浪，南入于江，故曰纳汉。磈磈，石在山中之貌。㵃㵃，水流行声势也。㵃硿，山深险连延之状。荆、扬、交、广数州之间，土地阔远，故曰天下之半。善曰：嶷，鱼力切。《字指》曰：屼，秃山也，五骨切。《埤苍》曰：岪，郁山貌，扶勿切。渱，胡东切。滇，通见切。㴐，莫见切。淼，水貌，音眇。磈，胡罪切。𥕟，力罪切。㵃，古旦切。

校："嵬嶷高大貌"下至"山水阔远无崖之状"　监本、奎章阁本、明州本、赣州本均无此三十七字。集注本亦无，然在李善曰中有类似之解释。《考异》云袁本、茶陵本无此三十七字。

按：集注本虽然在善注中而非刘注中有类似注，然其云："嵬嶷，高峻貌也。《方言》曰：峣，高也。《字指》曰：屼，秃山也。巊冥，幽昧貌也。郁岪，特起貌也。"与下善注部分多有合者。《文选》卷十二郭璞《江赋》"巫庐嵬崫而比峤"句下五臣翰注云："嵬崫，善高大貌。"释义与此近，然词干有别。尤刻本所增均随文注释之语，此不明所出。

校："磈磈石在"下至"连延之状"　监本、奎章阁本、明州本、赣州本、集注本均无此二十五字。

按：五臣铣注为"山石貌"，《广韵·尾韵》云："磈，磈硊，石山貌。"此类乃随文释义之语，不明所出。

八　百川派别，归海而会。控清引浊，混涛并濑。濆薄沸腾，寂寥长迈。濞焉汹（呼恭切）汹，隐焉礚礚。

《字说》曰：水别流为派。涛，大波也。濑，急湍也。长迈，不回之意。礚，苦盖切。善曰:《尚书大传》曰:百川趋于海。汹汹、磕磕,皆水声也。

校:正文夹音呼恭切　监本无,奎章阁本作“吁恭”,明州本、赣州本作“呼恭”。

按:此五臣音注。

校:“长迈不回之意”　监本、奎章阁本、明州本、赣州本、集注本均无此六字,据《考异》,袁本、茶陵本亦无。

按:此随文注释,来源难考。

九　出乎大荒之中,行乎东极之外。经扶桑之中林,包汤谷之滂沛。潮波汩起,回复万里。歊雾濛浡,云蒸昏昧。

大荒,谓海外也。《尔雅》曰:孤竹、北户、西王母、日下,谓之四荒。孤竹在北,北户在南,日下在东,西王母在西,皆四方荒昏之国也。又曰:东至大远,西至邠国,南至濮鈆,北至祝栗,谓之四极。谓四方之极。极,远也,言大荒、东极、扶桑、汤谷者,谓海外弥广,无所不连也。潮波汩起,言水弥广汩急疾,无所不至。歊雾,水雾之气,似云蒸昏暗不明也。善曰:扶桑、汤谷,已见上文。濛,薄工切。浡,蒲昧切。

校:“潮波汩起言水”下至“昏暗不明也”　监本、奎章阁本、明州本、赣州本、集注本无此二十九字,《文选考异》云袁本、茶陵本无此二十九字。

按:五臣良注虽与之类似,但此处增注明显不是来自良注,且为尤刻本所独有,当为旁注增入。

校:“浡蒲昧切”　监本、奎章阁本、集注本注文中均无此四字。然奎章阁本、明州本、赣州本正文均有夹音作“蒲没”。明州本以“善同翰注”省略善注,但上条音注“濛薄工切”在刘注中;赣州本亦沿袭明州本校语,省善注,且上条音亦无。集注本《音决》注此音为“步没反”。

按:从监本来看,尤刻本所增非善音,此增本自五臣注。

十　泓澄奫潫,颎溶沆(户朗)瀁(余两)。莫测其深,莫究其广。澶湉漠而无涯,惣有流而为长。瓌异之所丛育,鳞甲之所集往。

善曰:《说文》曰:泓,下深大也。澄,湛也。奫潫,回复之貌。皆水深广阔也。瀇,於晃切。瀁,於杈切。澒,胡孔切。溶,余肿切。澶湉,安流貌。澶,音缠。湉,音恬。瓌异、龟鱼,皆在水中生长。

校:正文音注"户朗""余两" 监本无此四字。奎章阁本、明州本、赣州本均有此夹音。

按:此音注源自五臣注。

校:"瀇瀁回复之貌" 监本、奎章阁本、明州本、集注本均无"瀁"字。《考异》云袁本、茶陵本亦无。赣州本有。

按:尤刻本来自赣州本。

校:"皆水深广阔也瀇" 监本、奎章阁本、明州本、赣州本、集注本均无此七字。《考异》云袁本、茶陵本亦无此七字。

按:五臣翰曰:"此上皆水深广貌",或他人旁注于此,尤刻本遂取之,后有音注,故又增"瀇"字。

校:"瓌异龟鱼皆在水中生长" 监本、奎章阁本、明州本、赣州本、集注本均无此十字。《考异》云袁本、茶陵本亦无。

按:五臣翰注云:"瓌异,言奇瓌之物育于此也。鳞者,龙鱼也。甲者,龟鳖也。"尤补近之。或据之旁注于此作"瓌异龟鱼"云云者,尤刻本遂增入。

十一 于是乎长鲸吞航,修鲵吐浪。跃龙腾蛇,鲛鲻琵琶。王鲔(伟)鯸鲐,鲫(印)龟鱕鲭。乌贼拥剑,鼊(古侯)鼊(辟)鲭鳄。涵泳乎其中。

航,舡之别名。《异物志》云:鲸鱼,长者数十里,小者数十丈,雄曰鲸,雌曰鲵,或死于沙上,得之者皆无目,俗言其目化为明月珠。《邓析子》曰:钓鲵者不于清池。一说曰:鲸犹言凤,鲵犹言皇也。《异物志》曰:……扶南俗云:诸大鱼欲死,鲫鱼皆先封之。鱕鲭有横骨在鼻前,如斤斧形,东人谓斧斤之斤为鱕,故谓之鱕。鱼二十馀种,此其尤异者。此鱼所击,无不中断也。有出入鲭子,朝出求食,暮还入母腹中,皆出临海。乌贼鱼腹中有药。……杨雄《方言》曰:南楚谓沉为涵。泳,潜行也,见《尔雅》。言已上鱼龙,潜没泳其中。善曰:……

校:正文音注:"伟""印""古侯""辟"此五字监本、集注本均无。奎章阁本、明州本、赣州本俱有之。

按:此音注本于五臣注。

校:“航舡之别名”　监本、奎章阁本、明州本、赣州本、集注本均无此五字。《考异》云袁本、茶陵本亦无。

按:此为尤刻本所独有。《方言》卷九云“舟,自关而东或谓之航”。《玉篇·舟部》《慧琳音义》卷八十八“舟航”注均云“船也”。本篇下“汎舟航于彭蠡”句下尤刻本亦增入“航船别名”。此当为旁注者于此注边所加,尤刻本遂增入。

校:“小者数十丈”　监本、奎章阁本、明州本、赣州本、集注本均无此五字。

按:《南越志》今不存,然宋时尚见。此处所引又见于《古今注》卷中,其云:“鲸鱼者,海鱼也。大者长千里,小者数十丈。一生数万子,常以五月六月就岸边生子,至七八月导从其子还大海中,鼓浪成雷,喷沫为雨,水族惊畏,皆逃匿,莫敢当者。其雌曰鲵,大者亦长千里,眼为明月珠。”此文与尤刻本类似。监本“长者”上有“有”字,“十里”作“千里”,当是学习者书于善注之旁,尤刻本以之增。

校:“如斤斧形”　监本、奎章阁本、明州本、赣州本、集注本均无“斧”字。

按:此为尤刻本独有,无从检索,似是因下“东人谓斧斤之斤为鳍”而误增。

校:“乌贼鱼腹中有药”　监本、奎章阁本、明州本、赣州本、集注本均无“腹”“有”二字。《考异》云袁本、茶陵本亦无。

按:此无以考,或承前句而增。《考异》云无者最是。

校:“言已上鱼龙潜没泳其中”　监本、奎章阁本、明州本、赣州本、集注本均无此十字。《考异》云袁本、茶陵本亦无。

按:此为解说之语,尤刻本增注中此类不少,当为旁注增入。

十二　葺(七入)鳞镂甲,诡类舛错。溯(素)洄顺流,噞喁沉浮。

葺,累也。甲,谓龟甲也。《楚辞》曰:鱼葺鳞以自别。噞喁,鱼在水中群出动口貌。善曰:《毛诗》曰:溯洄从之,道阻且长。《淮南子》曰:水浊则鱼噞喁……

校:正文音注“七入”“素”,监本无此三字。奎章阁本、明州本、赣州本俱有。

按:此来自五臣音,或直接来自赣州本。

校:"鱼在水中群出动口貌" 监本、奎章阁本、集注本无"动"字,明州本则本句九字俱无。赣州本有"动"字。

按:尤刻本所增源自赣州本。

十三 鸟则鹍鸡鸀(烛)玛(玉),鹔(霜)鹄鹭鸿。鶢(爰)鶋(居)避风,候雁造(七报)江。……鹳鸥鹢(七激)鸬,氾滥乎其上。

鹍鸡,鸟也,好鸣。鸀玛,水鸟也。……善曰:候雁,已见《南都赋》。《毛诗》曰:有鹙在梁。毛苌《诗传》曰:秃鹙也。《苍颉篇》曰:鸥大如鸠。郭璞《山海经注》曰:鸥,水鹨也。……

校:正文夹音"烛""玉""霜""爰""居""七报""七激" 此九字监本俱无。奎章阁本、明州本均有,"七激"作"五激"。赣州本似作"三激"。

按:赣州本"三"当为"五"字之讹。尤刻本误,承前音"七报"误。《广韵》作"五利切",声纽为"五"。尤刻本此处注音难以断定具体来自何本,但来自五臣音注是无疑的。

校:"鹍鸡鸟也好鸣" 此六字监本、奎章阁本、明州本、赣州本、集注本俱无。《考异》云袁本、茶陵本亦无。

按:《文选》中宋玉《九辩》有"鹍鸡啁哳而悲鸣"句,班固《北征赋》有"鹍鸡鸣以哜哜"句,五臣向注:"鹍鸡,鸟名",江文通《杂体诗·王徵君》"寂历百草晦,欻吸鹍鸡悲"句下向注:"鹍鸡,鸟名,悲鸣也。"后之者或旁记于此,尤刻本增补或来于旁注者。

校:"水鸟也" 监本、奎章阁本、明州本俱无"也"字。赣州本有。

按:尤刻本增注来自赣州本。

十四 鱼鸟聱耴,万物蠢(昌允)生。芒芒黖黖,慌(呼广)罔奄欻(许勿),神化翕忽,函幽育明。穷性极形,盈虚自然。蚌蛤珠胎,与月亏全。巨鼇赑(备)屃(许器),首冠灵山。大鹏缤翻,翼若垂天。振荡汪流,雷抃重渊。殷(上声)动宇宙,胡可胜原!

蠢,动也。黖黖,绝远貌。奄欻,去来不定之意。翕忽,疾貌。函幽育明,皆谓珠玉光耀之状也。穷性极形,物皆极之也。《吕氏春秋》曰:月望则蚌蛤实,月晦则蚌蛤虚。《列仙传》曰：鼇负蓬莱山而抃沧海之中。赑屃，用力壮貌。……

校：正文夹音："昌允""呼广""许勿""备""许器""上声"　此十一字监本均无。奎章阁本、明州本、赣州本俱有。其中"上声"，赣州本作"上"。

按：正文夹音非善注面貌。此音来自五臣注。

校："黖黖绝远貌"下至"翕忽疾貌"　监本、奎章阁本、明州本、赣州本、集注本均无此十七字。《考异》云袁本、茶陵本亦无。

按：五臣翰注释"黖黖"为"气不明貌"，与尤刻本不类。向注"奄欻翕忽"均释为"变化疾速貌"，可知尤刻本非来自五臣本。此绝非善注，因为下面李善尚有对此部分语词的解释。诸字书均将"黖黖"释为"不明"之意，无有释作"绝远"者。集注本李善注有对"芒芒"的解释，云"广远之貌"，故"绝远"当为释解"芒芒"者。此处增注当是旁注者记于此，而尤刻本采入者，又有失误。

校："赑屃用力壮貌"　监本、奎章阁本、明州本、赣州本俱无此六字。

按：五臣铣注释为"用力之貌"，《玉篇》卷十一释作"作力也"，《龙龛手鉴》卷三释作"壮士作力貌也"。《文选》卷二《西京赋》薛综注早有此释，作"作力之貌"，此亦可证非善注明矣。其当源于旁注于此处者。

十五　岛屿(序)绵邈，洲渚冯(平)隆(崇)。旷瞻迢递，迥眺冥蒙。珍怪丽，奇隙充。径路绝，风云通。洪桃屈盘，丹桂灌丛。琼枝抗茎而敷蕊，珊瑚幽茂而玲珑。

岛，海中山也。屿，海中洲，上有山石。魏武《苍海赋》曰：览岛屿之所有。绵邈，广远貌。水中可居曰洲，小洲曰渚。旷瞻迢递，谓岛屿也。冯隆，高貌。迢递，远貌。迥眺冥蒙，谓洲渚深奥之貌。言珍怪之物，丽于岛屿之中。径路绝者，人道断绝，风云通者，唯风云能交通也。意者谓奇怪之徒，因风云以交通。《水经》曰：东海中有山焉，名曰度索，上有大桃，屈盘三千里。桂生苍梧、交趾、合浦以南山中，所在丛聚，无他杂木也，其枝叶皆辛。木丛生曰灌。琼树生，其华蕊仙人所食，令人长生。《楚辞》曰：精琼蕊以为粮。蓬莱三山，神仙所居，故宜有焉。《汉书》，歌曰：上蓬莱，咀琼英。珊瑚树赤色，有枝无叶。《扶南传》曰：涨海中有盘石，珊瑚生其上。玲珑，明貌。善曰：后汉《黎阳山碑》曰：山河冯隆,有精英兮。朱称《郁金赋》曰:丹桂植其东。《庄子》曰:南方积石千里,名琼枝,高百二十仞。

校:正文夹音:"序""凭""崇",监本无此三字。奎章阁本、明州本、赣州本均有,"崇"作"音崇"。

按:此音注来自五臣注,或直接源于赣州本。

校:"绵邈广远貌" 监本、奎章阁本、明州本、赣州本、集注本均无。《考异》云袁本、茶陵本亦无。

按:此为尤刻本系统所独有。五臣翰注云"绵邈远也",集注本陆善经注作"远貌",《钞》释作"崇峻貌"。《文选》卷二十一何劭《游仙诗》"眇然心绵邈"句下翰注:"绵邈,远貌。"诸注均与此类,然无相合者。此亦当来自旁注书于此处者。

校:"冯隆高貌迢递远貌" 监本、奎章阁本、明州本、赣州本、集注本均无此八字,《考异》云袁本、茶陵本亦无。

按:此来源一如上条,尤刻本每有增加释义者,大多类此。

校:"深奥之貌"下至"丽于岛屿之中" 监本、奎章阁本、明州本、赣州本、集注本均无此十五字。《考异》云袁本、茶陵本亦无。诸本此处均作"也"字,句绝。

按:无此十五字且有"也"字者最是,此释与前释"旷瞻迢递谓岛屿也"一致。五臣铣注云"言洲屿有珍怪奇异之物,著处充满也",与此释义较类,然似非来自五臣注。亦是旁注者入之。此旁注,或采自前书,他注,亦或个人之笔记。来源复杂。

校:"生其华蕊仙人所食" 监本、奎章阁本、明州本、赣州本无"仙人所食"四字,"生"作"食"。《考异》云袁本、茶陵本亦无。集注本此部分无注。

按:尤刻本所增,语意不通。其源于旁注于此者。

校:"《汉书》歌曰" 监本、奎章阁本、明州本均无"歌"字。《考异》云袁本、茶陵本亦无。赣州本有。

按:此来自赣州本无疑。

校:"有枝无叶" 监本、明州本无"无叶"字。《考异》云袁本、茶陵本亦无。奎章阁本、赣州本有。

按:尤刻本此处来自赣州本。

校:"玲珑明貌"　监本、奎章阁本、明州本、赣州本、集注本均无此四字,《考异》云袁本、茶陵本亦无。

按:集注本善注引晋灼《甘泉赋》注曰:"玲珑明见貌也。"尤刻本亦当为旁记于此者增入。

十六　增冈重阻,列真之宇。玉堂对溜,石室相距。蔼蔼翠幄,嫋嫋素女。江斐于是往来,海童于是宴语。斯实神妙之响象,嗟难得而觌缕!

玉堂、石室,仙人居也。海童,海神童也。吴歌曲曰:仙人赍持何,等前谒海童。《尔雅》曰:嗟,楚人发语端也。善曰:冯衍《爵铭》曰:富如江海,寿配列真。《道书》曰:上曰神,次曰仙人,下曰真人。《楚辞》曰:紫贝阙兮玉堂。郑玄《礼记注》曰:堂前有承溜。《列仙传》曰:赤松子常止西王母石室中。蔼蔼,盛貌。徐幹《齐都赋》曰:翠幄浮游。《埤苍》曰:嫋嫋,美也,奴鸟切。《史记》曰:泰帝使素女鼓五十弦瑟。《神异经》曰:西海有神童,乘白马,出则天下大水。王延寿《王孙赋》曰:嗟难得而觌缕。觌,力戈切。

校:"道书曰"下至"下曰真人"　监本、奎章阁本、明州本、赣州本、集注本均无此十四字。《考异》云袁本、茶陵二本亦无。

按:集注本《钞》曰:"桓谭方道《书》云:上曰神人,次曰仙人,下曰真人。"与此最为近之。因此,尤延之似乎亦见到了一些钞本,亦或旁记于此者被增入。

校:"蔼蔼盛貌"　监本、奎章阁本、明州本、赣州本、集注本无此四字。《考异》云袁本、茶陵本亦无。

按:此注亦不见于五臣注。集注本《钞》云:"蔼蔼,盛也",与此近之。当来自钞本。

校:"神异经曰"下至"出则天下大水"　监本、奎章阁本、明州本、赣州本、集注本均无此十八字。《考异》云袁本、茶陵本亦无。

按:集注本《钞》曰:"《神异经》:海童乘朱鬣白马,有十八人,童子随之,若见则雨。"陆善经曰:"《神异经》云:河伯使者乘白马朱鬣,行四海水上,从十二童。斯即海童。"《太平御览》卷十一云:"《神异经》曰:西海上有人焉,乘白马朱鬣,白衣赤冠,从十二童子,驰马西海如飞,名曰河伯使者,其所至之国雨水滂沱。”

十七　尔乃地势坱圠，卉木㕲蔓。遭薮为圃，值林为苑。异荂蓲蘛（育），夏晔（于辄）冬蒨。方志所辨，中州所羡。

坱圠，莽沕也，高下不平貌也。卉，百草总名，楚人语也。有木曰苑，有草曰圃。言林薮非一，所在皆为苑圃，有国有家者，因天地之自然，不复假人功为园圃也。《尔雅》曰：荂，荣也。蓲，华也。敷蘛，华开貌。南土草木通□冬生，故曰蒨。善曰：《鹏鸟赋》曰：坱圠无垠。坱，乌朗切。圠，乌八切。《广雅》曰：㕲，长也，乌老切。荂，枯瓜切。《尔雅》曰：蕍，荣也。郭璞曰：蕍犹敷蕍，亦草之貌也。蘛与蕍同，庾俱切。蓲与敷同，无俱切。

校：正文夹音“育”“于辄”，监本无此三字。奎章阁本、明州本、赣州本俱有，且不止此三字，其他善注中的音亦在正文中。

按：此非善注，乃五臣注阑入。

校：“蓲华也敷蘛华开貌”　监本、奎章阁本、明州本、赣州本、集注本均无此八字。《考异》云袁本、茶陵本无“蓲华也”三字。

按：此八字来源不明。今《尔雅》无此，亦当是旁记于此者入善注。《康熙字典》云是《尔雅》语，亦或误，误源自此注。

十八　草则藿蒳豆蔻，姜汇非一。江蓠之属，海苔之类。纶组紫绛，食葛香茅（莫侯）。石帆水松，东风扶留。

……《尔雅》曰：纶似纶，组似组，东海有之。……善曰：蒳，音纳。蔻，火豆切。汇，音谓。纶，古顽切。

校：正文音注“莫侯”　监本无此二字。奎章阁本、明州本、赣州本均有。

按：此非善注，源自五臣注。注文自有善音，诸本亦均于正文之中。

校：“纶似纶组似组”　此六字监本、奎章阁本、明州本均作“纶组似组”四字，赣州本、集注本同尤刻本作六字。

按：尤刻本所增为是。今本《尔雅》亦如此，集注本不误。监本夺“似纶”二字，遂致多本有误。赣州本不误。然从刊刻字体来看，尤刻本又似后来更动者，一是字体不同，二是此六字占据相当于他处四字之空间。不知是何时所更。不管如何，此本与监本相比，增注二字。

十九　布濩皋泽，蝉联陵丘。夤缘山岳之岊，幂历江海之流。扤白蒂，衔朱蕤。郁兮茷茂，晔兮菲菲。光色炫晃，芬馥肸蚃。职贡纳其包匭，《离骚》咏其宿莽。

布濩，遍满貌。蝉联，不绝貌。夤缘，布藤上貌。幂历，分布覆被貌。《许氏记字》曰：岊，陬隅而山之节也。扤，摇也。蒂，花本也。菲菲，花美貌也。《方言》曰：凡草生而初达谓之茷。芬馥，色盛香散状。包，裹也。匭，犹结也。《尚书·禹贡》曰：包匭菁茅。菁茅生桂阳，可以缩酒，给宗庙，异物也，重之，是故既包裹而又缠结之。一曰，匭，柙也。《尔雅》曰：卷葹草，拔其心不死。江、淮间谓之宿莽。屈原嘉之以其志，故《离骚》曰：夕览洲之宿莽。善曰：毛苌《诗传》曰：扤，动也。《淮南子》曰：草木之勾萌，衔翠载实。《说文》曰：蕤，草木华垂貌。肸蚃，已见《蜀都赋》。夤缘，出也。岊，音节。茷，以税切。蕤，汝谁切。

校："布濩"下至"分布覆被貌"　监本、奎章阁本、明州本、赣州本、集注本无此二十三字。《考异》云袁本、茶陵本亦无。

按：《文选》卷八《上林赋》善引郭璞注云："布濩犹布露也。"集注本此处有善注云："布濩，分散貌也。"五臣翰注云"布濩，草众密貌"，与此注无相同者。又五臣翰曰："蝉联谓不绝于丘陵之上，夤缘言众草滋长皆缘上山岳而生……幂历，草掩覆于岸而江海波流于草下也"，语意与此近之，但显然非来自此。此增注来源不明，亦或旁记于此处被尤刻本增入者。

校："蒂花本也菲菲花美貌也"　监本、奎章阁本、明州本、赣州本、集注本均无此十字。《考异》袁本、茶陵本亦无。

按：五臣翰曰："蒂，花根而缀于枝上"，铣曰："菲菲，美貌，言花卉丛生郁茂华盛而美之。"集注本《钞》曰："蒂，花柄皃色也。""菲菲，花色鲜香也。"尤刻本所增，虽与此类，然不似直接来于此者。

校："芬馥色盛香散状"　监本、奎章阁本、明州本、赣州本、集注本均无此七字。《考异》云袁本、茶陵本亦无此七字。

按：五臣向曰"芬馥，香也"。集注本善注引《韩诗》薛君注曰"馥，香皃也"。《钞》曰："芬馥，香气盛也。"此例增注与上两例类似，均难以确切知道其来源。推测为习《文选》者记于善注旁而被采入。

二十　木则枫柙(甲)櫲樟,栟榈枸(古侯)桹。绵杬杶栌,文欀桢橿(姜)。平仲桾櫏,松梓古度。楠榴之木,相思之树。

……刘成曰:平仲之木,实白如银。君迁之树,子如瓠形。松、梓,二木名,古度,树也,不华而实,子皆从皮中出,大如安石榴,正赤,初时可煮食也,广州有之。楠榴,木之盘结者,其盘节文尤好,可以作器;建安所出最大长也。……善曰:桹,音郎。杬,音元。杶,敕伦切。欀,音襄。桢,音贞。

校:正文夹音"甲""古侯""姜"　监本无此四字。奎章阁本、明州本、建州本均有,且尤刻本善注中之音释,亦均在正文夹音中,"杶"的音注均作直音"椿",非尤刻本之切音。

按:正文三字音注源自五臣注。善注文中自有所注之音。从"杶"字音注而言,赣州本亦非直接来自单注的二本继而合并,而是与六家本关系密切。

校:"其盘节文尤好可以作器"　监本、奎章阁本、明州本无"好"字。《考异》云袁本、茶陵本亦无。赣州本、集注本均有此字。

按:尤刻本或来自赣州本。《考异》以为无者是,然集注本既已如此。

二十一　宗生高冈,族茂幽阜。擢本千寻,垂荫万亩。攒柯挐茎,重葩殗叶。轮囷虬蟠,楯㙮鳞接。荣色杂糅,绸缪缛绣。宵露霮(徒感)䨴(徒外),旭日晻(乌感)昒。与风飖(摇)飏(样),飗浏飕飗。鸣条律畅,飞音响亮。盖象琴筑(竹)并奏,笙竽俱唱。

宗生,宗类而生于高山之脊,故名宗生。族茂,言种族繁多也。擢本,高耸貌。八尺曰寻。言婆娑覆万亩之地。《庄子》曰:匠石见树百围,其临千仞,而后有枝,此大树之属也。善曰:许慎《淮南子注》曰:挐,乱也,女居切。殗,重也,叶重叠貌,于劫切。邹阳上书曰:轮囷离奇。轮囷,谓屈曲貌。虬蟠,谓树如龙蛇之盘屈相纠也。楯㙮,枝柯相重叠貌。楯,楚立切。㙮,除立切。缛绣,言草木花光似绣文。绸缪,花采密貌。霮䨴,露垂貌。《毛诗》曰:旭日始旦。昒,亦暗也,房妹切。飗浏,风声也。飗,于酉切。浏,力久切。飕,所求切。飗,音留。律,谓籥也,殷仲文所谓幽律是也。言木枝叶与风摇荡作声,如律吕之畅。

《说文》曰：筑似筝，五弦之乐也。《世本》曰：随作竽。郑玄《周礼注》曰：三十六簧也。

校：正文音注“徒感”“徒外”“乌感”“摇”“样”“竹”　监本无此九字。奎章阁本、明州本、赣州本俱有，且尤刻本善注文中之音亦在此诸本正文中夹注。

按：此音注源自五臣注，善注自有音注于释文中。

校：“宗生”下至“覆万亩之地”　监本、奎章阁本、明州本、赣州本、集注本均无此四十字。《考异》云袁本、茶陵本亦无。

按：集注本、五臣注虽有此类语词之释，然显然不是来源于此。如“八尺曰寻”之类，经传之中多有，且《文选》注中亦不止一次出现，李善于他文注中即引应劭此语（卷十三、卷二十五、卷二十九、卷六十）。故推测此处增注亦是学习者旁记于此而被尤延之据以增入。

校：“叶重叠貌”　监本、奎章阁本、明州本、赣州本、集注本均无此四字。《考异》云袁本、茶陵本亦无。

按：五臣向注有“花叶重叠以相掩覆”之语，与此意近。然似非出于此。来源如上例。

校：“轮囷谓屈曲貌”下至“盘屈相纠也”　监本、奎章阁本、明州本、赣州本、集注本均无此十九字。《考异》云袁本、茶陵本亦无。

按：五臣向注有“轮囷，屈曲貌”，“言木形屈曲如龙之蟠相重”之语，集注本《钞》曰：“轮囷，屈曲也。谓如龙蛇之盘曲也。”尤刻本增注亦当是学习者旁记于此处者。

校：“枝柯相重叠貌”　监本、奎章阁本、明州本、赣州本、集注本、袁本、茶陵本均无“枝柯”二字，“叠”，集注本作“入”字，其馀均作“之”字。

按：此当是承上言“叶重叠貌”而来，此两处均非善注所应有，尤刻本非。

校：“缛绣言草木花光似绣文”下至“露垂貌”　监本、奎章阁本、明州本、赣州本、集注本均无此二十一字，《考异》云袁本、茶陵本亦无。

按：五臣铣注云：“杂糅，彩色绸缪繁密貌。五色曰缛，言花有彩色繁密相错如绣也。”向曰：“霮，露重貌。”意虽相似，但显然不是来自五臣注，具体来源不明。

校：“言木枝叶与风摇荡作声如律吕之畅”　监本、奎章阁本、明州本、赣州本、集注本均无此十五字。《考异》云袁本、茶陵本亦无。

按:此例亦同上面几例。从此类例证看,尤刻本似乎还有另外的来源。一是如上述推测所言,是学习《文选》之人旁记于善注之侧,而尤氏又意欲增补善注,故入之。但旁记的来源很难理清,是否另有他本,还是学习者自己所为?二是尤刻本参考了今天我们没有见到的另外本子而据之补入。

二十二　其上则猨父哀吟,犿子长啸。狖鼯(吾)猓(古火)然,腾趠飞超。争接县垂,竞游远枝。惊透沸乱,牢落翚散。

《吴越春秋》曰:越有处女,出于南林之中,越王使使聘问以剑戟之事。处女将北见于越王,道逢老翁,自称素袁公,问处女:吾闻子善为剑术,愿一观之。女曰:妾不敢有所隐,唯公试之。于是袁公即跳于林竹,槁折堕地,处女即接末,袁公操本以刺处女,女应节入,三入,因举枝击之,袁公即飞上树,化为白猿,遂引去。犿子,猿类,猿身人面,见人啸。《异物志》曰……善曰:《山海经》曰:狱法之山有兽,状如犬,人面,见人则笑,名犿。犿,胡奔切。枚乘《兔园赋》曰:上涌云乱叶翚散。狖,馀幼切。趠,吐教切。超,士吊切。

校:正文音注“吾”“古火”　监本无此三字。奎章阁本、明州本“猓”字无音注,赣州本均有。

按:尤刻本来自赣州本。

校:“犿子猿类猿身人面见人啸”　监本、奎章阁本、明州本、赣州本、集注本均无此十一字,《考异》云袁本、茶陵本亦无。

按:此不知其来源。

二十三　其下则有枭羊麢(侪)狼,猰貐貙(敕俱)象。乌菟之族,犀兕之党。钩爪锯牙,自成锋颖。精若燿星,声若云霆。名载于山经,形镂于夏鼎。

校:“其下则有”　监本无“有”字,奎章阁本、明州本、赣州本均有“有”字。集注本无此字。

按:集注本上句“其上则”与此句均无“有”字。监本则上句有,此句无。《考异》云上句有者最是。以集注本而言,无者则是,云“其上则”“其下则”。

此或来自赣州本。

校:正文音注“侪”“敕俱”　监本无此三字。奎章阁本、明州本、赣州本俱有。

按:此非善注音,源自五臣注,或直接来自赣州本。

二十四　其竹则筼筜䉕箹(于),桂箭射筒。柚(由)梧有篁,篻簩有丛。

校:正文二夹音“于”“由”　监本无此二字。奎章阁本、明州本、赣州本俱有。

按:此源自五臣音注。

二十五　苞笋抽节,往往萦结。绿叶翠茎,冒霜停雪。橚矗(蓄)森萃,蓊茸(而勇)萧瑟。檀栾蝉蜎,玉润碧鲜。梢云无以逾,嶰谷弗能连。鸑鷟食其实,鹓雏扰其间。

苞笋,冬笋也。出合浦,其味美于春夏时笋也。见《马援传》。《汉书·天文志》曰:见梢云。其说,梢如树也。嶰谷,昆仑北谷也。《汉书·律历志》,黄帝诏伶伦为音律,伶伦乃之昆仑山之阴、嶰谷之中,取竹斩之,以其厚均者吹之,以为黄钟之管。鸑鷟,凤雏也。鹓雏,《周本纪》曰:凤类也,非梧桐不栖,非竹实不食。黄帝时,凤集东园,食帝竹实,终身不去。驯,扰善也。善曰:橚矗,长直貌。蓊茸,茂盛貌。萧瑟,声也。冒,犯也。婵娟,言竹妍雅也。橚,所六切。矗,丑六切。枚乘《兔园赋》曰:脩竹檀栾,夹水碧鲜。言竹似之也。梢云,山名,出竹。

校:正文夹音“蓄”“而勇”　监本无此三字。奎章阁本、明州本、赣州本俱有。

按:此源自五臣音注。

校:“《汉书·律例志》”　监本、奎章阁本、明州本、赣州本、集注本均无此五字。《考异》云袁本、茶陵本亦无。“伶伦乃之昆仑山之阴、嶰谷之中,取竹斩之,以其厚均者吹之”,此二十四字,监本、奎章阁本、明州本、赣州本、集注本俱作“伶伦乃之昆仑之阴,取嶰谷之竹,斩其厚均者吹之”二十字,与此相比,尤刻本增补四字。

按:此确为《汉书·律例志》之文,其云:"黄帝使泠纶自大夏之西,昆仑之阴,取竹之解谷,生其窍厚均者,断两节间而吹之,以为黄钟之宫……"善注引文多节引,此既然增补出处,则当复检原文,当源自《汉书·律例志》。

校:"鸑鷟凤雏也鹓雏周本纪曰凤类也非梧桐不栖" 监本、奎章阁本、明州本、赣州本、集注本皆无"凤雏也""周本纪曰""非梧桐不栖"十二字,作"鸑鷟鹓雏皆凤类也"。

按:五臣翰曰:"鸑鷟,凤凰,非竹实不食。鹓雏,凤类。"与此类,然似非出于此。尤刻本增注乃《庄子·秋水》与《周本纪》。

校:"长直貌蓊茸","萧瑟声也","婵娟言竹妍雅也","碧鲜言竹似之也梢云山名出竹" 监本、奎章阁本、明州本、赣州本无此二十九字。

按:五臣翰曰:"櫹蔘深长貌","蓊茸茂盛貌,萧瑟声也",向曰:"檀栾蝉蜎皆美貌,玉润碧鲜,言竹色如玉碧之鲜润。"良曰:"嶰谷,山名,出美竹。"尤刻本此增注似来自五臣。

二十六 其果则丹橘馀甘,荔枝之林。槟榔无柯,椰叶无阴。龙眼橄揽,棎榴御霜。结根比景之阴,列挺衡山之阳。

薛莹《荆扬已南异物志》曰:馀甘,如梅李,核有刺,初食之,味苦,后口中更甘,高凉建安皆有之。荔枝树生山中,叶绿色,实赤,肉正白,味大甘美。……椰树似槟榔无枝条,高十馀寻,叶在其末,如束蒲,实大如瓠,系在树头,如挂物也。……善曰:橄,音敢。榄,音览。棎,市瞻切。《汉书音义》,如淳曰:比景,日中于头上,景在己下,故名之比景。比,方利切。一作北景,云汉武时日南郡置北景县,言在日之南,向北看日,故名。宋玉《笛赋》曰:余尝观于衡山之阳。

校:"味大甘美" 监本、奎章阁本、明州本、赣州本、集注本均无"大""美"二字,《考异》云袁本、茶陵本亦无。

按:此不知其来源。

校:"叶在其末" 监本、奎章阁本、明州本、赣州本均无"其"字,集注本有。

按:此或习《文选》者以钞本校于善注之旁者。

校:"一作北景"下至"故名" 监本、奎章阁本、明州本、赣州本、集注本均无此二十六字,《考异》云袁本、茶陵本亦无。

按:《后汉书》卷十下《安思延皇后》有云:“家属徙比景。”注云:“比景,县名,属日南郡。《前书》音义曰:日居于头上,景在已下,故名之。”此将二说并列之。《汉书》卷二十八《地理志》“日南郡”下注曰:“故秦象郡。武帝元鼎六年开更名,有小水十六,并行三千一百八十里,属交州。师古曰:言其在日之南,所谓开北户以向日者。”此为尤刻本增注所自。或非尤延之复检此书更改,亦或他人旁记于此者。

二十七　**其琛赂则琨瑶之阜,铜锴之垠。火齐之宝,骇鸡之珍。赪丹明玑,金华银朴。紫贝流黄,缥碧素玉。隐赈崴裹,杂插幽屏(必井)。精曜潜颖,硩陊(直氏)山谷。碕岸为之不枯,林木为之润黩。隋侯于是鄙其夜光,宋玉于是陋其结绿。**

……善曰:《尚书》曰:瑶琨筱荡。《孝经·援神契》曰:神灵滋液,则犀骇鸡。宋衷曰:角有光,鸡见而骇惊也。刘欣期《交州记》曰:金华出珠崖,谓金有华采者。《埤苍》曰:崴裹,不平也,又重累貌。崴,乌乖切。裹,故乖切。幽屏,谓生处也。潜颖,谓潜深而有光颖。《说文》,硩,擿空青珊瑚堕之,珠玉潜伏土石间,随四时长,故硩毁陊落山谷之土石也。润,腻也。黩,黑茂貌。硩,敕列切。《孙卿子》曰:言无小而不声,行无隐而不形。玉在山而木润,渊生珠而崖不枯。许慎《淮南子注》曰:碕,长边也,巨依切。

校:正文音注:“必井”“直氏”　监本无此四字,奎章阁本、明州本、赣州本均有,其中奎章阁本前音注有“反”字。

按:此五臣音注。

校:“鸡见而骇惊也”　监本、奎章阁本、明州本、集注本、赣州本均无“惊”字,《考异》云袁本、茶陵本亦无。

按:洪兴祖《楚辞补注》卷十六《九章·离世》“弃鸡骇于筐簏”句下《补注》亦引此,无“惊”字。《后汉书》卷一百十八《西域传》云:“秦土多金银奇宝,有夜光璧、明月珠、骇鸡犀。”李贤注引《抱朴子》曰:“通天犀,有白理如綖者,以盛米置群鸡中,鸡欲往啄米,至辄惊却,故南人名为骇鸡。”《抱朴子·内篇》卷四云:“通天犀,角有一赤理如綖,自本彻末,以角盛米置群鸡中,鸡欲啄之,未至数寸,即惊却退,故南人或名通天犀为骇鸡犀。”此引文中亦多有“惊”字,或据之而增,抑或偶衍之。

校:“又重累貌” 监本、奎章阁本、明州本、赣州本、集注本均无此四字,《考异》云袁本、茶陵本亦无。

按:五臣良注释为“排积貌”,集注本《钞》云“石相合之貌”。此难知其来源,当为习《文选》者旁记于此。

校:“珠玉潜伏土石间”下至“黑茂貌” 监本、奎章阁本、明州本、赣州本、集注本均无此二十九字,《考异》云袁本、茶陵本亦无。

按:善注引《说文》释“碆”云“擿空青珊瑚堕之”,下增补部分是对《说文》释义的进一步解释,五臣翰注云“言宝玉生于山谷为人之所摘落也”,虽与此近,然非来于此,此增注不知其来源,当是习者阐释《说文》之语。翰曰:“黮,色盛也。”集注本善注在引许慎《淮南子注》后尚有:“润黮,谓林木滋润而色黑也。《声类》曰:黮,黑也。”此增补亦是习《选》者旁记而增。

二十八 其荒陬(子侯)谲(决)诡,则有龙穴内蒸,云雨所储。陵鲤若兽,浮石若桴。双则比目,片则王馀。穷陆饮木,极沉水居。泉室潜织而卷绡,渊客慷慨而泣珠。开北户以向日,齐南冥于幽都。

陬,四隅,谓边远也。湘东新平县有龙穴,穴中黑土,天旱,人人便共以水沾穴,则暴雨应之,常以此请雨也。陵鲤,有四足,状如獭,鳞甲似鲤,居土穴中,性好食蚁。《楚辞》曰:陵鱼曷止。王逸曰:陵鱼,陵鲤也。浮石,体虚轻浮,在海中,南海有之。桴,舟也。比目鱼,东海所出。王馀鱼,其身半也。俗云:越王鲙鱼未尽,因以残半弃水中为鱼,遂无其一面,故曰王馀也。……

校:正文音注“子侯”“决” 此三字监本无。奎章阁本、明州本、赣州本俱有。

按:此源自五臣注。

校:“谓边远” 监本、奎章阁本、明州本、赣州本、集注本无此三字,《考异》云袁本、茶陵本亦无。

按:五臣向曰:“言其荒远陬隅之所也。”然增注非来自此。此增注是继释“四隅”,习者所记于旁者。

校:"桴舟也"　监本、奎章阁本、明州本、赣州本、集注本均无此三字,《考异》云袁本、茶陵本亦无。

按:集注本李善注有对此字之释,引马融《论语注》曰:"桴,编竹木也。"《钞》曰:"桴,竹筏也。"此增注亦为习者所增。

校:"因以残半弃水中"　监本、奎章阁本、明州本、赣州本俱作"因以其半弃之",《考异》云袁本、茶陵本亦如此。集注本作"因以其半"。与监本相比,此增注一字。

按:《尔雅翼》卷二十九亦引此刘渊林注,与诸本相同。此改不知何据。

二十九　其四野,则畛畷无数,膏腴兼倍。原隰殊品,窊隆异等。象耕鸟耘,此之自与。穱(捉)秀菰(孤)穗(词翠切),于是乎在。

畛畷,谓地广道多也。旧井田间有径有畛。善曰:郑玄《毛诗笺》曰:畛,旧田有径路也,之引切。《说文》曰:畷,两陌间道也,知卫切,又陟劣切。《说文》曰:窊,汙邪,下也,于瓜切。《越绝书》曰:舜葬苍梧,象为之耕;禹葬会稽,鸟为之耘。《左传》曰:生人之道,于是乎在。

校:正文夹音"捉""孤""词翠切"　监本无此五字。奎章阁本、明州本、赣州本俱有,且"穗"音注无"切"字。

按:此音注源自五臣注。

校:"畛畷谓地"至"有径有畛","又陟劣切"　监本、奎章阁本、明州本、赣州本、集注本俱无此二十字,《考异》云袁本、茶陵本无"畛畷谓地"至"有径有畛"十六字。

按:下李善引《诗笺》释"畛",与此所增重,此非善注明矣,对井田、畛畷之意,《诗经》《周礼》诸经传中多有解说,此亦解说之辞,与他处所增大致为一类,当是习《选》者旁记于此者。《说文》曰:"畷,两陌间道也,广六尺,从田叕声,陟劣切。"此所增当源自《说文》。又尤刻本善注此处连引《说文》,当用"又"。此两《说文》间定有脱文,集注本可证,其云:"《说文》曰:畷,两陌间道也。《汉书》曰:秦地九州膏腴。《长笛赋》曰:窊隆诡。《典论》曰:窊隆不能相为高下而事以制。《说文》曰:窊,汙邪,下也……"

三十　徒观其郊隧之内奥，都邑之纲纪。霸王之所根柢（帝），开国之所基趾。郛郭周匝，重城结隅。通门二八，水道陆衢。所以经始，用累千祀。宪紫宫以营室，廓广庭之漫漫。寒暑隔阂（五盖）于邃宇，虹蜺回带于云馆。所以跨跱焕炳万里也。

《尔雅》曰：柢，本也。吴与周并，世世称王。自泰伯至阖闾二十五世矣。夫差益强大，得为盟主。故曰霸王之所根柢也。《越绝书》曰：吴郭周匝六十八里六十步，大城周匝四十七里二百一十步。水门八，陆门八，其二有楼名门者，车船并入。昌门今见在，铜柱石填地。大城中有小城，周十二里，亦有水陆门，皆阖闾宫，在高平里。言经营造作之始，使子孙累代保居也。漫漫，长远貌。寒暑所阂，谓冬温夏凉。善曰：《西都赋》曰：虹蜺回带于棼楣。

校：正文夹音“帝”“五盖”　监本无此三字。奎章阁本、明州本、赣州本均有，其中奎章阁本前音作“音帝”。

按：此音源自五臣注，或直接来自赣州本。

校：“矣夫差益强大得”　监本、奎章阁本、明州本、赣州本、集注本此七字俱作“益强夫差”四字，《考异》云袁本、茶陵本亦如同此诸本。

按：尤刻本增注三字，不知来源。

校：“周匝四十七”　监本、奎章阁本、明州本、赣州本无“匝”字，《考异》云袁本、茶陵本亦无。集注本有，写作“迊”。

按：此增注似乎来自钞本，或校者记其旁而增。

校：“言经营造作之始”下至“长远貌”　监本、奎章阁本、明州本、集注本俱无此二十字，《考异》云袁本、茶陵本亦无。

按：“言经营”云为解说之语，非善注。五臣良曰：“经，营也，言今所以经营都邑始于此者，将传于千年也。”与此意义类。五臣铣注释“漫漫”为“宽大貌”，与此不类。集注《钞》曰“漫漫，平远之貌”，与此略似。

三十一　造姑苏之高台，临四远而特建，带朝夕之濬池，佩长洲之茂苑。窥东山之府，则瑰宝溢目；覸海陵之仓，则红粟流衍。

姑苏，吴台名也。善曰：《越绝书》曰：吴王夫差起姑胥之台，五年乃成，高见三百里。《史记》曰:越伐吴,败之姑苏。《汉书》……

校:"吴王夫差起姑胥之台"　监本、奎章阁本、明州本、赣州本、集注本俱无"夫差"二字,《考异》云袁本、茶陵本亦无。

按:《越绝书》云:"吴王不听,遂受之,而起姑胥台,三年聚财,五年乃成,高见二百里。"此增似为详明吴王所指。

三十二　起寝庙于武昌,作离宫于建业。阐阖闾之所营,采夫差之遗法。抗神龙之华殿,施荣楯而捷猎。崇临海之崔巍,饰赤乌之韡晔。

《吴志》曰:前吴都武昌,在豫章;后都建业,在丹阳。孙权自会稽徙治丹阳,建业人皆不乐徙,故为歌曰:宁饮建业水,不向武昌居。言离宫者,明非吴旧都也。神龙,建业正殿名。临海、赤乌,皆建业吴大帝所太初宫殿名也。捷猎,高显貌。《越绝书》曰:昔越王勾践欲伐吴,大夫种对以九术。于是作荣楯,婴以白璧,镂以黄金,状类龙蛇,以献吴王夫差,夫差大悦。子胥谏曰:王勿受也。王不听,遂受之以饰殿也。阖闾造吴城郭宫室,其子夫差嗣,增崇侈靡。孙权移都建业,皆学之,故曰阐阖闾之所营,采夫差之遗法,而施荣楯也。《春秋左氏传》曰:夫差,次有台榭陂池焉! 玩好必从,欢乐是务。

校:"吴志曰"下之"不向武昌居"　此四十八字,监本、奎章阁本、明州本、赣州本、集注本均作"吴前都武昌后都建业"九字,集注本后多一"也"字。据《考异》所云,袁本、茶陵本与此基本相同。

按:与监本等诸本比较,此处尤刻本增补三十九字,有明确出处,来自《三国志·吴志》。

校:"皆建业吴大帝所太初宫殿名也捷猎高显貌"　此十八字,监本、奎章阁本、明州本、赣州本、集注本俱作"二殿名也"四字,《考异》云袁本、茶陵本亦如此。

按:此处增注十四字,前半当据《吴志》所增,五臣向注释"捷猎"为"列次貌","崔巍"为"高大貌",无有与此类者,此增不知所出。

校:"以献吴王夫差,夫差大悦"　监本、奎章阁本、明州本、赣州本"夫差夫差"四字作"王"字,《考异》云袁本、茶陵本与此同,集注本作"吴王"。

按:与监本等比较,此增注三字,不明所自,类似第31例增"夫差"二字情状。

校:"以饰殿也" 监本、奎章阁本、明州本、集注本、赣州本无此四字,《考异》云袁本、茶陵本亦无。

按:此难知所自。

校:"其子夫差嗣,增崇侈靡。孙权移都建业,皆学之" 监本、奎章阁本、明州本、集注本均无"其子"二字、"嗣"一字、"孙权移都建业皆学之"九字,凡十二字。《考异》云袁本、茶陵本亦同此诸本。赣州本俱有。

按:此增注当是据《三国志·吴志》卷十一《朱绩传》裴松之注。

三十三 东西胶葛,南北峥嵘。房栊对榥(晃),连阁相经。阍闼谲诡,异出奇名。左称弯碕,右号临硎。

善曰:胶葛,长远貌。峥嵘,深邃貌。《鲁灵光殿赋》曰:洞胶葛其无垠。《说文》曰:栊,房室之疏也。又曰:榥,帷屏属。然则门窗之庑,通名榥。榥,音榥,音义同。弯碕、临硎,阍闼名也。吴后主起昭明宫于太初之东,开弯碕、临硎二门。弯碕,宫东门;临硎,宫西门。碕,巨依切。硎,口耕切。

校:正文夹音"晃" 监本无。奎章阁本、明州本、赣州本俱有。

按:此五臣音注。

校:"峥嵘深邃貌" 监本、奎章阁本、明州本、赣州本、集注本均无此六字,《考异》云袁本、茶陵本亦无。

按:集注本《钞》曰:"峥嵘,深邈也",《汉书·司马相如传》师古注曰:"峥嵘,深远貌",与此增注近之。《后汉书·冯衍传》李贤注"峥嵘,深邃貌"与此增注合,此增注或来自此。集注本善注有"峥嵘,深貌也",此或为善注本貌?五臣铣注为"峻崄貌",《龙龛手鉴》释为"山峻貌",均与此不同。

校:"吴后主"下至"碕巨依切" 监本、奎章阁本、明州本、赣州本、集注本均无此三十三字。《考异》云袁本、茶陵本亦无。

按:集注本善注有:"山谦之丹杨记曰:元皇初,吴宫皆为煨尽,弯碕、临硎之门无遗构矣",与此注有关,然增注非出于此。《建康实录》卷四云:"二年夏六月,起新宫于太初之东,制度尤广,二千石已下皆自入山督摄伐木,又攘诸营地大开苑囿,起土山作楼观,加饰珠玉,制以奇石,左弯碕,右临硎,又开城北渠,引后湖水激流入宫内，巡绕堂殿，穷极伎巧，功费万倍。”增注或据此而出。又“碕巨依切”，此五臣音注。

三十四　雕栾镂楶，青琐丹楹。图以云气，画以仙灵。虽兹宅之夸丽，曾未足以少宁。思比屋于倾宫，毕结瑶而构琼。

梁，柄也。琐，户两边以青画为琐文。楹，柱也。《汲郡地中古文册书》曰：桀筑倾宫，饰瑶台。纣作琼室，立玉门。言其夸丽。善曰：郑玄《礼记注》曰：栭，谓之楶，音节。《左氏传》曰：丹桓宫楹。杜预曰：楹，柱也。

校：“梁栭也”下至“楹柱也”　监本、奎章阁本、明州本、赣州本、集注本均无此十六字。《考异》云袁本、茶陵本亦无。

按：正文中无“梁”，当为“楶”。“楶”与“楹”善注均有释，且与此相同。《汉书》卷九十八《元后传》“曲阳侯根骄奢僭上赤墀青琐”句下“孟康曰：以青画户边镂中，天子制也。如淳曰：门楣格再重，如人衣领再重里者，青名曰青琐，天子门制也。师古曰：孟说是青琐者刻为连琐文而以青涂之也”，此增注当出于此。

三十五　高闱有闶，洞门方轨。朱阙双立，驰道如砥。树以青槐，亘以绿水。玄荫眈眈，清流亹亹。

善曰：李尤《德阳殿赋》曰：朱阙岩岩。《汉书音义》，应劭曰：驰道，天子之道。《毛诗》曰：周道如砥。言其平直也。《汉书》，贾山上书曰：秦为驰道，树以青松。然古之表道，或松或槐也。亘，引也。眈眈，树阴重貌。《韩诗》曰：亹，水流进貌。

校：“言其平直也”　监本、奎章阁本、明州本、赣州本、集注本均无此五字。《考异》无校语。

按：《诗经·小雅·大东》云“周道如砥，其直如矢”，释者多云前言平，后言直。此当据经传所增。

校：“亘引也眈眈树阴重貌”　监本、奎章阁本、明州本、赣州本、集注本均无此九字。《考异》云袁本、茶陵本亦无。

按：集注本善注有“眈眈，深邃之貌”。《钞》亦云：“眈眈，深邃之貌，此云青槐也。"又云"亘,经度也"。五臣良曰:"亘,横也","眈眈,青槐荫深之状"。此与尤刻本增注均不尽相同。尤刻本增注释字多不与诸字书同,又多随文释义,难检出处。

校:"亹水流进貌" 监本、奎章阁本、明州本、赣州本均作"亹进也"三字,《考异》云袁本、茶陵本亦如此。集注本作"亹々进也"。

按:与监本相比,此增注三字。《考异》云当作"亹亹进也",集注本是。增注又是随文释义,此是引韩诗,尤改误。

三十六 列寺七里,侠栋阳路。屯营栉比,解署棊布。横塘查下,邑屋隆夸。长干延属,飞甍舛互。

吴自宫门南出苑路,府寺相属,侠道七里也。解,犹署也。吴有司徒大监,诸署,非一也。横塘在淮水南,近家渚,缘江筑长堤,谓之横塘。北接栅塘查下。查浦在横塘,西隔内江。自山头南上十里,至查浦。建业南五里有山岗,其间平地,吏民杂居。东长干中有大长干、小长干,皆相连。大长干在越城东,小长干在越城西,地有长短,故号大、小相干。《韩诗》曰:考盘在干。地下而黄曰干。栉比,喻其多也。藏官物曰公廨。医巫所居曰署。飞甍舛互,言室屋之多相连下之貌。善曰:应劭《风俗通》曰:今尚书、御史、谒者所止,皆曰寺。侠栋,栋相侠也。古洽切。阳路,路阳也。《毛诗》曰:其崇如墉,其比如栉。

校:"吴自宫门南出苑路府寺相属" 此十二字监本、奎章阁本、明州本、赣州本、集注本俱作"建业宫前宫寺"六字,《考异》云袁本、茶陵本亦如此。

按:与监本相比,此增注六字。《建康实录》卷四云:"案:《宫城记》吴时自宫门南出夹苑路,至朱雀门七八里,府寺相属。"此增注当来于此。又尤刻本增注"自"讹作"白",脱"夹"字,以此推测,很可能是旁记于此者,被尤延之增入,或非尤氏直接复检《建康实录》。

校:"横塘在淮水南"下至"吏民杂居东长干" 此六十二字监本、奎章阁本、明州本、赣州本均作"横塘查下皆百姓所居之区名江东谓山冈间为干建邺之南有山其间平地吏民居之故号为干"三十八字,《考异》云袁本、茶陵本亦如此。其中集注本与此略微有异:"皆"下有"都下"二字,"名"下有"也"字,"有山"后有"堈"字,"吏民"作"吏人","居"前有"杂"字。

按:与监本相比,此增注二十四字。《建康实录》卷二注云:“案:《丹阳记》:大长干寺道西有张子布宅,在淮水南,对瓦官寺门,张侯桥所也,桥近宅,因以为名。其长干是里巷名,江东谓山陇之间曰干,建康南五里有山陇,其间平地,民庶杂居,有大长干,小长干,东长干,并是地里名。小长干在瓦官南巷西头出江也。”又上例所引下有“横塘”云云,注末并云“长干已注解在前卷”。尤刻本增补显然源自此。

校:“大长干”至“大小相干”　此二十四字监本、奎章阁本、明州本、赣州本、集注本均作“疑是居称干也”六字,《考异》云袁本、茶陵本亦如此。“居”字诸本略有差异,奎章阁本“居”作“俱”,集注本作“古”。

按:与监本相比,此增注十七字。此亦是据《建康实录》相关内容而作阐释之语。

校:“栉比”下至“相连下之貌”　监本、奎章阁本、明州本、赣州本、集注本均无此三十二字。《考异》云袁本、茶陵本亦无。

按:五臣翰注:“栉,梳也,屯营军卫相次如梳齿相比。廨谓公廨。”向注:“飞甍舛互,言栋宇相交互也。”与此增注相类,然非出于此。《玉篇》云:“廨,公廨也。”《集韵·卦韵》:“廨,公舍。”署,《说文》曰:“部署,有所网属。”《广韵》“廨署”,《玄应音义》“位置也”,“亦官也”,无有与此类者,此随文而释,难知其源。

三十七　其居则高门鼎贵,魁岸豪杰。虞魏之昆,顾陆之裔。歧嶷继体,老成弈世。跃马叠迹,朱轮累辙。陈兵而归,兰锜内设。冠盖云荫,闾阎阗噎。

魁岸,大度也。《汉书》曰:江充为人魁岸。又于公高门以待封。又《贾捐之传》曰:石显方鼎贵。应劭曰:鼎,始也。乃祖乃父已来皆贵,故曰鼎贵也。虞,虞文秀。魏,魏周。顾,顾荣。陆,陆逊。隆吴之旧贵也。昆、裔,皆后世也。歧嶷,谓有识知也。老成德之人,养之乞言。跃马,腾跃之谓,言富贵也。《蔡泽传》曰:跃马肉食。《西京赋》曰:武库禁兵,设在兰锜。闾阎阗噎,言人物遍满之貌。善曰:《毛诗》曰:克歧克嶷。又曰:虽无老成人。谢承《后汉书》曰:王公位二千石,弈世相袭。杨恽《书》曰:方家隆盛时,乘朱轮者十人。

校:"魁岸大度也"监本、奎章阁本、明州本、赣州本、集注本俱无此五字。《考异》云袁本、茶陵本亦无。

按:尤刻本句下注颇为混乱,诸本之间亦不完全相同,然均无此五字。集注本善注有对"魁岸"的解释,其引《广雅》曰:"雄杰也。"五臣铣注则释为"长貌"。王念孙《读书杂志·汉书第十六·连语》云:"魁岸者,高大之貌。魁岸,犹魁梧,语之转耳。"诸字书亦无释为"大度"者,此亦随文而释,来源难知。

校:"《汉书》曰江充为人魁岸" 监本、奎章阁本、明州本、赣州本俱在善注中,在"毛诗曰"前,作"《后汉书》曰"云云,集注本亦在善注中,然先引"《汉书》曰:定国父于公,其闾门坏,父老方共治之,于公谓之曰:少高大闾门,令容驷马高盖车",继之"又曰:江充为人魁岸"。"又于公高门以待封",此八字监本、奎章阁本、明州本、赣州本俱无。"又《贾捐之传》曰石显方鼎贵",监本、奎章阁本、明州本、赣州本、集注本此注文在"皆后世也"下,无"又"字,增注一字。据《考异》云,此出所注,大致与诸本同。

按:不考虑注文之位置,与监本相比,尤刻本此处增注八字。此出于《汉书·于定国传》。

校:"虞虞文秀魏魏周顾顾荣陆陆逊隆吴之旧贵也" 此十九字监本、奎章阁本、明州本、赣州本、集注本俱作"虞魏顾陆吴之旧姓也"九字。

按:此增注十字,内容当源自《吴志》,或直接来源于记于善注之旁者。

校:"歧嶷谓有识知也老成德之人养之乞言","言富贵","闾阎阗噎言人物遍满之貌" 监本、奎章阁本、明州本、赣州本、集注本均无此三十字。

按:五臣铣注有对此之阐释云:"歧嶷,少而贤者,能继祖考之德。老成者,亦少而有长老之道",集注本《钞》曰亦有类似之释,然均不同于尤刻本。尤增似随文注释,或旁记者入此。

校:"方家隆盛时乘" 监本、奎章阁本、明州本、赣州本均无此六字,集注本有"乘"字,前五字无。

按:《文选》杨恽《报孙会宗书》云:"恽家方隆盛时,乘朱轮者十人。"尤刻本增注当来于此。又尤刻本此句下注,与诸本甚为不同,一是增注,二是注释顺序混乱。总言之,与监本比较,此句下尤刻本增注六十字。

三十八　其邻则有任侠之靡，轻訬之客。缔交翩翩，傧从弈弈。出蹑珠履，动以千百。里宴巷饮，飞觞举白。翘关扛鼎，拚射壶博。鄗阳暴谑，中酒而作。

……《史记》曰：赵平原君使人于楚，楚相春申君处赵使欲夸楚，为玳瑁簪，刀剑室皆以珠饰之。请春申君。春申君客三千馀人，其上客皆蹑珠履而迎之，赵使大惭。翘关扛鼎，皆逞壮力之劲，能招门开也。《列子》曰：孔子劲，能招国门之关，而不肯以力闻。招与翘同。扛，举也。《汉书》曰：项羽力能扛鼎。又《汉书赞》曰：元帝时览拚射。孟康曰：手搏为拚。壶，投壶也。《礼》有投壶。《论语》曰：不有博弈者乎。

校："赵平原君使人于楚楚相春申君处赵使欲夸楚"　监本、奎章阁本、明州本、赣州本、集注本俱无"赵""楚楚相""处"五字。"其上客皆蹑珠履而迎之赵使大惭"　监本、奎章阁本、明州本、赣州本均无"而迎之赵"四字，集注本有"赵"字，其馀无。《考异》云袁本、茶陵本亦如此。

按：《史记·春申君列传》云："赵平原君使人于春申君，春申君舍之于上舍。赵使欲夸楚，为玳瑁簪，刀剑室以珠玉饰之，请命春申君客。春申君客三千馀人，其上客皆蹑珠履以见赵使，赵使大惭。"此增注本于此，当复检原文而略加更改。

校："翘关扛鼎皆逞壮力之劲能招门开也"　监本、奎章阁本、明州本、赣州本、集注本均无此十五字。《考异》云袁本、茶陵本亦无。

按：善注下引《列子》释此，此非善注明矣。来源不明。

校："《汉书》曰项羽力能扛鼎又"　监本、奎章阁本、明州本此十字作"扛鼎已见《西京赋》"七字，《考异》云袁本、茶陵本亦如此。集注本作"《西京赋》曰乌获扛鼎"，赣州本作："《史记》曰秦武王有力士乌获孟说皆大官王与孟说举鼎《说文》曰扛横开对举也。"

按：赣州本是为重出，重出内容俱见《西京赋》"乌获扛鼎"句下，赣州本的重要特征之一即重出。尤刻本虽非重出，然引《汉书》，《汉书》卷三十一云："籍长八尺二寸力扛鼎。""力能扛鼎"之文见于《史记·项羽本纪》。此无关要紧。从此增注看，尤延之的确采纳了一些旁记于此的注释而增补。

三十九　于是乐只衎而欢饫无匮，都辇殷而四奥来暨。水浮陆行，方舟结驷。唱棹转毂，昧旦永日。

昧旦，清晨也。《左传》曰：昧旦丕显。善曰：《毛诗》曰：其乐只且。又曰：嘉宾式宴以衎。饫，已见上文。辇，王者所乘，故京邑之地，通曰辇焉。《汉书》曰：杀身靡骨，死事辇毂下。四隩来暨，言四方之人皆来。唱棹转毂，言远人唱歌擿船，乘车转毂，以向吴都。《楚辞》曰：青骊结驷齐千乘。《汉书》曰：转毂百数。《毛诗》曰：且以永日。衎，苦旦切。饫，一据切。

校："四隩来暨"下至"以向吴都"三十字　监本、奎章阁本、明州本、赣州本、集注本均无此三十字。袁本、茶陵本亦无。

按：此解说之语，非善注。尽管五臣以及集注本《钞》中有近似之阐释，然非来自此处。与上面此类多例一样，来源难明。

校："衎苦旦切饫一据切"　监本、奎章阁本、明州本、赣州本注文之中俱无此八字音注。监本外，其馀三本在正文中有一夹注云"苦干"。

按：从此例推测，此为习者记于旁。

四十　开市朝而并纳，横阛阓而流溢。混品物而同廛，并都鄙而为一。士女伫眙，商贾骈坒。纻衣絺服，杂沓傱萃。轻舆按辔以经隧，楼船举颿(帆)而过肆。果布辐凑而常然，致远流离与珂(苦何)珬。

……《地理志》曰：越多犀象、玳瑁、珠玑、铜银、果布之凑。黄支国多异物，入海市明珠流离。果，橘柚之属。布，笺纻之属。近海多宝物。凑，会处也。珬，老雕化西海为珬，已裁割若马勒者谓之珂；珬者，珂之本，璞也。日南郡出珂珬。善曰：《楚辞》曰：览涕而伫眙。许慎《淮南子注》曰：坒，相连也，扶必切。《羽猎赋》曰：萃傱沇溶。《埤苍》曰：傱，走貌，先巩切。隧，向市路。肆，市路也。《汉书》有楼船将军。珬音戌。

校：正文夹音"帆""苦何"　监本无此三字。奎章阁本、明州本俱有。赣州本无后者。

按：此五臣音注。

校："果橘柚之属"　监本无"果"字。奎章阁本、明州本、赣州本、集注本均有。

按：监本误，尤刻本所增为是。

校："隧向市路肆市路也"　此八字监本、奎章阁本、明州本、赣州本、集注本俱无。《考异》云袁本、茶陵本亦无。

按：五臣向注有"隧，市中道也"。然此处增注则是随文注释，来源不明。

四十一　缣贿纷纭，器用万端。金镒磊砢（力可），珠琲（步对）阑干。桃笙象簟，韬于筒中；蕉葛升越，弱于罗纨。

缣，蛮夷货名也。《扶南传》曰：缣货布帛曰贿。金二十四两为镒。《史记》曰：赵孝成王一见虞卿，赐黄金百镒。磊砢，众多貌。琲，贯也，珠十贯为一琲。阑干，犹纵横也。桃笙，桃枝簟也，吴人谓簟为笙。又折象牙以为簟也。蕉葛，葛之细者。升越，越之细者。缣，音捷。

校：正文夹音"力可""步对"　监本无此四字。奎章阁本、明州本、赣州本俱有，后音注均作"补对"。

按：此五臣音注。

校："阑干犹纵横也"　监本、奎章阁本、明州本、赣州本、集注本无此六字。

按：五臣翰注释为"多也"。此不明出处。

校："又折象牙"　监本、奎章阁本、明州本无"折"字，《考异》云袁本、茶陵本亦无。赣州本、集注本均作"析"字。

按："析"为是，二字形近而讹。此增注来自赣州本。

四十二　僁嚞呶謷，交贸相竞。喧哗喤呷，芬葩荫映。挥袖风飘而红尘昼昏，流汗霡（脉）霂（沐）而中逵泥泞。

善曰：僁，所立切。《苍颉篇》曰：嚞，不止也，仡立切。呶謷，众相交错之貌。呶，胡巧切。《方言》曰：謷，猥也，奴巧切。《方言》曰：諻，吁横切。諻，通也。《说文》曰：呷，吸也，呼甲切。纷葩，谓舒张贸物使覆映。《史记》，苏秦说齐王，举袂成帐，挥汗成雨。毛苌《诗传》曰：小雨谓之霡霂。杜预《左氏传注》曰：泞，泥也，奴定切。

校：正文夹音"脉""沐"　监本正文均无夹音，但此为善注音注，在"小雨谓之霡霂”下有“霡,音脉。霂,音沐”。奎章阁本正文中前者夹音为“麦”,因此,其善注正文中尚存“霡,音脉“三字。明州本此注有脱文,如其言“《仓颉篇》曰方言曰”,明显有脱漏存在,且注释中无“挥汗成雨”以下部分。赣州本正文夹音为“麦,沐”,注文中亦省去了二音。

按:奎章阁本、明州本、赣州本正文之中夹音,尽属五臣音注。善注偶有音注者,注文之中亦被删去。此为明显一例。监本注文中存二音,奎章阁本存一音,明州本、赣州本则全无。

校:“纷葩谓舒张贸物使覆映” 监本、奎章阁本、明州本、赣州本、集注本均无此十字,《考异》云袁本、茶陵本亦无。

按:五臣向曰:“芬葩荫映,人众多而相映也。”集注本陆善经曰:“芬葩荫映,言众物多相荫映也。”《文选》卷十八《长笛赋》“纷葩烂漫诚可喜也”句下善注:“纷葩,盛多貌。”向注:“纷葩烂漫,声乱而多也。”诸本注无有与此合者。来源不明。

四十三 富中之甿,货殖之选。乘时射利,财丰巨万。竞其区宇,则并疆兼巷;矜其宴居,则珠服玉馔。

《越绝书》曰:富中,大唐中也,勾践治以为田,肥饶,故谓之富中。珠服,珠襦之属,以珠饰之也。玉馔者,《尚书》曰:惟辟玉食。言富中之食,货殖之选者各利,所以能丰其财也。并疆,逾田亩也。兼巷,逾里闾也。言农人之富,自相夸竞。善曰:《说文》曰:甿,田人也。孔安国《尚书》曰:自贤曰矜。射,宾亦切。

校:“大唐中也” 监本、奎章阁本、明州本、赣州本、集注本等均无“中也”二字,“唐”作“塘”字。《考异》云袁本、茶陵本亦如此。

按:《越绝书》卷八云:“富中大塘者,句践治以为义田,为肥饶,谓之富中,去县二十里二十二步。”尤刻本增补误。来源不明,似望文释义所致。

校:“以珠饰之” 监本、奎章阁本、明州本、集注本俱无此四字。赣州本有。

按:此来自赣州本。

校:“《尚书》曰惟辟玉食” 监本、奎章阁本、明州本、集注本俱无“惟辟”二字。赣州本有。《考异》云袁本、茶陵本亦无。

按:此增注来自赣州本。

校:“言农人之富自相夸竞”　监本、奎章阁本、明州本、赣州本俱无此九字,《考异》云袁本、茶陵本亦无。

按:不知来源。

校:“射宾亦切”　监本、奎章阁本、明州本、赣州本、集注本俱无此四字,诸本正文中亦无夹音。

按:此既非善注,亦非五臣注。或习《选》者记于此处而被增入。

四十四　趫(起乔)材悍壮,此焉比庐。捷若庆忌,勇若专诸。危冠而出,竦剑而趋。扈带鲛函,扶揄属镂(力驹切)。

……《孟子》曰:矢人岂不仁于函人哉。《左传》曰:吴赐子胥属镂以死。凡此皆其器用之事义,亦其土俗所能出,有嘉服用也。善曰:成公绥《洛禊赋》曰:趫才逸态,习水善浮。《吕氏春秋》曰:吴王欲杀王子庆忌,谓要离曰:吾常以马逐之江上而不能及,射之,矢左右满抱而不能中。高诱曰:庆忌,吴王僚之子也。走追奔兽,接及飞鸟。《左传》曰:吴公子光享王,鱄诸置剑于全鱼中以进,抽剑刺王,遂杀阖闾。

校:正文夹音“起乔”“力驹切”　监本无此五字。奎章阁本、明州本、赣州本均有此音注,前本后音注无“切”字,赣州本有“反”字。

按:此五臣音注。

校:“左传曰吴赐子”　监本、奎章阁本、明州本、赣州本均无“左”“吴”字,集注本有“左”字,无“吴”字。《考异》云袁本、茶陵本无“左”字。

按:此或检阅原书,或据钞本增补。《考异》云无“左”字者是。

校:“走追奔兽接及飞鸟”　监本、奎章阁本、明州本、赣州本、集注本均无此八字,《考异》云袁本、茶陵本亦无。

按:《吴越春秋》卷二云:“庆忌之勇,世所闻也。筋骨果劲,万人莫当。走追奔兽,手接飞鸟。骨腾肉飞,拊膝数百里。……”此增注文字当源于此。

校:“鱄诸置剑于全鱼中以进”　监本、奎章阁本、明州本、赣州本、集注本均无“全”字。《考异》云袁本、茶陵本亦无。

按:《左传·昭公二十七年》:“鱄设诸置剑于鱼中以进,抽剑刺王,铍交于胸,遂弑王”,杜预有注云“全鱼炙”于“以进”下。增注受此影响。

四十五 藏鍦于人,去戢自闾。家有鹤膝,户有犀渠。军容蓄用,器械兼储。吴钩越棘,纯钧湛卢。戎车盈于石城,戈船掩乎江湖。

鍦,矛也。杨雄《方言》曰:吴、越以矛为鍦。辅,楯也。鹤膝,矛也。矛骹如鹤胫,上大下小,谓之鹤膝。犀渠,楯也,屈皮为之。《国语》曰:奉父犀渠。军容,军之容表,言矛剑等也。《司马法》曰:古者军容不入国,国容不入军。军容入国……善曰:《礼记》曰:越棘大弓,天子之戎器也。郑玄曰:越,国名也。《考工记》曰:越铁利,可以为戟。环济《吴纪》曰:建安十七年,城石头。《越绝书》,伍子胥船有戈。

校:“上大下小” 此四字监本、奎章阁本、明州本、赣州本、集注本均作“者”字,《考异》云袁本、茶陵本亦如是。

按:此增注三字。杨雄《方言》云:“矛骹细如雁胫者谓之鹤厀”,此不知来源。

校:“屈皮为之”,“言矛剑等也” 监本、奎章阁本、明州本、赣州本、集注本均无此九字,《考异》云袁本、茶陵本无前四字。“屈”字胡刻本作“犀”。

按:此增注亦以意为之,随文注释,不明其源。

校:“考工记曰越铁利可以为戟” 监本、奎章阁本、明州本、赣州本、集注本均无此十一字。《考异》云袁本、茶陵本亦无。

按:按照注释,此增注来自《考工记》,然今本无此文,有云“吴粤之金锡,此材之美者也”,意义勉强近之。

四十六 露往霜来,日月其除。草木节解,鸟兽腯肤。观鹰隼,诫征夫。坐组甲,建祀姑。命官帅而拥铎,将校猎乎具区。

《诗》曰:今我不乐,日月其除。《国语》曰:本见而草木节解。本,氐也。谓霜降之后,生气既衰,草木枝叶,皆节理解落也。腯,肥也。……《国语》曰:吴王夫差出军,与晋争长,昏乃戒,夜中令服兵擐甲,陈王卒,官帅拥铎,建祀姑。此吴军容之旧制也。铎,施号令而振之也。《周礼》,校人中大夫,掌王田猎之马,一校千二百九十六匹。具区,泽名也,在吴之西。善曰:《尔雅》曰:吴、越之间有具区。

校:“皆节理解落也”　监本、奎章阁本、明州本、集注本均无“节”“落”二字,《考异》云袁本、茶陵本无“落”字。

按:《国语》韦昭注云:“本氐也。谓寒露之后十日,阳气尽,草木之枝节,皆理解也。”增注亦是随文注释“节解”,具体来源不明。

校:“官帅拥铎”　监本无“帅”字,奎章阁本、明州本、赣州本、集注本均有。

按:《国语》云:“吴王昏乃戒,令秣马食士,夜中乃令服兵擐甲,系马舌,出火灶,陈士卒百人以为彻行百行,行头皆官帅拥铎拱稽。”增为是,监本脱。

校:“铎施号令而振之也”　监本、奎章阁本、明州本、赣州本、集注本俱无此八字,《考异》云袁本、茶陵本亦无。

按:五臣翰注曰“执铎以宣令,铎,铃也”。与此增注无有合者。来源不明。

四十七　乌浒(忽古)狼𦟠(呼光),夫南西屠。儋(都含)耳黑齿之酋(自由),金邻象郡之渠。䮂駥𩦸𩦪,靸霅警捷,先驱前涂。

《异物志》曰:乌浒,南夷别名也,其落在深山之中。其种族为人所杀,则居其死所,且伺杀主,若有过之者,是与非则仇而食之。狼𦟠人,夜䶊金,知其良不。夫南,特有才巧,不与众夷同。……

校:正文夹音“忽古”“呼光”“都含”“自由”　监本无此八字。奎章阁本、明州本、赣州本俱有,赣州本“自由”误作“白由”。

按:此五臣音注。

校:“狼𦟠人夜䶊金知其良不”　监本、奎章阁本、明州本、赣州本、集注本均无“人夜”“其”“不”四字。《考异》云袁本、茶陵本亦无。赣州本有,“不”作“否”。

按:此增注来自赣州本。

四十八　俞骑骋路,指南司方。出车槛槛,被练锵锵。吴王乃巾玉辂,轺(翊焦)骕骦。旂鱼须,常重光。摄(乌颊)乌号,佩干将。羽旄扬蕤,雄戟耀芒。贝胄象弭,织文鸟章。六军袀(翊遵)服,四骐龙骧。

……《左氏传》曰:唐成公如楚,有两骕骦马,子常欲之,不与。三年止之,唐人窃马而献子常，子常归唐侯。马融曰：骕骦，鸟也，马似之。旂，旌旗之属。《周礼》有巾车官。又交龙为旂，以鱼须为柄也。日月为常，重光。谓日月画于旂上也。摄，持也。乌号，柘名，以为弓。《淮南子》曰：乌号之弓，不能无弦而射。《列女传》曰：柘枝体动，乌集其上，被即举弹，乌乃哀号，故号之。干将，剑名。胄，兜鍪，以贝饰之。弭，弓末，以象饰之。鸟章，染丝织鸟，画为文章，置于旌旗也。《左氏传》曰：袀服振振。袀，同也。骐，马名。……

校：正文夹音“翊焦”“乌频”“翊遵” 监本无此六字。奎章阁本、明州本、赣州本俱有。

按：此五臣音注。

校：“周礼有巾车官又” 监本、奎章阁本、明州本、赣州本均无此七字，《考异》云袁本、茶陵本亦无(集注本此下阙)。

按：此源自《周礼》，但直接来源不明，或旁记者入之。

校：“日月为常重光谓日月画于旂上也摄持也” 此十七字监本、奎章阁本、明州本、赣州本作“有日月为常重光谓日月重光也”十三字，《考异》云袁本、茶陵本亦如此。

按：此增注四字。《周礼》云：“司常，掌九旗之物名，各有属，以待国事，日月为常，交龙为旗。”尤刻本当据此删“有”字，实则不必删，“有日月为常”当属上读，下则释“重光”，乃随文注释。五臣良曰：“画日月形，故曰重光。”翰曰：“摄，以手摄而挽之。”均不与此同。《说文》曰：“摄，引持也”。《仪礼·士丧礼》“横摄之”。郑玄注《国语·鲁语上》“故能摄故不解以久”、韦昭注《左传·成公十八年》“请摄饮马”、杜预注《后汉书·冯绲传》“久不讨摄”、李贤注等均训为“摄，持也”。

校：“《淮南子》曰乌号之弓不能无弦而射” 监本、奎章阁本、明州本均无“不能”二字，《考异》云袁本、茶陵本亦无，赣州本有。

按：此增二字，当来自赣州本。《淮南子·俶真训》云：“乌号之弓，溪子之弩，不能无弦而射。”赣州本当据此补。

校：“《列女传》曰柘枝体动乌集其上被即举弹乌乃哀号故号之” 监本、奎章阁本、明州本、赣州本均无此二十三字，赣州本此下“干将剑名”四字亦无，《考异》云袁本、茶陵本亦无此二十三字。

按:《淮南子·原道训》"射者扞乌号之弓弯綦卫之箭"句下高诱注"乌号,桑柘,其材坚劲,乌峙其上,及其将飞,枝必桡下,劲能复巢,乌随之,乌不敢飞,号呼其上。伐其枝以为弓,因曰乌号之弓也。一说黄帝铸鼎于荆山鼎湖,得道而仙,乘龙而上。其臣援弓射龙,欲下黄帝,不能也,于是抱弓而号,因名其弓为乌号之弓"。尤刻本增注所引与前说近,然不尽同。《文选》卷三十四枚乘《七发》"乘牡骏之乘右夏服之劲箭左乌号之雕弓"句下善注云:"乌号已见《子虚赋》,又《古考史》曰:柘树枝长而劲,乌集之,将飞,柘起弹乌,乌乃号呼,此枝为弓,快而有力,因名焉。"《子虚赋》注引则为黄帝之说,此另备一说。尤刻本增注当来源于此,然引文不甚通畅,亦非《列女传》,《太平御览》卷三百四十七亦称《古考史》。尤刻本增注当是凭记忆所引,故有误,且语句甚不通畅。

校:"染丝织鸟画为文章置于旌旗也"　监本、奎章阁本、明州本、赣州本此十三字均作"鸟为章也"四字。《考异》云袁本、茶陵本亦如此。

按:《诗经·小雅·六月》云:"知文鸟章,白旆央央。"毛传:"错革鸟为章也。"此赋直接用《小雅》之语,古人熟稔《诗》句,遂随文注释之。此或记于旁者而被增入。

校:"骐马名"　监本、奎章阁本、明州本、赣州本均无此三字,《考异》云袁本、茶陵本亦然。

按:此三字或为旁记内容增入。五臣翰曰:"骐,马也。"《诗经·秦风·小戎》"驾我骐馵"句下孔颖达疏:"色之深黑者名为綦,马名为骐。"

四十九　峭格周施,罿罻普张。罼罕琐结,罠蹄连网。阹以九疑,御以沅湘。輶轩蓼扰,彀骑炜煌。

《庄子》曰:峭格罗络。谓张网周遍。罿罻、罼罕,皆鸟网也。琐结,似琐连结也。连网,言不绝也。罠,麋网。蹄,兔网。《周易》曰:蹄所以在兔,得兔而忘蹄。阹,阑也。因山谷以遮兽也。御,禁也。谓因沅、湘为藩落也。杨雄《羽猎赋》曰:御自汧、渭。九疑,山名。沅、湘,水名。輶,轻也。《诗》云:輶车銮镳。彀骑,张弓弩之骑也。峭,七肖切。罿,音冲。罻,音尉。罼,音毕。罠,无贫切。阹,音袪。御,音语。彀,古候切。

校:"谓张网周遍"　监本、奎章阁本、明州本、赣州本均无此五字,《考异》

云袁本、茶陵本亦无。“琐结似琐连结也连网言不绝也”，诸本亦无此十三字。

按：此十八字，皆随文注释之语，五臣向曰：“峭，高也。格，张网之木也。周匝施之，故曰周施。罿罻，网也，普遍而张之。罼罕，皆网名，如琐之连接也。”与尤刻本增注相类，然似非直接来于此，似另有所本，来源不明。

校：“蹄兔网” 监本、奎章阁本、明州本、赣州本均无此三字，《考异》云袁本、茶陵本亦无。

按：《庄子·外物》“蹄者所以在兔”，陆德明《释文》“蹄，兔罝也”，成玄英疏亦是。《希麟音义》卷四“筌蹄”注：“蹄，《玉篇》作罤，云：兔网也。”黄叔琳《文心雕龙·论说》“乃百虑之筌蹄”注引《庄子注》云：“蹄，兔网也。”此当来自字书，或经子之注释。

校：“因沅湘” 监本、奎章阁本、明州本、赣州本均无此三字，《考异》云袁本、茶陵本亦无。

按：五臣铣注云：“沅湘，二水名，言于水畔为藩落以禁禽兽。”与此增注意近，然非出于此。此增注亦是随文注释，不明所自。

校：“峭，七肖切。罿，音冲。罻，音尉。罼，音毕。罠，无贫切。阹，音祛。御，音语。彀，古候切” 监本、奎章阁本、明州本、赣州本均无此音注二十七字。

按：奎章阁本、明州本、赣州本在正文中有夹音，“罿冲”“罻尉”“罠美巾”“阹丘鱼”“彀构”，与此增注不尽同，此当为习者音注于旁而入之者。

五十　袒裼徒搏，拔距投石之部。猿臂骿胁，狂趭犷猤。鹰瞵鹗视，趁趕拉㧣。若离若合者，相与腾跃乎莽罠之野。

……《汉书》，李广猿臂，为武骑常侍。骿胁，今骈干也。骿、骈通。《史记·商君传》，赵良谓鞅曰：君之出，多力而骈胁者参乘。《左传》曰：晋文公骈胁。趭，走也。鹰瞵鹗视，言勇士似之也。善曰：司马相如《大人赋》曰：腾而狂趭。子召切。……

校：“骿胁今骈干也骿骈通” 监本、奎章阁本、明州本、赣州本均无此九字，《考异》云袁本、茶陵本亦无。

按：《说文·骨部》“骿，并胁也”。段注云：“《左传》《史记》作骈。”朱骏声

《说文解字通训定声》云:"骿,亦作骈。"《集韵·先韵》:"骿,或作骈。"《国语·晋语四》:"闻其骿胁欲观其状"句下韦昭注:"骿,并干也。"此增注来自字书或史书注释。

校:"鹰瞵鹗视言勇士似之也"　监本、奎章阁本、明州本、赣州本均无此十字,《考异》云袁本、茶陵本亦无。

按:五臣翰注云:"瞵,目精也。言壮勇之士如鹰鹗之目以视人。"与此增注意义近之。

五十一　干卤殳鋋,旸(以良切)夷勃卢之旅。长殺短兵,直发驰骋。儇(许缘)佻坌并,衔枚无声。悠悠旆旌者,相与聊浪(郎)乎昧莫之垧。

干、卤,皆楯也。《越绝书》曰:越王身披旸夷之甲,扶勃卢之矛。短兵,刀剑也。《尚书》曰:称尔干。《过秦论》曰:流血漂卤。《广雅》曰:殺,矛也,呼狄切。《楚辞》曰:车错毂兮短兵接。《史记》曰:荆轲怒发直冲冠。《方言》曰:儇佻,疾也。佻,他吊切。《汉书》曰:相如《吊二世》曰:坌入曾宫之嵯峨。《音义》曰:坋,并也,步寸切。《周礼》,衔枚氏下士。郑玄曰:止言语嚣喧也。枚,大如箸,横衔之。《毛诗》曰:有闻无声。又曰:萧萧马鸣,悠悠旆旌。悠悠,流貌。昧莫,广大貌。聊浪,放旷貌。

校:正文夹音:"以良切""许缘""郎"　监本无此六字。奎章阁本、明州本、赣州本均有,且均无"切"字。

按:此音来自五臣音注。

校:"史记曰荆轲怒发直冲冠"　监本、奎章阁本、明州本、赣州本均无此十字,《考异》云袁本、茶陵本亦无。

按:《史记·刺客列传》云:"士皆瞋目,发尽上指冠",增注当源于此,以释"直发",不甚确。

校:"音义曰"　监本、奎章阁本、明州本无"曰"字,赣州本有。

按:此来自赣州本。

五十二　钲(征)鼓叠山,火烈熛林。飞爓浮烟,载霞载阴。菈㧰雷硠,崩峦弛(直氏)岑。鸟不择木,兽不择音。

叠,振叠也。熛,火爓也。《左传》曰:鸟则择木。又曰:鹿死不择音。鹿得美草,呦呦而鸣,至于困迫将死,不暇复择出音。急之至也。凡闲暇而有好声,逼急不择音,兽皆然,非唯鹿也。《庄子》亦曰:兽死不择音。以雷硠之至,故云鸟不择木,兽不择音。善曰:《说文》曰:钲,铙也。菈㧰雷硠,崩弛之声。菈,朗答切。㧰,音猎。硠,音郎。《尔雅》曰:峦山堕。山小而高曰岑。

校:正文夹音"征""直氏"　监本无此三字。奎章阁本、明州本、赣州本有。

按:此五臣音注。

校:"熛火爓也"　监本、奎章阁本、明州本、赣州本均无此四字。此处诸本有"鸟择木而栖"五字。

按:《说文·火部》云:"熛,火飞也。"《文选》卷十八成公绥《啸赋》"气冲郁而熛起"句下向注云:"熛,火焰也。"向注与此增注同。或习者据之计于此处者而被尤延之增补。

五十三　䞘䟘䠥,䩡麈麖。蓦六駮,追飞生。弹鸾䴏,射猱挺。白雉落,黑鸩零。陵绝嶚(尞)嶕(兹遥),聿越巉(锄咸)险。跐逾竹柏,獑猭杞柟。封豨蔵,神螭掩。刚鏃(祖禄)润,霜刃染。

䩡,绊前两足也。《庄子》曰:连之羁䩡。音耸。麖,大麋也。桂林有麖。《山海经》曰:駮,如马,白身黑尾,一角,锯牙,虎爪,音如鼓,能食虎也。《诗》曰:隰有六駮。飞生,鼯也。师旷曰:南方有鸟曰羌䴏,黄头赤目,五色备也。猱,似猿,奴刀切。挺,音亭。鸩鸟,一名云白,黑色,长颈赤喙,食蝮蛇,体有毒,古人谓之鸩毒,江东诸大山中皆有之。《左氏传》曰:叔牙饮酖酒而死。聿越,豹走貌。霜刃,言其杀利也。善曰……

校:正文夹音:"尞""兹遥""锄咸""祖禄"　监本无此七字。奎章阁本、明州本、赣州本俱有。

按:此五臣音注。

校:"音耸"　监本、奎章阁本、明州本、赣州本均无。监本外,诸本正文作

“緽”,有夹音为“司禹”。

按:“糸”“系”形近,正文文字监本、尤刻本似误。《集韵·术韵》有“緽”字,云“拌前足”。五臣翰注云:“緽,绊也。”又此处引文来自《庄子·马蹄》,原文为“连之以羈馽”。《文选》卷二《西京赋》“馽潜牛”句下善注引《说文》云“馽,绊马也”。刘文典《庄子补正》云:“司马、向、崔并作緽。向云:马氏音竦。”“竦”与“耸”音同,如此,则此字确有读为“耸”者。此具体来源难明,或源自司马彪之《庄子注》。

校:“《山海经》曰駮如马白身黑尾一角锯牙虎爪音如鼓能食虎也”　监本、奎章阁本、明州本、赣州本无“如马”“锯牙”“能食虎也”八字。《考异》云袁本、茶陵本亦无。

按:《山海经·西山经》云:“又西三百里曰中曲之山,其阳多玉,其阴多雄黄白玉及金,有兽焉。其状如马,而白身黑尾,一角虎牙爪,音如鼓音,其名曰駮,是食虎豹。”此增注八字当是据此而补。

校:“南方有鸟曰羌鷞”　监本、奎章阁本、明州本、赣州本均无“曰”字。

按:《说文·鸟部》云:“鷞,鸟黑色多子。师旷曰:南方有鸟,名曰羌鷞,黄头赤目,五色皆备。”增字似来于此。

校:“猱似猿奴刀切猱音亭”　监本、奎章阁本、明州本、赣州本均无此九字,《考异》云袁本、茶陵本亦无。

按:此增注音非来自五臣注,五臣注正文音注为“乃刀”“庭”。猱,《广韵》音注为“奴刀切”,《诗经·小雅·角弓》“毋教猱升木”句毛传云:“猱,猨属。”《文选》卷二十七曹植《白马篇》“仰手接飞猱”句下善注云:“猱,猨属也。”五臣铣曰:“猱,猨类。”此二字增音亦似非善注,当是习者记于旁而被采入者。《考异》云:“二本删音也。似猱二字,尤增。”监本诸本均无此,此非二本删音,实属尤刻本增注。

校:“《左氏传》曰叔牙饮酖酒而死聿越豹走貌”　监本、奎章阁本、明州本、赣州本皆无此十六字,《考异》云袁本、茶陵本亦无。

按:此增前半见《左传·庄公三十二年》,后释“聿越”乃随文注释,来源难考。五臣向注有“聿,疾也”。

五十四　于是弭节顿辔，齐镳驻跸。徘徊倘佯，寓目幽蔚。览将帅之拳勇，与士卒之抑扬。羽族以觜距为刀铍（披），毛群以齿角为矛铗（古业），皆体著（池著）而应卒（仓忽）。所以挂挖而为创（疮）痏，冲踤而断筋骨。莫不衄锐挫芒，拉捭摧藏。虽有石林之岝（赜）崿，请攘臂而靡之；虽有雄虺之九首，将抗足而跐之。

《离骚》曰：抑志弭节。跸，止行者也。王者出入警跸。徜徉，犹翱翔。言吴之将帅，皆有拳勇。羽族，鸟属也。毛群，兽属也。铍，两刃小刀也。铗，刀身剑锋，有长铗短铗。体著者，著体而生也。……善曰：《左氏传》曰：得臣寓目焉。《毛诗》曰：无拳无勇。拳与权同。《楚辞》曰：带长铗之陆离。《广雅》曰：挖，摩也。公纥切。《苍颉篇》曰：痏，欧伤也，为轨切。《说文》曰：踤，触也，材律切。衄，折伤也，女六切。拉，顿折也。捭，两手击绝也，布买切。靡，碎也。《广雅》曰：跐，蹑也，且尔切。

校：正文夹音："披""古业""池著""仓忽""疮""赜"　监本无此九字。奎章阁本、明州本、赣州本俱有此音注，且"著"夹音为"池略"。

按：此源自五臣音注，且"著"字音注有误，不当云"池著"，以"著"注"著"音，当是缘所注之字而讹。由此推测，很可能是记于善注之旁而采入者。

校："徜徉犹翱翔言吴之将帅皆有拳勇"　监本、奎章阁本、明州本、赣州本均无此十四字，《考异》云袁本、茶陵本无"言吴之将帅皆有拳勇"九字，言外之意是二本尚有前五字。

按：比较而言，监本、奎章阁本保存善注较早的形态。明州本、赣州本此注下"羽族鸟属也毛群兽属也铍两刃小刀也铗刀身剑锋"二十一字亦无，此当是因五臣向注有云"羽族，鸟也。毛群，兽也。铍亦刀也，铗亦剑也"而删善注。由此而言，赣州本与明州本关系较为密切。五臣翰注"徘徊徜徉，志不安也"，与尤刻本增注不同。《玉篇·彳部》《广韵·阳韵》皆言"徜徉，犹徘徊也"，《广韵·释训》又云"徜徉，戏荡也"，与此增注亦不同。《汉书》卷三十五《荆燕吴传》"方洋天下"句下师古注云："方洋犹翱翔也。""方洋""徜徉"为连绵词，以音得意，本为一词。尤刻本此条增注或来源于此。下"言吴之将帅"云云乃随文而释，来源难考。

校:“拉顿折也”“靡碎也”　监本、奎章阁本、明州本、赣州本均无此七字。《考异》云袁本、茶陵本亦无此七字,又二本亦无此上“女六切”三字。

按:《说文·手部》云“拉,摧也”,《文选·北山移文》“拉许由”句下五臣翰注云“拉,折也”,此与增注近之,然无相同者。《汉书·贾谊传》“固为俱靡而已”句、《景十三王传》“今欲靡烂望卿”句、《元后传》“当杀身靡骨死辇毂下”句、《酷吏传》“大氏尽靡烂狱中”句下颜师古注云:“糜,碎也。”此条当来自史注。

五十五　颠覆巢居,剖破窟宅。仰攀鵕鸃,俯蹴(七六)豻貘。刲剞(几)熊罴之室,剽掠虎豹之落。猩猩啼而就禽,猦猦笑而被格。屠巴蛇,出象骼。斩鹏翼,掩广泽。

校:正文夹音:“七六”“几”　监本无此三字。奎章阁本、明州本、赣州本均有。

按:此五臣音注。

校:“熊罴之室”　监本无“罴”字。奎章阁本、明州本、赣州本均有。

按:从下对句来看,有者是,监本脱。

五十六　轻禽狡兽,周章夷犹。狼跋乎紭(横)中,忘其所以睒睗,失其所以去就。魂褫气慑(之叶)而自踢跊者,应弦饮羽,形偾景僵者,累积而增益,杂袭错缪。倾薮薄,倒岬岫。岩穴无豜豵,翳荟无麢鷚。思假道于丰隆,披重霄而高狩。笼乌兔于日月,穷飞走之栖宿。

周章,谓章皇周流也。《楚辞》曰:君不行兮夷犹。王逸曰:夷犹,犹豫也。紭,网纲也。踶跋,促遽貌。踢跊,皆顿伏也。饮羽,谓所射箭没其箭羽也。阚子曰:宋景公以弓人之弓,升虎圈之台,东向而射,箭集彭城之东,其馀力逸劲,犹饮羽于石梁。杂袭,重叠也。错缪,聊乱貌。薄,不入之丛。薮,泽别名。言欲假道丰隆,非实事也。然欲穷高极远,究变化、备幽明之故,设此云。善曰……

校:正文夹音:“横”“之叶”　监本无此三字。奎章阁本、明州本、赣州本均有。

按:此五臣音注。

校:正文"累积而增益"　监本无"而"字。奎章阁本、明州本、赣州本均有。

按:所见诸本均有"而"字,或当有。

校:"周章谓章皇周流也"　监本、奎章阁本、明州本、赣州本均无此八字,《考异》云袁本、茶陵本亦无。

按:五臣良曰"周章夷犹,恐惧不知所之也",与此不同。《楚辞·九歌·云中君》"聊翱游兮周章"句王逸注云:"周章,犹周流也。"

校:"踶跋促遽貌"　监本、奎章阁本、明州本、赣州本均无此五字,《考异》云袁本、茶陵本亦无。

按:正文无"踶跋",有"狼跋"云云。此不知来源。

校:"杂袭重叠"下至"泽别名"　监本、奎章阁本、明州本、赣州本均无此十九字,《考异》云袁本、茶陵本亦无。

按:《汉书》卷四十五《蒯伍江息夫传》"天下之士,云合雾集,鱼鳞杂袭"句下师古曰:"杂袭,犹杂沓,言相杂而累积。"又卷九十七《外戚列传》"函菱荍以俟风兮芳杂袭以弥章"句下师古曰"杂袭重积也",与此增注意近。《文选》卷四张衡《南都赋》"溪壑错缪而盘纡"句下善注云:"错缪,杂乱貌。"尤刻本云"聊乱貌",不甚可讲,似当为"杂乱貌"。若如此,则出自本书。《说文·艸部》云:"薄,林薄也",徐传云:"木曰林,草曰薄。"《文选》卷十二郭璞《江赋》"橉杞稹薄于浔涘"句下李善引《字林》曰"草丛生曰薄",《广雅·释草》亦如此释。《文选》卷十一鲍照《芜城赋》"丛薄纷其相依"句下善注云"草木交曰薄",等等,未见又释为"不入之丛"者,尤增仅此一见。《说文·艸部》:"薮,大泽也。"《文选》卷六左太冲《魏都赋》"皓兽为之育薮"句下五臣济曰:"薮,泽也。"尤增或源自此。

五十七　嶰涧阒,冈岵童。罾罘满,效获众。回靶乎行邪,睨观鱼乎三江。泛舟航于彭蠡,浑万艘而既同。

阒,空也。《易》曰:阒其无人。《尔雅》曰:山多草木曰岵。冈,山脊也。童,无草木也,若童无角。靶,辔革也。彭蠡,泽名。善曰:《尔雅》曰:小山别大山曰嶰,山夹水曰涧。毛苌《诗传》曰:太平,山不童,泽不竭。《圣主得贤臣颂》

曰：王良执靶。《左氏传》曰：公观鱼于棠。《尚书》曰：三江既入，震泽底定，彭蠡既潴。《说文》曰：艘，船惣名。众，一作潀。潀，水会也。𦩍，古买切。航，船别名。

校："回靶乎行邪"　监本、奎章阁本、赣州本均无"邪"字，《考异》云袁本、茶陵本亦无。

按：此处所增，《考异》云：此盖尤取《西京赋》之"迁延邪睨"改"行"为"邪"，仍未去"邪"字，故两有"行""邪"耳。

校："众一作潀潀水会也𦩍古买切航船别名"　监本、奎章阁本无此十六字，明州本、赣州本连此上"说文曰艘船惣名"亦无，《考异》云袁本、茶陵本亦无此二十三字。

按：明州本、赣州本无"说文曰艘船惣名"七字是因为五臣翰注中有"艘船之惣名"之语，故删善注，且无校语。《慧琳音义》卷六十一"船艘"注云："艘，俗字，本正体从木作楼。"《说文·艸部》云："楼，船总名。"善注引自《说文》，明州本、赣州本、袁本、茶陵本俱无之，因与五臣注重之故。《诗经·大雅·凫鹥》"凫鹥在潨，公尸来燕来宗"《传》："潨，水会也。"此增注来自经传。《玉篇·舟部》《慧琳音义》卷八十八"舟航"注云："航，船也。"又《文选》本文"于是乎长鲸吞航"句下尤刻本亦增注云："航，舡之别名。"

五十八　弘舸连舳，巨槛接舻。飞云盖海，制非常模。叠华楼而岛跱，时髣髴于方壶。比鹢首而有裕，迈馀皇于往初。

杨雄《方言》曰：江湖凡大船曰舸。舳，船前也。舻，船后也。船上下四方施板者曰槛也。飞云、盖海，吴楼船之有名者，皆雕镂采画，有轩槛华槛之船也。……

校："船上下四方施板者曰槛也"　此十一字监本、奎章阁本作"槛大船也"四字，明州本、赣州本此十一字连下"飞云盖海吴楼船之有名者"十一字俱无。《考异》云袁本同监本诸本，茶陵本此节多删注，或同明州诸本。

按：与监本相比，尤刻本增注七字。《文选》卷五十六陆倕《石阙铭》"巨槛接舻"句五臣翰注云："槛，舻，皆舡也。"《广雅·释水》"舰舟也"，王念孙《疏证》云："槛与舰通。"未见与尤增相合者，此不知来源。

五十九　张组帏，构流苏。开轩幌，镜水区。槁工楫师，选自闽禺。习御长风，狎玩灵胥。责千里于寸阴，聊先期而须臾。

……班固述《两越传》曰：悠悠外宇，闽越东瓯。禺，番禺也。其彼地人便水。《方言》云：刺船曰槁。楫，桡也。《淮南子》曰：来溪谷之流以象禺。长风，远风也。灵胥，伍子胥神也。昔吴王杀子胥于江，沉其尸于江，后为神，江海之间莫不尊畏子胥。将济者，皆敬祠其灵，以为性命，舟楫之师，独能狎玩之也。千里，路之长也。寸阴，晷之短也。言水灵辑睦，浪涛弭息，取长路于短景，独能先期而到，故有须臾之暇也。善曰：《西京赋》曰：长风激于别岛。《越绝书》曰：子胥死，王使捐于大江口，乃发偾驰腾，气若奔马，乃归神大海，盖子胥水仙也。

校："禺番禺也"　监本、奎章阁本、赣州本作"禺东禺"三字，明州本作"禺东禺也"四字。

按："番""东"二字形近，尤误，又增"也"字，明州本有"也"字。

校："昔吴王杀子胥于江沉其尸于江后为神"　监本、奎章阁本、明州本、赣州本均无此十六字，《考异》云袁本、茶陵本亦无。

按：子胥之事，善注引《越绝书》释之。又《后汉书》卷七十四《邓张徐张胡列传·张禹传》云："民皆以江有子胥之神难于济涉"，李贤注引郦道元《水经注》云："吴王赐子胥死，浮尸于江。夫差悔，与群臣临江设祭，修塘道及坛，吴人因为立庙而祭焉。"《史记》卷六十六《伍子胥列传》有类似之语。

六十　棹讴唱，箫籁鸣。洪流响，渚禽惊。弋磻（波）放，稽鶂鶋。虞机发，留鵁鶄。

弋，缴射也。鶂鶋，鸟也。《楚辞》曰：从玄鹤与鶂鶋。《尚书》曰：若虞机张。郑氏注曰：虞主田猎之地者也。机，弩牙也。鵁鶄，鸟也，似凫，头上挼毛羽。善曰：棹讴，已见《西都赋》。《说文》曰：籁，三孔籥也。磻，已见《西京赋》。

校：正文夹音"波"　监本无此字。奎章阁本、明州本、赣州本俱有。

按：此五臣音注。

校："弋缴射也"　监本、奎章阁本、明州本、赣州本均无此四字，《考异》云袁本、茶陵本亦无。

按:五臣翰注曰:"弋,取鸟之名",与此不同。《诗经·卫风·女曰鸡鸣》"弋凫与雁"句郑玄笺云"弋,缴射也"。又《文选》卷四十三嵇叔夜《与山巨源绝交书》"弋钓草野"句,五臣向注亦同此。

六十一　钩饵纵横,网罟接绪。术兼詹公,巧倾任父。筌𫚉(亘)鱮,䲡鲿魦。罩(敇教)两魪,罺(侧梢)鰝虾。乘鲎(胡豆)鼋鼍,同罛共罗。沉虎潜鹿,罥(絷)䴔儵束。徽鲸辈中于群犗,搀抢暴出而相属。虽复临河而钓鲤,无异射鲋(附)于井谷。

《易》曰:结绳而为网罟,以畋以渔。詹公,詹何也。任父,任公子也。庄周曰:任公子为大钩巨缯,五十犗牛以为饵,蹲会稽,投竿东海。已而大鱼食巨钩,钩没而下,惊扬奋鬐,白波若山,海水震荡。任公子得若鱼,离饵之,制河以东,苍梧以西,莫不厌此鱼者。筌,捕鱼器。今之斗回也。筌,所以得鱼也。《庄子》曰:得鱼而忘筌。罩,篧也。编竹笼鱼者也。……《诗》云:施罛濊濊。虎鱼,头身似虎,或云变而成虎。鹿头鱼,有角似鹿。同罛共罗,言皆为网罟所制获也。絷䴔儵束者,陷网罟之中,见羁束也。徽鲸,鱼之有力者也。鱼大者莫若鲸也,故曰徽鲸也。搀抢,星也。《淮南子》曰:鲸鱼死而彗星出。《易·井卦》曰:九二,井谷射鲋。郑玄云:九二,坎爻也,坎为水,上直鱼。生一,艮爻也,艮为山,山下有井。必因谷水所生鱼无大鱼,但多鲋鱼耳。言微小也。夫感动天地,此鱼之至大,射鲋井谷,此鱼之至小,故以相况。善曰……

校:正文夹音:"亘""敇教""侧梢""胡豆""絷""附"　监本无此九字音注。奎章阁本、明州本、赣州本俱有,且"敇教"作"陟教"。

按:"罩",《说文》"都教切",《集韵》《韵会》《正韵》"陟教切",又《集韵》"敇角切"。注文中善注尚有"𫚉古赠切"之音,故此所增音注非善注音,源自五臣、韵书。

校:"筌捕鱼器今之斗回也"　监本、奎章阁本、明州本、赣州本俱无此九字,《考异》云袁本、茶陵本亦无。

按:五臣向曰:"筌,取鱼器也。"《文选·江赋》"夹㴸罗筌"句下李善注引《说文》曰:"捕鱼之器,以竹为之。"《文选》卷二十六谢灵运《入华子岗是麻源第三谷》"丹丘徒空筌"句下李善注、卷三十一江文通《杂体诗三十首》"一时排冥筌”句下善注：“筌，捕鱼之器。”

校：“搀抢星也” 监本、奎章阁本、明州本、赣州本均无此四字，《考异》云袁本、茶陵本亦无。

按：五臣翰曰：“搀抢，妖星也。”《集韵·衔韵》：“搀抢，妖星。”《文选》卷二十一谢宣远《张子房诗》“垓下损搀抢”句善注引《尔雅》曰：“彗星为搀抢。”

校：“言微小也” 监本、奎章阁本、明州本、赣州本均无此四字，《考异》云袁本、茶陵本亦无。

按：此语乃随文注释，不知所本。此部分注释出自《周易郑康成注》其云：“九二井谷射鲋。九二，坎爻也。坎为水，上直巽九三艮爻也。艮为山，山下有井，必因谷水所生，鱼无大鱼，但多鲋鱼耳。夫感动天地，此鱼之至大，射鲋井谷，此鱼之至小，故以相况。”以此而言，增补四字非郑玄语，乃后人所加。

六十二 结轻舟而竞逐，迎潮水而振缗（密巾）。想萍实之复形，访灵夔于鲛人。精卫衔石而遇缴，文鳐夜飞而触纶。北山亡其翔翼，西海失其游鳞。

缴，弋纶也。缗、纶，皆钓缴也。《诗》曰：其钓惟何，惟丝伊缗。善曰：《家语》曰：楚昭王渡江，得物如斗，入王舟中，王怪之，使问孔子。孔子曰：此为萍实，可剖而食之，其甘如蜜。唯王者能获此吉祥也。云先时童谣曰：楚王渡江，得萍实，大如斗，赤如日，剖而食之，甘如蜜。引此事，言今乘江流，想复遇斯事也。《山海经》曰：东海中有兽如牛，苍身无角，一足，入水则风，其声如雷，以其皮冒鼓，闻五百里，名曰夔。鲛人居水中，故访之。《北山经》曰：飞鸠之山有鸟，状如乌而文首，白喙，赤足，名精卫，其鸣自呼。赤帝之女，姓姜，游于东海，溺而死，不反；常取西山木石，以填东海。《西山经》曰：秦器之山，濩水出焉，是多鳐鱼，状如鲤，鱼身而鸟翼，苍文而白首，赤喙，常行西海，而游于东海，夜飞而行。言吴之纶缴得此鸟鱼，故西海、北山失其鳞翼也。《战国策》曰：夏水浮轻舟。杨雄《蜀都赋》曰：行舟竞。

校：正文夹音“密巾” 监本无此二字。奎章阁本、明州本、赣州本均有。

按：此五臣音注。

校：“善曰家语曰” 监本、奎章阁本、明州本、赣州本俱无此五字，《考异》

云袁本、茶陵本亦无，但茶陵本移此下“楚昭王”云云入后善注中，而依《家语》改其文，赣州本同茶陵本。

按：无者最是。善曰位置当在“战国策曰”前，有“善曰萍实见家语”七字。监本、奎章阁本尚一致，至明州本则因铣注中有相关部分而删“时童谣”之前相关部分，至赣州本将刘注中“楚昭王渡江”云云部分径删，而于下面善注之处详引《家语》之文。尤刻本则干脆将刘注中“楚昭王”前增加“善曰家语曰”五字，遂致刘注与善注混淆不清。

校：“使问孔子”　监本、奎章阁本无“使”字，《考异》云袁本亦无。

按：无者是。《孔子家语》卷二云：“楚昭王渡江，江中有物，大如斗圆而赤，直触王舟，舟人取之，王大怪之，遍问群臣，莫之能识。王使使聘于鲁，问于孔子。子曰：此所谓萍实者也。可剖而食之，吉祥也，唯霸者为能获焉。使者返，王遂食之，大美。久之使来，以告鲁大夫。大夫因子游问曰：夫子何以知其然？曰吾昔之郑，过乎陈之野，闻童谣曰：楚王渡江得萍实，大如斗，赤如日，剖而食之甜如蜜。此是楚王之应也。”刘注无有标明引自《家语》，故略有改写。又五臣铣注亦有此释，中云“使问于孔子”云云。尤增当是据《家语》而改，监本、奎章阁本作“大如拳”而此作“大如斗”是为明证。

校：“言吴之纶缴得此鸟鱼”　监本、奎章阁本、明州本、赣州本均无“鱼”字，《考异》云袁本、茶陵本亦无。

按：《考异》云此为尤补，下云“故西海北山失其鳞翼也”，或据此而补。

六十三　雕题之士，镂身之卒。比饰虬龙，蛟螭与对。简其华质，则虯费锦缋（会）。料（辽）其虓勇，则雕悍狼戾。

善曰：《水经》云：雕题国在郁林水南。《汉书》曰：昔少康之庶子，封于会稽，文身断发，以避蛟龙之害。蛟螭，龙子也。虯费，锦文貌。于既切。诗曰：阚如虓虎。火交切。《战国策》曰：赵王狼戾无亲。戾，力计切。

校：正文夹音“会”“辽”　监本无此二字。奎章阁本、明州本、赣州本均有。

按：此五臣音注。

校：“蛟螭龙子也”　监本、奎章阁本、明州本、赣州本无此五字，《考异》云袁本、茶陵本亦无。

按:《文选》卷四左思《蜀都赋》“或藏蛟螭”。刘逵注云:“有鳞曰蛟螭,蛟螭,水神也。一曰雌龙也,一曰龙子也。”

校:“戾力计切” 监本、奎章阁本、明州本、赣州本均无此四字。

按:诸本正文中亦无夹音,故此亦非五臣音注。当是习者记于旁而被采入者。

六十四 相与昧潜险,搜瓌奇。摸蝳蝐,扪觜蠵。剖巨蚌于回渊,濯明月于涟漪。

昧,冒也。巨蚌,育明珠者。《列仙传》曰:高后时,会稽朱仲献三寸四寸珠,此非回渊巨蚌不出之也。风行水成文曰涟漪。《诗》曰:河水清且涟漪。明月珠,珠之至光者。清且涟漪者,水极丽也。濯光珠于丽水,盖美之。善曰:回渊,水也。觜,子规切。蠵,呼圭切,大龟也。言天下川泽鱼鸟虫兽瑰奇之物,隐翳之处,搜索使尽也。《说文》曰:昧,目不明也,门拨切。谓之潜隐之穴也。

校:“会稽朱仲” 监本、奎章阁本、明州本、赣州本均无“会”字。

按:《列仙传》卷上云:“朱仲者,会稽人也,常于会稽市上贩珠。汉高后时,下书募三寸珠。仲读购书,笑曰:直值汝矣,赍三寸珠,诣阙上书。珠好过度,即赐五百金。鲁元公主复私以七百金,从仲求珠,仲献四寸珠,送置于关即去。下书会稽征聘,不知所在。景帝时复来献三寸珠数十枚,辄去不知所之云。”尤刻本自当据此增补一字,然原注“会”可解为“适逢”之意,亦通。

校:“觜子规切”下至“之穴也” 监本、奎章阁本、明州本、赣州本无此五十一字,《考异》云袁本、茶陵本无“大龟也”下四十三字。

按:《考异》云:刘注“昧冒也”,与“目不明”之“昧”迥不相涉,又于赋文义难通。此非善注。此增注除来自《说文》之释义外,乃随文注释之语,来源不明。或习《文选》者记录于注释之旁而被采入者。

六十五 毕天下之至异,讫无索而不臻。谿壑为之一罄,川渎为之中(去声)贫。哂澹台之见谋,聊袭海而徇珍。载汉女于后舟,追晋贾而同尘。

徇,求也。袭,入也。干宝《搜神记》曰:澹台子羽赍璧渡河,风波忽起,两龙夹舟，子羽奋剑斩龙，波乃止。登岸投璧于河，河伯三归之。子羽毁璧而去。汉女、贾大夫，已见《西京赋》。《老子》曰：和其光，同其尘。

校：正文音注“去声”　监本无此二字。奎章阁本、明州本、赣州本有音注作“去”。

按：此五臣音注。

校：“徇求也袭入也”　监本、奎章阁本、明州本、赣州本俱无此六字，《考异》云袁本、茶陵本亦无。

按：五臣翰注云：“袭，入也。徇，求也。”尤刻本所增或源自五臣注。

六十六　指包山而为期，集洞庭而淹留。数军实乎桂林之苑，飨戎旅乎落星之楼。置酒若淮泗，积肴若山丘。飞轻轩而酌绿酃，方双辔而赋珍羞。

班固曰：洞庭，泽名。王逸曰：太湖在秣陵东，湖中有包山，山中有如石室，俗谓洞庭。吴有桂林苑、落星楼，楼在建邺东北十里。《左传》曰：以数军实。《外传》曰：射不过讲军实。郑氏曰：军所以讨获曰实。善曰：周处《风土记》曰：阳羡太湖中有包山。《左传》晋穆子曰：有酒如淮，有肉如坻。《史记》云纣为肉山也。《湘州记》曰：湘州临水县有酃湖，取水为酒，名曰酃酒。车骑行酒肉，已见《西京赋》。

校：“太湖在秣陵东”　监本、奎章阁本、明州本、赣州本作“太湖也”三字，《考异》云袁本、茶陵本亦如此。

按：《山海经·海内东经》郭璞注云：“洞庭地穴也，在长沙巴陵。今吴县南大湖中有包山，下有洞庭穴道，潜行水底，云无所不通，号为地脉。”《文选》卷八杨子云《羽猎赋》“入洞穴，出苍梧，乘巨鳞，骑京鱼”句下善注亦引郭璞注，与尤增略类。然此处所引为王逸注，而《九歌·云中君》“邅吾道兮洞庭”句下王逸注仅云：“洞庭太湖也。”洪兴祖《补注》云：“**按**：吴中太湖，一名洞庭，而巴陵之洞庭亦谓之太湖，逸云太湖盖指巴陵洞庭耳。”

校：“军所以讨获曰实”　此七字监本、奎章阁本、明州本、赣州本俱作“军实所获也”五字，《考异》云袁本、茶陵本亦如此。

按：《国语·楚语上》：“榭不过讲军实。”韦昭注曰：“军实戎士也。”《左传·隐公五年》"以数军实"句杜预注:"饮于庙以数车徒器械及所获也",尤刻本所增不见诸书,唯清人洪亮吉《春秋左传诂》引郑氏云:"军所以讨获曰实。"洪氏引用亦当来自尤注。

六十七　饮烽起,醧鼓震(真)。士遗倦,众怀欣。幸乎馆娃(乌佳)之宫,张女乐而娱群臣。罗金石与丝竹,若钧天之下陈。

校:正文夹音"真""乌佳"　监本无此三字。奎章阁本、明州本、赣州本俱有,且前音注作"音真"。

按:此五臣音注。

六十八　登东歌,操南音。胤阳阿,咏韎(莫介)任。荆艳楚舞,吴愉越吟。翕习容裔,靡靡愔愔。

《晏子春秋》曰:桀作东歌。南音,徵引也,南国之音也。《左氏传》曰:锺仪在晋,使与之琴,操南音。商、角、徵、羽各有引。锺仪,楚人,思在楚,故操南音。《吕氏春秋》曰:禹行水,见涂山之女,未之遇而南省南土。涂山之女乃令其妾往候禹于涂山之阳。女乃作歌曰:候人猗。实始作为南音,周公、召公取风焉。胤,继也。《吕氏春秋》曰:阳阿,古乐曲。《周礼》曰:韎,东乐名。任,南乐名。艳,楚歌也。《汉书》,四面楚歌也。愉,吴歌也。《楚辞》曰:吴歈蔡讴。翕习容裔,音乐之状。靡靡愔愔,言乐容与闲丽也。善曰:韎、任,已见《东都赋》。曹植《妾薄相行》曰:齐讴楚舞纷纷。《登楼赋》曰:庄舄显而越吟。《史记》曰:纣作靡靡之乐。《左传》曰:楚右尹子革曰,《祈招》之诗曰:祈招之愔愔。

校:正文夹音"莫介"　监本无此二字。奎章阁本、明州本、赣州本俱有。

按:此五臣音注。

校:"锺仪在晋使与之琴"　监本、奎章阁本、明州本、赣州本俱无此八字,《考异》云袁本、茶陵本亦无。

按:《左传·成公九年》云:"使与之琴,操南音。"此增当据之。

校:"胤继也"下至"任南乐名"　监本、奎章阁本、明州本、赣州本俱无此二十四字。《考异》云袁本、茶陵本亦无。

按:《尔雅·释诂》云:"胤,继也。"《文选》卷二十三颜延之《车驾幸京口三月三日侍游曲阿后湖作》“万轴胤行卫”句五臣李周翰注亦如此。《文选》卷三十四曹子建《七启》“绍阳阿之妙曲”句李周翰注、卷三十七孔北海《荐祢衡表》“激楚阳阿”句吕向注均作“阳阿，曲名”，尤刻本增注“阳阿”标注来自《吕氏春秋》，然今本《吕氏春秋》似未有。《文选》卷一《东都赋》“四夷间奏德广所及倸佅兜离罔不具集”句下善注引《毛苌诗传》云：“东夷之乐曰韎，南夷之乐曰任。”《周礼·春官·鞮鞻氏》“鞮鞻氏掌四夷之乐与其声歌”郑玄注云：“四夷之乐，东方曰韎，南方曰任。”此增注当来自郑注。

校：“翕习容裔音乐之状靡靡愔愔言乐容与闲丽也”　监本、奎章阁本、明州本、赣州本均无此十九字，《考异》云袁本、茶陵本亦无。

按：五臣良曰：“翕习，盛貌。容裔、靡靡愔愔，闲丽也。”尤刻本增注不知所自。

六十九　若此者，与夫唱和之隆响，动钟鼓之铿耾（横）。有殷坻（丁礼）颓于前，曲度难胜。皆与谣俗汁协，律吕相应。其奏乐也，则木石润色；其吐哀也，则凄风暴兴。或超延露而驾辩，或逾绿水而采菱。军马弭髦而仰秣，渊鱼竦鳞而上升。

《诗》曰：唱予和女。《解嘲》曰：声若坻颓。坻颓，崩声也。天水之大名曰陇坻，因为陇坻之曲。《楚辞》曰：伏羲驾辩。伏羲作琴，始造此曲。《淮南子》曰：瓠巴鼓琴，鲟鱼出听，伯牙鼓琴，驷马仰秣。善曰：《战国策》，司马喜曰：臣观人萌谣俗。《列子》曰：郑师文鼓琴，当春而叩商弦，以召南吕，凉风至，草木实。及秋叩角弦，以激夹钟，温风徐回，草木发荣。《衔子》曰：皆与谣俗协。言虽遐方异乐，皆上合律吕，下应谣俗，故能奏和乐之音，则木石润色也。《淮南子》曰：夫歌采菱，发阳阿，鄙人听之，不若延露以和。高诱曰：延露，鄙曲也。《淮南子》曰：互会绿水之趣。高诱曰：《绿水》，古诗也。趣，节也。铿耾，大声。汁，犹惬也。

校：正文夹音“横”“丁礼”　监本无此二字。奎章阁本、明州本、赣州本均有夹音，前音注为“音横”。

按：此五臣音注。

校：“诗曰唱予和女”　监本、奎章阁本、明州本、赣州本俱无此六字，《考异》云袁本、茶陵本亦无。

按:此增注出自《诗经·郑风·萚兮》,经多作“倡予和女”。

校:“坻颓崩声也天水之大名曰陇坻因为陇坻之曲” 监本、奎章阁本、明州本、赣州本俱无此十九字,《考异》云袁本、茶陵本亦无。

按:《文选》卷四十五杨子云《解嘲》“功若泰山响若坻颓”句下善注:“应劭曰:天水有大坂名曰陇坻,其山堆旁著崩落作声,闻数百里,故曰坻颓。”尤刻本此增注当来于此,然有脱文,遂致不通。

校:“高诱曰延露鄙曲也” 监本、奎章阁本、明州本、赣州本均无“鄙”字,《考异》云袁本、茶陵本亦无。

按:《淮南子》此句下高诱注为:“延路、阳局,鄙歌曲也。”尤刻本当是据此而增。

七十 酣湑(思与)半,八音并。欢情留,良辰征。鲁阳挥戈而高麾,回曜灵于太清。将转西日而再中,齐既往之精诚。

酣,酒洽也。湑,乐也。辰,时也。《尔雅》曰:不辰,不时也。《楚辞》曰:日吉兮辰良。《淮南子》曰:鲁阳公,楚将也。与韩遘,战酣,日暮,援戈而麾之,日为之反三舍。太清,谓天也。此言酣饮与音乐……善曰:曜灵,已见《蜀都赋》。《鹖冠子》曰:上及太清,下及太宁也。

校:正文夹音“思与” 监本无此二字。奎章阁本、明州本、赣州本俱有。

按:此五臣音注。

校:“《楚辞》曰日吉兮辰良” 监本、奎章阁本、明州本、赣州本俱无此八字,《考异》云袁本、茶陵本亦无。

按:此增来自《楚辞·九章》。诸本一般均作“吉日兮辰良”。

校:“鲁阳公楚将也” 监本、奎章阁本、赣州本俱无“楚将也”三字,《考异》云袁本、茶陵本亦无。明州本自“《淮南子》曰鲁阳”至“太清谓天也”俱无。

按:《淮南子·览冥训》无“楚将也”三字,或是习者记录于其旁者。

校:“下及太宁也” 诸本均无“也”字。

按:此增注“也”字为收束语气,其实,《鹖冠子》此引文下尚有“中及”云云。

七十一　昔者夏后氏朝群臣于兹土，而执玉帛者以万国。盖亦先王之所高会，而四方之所轨则。春秋之际，要盟之主。阖闾信其威，夫差穷其武。内果伍员之谋，外骋孙子之奇。胜彊楚于柏举，栖劲越于会稽。阙（掘）沟乎商鲁，争长于黄池。

《左传》曰：禹会诸侯于涂山，执玉帛而朝者万国。先王，谓舜等也。信，读为申。《国语》曰：吴王夫差起军，与齐、晋争衡，晋文践土之盟，齐桓邵陵之会，奋其威强，未能过也。伍员，楚大夫，出仕于吴，吴王因其谋伐楚。孙武，吴人，善用兵，作书号《孙子兵书》。北征阙池，为深沟于商、鲁之间，北属之济，以会晋定公于黄池。吴、晋争长，吴先歃，晋恶之。善曰：《左传》曰：楚师陈于柏举，阖闾之弟夫槩王先击楚子常，楚师大败。《国语》曰：越王勾践栖于会稽之上。《难蜀父老》曰：南驰使以诮劲越。

校：正文“昔者夏后”　监本无“者”字，奎章阁本、明州本、赣州本均有。

按：《北堂书钞》卷八十《礼仪部一·视朝二》、《初学记》卷十四《礼部下》、《太平御览》卷五百三十八《礼仪部·朝聘》引左思此文，《古今事文类聚续集》卷二引此文均无“者”字，其馀诸书多有“者”字，此或传播而致纷扰。从较早之书引用来看，无“者”字者似是。

校：正文夹音“掘”　监本无此字。奎章阁本、明州本、赣州本均有。

按：此五臣音注。

校：“执玉帛而朝者万国”　监本、奎章阁本、明州本、赣州本均无“而朝”二字，《考异》云袁本、茶陵本亦无。

按：《左传·哀公七年》云：“禹合诸侯于涂山，执玉帛者万国。”无者更接近《左传》之文，“会”似为“合”字之讹。

校：“先王谓舜等也信读为申”　监本、奎章阁本、明州本、赣州本均无此十字，《考异》云袁本、茶陵本亦无。

按：此乃随文注释，出处难知。《汉书》卷八《宣帝纪》“信威北夷”下师古注：“信读为申，古通用字。”

校：“与齐晋争衡”下至“号孙子兵书”　监本、奎章阁本、明州本、赣州本均无此五十五字，《考异》云袁本、茶陵本亦无。

按:《考异》云:无者最是。上文"起军",下文"北征",四字为句,尽"晋恶之",皆引《吴语》文。此五十五字在其间,误甚矣。《国语·吴语》云:"吴王夫差既杀申胥,不稔于岁,乃起师北征阙,为深沟于商鲁之间"云云,中无此五十五字内容。伍员、孙武之事,《左传》《国语》《史记》诸书尽载之。五臣向曰:"伍元,楚贤臣。孙武,以兵法奇计教阖闾也。"

七十二　徒以江湖崄陂,物产殷充。绕霤(李救)未足言其固,郑白未足语其丰。士有陷坚之锐,俗有节概(盖)之风。睚(五卖)眦(助卖)则挺剑,喑(䕃)呜(乌故)则弯弓。

校:正文夹音"李救""盖""五卖""助卖""䕃""乌故"　监本无此十字。明州本、赣州本俱有,奎章阁本无"乌故"音注,其馀俱有。

按:此本五臣音注。

七十三　拥之者龙腾,据之者虎视。麾城若振槁,搴旗若顾指。虽带甲一朝,而元功远致。虽累叶百叠,而富彊相继。乐湑衎(苦旱)其方域,列仙集其土地。桂父练形而易色,赤须蝉蜕(税)而附丽。

《贾谊传》曰:权制天下,顾指如意。《叔孙通列传》曰:斩将搴旗之士。顾指,谕疾且易也。叶,犹世也。《列仙传》曰:桂父,象林人也,常服桂叶,以龟脑和之,颜色如童,时黑时白时赤,南海人尊事之累世。赤须子,丰人也,丰中传世见之,秦穆公之主鱼吏也,数道丰界灾异水旱,十不失一。食柏实石脂,绝谷,齿落更生,细发复出,后去之吴山。言此人等仙,如蝉之脱壳。《尔雅》曰:丽,附也。《庄子》曰:附离不以胶漆。赤须子本非吴人,故言附丽也。夫土地险固以致彊,丰沃以致盛,而天下之美皆归焉,霸王之功皆存焉。故赋者既举其富彊之业,而载其神仙之事。善曰:《长杨赋》曰:麾城撕邑。商君曰:秦师至鄢、郢,举若振槁。槁,叶落。《汉书》曰:吴晋争长,吴为带甲三万。《史记》曰:维祖元功,辅臣股肱。《新序》曰:齐侯相管仲,国既富强。《楚辞》曰:济江海兮蝉蜕。《淮南子》曰:蝉饮而不食,三十日而蜕。

校:正文夹音"苦旱""税"　监本无此三字。奎章阁本、明州本、赣州本俱有。

按:此五臣音注。

校:"叔孙通列传曰"下至"叶犹世也"　监本、奎章阁本、明州本、赣州本俱无此二十三字,《考异》云袁本、茶陵本亦无。

按:此增来源一是《史记·叔孙通列传》。"顾指"释义不知所出,《庄子·天地》"手挠骨指",陆德明《经典释文》引向云"言指麾顾盼而治也",与此不同。《文选》卷二十三张孟阳《七哀诗》"季叶丧乱起",五臣良曰:"叶,犹世也。"

校:"颜色如童"　监本、奎章阁本、明州本、赣州本俱无"如童"二字,《考异》云袁本、茶陵本亦无。

按:《列仙传》:"桂父者,象林人也。色黑,而时白时黄时赤。南海人见而尊事之,常服桂及葵,以龟脑和之千九十斤桂,累世见之。今荆州之南尚有桂丸焉。"其中无"颜色如童"之语,不知据何而增。

校:"山言此人等仙如蝉之脱壳"　监本、奎章阁本、明州本、赣州本俱无此十一字,《考异》云袁本、茶陵本亦无。

按:《列仙传》云:"赤须子,丰人也,丰中传世见之。云秦穆公时主鱼吏也,数道丰界灾害水旱,十不失一。臣下归向迎而师之,从受业问。所长好食松实、天门冬、石脂,齿落更生,发堕再出,服霞绝。后遂去吴山下,十馀年莫知所之。"尤刻增"山"字,当据此。下两句所增,乃随文注释,不知其出。

校:"槁叶落"　监本、奎章阁本、明州本、赣州本均无此三字,《考异》云袁本、茶陵本亦无。

按:《史记·礼书》"然而秦师至鄢郢举若振槁"句下《索隐》云:"槁,干叶也。"此不知所本。

七十四　中夏比焉,毕世而罕见,丹青图其珍玮,贵其宝利也。舜禹游焉,没齿而忘归,精灵留其山阿,翫其奇丽也。

中夏贵其珍宝而不能见,徒以丹青画其象类也。《楚辞·九歌》曰:九疑缤兮并迎。谓舜神在九疑山也。言圣帝明王,存亡而淹留于是者,贵其奇丽也。《书》曰:舜南巡狩陟方死。《山海经》曰:南方苍梧之丘,有九疑山焉。

校:"书曰舜南巡狩陟方死"　监本、奎章阁本、明州本、赣州本无此九字,有“善曰”二字,《考异》云袁本、茶陵本亦如此。

按:此增注七字,来自《尚书》。

七十五　剖判庶士,商榷(角)万俗。国有郁鞅而显敞,邦有湫(子小)厄(乌介)而踡(拳)跼。伊兹都之函弘,倾神州而韫椟。仰南斗以斟酌,兼二仪之优渥。

湫,下也。厄,小也。函弘,宽大也。《左氏传》,齐景公欲更晏子之宅,曰:子宅湫隘,不可以居。《禹所受地说书》曰:昆仑东南方五千里,名曰神州,帝王居之。《楚辞》曰:八柱何以东南倾。吴国在地势所倾写,故曰倾神州而韫椟也。《论语》曰:韫椟而藏诸。《广雅》曰:商,度也。榷,粗略也。言商度其粗略。《天官星占》曰:南斗主爵禄,其宿六星。《春秋说题辞》曰:南斗为吴。《诗》曰:既优既渥。

校:正文夹音“角”“子小”“乌介”“拳”　监本无此七字,奎章阁本、明州本、赣州本俱有。

按:此五臣音注。

校:“帝王居之”　监本、奎章阁本、明州本、赣州本俱无此四字,《考异》云袁本、茶陵本亦无此四字。

按:《文选》卷六左太冲《魏都赋》“故将语子以神州之略,赤县之畿,魏都之卓荦,六合之枢机”句下李善注引《河图括地象》云:“昆仑东南地方五千里,名曰神州,帝王居之。”内容与此增注相合。卷四十三孙子荆《为石仲容与孙皓书》“土则神州中岳,器则九鼎犹存”句下善注亦引此书云:“昆仑东南地方五千里,名曰神州,中有五岳地图,帝王居之。”与此亦类。

七十六　繇此而揆之,西蜀之于东吴,小大之相绝也,亦犹棘林萤燿,而与夫槫木龙烛也。否泰之相背也,亦犹帝之悬解,而与桎梏疏属也。庸可共世而论巨细,同年而议丰确(胡角)乎?

崔寔《政论》云:使贤不肖相去如日月之与萤火,虽顽嚚之人犹察。《山海经》曰:槫木长千里。又曰:锺山之神,名曰烛龙,视为昼,瞑为夜。《庄子》曰:老子死,秦失吊之,三号而出。弟子曰:非子之交耶?曰:然。然吊若是可乎?

曰：始也，吾以其人也，而今非也。適为夫子时也，適去夫子顺也。安时而处顺，忧乐不能入也。古者谓是帝之悬解。《庄子》曰：有系谓之悬，无谓之解。郭璞曰：悬绝曰解。《山海经》曰：二负杀猰貐，帝乃梏之疏属之山，桎其右足，反缚两手。汉宣帝时，击磻石于上郡，陷得石室，其中有反缚械人，刘向曰：此二负之臣也。帝曰：何以知之？以《山海经》对。帝，天也，人生禀命于天，受拘俗之性，忧虞终身不解，此乃自终执缚，为天所系。夫安时处顺，忧乐不能入，此自然放肆为天所解也。天在上者，故曰帝之悬解，性之永放者也。桎梏疏属，形之永拘者也，相背之甚，故以相况焉。凡物安于所守，思不易方，处穷塞而不识天下之通涂，亦如此也。善曰：棘聚而成林。郭象玄《庄子注》曰：生曰悬，死曰解。《过秦论》曰：不可同年而语矣。确，薄也。

校：正文夹音"胡角"　监本无此二字，奎章阁本、明州本、赣州本俱有，作"苦角"。

按：《唐韵》作"胡觉切"，《广韵》作"苦角切"。《文选》刊刻中有据当时字书更改读音者。

校："庄子曰有系谓之悬无谓之解郭璞曰悬绝曰解"　此十九字监本、奎章阁本、明州本、赣州本俱无，《考异》云袁本、茶陵本亦无。

按：《庄子·养生主》"古者谓是帝之悬解"句下郭象注："以有系者为县，则无系者县解也，县解而性命之情得矣，此养生之要也。"今本《庄子》无此增注之语，郭璞亦无此语。

校："郭象玄庄子注"　监本、奎章阁本、明州本、赣州本均无"玄"字。

按：无者是。又善注中"确薄也"三字，诸本在善曰之前，属刘注，一并附此。

七十七　暨其幽遐独邃，寥廓闲奥。耳目之所不该，足趾之所不蹈。倜傥之极异，諔(君屈)诡之殊事，藏理于终古，而未寤于前觉也。若吾子之所传，孟浪之遗言，略举其梗概，而未得其要妙也。

俶傥、諔诡，皆谓非常诡异之事。终古，犹永古也。《周礼·考工记》曰：轮已崇，则人不能登也。轮已庳，则终古登阤。《离骚》曰：吾焉能忍此终古。《孟子》曰：伊尹云：天之生斯人也，使先知觉后知，先觉觉后觉也。予，天民之先觉者也。孟浪,犹莫络也,不委细之意。《庄子》曰:夫子以为孟浪之言,我以为妙道之行。善曰:司马彪《庄子注》曰:孟浪,鄙野之语。《东京赋》曰:粗谓宾言其梗概。梗概,粗言也。

校:正文夹音“君屈” 监本无此二字,奎章阁本、明州本、赣州本俱有。

按:此五臣音注。

校:“轮已崇则人不能登也轮已庳则终古登陁” 此十七字监本作“轮以巢,则人弗能胜,以卑,则终古升陁”十五字,奎章阁本“巢”作“崇”字,“斗”作“登”字。明州本则直接云“《周礼》曰:轮已崇,则人不能登也,已庳则于马终古登陁也。”赣州本与明州本同。

按:与监本相比,尤刻本增加二字。《周礼·考工记》云:“轮已崇,则人不能登也。轮已庳,则于马终古登陁也。”此当是复检《周礼》又有所改动。

校:“梗概粗言也” 监本、奎章阁本、明州本、赣州本均无此五字。

按:《文选》卷三《东京赋》此语下综曰:“梗概,不纤密,言粗举大纲如此之言也。”卷四十三刘峻《重答刘秣陵沼书》“故存其梗概”吕向注曰:“梗概,粗略也。”

第三节 几个统计数字

通过以上对《文选》卷五《吴都赋》增注问题的详细考索发现,与国子监本刊刻《文选》相比,除去不足5个注释句群没有增注外,几乎在所有的注释句群中都有增注现象存在。每个注释句群增注最少者有2字(第24、31例),最多者有162字(第2例)。单个注释句群增注50字以上者有12例:第2例(增注162字),第7例(增注52字),第21例(增注95字),第25例(增注53字),第32例(增注89字),第36例(增注85字),第37例(增注59字),第48例(增注53字),第49例(增注51字),第64例(增注52字),第68例(增注53字),第71例(增注69字)。

大体分类,《吴都赋》增注内容主要集中在以下几个方面:增加音注、增加解释语词以及解说的内容、对注释引征的部分复检原书修改增注、据句意增注、依据前本增注、复出以及偶有疏忽的误增等几种情况。

注音增注方面，主要分两种方式增注，一是正文夹音，二是注文增音。正文夹音增注 194 字（指音注用字，下同），注文中增加注音有 73 字，两种音注共增 267 字。释词与解说方面的增注亦主要表现为两种倾向，一是释词大都云“某某，某也”（或某貌），二是解说大都云“言某某”，两种情形大致增注 1155 字，此为增注中最多来源亦最复杂者。善注与刘注中有引征典籍部分，似是复检原书增加的有 485 字。对善注与刘注中的注释根据句意进行修整，或者原本没有引征而增加引征的约增注 84 字。增注与此前之本一致者，似乎是以此为依据者，约增加 19 字。明显是由于疏忽原因而导致的增注约有 12 字。依据善注注释体例，不遵循“已见”例，重出的有一处 13 字。

总计，尤刻本《文选》卷五增注凡 2035 字。

第四节　几点结论与推测

《吴都赋》增注主要集中在释词与解说大意方面，占增注字数的 57%左右。此增注的来源非常复杂，能够确定的大致有经传的注释、史书的注释、字书以及《文选》他篇的注释，而且通过查检这些文献能够确定其来源的仅占极少一部分。大量的增注均为随文注释之语，此类增注既不同于现在所知的尤刻本之前诸种版本，亦不见于其他文献，成为尤刻本系统独具的特征。

尤刻本后附有尤袤的题识中云：“今是书流传于世，皆为五臣注本。五臣特训释旨意，多不原用事所出。独李善淹贯该洽，号为精详。虽四明、赣上各尝刊勒，往往裁节语句，可恨。”从此题识中，我们发现，尤袤对明州本、赣州本的“裁节语句”甚为遗憾，其致力于李善注本的主要方面则是增注。对“裁节语句”一语，今人的理解一般是以“某同某注”形式省略的某家之注，而这种理解通过我们的详细比校认为是正确的。既然如此，一般的做法当是恢复被以“某同某注”删去的李善注即可。可事实并非如此，尤袤本在刊刻中增加的并不仅仅是此方面的内容，还有与五臣注特征类似的“训释旨意”的部分。由此，我们可以推测，尤袤刊刻《文选》的意图并不是致力于恢复李善注的面貌，而是努力使李善注成为一个既“原用事所出”，又“训释旨意”的本子。易言之，尤袤意图通过新刊刻的李善单注本《文选》承担从前李善注与五臣注二家合并本的功能。以淳熙本而言,尤袤的这种意图在一定程度上也得到了实现。

既遗憾于明州本与赣州本的“裁节语句”,又意图使新的李善注本承担二家之注的功能,尤袤在校本的选择上则不主一本。通过对《文选》卷五增注以及其他多篇的校对推测,尤刻本的来源与国子监本、赣州本以及钞本都有密切的关系。他在校勘中一定是见到了李善单注本,否则,很难想象,在注释句群的划分上与国子监本完全一致。在奎章阁本、明州本、赣州本诸种版本中,尤袤对赣州本更为倚重,可能是因为此六家本李善在前五臣在后之因,而且该本也对李善注进行了增补,也就是说赣州本的李善注比其他诸本更为丰富。赣州本与尤刻本之间的密切亲缘关系在以上的增注校对中得到了证据。尤刻本增注部分没有与奎章阁本、明州本相合者,而有与赣州本相合者(偶有与明州本相合之处时,赣州本往往亦同于明州本),这些相合之处见诸上列第5例、第7例、第12例、第15例、第22例、第43例、第47例、第51例中。虽然这些例证并不是很多,但与其他诸本相比而言,已经足以证明尤刻本与赣州本之间存在着密切的亲缘关系。尤刻本与钞本的关系是通过集注本作为参照来推测的,尤刻本有与钞本相同而与其他诸本均不同之处。

“踰年乃克成”的淳熙本如果不尽如上面所推测的情形,那么,此增注的大量存在则指向了另一种推测:尤袤手中有一个李善注本,而这个注本有大量的旁注附在善注之旁。尤袤在刊刻之时,有意识地理所当然地把这些内容作为善注收入了新刊本。旁注进入善注现象的问题,在《文选考异》中已经揭示。在上列第2例中,对注文“吾子谓”等九十三字,不见于他本,《考异》云:“凡此等语,皆五臣之后,不知何人记在行间者,尤校此书,意主改旧,遂悉取以增多,而读者相沿,罕能辨正。”又云:“以下尽同此也。”在《文选》卷二十曹子建《责躬诗》“冠我玄冕,要我主绂”句下尤刻本善注云“魏志曰云云”七字,《考异》又云:“必或记于旁,而尤延之误取耳。”尤袤可能并非误取,而是有意识地进行采摭。针对此种状况,游志诚先生曾发出感叹云:“类似情形之尤刻本,尚有多少?殊堪选家注意。”[①]尤刻本《文选》的此种现象在以上的校勘中也得到证明,

---

① 游志诚:《胡克家〈文选考异〉述评》,《中国“文选学”》(第六届“文选学”国际学术研讨会论文集),学苑出版社2007年版,第112页。

在尤刻本增音中，就有既非李善音注又非五臣音注的内容出现，如第43例、第53例等等。这种增注很可能只是学习《文选》者旁记于此者，尤延之一概选入。对大量的释词与解说性内容的增注，我们找不到其来源，最终的推测均指向于此。

解说性内容增注的来源如上述推测。除此以外的其他增注，则主要是尤袤所为，其中包括对《文选》引征文献的重新复检。当然，尤袤不可能对李善注所有引征一一进行核对，况且李善注的征引并非如今日引文之严谨。但是，在尤袤认为有问题之处，则可能会通过复检其能见到的文献进行补正，这主要表征为个别字词的微小改动方面。在不能复检原书的而尤刻本认为有问题的地方，则往往据意更改，自然，其中亦不免有误增之处。所有这些都使尤刻本的注释内容有所增加，有所变更。

现在，我们可以对尤刻本的来源作出推测性总结。尤延之手中存在一个增加了大量旁注的李善注本，而这个本子旁注的内容则是习《文选》者（也有可能是尤袤本人）的笔记之本。在其研习《文选》的过程中，可能采纳了如赣州本等本的内容，更多的是自己或他人对《文选》及其注释的疏解。这样的一个本子，成了尤袤刊刻新李善注的底本。正因如此，我们看到的增注内容，有来自经传的，有来自史注的，有来自字书的，还有来源不明的（个人疏解内容）。尤刻本与赣州本的关系似乎更加密切，可能是尤袤在校勘中利用了赣州本作为参校本。同时，尤刻本还会对自己认为不顺畅的地方通过复检原书而以意改动，于是，一个杂糅诸本的《文选》注释本便以李善注的名义进行了刊刻。

下面再顺便谈谈五臣乱善的问题。

四库馆臣在《文选注》提要中，认为其所见之本是从合并本中删去五臣注而留李善注，删除未尽，故而二家混淆。此说经后来《文选》研究者申之，以此重新审阅合并本的《文选》，遂有五臣乱善之说。这种看法在胡刻本《文选考异》序中亦作如此云："《文选》之异，起于五臣。"目前，在《文选》学界似乎存在一种较为普遍的认识，李善注的变迁在很大程度上是因为五臣注的问世，是因为李善注与五臣注的合并造成的。然而，通过上述我们对《吴都赋》增注的详细考索，对五臣乱善之说有了更进一步的认识。

首先，五臣注的确有乱善之处，这主要体现为五臣音注进入李善注方面。

李善注正文之中是没有夹音的,因为合并本的出现,再加上尤刻本时在正文之中增加了夹音,遂使得五臣的大量音注阑入李善注。其直接来源或为旁注,其本源则多为五臣音。但是,在尤刻本中亦有非二家之音的内容渗入,由此推测,很可能源自旁注。五臣音注大量地进入李善注,完全可以称之为五臣乱善。

其次,五臣乱善现象并没有我们想象得严重。在注文中,五臣注与李善注的区分还是非常井然的。通过我们对此卷增注的考索发现,李善注释增加的部分与五臣注吻合者只有一条,即第65例:"徇,求也。袭,入也。"五臣注中有与此一致的解释。但是,我们很难肯定,此增注一定是来自五臣注。《列子·力命》"朕岂能识之哉"张湛注、"或有矫天真以殉名者"殷敬顺释文、《史记·伯夷列传》"贪夫徇才"张守节正义、《后汉书·李杜传论》"岂徒徇名安己而已哉"李贤注、《玄应音义》卷二十一"徇利"注引《仓颉篇》云、《慧琳音义》卷六"不徇"注引孔安国曰等文献均释为"徇,求也"。《国语·晋语二》"使晋袭于尔门"韦昭注、"大国袭焉曰诛"韦昭注、《管子·君臣下》"狡妇袭主之请而资游慝也"尹知章注、《庄子·大宗师》"以袭昆仑"成玄英疏、"以气袭母"陆德明《释文》引司马云、《庄子·山木》"而袭诸人间"成玄英疏、《淮南子·览冥训》"袭穴而不敢咆"高诱注、《广韵·集韵》等文献均释"袭,入也"。通过对这些相同注释的检索,我们不能肯定,此条增注一定来自五臣注,来自其他文献注释也不是没有可能。《文选》卷五除此条外增注完全与五臣注相合者没有。这至少说明,对于五臣乱善的情况我们是高估了。

进一步而言,不是五臣乱善,而是李善自乱,是传抄学习《文选》者乱善,是旁注者乱善,是尤袤乱善。李善在其有生之年曾不止一次地对注释进行增补,学习者根据自己的学历与知识进行的笔记、旁注,尤袤又把相关的内容一起并入李善注。20世纪20年代,古史辨派的代表人物顾颉刚在研究中国历史的过程中提出了"层累地造成的中国古史"的观点。我们以为,李善注的变更,也完全可以认为是"层累地造成的李善注"。

至此,我们可以对尤刻本、胡刻本的李善注进行重新的评估。从学习角度而言,尤刻本、胡刻本的李善注是一个非常好的本子,因为它在一定程度上增加了类似五臣注训释旨意的内容,增加了音注的内容等等,作为学习的本子更加方便。从学术研究层面而言,现在我们可以说,尤刻本也罢,胡刻本也罢,都是很不值得信赖的本子，甚至可以说是李善注最不值得信赖的本子，它在某些层面甚至还没有后来的袁本与茶陵本保存李善注更准确。

因为胡刻本的易得，所以今天在研究《文选》时，还存在大量以此本为据对李善注进行评述的现象。版本选择的误入歧途，必然会使得研究如歧路亡羊。甚至说，利用这个本子对李善注研究得越深入，离《文选》李善注之学就“渐行渐远渐无穷”，到头来还得需要推倒重来。

主要参考文献

1.饶宗颐辑:《敦煌吐鲁番本文选》,中华书局 2000 年版。

2.罗国威笺证:《敦煌本〈文选注〉笺证》,巴蜀书社 2000 年版。

3.罗国威著:《敦煌本〈昭明文选〉研究》,黑龙江教育出版社 1999 年版。

4.周勋初辑:《唐钞文选集注汇存》,上海古籍出版社 2000 年影印本。

5.(梁)萧统编,(唐)李善注(残):《文选》,北宋天圣明道本,国家图书馆藏。

6.(梁)萧统编,(唐)李善注(残):《文选》,北宋天圣明道本,台湾"故宫博物院"藏。

7.(梁)萧统编,(唐)李善注:《文选》,南宋淳熙八年尤袤刻本,中华书局 1974 年影印本。

8.(梁)萧统编,(唐)五臣注(残):《文选》,宋杭州猫儿桥河东岸开笺纸马铺锺家刻本,国家图书馆和北京大学图书馆藏本。

9.(梁)萧统编,(唐)五臣注:《文选》,南宋绍兴三十一年建阳崇化书坊陈八郎刻本,台湾"中央图书馆"1981 年影印本。

10.(梁)萧统编,(唐)五臣李善注:《文选》,韩国奎章阁藏,韩国正文社

1986 年版。

11.(梁)萧统编,(唐)五臣李善注:《文选》,南宋绍兴二十八年刻本,日本足利学校藏本,人民文学出版社 2008 年影印本。

12.(梁)萧统编,(唐)李善五臣注(残):《文选》,南宋绍兴三十二年赣州州学刻宋元递修本,国家图书馆藏。

13.(梁)萧统编,(唐)李善、五臣注:《文选》,文渊阁四库全书本。

14.(梁)萧统编,(唐)李善、五臣注:《文选》,南宋建州刻本,中华书局 1987 年影印本。

15.(梁)萧统编,(唐)李善注:《文选》,清嘉庆十年胡克家刻本,中华书局 1977 年影印本。

16.高步瀛著,曹道衡、沈玉成点校:《文选李注义疏》,中华书局 1985 年版。

17.汪师韩著:《文选理学权舆》,续修四库全书本。

18.骆鸿凯著:《文选学》,中华书局 1989 年版。

19.黄侃著,黄延祖重辑本:《文选平点》,中华书局 2006 年版。

20.屈守元著:《文选导读》,巴蜀书社 1996 年版。

21.傅刚著:《〈文选〉版本研究》,北京大学出版社 2000 年版。

22.范志新著:《文选版本论稿》,江西人民出版社 2003 年版。

23.王立群著:《现代〈文选〉学史》,中国社会科学出版社 2003 年版。

24.王立群著:《〈文选〉成书研究》,商务印刷馆 2005 年。

25.[日]冈村繁著:《〈文选〉之研究》,上海古籍出版社 2002 年版。

26.顾农著:《文选论丛》,广陵书社 2007 年版。

27.汪习波著:《隋唐文选学研究》,上海古籍出版社 2005 年版。

28.俞绍初,许逸民主编著:《中外学者文选学论集》,中华书局 1998 年版。

29.赵福海等编:《昭明文选研究论文集》,吉林文史出版社 1988 年版。

30.《文选学论集》,时代文艺出版社 1992 年版。

31.《文选学新论》,中州古籍出版社 1997 年版。

32.《中国文选学》,学苑出版社 2007 年版。

33.周绍良、赵超编:《唐代墓志汇编》,上海古籍出版社 1992 年版。

34.中国社会科学院历史研究所、英国国家图书馆等合编:《英藏敦煌文献

(汉文佛经以外部分)》,四川人民出版社 1990 年版。

35.永瑢等编:《四库全书总目》,中华书局 1965 年版。

36.[日]藤原佐世编:《影旧钞日本国见在书目》,古逸丛书本。

37.王重民原编、黄永武新编:《敦煌古籍叙录新编》,台湾新文丰出版公司 1986 年版。

38.董康著:《东游日记》,河北教育出版社 2000 年版。

39.严绍璗著:《汉籍在日本的流布研究》,江苏古籍出版社 1992 年版。

40.朱彝尊著:《曝书亭集》,四部丛刊初编本。